DROEMER✴

Von der Autorin sind im Verlag Droemer Knaur bisher erschienen:
Als wir unsterblich waren
Als der Himmel uns gehörte
Weil sie das Leben liebten
Bis wieder ein Tag erwacht
Wenn wir wieder leben
Wir sehen uns unter den Linden
Die Königin von Berlin
Grandhotel Odessa. Die Stadt im Himmel
Grandhotel Odessa. Der Garten des Fauns
Die Wintergarten-Frauen. Der Traum beginnt

Demnächst erscheint:
Die Wintergarten Frauen. Die Sehnsucht brennt
Rosa und Leo. Die große Liebe der Rosa Luxemburg

Über die Autorin:
Charlotte Roth, Jahrgang 1965, ist gebürtige Berlinerin, Literaturwissenschaftlerin und seit zehn Jahren freiberuflich als Autorin tätig. Charlotte Roth hat Globetrotter-Blut und zieht mit Mann und Kindern durch Europa. Sie lebt heute in London, liebt aber Berlin über alles. Ihr Debüt *Als wir unsterblich waren* war ein Bestseller, dem seitdem zahlreiche weitere Romane über Frauenschicksale vor dem Hintergrund der deutschen Geschichte folgten.

CHARLOTTE ROTH

Ich bin ja heut so glücklich

Roman nach
einem wahren
Schicksal

DROEMER

Besuchen Sie uns im Internet:
www.droemer.de

Aus Verantwortung für die Umwelt hat sich die Verlagsgruppe
Droemer Knaur zu einer nachhaltigen Buchproduktion verpflichtet.
Der bewusste Umgang mit unseren Ressourcen, der Schutz unseres Klimas
und der Natur gehören zu unseren obersten Unternehmenszielen.
Gemeinsam mit unseren Partnern und Lieferanten setzen wir uns für
eine klimaneutrale Buchproduktion ein, die den Erwerb von Klimazertifikaten
zur Kompensation des CO_2-Ausstoßes einschließt.
Weitere Informationen finden Sie unter: www.klimaneutralerverlag.de

Eigenlizenz Juli 2023
Droemer Taschenbuch
Originalausgabe März 2022
Droemer Hardcover
© 2021 Droemer Verlag
Ein Imprint der Verlagsgruppe
Droemer Knaur GmbH & Co. KG, München
Alle Rechte vorbehalten. Das Werk darf – auch teilweise – nur
mit Genehmigung des Verlags wiedergegeben werden.
Ein Projekt der AVA International
Autoren- und Verlagsagentur
www.ava-international.de
Redaktion: Silvia Kuttny-Walser
Covergestaltung: ZERO Werbeagentur, München
Coverabbildung: Collage unter Verwendung von
© SZ Photo / Scherl / Bridgeman Images und Shutterstock.com
Satz: Adobe InDesign im Verlag
Druck und Bindung: GGP Media GmbH, Pößneck
ISBN 978-3-426-30752-6

2   4   5   3   1

Für meine »Kleine-Omi«,
in Liebe.

Mein Pferdchen sollte ich für
dich einmal nicken lassen.
Bitte schau mal – mein Büchlein
nickt für dich auch.

Eine Bitte vorweg

Dieser Roman ist aus dem Wunsch heraus entstanden, einer bemerkenswerten Frau ein kleines Denkmal zu zimmern. Aus Respekt vor ihr und den lebenden Vorbildern meiner Romanfiguren, die ein Recht auf Schutz haben, habe ich Namen, Wohnorte und Charakterzüge verändert. Zusammenhänge, Wendungen und Details habe ich aus Respekt vor meinen Leser*innen verändert, die ein Recht auf eine stringent erzählte Geschichte haben.

So habe ich – während alle anderen Filme der tatsächlichen Filmografie Renate Müllers entstammen – die Filme *Selkie* und *Weil noch das Lämpchen glüht* aus dramaturgischen Gründen erfunden. Sie sind an zeitgleich verwirklichte Filme und die Strömungen des jeweiligen Filmjahrs angelehnt (und ich habe einen davon so lebhaft vor Augen gesehen, dass ich mir wünschte, er wäre gedreht worden). Der zweiteilige Fritz-Lang-Film *Die Nibelungen* wurde bereits 1924, nicht wie von mir behauptet 1926, uraufgeführt. Auch die erste Begegnung zwischen Renate Müller und Sybille Schmitz oder die zwischen Sybille Schmitz und Harald Petersson ist nicht so verbürgt, wie ich sie geschildert habe.

Ich bitte daher, diesen Roman nicht als Biografie Renate Müllers misszuverstehen, sondern ihn als eine Hommage zu lesen, als ein Lied, das ich für sie gedichtet habe, eine Geschichte, die ich für sie erzähle. Zwar hoffe ich, dass sie sich darin erkannt hätte – aber so, als betrachte man ein von liebevoller Hand gemaltes Porträt, nicht als schaue man ein Foto an.

Vielen Dank.
Charlotte Roth, April 2021

»Hat die ganze Welt Geburtstag heut',
Was ist denn heut' bloß los?
Weil ich lache, lachen alle Leut',
Was machen die für dumme Sachen?

Alles Sorgen bin ich einmal los,
Als ob es so sein müsst'.
Und mir ist, als ob mit einem Nu
Mein Herz im Himmel ist.

Ich bin ja heut' so glücklich, so glücklich, so glücklich.
Ich fühl' mich augenblicklich
So glücklich wie noch nie.
Ich könnt' vor Glück zerspringen, zerspringen, zerspringen
Und möchte immer singen
Die eine Melodie.

Tra la la la. Tra la la la. Kinder, ich bin ja so froh.
Tra la la la. Tra la la la. Wäre es doch immer so.«

Robert Gilbert und Paul Abraham:
»Ich bin ja heut' so glücklich«
aus dem Film *Die Privatsekretärin*,
1931

Blei gießen

Emmering bei München
Silvester 1918

*»Weil ich lache, lachen alle Leut',
Was machen die für dumme Sachen?«*

Als der Jubel sich legte, dämpfte Johann, der Hausdiener, die Lichter. Über den Raum senkte sich Schweigen, nur ein paar sterbende Kerzenflammen flackerten im Dunkeln. Die bedeutendste Stunde stand bevor. Die Stunde der Zukunft.

Renate spürte, wie jeder Muskel in ihrem Körper sich spannte. Dies war der Augenblick, auf den sie den ganzen Abend über gewartet hatte. Gleich darauf ließ eine erregte Stimme sie zusammenfahren.

»Lassen Sie mich das doch machen, Frau Müller, ich bitt' Sie!« Werner, der Nachbarssohn, sprang am Tisch hoch wie ein kleiner Junge und versuchte, Renates Mutter den Löffel aus der Hand zu reißen. »Die Zukunft können Sie mir ruhig anvertrauen. Ich bin doch jetzt kein Kind mehr.«

Renates Mutter hieß Mariquita. Sie war in Südamerika zur Welt gekommen, und ein schlichtes Klara, Anna oder Margarete hätte für sie nicht genügt. Als Volksschülerin hatte Renate sich gewünscht, ihre Mutter würde so heißen wie die Mütter von anderen Kindern und ihre Schwester Gabriele und sie selbst hätten Namen wie Gertrud, Maria oder Else. In Renates Volksschulklasse hatte es vier Gertruds, drei Marias und fünf Elses gegeben, aber weder eine zweite Renate noch eine Gabriele. Die Mitschüler hatten sich über ihren Namen lustig gemacht und »Renate-Granate« hinter ihr hergerufen. Renate war rundlich. Granatenförmig. Ihr einziges Talent schien darin zu bestehen, andere zum Lachen zu bringen. Sie musste selbst dauernd lachen, und sooft sie damit anfing, lachten alle mit.

In manchen Nächten hatte sie sich ausgemalt, morgens früh ins Klassenzimmer zu spazieren, statt zu lachen den Bauch einzuziehen und zu erklären, sie hieße nicht länger Renate, sondern Lotte-Luise.

Inzwischen aber war sie schon zwölf, ging in München auf das Lyzeum und wurde um ihren exotischen Namen beneidet. »Renate, die Wiedergeborene«, nannte sie der Lateinlehrer, und Renate war jetzt froh, dass sie damals nicht hatte tauschen können, sondern vor dem Allerweltsnamen *Müller* wenigstens ein fesches *Renate* stand. Alles andere an ihr war so entsetzlich langweilig: Pausbacken, Stupsnase, pummelige Hüften – wer sie zu Gesicht bekam, sah sie kaum richtig an und hatte sie gleich darauf schon wieder vergessen. Das mit dem Lachen war allerdings ein wenig besser geworden, weil sie sich Mühe gab, sich zu beherrschen.

Werner, der noch immer neben ihrer Mutter auf und ab hüpfte, lachte selten. Er hieß mit vollem Namen Werner Josef Lohse, und sein Vater gehörte zu den Freunden von Renates Vater. Wenn im Hause Müller Feste gefeiert wurden, waren die drei Lohses grundsätzlich mit von der Partie. »Dem Himmel sei Dank«, sagte Renates Vater jedes Mal, wenn Werner, seinen Eltern voran, zur Tür hereinkam. »Endlich ein männliches Wesen. Ich dachte schon, mein Schöpfer will mich inmitten der geballten Weiblichkeit verkümmern lassen.«

Der Witz lag nahe, auch wenn ihm mittlerweile ein Bart wuchs: Renates Vater hatte keinen Sohn, sondern zwei Töchter. Er hatte auch weder Vater noch Schwiegervater, stattdessen eine Schwiegermutter, eine Schwiegergroßmutter, zwei frisch verwitwete Schwestern, drei Nichten und eine Schwägerin, die bei jedwedem Anlass vollzählig zur Tür hereinspazierten.

Ganz so geballt, wie Renates Vater es darstellte, war die Weiblichkeit trotzdem nie gewesen. Hier in Emmering, in der Künstlerkolonie vor den Toren Münchens, lebten sie alle wie in einer Familie, und zu den Festen waren männliche Freunde ebenso ins Haus geschneit wie weibliche Verwandte. Bis der Krieg gekommen war. Die Zeit der Frauen und Kinder. Jetzt aber war es damit vorbei. Das neue Jahr würde im Frieden beginnen, und unter die Müller-Frauen, die sich mit Vorliebe in der großen Küche einfanden, um beim Abwasch zu singen, zu tanzen und zu schwatzen, mischten sich nun wieder Männer.

Die, die noch lebten. Die nach Hause zurückgekehrt waren.

Werner dagegen war auch in den Kriegsjahren hier gewesen. Er war schließlich erst fünfzehn und noch kein Mann, sosehr er Renate auch damit in den Ohren lag, dass er doch eigentlich schon als solcher betrachtet werden müsste. »Deutschlands große Stunde verpass ich, nur wegen der paar Jahre«, hatte er ihr vorgejammert. An die Front hatte er gehen wollen, sich freiwillig melden, »für mein Vaterland meine männliche Pflicht tun«.

Renate bewies er damit erst recht, dass er hinter den Ohren nicht nur feucht, sondern pudelnass war. Renates Vater war Journalist, war vom Kulturreferenten und Theaterkritiker zum Kriegsberichterstatter geworden. Was er in seiner Zeitung nicht schreiben durfte, brach aus ihm heraus, sobald er auf Urlaub heimkam: Schützengräben, in denen Soldaten hüfthoch durch Schlamm wateten, Abiturienten, die im Laufen von Bomben zerrissen wurden, Verwundete, die in Bombenkratern ertranken. Wie konnte man sich so etwas wünschen und dann noch von *großer Stunde* und *Mannespflicht* schwafeln? Renate nahm es Werner nicht übel. Sie wusste schließlich, dass Jungen länger zum Erwachsenwerden brauchten als Mädchen, aber ernst nehmen konnte sie ihn mit solchem Unfug nicht.

Sie mochte Werner gern. Ihre Freundinnen mochten ihn allerdings nicht und deren Mütter noch weniger. Sie nannten ihn einen Flegel, den jemand Manieren hätte lehren müssen, einen Taugenichts, mit dem es übel enden würde. »Aber du magst ihn natürlich – du magst ja jeden«, hatte Hetty, Renates Banknachbarin im Lyzeum, gelästert, und ganz unrecht hatte sie damit nicht.

Renate sah sich in der großen Wohnstube um, in der die Freunde ihrer Familie versammelt waren, und hätte nicht einen benennen können, gegen den sie etwas hatte. Sie mochte Menschen, und die Menschen mochten sie, zumindest seit die Jahre der Renate-Granate-Hänseleien vorbei waren. Sie war vielleicht niemandem die Liebste und Wichtigste, aber es störte sich auch keiner an ihr oder schloss sie aus.

Manchmal wünschte sie sich aber genau das: im Herzen eines Menschen, der nicht ihr Vater, ihre Mutter oder ihre Schwester war, einen besonderen Raum einzunehmen. Da das aber nicht möglich schien, war alles gut, so wie es war. Sie hatte Menschen um sich, die ihr wohlgesonnen waren, hatte in ihrer Welt ihren Platz und fühlte sich geborgen.

Für Werner war dieser Wunsch, für jemanden das Nonplusultra zu sein, aber offenbar stärker und unbezähmbar. Erst heute Vormittag hatte er Renate wieder gefragt, ob sie ihn mochte, und als sie ihm ihr übliches: »Aber freilich, du Dummkopf«, zur Antwort gab, hatte er sich damit nicht abspeisen lassen.

»Nicht so, wie du all die anderen magst«, hatte er beharrt. »Das ist nichts wert. Was jeder haben kann, das will ich nicht.«

»Es kann ja nicht jeder haben«, beschied ihn Renate. »Bestimmt gibt's ganz arme, traurige Geschöpfe auf der Welt, die mag kein Mensch.«

»Die sind mir egal«, sagte Werner. »Ich rede nicht von irgendeinem Hinz und Kunz, sondern von mir.« Hübsch hatte er ausgesehen, mit der schwarzen Tolle in der Stirn und der blitzenden Empörung in den Augen. Aber auch mächtig verbohrt. Renate verspürte eine unbändige Lust, zu lachen, doch sie wusste, sie hätte ihn damit verletzt.

»Du redest doch immer von dir«, erwiderte sie schließlich.

»Weil es sonst keiner tut«, kam es bitter zurück. »Also sag's mir: Magst du mich wirklich? Magst du mich lieber als die verwöhnten Bonzensöhnchen in den Lodenmänteln, die euch die Schultaschen nach Hause tragen?«

Das war eines von Werners Problemen: Helmut Lohse, sein Vater, war als Künstler auf keinen grünen Zweig gekommen und unterrichtete nun als Privatlehrer. Er hatte sein Auskommen, aber er war nicht reich und wohl aus diesem Grund ständig ein wenig griesgrämig. Auch Renates Vater galt nicht als reich, obwohl es Renate so vorkam. Er besaß hier draußen in Emmering dieses schöne Haus mit einem noch schöneren Garten, der bis hinunter ans Ufer des Flusses Amper reichte, ein Badesteg wartete dort auf den Sommer, und im Schilf um den Steg lag ihr Boot. Für Renate war das Reichtum genug. Sie hatten alles, was sie brauchten, und mehr: einen selbst in Kriegsjahren reichlich gedeckten Tisch, eine Kalesche für Stadtfahrten, die der getreue alte Oscar zog, und ihre unbezahlbare »Adaate«, die zum Hausmädchen avancierte Kinderfrau, deren Taufnamen »Agathe« Gabi und Rena einst verballhornt hatten und die nun niemand mehr anders rief.

Werner aber meinte mit Reichtum etwas anderes, das war Renate bewusst. »Also los, jetzt sag schon«, hatte er sie aufgefordert. »Magst du mich lieber als die anderen?«

Renate hatte kurz überlegt, dann hatte sie genickt. Natürlich mochte sie ihn nicht lieber als ihre Eltern, ihre Schwester, Großmutti, Uri und die lustige Schar ihrer Tanten und Cousinen, aber an die hatte Werner sicher auch nicht gedacht. Und ihre Freundinnen? Die Söhne der anderen Nachbarn? Gar so genau brauchte sie es nicht zu nehmen, hatte sie befunden. Ihr Vater hatte ihr einmal, an ihrem Geburtstag, erklärt, das Wichtigste, das er ihr auf dem Weg in ihr Leben mitgeben wolle, sei der Glaube an sich selbst. Daran mangelte es Werner. Warum sollte sie ihm also nicht ein bisschen Aufschwung verleihen?

»Nicht nur nicken«, insistierte Werner. »Sprich's aus.«

»Ja, ich mag dich am liebsten«, sagte Renate und sah, wie in seine Augen ein Leuchten trat.

»Du bist meine Beste, kleines Renatchen. Und die bleibst du auch. Dass ich auf dich warten muss, weil du noch so klein bist, macht mir nichts aus.«

Renate hatte sich gefreut, weil es schön war, anderen eine Freude zu bereiten. »*Denn die Freude, die wir geben, kehrt ins eig'ne Herz zurück*«, hatte ihr einst ausgerechnet Werner ins Poesiealbum geschrieben. Und zum Dank hatte er ihr dann auch noch versprochen, heute Abend, wenn das Tanzverbot aus dem Krieg aufgehoben wurde, mit ihr zu tanzen. Renate hatte schon als kleines Mädchen für ihr Leben gern getanzt und konnte es kaum erwarten, es endlich wieder zu dürfen. Das Tanzen war dann auch schön gewesen, wenngleich sie alle – bis auf Vater und Mutter – ein wenig wackelig und aus der Übung waren. Es hatte reichlich zu essen gegeben, obwohl die Süßspeise nach Steckrüben schmeckte, und gerade eben, um Mitternacht, hatte Werner ein Glas Sekt ergattert und Renate einen Schluck probieren lassen, der verheißungsvoll im Magen kribbelte.

Alles in allem hatte sie also keineswegs bereut, seinem Glauben an sich selbst ein bisschen aufgeholfen zu haben. Jetzt aber, wo er wie ein Gummiball neben ihrer Mutter auf und ab hüpfte und versuchte, sich den Löffel fürs Bleigießen unter den Nagel zu reißen, hätte sie ihn auf den Mond schießen wollen.

Was fiel dem Kerl denn ein? Bleigießen an Silvester war eine geradezu heilige Angelegenheit, und die ganze Feier hindurch hatte Renate sich darauf gefreut. Hinterher würden sie und Gabriele ins Bett geschickt werden, die Gäste würden sich langsam verabschieden, und der ganze Zauber wäre vorbei. Zuvor aber würde das Bleigießen verraten, was die Zukunft für jeden von ihnen bereithielt, und das war in diesem Jahr wichtiger denn je.

Zum einen war es das erste Bleigießen in Friedenszeiten, das erste nach vier Jahren, das Vater und Mutter wieder gemeinsam durchführen würden, und zum Zweiten war man mit zwölf – oder sogar fast dreizehn – ja wohl alt genug, um eine Zukunft zu haben.

Eine Zukunft für Erwachsene, nicht für Kinder wie in den Vorkriegsjahren: »Sieh an, ein Schuh auf Rädern – da gibt's zum Geburtstag wohl Rollschuhe mit Kugellager«, hatte der Vater ihr einst beispielsweise prophezeit, ohne das Buch der Zukunft zu Rate zu ziehen, oder: »Eindeutig eine Badekabine – das kann ja nur eine Sommerfrische an der See bedeuten«.

All das würde nun, da der Krieg vorbei war, ohnehin wiederkehren, doch es würde nicht mehr den Dreh- und Angelpunkt von Renates Dasein darstellen. Mit diesem Jahr würde das richtige Leben beginnen, und in dem kleinen Klumpen Blei lag sein Geheimnis verborgen.

Je weiter der Silvesterabend voranschritt, je tiefer die Kerzen in den Messingleuchtern des Vaters herunterbrannten und dabei auf den Simsen ihr Wachs vergossen, je näher Mitternacht rückte, desto mehr wuchs Renates Erregung. Endlich war das quirlige Gemurmel verebbt, und Johann, der betagte Hausdiener, hatte die Gasbeleuchtung heruntergedreht, sodass nur noch die Flammen der Kerzenstummel flackerten und das Dunkel erhellten. Einer der jüngeren Gäste schaltete das Grammofon aus, das heitere Tanzmusik gespielt hatte. Seite an Seite waren der Vater und die Mutter vor den langen Tisch getreten, dessen Eichenholzplatte von unzähligen geselligen Zusammenkünften abgeschabt war. Die Mutter hatte die einzelne Kerze und die Schüssel mit dem geeisten Wasser auf den Tisch gestellt, während der Vater zu ihrer Linken das schwere, in Leder gebundene Buch bereithielt.

In jenem Buch waren die Deutungen verzeichnet. Nicht die Rollschuhe und Sommerfrischen natürlich, sondern die Schlüssel zu den wahren Geheimnissen. Renates Vater hatte seine Töchter immer angehalten, sich an den Bänden in seiner Bibliothek nach Herzenslust zu bedienen, aber das Buch, das die Zukunft verhieß, stand auf dem obersten Bord und war für jeden anderen als ihn tabu.

Renate hatte Mühe, still zu stehen und abzuwarten. Genauso war es gewesen, so hatte sie es aus ihren Kinderjahren vor dem Krieg in Erinnerung.

Gleich würde die Mutter einen Bleiklumpen auf den Löffel legen, dabei den Namen des Anwesenden verkünden, dessen Zukunft gedeutet werden sollte, und dann das Metall über der Kerzenflamme erhitzen, bis der Boden des Löffelkopfs schwarz und die Mulde mit silbrig glitzernder Flüssigkeit gefüllt war. Diese Flüssigkeit würde sie alsdann mit einer blitzschnellen Drehung aus dem Handgelenk in die Schüssel mit dem Eiswasser schleudern, was fast so aussah, als wirbele der Staub von zerstobenen Sternen durch die Luft. Im Wasser würde der flüssige Sternenstaub zu einer Form erstarren, die der Vater schließlich mit einem zweiten Löffel herausfischte.

Der ganze Raum würde in gespanntem Schweigen verharren, während der Vater die erstarrte Form aus Blei von allen Seiten betrachtete, um dann in dem geheimen Buch nachzuschlagen, was das Symbol für die Zukunft des Betreffenden verhieß. Renate hatte nicht einmal gewagt, darüber nachzudenken, was sie sich wünschte. Wie so oft kam es ihr vor, als wäre ihr Kopf zu klein für die Größe ihrer Träume. Sie würde sich überraschen lassen. Nur eines wusste sie: Es sollte diesmal keine Kleinigkeit sein, sondern etwas Unerhörtes, Sensationelles, das die anderen aufmerken ließ.

»Sieh an, unsere Rena«, würden sie untereinander tuscheln. »Wer hätte das von ihr gedacht?«

»Eher hätte man so etwas ja von der Gabi erwartet – Rena war doch immer so patent und bodenständig.«

Ihr Vater aber würde das große Buch niederlegen, vor sie hintreten und ihr ins Gesicht sehen. »Es ist schon ganz in Ordnung, dass du kein Junge geworden bist«, würde er sagen. »Deshalb habe ich dich Latein lernen lassen – ich habe immer gewusst, dass etwas Besonderes in dir steckt.«

Sie hatte sich so sehr darauf gefreut, und jetzt musste Werner mit seinem ewigen Drang, sich in den Vordergrund zu spielen, alles verderben. Er hätte den Löffel um ein Haar erbeutet, aber ihre Mutter zog ihn gerade noch weg und gab dem Störenfried einen Klaps auf die Hand.

»Jetzt ist es genug, Werner«, sagte sie unwilliger, als Renate sie je mit einem Kind hatte sprechen hören. »Blei ist kein Spielzeug. Wenn du dabei einen Tropfen verspritzt und jemand ihn abbekommt, trägt er eine Narbe fürs Leben davon.«

»Aber ich bin doch ganz vorsichtig, Frau Müller!« Werner mit seiner albernen Hüpferei hörte nicht auf zu betteln. »Ich bin keines von den unreifen Bürschchen, ich trage Ernst in mir und weiß, wie man so etwas anpackt.«

»Du hast gehört, was ich gesagt habe«, wies ihn die Mutter nochmals zurecht und sah sich Hilfe suchend nach seinen Eltern um. Die aber hatten sich in der Menge verdrückt. Sie schämten sich für Werners Betragen, und dafür tat er Renate leid.

»Jessas Maria, jetzt lass ihn halt bei den Kindern mitmischen«, schaltete ihr Vater sich ein. »Du gießt das Blei, er sagt seine Sprüchlein auf, und hinterher hat die liebe Seele Ruh'. Umso schneller können wir Erwachsenen in Frieden weiterfeiern.«

Renates Herz stockte. Meinte der Vater das etwa ernst, zählte er sie ebenso zu den Kindern wie Gabi und die Kleineren?

»Von mir aus.« Ihre Mutter fasste Werner ins Auge. »Für euch Kinder die Klumpen deuten darfst du, aber von meinem Bleilöffel lässt du die Finger, verstanden?«

»Aber sicher doch, Frau Müller. Sie werden sehen, Sie können mir vertrauen.« Werner nickte heftig und hörte mit dem Hüpfen auf.

Renates Mutter seufzte. »Mit wem willst du anfangen?«

»Mit Renate natürlich!«, rief Werner. »Mit der Tochter des Hauses.« Auf dem Absatz schwang er herum und zwinkerte Renate zu.

Die sah ihren Vater das Buch zur Seite legen und spürte all ihre Hoffnungen zerplatzten.

»Für Renate also«, sagte ihre Mutter, hielt den Löffel allzu flüchtig über die Flamme und schleuderte den erst halb geschmolzenen Klumpen in die Wasserschüssel.

Werner drehte sich wieder zum Tisch, schnappte sich den zweiten Löffel und fischte mit übertriebener Gestik das erstarrte Gebilde aus dem Wasser. Er hatte kaum einen Blick darauf geworfen, als er bereits verkündete: »Nicht zu glauben! Das ist eindeutig ein Brautpaar! Und wer sind die zwei Glücklichen, die da in nicht allzu ferner Zukunft zum Altar schreiten werden?« Er kniff die Augen zusammen und tat so, als würde er das erstarrte Stück Blei genauestens studieren. »Sieh einer an! Deine Stupsnase, Renatchen, und meine Denkerstirn. Die beiden hier sind eindeutig du und ich.«

Renate stand da, als wäre sie selbst wie das Blei in kaltem Wasser erstarrt. Was ihr an Kraft blieb, brauchte sie, um gegen die Tränen anzukämpfen. Werner hatte alles verdorben. Alles, alles, alles.

»Was sagst du dazu?« Strahlend wandte er sich ihr wieder zu und hielt den Löffel mit dem Klumpen wie eine Trophäe. »Ich weiß, meine kleine Braut ist den Kinderschuhen noch nicht entwachsen, aber dass wir füreinander bestimmt sind, hat das Blei ohne jeden Zweifel besiegelt.«

Es gab ein bisschen dünnes Gelächter, doch die meisten Gäste hatten das Interesse verloren und sich anderen Dingen zugewandt.

»Bist du fertig?«, fragte Renates Mutter. »Können wir dann mit Gabi weitermachen?«

»Ich will nicht!«, rief Gabi, Renates Schwester, die zwei Jahre jünger war und noch mit dem Fuß aufstampfte. »Am Ende muss ich auch den ungezogenen Werner heiraten, und das tue ich nie und nimmer!«

Ein kleiner Tumult entstand. Werner rief irgendetwas Empörtes, Gabriele beharrte weiter darauf, sie werde sich auf keinen Fall von ihm die Zukunft deuten lassen, und Renates Vater bemühte sich mit ein paar ruhigen Worten, die Streiterei zu schlichten. Mehrere andere mischten sich ein, Tante Anni schlug vor, »das Kleingemüse ins Bett zu stecken und zum gemütlichen Teil überzugehen«, aber keiner von ihnen schien etwas zu bewirken.

Da trat ein Mann, den Renate nicht kannte, dazwischen und bemächtigte sich des Löffels, ehe Werner begriff, wie ihm geschah.

»Einen Augenblick bitte.«

»Was fällt Ihnen ein?«, rief Werner und versuchte, den Löffel wieder an sich zu bringen. Der andere aber schob ihn in schönster Seelenruhe zurück. Er überragte Werner um bald einen Kopf, war jedoch genauso schlank und schlaksig wie dieser, und jetzt erkannte Renate, dass er doch kein Mann, sondern auch noch ein Junge war, der höchstens ein oder zwei Jahre älter sein konnte als Werner.

»Sie bekommen das gute Stück ja gleich wieder«, sagte er noch immer vollkommen ruhig. »Ich war nur fasziniert von der Bleiformation, in der man komplette Gesichtszüge und bereits einen halben Brautzug samt Mitgift und Erstausstattung erkennen kann, und wollte mir das mit eigenen Augen ansehen.«

Das Gelächter, das daraufhin ertönte, war beileibe nicht dünn, und selbst Renate, der doch so elend zumute war, musste mitlachen.

»Herr Müller hat mir die Deutung der Zukunft übertragen, nicht Ihnen«, begehrte Werner auf und stürzte sich mit wie zum Schlag erhobener Hand auf den Fremden. Der trat lediglich zur Seite, sodass Werner ins Leere torkelte wie einer, der zu viel getrunken hatte.

»Ihre Deutungshoheit fechte ich natürlich nicht an«, sagte der Fremde, dessen dichtes, dunkelblondes Haar nicht pomadiert und ein gutes Stück zu lang war. »Fräulein Müller sieht allerdings aus, als würde sie es nur zu gern tun. Was ich ihr nachfühlen kann, wenn ich ehrlich bin.«

»Und warum, wenn ich fragen darf?« Werner baute sich vor ihm auf und stemmte die Hände in die Hüften. »Sind Sie etwa der Ansicht, Renate Müller wäre mit Ihnen besser dran?«

»Ich bin siebzehn«, sagte der blonde Fremde souverän. »Heute Nacht beginnt ein neues Jahr und morgen eine neue Welt. Eine Zeit, um über alles erdenkliche andere eher nachzusinnen als übers Heiraten, finden Sie nicht auch?«

Werner war sprachlos. Er schnappte nach Luft wie ein Fisch auf dem Trockenen.

Der blonde Fremde hingegen beugte sich noch immer mit der Nonchalance eines Erwachsenen über den Bleiklumpen. »Ich sehe so vieles darin, ich könnte das gar nicht als ein einziges Ereignis deuten«, sagte er, nahm das Stück Blei in die Hand und drehte es dicht vor seinen Augen. »Wenn ich es so halte, könnte es eine Tänzerin sein, wenn ich es aber so herum drehe, überhaupt keine Menschenfigur, sondern eine Kamera. Bedeutet das Kino? So erfolgreich, wie die *Messter-Wochenschau* im Krieg gewesen ist, werden die nun ja wohl wie Pilze aus dem Boden schießen.«

»Wollen Sie Fräulein Müller einreden, sie ginge zum Film?«, platzte Werner heraus, als wäre das die absurdeste Vorstellung der Welt.

»Warum nicht?«, fragte der Blonde gelassen zurück. »Ich halte das für gar keine üble Idee. Von dieser Seite betrachtet sieht der Bleiklumpen allerdings mehr aus wie ein Schiff und von der anderen wie eine Schreibmaschine. Vielleicht geht Fräulein Müller also nicht zum Film, sondern fährt am Ende zur See? Oder sie lernt Tippen und wird Sekretärin. Wenn ich dieses Bleiexponat noch eine Weile lang hin und her drehe, fallen mir sicher ein Dutzend weitere Deutungsmöglichkeiten ein, und ist das nicht die allerbeste Deutung von allen? Dass Fräulein Müller eine Zukunft voller Möglichkeiten vor sich hat? Warum sollte sie sich die mit einer schnellen Heirat abschneiden?«

»Weil …«, stammelte Werner und schnappte zwischen den Worten wie ein Karpfen nach Luft, »weil …«

Er war so hilflos. Und der andere ihm so haushoch überlegen.

Renate ertrug so etwas nicht. Schon als Kind hatte sie vor jedem Käfer, der auf dem Rücken lag und mit den Beinen zappelte, in die Hocke gehen und ihn umdrehen müssen. Was der blonde Fremde aufgezählt hatte, hatte unwiderstehlich geklungen, und der Traum vom Kino war so schön, dass sie ihn selbst noch gar nicht zu träumen gewagt hatte. Aber der Fremde war hochmütig, und das war gar nicht schön. Er tat Werner mit Absicht weh.

Und Werner war nicht nur ein Käfer. Werner war ihr Freund.

»Ist mir egal, ich will das alles nicht!«, rief Renate. »Ich heirate Werner. Sobald wir beide großjährig sind.«

Werners schnappende Atemzüge stockten. Er wandte ihr das Gesicht zu, und einen Augenblick lang war es, als wären sie beide im Licht der sterbenden Flammen allein.

»Wirklich, Renatchen? Du hältst zu mir, du hängst nicht dein Fähnchen nach dem Wind wie alle anderen?«

»I wo«, sagte Renate, der das Ganze nun schon wieder zu ernst und zu dramatisch wurde. »Ich hab gar keine Lust, tippen zu lernen. Ich heirate lieber.«

Der blonde Fremde hob die Hände. »Oh, aber gern doch. Ich wollte niemandem seine Vorlieben verleiden. *Chacun à son goût.*«

»*Chacun* was?« Werner verstand kein Französisch. Die Schule mit all ihren Vorschriften und Zwängen war ihm verhasst.

»Vergessen Sie's.« Der Blonde deutete eine Verbeugung an. »Und einen schönen Abend noch.«

»Leuten wie Ihnen werd ich's noch zeigen«, presste Werner zwischen den Zähnen hervor. »Man muss nicht mit dem silbernen Löffel im Mund geboren sein wie ihr Bankierssöhnchen, um etwas aus sich zu machen. Ich weiß, was in mir steckt, ich brauche nur die passende Gelegenheit, und die Renate wird einmal froh sein, dass sie sich für mich entschieden hat.«

»Na schön«, unterbrach die Mutter, die ihren Löffel längst beiseitegelegt hatte. »Aber jetzt ist es genug, ja? Ich denke, wir belassen es in diesem Jahr dabei und nehmen die Zukunft, wie sie eben kommt. Karl-Eugen hat diesbezüglich nämlich noch eine Ankündigung zu machen, die euch vermutlich interessieren wird.«

Karl-Eugen war der Name des Vaters. Der räusperte sich.

Werner drängelte sich zu Renate durch und redete wie ein Wasserfall auf sie ein, übers ganze Gesicht strahlend: »Dass du das für mich getan hast, Renatchen, das vergelt ich dir. Du wirst's nicht bereuen, darauf geb ich dir hoch und heilig mein Wort.«

Denn die Freude, die wir geben, kehrt ins eig'ne Herz zurück, beschwor Renate sich stumm. Aber das Herz stellte sich stur und wollte die Freude nicht einlassen. Vermutlich hatte sich die Enttäuschung allzu sehr darin ausgebreitet. Auf dem Sims vor dem hohen Fenster erloschen zwei Kerzenflammen gleichzeitig.

Der Vater räusperte sich von Neuem, diesmal lauter, und Werner hörte zu schwafeln auf.

»Liebe Freunde«, sagte der Vater. »Liebe Familie. Es ist schön, euch alle wieder hier beieinanderzuhaben, und Mariquita und ich hoffen, dass wir unter unserem Dach immer wieder zusammenkommen werden, um zu feiern, denn wo immer wir zusammen sind, haben wir es gut. Dass es das letzte Fest unter diesem Dach sein wird, steht allerdings fest. Mein Weibsvolk und ich werden zum nächsten Ersten unsere Sachen packen und diesem heimeligen Idyll den Rücken kehren. Die *Münchner Neuesten Nachrichten* haben mir die Position des Chefredakteurs angeboten, und ich habe nicht gezögert, anzunehmen.«

»Ihr geht nach München?«, rief Helmut Lohse. »Aber das könnt ihr doch nicht machen, was wäre denn Emmering ohne euch?«

»Es wird schon nicht untergehen«, erwiderte der Vater, der sich genau wie der fremde blonde Junge nicht aus der Ruhe bringen ließ. »Aber in München schlägt jetzt der Puls der Zeit, Helmut, das ist der Ort, wo man als Zeitungsschreiber hinmuss. Und meine Mädchen haben es dann auch einfacher. Der lange Schulweg jeden Morgen ist keine Kleinigkeit.«

Werner stand direkt vor Renate, sodass sie gar nicht vermeiden konnte, ihm ins Gesicht zu sehen. Die Freude darauf erstarb mit jedem Wort, das der Vater aussprach. Sie selbst hingegen schämte sich, weil ihre schon erloschene Hoffnung auf einmal wieder aufflackerte.

Um das Haus und den Garten, um den Steg und das Boot würde es ihr leidtun und noch mehr natürlich um Werner und all ihre anderen Freunde. Noch während sie jedoch darüber nachdachte, verblasste all das schon und wurde Vergangenheit. Sie würden nach München gehen – in die große Stadt! Was würde dort nicht alles möglich sein?

Ein ganz leises, vielleicht gar nicht hörbares Geräusch ließ sie sich umwenden, so unhöflich das Werner gegenüber auch war. In der Tür zum Korridor sah sie den blonden Fremden verschwinden. Er drehte sich um und schenkte ihr flüchtig einen lächelnden Blick.

Gold trinken

Freie Stadt Danzig
Zwei Wochen vor Silvester 1923

»Hat die ganze Welt Geburtstag heut',
Was ist denn heut' bloß los?«

1

Renate

Müller, Renate. Aufstehen«, Die Stimme des Lateinlehrers schnarrte. In der erhobenen Rechten hielt er Renates Abschlussarbeit.

Mit Gliedern, die ihr steif wie Holzlatten vorkamen, schob Renate
ihren Stuhl zurück, stützte sich am Pult ab und stand auf. Ihr Kopf fühlte sich an wie ein Ballon in knallroter Farbe, der noch schwoll. Toni,
ihre Banknachbarin, hatte ihre Arbeit schon erhalten, ein solides »Be-
friedigend« stand darauf, auf das sie den Blick gesenkt hielt wie ein
Priester auf das Evangelium. Renate war Neid fremd. Sie wusste, dass
keine der Freundinnen ein so schönes, sorgenfreies Leben hatte, wie sie
es mit ihrem Vater, ihrer Mutter, Gabi und Adaate führte, aber für diesen einen Augenblick hätte sie nur allzu gern mit Toni getauscht.

Der Lateinlehrer – Dr. von Knoop – hatte sie auf dem Kieker. Renate
konnte es ihm nicht verdenken. Sie hätte jederzeit freimütig zugegeben,
dass sie in Latein eine Niete war. Sooft Dr. von Knoop die Funktionen
des *Ablativus absolutus* und des *Participium necessitatis* auch erklärte,
Renate verstand nur Bahnhof, und der lag in Danzig am Hohen Tor.

In München, am Anfang ihrer Oberschulzeit, hatte Latein ihr nichts
ausgemacht. Im Gegenteil. Zwar hatte sie bei all den *Casus* und *Genera*
und *Modi* und so weiter schon damals nicht viel mehr als Bahnhof verstanden, aber der Lateinlehrer war ein freundlicher Mann mit einem
Bart wie Rübezahl gewesen, und er hatte ihren Namen gemocht.

Renate, die Wiedergeborene.

»Seien wir ehrlich, liebe wiedergeborene Müllerin«, hatte er zu ihr
gesagt, »das Schwitzen über Vokabellisten und Konjugationstabellen ist
für dich nicht erfunden worden. Aber warum auch? Gott sei Dank sind
wir alle mit verschiedenen Gaben gesegnet, und für ein Mädchen gibt
es ja wahrhaft reichlich Talente, die höher im Kurs stehen.«

Tatsächlich hatte unter Renates Emmeringer Freundinnen kaum
eine Latein gelernt, auch ihre Schwester Gabi wurde an einer Ober-

schule angemeldet, die mehr Wert auf die traditionellen Fertigkeiten für Töchter aus dem Bürgertum – von Handarbeiten bis französische Konversation – legte. Renate hätte darum bitten können, auch auf jene Schule wechseln zu dürfen, aber die Enttäuschung wollte sie ihrem Vater nicht antun.

Renate liebte ihren Vater. Etwas war zwischen ihnen, das sich schwer benennen ließ und das keine der Freundinnen mit ihrem Vater teilte. Sie wusste, der Vater hatte sich unbändig auf sein erstes Kind gefreut. »Er war aufgeregter als ich«, hatte die Mutter erzählt. »Eigentlich hätte er im Theater sitzen und eine Kritik zu Hauptmanns *Florian Geyer* schreiben müssen, aber er rannte schon in der Pause nach Hause. Großmutti, Uri und seine Schwestern mussten ihn mit vereinten Kräften daran hindern, unser Schlafzimmer zu stürmen, wo sein Sohn zur Welt kommen sollte.«

Sooft Renate diese Geschichte hörte, tat ihr das Herz weh um den Vater, weil der so sehr ersehnte Sohn am Ende ein Mädchen gewesen war. Sie wusste, dass er sie liebte, er zeigte es ihr auf jede erdenkliche Weise und hatte ihr und Gabi wiederholt versichert, dass er mit seinen beiden Töchtern rundum zufrieden war: »Ich habe zwei wohlgeratene Mädchen und die wundervollste Frau der Welt, worüber sollte ich mich also beklagen? Letzten Endes bin ich ganz froh, dass das mit dem Sohn nichts geworden ist. Heranwachsende Söhne halten ihre Väter für vergreiste Dummköpfe, die nicht schnell genug ihren Platz räumen. Töchter dagegen belassen ihre Väter auch mit siebzehn noch in dem Glauben, sie wären unfehlbar, könnten zaubern und kämen gleich nach dem lieben Gott.«

Sie hatten alle gelacht, und die dunkellockige Mutter, die nicht älter, sondern immer nur noch schöner und eleganter zu werden schien, küsste den Vater und sagte: »Nur bis der erste junge Mann auftaucht, Karl. Danach saust du von deinem Götterolymp geschwind wie ein Paternosteraufzug in die Tiefe.«

Natürlich hatten Renate und Gabriele das bestritten, hatten dem Vater die Arme um den Hals geworfen, sodass sie schließlich zu dritt um ihn hingen, und geschworen, er werde immer »der liebste und beste Vati aller Zeiten bleiben« und zaubern könne er natürlich sowieso.

Sie waren glücklich zusammen. Der Vater und die Mutter waren glücklicher als alle Liebespaare, die Renate kannte, und dabei waren sie überhaupt kein Liebespaar mehr, sondern seit zwanzig Jahren ordentlich verheiratet. Sie waren nicht glücklich wie Menschen im Leben, sondern glücklich wie Menschen im Kino, und ihre Kinder – Renate und Gabi – krönten dieses ganze Glück noch obendrein.

Dennoch wünschten Väter sich Söhne.

Renate wusste das. Sie wusste, dass ihr Vater sich einen Sohn gewünscht hatte und dass er sich die Zukunft dieses Sohnes bereits bis ins Kleinste ausgemalt hatte: klassische Schulbildung, beste Möglichkeiten, berufliche Höhenflüge, nur der Himmel als Grenze. Anstelle dieses Sohnes war sie auf die Welt gekommen, also würde sie ihm, so gut sie es eben vermochte, diesen Sohn ersetzen. Auf die höhere Schule gehen. Später ein Studium und einen Beruf anstreben, wie er sonst Söhnen vorbehalten war. Ärztin oder Anwältin musste sie werden oder am besten Journalistin wie der Vater.

Er war ihr Vorbild, ihm wollte sie nacheifern, und Latein war dazu unumgänglich.

Es war der erste Schritt, der Vater platzte vor Stolz, prahlte bei sämtlichen Freunden und Kollegen mit seiner Tochter: »Den Sohn, der mit meiner Rena mithalten kann, muss mir erst mal einer zeigen.«

Und was tat sie? Fürchtete sich vor jeder Lateinstunde und hoffte, eine ansteckende Krankheit möge sie im letzten Augenblick befallen, damit sie nicht zur Schule musste.

In München war es noch gegangen, bei Dr. Fresinger mit dem Rübezahlbart hätte sie sich irgendwie schon durchgemogelt, aber hier, an der Ferner'schen Höheren Töchter- und Mädchenschule von Danzig, war jede Stunde eine Tortur. Sie war zu dumm. Nicht mit anderen Gaben gesegnet, sondern schlichtweg dumm, und Dr. von Knoop stellte sie dafür vor der ganzen Klasse bloß.

»Müller, Renate. Na, was glauben Sie denn, was für eine Note Sie hier fabriziert haben?«

Einen Augenblick lang hoffte sie, jemand werde sie retten. Ihr Blick schweifte noch einmal zu Toni. Könnte sie sich nicht mit irgendetwas zu Wort melden, eine sinnlose Frage stellen oder zur Not mit ihrem

Stuhl umkippen? *Ich würde es jedenfalls für dich tun,* beschwor Renate sie stumm. Toni aber fuhr fort, wie gebannt auf ihre eigene Arbeit zu starren. In der Stille, die im Klassenraum herrschte, glaubte Renate, ihr Blut rauschen zu hören.

»Wir warten, Fräulein Müller«, schnarrte von Knoop.

Durch das Rauschen drang ein spitzes Kichern.

»Ich … ich weiß nicht«, stammelte Renate.

»Sie wissen es nicht?«, brauste von Knoop auf. »Sie haben nicht genug Verstand, um der einfachsten Erklärung zu folgen, sammeln Bildchen von dümmlichen Filmsternchen, statt sich der ernsthaften Bildung Ihres Geistes zu widmen, und obendrein sind Sie auch noch zu faul, um sich ein bisschen anzustrengen. Und da wollen Sie nicht wissen, was Sie mir in Ihrer sogenannten Abschlussarbeit zugemutet haben?«

Renate hielt den Atem an und kämpfte gegen den Drang, die Augen zuzukneifen.

»Ungenügend!«, schrie Dr. von Knoop und schleuderte den Stapel beschriebenen Papiers vor Renate auf das Pult. Die uralte Holzplatte hüpfte. Renate konnte nicht anders. Wie von selbst pressten sich ihre Hände auf die Ohren. Dr. von Knoop packte ihre Gelenke und riss sie hart nach unten. Seine Handflächen waren schweißfeucht, der Geruch, den er ausströmte, hatte etwas Käsiges und verursachte Renate Übelkeit.

»Die Ohren zuhalten will sie sich.« Dr. von Knoop kniff die Augen zu Schlitzen zusammen. »Die Wahrheit ausschließen, als würde sie dadurch verschwinden. Das kommt davon, wenn man zu viel ins Kino geht. Ich begreife nur nicht, was ein Dienstmädchen, das davon träumt, Prinzessin zu werden, auf meiner Schule zu suchen hat.«

Renate war kein Dienstmädchen. Sie träumte nicht davon, Prinzessin zu werden, und die Schule gehörte nicht Dr. von Knoop. Ins Kino ging sie nur selten, denn eine Eintrittskarte kostete fünf Groschen, *Dittchen* genannt, in der neuen Währung, selbst wenn man nicht in die eleganten *Flamingo-Lichtspiele* in der Junkergasse ging. Ein halber Danziger Gulden. Woher hätte Renate den nehmen sollen? Und einen Kavalier, der sie hätte einladen können, hatte sie noch weniger.

Dass sie vom Kino träumte, war allerdings wahr. Sie wusste nichts Schöneres, als in einer der Reihen vor der riesigen Leinwand zu sitzen, wenn die Lichter ausgingen, die Welt draußen verblich und die weiße Wand zum Leben erwachte. Im *Flamingo* sollten sie sogar ein eigenes Orchester haben, das aufspielte, sobald die Bilder zu tanzen begannen. Ein bisschen wie in Berlin, wo der große Filmpalast der UFA fast zweitausend Menschen Platz bot.

Renate hatte nichts gegen ihr Leben einzuwenden. Es war ein nettes, freundliches Leben, wenn nicht gerade Lateinstunde war, und es gab keinen Grund, sich daraus fortzuträumen. Auf der Leinwand aber erstand ein zweites oder drittes und viertes Leben, und diese neuen Leben steckten voller Geheimnisse und Zauber. In ihnen war alles möglich, jeder Augenblick wartete mit Überraschungen auf, und das Gewöhnliche, zuweilen ein wenig Langweilige fand nicht statt.

Ihr eigenes Leben und das Leben im Kino, das war überhaupt kein Vergleich. Als ginge man zu Fuß oder führe mit der Straßenbahn, und auf einmal breite man die Arme aus und könne fliegen.

Das war kindisch. Hätte Dr. von Knoop ihre Gedanken gelesen, hätte er sich gewiss darüber ereifert, dass ein derart albernes, unreifes Geschöpf die kostbare Schule besuchte, an der er unterrichtete.

Hinter ihr ertönte das Kichern jetzt mehrstimmig. Ihr war noch immer übel, ja geradezu benommen von dem Käsegeruch, und von Knoop machte keine Anstalten, auch nur einen halben Schritt zurückzuweichen. Offenbar erwartete er, dass sie noch etwas sagte.

Aber was?

Sollte sie ihn händeringend um Verzeihung bitten, weil sie zu dumm für Latein war, Kino liebte und kindische Gedanken hegte?

Fieberhaft suchte Renate nach Worten, bis die Schulklingel sie erlöste.

»Durchgefallen sind Sie«, bellte ihr Peiniger, ehe er mit sichtlichem Widerstreben von ihr ablassen musste. »Wenn es noch eines Beweises bedurft hätte, dass Frauen für akademische Laufbahnen die geistigen Fähigkeiten fehlen, dann findet er sich in Ihnen.«

Und warum unterrichten Sie dann an einem Mädchen-Lyzeum?, hätte Renate ihn gerne gefragt. Eigentlich gab es keinen Grund, sich von diesem Mann, der offenbar seinen Beruf verfehlt hatte, einschüchtern zu lassen. Er war einer, der in seinem Leben nicht glücklich war. »Ein glücklicher Mensch hat es nicht nötig, einen anderen unglücklich zu machen«, hatte die Mutter ihnen oft genug erklärt und war ja selbst das beste Beispiel dafür: Mariquita Müller war eine glückliche Frau und tat keiner Menschenseele etwas Böses. »Wenn jemand dich grundlos angreift, ist er mit größter Wahrscheinlichkeit ärmer dran als du.«

Renate leuchtete das ein. Für gewöhnlich fiel es ihr nicht schwer, über derart durchsichtige Attacken hinwegzusehen, denn sie besaß ja so viel. Ihr Leben war voller Wärme, und Dr. von Knoop sah aus, als sei ihm immer kalt. Dennoch gelang es ihr nicht, seine Tiraden zu ignorieren. Das lag zum einen daran, dass er sie bloßstellte, sie vor anderen lächerlich machte, und nichts fand sie schwerer erträglich als das. Es war das Gefühl, im Nachthemd auf einer belebten Straße zu stehen oder durch eine Gasse von Kindern laufen zu müssen, die »Renate-Granate« kreischten und vor Lachen wieherten.

Zum anderen lag es daran, dass Knoop ihr mit seinen Beschimpfungen unter die Nase rieb, wie sehr sie ihren Vater enttäuschte.

Sie war kein Sohn.

Sie würde nie einer sein.

Bewusst langsam packte Renate ihre Sachen, während die übrigen Mädchen den muffigen Klassenraum nicht schnell genug verlassen konnten. Schließlich konnte man, wenn man sich beeilte, den Jungen vom nahen *Conradinum* begegnen, die um dieselbe Zeit nach Hause entlassen wurden. Für gewöhnlich gehörte auch Renate zu den Ersten, die ins Freie stürmten, nicht weil ihr sonderlich viel an den Jungen vom *Conradinum* lag, sondern weil sie sich in dem roten Backsteingebäude wie gefangen fühlte. Heute aber wollte sie erst gehen, wenn alle anderen fort waren und nicht länger die Gefahr bestand, jemandem über den Weg zu laufen.

Toni, der sonst so viel daran lag, mit Renate das kurze Stück Heimweg, das sie teilten, gemeinsam zu gehen und noch ein wenig zu ratschen, war gleich nach dem Klingeln aus dem Raum geeilt. Renate verstand sie: Sie schämte sich und wollte Fragen ausweichen. Weh tat es trotzdem. Selbst wenn Toni im Grunde nichts vorzuwerfen war, kam Renate sich verraten vor. Hätte die andere wirklich nichts tun können, um ihr beizustehen? Hätte sie selbst nicht alles versucht, zur Not sogar Dr. von Knoop ins Gesicht geschrien, was sie von ihm hielt?

Wenn man schlecht behandelt wurde und die eigenen Freunde dazu schwiegen, tat das mehr weh als die Misshandlung selbst.

Bald vier Jahre lang, seit Renate mit ihrer Familie nach Danzig gezogen war, hatten sie und Toni einträchtig eine Bank geteilt, hatte eine von der anderen abgeschrieben, und in den Pausen hatten sie über Gott, die Welt und Tonis Verehrer geplaudert. Jetzt aber fiel Renate mit einem Mal auf, dass sie mit der umschwärmten Rothaarigen kaum etwas verband.

Hatten sie je miteinander über das gesprochen, was sie im Innersten beschäftigte? Renate besaß ein Bild der glutäugigen Pola Negri und träumte davon, eines Tages aufzuwachen und so schlank und dunkelschön wie sie zu sein. Hätte sie je gewagt, Toni davon zu erzählen? Davon, dass sie sich in ihren Träumen auf der Leinwand sah, ein Star wie die Hauptdarstellerin aus *Carmen* und *Salome, die Blume des Morgenlandes,* dass sie aber gleich darauf glaubte, den ganzen Kinosaal schallend lachen zu hören, weil da oben keine unwiderstehliche Pola stand, sondern nur eine dickliche, stupsnasige Renate?

Ebenso wenig erzählte sie Toni davon, dass sie gern Gedichte las und manchmal sogar selbst welche schrieb, dass sie heimlich vor dem Spiegel übte, wie eine Opernsopranistin zu singen und in der Waldoper oder im Stadttheater aufzutreten.

Vielleicht war das kein guter Gradmesser für Freundschaft. Schließlich erzählte sie auch keinem anderen davon, weder Gabi noch ihren Eltern oder einem der anderen Mädchen, mit denen sie im Winter an der Aschbrücke zum Eislaufen ging und im Sommer an den Strand von Zoppot zum Baden fuhr. Höchstens Werner. Aber der zählte nicht, weil er selbst so verrückte Träume hatte. Außerdem war es etwas anderes, ob man jemandem in tiefer Nacht, bei flackerndem Kerzenschein und ein bisschen Weltschmerz einen Brief schrieb oder ob man ihm leibhaftig gegenüberstand.

Zuweilen kam ihr Werner vor wie ihr Tagebuch: Man schrieb etwas hinein und las es nie wieder. Es war ein solches Vergnügen, einen Brief abzufassen, aber das, was man dem Papier anvertraute, gehörte nicht ganz in die Wirklichkeit.

Jener Wirklichkeit – zumindest der, die hier im Klassenzimmer stattfand – wäre Renate in diesem Augenblick nur zu gern entkommen, aber diese Möglichkeit gab es nicht. Sie musste bis zum bitteren Ende ausharren und jeden hämischen Blick, jedes Gekicher ihrer Mitschülerinnen ertragen, ehe sie dem verhassten Raum entfliehen durfte.

Und wenn es endlich so weit war, wartete das Schlimmste auf sie: Sie würde ihrem Vater sagen müssen, dass sie eine Versagerin war.

2

Werner

Der Raum glich bis ins Detail den Bildern, die Werner im Kopf hatte, wenn er sich sein zukünftiges Arbeitszimmer vorstellte. Ein Arbeitszimmer, in dem er sich in seinem Element gefühlt hätte, in dem er aus sich hätte herausholen können, was in ihm steckte und was einfach niemand erkennen wollte. Das quadratische Erkerzimmer war in dunklen, gedeckten Tönen gehalten, die Souveränität und Macht ausstrahlten, und mit Möbelstücken eingerichtet, die zwanglos, beinahe wie zufällig angeordnet waren und gerade dadurch unterstrichen, dass jedes einzelne von ihnen echt war.

Lediglich der Schreibtisch hätte für Werners Geschmack größer sein dürfen. Ein wuchtiger Schreibtisch schüchterte das Gegenüber ein, was bei Verhandlungen jeglicher Art von Vorteil sein konnte. Umso stärker würde anschließend die Wirkung sein, wenn er, Werner, den Verhandlungspartner mit seiner jovialen, freundschaftlichen Art überraschte. Das Zusammenspiel beider Elemente war unschlagbar: Während die Behandlung des Unterlegenen auf Augenhöhe Vertrauen schaffte, machte die Größe des Schreibtischs deutlich, dass dieser es mit einem mächtigen Mann zu tun hatte, mit dem im Zweifelsfall nicht zu spaßen war.

Werner gelang es spielend, solche Zusammenhänge zu durchschauen. Er hätte ganze Klassenräume voller Lehrlinge darin unterrichten können, und es war unbegreiflich, dass kein Arbeitgeber dieses Talent erkannte und Nutzen daraus zog.

Dumm war er beileibe nicht. Wer das behauptete, war es selbst. Kommerzienrat Deutsch bot dafür das beste Beispiel. Der Mann gehörte zu jener Klasse, die annahm, nur weil sie reich geboren war, sei der gesamte Rest der Menschheit ihr unterlegen. Er saß auf seinem hohen Ross, sah Fehler grundsätzlich nur bei anderen Leuten und erkannte nicht, welchen Anteil er selbst daran hatte. Wenn etwa ein Angestellter seine Aufgaben nachlässig und ohne Fleiß erledigte, machte er ihn zur Schnecke. Auf die Idee, er könne den Mann an falscher Stelle eingesetzt und nicht genügend gefördert haben, kam er im Leben nicht.

Renate, sein geliebtes Renatchen, die erst siebzehn Jahre alt und doch so viel aufgeweckter und lernfähiger war als all die aufgeblasenen studierten Herrschaften, hatte diese Zusammenhänge im Handumdrehen erkannt:

»*Du bist weder dumm noch faul, Werner*«, hatte sie ihm geschrieben, denn seit ihre Eltern sie nach Danzig verschleppt hatten, war ihnen ja nur mehr das Briefeschreiben geblieben. »*Du hast einfach noch nicht den Platz gefunden, an den du gehörst und auf dem du dich entfalten kannst.*«

Ihre Briefe waren Balsam für ihn. Jeder einzelne. Er schrieb täglich an sie, gab sein karges Einkommen für das Porto aus, aber irgendwann hatte er einsehen müssen, dass Briefe nicht länger genügten. Er brauchte Renate um sich, brauchte ihre Ermutigung von Angesicht zu Angesicht. So wie er nie ihre Schwachpunkte – die pummelige Figur, die unvollkommenen Züge – gesehen hatte, sondern einzig und allein den Prachtkerl von einem Mädchen, der sie immer gewesen war, sah auch sie in ihm den begabten jungen Mann, nicht den Versager, als den andere ihn von klein auf abgestempelt hatten. Dass ihm ihre Art der bedingungslosen Zuneigung in den vergangenen drei Jahren verwehrt geblieben war, hatte zu seiner beruflichen Misere nicht unerheblich beigetragen.

Aber damit war es jetzt ja vorbei. Karl-Eugen Müller war ein völlig anderes Kaliber als Kommerzienrat Deutsch. Renates Vater hatte immer an ihn geglaubt und war ihm auf Augenhöhe begegnet, ja, Werner hatte sogar zu spüren gemeint, dass er in ihm ein wenig den Sohn sah, den er gerne gehabt hätte. Und wenn es nun ausgerechnet durch Vater Müller geschah, dass er die ersehnte Chance bekam, wäre auch seine geliebte Renate ständig um ihn, und sie könnten anfangen, an Heirat und einen eigenen Hausstand zu denken.

Sein Vater würde ihm diesbezüglich keine Steine in den Weg legen. Er half ihm nicht, hatte ihm noch an keinem Tiefpunkt seines Lebens geholfen, aber er versuchte auch nicht, ihn an etwas zu hindern. Dazu war er zu schwach.

Ein Arbeitszimmer besaß er überhaupt nicht, sondern hielt seinen läppischen Unterricht in der Stube der engen Wohnung ab. Werner und seine Mutter hatten sich derweil in die Küche zwängen müssen, in die durch dünne Wände der Lärm drang und wo Konzentration unmöglich war. Eng waren in dieser Wohnung nicht nur die Räume. Das ganze Denken war so beschränkt und kleingeistig, dass Werner Platzangst verspürte, und die Ziele, die seine Eltern sich setzten, blieben immer bescheiden. Träume von Größe, hochfliegende Hoffnungen schienen die beiden nicht zu kennen.

Auch nicht für ihren einzigen Sohn. Brav zur Schule hatte er gehen und seinen Abschluss machen sollen. Dass er nach Höherem strebte, ging ihnen nicht in den Kopf.

Ganz anders sah es bei Karl-Eugen Müller aus, der einem Sohn sicher gern den Weg in eine strahlende Zukunft geebnet hätte. Karl-Eugen Müller war nicht schwach, auch wenn der Schreibtisch, hinter dem er saß, in seiner Zierlichkeit fast feminin wirkte. Immerhin war es ein geschmackvolles Möbelstück aus hellem Mahagoni, niederdeutsches Biedermeier, vermutete Werner. Und dann all die herrlichen Messingleuchter, die Renates Vater sammelte! Schon als Kind, als die Müllers noch in Emmering gewohnt hatten und Werner zum Feiern in ihr Haus gekommen war, hatte er jeden einzelnen bewundert.

Ein Paar, dessen Stiele wie gedrehte Blütenblätter in die Höhe wuchsen, hatte es ihm schon vor Jahren angetan. Damals hatten die beiden edlen Stücke auf dem Sims des großen Fensters gestanden, und hier standen sie wiederum paarweise auf einem schmalen, bildhübschen Sideboard.

»Werner.« Karl-Eugen Müller erhob sich und streckte ihm über den Schreibtisch hinweg die Hand entgegen. »Das ist ja eine nette Überraschung. Bist du auf Besuch in unserem schönen Danzig? Sind deine Eltern auch hier? Wenn ich dich so ansehe, sollte ich dich wohl nicht länger duzen. Du bist ja ein richtiger Mann geworden.«

»Aber ich bitte Sie, unsere Familien sind doch befreundet – natürlich bleiben wir beim vertrauten Du.« Werner schlug ein und spürte den festen, männlichen Händedruck. Im Laufe des Gesprächs würde der Ältere ihm sicherlich anbieten, ihn ebenfalls zu duzen. »Ich bin allerdings allein hier und auch nicht nur auf Besuch. Vielmehr stehe ich im Begriff, mir in dieser herrlichen alten Hansestadt beruflich etwas aufzubauen. Auf Dauer, meine ich. Ich sehe meine Zukunft hier.«

Er klang wie ein Stotterer, bei Weitem nicht selbstbewusst genug. Dabei wollte er Karl-Eugen Müller doch von Mann zu Mann gegenübertreten, als einer, der etwas zu bieten hatte, der wusste, was er wert war.

»Du bist beruflich in Danzig? Und du willst hierbleiben?« Karl-Eugen Müller zog seine Hand zurück. »Aber hat nicht Helmut erzählt, du gehst jetzt bei Leo Deutsch im Münchner Stammhaus in der Lehre? Unser letzter Briefwechsel liegt schon eine Weile zurück, doch ich bin recht sicher, mich zu erinnern …«

»Ja, das ist richtig«, beeilte sich Werner zu versichern. »Ich dachte, eine gewisse Zeit in einer großen Privatbank, um Erfahrungen zu sammeln und gewisse Erkenntnisse zu erlangen, könnte für meinen künftigen Weg nicht schaden. Und da Kommerzienrat Deutsch sichtlich daran gelegen war, mich für sein Unternehmen zu gewinnen, habe ich dort unterzeichnet. Allerdings wurde sehr schnell klar, dass Herr Deutsch nicht gewillt war, mir ein Weiterkommen zu ermöglichen, wie er es mir mündlich zugesichert hatte. Es tut mir leid, es so deutlich zu sagen, da ich weiß, Sie sind mit Herrn Deutsch freundschaftlich verbunden, aber ich musste leider erkennen, dass ihm lediglich an einer billigen Arbeitskraft gelegen war, die er nach Belieben ausnutzen konnte.«

»Ich bin sicher, dass du dich da täuschst, Werner.« Renates Vater nahm wieder hinter dem Schreibtisch Platz und wies vage auf eine Gruppe von zwei Sesseln, um Werner ebenfalls zum Sitzen aufzufordern. »Zwar bin ich keineswegs mit Herrn Deutsch befreundet, sondern habe lediglich meine Konten bei seiner Bank, aber ich habe ihn immer als einen Mann erlebt, der zu seinem Wort steht und mit dem man reden kann. Lehrjahre sind nun einmal keine Herrenjahre.« Er lächelte. »Das waren sie für keinen von uns. Aber man überlebt sie und lernt auch ziemlich schnell, dass es Schlimmeres gibt.«

»Oh, ich habe nicht das Geringste gegen harte Arbeit einzuwenden.« Werner hob die Hosenbeine an den Knien an, ehe er sich setzte, um die Passform nicht zu ruinieren. Es würde dauern, bis er sich neu einkleiden konnte, also musste dieser Anzug, so schäbig er war, noch eine Weile herhalten. »Im Gegenteil. Ich brenne ja darauf, endlich richtig gefordert zu werden und zeigen zu dürfen, was ich kann. Bei der Privatbank Deutsch war das aber leider nicht der Fall. Wenn ich ehrlich bin, fürchte ich sogar, dass das Unternehmen seine besten Tage hinter sich hat. Die Anzeichen, die ich nicht umhinkam, wahrzunehmen, sprechen wahrlich nicht für ein prosperierendes Bankhaus.«

»Der Eindruck mag entstehen, weil Deutsch genau wie die anderen Banken gerade die verheerendste Inflation der Geschichte überlebt hat«, erwiderte Müller. »Aber ich kann dich beruhigen: Die Wirtschaft wird sich jetzt, wo sie sich auf die Rentenmark stützen kann, erholen, Deutschs Bank ist solide aufgestellt, und der Sohn, der in die Firma eintreten wird, sobald er sein Studium abgeschlossen hat, scheint ein kluger Kopf.«

»Pah.« Werner schnaubte. Der Sohn von Kommerzienrat Deutsch war ein Schnösel, und wie dieser auf der Silvesterfeier vor fünf Jahren versucht hatte, ihn bloßzustellen, hatte sich unauslöschlich in sein Gedächtnis eingegraben. Während seiner Anstellung in der Bank hatte er jede Begegnung mit dem Kerl vermieden, aus Angst, sich andernfalls zu vergessen. »Wenn es einem so leicht gemacht wird, man sorglos studieren kann und anschließend Vatis Bank übernimmt, ist es kein Kunststück, sich als kluger Kopf zu präsentieren«, sagte er.

»Dein Vater hätte dir auch gern ein Studium ermöglicht«, sagte Karl-Eugen Müller. »Ich denke, das weißt du.«

»Die Voraussetzungen sind doch völlig andere«, fuhr Werner auf. »Bei meinen Eltern ist Schmalhans Küchenmeister, solange ich zurückdenken kann. Mein Vater verdient kaum mehr als ein Almosen – wie hätte ich ihm da noch länger auf der Tasche liegen können?«

»Er hätte sich gefreut, wenn du die Schule abgeschlossen und dich für den höheren Bildungsweg entschieden hättest«, gab Müller unerbittlich zurück. »Darin sind alle Eltern gleich. Sie wollen das Beste für ihre Kinder. Und auch wenn dein Vater kein Bankier ist, verdient er beileibe mehr als nur *Almosen*. Er würde dir auch jetzt noch unter die Arme greifen, wenn du dich entschließen würdest, es mit der Schule noch einmal zu versuchen. Du bist erst zwanzig, Werner. Dein Zug ist doch noch nicht abgefahren.«

»Ich bin erwachsen«, erwiderte Werner schärfer als beabsichtigt. »Und Sie können mir glauben, ich habe mir sehr gewissenhaft überlegt, was möglich ist und was nicht. Diese Mühe musste sich der Sohn des Kommerzienrats nie machen, er wird sie sich auch nie machen müssen, nur darauf wollte ich hinaus.«

»Die Großmutter meiner Frau pflegt zu sagen: *Unter jedem Dach wohnt ein Ach*«, erwiderte Müller in jenem ruhigen, überlegenen Ton, den Werner hasste, weil er denen vorbehalten war, die in gemachten Nestern saßen. »Ehe du Georg Deutsch allzu sehr beneidest, solltest du dich an dem freuen, was du hast: ein anständiges Elternhaus, gesunde Glieder, deine Jugend und einen Kopf, der sich zum Denken gebrauchen lässt. Wenn du es dir jetzt nicht verpatzt, hast du noch alles vor dir. Die Deutschs hingegen mögen finanziell gut gestellt sein, aber die persönliche Tragödie, die ihnen auferlegt ist, wünsche ich keinem Menschen.«

Werner nickte unwillig. Er hatte Gemunkel darüber gehört. Auch Tragödien waren allerdings leichter zu bewältigen, wenn man sie in einer Villa in Grünwald durchlebte und abends zum Trost in Champagner baden konnte. Außerdem war er nicht hergekommen, um über die

Leiden der Familie Deutsch, sondern um über seine Zukunft zu sprechen. Um sich zu sammeln, ließ er den Blick über die zwei Messingleuchter mit den Blütenblättern schweifen. »Ich beneide weder Georg Deutsch noch sonst jemanden, sondern will mir aus eigener Kraft etwas aufbauen«, sagte er schließlich. »Aus ebendiesem Grund bin ich von der Bank und aus München fortgegangen. Dort wurden mir doch nur immer wieder Steine in den Weg gelegt. Was ich brauche, ist ein neuer, frischer Anfang.«

»Wenn du zu diesem Schluss gekommen bist, dann ist es sicher das Richtige«, sagte Müller. »Danzig mag seine Probleme haben, zumal mit der Abtrennung von Deutschland ja nicht jeder einverstanden war, aber es ist und bleibt eine lebendige Stadt von einzigartiger Schönheit.«

Werner hatte die fast poetische Art, in der Renates Vater sich ausdrückte, immer gemocht. »Ja, es ist eine herrliche Stadt mit einem so reichen historischen Erbe«, stimmte er zu. »Und natürlich hätte es unbedingt zu Deutschland gehört. Man möchte in all diese Bürgerhäuser mit ihren bemalten Fassaden hineinspähen dürfen, um die Schätze zu entdecken, die sie bergen. So wie auch hier bei Ihnen – Ihr Sideboard ist niederdeutsches Biedermeier, nicht wahr? Die beiden Leuchter passen hervorragend dazu, auch wenn ich annehme, dass sie älter sind. Barock, wenn ich nicht irre?«

»In der Tat.« In Karl-Eugen Müllers Stimme schwang Anerkennung. »Das ist mir schon damals in München aufgefallen: Du hast nicht nur ein echtes Interesse an Antiquitäten, sondern auch einen erstaunlich guten Blick.«

»Vielen Dank.« Werner spürte, wie seine Wangen glühten. Weder sein eigener Vater noch sonst ein Mensch hatte je auch nur bemerkt, wie sehr ihn die Schätze der Vergangenheit faszinierten. Er war ein Mann der Zukunft, daran bestand kein Zweifel, aber eine Zukunft von Wert und Bestand musste auf dem Erbe einer Kultur begründet sein und sich auf deren Reichtum besinnen. »Es muss einfach wunderbar sein, von so herrlichen Dingen umgeben leben zu können«, sagte er. »Ich wäre ein ganz anderer Mensch, wenn ich diese Möglichkeit hätte, könnte ganz anders denken und arbeiten. Leider habe ich für den Augenblick mit einem kaum zumutbaren Zimmer hinter der Telegrafenkaserne vorliebnehmen müssen. In der Polenhof-Siedlung. Falls Sie von einer angemesseneren Unterkunft hören und es mich wissen lassen, wäre ich Ihnen sehr zu Dank verpflichtet.«

»Ein Kollege von mir wohnt in der Polenhof-Siedlung«, sagte Müller, als wäre er in Gedanken auf einmal weit weg. »Jaroslaw Powazki, ein höchst patenter, angenehmer Kerl. Vielleicht kann er dir einen Rat geben. Soweit ich weiß, fühlt er sich mit seiner Familie in der Siedlung sehr wohl.«

»Ein Kollege von Ihnen ist Pole?«, fragte Werner ungläubig. »Die *Danziger Zeitung* stellt Mitarbeiter ein, die zur polnischen Bevölkerung gehören?«

»Ja, warum denn nicht?«, gab Müller zurück. »Wir stellen den ein, der sich als der beste Kandidat für das jeweilige Ressort erweist. Und der Kollege Powazki, der für den Sport schreibt, ist auf seinem Feld einfach unschlagbar. Überdies ist er fließend zweisprachig, im Polnischen wie im Deutschen, was mich beständig aufs Neue mit Bewunderung erfüllt, und beherrscht darüber hinaus Englisch und Französisch besser als die gesamte Redaktion. Er ist ein ausgezeichneter Journalist, einerlei welchem Volk er entstammt.«

Er hielt inne und fasste Werner so fest ins Auge, dass dieser nicht ausweichen konnte. »Du hast dir doch kein dummes Zeug von Rassisten ins Hirn blasen lassen, nicht wahr, Werner? Ich weiß, diese Leute wittern gerade Morgenluft, weil die Inflation so viel Not verursacht hat und Not den Menschen für solchen Irrsinn empfänglich macht. Der Putsch, an dem der ewiggestrige Ludendorff sich mit diesem Hitler versucht hat, ist ja das jüngste Beispiel dafür. Aber der Versuch ist im Sande verlaufen, weil derlei Gedankengut in unserer Demokratie keinen Platz hat. Und unter euch, den Kindern aus Emmering, die schon in Freiheit aufgewachsen sind, als halb Deutschland nicht einmal wusste, was das Wort bedeutet, kann es erst recht keinen Platz haben. Wenn es dir nicht gut geht, Werner, wenn du derzeit eine Misere durchlebst – mach nicht Menschen dafür verantwortlich, die weit weniger dafür können als du selbst und vermutlich härter zu kämpfen haben.«

Werner wollte protestieren, doch für kurze Zeit schwieg er erschrocken. Ja, es war ihm in der Tat falsch erschienen, dass in der Siedlung hinter der Telegrafenkaserne Polen ganze Häuser bewohnten und finanziell sichtlich gut gestellt waren, während er selbst kaum die Miete für eine schmuddelige Kammer aufbrachte. Ja, er war über die unverschämte Attitüde seiner polnischen Vermieterin empört gewesen, und es kam ihm ungerecht vor, dass ein polnischer Redakteur in einem deutschen Zeitungsverlag jemandem den Arbeitsplatz wegnahm. Immerhin befanden sie sich in einer deutschen Stadt, ganz egal, was der Völkerbund 1920 widerrechtlich beschlossen haben mochte.

Machte ihn das etwa zu einem Rassisten? Der wollte er nicht sein, es klang nach Gestrigkeit, nach provinzieller Enge, nach einem, der seine eigene Zeit überlebt hatte.

Werner schüttelte den Kopf. »Ich bin ein moderner Mensch, ein Kosmopolit, nicht anders als Sie. Ich hatte mich nur gewundert, weil … weil wir Deutschen ja selbst mit Massenentlassungen und Arbeitslosigkeit zu kämpfen haben.«

»Aber nicht weil die *Danziger Zeitung* einen Mann beschäftigt, für den es einen geeigneten deutschen Ersatz gar nicht gäbe«, sagte Müller. »Sei wachsam, Werner, hüte dich vor solchen Gedanken. Sie sind antidemokratisch, unzivilisiert und eines intelligenten Menschen nicht würdig. Gerade weil sich derartiger Stumpfsinn nach dem Ende der Räterepublik bei den *Münchner Neuesten Nachrichten* breitgemacht hat, habe ich im Herbst 20 das Angebot aus Danzig angenommen und meiner Heimatstadt den Rücken gekehrt. In so einer Atmosphäre kann ich nicht schreiben, nicht denken, keinen fortschrittlichen Journalismus liefern.«

»Da Sie gerade den Journalismus erwähnen …« Werner wollte nicht länger über den Polen und die Rassenfrage reden. Solche Themen waren wie Tellerminen, zwischen denen man hin und her tänzelte, bis man irgendwann doch drauftrat. Lieber kam er endlich direkt auf sein Anliegen zu sprechen. »Natürlich mache ich meine Aufwartung vor allem aus alter Freundschaft zu Ihrer Familie«, sagte er. »Allerdings hätte ich auch eine Bitte an Sie. Meine Zeit in Deutschs Bank hat mir gezeigt, dass das Geldgeschäft mit all seinen unheilvollen Auswirkungen meine Sache nicht ist, sondern dass mein eigentliches Metier, genau wie Ihres, im Schreiben liegt. Schreiben für die Presse. Da kann man doch wirklich etwas bewirken, etwas voranbringen, Menschen überzeugen. Sicher ist Ihnen ja aufgefallen, dass ich auf eine gewählte Ausdrucksweise Wert lege und über einen umfangreichen Wortschatz verfüge.«

Bildete er es sich ein, oder wirkte Karl-Eugen Müllers Gesicht tatsächlich erschrocken? »Du willst für die Zeitung schreiben, Werner? Aber du hast doch gar keine Erfahrung, hast dich auf solchen Feldern nie hervorgetan.«

»Meinen Sie in der Schule?«, rief Werner. »Ich bitte Sie – den stupiden Kram, zu dem man da genötigt wird, können Sie doch mit ernsthaftem Schreiben nicht vergleichen.«

»Natürlich nicht«, sagte Müller. »Aber schreiben lernt man vom Schreiben. Tagtäglich und in Jahren. Nicht davon, dass man träumt, es vielleicht einmal zu tun.«

Er bildete es sich nicht ein: Müllers Ton hatte sich verändert, war kälter geworden und nicht länger persönlich.

»Ich schreibe durchaus tagtäglich und seit Jahren«, konterte Werner. Zählten seine Briefe an Renate etwa nicht? Sinnierte er darin nicht über Gott und die Welt, Philosophie und Politik, das Leben und die Liebe, wie ein guter Journalist es tat? Hatte er an seinem Stil nicht im Laufe der Zeit gefeilt und geschliffen, bis es ihm manchmal fast zu schade erschien, das kleine Kunstwerk, das ein solcher Brief war, der Post anzuvertrauen?

»Das ist sehr ehrenwert, Werner.« Karl-Eugen Müller hob die Hände. »Wenn du gern möchtest, dass ich mir etwas, das du geschrieben hast, ansehe …«

»Ich dachte, Sie könnten vielleicht in Ihrer Redaktion ein vermittelndes Wort für mich einlegen«, fiel ihm Werner ins Wort. »Eine Tür für mich öffnen. Mehr verlange ich gar nicht. Alles Weitere erledige ich dann schon allein.«

»Du willst bei uns in der Redaktion anfangen? Du hast hier in Danzig überhaupt keine Stellung, sondern bist deswegen hergekommen?«

»Nein, eine Stellung habe ich noch nicht«, gab Werner zu. »Ich kann Ihnen aber versichern, dass ich Sie nicht enttäuschen werde. Im Gegenteil. Sie werden es nicht bereuen, mir eine Chance gegeben zu haben.«

»Werner«, unterbrach ihn Karl-Eugen Müller. »Journalismus ist genauso ein Beruf, der von der Pike auf gelernt werden muss, wie alle anderen. Ich behaupte nicht, dass das nicht auch ohne akademische Bildung möglich ist, aber die Kollegen, die bei uns beschäftigt sind, haben alle studiert.«

»Der Pole auch?«, entfuhr es Werner.

»Ich halte diese Besessenheit von der Nationalität eines Menschen, die ich bei dir bemerke, für nicht gesund«, sagte Müller. »Mir klingt das allzu sehr nach den Ideen von diesem Hitler, der vor ein paar Wochen in München geputscht hat und auch ein Besessener zu sein scheint.«

»Aber ich bin doch nicht besessen!«, fuhr Werner auf. »Mich wundert es nur, wie diese Leute das machen. Vor ein paar Jahren hatten sie noch nicht einmal ihren eigenen Staat, und jetzt studieren sie und besetzen Posten in deutschen Unternehmen.«

»Danzig ist eine Freie Stadt unter Aufsicht des Völkerbundes«, sagte Müller. »Sie ist weder deutsch noch polnisch, also müssen wir uns eben arrangieren und hier in Frieden miteinander leben. Wenn dir das widerstrebt, ist Danzig vielleicht doch nicht der richtige Wohnsitz für dich.«

»Oh doch, das habe ich mir mehr als reiflich überlegt«, rief Werner. »Es ist doch schon Renates wegen, dass ich künftig in Danzig leben will. Die lange Trennung macht uns zu schaffen, dabei kann kein Mensch sich auf sein berufliches Fortkommen konzentrieren. Nebenbei käme es Renate natürlich ebenso zugute wie mir, wenn Sie mir hier ein wenig Starthilfe geben. Wirklich nur den Steigbügel halten, darum bitte ich Sie. Im Sattel bewähren will ich mich dann ja allein.«

Er machte sich zum Bettler. Genau das hatte er nicht gewollt.

»Renate?«, fragte Müller, als wäre der Name ihm neu. »Darf ich fragen, was meine Renate mit alledem zu tun hat?«

»Nun, es ist ja kein Geheimnis, dass Renate und ich uns sehr gern mögen. Dass wir befreundet sind. Mehr als befreundet.«

Verlobt, hatte er sagen wollen, denn das waren sie schließlich, selbst wenn keine offizielle Feier stattgefunden hatte. Einander versprochen. Das Wort aber kam ihm nicht über die Lippen.

»Diese Kinderfreundschaft zwischen euch hat etwas sehr Schönes und Rührendes«, sagte Müller. »Ich denke aber, du solltest dem keine übermäßige Bedeutung beimessen. Man entwickelt sich weiter, wächst aus den Kinderschuhen heraus. Renate ist inzwischen eine junge Frau. Sie hat andere Interessen, hat neue Freundschaften geschlossen.«

»Ja, darüber schreibt sie mir regelmäßig«, sagte Werner. »Sie ist verrückt nach Filmen und Schauspielerinnen, und wen wundert's? Das ist es eben, was die jungen Mädchen mögen. Unter den Kameradinnen, die sie hier kennengelernt hat, mag sie Toni, die neben ihr in der Bank sitzt, und Annedore aus ihrer Straße am liebsten, aber wie man's von ihr kennt, mag Renate ja alle und jeden. Jemand Besonderes ist allerdings nicht dabei. Niemand, der ihr so nahesteht wie ich.«

Renates Vater betrachtete ihn eine Weile lang schweigend und schien nach Worten zu suchen. Dann straffte er abrupt die Schultern und stand auf. »Seinen Weg muss ein Mann sich allein erkämpfen, Werner. Auch ein Georg Deutsch muss das. Es ist nicht gut für dein Selbstwertgefühl, wenn es andere für dich tun.« Er nahm seinen Mantel, ein elegantes, nachtblaues Stück nach britischem Schnitt. Wer einen solchen Mantel besaß, machte etwas her, noch ehe er auch nur den Mund aufmachte.

»Wenn du mich jetzt bitte entschuldigen würdest. Renate hat ihren letzten Schultag vor den Weihnachtsferien, und ich habe ihr versprochen, mit ihr über den Weihnachtsmarkt, den *Dominik*, zu gehen.«

»Oh, wie hübsch. Da wird Sie sich freuen.« Dass auf der Einkaufsstraße im Zentrum, die hier Langer Markt hieß, Buden und Karussells für einen weihnachtlichen Jahrmarkt aufgebaut waren, hatte Werner schon festgestellt.

»Das hoffe ich«, sagte Müller. »Sie hat ihre Abschlussarbeit für den Erwerb des Latinums geschrieben. Ich denke, ich habe allen Grund, stolz auf sie zu sein, und sie hat sich eine Freude verdient.«

»Aber unbedingt.« Werner verspürte einen Stich, obwohl das Unsinn war. Renate büffelte brav und fleißig in der Schule, Renate lernte Latein und würde ihr Reifezeugnis erwerben, wie ihre Eltern es von ihr erwarteten, aber das bedeutete nicht, dass sie auf ihn herabsah. Im Gegenteil. Ihr war klar, dass er als Mann etwas wagte, wozu sie als Mädchen nie den Mut aufbringen würde: Er ging seinen eigenen Weg. Tat es für sie beide. Um die Großzügigkeit und Freiheit, die in ihrem Elternhaus herrschten, hatte Werner sie immer beneidet, doch wenn er es recht betrachtete, war es auch hier allzu eng, das Denken in Konventionen verhaftet und die Luft zum Atmen knapp.

Verständnis für junge Leute, deren freier Geist in die Weite strebte und, hinter Schulbänke gesperrt, elendig verkümmerte, gab es hier so wenig wie daheim bei seinen Eltern. Sein Blick glitt noch einmal über das Sideboard mit den beiden Leuchtern. Ja, die Stücke waren wunderschön, aber in dem Haus, dass er sich einmal einrichten würde, würden auch die Epochen der Einrichtungsgegenstände zueinanderpassen.

»Haben Sie etwas dagegen, wenn ich Sie begleite?«, fragte er und erhob sich ebenfalls. »Ich wollte sowieso heute mit Renate meine Ankunft feiern und sie zu einem vergnüglichen Nachmittag einladen.«

»Ich habe in der Tat etwas dagegen, dass du mich begleitest, wenn ich meine minderjährige Tochter von der Schule abhole. Das kommt überhaupt nicht infrage.« Müller betrachtete ihn mit einem Blick, in dem regelrechter Widerwillen zu glimmen schien. So hatte ihn Direktor Gferer angesehen, als er ihn wegen angeblich ungenügender Leistungen der Schule verwies. So hatte Kommerzienrat Deutsch ihn angesehen, als er ihm ins Gesicht sagte, er solle seine Sachen packen und sich die paar Pfennige auszahlen lassen, die er noch zu bekommen hatte. Er hasste diesen Blick. Er vermittelte ihm das Gefühl, unter den Augen des anderen zusammenzuschrumpfen wie ein Gnom oder ein törichtes Kind.

Müller ging an ihm vorbei, öffnete die Tür und hielt sie ihm auf. »Ich sage es noch einmal: In deinem eigenen Interesse rate ich dir, deiner Freundschaft mit Renate keine Bedeutung beizumessen, die sie nicht hat. In der Redaktion kann ich nachfragen, ob derzeit jemand zur Aushilfe gebraucht wird, aber Journalisten ohne Berufserfahrung stellen wir nicht ein. Wenn du meinen Rat willst: Geh zurück nach München, Werner. Sprich dich mit deinem Vater aus, und reiß dich ein bisschen am Riemen, damit es mit einem ordentlichen Ausbildungsweg doch noch etwas wird.«

Werner stand mehrere Augenblicke lang da wie erstarrt, ehe es ihm endlich gelang, sich in Bewegung zu setzen. Im Vorbeigehen konnte er nicht anders, als die Hand nach den beiden Leuchtern auszustrecken und über das kühle Messing zu streicheln.

»Dieses Interesse an Antiquitäten, das du hast, wäre vielleicht kein schlechter Ansatz«, sagte Müller, der schon mit einem Fuß im Korridor stand. »Ich an deiner Stelle würde mir überlegen, ob sich daraus mit ein bisschen Fleiß nicht etwas machen ließe.«

3

Renate

Der Klassenraum hatte sich geleert. Gottergeben klemmte Renate sich ihren Ranzen unter den Arm und machte sich auf den Weg. Auf dem Schulhof, wo sich sonst ein Grüppchen Menschen drängte und auf den Strom der Schülerinnen wartete, stand jetzt nur noch ein einzelner Mann. Renates Herz vollführte einen Satz. Der Mann war ihr Vater. Er hatte heute seinen freien Nachmittag, den er normalerweise für Recherchen nutzte, und war stattdessen eigens zur Schule gekommen, um sie abzuholen.

»Rena!« Sein Ruf war leise, denn er war kein lauter Mann. Das Lächeln, das sich über sein Gesicht ausbreitete, sagte deutlich genug, was er empfand. Mit seinen schlaksigen, noch jungenhaften Schritten kam er ihr entgegen. »Ich dachte mir, ich hole dich ab. Schließlich ist heute ja ein besonderer Tag.«

»Vati.« Mehr brachte Renate nicht heraus.

Ihr Vater umarmte sie. Er war gut einen Kopf größer und lächelte erwartungsvoll auf sie herunter. In seine Augenwinkel gruben sich die kleinen Kränze aus Falten, die sie als Kind mit der Fingerspitze nachgezeichnet hatte. Sie hatte dieses Lächeln, das in seinen Augen viel deutlicher stand als um seinen Mund, von klein auf geliebt. Seine Augen waren groß und sehr rund. Eulenaugen, fand sie. Klug und ein wenig verträumt.

»Und?«, fragte er mit diesem Lachen in den Augen. »Bestanden?«

Jetzt musst du's ihm sagen, befahl sich Renate. Es gab ja gar keine andere Möglichkeit. Nur ein einziges Wort. Eine Silbe. *Nein.* Es würde das Strahlen, das Glück in seinem Gesicht auslöschen, und niemand als sie selbst war daran schuld.

»Na sag schon, mein Mädchen.« Er fuhr ihr über die Stirn, fing eine ihrer Locken und strich sie hinter ihr Ohr. »Hast du dein Latinum?«

Er würde enttäuscht sein, aber er blieb immer noch ihr Vater und liebte sie gewiss auch weiterhin. Er war keiner von denen, die ihre Kinder niedermachten oder gar schlugen, wenn sie nicht die Erwartungen erfüllten, die er in sie setzte. Sie musste es ihm sagen. Es war nicht das Ende der Welt, in ein paar Stunden würden sie vor einem Teller Bullerwupp, der würzigen Kartoffelsuppe, sitzen, die Adaate hier in Danzig zu kochen gelernt hatte, und das Leben würde weitergehen.

Ein kleines Wörtchen nur. Das Wörtchen *Nein.*

Renate nickte.

»Ich wusste es!« Ihr Vater drückte sie an sich und wirbelte sie herum, wie er es getan hatte, als sie und Gabi noch Kinder gewesen waren. »Meine Rena schafft das, habe ich heute Morgen in der Redaktion noch zu Adam und Jaroslaw gesagt. Wer meine Rena als Tochter hat, wozu braucht der einen Sohn?«

»Aber du wolltest doch gern einen«, sagte Renate mit einer Stimme, die dünn wie ein Schilfhalm war und auch wie einer bebte.

»Ach, mein Mädchen.« Er löste die feste Umschlingung, bot ihr seinen Arm zum Einhaken und führte sie vom Schulhof, durch das Tor und die wie leer gefegte, winterliche Straße entlang. Schnee war noch keiner gefallen. So viel Schnee wie in München fiel in Danzig nie, aber die Häuser und Gassen waren doch den Winter hindurch überzuckert, und nur in diesem Jahr ließ das Weiß, das alles so friedvoll einhüllte, auf sich warten. Über das Kopfsteinpflaster holperte ein schwarz lackierter Einspänner, gefolgt von einer Kraftdroschke, an deren Fenster die Vorhänge zugezogen waren.

»Ach, mein Mädchen«, sagte der Vater noch einmal. »Man will so vieles, wenn man jung ist, giert nach all diesen Tauben auf den Dächern. Irgendwann aber steht man da, betrachtet die Spatzen in seinen

Händen, die man schon sein halbes Leben lang lieb hat, und begreift, was für ein Glückspilz man ist.«

Du bist keiner, dachte Renate, und ihr Herz war in der Brust so schwer wie Blei. Sie musste daran denken, wie sie mit dem Vater über die Strandpromenade von Zoppot oder durch die Wälder um Zoppot und Oliva gegangen war, wie er ihre Fragen beantwortet, ihr das Leben erklärt und ihr das Gefühl gegeben hatte, unter seinem Schutz könne ihr niemals etwas geschehen.

Der Vater redete weiter. »Ich bin stolz auf dich, Rena, und du kannst es erst recht sein. Was du geschafft hast, macht dir so schnell keine nach. Ich habe mir gedacht, zur Feier des Tages schlendern wir beide miteinander über den *Dominik,* fahren eine Runde mit dem neuen Kettenkarussell und trinken ein Goldwasser.«

»Goldwasser?« Den hochprozentigen Likör, dem Splitter von Blattgold beigemischt waren, durften für gewöhnlich im Hause Müller nur die Erwachsenen trinken.

»Warum nicht?« Der Vater lächelte. »Ich finde, als Inhaberin des Latinums hast du bewiesen, dass du über die nötige Reife verfügst.«

Sag es ihm jetzt!, fuhr sie sich an. Durch das rasch sich senkende Dunkel des Winternachmittags blitzten und blinkten ihr die Lichter des *Dominik* entgegen. Die Klänge der Dampforgel, die einen Walzer spielte, mischten sich mit jenem Gewirr aus Johlen, Rufen und Lachen, das Renate elektrisierend fand.

»Weißt du noch«, fragte der Vater, »wie wir im Wald von Oliva spazieren gegangen sind und ohne Unterlass geredet haben? Du hattest Schopenhauer gelesen, einfach so, weil er in Danzig gelebt hat, *Parerga und Paralipomena,* und hast mich gefragt, warum er schreibt, es sei ein eigentümlicher Fehler der Deutschen, dass sie das, was vor ihren Füßen liegt, in den Wolken suchen.«

»Ja, das weiß ich noch«, murmelte Renate mit gesenktem Blick. »Ich habe auch gerade daran gedacht.« Sie waren oft so gegangen, Gabi, der Springinsfeld, immer um sie herum. Als sie nach Hause kamen, hatte Gabi zu ihr gesagt: »Du bist so schlau, Rena. Ich wette, du wirst einmal fast so schlau wie das Vatchen, obwohl du gar kein Mann bist.«

Ich bin gar nicht schlau, dachte Renate. Nur neugierig. Mir ist mein eines Leben nicht genug, ich will wie ein Schwamm Leben aufsaugen – im Kino, in Büchern, im Theater, in dem, was Menschen erzählen. Aber ich mache nichts daraus. Ich lerne nichts, widme mich nicht der ernsthaften Bildung meines Geistes, und obendrein bin ich auch noch zu faul, mich anzustrengen.

»Der Text war eigentlich viel zu schwer für dich«, sinnierte der Vater, der wie in einer Zuckerwattewolke aus Glück zu schweben schien. »Aber das hat dich ja nie abgehalten. Ich glaube, du hast sämtliche Bücher aus meiner Bibliothek gelesen.«

Nein. Das Buch der Zukunft nicht.

»Ich kann dir nicht oft genug sagen, wie stolz ich auf dich bin und wie froh, dass du so schön deinen Weg gehst. Jetzt also noch ein Jahr bis zum Abitur, und dann steht dir sozusagen die Welt offen. Wie schön, dass wir in einer Zeit leben, in der ein kluges Mädchen so gut wie alles erreichen kann, was es will.«

Aber ich will ja nichts erreichen. Nur dass du dich freust, dass du nicht so furchtbar enttäuscht bist.

Wie es mit der Schule weitergehen würde, nun, wo sie in Latein durchgefallen war, wusste sie nicht. Gewiss würde sie das Jahr wiederholen müssen. Noch einmal alles von vorn, als Sitzenbleiberin unter lauter jüngeren Mädchen, und wie sie das aushalten sollte, war ihr schleierhaft. Sobald sie in einer Schulbank saß, schien ihr Hintern wie von alleine hin und her zu rutschen. *Ruscheldubs* nannten das die Danziger. Es war wie eine Krankheit. Tanzen konnte sie. Still sitzen nicht.

Sie betraten den Langen Markt, Danzigs breite Prachtstraße mit ihren hochgiebeligen Patrizierhäusern, von denen nicht zwei in der gleichen Farbe verputzt waren. Jetzt war die gesamte Fläche mit Reihen von Buden und Fahrgeschäften vollgestellt, zwischen denen die Besucher sich in Paaren und Gruppen vergnügten. Den Mittelpunkt bildete das große Kettenkarussell mit seinen wirbelnden Sitzen, die in den dunkel bewölkten Himmel zu fliegen schienen. Es duftete nach kandierten Mandeln, die Renate für ihr Leben gern aß. Kein Wunder, dass sie von der knabenhaften Schlankheit einer Leinwandheldin meilenweit entfernt war.

Zielsicher führte ihr Vater sie zu dem Stand, den der *Lachs zu Dan-*

zig, das berühmte Lokal mit der Spirituosenbrennerei, alljährlich auf dem Weihnachts-*Dominik* unterhielt. Die geräumige Bude war wie die Fassade des Stammhauses ganz in Lachsrosa gehalten, und davor waren Stehtische aufgebaut, an denen Gäste aus dickwandigen Glasstampern Goldwasser tranken. »Siehst du, da findet sich noch ein freier Tisch – wie für uns reserviert.« Er ließ Renate los, wandte sich der Bedienung in der Bude zu und kehrte gleich darauf mit Gläsern zurück.

Über den Tischen trafen sich ihre Atemwolken, und durch das beschlagene Glas glitzerten die Goldfunken. »Auf dich, mein Mädchen.« Die Gläser klirrten leise, als sie sich zuprosteten. Das Goldwasser schmeckte leicht süßlich, aber dennoch deutlich nach Alkohol. Nicht unangenehm. Renate wünschte, es möge ihr zu Kopf steigen und ihr den Mut verleihen, ihrem Vater endlich die Wahrheit zu sagen.

Die Wahrheit, behauptete Schopenhauer, habe keine andere Wahrheit zu fürchten, sondern Grund zur Furcht hätten nur Lug und Trug. Was er damit sagen wollte, hatte Renate nie begriffen, ihr hatte lediglich der erhabene, bedeutungsschwangere Klang dieses Satzes gefallen.

»Na, das ging aber schnell.« Der Vater hob die Brauen und wies auf ihr leeres Glas. Renate war selbst überrascht. Das seine war noch halb voll. »Sag nicht, du willst noch eines?«

Spontan, ohne Absicht, stützte Renate das Kinn in eine Hand und nahm einen Zug aus einer unsichtbaren Zigarettenspitze. »Warum nicht? Auf einem Bein kann man schließlich nicht stehen.«

Verblüfft lachte der Vater auf. »Du bist mir ja eine. Da denke ich, ich gehe mit meinem unschuldigen Töchterchen über den Jahrmarkt, schieße ihr eine Papierrose und kaufe ihr eine Zuckerstange, und auf einmal stehe ich hier mit einem Vamp. Also schön. Aber nur heute. Und kein Wort zu deiner Mutter, versprochen?«

Er sandte ihr ein Verschwörerlächeln und ging, um zwei weitere Gläser zu holen. Als er zurückkam, trank sie wiederum in einem Zug ihr halbes Glas leer und fühlte sich ein wenig erleichtert. Die Lichter und Farben um sie bekamen wieder Glanz, Musik und Menschenlärm umfingen und wärmten sie in der Dezemberkälte. Das flüssige Gold, das ihr die Kehle hinunterrann, verlieh ihr zwar nicht den Mut, die Wahrheit zu sagen, aber es gaukelte ihr vor, dass das alles doch so schlimm gar nicht sein konnte. Es würde sich finden. Eine verhauene Lateinarbeit war schließlich kein Beinbruch und erst recht keine Kriegserklärung.

»Dieser Jahrmarktsbesuch ist übrigens nicht die einzige Belohnung, die ich für dich habe«, sagte der Vater, fasste sich unter die Mantelbrust und förderte einen gefüllten Briefumschlag zutage, mit dem er verheißungsvoll wedelte. »Das wäre ja auch ein bisschen knickerig, oder?«

Renate schüttelte den Kopf und wünschte sich weit weg.

Der Vater schien nichts zu bemerken. »Zum einen möchte ich gern honorieren, dass du dir mit Fleiß und Biss etwas erarbeitet hast, was deinen Neigungen vermutlich nicht allzu sehr entspricht«, sagte er. »Dafür scheint es mir nur recht und billig, dass du nun etwas lernen darfst, das du dir selbst so sehnlich wünschst.«

Er griff in den Umschlag und zog einen beschrifteten Zettel heraus, den er Renate in die Hand drückte. »Kammersängerin Johanna Brun vom Danziger Stadttheater wird nach den Feiertagen die Ehre haben, dich einmal wöchentlich in Gesang zu unterrichten. Sie freut sich darauf. Und von deiner Uri, dieser Kunstbanausin, soll ich dir ausrichten, sie ist froh, wenn du dann nicht mehr in der Badewanne trällerst.«

Renate öffnete den Mund, doch die Stimme stockte ihr. Johanna Brun! Die Mezzosopranistin gehörte zu den Solistinnen des Stadttheaters, und Renate hatte sie bereits als Zerlina, als Marcellina und als Musetta bewundert. Nein, sie war keine der gewaltigen Jahrhundertbegabungen, die in fünf Stunden langen Werken von Wagner oder Richard Strauß ihre Meisterschaft präsentierten, sondern eher eine ausdrucksstarke Schauspielerin mit einer hübschen Stimme, aber genau das mochte Renate. Wenn sie ehrlich war, machte sich bei Wagner allzu schnell ihr *Ruscheldubs* bemerkbar, während sie beim verspielten Mozart und den herzzerreißenden Dramen Puccinis verzaubert lauschte und ihre Gedanken tanzen schickte. Johanna Brun besaß dafür gerade die richtige Leichtigkeit und den Charme.

Und diese wunderbare Frau würde sie unterrichten! Sie würde bei einer echten Künstlerin singen lernen, was ihre kühnsten Träume übertraf.

»Und?« Erwartungsvoll sah sie der Vater an. »Was sagst du? Ich muss zugeben, ein bisschen mehr Begeisterung hätte ich schon erwartet.«

»Ich … ich freue mich«, stammelte Renate.

Ich darf das nicht annehmen, dachte sie. Ich muss ihm sagen, dass er die Falsche beschenkt, dass Gabi eine solche Belohnung viel eher verdient hätte, weil sie zwar keine Gymnasiastin, aber eine durch und durch ehrliche Haut ist.

Keine Betrügerin wie ich.

»Du siehst nicht so aus«, schreckte die Stimme ihres Vaters sie aus ihren Gedanken.

»Wie sehe ich nicht aus?«

»Als ob du dich freust.«

»Das ist nur, weil ich so überrumpelt bin«, versicherte sie ihm hastig und brachte ein verkrampftes Lächeln zustande. »Ich freue mich wirklich. Ihr wisst ja alle aus leidvoller Erfahrung, wie gerne ich singe.« Gabi verdrehte schon die Augen, sobald Renate sich vor den Spiegel stellte, um ihre Haltung beim Singen zu korrigieren, und die Uri hatte einmal quer durch die ganze Wohnung gerufen, ob man die rostige Gießkanne nicht mal ersetzen könnte.

»Mein liebes Mädchen.« Über den Tisch hinweg nahm der Vater ihre Hand. »Ich finde, du singst ganz hinreißend, aber ich bin natürlich nicht objektiv, sondern dein größter Verehrer, seit du auf der Welt bist.« Er räusperte sich, nippte kurz an seinem Glas. »Die anderen Verehrer werden wohl bereits in den Startlöchern sitzen. Das ist der Lauf der Welt. Aber das, was du dir mit deinem Fleiß und deinem Können erkämpft hast, wirst du dir davon nicht kaputt machen lassen, nicht wahr?«

»Ich weiß nicht, was du meinst«, erwiderte Renate. Ihr Glas war leer. Die bunten Lichter des Jahrmarkts sausten in Kreisen um ihren Kopf wie die fliegenden Sitze des Kettenkarussells um dessen Achse.

»Ich war ja auch einmal jung«, sagte der Vater. »Ich weiß, wie da alles in einem stürmt und drängt, wie uns nichts anderes wichtig erscheint als dieses Brodeln, dieser nicht zu zähmende Hang zum anderen Geschlecht.«

Renate atmete auf. Es ging nicht um Latein. Was der Vater beschrieb, hatte sie an ihren Kameradinnen zwar häufig beobachtet, die Mädchen des Ferner-Lyzeums wurden zu einem Haufen flatternder, gackernder Hühner, sobald eine der fliederfarbenen Schülermützen des *Conradinums* in Sicht kam, doch sie selbst fühlte sich davon eher befremdet als angesteckt. »Bei mir ist das nicht so«, sagte sie ehrlich. Die Liebe gefiel ihr auf der Leinwand und in den zärtlichen Gedichten von Rainer Maria Rilke, die dazu einluden, sich in andere Sphären zu träumen. In der Wirklichkeit erschien sie ihr ein bisschen feucht, laut und anstrengend. Ihre Schwester Gabi war in den jungen Burschen verliebt, der ihre Pakete auslieferte, und weinte jede Nacht ihr Kissen nass, weil sie mit ihm durchbrennen wollte, der angebetete Paketbote aber von dieser heißen Liebe gar nichts wusste.

»Wirklich nicht?« Das Lächeln des Vaters wirkte nicht völlig entspannt. »Dann gibt es also niemanden, der mir jetzt schon dein Herz stiehlt? Auch nicht ein ganz kleines bisschen?«

»Natürlich nicht. Wer sollte das denn sein?«

Er lachte auf. »Das frage ich dich. Der junge Achterberg zum Beispiel schien bei dem Tanz neulich im *Kurhaus Brösen* ganz und gar nicht abgeneigt.«

»Viktor?«, rief Renate. »Um Gottes willen, nein. Er tanzt nur gern mit mir, weil ich es recht gut kann, aber verliebt ist er in Annedore. Sie hat zwei linke Füße, sagt sie, doch dafür ist sie zehnmal hübscher als ich.«

»Das ist ja wohl nicht dein Ernst.«

Renate lachte. »Du hast es vorhin selbst gesagt, Vati: Du bist nicht objektiv.«

»Ob ein Mädchen hübsch ist, kann ich trotzdem beurteilen«, gab sich der Vater empört. »Und ein so zauberhaftes Geschöpf wie meine Erstgeborene wird sich schon bald vor Verehrern nicht retten können. Ich gönne es dir. Ich habe ja selbst diese Zeit ausgiebig genossen, und es erscheint mir nur recht und billig, dass man sie heutzutage auch Mädchen genießen lässt. Am Herzen liegt mir allerdings, dass du dich nicht mit dem Erstbesten begnügst, nur weil das alles so neu und aufregend ist, sondern wartest, bis der Richtige kommt. So habe ich es gehalten und es nie bereut. Das Vierteljahrhundert Glück, das ich mit deiner Mutter erlebt habe, spricht für sich.«

»Ihr zwei seid einzigartig, Vati.« Renate drückte seine Hand. »Ihr gehört nicht in die wirkliche Welt.«

»Und ob wir dahin gehören«, gab der Vater zurück. »Sind zwei quicklebendige Kinder nicht der beste Beweis dafür? Unser größter Wunsch ist, dass euch beiden, dir und Gabriele, ein ebensolches Glück im Leben vergönnt ist, auch wenn es nicht über Nacht geschieht. Lass dir nur Zeit, mein Mädchen. Konzentriere dich auf deinen beruflichen Weg. Die Liebe stellt sich dann schon ganz von selbst ein. Nach der braucht man nicht zu suchen.«

Renate wusste nicht, was sie darauf antworten sollte, und für kurze Zeit schwiegen sie beide.

»Sag mal, dem Werner Lohse, den du als Kind in Emmering gekannt hast«, begann der Vater dann, »schreibst du dem noch gelegentlich?«

»Werner?«, entfuhr es Renate erstaunt. Es war ein bisschen so, als hätte er sie gefragt, ob sie noch Weihnachten feiern oder im Sommer an Zoppots Strand gehen wolle. »Natürlich schreibe ich ihm. Ich habe ihm ja geschrieben, seit wir aus München weggezogen sind, und er schreibt mir manchmal zwei Briefe an einem Tag.«

»Zwei Briefe am Tag?« Ihr Vater schien geradezu entsetzt. »Kein Wunder, dass der Junge sonst nichts zustande bringt, wenn er seine ganze Zeit mit Briefeschreiben verbringt.«

»Ach nein, so ist es ja nicht.« Renate fühlte sich verpflichtet, ihren Freund zu verteidigen. Alle Welt verstand Werner falsch, und am Ende tat er all das Schlechte, das man ihm zuschrieb, tatsächlich, weil er ja sowieso längst dafür verurteilt worden war. »Warum es bei Werner dauernd schiefläuft, ist nicht leicht zu erklären. Er ist ein guter Kerl, das ist er wirklich, und er hat so wunderbare Pläne. Aber er will immer gleich ganz hoch hinaus, und wenn das nicht funktioniert, prallt er kopfüber auf den Boden. Mir tut das Herz weh, sooft ich es miterlebe. Er hätte so viel zu geben, ist wie ein Automobil, bei dem es mit dem Anlasser hapert. Wenn aber einmal jemand käme, der das erkennen und ihm ein bisschen Starthilfe geben würde, könnte er ein richtiger Rennwagen werden.«

Schon wieder räusperte sich der Vater und hielt ihre Hand fest. »Weißt du, dass du eine wirklich gute Seele bist, Rena? Vielleicht zu gut.

Die Welt braucht solche Seelen dringend, aber sie verletzt sie auch, und der Gedanke, dass sie dich verletzt, ist unerträglich für mich.«

Ich bin keine gute Seele, sondern eine Betrügerin, dachte Renate. Eine, die sich für etwas feiern lässt, das sie gar nicht zustande gebracht hat. Sie liebte ihren Vater so sehr, sie liebte die Erinnerung an jeden Moment mit ihm – wie konnte sie ihm so etwas antun, mit ihm hier stehen und reden und lachen und dabei eine Lüge nach der anderen erzählen?

»Werner ist auch eine gute Seele«, brachte sie mühsam heraus. Wenn sie schon zu schwach war, das Richtige zu tun, mochte sie wenigstens ein Wort für Werner einlegen. »Er zeigt es nicht, weil er ein solcher Meister darin ist, in jeden Fettnapf zu springen, der herumsteht, aber er würde für die Menschen, die er lieb hat, durchs Feuer gehen.«

»Hat er sich denn bei dir mal gemeldet?«, fragte ihr Vater. »Ich meine, nicht nur per Brief, sondern persönlich?«

»Natürlich nicht«, antwortete Renate. »Er wohnt doch in München, geht beim Bankhaus Deutsch in die Lehre, obwohl es auch dort wohl wieder einmal nicht allzu gut für den armen Kerl läuft.«

»Hier in Danzig ist er also nicht aufgetaucht?«

»Nein, wie sollte er denn? Warum fragst du?«

»Nur so.« Auf einmal wirkte ihr Vater wieder heiter und gelöst. Er trank den Rest Goldwasser aus seinem Glas, stieß sich schwungvoll vom Tisch ab und reichte ihr den Arm. »Und jetzt gehe ich mit meiner schönen Tochter zum Kettenkarussell und lasse mich mit ihr in den Himmel schwingen.«

Renate war schwindlig. Sie taumelte beim Gehen und wünschte sich dennoch, sie hätte noch etwas von dem Goldwasser trinken können, das alle Hässlichkeit mit seinem Glitzer übertünchte.

Vor dem Kettenkarussell hatte sich eine Schlange gebildet, an deren Ende sie sich anstellen mussten. Kurz bevor sie an der Reihe waren, durch die Sperre zu treten und ihre Karten zu lösen, zog der Vater noch einmal den Umschlag unter dem Revers des Mantels hervor und entnahm ihm nun zwei schmale Streifen aus bedruckter Pappe.

»Für dich, mein kluges Mädchen. Zwei Eintrittskarten für die Premiere von *Die Flamme,* dem neuen Film mit Pola Negri, der übermor-

gen im *Flamingo*-Lichtspielhaus läuft. Na? Ist das eine Art, den Ferien-
beginn in großem Stil zu feiern? Welche Freundin du mitnimmst, entscheidest du selbst. Ihr habt erstklassige Plätze, und ein Gläschen
Champagner, ehe der Film beginnt, ist im Preis inbegriffen.«

Die Schlange bewegte sich vorwärts, der Vater trat durch die Sperre
und zückte seine Börse, um zwei Karten zu lösen. Renate aber blieb
zurück, ihr Arm glitt aus seinem, und sie schloss erst hastig wieder zu
ihm auf, als sie die Stöße der Nachdrängenden im Rücken spürte.

Pola Negri. *Die Flamme.* Das jüngste Werk des großen Regisseurs
Ernst Lubitsch, von dem jeder sprach, das jeder sehen wollte – und sie
durfte bei der Danziger Premiere im eleganten *Flamingo*-Filmpalast
dabei sein. Ihr Vater schenkte ihr damit eine Schmuckschatulle, die auf
einem Samtkissen einen kleinen Traum barg.

Und wofür?

Dafür, dass sie ihm seinen Traum – den vom klugen Sohn oder wenigstens Sohnersatz, um den seine Kollegen ihn beneideten – zerschmettert hatte.

Sie musste es ihm sagen. Jetzt sofort, ohne weiteres Zaudern.

»Was ist denn, Renate? Nun komm doch, es steigen ja alle schon ein.«

Der Vater nahm sie am Arm. Wie in Trance ließ sie sich zu zwei der
an Ketten befestigten Sitze aus Metallstreben ziehen, und er half ihr in
den vorderen hinein. Die Musik, die einen Moment lang ausgesetzt
hatte, begann von Neuem, spielte einen bekannten Gassenhauer:

»Wir versaufen unser Oma ihr klein Häuschen
Und die erste und die zweite Hypothek.«

So kam Renate sich vor. Als wenn sie alles kaputt machte – das schützende kleine Häuschen, das ihre Familie samt Oma und Uroma darstellte, und alle Hypotheken, die es darauf nur geben konnte. Besoffen
war sie außerdem. Die Lichterwelt wirbelte um sie herum, noch ehe das
Karussell sich zu drehen begann.

Als es ganz langsam in Fahrt kam, streckte der Vater, der in dem Sitz
neben ihr saß, noch einmal seine Hand aus und legte sie auf ihre. »Guten Flug, meine kleine Nachtigall.«

Die Umdrehungen wurden schneller, Renates Füße lösten sich vom Boden.

»Und um ein letztes Mal auf Werner Lohse zurückzukommen – vielleicht ist es besser, wenn du ihm nicht mehr schreibst. Mir scheint die Gefahr zu bestehen, dass er daraus etwas macht, das du damit nicht meinst.«

Die letzten Worte konnte Renate kaum noch verstehen, weil das Karussell beschleunigte und die Fliehkraft ihren Sitz in die Höhe schwang. Sie legte den Kopf in den Nacken und sah über sich nur noch den samtblauen Himmel voller Sterne. Alle Wolken hatten sich verzogen.

4

ch bin dir so dankbar, dass du mich mitnimmst.« Annedore hüpfte von einem Bein aufs andere. »Hättest du mich nicht eingeladen, hätte ich den Film nie und nimmer sehen dürfen. Du weißt ja, wie mein Vater ist: Kino verdummt die Massen und behindert den politischen Kampf und so weiter.«

Renate lachte. »Bei mir ist zum Glück nicht mehr viel zu verdummen. Aber dafür ist bei mir genug Masse vorhanden.«

»Ach was, so schlimm ist es doch nicht. Ja, ein bisschen fülliger bist du schon, aber du könntest durchaus etwas aus dir machen, wenn du dir ein bisschen Mühe gibst.« Annedore zupfte an dem Mantelstoff in Renates Taille. Die beiden Mädchen standen inmitten einer Menschentraube vor dem prächtig beleuchteten *Flamingo*-Lichtspielhaus auf der Straße und warteten auf den Einlass. »Es soll schließlich auch Männer geben, die nicht nur gertenschlanke Mädchen mögen.«

»Pola ist gertenschlank«, sagte Renate mit ein bisschen zu viel Bedauern in der Stimme. Pola Negri war mehr als das. Sie war zart, durchscheinend, beinahe zu elfenhaft fragil für diese Welt und doch voll unfassbarer Spannkraft und Energie.

»Wenn du eine Figur wie Pola haben willst, musst du dir die Schwindsucht zulegen«, sagte Annedore, die selbst dünn wie ein Zweig war und mit der Kurzhaarfrisur, die sie ihrem Vater seit Monaten vergeblich abzuringen versuchte, wie ein Junge ausgesehen hätte. »Die hatte sie nämlich als junges Mädchen, deshalb sieht sie so elegisch aus. Aber findest du sie wirklich so umwerfend? Ich meine, ihre Filme sind ein Traum, und wenn sie ein Kostüm trägt und spielt, ist sie zum Schmelzen schön, aber das wäre eine andere ja vielleicht auch, wenn sie von den richtigen Leuten entdeckt wird, meinst du nicht?«

Sie griff sich ins Haar, dann warf sie das Ende der kleinen Fuchspelzstola, das ihr heruntergerutscht war, in eleganter Geste über die Schulter zurück. Die Stola gehörte Renates Mutter. Die hatte sie ihr für die heutige Filmpremiere geborgt, und Renate hatte sie an Annedore weitergegeben, weil sie deren sehnsüchtige Blicke nicht aushalten konnte. Annedores Vater, der Sozialdemokrat war und für die Partei im Danziger Volkstag saß, hielt ganz und gar nichts davon, dass seine Tochter sich mit allerlei teurem Tand herausputzte, um auf Männerfang zu gehen. Er beneidete Renates Vater, der ebenfalls Sozialdemokrat, aber weit gelassener war, darum, dass dessen Tochter das Lyzeum besuchte und sich mit Bildung wappnete.

Bildung, so pflegte er zu erklären, war die schärfste Waffe des Klassenkampfs.

Das mochte gut sein. Nur war es mit Renates Bildung nicht weit her, und vom Klassenkampf verstand sie ungefähr so viel wie eine Kuh vom Klavierspielen. Auch was die Lateinkenntnisse betraf, war die Kuh ihr nicht wesentlich voraus. Aber davon wusste niemand. Sie hatte sich als skrupellose Betrügerin erwiesen, hatte die Wahrheit ihrem Vater verschwiegen und wartete deshalb jetzt vor dem Portal des glanzvollsten Lichtspielpalastes der Stadt darauf, die Premiere eines Pola-Negri-Films zu erleben. Annedore hielt sie für einen edlen Menschen, weil sie sie einlud und ihr obendrein eine kleidsame Stola lieh. Hätte sie Renate jedoch ins Herz sehen können, so wäre sie entsetzt gewesen.

Stattdessen drehte Annedore sich glücklich um ihre dünne Achse und sonnte sich in den bewundernden Blicken der umstehenden Männlichkeit. »Jetzt sag schon.« Sie stieß Renate den Ellenbogen in die Seite. »Findest du wirklich, die Negri, wenn sie nicht geschminkt und aufgeputzt und im besten Licht gefilmt wird, wäre so viel hübscher als zum Beispiel ich? Meinst du, Viktor findet das auch?«

Natürlich. War man mit Annedore zusammen, so landete das Gespräch früher oder später bei Viktor Achterberg. Der Sohn einer Reederfamilie war der Freundin zufolge der ansehnlichste Junge von ganz Danzig-Langfuhr und zudem die Liebe ihres Lebens. Leider sah ihr Vater das anders. Er war entschieden gegen die Verbindung, denn in seinen Augen gehörte der Reedersohn zum Klassenfeind, für den seine Tochter sich gefälligst zu gut zu sein hatte. Renate war ihren Eltern dankbar, weil sie ihr und Gabi erlaubten, ihre Freunde selbst auszuwählen – danach, ob sie sie mochten, nicht danach, welcher Gesinnung ihre Eltern waren.

Ihr Vater hatte niemals versucht, seinen Töchtern jemanden, den sie zu ihrem Kreis zählten, auszureden. Bis auf Werner, fiel Renate ein. Der arme Werner aber war imstande, selbst die friedlichsten Eltern gegen sich aufzubringen. Er hatte etwas an sich, das erwachsene Menschen einfach bis aufs Blut reizte. Renate seufzte. Wie ihr Vater allerdings ausgerechnet jetzt, nach all den Jahren, dazu kam, ihr zum Abbruch ihrer Brieffreundschaft zu raten, war Renate ein Rätsel. Schließlich hatten sich die beiden in all der Zeit nicht gesehen, und Werner hätte gar keine Gelegenheit gehabt, den Vater zu provozieren.

»Nein, bestimmt findet Viktor Pola Negri nicht hübscher als dich«, sagte sie zu Annedore, die immer noch von einem Bein aufs andere hampelte und auf ihre Antwort wartete. »Er ist doch in dich verliebt, da wirst ja wohl du die Schönste für ihn sein.«

Die Behauptung entlockte Annedore ein geradezu seliges Lächeln. Dennoch hatte sie etwas Absurdes: Einerlei, wie verliebt jemand war, auch ein Blinder mit Krückstock hätte erkennen müssen, dass zwischen einem nett anzusehenden Mädchen wie Annedore und einem Stern am Kinofirmament wie Pola Negri ein Unterschied wie zwischen Tag und Nacht bestand.

Wie zwischen Himmel und Erde.

Das Geheimnis einer Filmschauspielerin war unergründlich, ihre Schönheit für gewöhnliche Sterbliche unerreichbar. Filmschauspielerinnen thronten auf einsamen Höhen und waren zum Träumen da, nicht zum Leben. Renate war sicher, dass Viktor Achterberg an Pola Negri nicht einmal eine winzige verschwiegene Hoffnung verschwendete, sondern mit seiner irdischen Annedore vollauf zufrieden war.

»Meinst du wirklich?«, fragte Annedore. »Steht mir der Fuchs, sitzen diese verwünschten Haare halbwegs, wenn ich sie mir schon nicht schneiden lassen darf?«

Durch die gläsernen Flügeltüren des Portals wurden zwei Männer in Livree sichtbar. Sie lösten die Riegel, stießen die Türen auf und stellten sich bereit, um die Eintrittskarten abzuknipsen. Augenblicklich setzte sich der schnatternde Strom der Wartenden in Bewegung. Renate und Annedore wurden auf der Welle mitgetragen und mussten ihr Gespräch für kurze Zeit unterbrechen. Erst als der Platzanweiser sie zu einer Tür geleitet und ihnen den Weg zu ihren Sitzen gewiesen hatte, konnten sie es fortsetzen.

Obwohl Renate ganz gern noch eine Weile geschwiegen und den Augenblick genossen hätte. Die Atmosphäre war wie ein Tonikum, ein Lebenselixier, das sie tief in sich einsog. Der Saal war gut und gern dreimal so groß wie der des Bezirkskinos, in das sie sonst ging, und die Leinwand, die noch hinter einem rotsamtenen Vorhang verborgen lag, musste gigantisch sein. Die Sitze waren mit dem gleichen roten Samt bezogen und so dick gepolstert, dass man darin wie in einer himmlischen Wolke versank. Es duftete ein bisschen wie auf dem Jahrmarkt, ein bisschen wie in einer Parfümerie und ein bisschen wie im Stadttheater; nur fehlte die strenge Note der Schminke. Eine leise, federleichte Melodie perlte durch den Raum. Alles schien erfüllt von fieberhafter Erwartung, von der Gewissheit, sogleich aus dem Trott des Alltags entführt zu werden und an etwas viel Größerem teilhaben zu dürfen.

Es war wie Goldwasser trinken.

Wie fliegen im Kettenkarussell.

Ein Rausch, nur intensiver und mit viel längerer Nachwirkung.

Aus ihren Armlehnen ließ sich ein kleines Tablett herausklappen. Ein Kellner im Frack trat heran und servierte jeder von ihnen ein Kelchglas, in dem der Champagner ebenfalls wie flüssiges Gold funkelte.

»Donnerwetter«, bemerkte Annedore. »Dein Vater lässt sich nicht lumpen, was?«

Renate schüttelte lediglich den Kopf und stieß ihr Glas gegen das der Freundin.

»Ich wünschte, meiner wäre wenigstens ein ganz kleines Fitzelchen wie deiner«, sagte Annedore. »Warum hast du nur so ein unverschämtes Glück, Rena?«

Renate zuckte die Schultern. Sie hatte sich das selbst schon des Öfteren gefragt.

»Und wenn du jetzt einen Verehrer hättest?«, bohrte Annedore weiter. »Ich meine, so wie ich meinen Viktor, obwohl ja leider zwischen uns noch nichts Offizielles besiegelt worden ist – wäre dein Vater dann auch so? Würde er dich einfach machen und ein modernes Mädchen sein lassen, ohne sich ewig und drei Tage einzumischen?«

»Ich denke schon«, murmelte Renate geistesabwesend. Sie hätte gern die perlende Melodie gehört. Sie hätte gern still dagesessen, die goldene Flüssigkeit getrunken und von dem geträumt, was sich hinter dem roten Samtvorhang auftun würde.

»Bei dir gibt es ja gar niemanden, richtig?«, fragte Annedore. »Noch immer nicht, auch nicht ein ganz kleines bisschen?«

»Ich wüsste nicht.«

Annedore seufzte. »Ich kann das kaum glauben. Du bist doch nicht jünger als ich. Eigentlich tut es mir ja schrecklich leid, dass sich bei dir die Liebe nicht einstellen will. Aber dann gibt es Augenblicke, da bin ich fast neidisch auf dich, weil dir diese ganze Aufregung erspart bleibt.«

Renate wusste nicht, was sie darauf erwidern sollte. Sie liebte Aufregung. Nur verspürte sie eben keine, wenn ein Schwarm pickelgesichtiger Jungen vom *Conradinum* an ihr vorbeipolterte, und die Jungen hatten an ihr so wenig Interesse wie sie an ihnen.

Annedore hatte sich in ihrem Sitz aufgerichtet und sah sich in dem Saal, der sich bereits zu gut drei Vierteln gefüllt hatte, um. »Warum ich dich das alles jetzt gefragt habe«, begann sie von Neuem. »Ich habe meinem Bruder, dem kleinen Erpresser, einen Viertelgulden gegeben, damit er Viktor Bescheid sagt, dass ich heute im Kino bin. Ich hoffe, er taucht gleich hier auf. Das ist dir doch recht, oder? Wir haben ja sonst kaum Gelegenheit, uns zu sehen, weil mein Vater ein solches Theater macht.«

Es war Renate nicht recht. Sie wollte sich auf den Film einstellen, nicht sich anhören, wie Annedore und ihr Viktor schnäbelten und Liebesschwüre tauschten. Auf einmal erging es ihr wie neulich mit Toni – sie fragte sich, ob Annedore eigentlich wirklich ihre Freundin war. Hatte sie überhaupt Freundinnen? Aber sie galt doch als gesellig, als Hansdampf in allen Gassen, und zum Alleinsein hatte sie gar kein Talent. Ein wenig fürchtete sie sich sogar davor: Sobald es um sie allzu still wurde, befreiten sich düstere Gedanken, die dann ihren Kopf umschwirrten wie Gespenster.

Im Augenblick bestand dafür allerdings keine Gefahr. Noch mehr Menschen drängten in den Saal, und die Musik, die aus dem Orchestergraben drang, schwoll an. »Ich kann ihn nirgends entdecken«, klagte Annedore und warf verzweifelte Blicke nach allen Seiten.

»Sicher hat er keine Karte mehr bekommen«, sagte Renate. »Es ist schließlich die Premiere und schon seit Ewigkeiten ausverkauft. Mein Vater hat unsere Plätze bereits vor Wochen besorgt.«

»Was hätte er eigentlich gemacht, wenn du durch diese Lateinprüfung gerasselt wärst?«, fragte Annedore.

Renate zuckte zusammen. »Wenn ich durch die Prüfung …« Sie brach ab und wünschte entweder sich selbst oder Annedore weit weg. Die Illusion war zerstört. Weder der Samt noch der Champagner oder die verführerische Musik konnten verhindern, dass die Wirklichkeit in ihre Traumwelt drang und ihr den Glanz raubte.

»He, jetzt schau mich nicht an wie ein Kaninchen die Giftschlange!«, rief Annedore. »Ich hab ja nur Spaß gemacht. Natürlich hat dein Vater gewusst, dass du nicht durch die Prüfung fällst. Die ganze Straße weiß schließlich, wie schlau du bist, und ich darf es mir von meinen Eltern unentwegt anhören.«

Renate sagte nichts. Die Platzanweiser schlossen die Türen zum Korridor, und die Lichter wurden gedämpft. Der Saal war bis auf den letzten Platz besetzt.

»Viktor wird dann wohl am Ausgang auf mich warten«, murmelte Annedore auf einmal kleinlaut. »Da bleibt uns nicht mehr viel Zeit, nur die paar Schritte Nachhauseweg, falls uns mein Vater nicht sogar irgendwo abfängt. Dir macht es nichts aus, alleine zu gehen, nicht wahr? Du verstehst, dass wir die paar Minuten für uns brauchen?«

So ist es immer, dachte Renate. Mich nimmt jeder gern als Ersatz, wenn er einen anderen nicht bekommen kann, aber ich bin für niemanden die, mit der er *ein paar Minuten braucht*.

Zu einer Antwort kam sie nicht.

»Wenn ihr plachandern wollt, geht ins Café, nicht ins Lichtspielhaus«, zischte eine Männerstimme hinter ihnen. Ein junger Mann, der dort Händchen haltend mit einem Mädchen im schneeweißen Pelzkragen saß, sandte Renate und Annedore, die sich umdrehten, einen giftigen Blick. »Meine Verlobte und ich sind hier, um den neuen Lubitsch-Film zu sehen, nicht um uns das Geschwätz von Schulmädchen anzuhören.«

Renate sandte ihm insgeheim eine Flut von Dankesworten.

»Ich wünschte, ich wäre auch verlobt«, murmelte Annedore, wandte sich dann jedoch nach vorn und schwieg.

Das Licht erlosch ganz. Der rote Vorhang hob sich. Das Orchester begann, eine dramatische Melodie zu spielen, und ansonsten hörte man nur noch das Rascheln und Knistern der Tüten mit Theaterkonfekt. Rasch trank Renate den Rest ihres Champagners und verspürte augenblicklich die Wirkung: Die Magie kehrte zurück. Auf der Leinwand erschien wie eine Zauberformel der Name des Films:

Die Flamme

Inszeniert von Ernst Lubitsch, dem vielleicht größten deutschen Filmregisseur, und gespielt von Pola Negri, der Leinwandkönigin, die man neuerdings wie in Amerika einen *Star* nannte.

5

Sie hatte sich aus dem Fenster gestürzt.

Renate blieb wie erstarrt auf ihrem Platz sitzen, während Zuschauer sich schimpfend an ihr vorbeischoben und Annedore drängte, sie müssten jetzt gehen, weil vor der Tür doch ihr Viktor warte.

Renate konnte nicht gehen.

Renate war in Tränen aufgelöst.

Yvette war tot.

Yvette – die zarte, ätherisch schöne Yvette mit dem Teint wie Schnee und den schimmernden schwarzen Locken – war auf das Fenstersims ihres Salons gestiegen, hatte sich, umweht vom weißen Spitzenvorhang, am Rahmen festgehalten und noch einmal den Namen ihres Geliebten geflüstert: »*Alphonse. Ach, mein Alphonse.*«

Auf dem weißen Zwischentitel zitterten die schwarzen Buchstaben.

Alphonse aber kam nicht. Alphonse kam nie mehr. Dass Yvette eine gefallene Frau, eine Kurtisane gewesen war, ehe sie aus Liebe zu ihm allem anderen entsagte, konnte er nicht ertragen und war zu seiner sittenstrengen Mutter zurückgekehrt. Damit erlosch die Flamme des Lebenswillens in Yvettes Herz. Sie schloss die dunklen, rätselvollen Augen, ließ den Rahmen des Fensters los und sprang.

Über die Leinwand zogen in endlosen Reihen Schriftzüge mit den Namen von Darstellern und Mitarbeitern, bis das Weiß sich schwarz färbte und der rote Vorhang sich langsam darübersenkte. Aber das war für die anderen Zuschauer, für die, die aufstanden und in ihr Leben zurückschlichen, um das Drama, das sie soeben miterlebt hatten, sogleich zu vergessen. Renate hingegen sah durch den Vorhang hindurch auf das, was dieser verbarg, sah die Szene, die Ernst Lubitsch nicht hatte filmen lassen:

Yvettes vollkommener Körper lag zerschmettert auf dem Straßenpflaster der Großstadt. Menschen hasteten vorbei. Manche warfen der Verzweifelten, die nun keinen Schmerz mehr spürte, einen Blick zu und hasteten umso schneller weiter, weil sie nichts damit zu tun haben wollten. Andere blieben in sicherem Abstand stehen, drängten sich zur Traube zusammen und gafften.

»*Die ist doch selbst schuld*«, zischelten sie.

»*Bei deren Lebenswandel konnte das ja kein gutes Ende nehmen.*«

»*Wer einen jungen Mann aus guter Familie ins Verderben führt, der hat nichts Besseres verdient.*«

So fällten sie ein Urteil über Yvette, doch die war endlich über alle Urteile erhaben.

Das war ein Zaubertrick des Kinos, einer aus der unerschöpflichen Kiste der Zaubertricks. Man brauchte das Furchtbarste oder das Herrlichste gar nicht zu zeigen, man brauchte auch nicht auf Zwischentiteln auszuführen, was die Figuren sagten, dachten oder fühlten. War der Strom der Bilder erst einmal in Fahrt, so erzählte die Geschichte sich von alleine weiter. Stab und Schauspieler konnten die Hände in den Schoß legen, und auf der inneren Leinwand hinter der Stirn der Zuschauer setzte der Film sich fort.

Die Bilder, die sie in Wahrheit nie gesehen hatte, würde Renate nicht mehr loswerden. Sie würde Yvette, gespielt von Pola Negri, noch in ihrer Verzweiflung und Einsamkeit auf der Straße liegen sehen, wenn sie nachher nach Hause ging und mit ihrer Familie zu Abend aß, wenn Großmutti Aussteuerwäsche umhäkelte und Uri auf den Lauf der Welt schimpfte, wenn Adaate die Bullerwupp auftrug, die Mutter die Würze lobte, Gabi mit ihrem Löffel in die Haut auf der Suppe Bilder malte und der Vater Geschichten aus der Redaktion erzählte, über die sie lachten, auch wenn sie sie auswendig kannten.

Renate würde bei ihnen sitzen, das familiäre Geplauder an sich vorbeirauschen hören und dabei die schuldlos schuldige Yvette vor sich sehen, deren zartes, schneeweißes Gesicht wie das einer Porzellanpuppe auf dem Straßenpflaster zerbrochen war.

Wenn ich so lieben könnte, dachte sie. Wenn ich einmal so gewaltig, so allumfassend lieben könnte, wie Yvette ihren Alphonse geliebt hat, wäre es vielleicht nicht einmal schlimm, dafür zu sterben.

»Rena, wir müssen jetzt wirklich los.« Annedore war bereits aufgestanden und zappelte neben ihrem Sitz von einem Fuß auf den anderen. »Am Ende verpasse ich Viktor, und dann bekommen wir uns wieder die ganze Woche nicht zu Gesicht.«

Renate wollte aufstehen, doch noch immer gelang es ihr nicht. Die

Tränenflut, die über ihr Gesicht rann, wollte nicht versiegen. Der Film war so ergreifend gewesen – und jetzt sollte sie einfach weitermachen, als wäre nichts gewesen, und sich auf Annedores Probleme konzentrieren?

Ein Mann, der sich durch die Stuhlreihe geschoben hatte, blieb vor ihr stehen und reichte ihr ein Taschentuch. »So ein Film, wenn derart schöne Menschen ihn spielen, ist trauriger als die Wirklichkeit, nicht wahr?«

Wie ertappt blickte Renate an ihm hoch. Sein Mantel war aus schwerem, grauem Tweed, und das Taschentuch war, dazu passend, taubengrau. Das ganze Bild, das er abgab, war vollendet elegant und zugleich seltsam gedeckt. Grau in grau. Einer, der den Mantelkragen hochschlug und unerkannt durchs Zwielicht huschte. Als ihr Blick bei seinem Gesicht anlangte, erschrak sie bis ins Mark.

Sie kannte ihn.

Oder nein: Sie kannte ihn nicht, sie wusste nicht einmal seinen Namen, doch sie war ihm schon einmal begegnet. Vor einer Ewigkeit. Er war viel stattlicher geworden und viel älter. An seinem Gesicht war nichts Junges mehr.

»Sie erinnern sich?«

Renate schwieg. Sie hielt sein Taschentuch zwischen zwei Fingern, ohne sich die Wangen zu trocknen.

»Silvester 1918. Beim Bleigießen.«

Mühsam nickte sie.

»Ich nehme an, Sie sind inzwischen verheiratet?«

Renate schüttelte den Kopf.

»Ich verstehe. Gar so eilig war es dann doch nicht, oder?« Er machte eine Pause. »Aber Sie leben hier in Danzig?«

Renate gab keine Antwort, schaffte es jedoch auch nicht, sich abzuwenden. Seine Augen kamen ihr ebenfalls grau vor. Selbst in seinem dichten, dunkelblonden Haar schien ein wenig Grau zu schimmern, doch das lag vermutlich an der Beleuchtung.

»Ich lebe inzwischen in Berlin«, sagte er. »Sie sollten mich einmal besuchen kommen. Rund um den Berliner Kurfürstendamm entsteht ein Kino nach dem anderen, und so gut wie jede Woche gibt es eine Premiere.«

»Wie kann ich Sie denn in Berlin besuchen kommen?«, platzte Renate heraus. Im selben Augenblick stellte sie fest, dass sie es unbedingt wollte. Nicht den fremden, ihr nicht einmal sympathischen Mann besuchen, aber nach Berlin fahren. Die neuen Lichtspielhäuser sehen, von denen der *Film-Kurier,* ihre Lieblingszeitschrift, schwärmte, und das Gelände der UFA, wo der Zauber der Bilder geboren wurde.

»Sie meinen, das würde sich nicht schicken?«, fragte er.

»Natürlich nicht.«

»Wie schade.« Seine Stimme klang nach echtem Bedauern. »Aber das Blei damals hatte doch recht, oder? Es zieht Sie zum Kino.«

Las er ihre Gedanken? Er war ihr unheimlich. Sie wollte weg von ihm und dann auch wieder nicht.

»Wir müssen gehen, Renate.« Annedore jammerte.

»Ich bin nur beruflich in Danzig, kenne niemanden außer ein paar öde Geschäftspartner«, sagte der Fremde zu Renate, als hätte er Annedore gar nicht bemerkt. »Ich darf wohl nicht hoffen, dass Sie Lust hätten, mit mir ein Lokal an der Mottlau auszuprobieren, das mir empfohlen worden ist und sehr gute Weine haben soll?«

Im schwarzen Wasser der Mottlau, Danzigs Fluss, würden sich jetzt die Lichter des Stadtbeckens spiegeln. Der schneelose Winterabend hatte etwas Funkelndes und zugleich etwas Unergründliches, das zur Atmosphäre des Films passte. Ja, der Fremde hatte recht, das begriff sie: Es zog sie zum Kino. Sonst nirgendwohin. Sie wäre gern mit ihm an den Fluss gegangen, statt hinter Annedore und Viktor nach Hause zu trotten, und sie hätte gern Wein getrunken.

Zum Kino zieht es mich.

Kino war jung, Kino war überlebensgroß, Kino gehörte zum wirbelnden Kettenkarussell ihrer Zeit, in das sie einsteigen und mit dem sie losfliegen wollte.

So oft war sie von all den neugierigen, wohlmeinenden Freunden der Eltern gefragt worden, was sie sich für ihre Zukunft wünschte, und sie hatte nie eine Antwort gewusst, hatte ihren zu großen Träumen nie einen Namen geben können. Jetzt wusste sie einen. Natürlich konnte die dickliche Renate-Granate mit der Gießkannenstimme nicht Filmstar werden, aber beim Film wurden doch sicher auch ganz gewöhnliche

Leute für alle möglichen Aufgaben gebraucht: Komparsen, Sekretärinnen, Frauen, die für das leibliche Wohl der Schauspieler sorgten. Renate konnte nicht kochen, aber sie liebte Küchen. In der Küche ihrer Familie, wo die Frauen mit Suppenlöffeln Schlagerrhythmen schlugen, ging es bei sämtlichen Festen am lustigsten zu.

»Ist das ein Nein?«, fragte der Fremde in Grau. »Oder ist Ihnen einer wie ich gar keine Antwort wert?«

»Es ist ein Nein«, beeilte sich Renate zu erwidern und stand auf.

»Wie schade«, sagte er noch einmal. »Trotzdem schön, sie wiederzusehen zu haben.«

Renate wandte sich rasch ab und ging mit Annedore aus dem Saal.

»Ich hoffe nur, ich habe Viktor nicht verpasst«, sagte Annedore noch immer in jammerndem Tonfall, sobald sie den Gang erreicht hatten. »Wer war denn der?«

»Niemand«, sagte Renate.

Annedore hörte nicht hin. »Übel ausgesehen hat er ja nicht«, bekundete sie. »Und ich wette, allein dieser Mantel hat mehr gekostet als der gesamte Inhalt meines Kleiderschranks. Maßgeschneidert. Nicht schlecht, Herr Specht. Und da machst du einen auf Fräulein Rührmichnichtan und willst mir einreden, es gibt keinen, der dich auch nur im Mindesten interessiert?«

»Es gibt keinen«, sagte Renate.

Annedore hörte nicht hin. »Auf so einen brauchst du dir aber gar nicht erst Hoffnungen zu machen. Der spielt in einer anderen Liga und ist auf Mädchen aus, die … nun ja, nimm's mir bitte nicht übel, die ein bisschen mehr fürs Auge zu bieten haben.«

Renate nahm es nicht übel. Dass es zutraf, wusste sie selbst, und dafür, dass es dennoch wehtat, gab es keinen Grund. Sie hatte an dem Menschen ja auch kein Interesse, genauso wenig wie an Viktor Achterberg oder irgendwem sonst. Sie hatte andere Sorgen. Wie sollte sie ihrem Vater erklären, dass sie nicht länger zur Schule gehen, sondern nach Berlin ziehen und Komparsin, Sekretärin oder Küchenhilfe bei der UFA werden wollte?

Sie gingen die Treppe hinunter. Hatte vorhin, als der Filmpalast sie geschluckt hatte, noch Tageslicht geherrscht, so war die Welt nun, da er sie wieder entließ, wie verwandelt. Die Winternacht war heraufgezogen, die gelben Laternen am Straßenrand brannten, und in ihrem Lichtschein glitzerte sachte fallender Schnee. Die Straße kam Renate vor wie ein Bild aus einem Märchen. Als wirke der Zauber des Films noch ein wenig nach.

»Da ist er ja.« Annedore wies auf einen Mann, der auf dem Gehsteig vor dem Portal wartete. Er hatte die Arme um den Körper geschlungen, als ob er fror. »Mein armer Viktor. Nicht mal seinen Hut hat er auf und steht sich hier seit einer Ewigkeit die Beine in den Bauch, nur weil du unbedingt deinen Graf Koks anschmachten musstest.«

Ich hab dich ins Kino eingeladen, dachte Renate. Sie wollte der anderen keinen Vorwurf machen, doch eigentlich fand sie es nicht zu viel verlangt, dass Annedore sich die paar Minuten hatte gedulden müssen. Außerdem hatte sie niemanden angeschmachtet. Niemanden außer Yvette alias Pola Negri, die so schön und tragisch gestorben war.

Annedore lief ihr davon, ihrem Viktor entgegen. Von der Dankbarkeit, über die sie sich vorhin ausgelassen hatte, war nichts mehr zu spüren. Renate trug ihr auch das nicht nach. Sie verspürte selbst keine Lust mehr, gemeinsam mit Annedore heimzugehen und über deren Probleme zu reden. Nur ein wenig enttäuscht war sie. Gab es das, was sie sich unter Freundschaft vorstellte, etwa auch nur im Kino, war es so wie mit der Liebe, die Yvette für Alphonse empfand – zu schön und zu zerbrechlich für die Wirklichkeit?

Annedore eilte aus der gläsernen Tür. Drei Schritte vor Viktor, der tatsächlich keinen Hut trug, blieb sie so abrupt stehen, dass sie im frischen Schnee über das Pflaster schlitterte und um ein Haar ausgeglitten wäre. Er blieb ebenfalls stehen, sprang nicht auf sie zu, um sie aufzufangen, sondern hielt die Arme weiter um den Körper geschlungen. Er kam Renate schmal vor. War Viktor nicht kräftiger? Gewiss nicht so stattlich wie der Mann in Grau von vorhin, aber derart schmächtig, wie er jetzt dort an der Straße stand, hatte sie ihn nicht in Erinnerung. Von der Statur her glich er Hermann Thimig, der im Film den Alphonse gespielt hatte. Ein bisschen schuldbewusst hatte Renate bei seinem Anblick gedacht, dass er für die überwältigende Schönheit Paula Negris und das Opfer, das sie brachte, doch ganz schön mickrig war.

Annedore und Viktor sanken einander nicht in die Arme, wie Renate es erwartet hatte. Wie es aussah, wechselten sie nicht einmal ein Wort miteinander, und der frierende, hutlose Viktor schien durch seine heimliche Verlobte hindurchzustarren. Annedore beachtete ihn ebenfalls nicht länger, sondern wandte den Kopf und sah sich suchend um.

Renate wollte eigentlich langsam gehen, doch sie fiel wie von selbst in den Laufschritt und stürmte aus der Tür. Der schmächtige Mann ohne Hut, dem die Schneeflocken auf den Mantelschultern schmolzen, war nicht Viktor Achterberg, und er war nicht Annedores wegen hier.

»Werner!«

»Renatchen, endlich!« Über sein Gesicht zog ein strahlendes Lächeln, und er breitete die Arme aus. »Ich dachte schon, ich müsste hier draußen zur Eisskulptur erstarren.«

»Wo kommst du denn her, Werner?«, rief sie fassungslos. »Warum bist du nicht in München?«

»Ich bin eben hier. Die Zeit ohne dich ist mir zu lang geworden, mein Liebesknöchlein. Irgendwann dachte ich mir, es reicht jetzt. Wenn mein sturer kleiner Berg nicht zu seinem sehnsuchtskranken Propheten kommt, kommt der Prophet eben zum Berg.«

»Was denn, den kennst du auch?« Annedores Stimme klang pikiert. »Und vor uns Freundinnen führst du dich auf wie die Unschuld vom Lande – dabei wirfst du dich den Männern an den Hals, dass man vor Scham kaum hinschauen mag.«

Renate wurde erst jetzt richtig bewusst, dass sie in Werners Armen lag. Und warum auch nicht? Er war ihr bester Freund seit Kindertagen, sie schrieben sich Briefe und vertrauten einander alles an, was die Mädchen, die sich ihre Freundinnen nannten, nicht hätten hören wollen.

Dass sie sich damals, an jenem Silvesterabend, sozusagen verlobt hatten, hatte natürlich keiner von ihnen ganz ernst gemeint. Sie waren ja noch Kinder gewesen, hatten mit Bleiklumpen um ihre Zukunft gespielt, und Renate war es vor allem darum gegangen, Werner vor dem arroganten Blonden in Schutz zu nehmen.

Vor dem Blonden, der ihr gerade eben wieder über den Weg gelaufen war, durchfuhr es sie. Und jetzt tauchte auch noch Werner hier auf – was war das für ein unglaublicher Zufall?

In ihrem Nacken, unter dem Mantelkragen, spürte sie Werners Hand, die ihre bloße Haut streichelte. Die Hand war eiskalt, jagte einen Schauder über ihren Rücken. Zugleich beugte er sein Gesicht näher an ihres, so nah, dass kaum noch eine Hand dazwischengepasst hätte. In seinen dunklen Augen spiegelte sich der Glanz von den Lichtern des Filmpalasts. Sie musste ihm sagen, dass das ein bisschen zu viel war, zu eng, dass es sich selbst für eine so lange Freundschaft wie ihre nicht richtig anfühlte.

»Sag mal, kommst du jetzt, oder soll ich vielleicht hier festfrieren?« Renate glaubte zu hören, wie Annedore hinter ihr von einem Fuß auf den anderen trat. »Dass wir Viktor wegen deinem Herumgeturtele verpasst haben, reicht mir vollkommen, ich habe keine Lust, mir obendrein eine Lungenentzündung zu holen.«

Renate wollte sich losmachen, doch eine kleine gehässige Stimme regte sich in ihr. Und wenn ihr Viktor gekommen wäre?, fragte die Stimme bohrend. Was hätte sie dann getan? Sich mit ihm vergnügt und dich allein nach Hause gehen lassen. Weshalb solltest du also jetzt, da es andersherum ist, Rücksicht auf sie nehmen?

Renate mochte solche Stimmen nicht. Sie wollte nicht gehässig sein, nicht kleinlich aufrechnen und anderen nach dem Motto *Wie du mir, so ich dir* etwas heimzahlen. Sie straffte die Schultern, um sich von Werner zu lösen, und wollte Annedore zurufen: Warte, ich komme!

Aber sie tat es nicht. Etwas hielt sie ab. Was Annedore gesagt hatte, hatte sie verletzt. War es nicht ihr gutes Recht, ihren Triumph nun ein wenig zu genießen, der anderen zu zeigen, dass es durchaus Männer gab, die fanden, sie hätte etwas fürs Auge zu bieten? Schließlich wurde nicht Annedore abgeholt, sondern sie. Die dicke Renate. Die romantische Szene – Liebespaar im winterlichen Licht der Straßenlaterne –, die aus einem Film hätte stammen können, gehörte nicht Annedore, sondern ihr.

Werner beugte sich noch ein wenig vor, und Renate glaubte, Annedores Blick in ihrem Nacken zu spüren. Gleich darauf spürte sie etwas anderes: Werners Lippen auf ihren. Sie hätte ihn wegschieben sollen. Aber sie blieb stehen und tat nichts.

6

Werner

Er hatte sich bis ins Mark erschrocken, als sie aus dem Kino gekommen war. Einen Augenblick lang hatte er sogar geglaubt, sich zu täuschen, sie mit einer andern zu verwechseln, aber seine Renate, das süße Gesicht mit der Stupsnase, hätte er unter Millionen von Mädchen erkannt.

Sie erkannte ihn auch, natürlich erkannte sie ihn. Sie rief seinen Namen, und endlich war er in dieser fremden, hochnäsigen Stadt nicht mehr mutterseelenallein. Gleich darauf lag sie in seinen Armen. Alles, was ihm seit seiner Ankunft zugestoßen war, alle Demütigungen, die man ihm zugefügt hatte, spielten keine Rolle mehr. Er hatte das Richtige getan. Er hatte sein Mädchen wieder bei sich. Für alles andere würden sich Lösungen finden.

Der Schrecken saß dennoch tief. Er hatte ein Kind verlassen, und jetzt stand vor ihm eine junge Frau. Und nicht nur das: Aus dem pummeligen kleinen Renatchen war eine Schönheit geworden, als wäre eine kugelige Knospe aufgeplatzt, und aus ihr hätte sich eine makellose Blüte entfaltet. Ihre Figur war noch immer fülliger als die der Fotomodelle, die neuerdings auf Plakatwänden und Litfaßsäulen prangten, aus endlosen Zigarettenspitzen rauchten und keine Miene verzogen, als wäre ihr Mund zum Lächeln zu schmal. Renate aber war viel schöner. Die Modelle sahen aus wie Knaben und wirkten, so jung sie noch waren, bereits verblüht und verlebt. Abgewirtschaftet wie der Staat, in dem sie lebten, wie diese Republik, die angeblich zum Wohl der Menschen gegründet worden war und die doch ihre Menschen in der Kälte und im Regen stehen ließ.

Renate hingegen hatte etwas von der üppigen, großzügigen Schönheit des Kaiserreichs: runde Formen, volle Lippen, rosige Wangen. Sie sah gesund aus und nicht schwindsüchtig wie die Frauen auf den Plakaten, wohlgenährt und nicht halb verhungert wie die Opfer der Hyperinflation. Anders als die Schönen der *Belle Époque* mit ihren maßlosen

Ansprüchen, ihrer Überheblichkeit und ihrem Spiel mit weiblichen Waffen besaß Renate jedoch einen Liebreiz, der sich selten fand: Sie war ein bescheidenes, liebenswertes Mädel, das auf dem Teppich blieb und einen Mann nicht für sein Geld, sondern für seinen Charakter und seine Fähigkeiten liebte. Sie war umso schöner, weil sie gar nicht zu wissen schien, wie schön sie war.

Aber wusste sie es wirklich nicht?

Er hielt sie umschlungen und fühlte sich von Zweifeln gequält: Was hatte das Mädchen mit dem Fuchskragen in ihrer Wut zu ihnen herübergerufen? Renate habe geturtelt, sie habe sich Männern an den Hals geworfen?

Er küsste sie, schmeckte ein wenig Salz auf ihren Lippen und konnte nicht aufhören, sich zu fragen: Bin ich wirklich der Erste? Ist sie mir so treu, wie sie sich in ihren Briefen all die Jahre gezeigt hat? Weiß sie, dass ich es nicht aushalten würde, wenn es anders wäre?

Es hatte ihn so viel Mühe gekostet, sie zu finden, sie irgendwo abzufangen, wo ihr Vater sie nicht wie ein Schießhund bewachte. Ihr Vater, der sich so viele Jahre lang wie ein Freund gebärdet und sich aus heiterem Himmel zu seinem Feind erklärt hatte, ohne dass Werner begriff, was er ihm getan hatte. Karl-Eugen Müller ließ ihn nicht nur beruflich hängen, sondern tat alles, um ihn von seiner Tochter fernzuhalten, und seine Nachbarn, die gesamte Umgebung, stand wie eine geschlossene Front gegen den unerwünschten Schwiegersohn zusammen. Auf seine Fragen hatte er nichts als Schweigen geerntet. Bis ihm der kleine Rotzbengel über den Weg gelaufen war, der ihm für den Wucherpreis von einem Gulden schließlich gesteckt hatte, dass seine Schwester mit Renate im Kino war.

Außer dem Gulden hatte Werner nicht mehr viel in der Hosentasche, und das Geld war für sein Abendessen bestimmt gewesen. An seinem Essen sparte er, wo er nur konnte, hatte außer einem Apfel zum Frühstück den ganzen Tag noch nichts gehabt. Er war hungrig an Leib und Seele, und mit diesem verzweifelten Hunger küsste er Renate.

Sie durfte ihn nicht betrügen. In dieser Welt voller Lügen und Betrug und Enttäuschung musste es etwas geben, das echt und gut, das wahr und verlässlich war. Wenn Renate zu ihm stand, wenn sie sich von sei nen Feinden, zu denen ihr eigener Vater zählte, nicht abbringen ließ, an ihn zu glauben, dann würde er es ihnen allen doch noch beweisen, würde ihnen zeigen, was in ihm steckte und was niemand ihm zutraute.

Weil es für sie war.

Weil sie es verdiente, mehr als jede Prinzessin, jede Leinwandgöttin, jedes Töchterchen reicher Bonzen.

Er zog sie fester an sich, presste seine Lippen auf ihre und war einen Herzschlag lang der glücklichste Mann in ganz Danzig, obwohl sein Magen leer und sein Mantel zu dünn für den eisigen Wind von der Ostsee war. Sie war sein Mädchen. Er hatte in ihr gesehen, wofür alle anderen blind gewesen waren, und sie hatte in ihm gesehen, wofür alle anderen nichts als Spott übriggehabt hatten. Wenn sie sich das von niemandem zerstören ließen, konnten sie alles erreichen, was sie sich erträumten, einer an der Seite des andern, zu zweit gegen den Rest der Welt.

Dann sah er den Mann. Mit halbem Auge, an Renates Gesicht vorbei entdeckte er ihn. Er stand auf der anderen Straßenseite an einen Laternenpfahl gelehnt, hatte den Hut in gespielter Lässigkeit in die Stirn gezogen und tat so, als lese er in einer Zeitung.

Georg Deutsch.

Werner empfand berechtigten Hass auf eine ganze Reihe von Menschen, aber er hätte wenige nennen können, die er mehr hasste als den Sohn des Bankiers. Der Mann war wie ein böses Omen, ein Schleicher, der aus dem Dunkel auftauchte und Werners Pläne zunichtemachte. Den Silvesterabend in München würde er nie vergessen. Außerdem war er überzeugt, dass Georg Deutsch auch bei seinem Hinauswurf aus der Bank seine Hand im Spiel gehabt hatte. Er war seine Nemesis. Und jetzt war er auf einmal ohne Grund in Danzig, und sie trafen wiederum zu dritt aufeinander.

Renate löste sich von ihm. »Ich muss nach Hause, Werner.«

Unwillkürlich schlossen sich seine Arme fester um sie. Wenn sie jetzt ging, lief sie womöglich geradewegs in Deutsch hinein, und mit Sicherheit war es das, was dieser beabsichtigte. Außerdem durfte sie ihn nicht jetzt schon wieder in seine Einsamkeit zurückstoßen, nicht ehe sie ihr Wiedersehen ausgiebig genossen und sich miteinander wieder vertraut gemacht hatten. Nicht ehe sie ihren Bund erneuert und sich ihr Versprechen noch einmal gegeben hatten. Werner brauchte die Sicherheit. Er brauchte etwas, an dem er sich festhalten konnte.

»Ich kann dich jetzt noch nicht gehen lassen, Liebesknöchlein. Ich habe dich doch gerade erst wiedergefunden.«

»Aber meine Eltern warten doch auf mich, Werner.«

»Ach, tun sie das?«, fragte er verletzt. »Und was ist mit mir? Habe ich vielleicht nicht gewartet, war ich nicht ganze vier Jahre lang von dir getrennt?«

Hätten ihre Eltern sich verhalten, wie es sich ziemte, hätten sie beide gemeinsam zu ihnen zum Essen gehen und einen angenehmen, familiären Abend verbringen können. Dass er als Verlobter der Tochter wie Luft behandelt wurde, war ein Affront sondergleichen, eine Ohrfeige, vor der er sich nicht schützen konnte.

»Aber mit mir kann man es ja machen«, brach es aus ihm heraus. »Ich bin ja nur der dumme Werner, der nichts hat und nichts ist und auf dessen Gefühle niemand Rücksicht zu nehmen braucht.«

»Werner, so ist es doch nicht.«

Aus ihren großen, hellen Augen blickte sie zu ihm auf. Sie war so schön, dass sich sein Herz verkrampfte.

»Ach nein? Ist es das nicht? Warum schenkst du mir dann nicht wenigstens eine Stunde deiner kostbaren Zeit und lässt deine Eltern warten, nachdem du mich jahrelang nicht gesehen hast? Wir könnten über den Weihnachtsmarkt gehen, was meinst du? Ich schieße dir eine Rose, lade dich zu etwas ein …«

Dass er keine fünf Groschen in der Tasche hatte, versuchte er für den Augenblick zu verdrängen.

Renate zögerte. Georg Deutsch, im Lichtkegel der Laterne, schien in seine Zeitung zu starren, doch Werner wusste, dass er sie heimlich keinen Atemzug lang aus den Augen ließ.

»Also schön«, sagte sie schließlich. »Weil du es bist.« Sie hakte sich bei ihm ein, und Seite an Seite gingen sie durch das Schneegestöber davon. Renate zog sich eine Mütze aus dicker Wolle, die ihr etwas Kindliches verlieh, bis über die Ohren. Das mochte er so an ihr: Sie war jetzt eine junge Frau, sie würde seine Frau sein, doch diese kindliche Unschuld hatte sie nicht wie andere einfach abgelegt.

»Du solltest deinen Hut aufsetzen, wenn du bei dem Wetter unterwegs bist, Werner«, sagte sie. »Dein Haar ist ganz nass. Du wirst dich erkälten.«

»Ich habe keinen«, sagte Werner und genoss die Vorstellung, wie Georg Deutsch ihnen wutentbrannt hinterherstierte. All sein Geld, seine Stellung, das hohe Ross, auf dem er saß, hatten ihm nicht den Sieg beschert, den Werner davontrug.

»Du hast keinen Hut?«, fragte Renate ungläubig. »Aber wo gibt es denn so was?«

Forschen Schrittes führte er sie weiter, der Jahrmarkt kam schon in Sicht- und Hörweite. »Es gibt so manches, von dem du nichts weißt, mein Kleines.«

»Dann wirst du es mir eben erzählen müssen«, sagte Renate. »Das bist du mir schuldig, wenn ich deinetwegen meine Familie warten lasse. Als Erstes will ich wissen, wie es kommt, dass du überhaupt hier bist. Hast du dir Urlaub genommen? War denn Kommerzienrat Deutsch damit einverstanden?«

»Keinen Urlaub«, sprach Werner gegen das Lärmen der Dampforgel und der heiteren Menschenstimmen an. »Mit Kommerzienrat Deutsch und seiner Bank ist Schluss. Du weißt ja, wie sehr es mich gequält hat, dort erniedrigt zu werden wie der letzte Portokassenjüngling. Dieser Mann ist einer von denen, die glauben, die Welt gehöre ihm und seinesgleichen, sie stünde ihm bis in alle Ewigkeit zu und solche wie ich, die vielleicht über ein gewisses Talent verfügen und ihm gefährlich werden könnten, müssten bis in alle Ewigkeit kleingehalten werden.«

»Ach Werner, wirklich so schlimm?«

Statt weiter eingehakt mit ihr zu gehen, tastete er nach ihrer Hand, die in einem wollenen Handschuh steckte, und hielt sie fest. Dann presste er die Lippen zusammen und nickte. »Ich habe mich gefühlt wie unser Land, weißt du? Wie dieses besiegte, am Boden liegende Deutschland, auf das alle noch eintreten.«

»Aber weshalb sagst du denn das?«, rief Renate. »Deutschland liegt doch nicht am Boden, und es tritt auch niemand auf uns ein. Im Gegenteil, jetzt, wo die Inflation überstanden ist, geht es ganz bestimmt bergauf. Berlin hat einen neuen Flughafen, mein Vater ist extra hingefahren, um über die Eröffnung zu berichten, und rund um den Kur-fürstendamm schießen Kinos wie Pilze aus dem Boden.«

Sie war sichtlich stolz auf ihr Wissen. Doch Werner schnitt ihr das Wort ab: »Für eine Journalistentochter bist du reichlich naiv. Wie ist es zu dieser Inflation denn überhaupt gekommen? Sind daran etwa nicht die untragbaren Reparationszahlungen schuld, die die Siegermächte uns auferlegt haben? Damit schaffen sie es nun endgültig, uns am Bo-den zu halten und uns ihren Fuß in den Nacken zu stellen.« Er hatte diese Thesen vor Kurzem in München auf einer Kundgebung gehört und hatte sich gefühlt, als zünde jemand in dem verwirrenden Dunkel in seinem Kopf eine Lampe an. Die Erkenntnis, nicht alleine zu stehen, war unendlich erleichternd: Nicht er war schuld an seiner Misere und nicht er allein wurde geknechtet, sondern sein ganzes Land.

»Deutschland ist wie ein Gast, der zu spät am Tisch erschienen ist«, dozierte er weiter. »Die anderen hatten den Kuchen schon unter sich aufgeteilt: Kolonien, Bodenschätze, die Reichtümer der Welt, alles wollten sie für sich behalten, und als unsereins bescheiden die Hand hob und auch einen Anspruch anmeldete, haben sie uns mit ihrem Krieg und ihrer Übermacht überrollt.«

»Aber die anderen haben den Krieg doch nicht angefangen. Die Bri-ten haben ihn sogar verhindern wollen«, warf Renate mit ihrem Schul-mädchenwissen ein. Ihr Geschichtslehrer war vermutlich ein Sozialde-mokrat wie ihr Vater. Einer von denen, die glaubten, ihr Land müsse vor seinen Peinigern noch den Buckel krumm machen.

»Dass diese Phrase so oft wiederholt wird, macht sie nicht wahrer«, belehrte er sie. »Das europäische Großkapital und die Vereinigten Staa-ten haben sich gegen uns verbündet, weil sie Angst um ihre Pfründe hatten, und nun sorgen sie dafür, dass wir uns von diesem Krieg nicht mehr erholen. Wenn wir das, was sie fordern, bezahlen, bleibt uns nicht einmal mehr die Luft zum Atmen. Bezahlen wir nicht, marschieren sie in unser Land ein und besetzen es, wie im Januar im Ruhrgebiet ge-schehen.«

Sie waren beide stehen geblieben. Schnee trieb ihnen entgegen, wir-belte mit den schrägen Klängen der Jahrmarktsmusik. Renate blickte zu ihm auf. »Ich glaube, du hast recht«, sagte sie. »Ich bin naiv, und von

Politik verstehe ich nichts. Sprechen wir lieber von etwas anderem. Sprechen wir von dir.«

»Um mich ging es ja«, sagte Werner. »Dieser Deutsch ist mit mir umgegangen wie die Franzosen und Briten mit unserem Land. Wäre ich noch einen Tag länger dortgeblieben, dann wäre ich erstickt.«

»Dann hast du das Richtige getan«, meinte Renate. »Aber was soll denn nun werden?«

Auf einmal konnte Werner das Gedudel der Musik, das Gelächter und die blinkenden Lichter nicht länger ertragen. Er war vor Kälte bis ins Innerste erstarrt und nass bis auf die Haut. »Mir ist nicht nach Jahrmarkt«, sprudelte er heraus. »Komm, gehen wir dort drüben in das Lokal, da können wir reden.«

Er zog sie regelrecht hinter sich her. Das Gasthaus, auf das er zustrebte, befand sich in einem schmalen, lindgrün verputzten Giebelhaus. Es hatte winzige Fenster zur Straße, hinter denen nur gedämpftes Licht schimmerte, und über der Tür stand in geschwungenen, dunkelgrünen Buchstaben *Zum tauben Löwen*. Schlecht passte das nicht, auch wenn der Name albern war. Wie ein Löwe kam er sich selbst vor, das Lokal war die Höhle, in die er sich flüchtete, und taub und blind wäre er zuweilen gern gewesen.

7

Dunkel schlug ihnen entgegen, nur durchbrochen vom Licht aus kleinen Schirmlampen auf den Tischen. Die Luft war warm, verraucht, zum Schneiden dick und hüllte sie wie Nebel ein. Das Lokal war voll. Ein Kellner, der ein Tablett balancierte und mehrere Krüge in einer Hand stemmte, drängte sich zwischen den eng stehenden Tischen hindurch.

»Gehen Sie ganz nach hinten«, rief er Werner und Renate zu. »Da müsste was frei sein, einer ist grad gegangen.«

Werner tat wie ihm geheißen und fand einen Tisch mit zwei Stühlen im hinteren Winkel des Schankraums. Genau das, was er brauchte. Erschöpft ließ er sich auf einen der Stühle fallen. Die Wärme, die sich um ihn legte, war wie seine Daunendecke als Kind, wenn er bestraft und ins Bett gesteckt worden war und auf einmal spürte, dass niemand ihm mehr wehtat, dass nur noch weicher Stoff seinen Körper umfing.

Am Nebentisch saß ein Mann mit einem enormen Wanst, der mit der Gabel in einen Berg gelber, geschälter Kartoffeln und Quark hieb. Werners leerer Magen zog sich zusammen und gab ein Geräusch von sich. Er musste an sich halten, um dem Dicken nicht den Teller samt der Gabel wegzureißen.

»Nun gut«, sagte Renate kurz und bündig und knöpfte sich den gefütterten Mantel auf, um ihn dem herbeieilenden Kellner zum Aufhängen zu geben. »Das war ja nicht mehr mitanzusehen, wie du in diesem dünnen Fetzen und ohne Hut gefroren hast. Jetzt besser? Können wir dann reden?«

Der Kellner wartete, aber Werner schüttelte den Kopf. Er wollte den Mantel anbehalten, zum einen weil ihm dann wärmer war und zum anderen weil Renate nicht auch noch zu sehen bekommen sollte, wie schäbig sein Anzug war. Als der Kellner mit Renates Mantel, Schal und Mütze über dem Arm trotzdem keine Anstalten machte, sich zu trollen, begriff er, dass er auf ihre Bestellung wartete.

Renate zog die Karte, die auf dem Tisch lag, zu sich heran und blätterte in den wenigen Seiten. »Goldwasser bekommt man wohl nur im *Lachs?*«, fragte sie.

Der Kellner schnaubte pikiert.

»Ich hätte gern ein Glas Weißwein«, sagte Renate.

»Wir haben Wein nur in Flaschen und Halbflaschen«, brummte der Kellner und wandte sich Werner zu. »Welcher soll's denn sein?«

Werner, dem vor Hunger übel war, fiel siedend heiß ein, dass er kein Geld hatte. Wie konnte ihm so etwas passieren? Wäre sie mit Georg Deutsch statt mit ihm gegangen, hätte dieser ihr vermutlich das ganze Lokal gekauft. »Die Dame entscheidet«, stammelte er, sah den Mann nicht an und wies auf Renate.

»Einen goldenen«, rief Renate und lächelte. Für ihr Lächeln allein, fand Werner, hätte der Kellner ihr den edelsten Wein, den der Keller zu bieten hatte, umsonst servieren müssen. »Ich möchte gern etwas Goldenes trinken.«

Der Kellner gab noch einen Brummlaut von sich und richtete das Wort wieder an Werner. »Entscheiden Sie sich dann jetzt mal? Wie Sie sehen, habe ich noch anderes zu tun.«

Hastig nahm Werner die Karte und wies auf den zuerst gelisteten Wein, einen *Rauenthaler Nonnenberg*. Es war der billigste. Sechs Gulden für eine halbe Flasche, doch auch die stellten in seiner momentanen Lage ein unerreichbares Vermögen dar.

»Einmal den Riesling vom Nonnenberg.« Der Kellner machte sich eine Notiz. »Sonst noch was?«

»Bringen Sie uns auch etwas zu essen.« Werner hielt es vor Hunger nicht mehr aus, und außerdem machte es keinen Unterschied mehr. Ob er sechs Gulden oder sechsundzwanzig berappen musste – er würde so oder so vor seiner Verlobten die peinlichste Vorstellung seines Lebens abgeben. Aber darüber konnte er jetzt nicht nachdenken, erst musste er etwas im Magen haben.

»Was denn bitte schön?« Der Blick des Kellners wurde regelrecht giftig.

»Herrgott, was auch immer. Das, was der Herr dort drüben hat.« Werner wies mit dem Finger auf den Gast mit den Kartoffeln und fühlte sich von entrüsteten Blicken geradezu eingekesselt.

»Piroggen?«

»Ja, von mir aus. Piroggen.« Allzu teuer konnte ein Teller Kartoffeln ja nicht sein, auch wenn für ihn selbst saure Kutteln, wie sie in Suppenküchen an Bettler verfüttert wurden, unerschwinglich waren.

Er hatte die Schlangen, die sich vor solchen Küchen der Heilsarmee bildeten, gesehen, Männer, Frauen und Kinder, die sich vor dem riesigen Kessel drängten und ihre Blechnäpfe in die Höhe hielten, und er hatte sich gefragt, wie ein Mensch so tief sinken konnte. Ich würde lieber hungers sterben, hatte er gedacht. Jetzt, wo er vor Hunger Magenkrämpfe hatte, begriff er, dass das mit dem Sterben nicht so leicht war. Sein Körper war jung, war stark, war wild aufs Leben und bestand darauf, erhalten zu werden. Wäre er in diesem Augenblick an einem jener Suppenkessel vorbeigekommen, hätte er vermutlich all die armseligen

Gespenster und Klappergestelle aus dem Weg gestoßen, nur weil ihn die Gier nach der dünnen, säuerlich riechenden Suppe trieb.

War das seine Zukunft? Würde er sich erkundigen müssen, wo sich in Danzig eine Essensausgabe für Arme befand? Und wenn am Neujahrsmorgen die Miete für sein kümmerliches Zimmer fällig wurde – musste er dann sein Heil auf der Straße suchen, in Hauseingängen schlafen wie die Krüppel, die der Krieg zurückgelassen hatte?

Die Brust wurde ihm eng, er rang nach Atem und richtete den Blick zur Decke. Der Winkel, unter dem sie saßen, war mit einer überreichen Stuckarbeit ausgestattet. Eine Art Füllhorn, aus dem Früchte quollen, davor ein dicklicher, geflügelter Knabe, der Flöte spielte, und daneben ein Löwe mit prachtvoller Mähne, der lauschte oder schlief.

Was sollte das bedeuten? Sein Blick verlor sich in den weißen Formen, und mit Entsetzen bemerkte er, dass er kurz davor war, in Tränen auszubrechen. Dann spürte er eine warme Hand auf seiner. »Was ist denn los mit dir, Werner?« Das war Renates vertraute, liebevolle Stimme. »Ich erkenne dich ja gar nicht wieder. Bist du krank, Lieber? Dass du von Deutsch weg bist, wo er dich so scheußlich behandelt hat, war doch richtig, das kann dich doch nicht so quälen!«

Sie war der letzte Mensch, dem er die Wahrheit sagen wollte. Er wollte ihr imponieren, ihr vor Augen führen, dass ein Georg Deutsch ihr nichts zu bieten hatte, was er, Werner, ihr eines Tages nicht auch hundert Mal bieten würde, dass er auf dem Weg nach oben war und all denen, die auf ihn herabgesehen hatten, zeigen würde, woraus er gemacht war.

Er öffnete den Mund zu einer Antwort, doch er wusste keine. Der Kellner erlöste ihn. Er stellte vor jeden von ihnen ein Glas hin und schenkte aus einer mit einer Serviette umwickelten Halbflasche beide zu einem Drittel voll. Der Wein war golden. Er brachte Renates Glas, das nicht einmal gründlich gespült war, zum Schimmern. Der Kellner, der schon wieder davongeeilt war, kehrte zurück und stellte einen dampfenden Teller, wie der Mann am Nachbartisch ihn geleert hatte, in die Mitte zwischen sie beide, legte Besteck, Servietten und Teller aus und verschwand.

»Na, jetzt trinken wir erst mal«, sagte Renate und hob ihr Glas. »Davon wird dir auch wärmer. Und die Piroggen sehen gut aus. Die musst du aber allein essen, mein Lieber, denn auf mich wartet daheim ja noch ein Abendessen.«

Piroggen.

Was seine vom Hunger getrübten Augen für Kartoffeln gehalten hatten, entpuppte sich als Teigtaschen, gefüllt mit irgendeinem Mus und Sauerkraut. Werner schmeckte es kaum. Es war heiß und füllte ihm den Magen, das war alles, was zählte. Er hatte Mühe, nicht allzu sehr zu schlingen.

»Willst du wirklich nichts?«, rang er sich ab.

»Nein, Werner«, sagte sie. »Ich bin ganz zufrieden mit meinem Wein und bedanke mich dafür. Aber du scheinst sehr hungrig zu sein.«

»Ich wollte dich auf keinen Fall verpassen, deshalb bin ich heute noch nicht zum Essen gekommen«, erklärte Werner, ehe er sich mit unmanierlicher Gier eine weitere Teigtasche in den Mund schob.

Renate trank ihren Wein. Für ein so junges Mädchen hatte sie einen herzhaften Zug am Leib. »So etwas musst du nicht machen, den ganzen Tag meinetwegen hungern. Wir haben Telefon. Du hättest einfach anrufen können.«

»Habe ich vielleicht eure Nummer?«, fuhr er sie an. »Und hätte dein Vater mich weitergeleitet, oder hätte er einfach behauptet, du seist nicht zu Hause, ohne dir auch nur eine Nachricht von mir auszurichten?«

»Wie kommst du denn auf so etwas?« Renate hob die runden Brauen und schüttelte den Kopf. »Natürlich hätte mein Vater deinen Anruf angenommen. Du bist doch der Sohn seines Freundes, er hätte sich gefreut, von dir zu hören, und dich bestimmt gleich zum Essen eingeladen.«

»Dein Vater hat Freunde wie Sand am Meer«, versetzte Werner. »Und ich denke, er wechselt sie auch so oft, wie die Gezeiten wechseln. Mein Vater, der Versager, war doch höchstens eine Randfigur in seinem illustren Leben, in das Kommerzienrat Deutsch und seinesgleichen viel besser passen.«

»Was hast du nur immer mit Deutsch? Der ist nur sein Bankier, bei uns im Haus verkehren ganz andere Leute, und mein Vater wählt seine Freunde ganz bestimmt nicht nach ihrem Bankkonto aus.«

»Wie auch immer.« Werner wollte ihnen nachschenken, stellte aber fest, dass Renate das bereits getan hatte. Die kleine Flasche war leer. »Von mir hält dein Vater jedenfalls genauso wenig wie der feine Herr Kommerzienrat.«

»Das ist nicht wahr.« Sie trank. »Mein Vater war doch immer nett zu dir.«

»Scheinheilig«, konterte Werner. »Das trifft es besser. Von dem, was er wirklich von mir hält, durfte ich mich erst vor ein paar Tagen überzeugen.«

»Was denn, Werner?« Renate wirkte zunehmend verstört und trank den Rest aus ihrem Glas. »Was soll mein Vater denn von dir halten, er hat dich doch seit Jahren nicht gesehen?«

»Nun, wenn du's genau wissen willst: Ich hatte ihn gebeten, mir beruflich ein wenig den Steigbügel zu halten. Nur eine kleine Empfehlung, ein paar Worte, weiter nichts. Ich dachte, für einen Chefredakteur wäre das kein Problem, und für einen künftigen Schwiegersohn, der als Journalist in schwieriger Zeit seinen Weg macht, täte man so etwas doch gerne. Leider aber habe ich mich getäuscht.«

»Künftiger Schwiegersohn? Journalist? Du hast dich mit meinem Vater getroffen und das alles zu ihm gesagt?«

»Warum nicht?«, gab Werner trotzig zurück. »Ich konnte schließlich nicht ahnen, dass er mich eiskalt abblitzen lassen würde. Hätte ich auch nur im Mindesten Grund gehabt, so etwas zu befürchten, hätte ich wohl kaum mein letztes Geld auf den Tisch geblättert, um die Zugfahrt zu bezahlen und ein verwanztes Zimmer in einer erbärmlichen Gegend anzumieten.«

»Aber Werner, so etwas kannst du doch nicht tun!«, rief Renate. »Hierherkommen und dich irgendwo einmieten, ohne zu wissen, ob überhaupt Aussicht auf eine Stellung für dich besteht. Arbeitslose gibt es auch in Danzig in Massen, und wenn jetzt der Hafen in Gdingen ausgebaut wird, werden es wohl noch mehr.«

»Ich dachte, ich hätte mehr zu bieten als die Massen.« Er wusste selbst, dass er sich lächerlich betrug, und fühlte sich dennoch gekränkt. Sie hätte zu ihm halten sollen. Sich empört darüber zeigen, dass ihr Vater ihm nicht half.

»Ach Gottchen, Werner. So einfach ist das doch nicht.« Sie griff nach ihrem Glas und entdeckte erst, als sie es mit den Lippen berührte, dass es leer war. »Würde es dir etwas ausmachen, noch etwas Wein zu bestellen? Meine Familie wird sich Sorgen machen, aber ich glaube, wir können noch nicht gehen, oder?«

Werner schüttelte den Kopf, dann winkte er mit einer ungestümen Armbewegung dem Kellner. »Herr Ober, noch eine Flasche von dem Wein. Aber eine ganze diesmal.« Es war nun auch schon egal. Es war alles egal.

»Aber Werner! Wir können doch nicht noch eine ganze Flasche Wein trinken.«

»Warum nicht?«, herrschte er sie an. »Sind wir etwa Kinder?«

Der Kellner kam und schenkte ihnen ein.

»Es tut mir leid«, sagte Werner. »Ich wollte nicht grob zu dir sein. Das will ich nie, Renate, und das weißt du, nicht wahr? Das alles zerrt nur so sehr an meinen Nerven, ich kann nicht mehr schlafen, nicht mehr klar denken und erkenne mich selbst nicht mehr.«

»Das merke ich«, sagte sie. »Du musst dich beruhigen, Werner. Das alles ist nicht das Ende der Welt und kommt wieder in Ordnung. Du bist jung, du hast einen klugen Kopf, dir steht doch das ganze Leben noch offen.«

»Wie denn, wenn niemand mir eine Chance gibt?«, brach seine Verzweiflung aus ihm heraus. »Weißt du, was dein Vater zu mir gesagt hat? Er kann mich nicht brauchen, weil ich nicht studiert habe wie irgendein Pole, den er lieber in seiner Redaktion haben will als den Mann, den seine Tochter liebt. In meine Freundschaft mit dir soll ich mir ja sowieso nichts hineindenken. Ja, du hast richtig gehört – in das Schönste, Hellste, Heiligste, was mir in meinem elenden Leben je geschehen ist, soll ich mir nichts hineindenken. Und beruflich soll ich mich auf Antiquitäten verlegen. Ja, auch das hat er mir ins Gesicht gesagt. Dass ich von den Leuchtern und all den herrlichen Sachen, die er da kreuz und quer in seinem Arbeitszimmer aufstellt, etwas verstehe, war das einzige gute Haar, das er an mir gelassen hat.«

Der Teller mit den Teigtaschen war leer. Sein Weinglas war ebenfalls leer, und so, wie sein Magen sich noch immer verkrampfte, fühlte er sich unfähig, weiterzutrinken. Gegen die Tränen, die nicht aufhörten, ihm in die Augen zu quellen, konnte er nicht länger ankämpfen. Er war ein Schwächling. Ein Versager wie sein Vater. Die Vorstellung, die er dem Mädchen, das er liebte, bot, war eine Schande sondergleichen.

»Ach, Werner.« Renate beugte sich über den Tisch und strich ihm mit einem Finger erst die Tränen von der einen, dann von der anderen Wange. »Bitte sei doch nicht so traurig. Das alles ist ganz bestimmt nicht so böse gemeint, wie es dir vorkommt. Jaroslaw Powazki, von dem du wohl sprichst, ist schon seit Ewigkeiten in der Redaktion, er ist ein schrecklich netter Mann, seine ganze Familie ist schrecklich nett. Aber das heißt doch nicht, dass mein Vater nichts von dir hält. Vielleicht hat er ja recht, und das Schreiben ist wirklich nicht so sehr dein Metier, meinst du nicht auch?«

»Weshalb sagst du das? Habe ich dir nicht täglich Briefe geschrieben?«

»Doch, das hast du. Ganz wunderbare Briefe.« Sie fuhr fort, ihn zu streicheln, und hielt mit der freien Hand die seine fest. »Aber mit journalistischem Schreiben, wie mein Vater und Herr Powazki es betreiben, kann man es doch nicht vergleichen. Ich wollte auch gern Journalistin werden, ich habe des Nachts unzählige Gedichte über Herz und Schmerz verfasst und dachte, wenn eine so viel schreibt wie ich, dann muss sie ja wohl Talent haben. Aber ich habe keines. So gern ich meinem Vater damit eine Freude machen würde, es ist nicht das, was ich kann.«

»Du bist doch ein Mädchen. Dich verachtet niemand, wenn du nur hübsch bist und nichts kannst.«

»Aber hübsch bin ich auch nicht«, erwiderte Renate und trank von ihrem Wein.

Er hätte ihr gern gesagt, dass sie die Schönste von allen war, dass er so, wie sie jetzt vor ihm saß, kaum fassen konnte, zu welcher Schönheit sie geworden war, aber auf einmal machte ihm gerade das Angst. »Ich hab dich lieb, Renatchen«, sagte er stattdessen. »Für mich bist du die Beste, und ich würde dir alles zutrauen.«

Renate lachte. »Wirklich? Auch wenn ich zum Kino wollte?«

»Klar, warum nicht? Die aufgeblasenen Diven da kochen auch nur mit Wasser, und mein Renatchen steckt sie alle in die Tasche, wenn sie will. Egal, was du kannst oder nicht kannst, Liebesknöchlein, ich werde immer an dich glauben.«

»Das weiß ich, Werner«, sagte sie. »Du bist ein wirklich guter Freund, und das werde ich dir nie vergessen. Aber vielleicht sollten wir wirklich nicht allzu viel in unsere Freundschaft hineindeuten. Wir sind noch so jung. Ob wir irgendwann heiraten werden, das wissen wir doch noch gar nicht genau.«

Sein Magen verkrampfte sich so heftig, dass ihm ein Schmerzlaut entfuhr. Er hatte es gespürt. Es war das, was ihm die ganze Zeit solche Angst gemacht hatte: Sie wollte von ihm weg. Sie war ein zu feiner Mensch, um wie eine Ratte das sinkende Schiff zu verlassen, doch im Grunde ihres Herzens zog es sie zu Männern wie Deutsch.

Er straffte die Schultern und zwang sich, mit der kindischen Heulerei aufzuhören. »Na bestens«, sagte er hart. »Nun weiß ich also, woran ich mit dir bin, und kann dir gleich auch noch alles sagen. Du bist ein schlaues Mädchen und tust gut daran, nicht länger aufs falsche Pferd zu setzen. Mit dem guten alten Werner ist's zu Ende, der hat ja sowieso nichts getaugt. Am nächsten Ersten fliege ich aus meinem Rattenloch, weil ich das Geld für die Miete nicht habe. Um genau zu sein, habe ich nicht einmal das Geld, um dieses Gelage heute Abend zu bezahlen, und werde mit dir die Zeche prellen müssen.«

»Aber das geht doch nicht!«, rief sie. »Warum hast du denn nichts gesagt?«

Sie sah so unschuldig aus, so ahnungslos wie das behütete Kind, das sie im Grunde noch war. Von der wirklichen Welt mit ihrer Härte und Ungerechtigkeit hatte sie keinen Schimmer.

»Ich hatte nicht den Mut«, sagte er. »Ich wollte nicht, dass auch du mich noch verachtest.«

»Aber ich verachte dich doch nicht, du Quatschkopf!«, rief sie. »Ich bin deine Freundin, und ich will dir helfen. Wegen der Rechnung mach dir keine Sorgen. Konrad, der Wirt, kennt meinen Vater, ich rede mit ihm und verspreche, dass ich ihm das Geld morgen bringe.«

»Hast du denn welches?«

»Ich borg's mir von Gabi.« Sie lachte. »Ich bin eine hoffnungslose

Verschwenderin, aber Gabi steckt jeden Pfennig, den sie in die Finger bekommt, in ihre Spardose.«

Werner erinnerte sich. Die Müller-Mädchen bekamen reichlich Pfennige in die Finger, denn all die betuchten Bekannten, die in ihrem Elternhaus ein und aus gingen, steckten ihnen etwas zu. Und Renate war tatsächlich eine Verschwenderin. Das luxuriöse Leben, das sie gewohnt war, würde er ihr nie bieten können, und sich zu bescheiden, hatte sie nie gelernt. »Es tut mir leid«, murmelte er.

»Ist schon gut. Gabi gibt es mir gerne, sie weiß, sie bekommt es irgendwann zurück, auch wenn es Jahre dauert. Und jetzt lass uns überlegen, was wir unternehmen können, um dich endlich auf den richtigen Weg zu bringen, armer Werner. In dem Wanzenzimmer kannst du nicht bleiben. Am besten kündigst du, bevor die nächste Miete fällig wird, und fährst zurück nach Hause.«

»Ich habe kein Zuhause«, sagte er.

»Aber zu deinen Eltern wirst du doch können.«

»Damit mir mein Vater von morgens bis abends vorhalten kann, was für eine Enttäuschung ich bin? Dieser Griesgram, der selbst nichts zustande gebracht hat – nein danke, lieber schlafe ich auf der Straße.«

»Sei nicht albern«, erwiderte sie. »Wenn du versuchst, bei dem Wetter draußen zu schlafen, erfrierst du in der Nacht. Da deine Eltern also nicht infrage kommen, müssen wir nach einer anderen Lösung suchen. Genug Geld für deine Miete wird Gabi nicht haben – meinst du, deine Wirtin stundet sie dir noch eine Weile?«

»Und dann?«, fragte er zurück.

»Dann müssen wir eine Arbeit für dich finden«, erwiderte sie, stützte ihr kleines Kinn in eine Hand und überlegte. Die Geste war so typisch für sie, dass sein Magen sich erneut zusammenzog. Wie konnte er sie verlieren? Sie war sein Halt, seine Liebe, das eine Gute, das in seinem Leben immer da gewesen war.

»Weißt du was?« Ihre Miene hellte sich auf. »Ich glaube, mein Vater hat gar nicht so unrecht. Das mit den Antiquitäten, das könnte wirklich etwas für dich sein. Ich glaube, ich habe keinen einzigen Brief von dir, in dem du nicht irgendwelchen alten Plunder erwähnst, und ich kenne niemanden, der sich dafür so begeistern kann wie du.«

»Für *alten Plunder* begeistere ich mich nicht«, protestierte er. »Die Sachen, von denen ich dir schreibe, sind einzigartige Stücke, Zeugen einer großen Vergangenheit, die zumeist ein Vermögen wert sind.«

»Da hast du's.« Renate lachte. »Du wärst das reinste Verkaufsgenie, wenn du in so einem Laden arbeiten könntest. Warum versuchst du nicht, in dem Feld eine Anstellung zu finden? In Danzig gibt es eine ganze Menge Trödelläden, die könnten wir zusammen abklappern.«

Werner schwankte zwischen Rührung, weil sie ihm so sehr helfen wollte, und Ärger, weil sie so abwertend von seiner Leidenschaft sprach.

»Um Trödel geht es mir nicht«, erklärte er ihr. »Es geht um Antiquitäten, um Schätze, und wenn ich mich um so einen Posten bewerben würde, würden mir die gleichen Vorurteile um die Ohren fliegen wie bei deinem Vater: Sie haben nicht studiert, Sie sind keiner von uns, also haben Sie auch keine Ahnung. Dabei könnte ich den meisten von diesen Fatzkes Sachen über ihre Sammlungen erzählen, dass ihnen die Ohren schlackern. Ich habe schon Stücke gesehen, die für einen Appel und ein Ei verschachert wurden, obwohl sie gut und gern das Zehnfache wert waren. Und ich habe billige Fälschungen gesehen, die die Verkäufer entweder in betrügerischer Absicht oder aus Dummheit für echt ausgaben. Wenn ich so etwas aufziehen würde, würde ich den Kunden gute Ware zu fairen Preisen anbieten. Sie würden wieder zu mir kommen, weil sie sich auf meine Expertise verlassen könnten und ich ihnen nichts aufschwatzen würde, was nicht zu ihnen passt.«

Ein wenig verblüfft erkannte er, dass es ihm tatsächlich Freude machen würde, ein solches Geschäft zu führen, dass er sich bei einer solchen Tätigkeit sehen konnte, wie er sich bisher hinter dem übergroßen Schreibtisch hatte sehen können.

»Warum machst du dich dann nicht selbstständig?«, fragte Renate. »Du könntest wertvolle Stücke, die die Leute nicht mehr haben wollen, aufkaufen und sie an Interesssenten weiterverkaufen. Dir einen Kundenstamm aufbauen. Dazu bräuchtest du am Anfang vermutlich nicht einmal ein teures Geschäft.«

»Aha«, entfuhr es Werner bitter. »Und von welchem Geld bezahle

ich die Stücke für den Verkauf? Trage ich meinen Mantel ins Pfandhaus, wie ich es schon mit meinem Hut getan habe? Ich fürchte, den
verschossenen Lappen nimmt mir keiner mehr ab. Soll ich es stattdessen mit meinen Socken versuchen? Oder mit meinem Rasiermes-
ser?«

»Hör auf damit. Wenn du solchen Unsinn schwatzt, kann ich nicht
denken.« Renate presste sich die Hände auf die Ohren. Kurz darauf löste sie eine, schenkte sich ihr Glas fast bis zum Rand voll mit Wein und
trank ihn wie Wasser. »Vielleicht könnte ich dir das Geld geben«, sagte
sie dann. »Ich habe mein eigenes Sparkonto, die Uri hat es mir zur Kon-
firmation geschenkt. »Eine Frau sollte besser ihr eigenes Geld haben,
damit sie sich nicht auf Männer verlassen muss«, hat sie gesagt und es
in der Schweiz in Devisen angelegt, sodass es durch die Inflation nicht
verloren gehen konnte. »Ich weiß nur nicht, wie ich drankommen soll,
denn es ist für meine Zukunft gedacht, und Geld von der Bank abheben
dürfen nur Erwachsene. Aber das lass meine Sorge sein. Etwas wird mir
schon einfallen.«

Sie trank noch mehr Wein und begann sich in kreisenden Bewegungen die Schläfen zu reiben.

»Das würdest du wirklich für mich tun?«, fragte er fassungslos.

Renate blickte auf und sah ihn an. Sie kam ihm auf einmal blass vor
und gar nicht mehr kindlich. »Natürlich«, sagte sie. »Ich würde dir ein
ganzes Geschäft kaufen, wenn ich das Geld dafür hätte. Das, was die
Uri auf mein Konto eingezahlt hat, wird für allzu viel nicht reichen,
aber vielleicht kann es für dich ein Anfang sein.«

8

Renate

Silvester wurde im Hause Müller in diesem Jahr so groß gefeiert wie seit dem Ende des Krieges nicht mehr. Renates Eltern fanden, nach dem harten Jahr mit Inflation und Kriegsgefahr hätten sie alle ein hoffnungsvolles Fest nötig und redlich verdient. Freunde aus der Redaktion und der Nachbarschaft kamen, und aus München reisten sämtliche Tanten und Cousinen an.

»Also wieder eine weibliche Übermacht«, stöhnte der Vater, aber Renate wusste ebenso wie Gabi und die Mutter, dass er es liebte.

Er hätte eben nur gern einen Sohn gehabt, und es war eine himmelschreiende Ungerechtigkeit, dass er – der beste Vater, den man sich vorstellen konnte – keinen bekommen hatte.

Wie immer, wenn bei den Müllers gefeiert wurde, versammelte sich irgendwann ein Großteil der Frauen in der Küche, und Renate schloss sich ihnen an, weil es unmöglich etwas geben konnte, das gemütlicher und lustiger war. Auf dem großen Tisch vor dem Fenster füllten die Tanten die geleerten kalten Platten mit Häppchen auf, die Adaate im Laufschritt herbeitrug, klapperten dabei mit Löffeln und sangen den brandneuen Schlager mit, der vom Grammofon im Salon herüberklang: »*Ausgerechnet Bananen ...*«

Die drei Tanten – Vaters Schwestern Minchen und Hilde und Mutters Schwester Anni – hatten hübsche Stimmen, und weil sie schon so lange auf Müllerschen Küchenpartys miteinander sangen, klangen sie fast wie ein richtiges Terzett. Die Großmutti spülte Gläser, Gabi und die Cousinen – Dora, Helene und Elschen – polierten sie und schwangen dabei im heißen Foxtrott-Rhythmus die Hüften, und die Uri saß in einem Ohrensessel am bollernden Offen und wetterte, dass ihre Tochter alles ganz falsch mache.

Die Uri hatte im Oktober ihren neunzigsten Geburtstag gefeiert, und wenn das Wetter feuchtkalt war, bekam sie Schmerzen in den

Knien, die ihr das Gehen unmöglich machten. Dann trugen der Vater und Renate sie in ihrem Sessel von Zimmer zu Zimmer, während die Uri schimpfte, ihre Tochter, das faule Stück, sei sich wohl zu fein, für ihre Mutter einen Finger zu krümmen. Ihre Tochter, die Großmutti, war einundsiebzig und hatte mit weit mehr Beschwerden zu kämpfen als die Uri. Trotzdem sprang sie grundsätzlich herbei, sobald die Uri mit ihrer Tirade begann, und versuchte als brave Tochter ihre Pflicht zu tun, wie es sich ein Leben lang zwischen den beiden eingespielt hatte.

Großmutti war früh verwitwet. Ihr Mann, ein Diplomat, war unter dubiosen Umständen in Santiago de Chile ums Leben gekommen, und seine Frau stand mit zwei kleinen Töchtern mittellos in einem fremden Land da. Ihre Eltern hatten sie zurück zu sich nach Hause geholt, und als kurz darauf auch die Uri verwitwet war, hatten die beiden Frauen die Mädchen – Renates Mutter und Tante Anni – allein aufgezogen.

»Deine Uri hat immer *die Kinder* gesagt, wenn sie Anita, mich und unsere Mutter meinte«, hatte Renates Mutter erzählt. »Großmutti hat von früh bis spät für uns geschuftet, hat die Wohnung geheizt, eingekauft, gekocht, unsere Kleidung in Ordnung gehalten und für die Aussteuer gesorgt. Uri aber war überzeugt, ihre Tochter sei viel zu unselbstständig, um Kinder zu erziehen, weshalb alles an ihr hängen bliebe.«

So war es noch heute. Hörte man Uri reden, so glaubte man, sie hielte die Achse in den Händen, um die die Erde sich drehte. Tatsächlich war sie eine gewiefte Geschäftsfrau, die die Papierwarenhandlung ihres verstorbenen Gatten mit Gewinn verkauft und den Erlös verwaltet und gemehrt hatte. Renate, Gabi und ihre Cousine Helene waren vermutlich die einzigen Mädchen weit und breit, deren Urgroßmutter an der Börse spekuliert hatte, und Renate verhehlte nicht, dass sie auf Uri stolz war.

Auch wenn diese mit Geld allem Anschein nach besser umgehen konnte als mit Kindern.

Renate half den Tanten, die Platten zu füllen, obwohl deren flinke Finger dabei keine Hilfe benötigten. Schon gar nicht Renate, deren

Talente in der Küche kaum zum Belegen einer Scheibe Brot ausreichten. Aber es war so schön hier. Es duftete nach schmelzender Butter, nach Majoran, Zimt und frisch gemahlenem Pfeffer, Dampf füllte den Raum und ließ Konturen verschwimmen, und in dem Singen, dem Gläserklirren und Löffelklappern lag eine Geborgenheit, die selbst in den Jahren des Krieges wie Balsam gegen die Angst gewirkt hatte. Es war eine Geborgenheit, die Renate von klein auf kannte. Schon als Zweijährige war sie, wie die Uri zu erzählen pflegte, auf ihren dicken Beinchen durch die Küche gestapft und hatte mit ihrem komischen Lachen alle angesteckt. Es war Teil ihres Lebens. Und doch war heute etwas anders.

Die Wohnung war vollgestopft mit Menschen. Im Flur tanzten Paare, die aufgrund der Enge dauernd mit den Hüften zusammenstießen, die Mutter und der Vater allen voran. Sie hatten immer getanzt, und wenn sie sich eines weder verbieten noch verleiden ließen, dann war das ihr Tanzen. Die Mutter konnte sämtliche Schrittfolgen, auch die ganz modernen Tänze, Onestep, Twostep, Foxtrott und Slowfox, und manche noch neueren, die selbst Renate unbekannt waren. Sie gingen noch immer miteinander in Tanzdielen und kamen dann spät in der Nacht nach Hause, der Kragen des Vaters stand offen, und die Mutter hielt ihre Schuhe in der Hand. Ehe sie dann in ihrem Zimmer verschwanden, hörte Renate die Mutter perlend lachen, und die Stimme des Vaters klang ungewohnt dunkel, und sie stellte sich vor, wie schön eine solche Kino-Liebe mitten im Leben wohl war.

Den Zauber ihrer wundervollen Mutter hatte keine der Töchter geerbt, aber einen kleinen Teil davon hatte jede mitbekommen: Gabi ein wenig von der dunklen, exotischen Schönheit und Renate, die äußerlich der pummeligen Tante Minchen glich, die Begabung der Mutter für den Tanz.

Nur gab es leider niemanden, mit dem sie so hätte tanzen können, wie die Mutter mit dem Vater tanzte.

Viktor Achterberg, der mit seinen Eltern bei Müllers zu Gast war, war zweimal in die Küche gekommen, um sie aufzufordern, aber Renate hatte geschwindelt und behauptet, sie werde hier gebraucht. Viktor tanzte ausgezeichnet, und sie hätte sich nur zu gern mit ihm an »Lo, *holde Lo«*, einem ganz neuen Foxtrott, versucht. Annedore aber war mit ihrer Familie ebenfalls zu Gast, und die bösen Blicke, mit denen die einstige Freundin sie bedachte, waren Renate nicht entgangen. Offenbar war Annedores Liebe an jenem verpatzten Treffen nach dem Kino zerbrochen, und sie gab Renate die Schuld daran.

Renate wollte keinen Streit. Schließlich lag ihr nichts an Viktor, uns sie hoffte, er fände zu Annedore zurück. Sie fragte sich nur: Lag ihr an mir denn gar nichts? Vier Jahre lang waren sie befreundet gewesen, und wenn das auch nur im Mindesten von Bedeutung gewesen wäre, hätte Annedore sich wohl kaum eines Jungen wegen mit Renate entzweit. Aber vielleicht sah sie das auch völlig falsch. Was wusste sie schließlich von der Liebe?

Die Frage lenkte ihre Gedanken zu Werner, und das war gefährliches Terrain. Sie fühlte sich schuldig. Gabi, dieser Engel, der keine Fragen stellte, hatte ihr all ihr Geld geborgt, und nach dem Begleichen der Rechnung im Lokal war noch etwas übrig geblieben, das Renate Werner zusammen mit ein paar von Adaate erbettelten Vorräten und einem alten Hut des Vaters zustecken konnte. Ansonsten aber hatte sie für ihn noch nichts erreicht.

»Weißt du, wie tief es mich demütigt, vor dir als Bettler dazustehen?«, hatte er sie gefragt, als sie ihm die Sachen brachte.

Renate hatte es im Herzen wehgetan. Sie hätte ihm frohe Kunde bringen, ihm sagen wollen, dass er mit dem Geld von ihrem Konto bald rechnen konnte, doch in Wahrheit war sie in dieser Sache noch keinen Schritt weiter. Sie wusste einfach nicht, wie sie als minderjähriges Mädchen die Summe hätte abheben sollen, sosehr sie sich auch den Kopf zerbrach. Zumindest aber hätte sie ihn für heute Abend einladen müssen. Alle waren ja da, ließen den Sekt in Strömen fließen, vertilgten Kanapees, als gäbe es kein Morgen, und feierten ausgelassen ins neue Jahr. Wie ungerecht war es da, dass ihr bester Freund um Mitternacht allein in einem schlecht beheizten Zimmer hockte und sich mit Wasser und Fleischkonserven begnügen musste!

War sie eine schlechte Freundin?

Was hatte sie abgehalten, ihrem Vater zu sagen, sie wolle Werner für die Silvesternacht herbitten? Der Vater zählte doch die Gäste nie durch, wer jemanden mitbringen wollte, der tat es, und vermutlich wusste er selbst nicht genau, wie viele Menschen sich in seiner Wohnung tummelten. Gabi hatte ihre Schulfreundin Irene Goldblum eingeladen, das Mädchen tanzte wie eine Wilde mit Cousine Doras Bräutigam und durfte sogar über Nacht bleiben. Warum also nicht Werner?

Dass der Vater wirklich gegen ihn eingenommen war, konnte Renate nicht glauben. Ihr Vater war doch ein Menschenfreund, wie er im Buche stand, er war gegen niemanden eingenommen, solange der nicht wie der merkwürdige Herr Hitler Krieg und Zwietracht unter den Völkern predigte. Er hätte es Renate ganz gewiss nicht verwehrt, ihren Kindheitsfreund, den Sohn seines alten Freundes Helmut, zur Silvesterfeier einzuladen.

Warum hatte sie ihn nur nicht darum gebeten?

Der Abend mit Werner, von dem sie viel zu spät nach Hause gekommen war, hatte ihr zugesetzt. Auf einmal war ihr bewusst geworden, dass Werner sich von allen Seiten angegriffen fühlte und dass er nicht imstande war, sich gegen diese Angriffe zu wehren. Jemandem, der am Boden lag, half man auf, jemandem, der wehrlos war, bot man Schutz. Warum hatte sie nichts davon für Werner getan, obwohl ihr doch so viel daran lag?

Spielte dabei ihr schlechtes Gewissen eine Rolle, wagte sie nicht, ihren Vater um etwas zu bitten, weil sie ihn noch immer belog? Er glaubte weiterhin, dass seine Tochter das Latinum in der Tasche hatte und ihr nach dem Abitur die Türen der Universitäten offen stehen würden. Sie war eine Lügnerin, sie betrog den aufrichtigsten Menschen, den sie kannte, aber warum sollte ausgerechnet Werner dafür büßen?

Wenn sie tief in sich hineinhorchte, stieß sie auf noch einen weiteren Grund, und der machte ihr Angst.

»Ein Schlückchen Sekt, mein blauäugiges Cousinchen?« Dora, ihre zehn Jahre ältere, frisch verlobte Cousine, tanzte im Shimmy-Takt von »Wo hast du nur die schönen blauen Augen her« heran, drückte Renate ein Stielglas in die Hand und füllte es aus der überschäumenden Flasche. »Bist ja nun schließlich kein unschuldiges Kind mehr, auch wenn du mit deinen blauen Augen immer noch wie eines aussiehst.«

Sie schwang herum, entfernte sich mit wiegenden, von gelb geblümtem Stoff umspannten Hinterbacken und sang:

>>*Wo hast du nur die schönen blauen Augen her,*
So treu, so lieb, so rein?
Ich glaube fast, das sind schon keine Augen mehr,
Das müssen Sterne sein.<<

Shimmy. Was für ein unwiderstehlicher Tanz. Er setzte Renates *Ruscheldubs* in Bewegung und ließ ihre Beine wie kleine Tiere zappeln, obwohl diese törichten Beine nicht einmal wussten, wie man ihn tanzte. Das perlende Gold in ihrem Glas war nicht dazu angetan, sie zu beruhigen. Rasch trank sie einen Schluck. Dann einen zweiten. Das Trinken machte alles so schön weich, selbst die Angst vor ihren eigenen Gedanken. Ja, es gab noch einen Grund dafür, dass sie Werner nicht eingeladen hatte, aber war der wirklich so furchtbar? Sie hatte Sorge, dass Werner tatsächlich zu viel in ihre Beziehung hineindeutete. Sie wollte ihm Geld beschaffen, sie glaubte fest daran, dass etwas in ihm steckte, und sie wollte dafür sorgen, dass er endlich eine Chance bekam. Aber sie wollte nicht, dass er sich noch einmal vor anderen als ihr Verlobter bezeichnete.

Ich will ihn nicht heiraten, durchfuhr es sie.

Ich will ihm das Geld, das die Uri mir geschenkt hat, geben, um mich loszukaufen.

>>Was stehst du denn hier mit uns Alten und bläst Trübsal, Herzelein?<<, fragte das dicke Tante Minchen, das in einem Arm eine Porzellanschüssel hielt und Mayonnaise rührte. >>Willst du etwa als alte Jungfer enden wie ich? Sei froh, dass in deiner Generation die Männerwelt nicht vom Krieg ausgedünnt ist, dass du jede Menge junger Verehrer zur Auswahl hast. Also los, worauf wartest du, stürz dich ins Getümmel.<<

>>Wie ein erwachsener Mensch so viel Unsinn zusammenschwatzen kann, werde ich bis an mein Lebensende nicht begreifen<<, wetterte die Uri. >>Denkt ihr Weibsen eigentlich manchmal nach, bevor ihr eure Einfalt auf das Jungvolk loslasst? Weshalb soll sich ein patentes Ding

wie Rena denn einen Mann ans Bein binden? Sie hat ihren eigenen Verstand, sie hat ihr eigenes Geld, was kann ein Mann, das sie allein nicht besser könnte? Männer schnarchen, bekommen Warzen und kauen ihr Fleisch mit offenem Mund.« Mit sichtlichem Widerwillen schüttelte sie sich.

Die Frauen lachten.

»Woher kennst du dich denn so gut mit Männern aus, Uri?«, rief Helene. »Vor allem nachts, im Schlaf?«

Renates Stichwort aber war das eigene Geld. Wenn sie jetzt nicht Werners wegen fragte, würde sie es nie tun. Hastig stürzte sie den Rest Sekt im Glas herunter, um sich Mut zu machen. »Wenn aber nun ein Mädchen sein eigenes Geld hat und es auch für etwas Wichtiges braucht«, stieß sie hervor, ehe sie sich eines Besseren besinnen konnte, »wie könnte sie es denn überhaupt anstellen, an dieses Geld heranzukommen?«

Das Geschnatter und Gelächter der Frauen, das die Küche erfüllt hatte wie der Dampf und die Düfte, verstummte. Nur die Musik, zu der im Korridor getanzt wurde, war noch zu hören:

»Wetten möchte ich, diese blaue Pracht,
Die ist nicht vom lieben Gott gemacht.«

»Ja, das kann ich mir denken, dass du das wissen möchtest«, brummte die Uri. »Gehe ich recht in der Annahme, dass es sich bei dem geheimnisumwitterten Mädchen, von dem du sprichst, um dich selbst handelt? Und dass du nicht die Absicht hast, deinen Vater oder ein anderes Mitglied deiner Familie darüber in Kenntnis zu setzen, was du mit dem Geld zu tun gedenkst?«

Renate zögerte kurz. Dann nickte sie tapfer. Es zu leugnen, würde jetzt nichts mehr helfen. Sie hatte sich dumm angestellt, die Uri hatte sie durchschaut, und ihr Plan war geplatzt.

»Recht so«, sagte die Uri. »Es wäre schließlich kein eigenes Geld, wenn man anderen darüber Rechenschaft ablegen müsste, was man damit anfängt, richtig? Unser Gesetz denkt sich das so: Will ein Mädchen an sein Konto, muss es seinen Vater zum Unterzeichnen mitnehmen, und tritt es später in den Ehestand, geht statt des Vaters der Gatte mit. Aber keine Sorge. Elise Frederich hat keinen Mann und keinen Vater mehr, den sie um irgendeine Erlaubnis bitten muss, und das Geld habe ich über Bankier Deutsch anlegen lassen, bei dem eine Kundin tatsächlich Königin ist. Das ist alles in deinem Sinne geregelt. Wenn du morgen deinen Rausch ausgeschlafen hast, setzen wir uns hin und sehen zusammen die Kontobücher durch. Dann sagst du mir, was du abheben willst, und ich rufe den alten Deutsch an, damit er die Summe kabeln lässt.«

»Ich kann das Geld haben?«, stammelte Renate. »Einfach so?«

»Andernfalls wäre es ein reichlich nutzloses Geschenk, oder? Da wärst du mit irgendwelchen Porzellanschäferinnen besser bedient gewesen, denn die hättest du wenigstens ins Pfandhaus tragen können.«

Die Musik endete, und Adaate kam mit zwei leeren Silberplatten in die Küche gestürmt. »Nur noch einmal nachfüllen, sagt die Frau Müller. Und dann sollen bitt’ schön alle mit ihren Gläsern nach drüben kommen, weil’s in weniger als einer Viertelstunde ja vorbei ist mit dem alten Jahr.«

Das erregte Gemurmel setzte wieder ein, und Renate und ihr Anliegen schienen vergessen. Die Tanten stellten am Herd das Gas aus und arrangierten die letzten Häppchen auf den Platten, die Cousinen füllten die frisch gespülten Gläser, und der Vater kam mit Cousine Doras Bräutigam, dem freundlichen, frisch zugelassenen Anwalt namens Theo, um Uri in ihrem Sessel hinüber in den Salon zu tragen.

Renate drängelte sich zu Gabi durch, die die ganze Zeit ihren Blick unverwandt auf sie gerichtet hatte. Sie zog sie in den Winkel, aus dem der Sessel soeben hinausgetragen worden war. »Sicher machst du dir Sorgen und fragst dich, wozu ich so viel Geld brauche«, raunte sie ihrer Schwester zu. »Aber das musst du nicht, Gabi. Es tut mir leid, dass ich dir nichts Genaues sagen darf, doch es ist für einen guten Zweck, und dein Geld bekommst du auf Heller und Pfennig zurück, das verspreche ich dir.«

»Das musst du nicht, Rena«, sagte Gabi und klang gar nicht wie ein erst fünfzehnjähriges Schulmädchen, sondern so ruhig und sicher wie eine Erwachsene. »Ich habe dir das Geld gegeben, weil ich weiß, dass es bei dir in guten Händen ist, und etwas anderes brauche ich nicht zu wissen. Wir sind doch Schwestern. Ich helf dir gern, wenn ich kann. Immer.«

»Ich dir auch, Gabi.« Überwältigt drückte sie die Jüngere an sich. »Sag mir einmal, was du dir am allermeisten wünschst.«

»Einen Hund«, antwortete Gabi wie aus der Pistole geschossen. »Je größer, desto besser, damit ich ganz viel zum Liebhaben habe. Aber das Vatchen erlaubt es nicht. Er sagt, es macht dem Muttchen und Adaate zu viel Arbeit, und für den armen Hund hätte niemand genug Zeit.«

»Eines Tages bekommst du einen«, versprach ihr Renate. »Warte nur ab.«

Von der Marienkirche, in der Renate konfirmiert worden war, begannen die dunklen, volltönenden Glocken zu läuten. Also lag das alte Jahr schon im Sterben, und der Augenblick, in dem das neue zur Welt kam und sich alle jubelnd in die Arme fielen, stand unmittelbar bevor. Renate schnappte sich zwei der mit Sekt gefüllten Gläser, und gemeinsam folgten die Schwestern den Übrigen hinüber in den Salon.

Dort standen alle in einem dicht gedrängten Kreis vor den Erkerfenstern, vor denen der auf einmal so weite, schwarzblaue Himmel sich wölbte, und fingen an zu zählen; »Zehn, neun, acht ...«

Renate hielt Gabi eins der Gläser hin, doch die lachte und schüttelte den Kopf.

»Sieben, sechs, fünf ...«

»Du musst doch anstoßen«, flüsterte Renate. »Bringt Glück fürs neue Jahr.«

»Glück hab ich ja schon«, flüsterte Gabi zurück. »Mehr brauch ich nicht.«

»Zwei, eins, null – prost Neujahr!«

Ich wünschte, ich wäre auch so wie du, dachte Renate. So klar, mir meiner selbst so sicher und so aufrichtig. Jubel brach los. Viktor Achterberg eilte auf Renate zu und wollte sie umarmen, weil sich ja alle rings um sie in den Armen lagen. Sie hob die zwei Gläser, die sie in den Händen hielt, um ihm zu zeigen, dass sie verhindert war. Einen Augenblick lang wünschte sie, die doch so ungern allein war, sich weit weg von allen Menschen.

Ihr Vater und ihre Mutter waren wie jedes Jahr in einer innigen Umarmung versunken. Als versicherten sie einander Jahr für Jahr aufs Neue, dass ihre Insel, auf der es nur sie beide gab, ihnen bleiben würde, einerlei, wie viele Jahre auch verstrichen. Sachte löste sich der Vater, umfasste das Gesicht der Mutter mit einer Zärtlichkeit, als hätte er sich gerade erst in sie verliebt, und küsste ihr die Nässe von den Wangen. Als er sich schließlich umdrehte, um nach seinen Töchtern Ausschau zu halten, trank Renate rasch eines der Gläser leer und stellte es ab. Die sprudelnde Flüssigkeit machte sie schwindlig, und sie bekam einen Schluckauf.

»Frohes neues Jahr, mein Mädchen.« Der Vater ließ sein Glas gegen das zweite, das Renate noch in der Hand hielt, klingen. »Nun also wieder Silvester, was? Ein weiteres Jahr, das ich mit meiner wundervollen Frau und meinen wundervollen Töchtern verbringen darf, und solange wir zusammen sind, haben wir es gut. Ich kann mir noch gar nicht vorstellen, dass das eines Tages ein Ende haben wird. Dass unsere Küken flügge werden und Mariquita und ich in nicht allzu ferner Zeit allein in unserem leeren Nest zurückbleiben.«

Ich auch nicht, dachte Renate. Ich will, dass die Zeit sich rückwärts bewegt, dass ich wieder dein Küken sein kann, das nichts Böseres tut, als aus der Speisekammer ein bisschen Sirup zu stibitzen, und dem nichts Böseres geschehen kann, als dass Adaate morgen keine schlesischen Sirupküchlein backt. Auf einmal überrollte sie die Angst vor der Zukunft wie eine Welle, die ihr die Sicht und den Atem raubte, und es war doch dieselbe Zukunft, nach der sie sich so sehr sehnte und die sie eben noch kaum hatte erwarten können.

»Weißt du, was ich mir von Herrmann Radtke aus der Kulturredaktion gerade habe erzählen lassen?«, fragte der Vater gut gelaunt. »Über dieses seltsame Fest Silvester, das Abschied und Willkommen zugleich ist, wurde in Berlin bei der UFA in den vergangenen Wochen ein Film gedreht. *Sylvester* wird der Streifen auch heißen, und Herrmann fährt morgen mit dem ersten Zug nach Berlin, um sich die Uraufführung anzusehen. Der Regisseur heißt Lupu Pick. Sagt dir das etwas?«

Renate schüttelte den Kopf.

»Er soll eine Kamera eingesetzt haben, die nicht auf ein Stativ montiert ist, sondern sich bewegen lässt«, berichtete der Vater. »Ist das nicht faszinierend? So wie die Zeit sich bewegt und niemals stillsteht, wie das Jahr 1923 schon verblasst und 1924 heraufzieht, bewegt sich nun auch die Kamera und steht nicht mehr still.«

Renate fand es auch faszinierend. Der Film war das Medium des neuen Jahrhunderts, er erzählte die Geschichten ihrer Zeit mit Mitteln, die sich ebenso rasant wie diese Zeit entwickelten. »Woher weißt du das denn alles?«, fragte sie, denn bisher war ihr bei dem Vater nie sonderliches Interesse für das Kino aufgefallen.

Er lächelte sein Eulenaugen-Lächeln mit den Kränzen in den Winkeln. »Ich habe eben Herrmann ausgequetscht. Wenn ich schon eine Kinofreundin zur Tochter habe, muss ich doch über die neuesten Entwicklungen im Bilde sein.«

Vati, wollte sie sagen, oder Vatchen, wie ihn Gabi, seit sie in Danzig wohnten, nannte. Vatchen, ich will auch im Bilde sein, ich will wie dein Kollege Herrmann nach Berlin fahren und die brandneuen Filme sehen, wenn sie uraufgeführt werden, weil es das ist, was in mir ist. Zu dem es mich zieht.

Es war ihre Chance, es ihm zu erklären, und sie ließ sie ungenutzt verstreichen.

»Du siehst sehr hübsch aus, wenn du vor dich hin träumst, mein Mädchen.« Ihr Vater strich ihr das verschwitzte Haar aus dem Gesicht. »Ich muss deiner Schwester ein frohes neues Jahr wünschen und dann auch dem ganzen herzallerliebsten Weiberhaufen und den Freunden. Und auf dich wartet zweifellos eine Anzahl junger Herren, die für einen Neujahrskuss Schlange stehen. Genieß das alles, was dir bevorsteht, koste deine jungen Jahre aus, wie wir es auch getan haben. Dieser kleine Moment eben, den du deinem alten Vater geschenkt hast, war schön.«

»Ja, er war schön.« Sie lösten sich voneinander, und Renate kam sich anschließend ein wenig vor wie ein Stück Frachtgut, das von einer schlaffen Umarmung zur nächsten weitergereicht wurde. Es war wie jedes Jahr an Silvester: Alle mochten sie, keiner – außer Annedore – hatte etwas gegen sie, und jeder wollte ihr seinen Neujahrswunsch aussprechen. Jeder aber hielt dabei schon nach dem Nächsten Ausschau, keinem war sie wichtig genug, um länger zu verweilen.

Keinem außer ihrem Vater.

Dem einen, den sie betrog.

Als der Jubel sich schließlich legte, dämpfte Johann, der vom Alter schon ein wenig gebeugte Hausdiener, die Lichter. Über den Raum senkte sich Schweigen, der enge Kreis weitete sich, und nur ein paar sterbende Kerzenflammen flackerten im Dunkeln. Die bedeutendste Stunde stand bevor. Die Stunde der Zukunft.

Doras Bräutigam schaltete das Grammofon aus, das noch leise Tanzmusik gespielt hatte. Seite an Seite traten der Vater und die Mutter vor den langen Tisch, dessen Eichenholzplatte seit den Münchner Tagen noch heftiger zerkratzt und abgeschabt war. Die Mutter stellte die einzelne Kerze und die Schüssel mit dem geeisten Wasser auf den Tisch, und der Vater legte das schwere, in Leder gebundene Buch daneben.

Renate hatte Mühe, still stehen zu bleiben. Sie wollte dem Bleigießen nicht mehr diese kindische Bedeutung beimessen, schließlich hatte sie ganz andere Sorgen, doch dem alten Zauber war schwer beizukommen.

Die Mutter legte einen Bleiklumpen auf den Löffel.

»Renate«, verkündete der Vater. »Unsere älteste Tochter, auf die Mariquita und ich sehr stolz sind und die ein besonderes Jahr vor sich hat, soll diesmal die Erste sein.«

»Auf Renate!« Ein Sektkorken poppte aus der Flasche, und Gläser klirrten aneinander. Vor dem Fenster, im Schwarz des Himmels, blinkte die Fontäne eines vereinzelten Feuerwerkskörpers auf, als wäre er eigens für sie gezündet worden.

Renate wusste nicht, wohin sie sehen sollte, und wünschte sich zum Verschwinden die Erdspalte, die es nicht gab.

Die Mutter hielt den Löffelkopf über die Kerzenflamme und erhitzte ihn, bis sein Boden schwarz war und das verflüssigte Blei in der Mulde silbrig glitzerte.

Mit einer blitzschnellen Drehung aus dem Handgelenk schleuderte sie die Flüssigkeit in die Schüssel mit dem Eiswasser, dass es aussah, als wirbele der Staub von zerstobenen Sternen durch die Luft. Im Wasser fügte sich der flüssige Sternenstaub zu einer neuen Form zusammen und erstarrte. Übertrieben feierlich hob der Vater seinen eigenen Löffel und fischte den Klumpen, der nun nicht mehr glitzerte, heraus.

Dicht vor seinem Gesicht drehte er den Löffel in sämtliche Richtungen, als müsse er den Gegenstand von allen Seiten betrachten. »Ich glaube, so eindeutig hat sich mir selten ein Blei-Orakel dargeboten«, erklärte er dann. »Das ist ein Buch. Ohne jeden Zweifel ein Buch.«

Zustimmende Rufe und Gelächter ertönten.

Der Vater wandte sich Renate zu. »Was das zu bedeuten hat, können wir vier Müllers uns schon zusammenreimen, habe ich recht? Und unsere Gäste, die deine Entwicklung bis hierher ja begleitet haben, werden sich auch schon ihren Teil denken. Was meinst du, wollen wir das Buch der Zukunft dennoch befragen, um zu sehen, ob wir recht haben?«

Renate gab keine Antwort. Für einen Augenblick verwandelten sich ihre Schuldgefühle in Zorn. Warum geschah ihr das? Sie kam sich vor wie damals in Emmering, als Werner versucht hatte, ihre Zukunft zu stehlen und in die Form zu zwingen, die ihm gefiel. Jetzt tat es der Vater, und was sie selbst wollte, was in ihrem Innern so stark war und aufbegehrte, spielte keine Rolle. Aber es gab ja noch das Buch der Zukunft. Das Buch würde nicht erlauben, dass an ihrer Zukunft manipuliert wurde.

Im selben Atemzug schalt sie sich eine Närrin. Sie war siebzehn. Wie konnte sie noch immer an dem Kinderglauben festhalten, die Zukunft ließe sich an einem Klumpen Blei ablesen? Wenn das möglich wäre – warum bediente sich dann nicht die ganze Welt dieser Methode, warum befragten das Blei nicht Politiker, Feldherren, Wirtschaftsmagnaten?

Der Vater nahm das schwere Buch der Zukunft in die Hände und schlug es auf. »Buch, Buch«, murmelte er geheimnisvoll, »ah, da habe ich es schon. Lassen wir uns also erklären, was das Symbol des Buches für die Zukunft unserer Rena verheißt.«

Mit einem Finger fuhr er die Zeilen entlang, ehe er strahlend aufblickte. »Habe ich es euch nicht gesagt? Wer aus seinem Blei ein Buch gießt, den erwartet ein Jahr der Gelehrsamkeit, des Studiums und der akademischen Erfolge. Das passt ja besser als die Faust aufs Auge, was,

Rena? Den ersten Erfolg hast du mit deinem Latinum bereits feiern dürfen, und dass das Blei dir auch ein glänzendes Abitur verheißt, verwundert wohl keinen von uns. Anschließend steht dir dann die ganze Welt offen, mein Mädchen, und ich verrate ja kein Geheimnis, wenn ich in diesem vertrauten Kreis bekanntgebe, dass du ein weißer Rabe sein wirst, eine junge Frau, die sich mit Mut und Verstand in die Männerwelt der Universitäten wagen wird.«

Applaus brandete auf.

»Alle Achtung, Rena!«

»Jetzt können die Jungs sich warm anziehen!«

»Unsere Rena lebe hoch!«

Renate hielt es nicht mehr aus. Sie presste sich die Hände auf die Ohren und rief quer durch den Raum: »Aber es ist doch überhaupt nicht wahr! Ich habe das Latinum nicht bestanden, sondern bin durchgefallen, ich habe dieses blöde, verstaubte Latein seit Jahren gehasst. Englisch kann ich. Aber zur Schule gehen will ich überhaupt nicht mehr!«

Ihre Hände glitten herab, und sie rang nach Atem. Tränen rannen ihr übers Gesicht.

Ein paar Augenblicke lang herrschte Stille. Auf dem Gesicht des Vaters malte sich völlige Verwirrung. Er schlug das Buch der Zukunft zu, legte es auf den Tisch zurück und fasste sich an die Stirn. Der Einband war nun für jedermann sichtbar. *Illustrierte Enzyklopädie der einheimischen Flussfische,* stand darauf.

Es war alles Lug und Trug. Nicht nur ihr Latinum und die angeblichen schulischen Erfolge, sondern sogar ihre Erinnerung.

In die Stille drangen die Glocken der Marienkirche, leiser nun und wie weiter entfernt. »Ach, deshalb will sie das Geld von der Bank abheben«, murmelte die Uri mit heiserer Stimme. »Weil sie die Schule satthat und euch durchbrennen will. Nun ja, das muss sie selbst entscheiden, ich habe meine Entscheidungen hinter mir – nicht meine Affen, nicht mehr mein Zirkus.«

Jemand zog Renate von hinten in eine Umarmung. »Nun wein doch nicht, Kleines. Nicht in der ersten Nacht des neuen Jahres.« Ihre Mutter. Sie hüllte Renate mit ihren Armen ein wie früher als Kind. »Davon wird die Welt schon nicht untergehen, es wird sich in Ordnung bringen lassen, und wenn morgen früh die Sonne aufgeht, sieht alles gleich nicht mehr so dramatisch aus.«

Renate machte sich frei. So hart es sie ankam, sie musste den Weg nun zu Ende gehen. Ein Zurück gab es nicht, ihr Vater würde ihr nicht verzeihen, also konnte sie genauso gut auch alles sagen.

»Die Uri hat recht«, brachte sie heraus. »Auch wenn ich das Geld für etwas anderes brauche. Ich will von hier weg. Nach Berlin.«

»Ja mein Gott, das ist ja nicht weiter verwunderlich«, sagte die Mutter. »Welches junge Mädchen will das nicht? Und wenn wir den Vati hübsch bitten, lädt er uns gewiss auf ein langes Wochenende ins *Hotel Adlon* ein.«

»Ich will nicht ins *Hotel Adlon*«, erwiderte Renate so schnell, als hätte ihre Stimme sich verselbstständigt. »Und ich bleibe nicht nur für ein Wochenende. Ich bewerbe mich bei der UFA, und falls ihr es mir verbietet, verschwinde ich irgendwann, wenn ihr nicht auf mich achtgeben könnt. Mich Tag und Nacht bewachen könnt ihr ja nicht.«

»Und was willst du da anfangen, bei der UFA?«, fragte die Mutter entgeistert.

»Das ist mir egal«, versetzte Renate. »Komparsin, Telefonfräulein, Küchenhilfe, ich mache, was immer mir ein bisschen Geld zum Leben bringt. Hauptsache, ich bin da, wo Filme entstehen, wo Schauspieler ihre Rollen spielen. Hauptsache, ich kann einen winzigen Teil dazu beitragen und ein bisschen davon träumen, ich wäre eine von ihnen.«

9

Die Summe, die Uri mithilfe von Kommerzienrat Deutsch auf ein Schweizer Sparkonto für sie eingezahlt hatte, überstieg ihre kühnsten Erwartungen. Renate hatte an einen Zuschuss zur Aussteuer gedacht, von dem sich Werner vielleicht ein oder zwei kleinere Stücke anschaffen konnte, um ganz langsam einen Handel auf den Weg zu bringen. Stattdessen würde der Betrag für ein erstes Warensortiment und einen großen Handwagen samt Stellplatz reichen, den er auf dem Langen Markt aufbauen könnte, um Kunden zu gewinnen.

»Natürlich hege ich keinen Zweifel daran, dass du an das Geld willst, um es einem Mann in den Rachen zu werfen«, teilte die Uri ihr trocken mit. »Ich werde nicht versuchen, dich daran zu hindern, auch wenn ich es dir weit lieber gegeben hätte, um in Berlin diesen Irrsinn von der Schauspielerlaufbahn zu verfolgen.«

»Das eine geht nicht ohne das andere«, beteuerte Renate. »Ich kann es dir nicht erklären, Uri, aber wenn ich mit dem Geld nicht jemandem helfe, der es dringend nötig hat, bin ich nicht frei, um mich um meine eigenen Sachen zu kümmern.«

»So genau wollte ich es gar nicht wissen«, brummte die Uri. »Wie schon gesagt, das Geld ist deines, und wenn du es in der Mottlau versenken willst, dann tu eben das. Manche lernen früh, mit Geld umzugehen, und andere lernen es bis an ihr Lebensende nicht, aber bei einem, der nie Geld in der Tasche hatte, braucht man aufs Lernen gar nicht erst zu hoffen. Tu mir nur einen Gefallen: Nimm nicht alles, lass ein winziges Sümmchen stehen. Geld ist wie Gras, das wächst, wenn es am richtigen Platz gesät wird, und so ein Konto mit einem Notgroschen bei der Schweizerischen Kreditanstalt hat noch niemandem geschadet. Man braucht ja kein Hellseher zu sein oder mit Blei herumzuspielen, um zu wissen, dass wir in unsicheren Zeiten leben.«

»Traust du der Republik nicht, Uri?«, fragte Renate.

»Wie kann ich der trauen? Die ist doch von Menschen gemacht.«

»Das Kaiserreich war auch von Menschen gemacht.«

»Dem hab ich noch weniger getraut.«

»Traust du nur Dingen, die Gott gemacht hat?«, wollte Renate wissen, die ihre Uri nie als sonderlich religiös erlebt hatte.

»Der ist noch schlimmer«, erwiderte die und beendete damit das Thema.

Renate versprach, den kleinen Rest des Geldes, der auf dem Konto verblieb, nicht anzurühren, sondern für einen Notfall aufzubewahren. Die Uri ihrerseits vereinbarte mit Kommerzienrat Deutsch, dass Renate sich jederzeit an ihn wenden konnte und er auf Wunsch für sie tätig werden würde.

»Wenn du erst in Berlin bist, hast du mich ja nicht dabei«, sagte sie. »Außerdem mag es zwar aussehen, als hätte ich das ewige Leben, aber ein derartiger Fall ist mir bisher nicht bekannt.«

Ich habe ein solches Glück, in meine Familie hineingeboren worden zu sein, dachte Renate wieder einmal. Umso mehr tat es weh, dass es diese Familie, die verschworene Gemeinschaft der Müllers und Frederichs, nicht mehr gab. Sie musste es ihrem Vater wohl anrechnen, dass er ihr in der Silvesternacht keine Szene gemacht hatte. »Du bist ja nicht ganz bei Trost«, hatte Annedore anderntags zu ihr gesagt, als sie sich auf der Straße begegnet waren. »Weißt du, was mein Vater getan hätte? Links und rechts ein Paar warme Ohren hätte der mir verpasst, aber nicht zu knapp, und anschließend hätte ich mich über Stubenarrest bis nach dem Nimmerleinstag freuen können. Ja, wenn's um die eigene Tochter geht, ist's bei dem Herrn Sozialdemokraten nicht weit her mit dem liberalen Denken. Dein Vater dagegen ist ein solcher Goldschatz, und du bist nicht nur undankbar, sondern obendrein dumm, dass du es dir mit ihm verdirbst.«

Hatten Mädchen wie Annedore keine Träume, die zu groß waren, um sie in einen Schrank zu stopfen und zu vergessen? War Renate die Einzige, die ein solcher Traum beherrschte?

»Von diesen Plänen mit der UFA verstehe ich nichts«, hatte auch die Mutter gesagt, die doch so herrlich malte und im Grunde selbst eine Künstlerin war. »Ich hätte mir nie vorstellen können, für irgendeine vage Idee meine Sicherheit aufzugeben, und du kannst es im Grunde doch auch nicht, Rena. Du bist noch so jung. Eigentlich noch ein Kind. Warum bittest du nicht deinen Vati, der dich über alles liebt, um Verzeihung, erlaubst ihm, diese Sache mit der Lateinprüfung in Ordnung zu bringen, und lässt dir auf der Schule noch ein bisschen Zeit?«

»Weil ich nicht kann«, sagte Renate.

»Vati um Verzeihung bitten? Ich glaube, das bräuchtest du gar nicht, wenn es dir so schwerfällt. Geh zu ihm und erklär ihm, was dich getrieben hat, er versteht dich vermutlich besser als ich. Ihr zwei seid doch aus einem Holz, das wart ihr immer, und er wäre einfach nur froh, sein Mädchen wiederzuhaben.«

Aber Renate ging nicht zu ihm, auch wenn sie jede Nacht weinte, weil er ihr fehlte. Um Verzeihung hätte sie ihn gern gebeten, das wäre ihr nicht im Geringsten schwergefallen, aber sie hätte ihm ja nichts bieten können, um ihre Tat wiedergutzumachen. An die Schule konnte sie nicht zurück und ihre Träume aufgeben konnte sie noch weniger. Sie würden sich nicht lange zum Schweigen bringen lassen, sondern wiederaufleben, sie würden nicht schwächer, sondern übermächtig werden, und dann wäre der Vater noch tiefer von ihr enttäuscht als jetzt.

Also gingen sie einander weiter aus dem Weg, der Vater und Renate, und in das Haus der Müllers, in dem es immer zugegangen war wie auf einem fröhlichen Verschiebebahnhof, kehrte bedrücktes Schweigen ein.

Renate versuchte, sich abzulenken, indem sie Werner beim Aufbau seines Antiquitätenhandels behilflich war. Ihr Freund war wie ausgewechselt, er blühte regelrecht auf. All die Dinge, über die er sich unentwegt beklagt hatte – sein schäbiges Zimmer, das Unverständnis seiner Eltern, die Ungerechtigkeit der Welt, die Leute wie den Sohn von Bankier Deutsch bevorzugte –, waren auf einmal kein Thema mehr. Stattdessen stürzte er sich mit Feuereifer in die Arbeit, und tatsächlich zeigte sich schon bald, dass er dieses Mal mit seiner Berufswahl ins Schwarze getroffen hatte.

Er schaffte sich für wenig Geld ein verbeultes Lastenfahrrad an und fuhr damit über Land, um auf den Gütern und Höfen rund um Danzig geeignete Stücke einzukaufen. Werner, der noch immer keinen warmen Mantel hatte, saß bei Wind und Wetter im Sattel, ohne auch nur einmal zu jammern. Er war in seinem Element. Die Dinge, die er von seinen Fahrten mitbrachte, waren einzigartig und verrieten seinen kundigen Blick: Leuchter, Blumenständer, Briefbeschwerer und Fayencen, Lampen und Vasen, die die Leute loswerden wollten, weil sie ihren Wert nicht kannten. Mit seinen geringen Mitteln richtete er sie liebevoll her und fand heraus, was immer sich über sie in Erfahrung bringen ließ.

»Sie erzählen mir Geschichten«, erklärte er Renate, und seine Augen glänzten wie bei einem kleinen Jungen.

Renate verstand ihn. Geschichten waren es schließlich, um die auch ihr Leben kreiste, selbst wenn die ihren auf der Leinwand oder auf Bühnen erzählt wurden. Außerdem war sie sicher, alle Menschen zu verstehen, die von einer Leidenschaft durchdrungen waren. Das Leben im Alltag mochte schön und gut sein, aber erst wenn sie eine Begeisterung ergriff, der sie sich ganz und gar hingeben konnte, hatte sie das Gefühl, mit Haut und Haar lebendig zu sein und jeden Tag auszukosten.

Als Kinder in Emmering waren sie und Gabi in den hinteren Garten gelaufen, um die kleinen Blüten vom Flieder abzuzupfen und aus den Kelchen Nektar zu saugen, der süßer als Zucker und Honig und Sirup zugleich war. Gabi hatte sich die Blüte nur kurz an die Lippen gehalten und sie dann weggeworfen, um zur nächsten zu greifen. Renate aber hatte an einer jeden mit aller Kraft gesaugt, bis ihr die Halssehnen schmerzten und dem schlaffen Blütenkelch nicht der winzigste Rest von Süße mehr abzuzwingen war.

So wollte sie leben, so lebte sie, wenn sie ihrer Leidenschaft frönte. Es war wie Goldwasser trinken, wie auf dem Kettenkarussell in den Himmel fliegen. Sie sah Werner mit seinen Antiquitäten, erkannte, dass er von dem gleichen Glücksgefühl erfasst war, und atmete auf. Was sie ihrem Vater angetan hatte, blieb unverzeihlich, aber wenigstens für ihren Freund hatte sie etwas Gutes bewirkt.

Ein großer Handwagen, der sich zu einem Verkaufswagen ausbauen und von einem nicht sonderlich kräftigen Mann über die Straße ziehen ließ, war nicht leicht aufzutreiben. Der, den sie schließlich in den Remisen eines Fuhrbetriebs entdeckten, war reichlich heruntergekommen, und der Preis, zu dem der Fuhrmann bereit war, ihn zu verkaufen, brachte sie an ihre finanziellen Grenzen. Dennoch nahmen sie ihn. Er würde mehr als nur eine rasch aufgetragene Schicht Farbe brauchen, um der Firma *Lohse Antiquitäten* ein ansprechendes erstes Dach über dem Kopf zu bieten, aber Werner bewies auch dabei Fleiß, Geschick und einen guten Blick.

Renate half ihm. Darüber ging der Winter zu Ende, und der Frühling, der die Birkenwälder um Danzig in ein Grün wie aus Elfenflügeln tauchte, hielt Einzug. Das Geld von der Uri war nun so gut wie aufgebraucht, der kleine Rest, der blieb, musste als Miete für den Stellplatz zurückgelegt werden. Werner war noch schmächtiger geworden, ja regelrecht abgemagert, sodass Renate jedes Mal, wenn sie sich trafen, erschrak. Er besaß kein Hemd mehr, das nicht geflickt war, und sein trauriger verbeulter Anzug schlotterte ihm um den Leib.

»Es macht mir nichts aus«, versicherte er ihr mit seinen dunkel leuchtenden Augen. »Gern lebe ich noch wochenlang von Mehlklößen mit Sauerampfer, wenn nur aus meinem Antiquitätenhandel etwas wird. Ich habe ja nicht gewusst, wie schön es ist, etwas zu tun, an das man wirklich glaubt, sich für etwas abzurackern, von dem man weiß: Das ist es, was ich kann. Das verdanke ich niemandem als dir, mein Liebesknöchlein, und was du für mich getan hast, kann ich dir nie zurückgeben. Aber ich würde alles tun, um es zu versuchen, das weißt du, nicht wahr?«

»Quatsch«, wischte Renate das dramatische Gerede beiseite. »Was du brauchst, ist ein großer Teller Piroggen, wie du ihn damals, als wir diese Idee geboren haben, in dich hineingestopft hast, und genau den wirst du jetzt bekommen.«

»Aber dafür haben wir doch kein Geld«, protestierte Werner. »Ein paar Gulden müssen ja noch für Handzettel und Platzmiete bleiben, die will ich nicht angreifen, um mir den Bauch vollzuschlagen.«

»Aber den vollgeschlagenen Bauch hast du nötig«, bestimmte Renate und zerrte ihn quer über den Langen Markt, auf den *Tauben Löwen* zu. »Glaubst du, bei einem, der aussieht wie ein Hungerhaken, wollen die reichen Leute sich mit schönen Dingen eindecken? Konrad wird mich schon anschreiben lassen, und wie wir es ihm zurückzahlen, überlegen wir uns, wenn du endlich wieder einmal pappsatt bist.«

Er hatte keine Wahl, als nachzugeben. Sie aßen Piroggen, teilten sich eine Flasche Wein, von der er ihr das meiste überließ, und waren eine Stunde lang regelrecht ausgelassen. Werner schmiedete einen hochfliegenden Plan nach dem andern: Die Leute horteten ja so viel Prächtiges auf ihren Speichern, ohne zu ahnen, was für Schätze sie besaßen. Er wollte jeden Groschen, den er einnahm, beiseitelegen, um, sobald er genug beisammenhatte, auf Einkaufstour nach Königsberg zu fahren, nach Osterode, Tilsit und wie die traditionsreichen Städte Ostpreußens alle hießen. Sie waren nach dem Krieg, durch den Versailler Vertrag, vom Reich abgeschnitten worden und nun nur noch zu erreichen, wenn man in einem plombierten Eisenbahnwagen das polnische Gebiet durchquerte.

»Die Leute empfinden einen Schmerz um diese Städte und eine Sehnsucht nach ihnen«, erklärte ihr Werner. »Ich glaube, sie hätten ein Stück von dort gern in ihren Häusern, weil es sie daran erinnert, dass sie trotz allem zu uns gehören. Ich könnte mich auf so etwas spezialisieren: *Werner Lohse. Antiquitäten aus dem alten Ostpreußen.*«

»Das klingt so schön, Werner«, sagte Renate. »Viel schöner als damals, als du über den Versailler Vertrag und die bösen Westmächte geschimpft hast, die Deutschland alles wegnehmen.«

»Es kam mir wohl so vor, als ob mir selbst alles weggenommen wurde«, sagte er und griff über den Tisch nach ihrer Hand.

Renate lachte. »Das ist eben so bei kleinen Jungen, die in der Sandkiste spielen. Die sind immer überzeugt, alle anderen haben ihnen die schönsten Förmchen weggeschnappt und deshalb dürften sie mit ihren Schaufeln auf sie losgehen. Aber jetzt ist die Zeit in der Sandkiste eben vorbei, und Werner Lohse ist erwachsen geworden.«

Werner, den Renate kaum je lachen gesehen hatte, lachte mit. »Das hast du immer noch, weißt du das? Dieses Lachen, das einfach ansteckt.«

»Als ich klein war, habe ich versucht, nicht mehr so viel zu lachen, weil ich dachte, die Leute lachen mich aus«, gestand Renate ein. »Aber wenn es dich zum Lachen bringt, dann mag ich es gern. Ich bin so stolz auf dich, Werner. Ich bin sicher, dass du es schaffst.«

»Weil du es sagst, bin ich auch sicher«, erwiderte Werner. »Ich werde es allen zeigen.«

Der April kam und damit der erste Geschäftstag. An einem Samstagvormittag, an dem mit regem Treiben zu rechnen war, wollte Werner seinen Wagen mit dem in leuchtenden Farben bemalten Firmenschild zum ersten Mal zwischen den Buden und Ständen auf dem Langen Markt platzieren und seine Waren feilbieten. Renate hatte versprochen, zu kommen und ihm zu helfen. Den Samstagsunterricht der Schule schwänzte sie. Sie ging sowieso nur noch hin, weil sie den Vater nicht bitten mochte, sie abzumelden, und zudem nicht ihre Tage in der lastenden Stille der Wohnung absitzen wollte. Sie lernte nicht mehr und rutschte in allen Fächern ab. Dass sie an diesem Samstag gar nicht erschien, würde kaum jemandem auffallen.

Der erste Verkaufstag war ein voller Erfolg. Zahllose Passanten flanierten in Knäueln zwischen Artushof, Neptunbrunnen und Grünem Tor auf und ab und kauften Blumen, Delikatessen und allen möglichen Schnickschnack, um sich das Wochenende zu versüßen. Vor Werners originellem Wagen blieben etliche stehen, ließen sich Gegenstände zeigen und lauschten seinen kundigen Erklärungen. Werner mochte manchmal ein wenig übereifrig und belehrend wirken, doch Renate spürte die Unsicherheit, die dahintersteckte, und fand ihn auf seine eigene Weise charmant.

Den Damen des Danziger Bürgertums schien es ähnlich zu ergehen. Kaum eine ging weiter, ohne einen Handzettel mitzunehmen, die Werner einzeln und in Schönschrift beschrieben ausgelegt hatte. Um seriös zu wirken, hatte er den Stellplatz für den Wagen, der in einer beliebten Wohnstraße zwischen Fluss und Rathaus gelegen war, als Adresse angegeben. Hinzugefügt hatte er die Telefonnummer des Kaffeehauses, unter der Käufer und Verkäufer ihn erreichen konnten. Renate hatte dort für ihn um Erlaubnis gebeten.

Einer Handvoll Damen gelang es sogar, ihre Begleiter zu überreden, ihnen eines der Stücke zu kaufen. Am Ende des Markttages hatte Werner Abnehmer für einen Satz kleiner Messingaschenbecher, eine Lampe mit Jugendstilschirm und zwei Vasen gefunden und zählte mit einem Ausdruck von ungläubigem Glück auf dem Gesicht seine Einnahmen.

»Das feiern wir im *Löwen*, Renatchen. Ich lade dich ein. Diesmal wirklich.«

»Aber du wolltest doch jeden Groschen sparen!«, rief Renate.

»Ach was, einen Wein und ein paar Piroggen werde ich dir ja wohl spendieren dürfen, nach allem, was du für mich getan hast«, bestimmte Werner unbekümmert und zog schon los, um den Wagen an seinen Stellplatz zu schaffen und über Nacht sicher zu verschließen.

»Nimm wenigstens Bullerwupp, die ist billiger.« Renate protestierte der Form halber noch ein bisschen, doch seine Freude wirkte ansteckend, und im Grunde war sie froh, der belastenden Stimmung beim familiären Abendessen zu entgehen.

Sie aßen die Kartoffelsuppe mit zwei Löffeln aus einer Schüssel, stießen mit goldenem Wein auf Werners Erfolg an und ließen den Tag Revue passieren.

»Der Frau mit dem Früchte-Hut hätte ich am liebsten überhaupt nichts verkauft«, empörte sich Werner. »Weißt du, welche ich meine? Die, die gerufen hat: ›Hans-Egon, sieh doch nur, was für reizender Trödel!‹«

»Aber am Ende bist du an sie deine teuerste Vase losgeworden«, erinnerte ihn Renate. »Und das, obwohl du ihr ziemlich schroff unter die Nase gerieben hast, dass du keinen Trödel im Angebot hast, sondern *An-ti-qui-täten*.«

»Na stimmt doch.« Sie lachten beide. »Ich werde es den Danzigern schon noch beibringen: Bei Lohse bekommt man Qualität, keinen Plunder.«

»Ich bin überzeugt, das wirst du«, sagte Renate.

»Und dann«, begann Werner, und sein eben noch forscher Ton wurde scheu, »wenn das mit meinem Handel erst einmal richtig in Schwung ist und ich daran denken kann, ein Geschäft zu mieten – meinst du, dann könnten wir beide auch wieder für eine gemeinsame Zukunft planen? Mit deinem Vater sprechen, ihm klarmachen, dass ich durchaus in der Lage sein werde, seiner Tochter ein angemessenes Leben zu bieten?«

Renate erstarrte. Alle Heiterkeit blieb ihr mit einem Löffel Bullerwupp im Hals stecken. Wie töricht war sie eigentlich? Die ganze Zeit über hatte sie sich eingeredet, indem sie ihm unter die Arme griff, ihn mit Geld unterstützte und ihn ermutigte, bezahle sie ihre Schuld, erweise sich als gute Freundin und kaufe sich frei. Werner aber hatte angenommen, sie täte das alles, weil sie seine Gefühle erwiderte und für eine Zukunft kämpfte, die auch ihre sein würde.

Sie hatte ihn in einer Hoffnung gewiegt, die sie ihm nicht erfüllen wollte. Warum sträubte sie sich nur so beharrlich dagegen, Menschen eine Wahrheit zu sagen, die ihnen wehtun konnte? Sie hatte dadurch bereits ihren Vater verloren – hätte sie nicht allmählich gelernt haben müssen, dass sie ihnen viel mehr wehtat, indem sie die unvermeidliche Erkenntnis hinauszögerte?

Sie griff nach ihrem Weinglas, um sich Mut anzutrinken. »Werner«, begann sie stockend, »ich mag dich furchtbar gern, ich finde, du hast dich in diesen letzten Wochen großartig geschlagen, und ich wünsche dir alles Glück der Welt mit deinem Antiquitätenhandel. Aber zu mehr … ich meine, zu einer gemeinsamen Zukunft gehört doch auch noch anderes.«

»Und dieses andere – das kannst du bei mir nicht finden?« Sein ausgezehrtes Gesicht wirkte im Licht der Tischlampe bleich, und in seinen Augen schien wieder jener Hunger zu stehen, den sie damals, bei ihrem ersten Besuch im *Löwen*, darin entdeckt hatte.

»Werner, so ist es doch nicht. Ich weiß nicht, wie ich es ausdrücken soll.«

»Du willst mich nicht mehr. Ist es so?«

»Ich will dich als meinen Freund«, verbesserte sie.

»Aber nicht als deinen künftigen Mann?« Seine Stimme wurde scharf. »Wen willst du dann? Georg Deutsch?«

»Georg Deutsch? Wer soll das sein?« Renate umklammerte mit beiden Händen ihr Weinglas, wie um sich daran festzuhalten. »Werner, es gibt keinen anderen. Es gibt niemanden für mich. Ich habe ganz andere Dinge im Kopf, ganz andere Sorgen, und ich weiß doch überhaupt noch nicht, was aus mir werden soll.«

Werner schluckte ein paarmal so mühsam, dass sein Kehlkopf zuckte. Dann trank er einen kleinen Schluck Wein und stellte das Glas wieder ab. »Schon gut«, sagte er. »Du bist mir keine Rechenschaft schuldig, mit wem du dich triffst, ist deine Sache, und ich hatte kein Recht, dir diese Frage zu stellen. Du hast viel mehr für mich getan als je ein anderer Mensch, und im Gegenzug sollte ich dir nicht länger zur Last fallen.«

Über seine Wange rann eine Träne, die er unwirsch wegwischte.

»Aber Werner, du fällst mir doch nicht zur Last.« Sie griff nach seiner Hand, doch er entzog sie ihr. »Bitte nimm es nicht so schwer. Bestimmt lernst du bald ein Mädchen kennen, das viel besser zu dir passt, und dann wirst du froh sein, dass das mit uns nichts geworden ist …«

»Das wiederum ist meine Sache«, fuhr er ihr ins Wort. »Und du hast nicht das Recht, darüber zu spekulieren. Komm, trinken wir unseren Wein aus, dann bringe ich dich nach Hause. Und schau nicht so sorgenvoll drein. Ich werde schon nicht daran sterben, und du bist mir nichts schuldig.«

Sie brachen rasch auf, und als Renate vorschlug, alleine nach Hause zu gehen, protestierte Werner nicht lange, sondern erklärte, in diesem Fall werde er noch seinen Stellplatz aufsuchen, um ein paar Sachen aufzuarbeiten. Es wurde dunkel, als Renate sich auf den Weg machte. Im Gewirr der verwinkelten Gassen, der Tore und Bögen von Danzigs Innenstadt, die von den reichen Hansejahrhunderten kündeten, tummelten sich Menschen, die vergnügt und leichten Herzens schienen. Aus den Eingängen von Gasthäusern und Tanzdielen tänzelten Liebespaare, die nur Augen füreinander hatten, strömten Gruppen angesäuselter Freunde, die ins Kino oder ins Theater zogen. Ein Automobil, aus dessen Fenstern sich johlend junge Leute reckten, rumpelte an ihr vorbei.

Samstagabende waren zum Feiern, zum Prassen, zum Leben da, und nur ihr Leben schien noch immer nicht richtig begonnen zu haben. Sie war froh, als sie Langfuhr erreichte, wo es ruhiger zuging und die meisten Bewohner sich bereits in ihre vier Wände zurückgezogen hatten. Hinter den Spitzenstores in den erleuchteten Zimmern saßen Familien beieinander, aßen zu Abend, tauschten aus, was sie den Tag über erlebt hatten, oder spielten Karten. Vielleicht bestand darin ja der Stachel der Einsamkeit – dass ein jeder, den sie packte, überzeugt war, er wäre damit allein.

Die Woge von Traurigkeit, die sie überfiel, hatte sie nicht erwartet. War nicht sie diejenige gewesen, die die Beziehung zu Werner als Last empfunden hatte? Warum also fühlte sie sich dann jetzt, wo sie beendet war, als wäre die Welt untergegangen und sie triebe allein in einer Nussschale durch einen Sturm?

Weil er der eine Mensch war, in dessen Herz ich einen besonderen Platz hatte, durchfuhr es sie. Weil ich für andere nur jemand bin, mit dem es eine Zeit lang ganz nett ist, den man aber ersetzen kann, wann immer es einem passt. Nur für Werner war es anders. Für Werner war ich unersetzbar.

Renate bog in ihre stille Straße ein und erschrak. Jäh ertönten hinter ihr Schritte, trommelten eilig über das Pflaster. Sie fuhr herum und sah einen Mann auf sich zukommen, der unter einem Arm einige Aktenordner trug und mit dem anderen heftig winkte.

»Rena! Bitte warte.«

Vielleicht hätte sie ihren Vater allein an seinem Gang überall erkannt. Er hatte noch immer etwas Schlaksiges, Jungenhaftes, lief ein wenig vornübergebeugt und achtete nicht auf seinen Weg. Wenn er nicht winkte, hielt er sich mit einer Hand den Mantel zu und wirkte trotz der Eleganz seiner Kleidung ein bisschen so, als hätte er morgens beim Ankleiden noch geschlafen.

Sie liebte ihn. Sie vermisste ihn. Sie wünschte, sie hätte irgendeinen Grund finden können, um sich an ihm vorbeizustehlen und zu flüchten.

»Warte doch, Rena.« Sein Lächeln wirkte, als traue es sich nicht aus der Deckung. »Ich würde gern mit dir reden.«

»Woher wusstest du denn, dass ich jetzt nach Hause komme?«, fragte sie.

»Ich wusste es nicht.« Drei Schritte vor ihr blieb er stehen. »Ich musste heute sowieso in die Redaktion, wegen der Berichterstattung über den Prozess gegen Hitler. Zu nichts als der Mindeststrafe haben sie den verurteilt, obwohl er aus seinem Hass gegen unseren Staat nicht einmal im Gerichtssaal einen Hehl macht. Wenn wir Pech haben, ist er in einem halben Jahr schon wieder frei.« Er schüttelte die Schultern, wie um die Gedanken, die ihn offenbar aufwühlten, loszuwerden. »Ich dachte, ich passe dich nach der Schule ab, lade dich auf ein Stück Mohnstriezel in die *Konditorei Thrun* ein.«

»Ich war nicht in der Schule«, sagte Renate.

»Ich weiß.«

»Es hat keinen Sinn mehr, dass ich dorthin gehe. Und dass du das Schulgeld bezahlst.«

»Das weiß ich auch«, sagte der Vater. »Ich war bei Rektor Ferner und habe dich abgemeldet. Danach war ich bei Johanna Brun.«

Bei ihrer Gesangslehrerin. Natürlich. Dass er sie dort auch abmeldete, war das Mindeste, was sie an Strafe verdiente. Dennoch traf es sie.

Die Gesangsstunden bei der Mezzosopranistin waren das Einzige, was sie in diesen Monaten mit Freude wahrgenommen hatte, ja was sie Woche für Woche kaum hatte erwarten können.

»Sie hat gesagt, du bist gut«, sagte der Vater.

»Ich?«

Er nickte. »Sie meint, für die Opernbühne reicht es nicht, aber du hast eine hübsche Stimme, die unbedingt weiter geschult werden sollte. Und du hast jede Menge Ausstrahlung. Etwas, das Menschen mitnimmt und heiter stimmt.«

Renate war so perplex, dass ihr keine Antwort einfiel. An ihnen trottete der Laternenanzünder vorbei, der vor der nächststehenden auf seine Leiter stieg, um sie anzustecken.

»Du warst mit Werner Lohse zusammen, nicht wahr?«, fragte der Vater. »Meinen Rat, diese Freundschaft lieber nicht fortzusetzen, hast du in den Wind geschlagen.«

Auch darauf fiel Renate keine Antwort ein. Das Gespräch verwirrte sie, und sie hatte keine Ahnung, worauf der Vater hinauswollte.

»Werner ist nicht so, wie ihr denkt«, rang sie sich schließlich ab.

Ihr Vater nickte. »Ich bin sicher, du kennst Seiten an ihm, die mir und anderen verborgen bleiben. Davon abgesehen hätte ich mir ganz gewiss von niemandem verbieten lassen, mit deiner Mutter zu verkehren, und ich rechne es dir an, dass du es auch nicht tust. Selbst wenn es mir Sorge macht. Bitte sei wachsam, gib auf dich acht. Das ist alles, was ich dir dazu noch zu sagen habe.«

»Wolltest du deshalb mit mir sprechen?«, fragte Renate.

»Nein.«

»Worüber dann?«

»Ich wollte dich um einen Gefallen bitten«, antwortete ihr Vater. »Ich weiß, du bist entschlossen, das umzusetzen, was du uns an Silvester erklärt hast, und ich werde dich davon genauso wenig abhalten wie vom Kontakt mit Werner Lohse. Schließlich hatte ich schon ein Leben lang Zeit, mir meine Träume zu erfüllen, und du bist dafür nicht auf der Welt. Also los. Nimm dein Schmetterlingsnetz, und jag deinen eigenen Träumen nach. Ich bitte dich nur um eines: Geh den richtigen Weg. Lern dein Handwerk von der Pike auf, damit du in diesem harten Geschäft etwas vorzuweisen hast. Wenn du an dich glaubst, tu es ganz. Deine Mutter und ich tun es auch.«

»Und was bedeutet das?«, brach es aus Renate heraus. Ihr Herz jagte. Bis ans entfernte Ende der Straße glomm in einer Laterne nach der andern golden das Licht auf wie bei einer Kette von Glühwürmchen.

»Es heißt, dass deine Mutter und ich beschlossen haben, mit euch nach Berlin zu gehen«, erwiderte der Vater. »Du magst dich schon flugbereit fühlen, aber um ehrlich zu sein, erscheinst du uns noch ein wenig jung, um dich allein in den Dschungel dieser zweifellos unwiderstehlichen Stadt zu stürzen. Also gehen wir mit dir. Ich habe mich als politischer Redakteur beim *Berliner Tageblatt* beworben, und man hat mir einen Vertrag angeboten.«

»Aber hier bist du doch Chefredakteur!«, rief Renate. »Und du liebst deine Arbeit.« Wie konnte der Vater nach allem, was sie getan hatte, um ihretwillen ein solches Opfer bringen?

»Dort werde ich unter Theodor Wolff arbeiten, der zu den faszinierendsten Journalistenköpfen zählt, die dieses Land aufzuweisen hat«, erwiderte der Vater. »Ich betrachte es als eine Ehre. Ja, ich liebe meine Arbeit, und ich wünsche mir für meine Kinder, dass sie eines Tages von sich das Gleiche sagen werden. Du wirst Schauspielunterricht nehmen, solltest auch versuchen, Theater zu spielen, und Fräulein Brun wird uns eine Berliner Kollegin empfehlen, bei der du deine Gesangsausbildung fortsetzen kannst.«

»Und warum?« Renate sah ihm ins Gesicht, auf dem Licht und Schatten tanzten.

»Wenn meine Tochter zum Film will, dann nicht als Küchenhilfe oder Komparsin«, antwortete er. »Du bist keine, die kleine Brötchen backt, Rena. Aber ich denke, das weißt du selbst.«

10

Die zwei Bewerberinnen, die links und rechts von Sybille saßen, waren beide Musterexemplare eines Frauentyps. Die linke war eine dieser schwindsüchtigen, verruchten *Femmes fatales* im Fransenkleid, wie sie in den Hauptrollen sämtlicher halbwegs erfolgreichen Streifen zu sehen waren. Die rechte war das Gegenteil. Der Typ blondes Dummchen, properes Mädel von nebenan. Mit denen lockte man keinen Hund hinter dem Ofen hervor, und noch weniger bekam man mit ihrem Gesicht auf Plakaten ein Kino voll. Da aber die meisten Produzenten, die sich nach vorn heraus liberal gaben, insgeheim noch in Kaisers Zeiten feststeckten und sich eine solche Schwiegertochter wünschten, hatte auch Blondie eine nicht zu unterschätzende Außenseiterchance.

Eine bessere als Sybille selbst jedenfalls.

Das war ihr Problem, ihr größtes: Sie gehörte zu gar keinem Typ, weder zu einem der *en vogue* war noch zu einem aus der Mottenkiste. Sie war nur sie selbst.

Natürlich bedeutete das nicht, dass sie nicht unzählige andere Typen hätte spielen können. Das war schließlich ihr Beruf, und wenn man ihr ein Kostüm und ein Rollenbuch gab, schlüpfte sie in die neue Existenz so leicht wie am Morgen in ihren Unterrock. Die Rolle der Kriemhild beispielsweise, die in Fritz Langs monumentalen *Nibelungen* aus blindwütiger Rachsucht ihr eigenes Volk vernichtet, hätte sie mit Kusshand übernommen. Sie war Sybille in gewisser Weise auf den Leib geschrieben – nur wusste das leider außer ihr kein Mensch.

Um zu diesem Verwaltungsgebäude zu gelangen, das einer Reihe von Blechschuppen glich und die Räume zum Vorsprechen beherbergte, hatte sie quer durch das *Paradies* – die Filmstadt von Neubabelsberg – marschieren müssen. Sie hatte nicht anders gekonnt, als sich ein paar

Minuten zu stehlen und durch einen Spalt zwischen Stellwänden in eine der Atelierhallen zu spähen, in der die letzten Szenen von Langs Mammutwerk abgedreht wurden. Im Dezember sollte Premiere sein, und schon jetzt schien das kinobegeisterte Berlin vor Ungeduld zu vibrieren.

Alles an dem Film war gigantisch: Die Dreharbeiten hatten zwei Jahre gedauert, und über die Kosten spekulierten Berlins Zeitungen um die Wette. Fest stand nur, dass es einen teureren Film in Deutschland nie gegeben hatte. So war er eben, der Erich Pommer, der seit zwei Jahren den Vorsitz der UFA innehatte: Wenn er einen Film machen wollte, machte er ihn und fragte nicht danach, ob er sich dafür die Skyline von New York, die Chinesische Mauer oder den Mond in seine Hallen in Neubabelsberg holen musste. Ein Film, das war für ihn ein Geschöpf mit einem Recht auf Leben – und das einzige Geschöpf, dem er sich unterordnete.

Zumindest glaubte sie, dass Pommer so war. Sie kannte ihn ja nicht, zumindest nicht in Fleisch und Blut. Nur jeden Zoll Zelluloid, der unter seiner Leitung je entstanden war, und jedes Wort, das die Zeitungen über ihn schrieben. Sie war sicher, sie kannte ihn damit besser als seine eigene Frau.

Als sie durch den Spalt einen Blick auf die Aufbauten erhaschte, die Pommer für den Film hatte bauen lassen – einen massiven, vollkommen schmucklosen Kastenaltar mit weit über mannshohen Kerzen, vor dem die Bahre für den ermordeten Siegfried stand –, stockte ihr vorübergehend der Atem.

Dergleichen geschah ihr nicht oft. Aber sich vorzustellen, dass sie als Kriemhild in diesem strengen, düsteren Tableau weltumspannende Verzweiflung hätte aus sich herausspielen können, versetzte sie kurz in eine Art Trance. Einen Rausch. Dass stattdessen die harmlose Margarete Schön mit ihren Flechtzöpfen und ihrem Kleinmädchen-Lächeln die Glanzrolle vergeigen durfte, war schwerer zu schlucken als Lebertran.

Würde sie jemals eine solche Gelegenheit erhalten?

Oder würde sie ihr Leben lang – allmählich vor sich hin alternd wie eine Pflaume – zwischen einer *Femme fatale* und *Vatis Liebling* in einem Warteraum auf einen Vorsprechtermin hoffen, eine alberne Pappkarte mit einer Nummer auf dem Schoß halten und zusehen, wie eine nach der anderen hereingerufen wurde, während sie sitzen blieb? Es wurden ja nicht alle überhaupt bis zum Besetzungschef vorgelassen. Die Männer an den langen Hebeln guckten sich ihre Mädchen aus. Es hätte sie nicht gewundert, wenn Pommer und sein Regisseur durch Gucklöcher in der Wand zu ihnen hereingespäht hätten, um dann den Besetzungschef anzuweisen: »Schick uns den schwarzlockigen Hungerhaken im türkisblauen Fransenfetzen mal als Erste, und wenn's mit der nichts wird, dann das goldige Herzenskind. Die in der Mitte lass sitzen. Die mag vielleicht was haben, aber ich weiß nicht, was es ist.«

»Du gehörst zu keinem Typ, du bist einer«, hatte Roderick gesagt, ihr Schauspiellehrer in Köln. »Das macht den Herren Angst, denn ein hübsches Raubtier wollen sie sich nur zulegen, wenn sie wissen, in welchen Käfig es sich sperren lässt.«

Diesem Roderick, der sich von ihr Roddie hatte nennen lassen, hatte sie keine Angst gemacht. Er war in sie verliebt gewesen, hatte ihr alles beigebracht, was in seinen Möglichkeiten stand, und hatte ihr am Ende noch die hundert Reichsmark für die Fahrkarte nach Berlin in die Hand gedrückt.

Und nun saß sie hier. Blickte unauffällig nach links und nach rechts und hätte gern gelacht, weil *Femme fatale* und *Vatis Liebling* ihre Knie genauso wie sie selbst krampfhaft steif hielten, als würde irgendein Weltensturm auf sie niedergehen, wenn die Papptafeln mit ihren Nummern ins Wackeln gerieten. Weil sie so lächerlich waren, alle drei. Weil *Femme fatale* und *Vatis Liebling* es vermutlich ebenso wussten wie sie. Und trotzdem nicht anders konnten.

Eine Rolle in einem UFA-Film zu ergattern, den Erich Pommer drehte, war das Größte, ein Hauptgewinn in der Klassenlotterie war dagegen ein Kinderfurz. Und die Rolle, um die es hier ging, war richtig gut. Nicht die weibliche Hauptrolle, das liebende Frauchen, das dem wackeren Hermann Thimig in die Arme sinken und am Ende für ihn sterben durfte, aber ohne Frage die interessantere: exotisch und düster, getrieben von verbotener Leidenschaft. Wenn eine Darstellerin die Kraft und den Nerv dazu besaß, konnte sie sie als eine Art weiblichen Nosferatu anlegen, eine Figur, die männliche Kinogänger das Grauen lehrte, weil sie den Drang in sich spürten, die Sehnsucht nach der tödlichen Gefahr.

Selkie sollte der Film heißen, und ausgeschrieben war die Rolle des Meereswesens, das einen baltischen Adelssohn verführt und ihn den Armen seiner treuen kleinen Braut entreißt. Das alles war banal, aber die Katastrophe, die das betrogene Geschöpf auf die Familie, ja die gesamte Kaste des ungetreuen Liebhabers herabbeschwor, war es nicht. Das hatte Format, das hatte epischen Atem und ein Gefühl der Bedrohung, das über die sechzig Minuten eines Kinoabends hinauswies.

Die, die in den Polstersesseln der Lichtspielhäuser saßen, hatten erlebt, wie ihre Welt in Flammen aufgegangen war. Davon wollten sie nichts mehr hören, mit dem Wort Krieg sollte man ihnen vom Leib bleiben, aber bei ihrer albtraumhaften Furcht, es könne noch einmal geschehen, wollten sie sich gepackt fühlen. Wenn sie dann am Ende den Abspann herunterrollen sahen und erleichtert aufatmeten, weil es ja gar keine Meeresdämoninnen gab und das alles ihnen nicht passieren konnte, fühlten sie sich wie innerlich blank gewienert und bereit, in ihr Leben zurückzukehren.

Wer sich hier und heute die Rolle der Selkie sicherte, mochte sich morgen als Star wiederfinden.

Deutschland und seine UFA brauchten neue Stars. Henny Porten konnte nicht alles spielen, sie spielte in *Selkie* bereits das Bräutchen, und Ernst Lubitsch war mit seiner Pola Negri nach Hollywood entfleucht. Der vergleichsweise unspektakuläre Film mit all seinen Raffinessen und Untiefen, bei dem der große Pommer das Heft in die Hand nahm, Friedrich Wilhelm Murnau ans Regiepult setzte und sich den Frauenschwarm Thimig für die männliche Hauptrolle sicherte, war eigens dazu geschaffen worden, einen neuen, tanzenden Stern zu gebären.

Somit war es kein Wunder, dass sich in diesem Warteraum anfangs weit mehr hoffnungsvolle Sternchen gedrängt hatten, als Stühle vorhanden waren. Gut die Hälfte war bereits hineingerufen worden, kurz darauf mit gesenktem Kopf wieder herausgekommen und dem Ausgang zugestrebt. Viel mehr würden es nicht werden. Vielleicht noch zwei oder drei. Der Rest bekam als Dankeschön eine Werbepackung der Pralinenfirma *Stollwerck* in die Hand gedrückt und wurde nach Hause geschickt. Mit diesen ziegelförmigen *Stollwerck*-Packungen hätte Sybille in ihrem Pensionszimmer bereits wahlweise die Türme von Babylon, Pisa oder Paris errichten können. Außerdem mochte sie keine Pralinen. Ihr stand der Sinn nach Pikantem.

Wieder verirrte sich ihr Blick unwillkürlich auf die Knie von *Femme fatale* – links – und *Vatis Liebling* – rechts. *Femme fatale* hatte die Nummer sechzehn, und ihre Knie waren so knochig und scharfkantig, dass sie die eleganten Seidenstrümpfe hätten zerschneiden können. *Vatis Liebling* hingegen hatte die Nummer einundzwanzig, während sie selbst die Sieben in allmählich schwitzenden Fingern hielt. Den Sinn, der hinter der Vergabe dieser Nummern steckte, hätte ihr vermutlich niemand erklären können, genauso wenig wie die Faszination, die von den Knien von *Vatis Liebling* ausging.

Sie waren rundlich, wie mit kleinen Kissen gepolstert, aber diese niedlichen Kleinmädchenknie hatten etwas rührend Standfestes an sich. Sie hielten ganz still, sogar stiller als ihre eigenen und erst recht als die von *Femme fatale,* die gelegentlich zitterten. Es juckte sie in den Fingern, hinüberzugreifen und die Knie, die in dicken, gewirkten *Kunert*-Strümpfen steckten, zu berühren. Vermutlich hätte *Femme fatale* dann aufgekreischt oder vor Schreck die kostbare Nummer fallen lassen.

Vatis Liebling bemerkte ihren Blick. »Und? Was gefunden?«, fragte sie, wo es doch ein ungeschriebenes, eisernes Gesetz war, dass man mit den Konkurrentinnen, mit denen man aufs Vorsprechen wartete, keinesfalls ein Wort wechselte, sondern sie wie Luft behandelte. »Habe ich eine Laufmasche, und erhöht das Ihre Chancen?«

Das war lustig. Ein Punkt für *Vatis Liebling,* und es hatte eine Parade verdient. »Ich fürchte, der Zustand Ihrer Strümpfe hat auf meine Chancen wenig Einfluss«, sagte Sybille, blickte von den Knien der anderen auf und ihr ins Gesicht. Sie hätte blaue Porzellanaugen haben müssen wie eine Puppe, aber ihre Augen waren grün so wie manche Gewässer, die von dem, was unter der Oberfläche vorgeht, nichts verraten. »Ich bin nämlich gar keine Schauspielerin. Ich bin als Drehbuchautorin hier.«

»Als Drehbuchautorin?«

»Das sagte ich ja. Ich bin sogar mehr. Eine Art Nothelferin für Drehbücher. Wenn ich in einem Skript für einen bedeutenden Film einen schwerwiegenden Fehler entdecke, greife ich ein, ehe das Kind in den Brunnen gefallen und ein Vermögen umsonst verschleudert worden ist.«

Längst spürte sie, dass sämtliche Blicke auf ihr ruhten. Sie blühte darunter auf. So war es gewesen, solange sie denken konnte, sobald sich die Aufmerksamkeit von Menschen auf sie richtete, wurde in ihr ein Schalter umgelegt, befreite sich die Gliederpuppe ihres Körpers von den Schnüren und begann zu tanzen.

»Und was für ein schwerwiegender Fehler steckt in *Selkie?*«, fragte *Vatis Liebling.*

»Müssen Sie mich das wirklich fragen? Erkennen Sie das nicht selbst?« Sie riss ein wenig die Augen auf, unterließ aber jede Übertreibung, die vor der Kamera, wo man nur Gesten, keine Worte zur Verfügung hatte, gefordert war. Im Grunde war sie überzeugt, dass sie auch vor der Kamera auf die minimalistische, nur andeutende Weise, die eben die ihre war, spielen würde. Großer Ausdruck brauchte kein großes Gefuchtel, und ein Blick, wenn es der richtige war, vermittelte mehr als ein Ohnmachtsanfall.

»Nein«, sagte *Vatis Liebling,* »ich erkenne nichts. Ich finde, es ist ein ziemlich ordentliches Skript.«

Dass sie nicht schwärmte, sich nicht in haltlosen Lobeshymnen erging, verdiente Anerkennung. Das Drehbuch stammte von Thea von Harbou, der Frau von Fritz Lang, die von *Dr. Mabuse* bis zu den *Nibelungen* etliche grandiose Filme auf ihrem Konto hatte und die von Murnau bis Gerlach sämtliche Regisseure umwarben, damit sie für sie schrieb. Es war in der Tat ein ziemlich ordentliches Skript, aber mehr auch nicht.

»Das Ende ist dümmlich«, sagte sie.

»Inwiefern?«

»Na hören Sie mal, solchen haarsträubenden Unsinn schluckt doch kein Mensch mit Verstand«, spielte sie die Empörte. »Diese Naturgewalt, die Dämonin, die zuvor eine ganze Ortschaft in Schrecken versetzt hat, lässt sich mit einem derart albernen Trick täuschen, hält Henny Porten für Hermann Thimig und macht die Falsche kalt? Das glauben Sie doch wohl selber nicht. Viel einleuchtender wäre es, wenn die Dämonin und die Porten zusammen Thimig umbringen, sich ewige Liebe schwören und danach in den Fluten verschwinden.«

Vatis Liebling zuckte bei der Erwähnung von ewiger Liebe zwischen Frauen nicht zusammen wie der gesamte Rest der Versammlung. *Vatis Liebling* zuckte nicht einmal mit einer Wimper. Stattdessen lachte sie. Es war ein Lachen, wie sie noch keines gehört hatte, kindlich und frei heraus zwar, aber sprudelnd vor Sinnlichkeit. Champagnerlachen. Ein Funke davon sprang auf sie über, sodass sie nicht anders konnte, als mitzulachen. Sie sahen einander an, lachten, und einen Augenblick lang verschwand um sie der Warteraum. Die Papptafel mit der Nummer sieben segelte zu Boden, und die Nummer einundzwanzig segelte hinterdrein.

»Der ist wirklich ein bisschen lächerlich, der Thimig – erst recht für eine Dämonin.«

»Die wäre mit Henny Porten doch besser bedient.«

»Warum nicht? Auch wenn ich persönlich Pola Negri bevorzugen würde.«

»Stimmt. Henny Porten hat in einem Werbefilm für Kriegsanleihen gespielt. *Hann, Hein und Henny.* Die sind jetzt alle pleite, die auf den Schwachsinn hereingefallen sind.«

Sie lachten wieder. *Vatis Liebling* fiel eine goldblonde, ein wenig ins Rötliche spielende Locke in die Stirn. Ihre Gedanken begannen Karussell zu fahren. Nicht weit von hier, praktisch vor den Toren der Filmstadt, gab es eine Kneipe, in der das UFA-Volk einkehrte, *Zum Zeitraffer* hieß die, der Wirt war Franke, und der Wein wurde dort in Viertellitergläsern ausgeschenkt.

Uns holen sie sowieso nicht mehr rein, dachte sie. Offenbar hat es bei der Rothaarigen, die vorhin reingegangen ist, geblitzt, und für den Rest hier drin ist der Traum vom Leinwanddurchbruch wieder einmal ausgeträumt. Besser, ich mache mit *Vatis Liebling* einen Abgang und lasse mich mit ihr im *Zeitraffer* volllaufen. Ich bin eine Selkie und schnappe mir das blonde Kind, das für den Thimig viel zu schade ist.

Die Tür zum Vorsprechzimmer wurde aufgeschoben wie in der Praxis ihres Hausarztes, und die Sprechstundenhilfe erschien. Nur dass es keine Sprechstundenhilfe war, sondern irgendeine Vorzimmerdame von Pommer. An ihr vorbei drängelte sich die Rothaarige mit hängendem Kopf, durchquerte eilig den Raum und verschwand.

»Nummer sieben bitte«, verkündete die Vorzimmerdame mit bleistiftspitzem Mündchen. »Fräulein Sybille Schmitz.«

11

Der Besetzungschef war eine Besetzungschefin. Genauer gesagt war es die Vorzimmerdame mit dem spitzen Mündchen, die zwischen zwei Männern hinter einer Art Tapetentisch Platz nahm. Da es weitere Sitzgelegenheiten im Raum nicht gab, blieb Sybille nichts übrig, als davon stehen zu bleiben. Das kannte sie von früheren Vorsprechterminen – als breche den hohen Herrschaften ein Zacken aus der Krone, wenn sie einer der schnöden Bewerberinnen, die um eine Rolle bettelten, einen Sitzplatz anboten.

Was sie hingegen nicht kannte, war die hochkarätige Besetzung des Gremiums. Der Mann links von der Besetzungschefin war Friedrich Wilhelm Murnau, der Regisseur von Meisterwerken wie *Gang in die Nacht* und *Nosferatu*. Der Mann zu ihrer Rechten, hinter dessen ausladender Stirn ganze Welten verborgen lagen, war Erich Pommer.

Der König der UFA.

Davon, ihm zu begegnen, hatte Sybille geträumt. Und jetzt stand sie vor ihm wie ein Schulmädchen, das zum Rektor bestellt worden war, und hielt ein albernes Pappschild mit der Aufschrift »7« in der Hand. Das hatte sie eben noch vom Boden aufklauben müssen, wobei sie sich alle Mühe gegeben hatte, dem Blick ihrer grünäugigen Nachbarin auszuweichen. Nie zuvor war sie sich so sehr wie eine Verräterin vorgekommen. Sie ließ die Papptafel fallen. Wenigstens das war sie *Vatis Liebling* schuldig.

»Ihr Name ist Sybille Schmitz?«, fragte die Frau.

»Anna Maria Sybille und ansonsten nichts weiter als Schmitz«, bestätigte Sybille.

»Und Sie sind wie alt?« Die Frau senkte den Blick auf einen Stapel Papier.

»Einundzwanzig.«

»Aha«, konstatierte die Frau. »Hier steht geboren Dezember 1909.«

»Wenn das da steht, hätten Sie es sich ja selbst ausrechnen können«, versetzte Sybille.

»Also sechzehn?«

»Praktisch siebzehn.«

Die Frau machte sich eine Notiz.

»Ist Ihr Vater damit einverstanden, dass Sie sich bei uns um eine Rolle in einem Spielfilm bewerben?«, fragte sie, ohne mit dem Notizenschreiben aufzuhören.

»Herrgott, bin ich hier am Alexanderplatz und werde verhört?«, platzte Sybille heraus. »Wollen Sie mich als Nächstes fragen, wo ich gestern Nacht zwischen elf und Mitternacht gewesen bin und ob ich die Leiche persönlich kannte, oder soll ich Ihnen vielleicht doch lieber zeigen, dass ich für die Rolle, die Sie zu besetzen haben, die einzig mögliche Kandidatin bin?«

Die Frau war zumindest perplex genug, um ihre Schreibarbeit zu unterbrechen. »Ich habe solche grundlegenden Dinge vorab festzustellen«, erklärte sie schließlich. »Selbst wenn Sie so begabt wären, wie Sie von sich eingenommen sind, und wir Ihnen einen Vertrag anbieten wollten, würde uns das nichts nützen, solange Ihr Vater ihn nicht unterschreibt.«

Sybille unterdrückte ein Seufzen. »Mein Vater betreibt in Köln ein Lokal«, sagte sie. »Am Eigelstein, etwas für jeden Geschmack – Restaurant, Casino, Tanzdiele, Kabarett. Nur falls Sie einmal vor Ort sind und vorbeischauen wollen. Vergessen Sie aber nicht, einen Tisch zu reservieren, denn bei meinem Vater ist die Bude immer krachend voll, und um das, was ich meilenweit weg in Berlin treibe, kann er sich nicht kümmern. Solange ich nicht unter die Räder komme und mich am Bülowbogen als Lustobjekt anbiete, ist ihm alles recht.«

Eine Zeit lang herrschte Schweigen, das die Bleistift-Frau nutzte, um weitere Notizen auf das oberste Blatt des Stapels zu kritzeln. Vielleicht war sie hier gar nicht als Besetzungschefin. Vielleicht verfasste sie ein Drehbuch, wie Sybille es vorgegeben hatte, oder einen Roman, der in täglichen Fortsetzungen in der *Tante Voss* erschien.

»Fräulein Schmitz.« Das war Pommer. Er beugte sich ein wenig in Sybilles Richtung über den Tisch. »Soweit mir bekannt ist, sind Sie in Ihrem Leben, das sich ja durchaus länger anfühlen mag als kurze sechzehn Jahre, bisher noch nicht in einem Spielfilm aufgetreten. Wollen Sie uns nicht erst einmal ein bisschen davon erzählen, was Sie eigentlich auf die Idee gebracht hat?«

Einen Herzschlag lang fühlte Sybille sich aus dem Konzept gebracht. Sie war öfter zu Vorsprechterminen aufmarschiert, als im Reichstag die Minister wechselten, aber eine solche Frage hatte ihr noch niemand gestellt. Dann begann sie zu überlegen: Sollte sie von ihrem Unterricht am Kölner Schauspielhaus erzählen, von der großen Louise Dumont, die sich für sie verwendet hatte, oder von Roddie, der gesagt hatte: »Die hundert Mark kannst du mir zurückgeben, wenn du's geschafft hast. Schick sie mir aus Hollywood.«

Ich mag jung sein, aber ich habe eine grundsolide Ausbildung, hätte sie sagen können. Mein Schauspiellehrer in Köln hat mir geraten, lediglich an meiner Beweglichkeit zu arbeiten und ansonsten sofort in die Praxis einzusteigen. Dabei würde ein Talent wie ich mehr lernen als in endlosen Trockenübungen. Otto Merten, der renommierte Schauspielagent, hat mich in seine Kartei aufgenommen, und gespielt habe ich schon während der Schulzeit. Wir hatten eine Theatergruppe, die mir praktisch unterstand. Ich war der schneidigste Prinz von Homburg, der romantischste Romeo, und als Karl Moor in einer Kurzversion von Schillers *Räubern* bekam ich Szenenapplaus.

All das entsprach der Wahrheit. Aber erklärte es, warum sie mit sechzehn Jahren weit weg von ihrer Familie und jedem, den sie kannte, in einem Pensionszimmer hockte und Sardinen aus Konservendosen löffelte? Erklärte es, warum es für sie die Leinwand sein musste oder gar nichts, erklärte es irgendetwas?

Sie begann zu sprechen wie von selbst: »Ich bin in Düren zur Welt gekommen. Kennen Sie Düren? Wenn nicht, haben Sie nicht viel versäumt, aber immerhin hatten wir in der Wirtelstraße schon seit 1913 ein U.-T.-Kino. Manche Leute haben von Düren außerdem dunkel in Erinnerung, dass es eine der Städte war, auf die im Großen Krieg Fliegerbomben fielen.«

Sie hatte den Blick noch auf Pommer gerichtet, aber sie sah ihn nicht mehr. Sein Gesicht vor ihren Augen verschwamm hinter dem Bild der langen Hauptstraße, die so still war, wie in Berlin keine Straße je hätte sein können, und die sie an der Hand ihres Vaters entlanggegangen war. Sie war seine älteste Tochter gewesen, zu dieser Zeit noch das einzige Kind, mit dem er etwas hatte anfangen können. Christel hatte noch greinend in den Windeln gelegen, und Agnes und die Brüder hatte es noch nicht gegeben. Zu dieser Zeit, als das Kino neu war, war ihr Vater stolz gewesen, mit Sybille an der Hand durch die Hauptstraße zu spazieren. Vor dem Kino war er mit ihr stehen geblieben und hatte sie in die Höhe gehoben, damit sie den Schaukasten mit den Plakaten sehen konnte, auf denen die neuesten Filme angekündigt wurden.

»Wenn du ein bisschen größer bist, gehe ich mit dir hinein, und wir sehen uns zusammen einen Film an.«

Dann war der Krieg gekommen. Der Vater hatte fortgemusst, und als er wiederkam, hatte er das Versprechen, das er ihr gegeben hatte, vergessen. Aber Sybille nicht. Ihre Mutter war fromm. Das war alles, was Sybille zu ihr einfiel. Das gesamte Leben der Mutter kreiste um den Sonntagmorgen, an dem sie mit ihrer weitverzweigten Familie in die Messe in der Annakirche ging. Wenn die Mutter sich vor dem Altar anstellte, um den Leib des Herrn zu empfangen, war sie berauscht von ihrer Frömmigkeit und blickte sich nicht um. Diesen Augenblick nutzte Sybille, die in der Bank warten und auf die kleinen Geschwister achten sollte, um aus der Kirche zu flitzen und in die Wirtelstraße zu entfliehen.

Dort reckte sie sich vor dem Schaukasten auf die Zehenspitzen, Sonntag für Sonntag, und wenn die Plakate in dem Kasten ausgewechselt worden waren, wenn sie neue Filme ankündigten, dann konnte sie eine weitere Woche daran glauben, dass der Vater wiederkommen und sein Versprechen halten würde, mit ihr eines Tages in das Kino zu gehen.

»Die feindlichen Flieger kamen 1918 nach Düren«, sagte sie zu Pommer, dessen Gesicht sie nicht länger sah. »In der Nacht des 1. August. Sie warfen zwei Dutzend Bomben ab. Wir wohnten alle im Haus meiner Großeltern, die eine Konditorei betrieben, und wachten auf, weil mitten in der Nacht die Glocken der Annakirche zu läuten begannen. Mein Großvater, der immer alles wusste, auch das, was noch gar nicht geschehen war, sagte: ›Das ist das Ende. Jetzt bombardieren sie uns aus der Luft. Morgen früh steht in dieser Stadt kein Haus mehr, und wir sind alle tot.‹ Meine Mutter und meine kleinen Schwestern weinten, aber ich habe nur daran gedacht, dass ich, wenn ich am Morgen tot wäre, nicht mehr in die Wirtelstraße laufen und nachschauen könnte, was in der nächsten Woche für Filme gespielt würden.«

Sie war neun Jahre alt gewesen. Sie hatte sich nicht mit den anderen schlafen gelegt, sondern war die ganze Nacht am Fenster sitzen geblieben, bis am Morgen die Sonne sich zeigte und sie immer noch lebte.

»Ich hatte eine Freundin in der Tivolistraße«, erzählte sie. »Marianne Erler. Meine einzige Freundin. Die eine, die nicht über mich lachte, weil ich in der Schule vor mich hin träumte und nie die richtigen Antworten wusste. Als meine Großmutter herunterkam, um die Backstube zu öffnen, bat ich sie, mich aus dem Haus zu lassen, damit ich rasch hinüber in die Tivolistraße laufen und nachschauen könnte, ob meiner Freundin Marianne nichts passiert war. Großmutter schloss mir die Tür auf und bestellte gute Wünsche für die Erlers. Ich rannte den ganzen Weg. Als ich am Bahnhof vorbeikam, wo die Abzweigung in die Tivolistraße war, sah ich ein Wohnhaus, von dem nur noch die Frontseite mit ihren nackten klaffenden Fenstern übrig war. Ich rannte weiter. Als ich die Wirtelstraße erreichte, war ich so außer Atem, dass ich mich an dem Schaukasten festhalten musste, um nicht lang hinzuschlagen. Aber der Schaukasten war noch da. Das Kino auch. Angekündigt wurde der Film *Das verwunschene Schloss* mit Werner Krauss und Hella Moja.«

Sybille war auch jetzt außer Atem und hätte sich liebend gern an etwas festgehalten. Ein wenig schwindlig war ihr. Aber die verschwommenen Bilder festigten sich, und aus den Schemen manifestierten sich wieder Gesichter.

»Was ist denn aus dem Mädel geworden?«, fragte Murnau mit einer kühlen Neugier, die Sybille an einen Seziertisch denken ließ. »Aus dieser kleinen Freundin von Ihnen?«

»Die ist gestorben«, sagte Sybille. »An dem Tag musste ich nicht zur Schule, aber als wir am nächsten wieder im Klassenzimmer saßen, erzählte uns unsere Lehrerin, dass Mariannes Haus ausgebombt worden und dass ihre ganze Familie dabei umgekommen war.«

Die Bleistift-Frau holte mehrmals hörbar Luft, ehe sie sich offenbar von ihrer Entrüstung erholt hatte. »Ich denke nicht, dass Sie die Frage des Produzenten damit beantwortet haben«, sagte sie dann.

»Lassen Sie mal, Sonja«, sagte Pommer. »Das geht schon in Ordnung.« An Sybille gewandt, fügte er hinzu: »Sagen Sie mir noch, warum Sie aus Köln, wo Sie ja wohl ein Stipendium hatten, so schnell wieder weg sind?«

»Weil mein Ausbilder in mich verliebt war«, sagte Sybille. »Weil ich besser war als die anderen und er mir Rollen zuschanzte. Weil die Eifersüchteleien mir grässlich auf die Nerven gegangen sind und weil ich dahin wollte, wo das Abendland untergeht.«

Über Pommers schönen, sinnlichen Mund zuckte ein Lächeln. »Erklären Sie mir das?«

»Im Theater in Köln hat mir das dauernd irgendwer ins Ohr geblasen«, erwiderte Sybille. »Das Abendland geht unter, alles verflacht, und unsere Werte verfallen, weil es das Kino gibt, das auch die ungebildete Plebs sich leisten und das sie sogar verstehen kann. Ich bin die ungebildete Plebs. Ich gehöre hierher, nicht in den Musentempel der oberen Zehntausend. Ich will dem Abendland beim Untergang helfen.«

Als das Lächeln noch einmal über Pommers Mund zuckte, blieb es dort liegen. »Theater ist gut«, sagte er. »Eine Schmiede. Wer unter den Meistern des Fachs Theaterspielen gelernt hat, von dem weiß ich, dass ich ihn hinstellen kann, wo ich will, und er fällt mir nicht um. Vielen Dank, Fräulein Schmitz, das war sehr aufschlussreich. Sprechen Sie uns noch etwas vor? Nicht die Szene aus dem Film, die sie vorbereitet haben. Suchen Sie sich etwas anderes aus – irgendetwas, das Sie gern mögen.«

Sie hatte es vergeigt. Sie durfte die vorbereitete Szene aus *Selkie* nicht einmal präsentieren, und was sie jetzt noch vortrug, spielte keine Rolle. Sie stellte sich breitbeinig hin, ließ die Schultern sacken und ratterte das Finsterste herunter, was ihr einfiel. Die Sterbeszene aus Kleists *Penthesilea*. Sie sprach alle vier Rollen ohne Pause hintereinander, bis sie zu Prothoes düster orakelnden Schlusszeilen kam:

> *»Sie sank, weil sie zu stolz und kräftig blühte.*
> *Die abgestorb'ne Eiche steht im Sturm.*
> *Doch die gesunde stürzt er schmetternd nieder.*
> *Weil er in ihre Krone greifen kann.«*

Schweigen war die Antwort. Friedrich Murnau starrte ins Leere, und die Bleistift-Frau malte Kringel aufs Papier.

»Ich sollte dann wohl gehen«, sagte Sybille, drückte den Rücken durch und wandte sich ab. Nach einem Schritt blieb sie noch einmal stehen und blickte über die Schulter zurück. »Vermutlich haben Sie ja sowieso schon längst entschieden, wer für Sie die *Selkie* spielt, und unser Aufmarsch hier ist nur Staffage. Falls Sie aber doch noch ein Mädchen suchen, das spielen kann – da draußen sitzt eines. Blonde Babylocken, bisschen füllig um die Taille, grauenhafte *Kunert*-Rundstrickstrümpfe. Wenn ich Sie wäre, würde ich mir die nicht entgehen lassen.«

»Die mit der Stupsnase?«, fragte Pommer. »Ich habe mal einen Film gedreht, der *Das Mädel von nebenan* hieß. Dafür hätte ich die glatt engagiert, aber das war 1917, es war das dritte Kriegsjahr, und die Leute hatten ein bisschen heile Welt in Rosarot nötig. Heute braucht das keiner mehr. Wenn ich die Kleine wäre, würde ich zusehen, dass ich mich vorteilhaft verheirate.«

»*Chacun à son goût*«, sagte Sybille. »Ich habe nur freundlich sein und Ihnen einen Tipp geben wollen.« Dann strebte sie so schnell, wie sie konnte, auf die Tür zu, denn sie hätte sich bis an ihr Lebensende gehasst, wenn sie vor den dreien in Tränen ausgebrochen wäre.

»Fräulein Schmitz«, erwischte Pommers Stimme sie gerade noch, als sie die Hand nach der Klinke ausstreckte. »Bitte drehen Sie sich noch einmal um.«

Sybille tat es.

»Ich kann Sie nicht brauchen«, sagte er. »Aber ich wünschte, ich könnte es. Ich schicke Sie zu Reinhardt ans *Deutsche Theater*. Der soll etwas mit Ihnen machen. Die Kollegen von der Bühne haben ein bisschen mehr Spielraum als wir, weil ihre Fehlentscheidungen nicht für alle Zeit auf Zelluloid prangen, und solange Sie Theater spielen, rosten Sie mir nicht ein. Lassen Sie eine Telefonnummer hier. Wenn ich irgendwann irgendwo in diesem Turm von Babel eine Mauernische entdecke, in die ich Sie stecken kann, rufe ich Sie an. Sie stehen eines Tages vor einer Kamera meiner Gesellschaft, und wenn ich den Film und das Publikum dazu persönlich aus dem Boden stampfen muss.«

12

Renate
April 1928

Kinderspeisung statt Panzerkreuzer«, prangte in leuchtend roten Lettern auf dem Plakat, das fast die halbe Höhe der Litfaßsäule vor dem *Gloria Palast* einnahm. Auf dem Bild, das die Schrift zum Teil verdeckte, war der mächtige schwarze Leib eines Kriegsschiffs zu sehen, während im Vordergrund drei Kinder mit bis auf die Knochen ausgezehrten Gesichtern um Nahrung bettelten. Mit diesem Plakat warb die Kommunistische Partei um Stimmen bei der bevorstehenden Reichstagswahl. Es stellte einen Protest gegen den Beschluss der bestehenden Regierung dar, Geld für den Bau eines Panzerkreuzers, nicht aber für die kostenlose Schulspeisung der Armen auszugeben.

Renate hatte kaum Zeit, eine Zeitung zu lesen, geschweige denn, sich eingehender mit Politik zu befassen. Seit sie ihr Ausbildungsjahr an der Max-Reinhardt-Schauspielschule beendet hatte, hatte sie praktisch ununterbrochen Theater gespielt. Kleine Rollen, große Rollen, Matineen, Premieren, Sommeraufführungen im Freien, Klassiker und Hochmodernes, Lustspiele und Tragödien, es gab praktisch nichts, in dem man sie noch nicht gesehen hatte. Begonnen hatte sie am *Lessing-Theater* und war kurz darauf zu Victor Barnowsky ans *Komödienhaus am Schiffbauerdamm* gewechselt. In *Garten Eden*, einem Lustspiel von Rudolf Bernauer, hatte sie die Tilly gespielt, eine Tingeltangelsängerin und ein sogenanntes unanständiges Mädchen.

Die Berliner hatten ihre Stimme gemocht, und ein Kritiker lobte den amüsanten Gegensatz zwischen dem mangelnden Anstand der Figur und dem ganz offensichtlichen Anstand der Darstellerin. Abend für Abend heimste sie Applaus ein, die Zuschauer riefen sie »Engelchen«, und die Spielzeit des Stücks musste verlängert werden.

Ein schöner Erfolg für eine Anfängerin, der Renate ein Engagement am renommierten *Renaissance-Theater* einbrachte. Mit einer Rolle beim Film klappte es trotzdem nicht, auch wenn sie keinen Vorsprechtermin ausließ. Ein Engelchen wollte niemand haben. Nicht auf der Leinwand, wo eine Frau zu zeigen hatte, dass sie in die neue Zeit gehörte. Nicht in Neubabelsberg, das sich seinen Ruf als unwiderstehlicher Sündenpfuhl bewahren musste.

Sie hatte keinen Grund, sich zu beklagen. Für die Bühne erhielt sie mehr Rollenangebote, als sie wahrnehmen konnte, sie mochte die Kollegen, mit denen sie arbeitete, und die Kollegen mochten sie. Von ihren Gagen konnte sie zwar keine großen Sprünge machen, aber recht sorgenfrei leben und sich ihre erste eigene Wohnung leisten: Schlafstube, Küche, kleines Vorderzimmer und eigenes Bad in der Nachodstraße, im bei Künstlern beliebten Wilmersdorf, von wo sie es weder zum Theater noch zu ihren Eltern in die Bregenzer Straße oder zum Kurfürstendamm mit seinen Filmpalästen weit hatte. Und anderswo musste sie ja nicht hin, für anderes hatte sie gar keine Zeit. Noch immer sah sie sich jeden neuen Film an, der halbwegs ins Gewicht fiel, aber die Stunden dafür musste sie sich stehlen.

Also wusste sie auch über die neuesten politischen Entwicklungen nicht Bescheid. Solange sie bei ihren Eltern in der großbürgerlichen Wohnung mit ihren hohen Decken und weiten Räumen gewohnt hatte, hatte sie die endlosen Gespräche, die der Vater mit den Mitgliedern des Haushalts, mit seinen Kollegen und neuen Freunden führte, mitbekommen und war auf diese Weise halbwegs informiert gewesen. Irgendwann in ihrem zweiten Jahr mit festem Engagement war es ihr jedoch nicht mehr richtig erschienen, im Schoß der Familie, bei diesen liebenden, behütenden Eltern rundum versorgt wie als kleines Mädchen zu leben.

Sie hatte auch jetzt noch nicht gelernt, allein zu sein. Wenn es ihr gut ging, mochte sie Stille und Konzentration sehr gern, aber wenn Angst oder Sorge sie befielen, brauchte sie den Trubel einer Küchenparty um sich, um sie zu bekämpfen. Dennoch fand sie, es wäre an der Zeit, das Nest, wo sie vor den Schrecken des Alleinseins gefeit war, zu verlassen. Noch immer hatte sie das Gefühl, ihr Leben habe nicht richtig angefangen, und in ihr wuchs die Gewissheit, das werde auch nicht geschehen, solange sie sich aus dem Leben ihrer Eltern nicht hinauswagte. In diesem neonblinkenden, an allen Enden brennenden, Shimmy tanzenden Berlin, das im Ruf stand, dekadenter zu sein als Paris, fasste gewiss keine Fuß, die sonntags daheim bei Vati und Mutti am Ofen saß.

Gabi hatte geweint: »Du bist doch erst neunzehn, ich hab gedacht, du bist noch mindestens zwei Jahre hier, und wem soll ich jetzt von all meinen kleinen Sorgen und großen Lieben und Weltuntergängen erzählen, wenn nicht dir?«

»Du schaffst das schon«, hatte Renate gesagt und war davon überzeugt. Ihre kleine Schwester machte sich fabelhaft in der großen Stadt, hatte Scharen von Freundinnen, half in der Redaktion des Vaters aus und schrieb sich in ihrer Freizeit die Finger wund. Erste Artikel – die Hauptstadt aus der Sicht eines jungen Mädchens – hatte der Vater bereits in der Sonntagsbeilage untergebracht. Nicht Renate, sondern die kleine, unkomplizierte Gabi würde in seine Fußstapfen treten.

»Ich werde dich so sehr vermissen.«

»Ich dich auch.« Renate hatte sie an sich gedrückt. »Aber ich komme ja wieder. Mindestens jeden Sonntag, wenn mein Vorratsschrank leer ist. Und eines Tages, wenn es bei mir für ein bisschen mehr als das Nötigste reicht, bringe ich dir etwas mit, was ich dir schon seit Langem schulde.«

Die Mutter hatte auch geweint, hatte Renate umarmt und ihr Haar gestreichelt und gesagt, sie hätte gehofft, es wäre leichter, ihr Vöglein fliegen zu lassen. Das Vöglein solle ihr nur bitte nicht herunterfallen, und es solle sich nicht scheuen, wiederzukommen, wenn es die Wärme des Nestes doch noch eine Weile bräuchte.

Am heftigsten weinte die Großmutti, die so scheu und still war und Renate erst richtig zu umarmen wagte, als diese es zuerst tat. Bei ihr hatte Renate nicht erwartet, dass ihr Auszug einen Gefühlssturm auslöste, und noch während sie sich schnäuzte, bat die Großmutti um Entschuldigung: »Sei nicht böse, und lass dir nicht deinen Tag verderben, Rena. Ich habe einen solchen Abschied ja noch nicht erlebt und bin deshalb nicht gewappnet. Als ich selbst mein Elternhaus verließ, war ich kaum siebzehn und ging mit meinem Mann bis nach Chile, aber ich denke nicht, dass es meine Mutter sonderlich erschüttert hat. Und als mein eigenes erstes Mädchen, deine Mutti, ging, war sie zu meinem Glück so rücksichtsvoll, mich mitzunehmen.«

Die Uri weinte nicht, und der Vater verkniff es sich ebenso mühevoll wie Renate selbst. In die Tasche, die sie zu ihrem Auszug packte, schob er ihr ein sehr schmales, in helles Leder gebundenes Tagebuch. »Ich freue mich schon darauf, wenn wir zum ersten Mal bei dir zum Kaffee eingeladen sind«, behauptete er tapfer.

»Um Gottes willen!«, rief Renate, der der Gedanke tatsächlich erst in diesem Augenblick gekommen war. »Ich weiß nicht einmal, wie man Kaffee aufbrüht, geschweige denn, wie man sich ein halbwegs genießbares Abendessen kocht.«

Daraufhin hatte der Vater alles versucht, um ihr Adaate mitzugeben, damit sie für sie sorgte. Renate aber hatte abgelehnt. Zum einen hätte es für Adaate in ihrem kleinen Reich gar keinen Platz gegeben, zum andern war Adaate im Haushalt ihrer Eltern in Ehren ergraut, war seit Langem ein Teil der Familie geworden und sollte nicht wie ein Gegenstand verpflanzt werden.

Tatsächlich musste Renate bereits nach einer Woche feststellen, dass es ihr schier unmöglich war, sich auch nur mit dem Allernötigsten zu versorgen. Adaates üppiges Frühstück mit Erdbeerkonfitüre, weich gekochten Eiern, gebackenem Schinken und Kakao, mit dessen Duft sie zeit ihres Lebens aufgewacht war – sie hatte nicht die geringste Ahnung, wie sie etwas annähernd Vergleichbares auf den Tisch bekommen sollte, von einer warmen Mahlzeit ganz zu schweigen. Nach ein paar Wochen der Verzweiflung empfahl ihr die Kostümbildnerin schließlich eine Wäscherei, in die sie einmal wöchentlich einen Korb Wäsche trug, und die kleine Konditorei im Nachbarhaus bot zwei halbe Brötchen, die in Berlin Schrippen hießen, mit Honig und Gelee, ein Stück Plundergebäck und ein Kännchen Kaffee als »Süßen Tagesanfang« an.

Das Mittagessen musste sie häufig auslassen, weil sie ihren Tag nicht gut genug geplant hatte. Wenn sie dann abends erst nach der Vorstellung mit den Kollegen in eines der angesagten Lokale – vom *Romanischen Café* über die *Bar Kakadu* bis zum mondänen *Hotel Eden* mit seiner Minigolfbahn auf dem Dach – einkehrte, knurrte ihr Magen bereits so laut, dass sie Angst hatte, die anderen könnten ihn hören. Also versuchte sie, sich anzugewöhnen, tagsüber bei *Aschinger* in der Tauentzienstraße auf eine Bierwurst mit Kraut oder einen Teller Erbsensuppe einzukehren.

Aschinger war das preiswerteste Restaurant der Stadt, aber zu viel Geld gab sie trotzdem aus. Für eine Anfängerin waren ihre Gagen beachtlich, doch sie waren nicht dazu gedacht, dreimal täglich im Lokal zu essen und zudem ihre Garderobe, ihr Schuhwerk und ihr Haar in einem Zustand zu halten, der sie im eleganten Berlin nicht wie eine Provinzlerin wirken ließ. Wenn die Kollegen abends den Champagner strömen ließen und sich hier und da von einer verbotenen Frucht verführen ließen, wollte sie sich nicht lumpen lassen und hielt mit.

Meist war das Geld schon zu Ende, wenn noch allzu viel Monat übrig war, aber jemand, der ihr bis zum nächsten Ersten ein paar Mark borgte, fand sich immer. Und schließlich gab es ja auch noch die Wohnung in der Bregenzer Straße, wo sie jederzeit willkommen war, ihre Wäsche umsonst waschen lassen und sich hemmungslos den Bauch vollschlagen konnte.

Nein, übel war ihr Leben wirklich nicht, alles andere als das. Sie bekam durchaus etwas mit vom Flair Berlins, von der ganz großen Freiheit, die natürlich keine war, die sich aber in manchen sternblauen, champagnerseligen Nächten so gebärdete. Berlin war riesenhaft, die drittgrößte Stadt der Welt, und etwas, das hier nicht möglich war, das gab es nicht. Die Berliner waren jung, ein Drittel angeblich jünger als zwanzig, sodass Renate mit ihren zweiundzwanzig Jahren schon zu denen gehörte, die sich ranhalten mussten.

Genauso kam die Stadt ihr vor: Berlin hielt sich ran, verpasste nichts, schien immer auf der Flucht – vor dem Alter, vor dem Tod, vielleicht vor der Erinnerung an einen Krieg, der über Nacht vor der Tür gestanden und so viele abgeholt hatte, die noch gar nicht gelebt hatten. Renate gefiel das, es schenkte ihr den Rausch der Geschwindigkeit, den sie liebte. Sie hatte einen Beruf, von dem andere träumten, sie kannte so viele Leute, dass sie, wenn sie nicht wollte, keinen Tag lang allein zu sein brauchte, und in ihrer Freizeit konnte sie sich in die Abenteuer der Hauptstadt stürzen. Shimmy und Charleston hatte sie im fiebrigen Zwielicht des *Moka Efti* und des *Ballhauses Bühler* so gut tanzen gelernt, dass Samuel Berndt, Charaktercharge des Theaters und ihr bevorzugter Tanzpartner, sie »Wackelpudding« nannte.

Ein anderer – Jean-Felix Birnbaum, der schnieke, in Paris geborene musikalische Leiter – nannte sie »Josephine Bakers putziges weißes Schwesterchen«.

Sogar Flirten hatte sie gelernt, und zu ihrer eigenen Verblüffung machte es ihr Spaß. Aus manchem Flirt entwickelte sich eine Liebelei, die ihr auch Spaß machte, und wenn sie aufhörte, Spaß zu machen, ließ sie sich meist auch ohne viel Wenn oder Aber, ohne viel Herz oder Schmerz wieder lösen. Es war immer Renate, die die Auflösung wollte, die über Nacht das Gefühl packte, aus Nähe sei Enge geworden, aus Leichtigkeit eine Last, die sich ihr auf die Brust legte und ihr das Atmen schwer machte. Sobald das geschah, musste sie sich befreien, musste ausbrechen und weiterziehen.

»Honigbiene«, hatte Rudolph, einer dieser Liebhaber, sie genannt. »Du landest einem Mann auf dem Kopf, sammelst deinen Nektar ein, und wenn du genug hast, schwirrst du zur nächsten Blüte davon.«

Das mochte recht niedlich gemeint sein, aber Renate sammelte nichts. Sie behielt von all diesen Männern nichts zurück, kein Souvenir, keine Lehre und kaum eine Erinnerung. Wenn es vorbei war, fühlte sie sich seltsamerweise so unberührt und unerfahren wie zuvor, und das Gefühl, auf diesem ganzen Jahrmarkt der niemals still haltenden Karussells nur ein Zaungast zu sein, hatte sich auch jetzt noch nicht gelegt. Renate wartete nach wie vor darauf, dass ihr Leben anfing, und in manchen Nächten überfiel sie die Furcht, sie könne womöglich noch immer warten, wenn dieses Leben zu Ende ging.

In das Tagebuch, das ihr Vater ihr geschenkt hatte, hatte sie noch kein Wort geschrieben. Sie hätte nichts gewusst, das sie darin hätte schildern wollen.

Waren ihre Träume schuld? Waren die allzu groß und unerreichbar, sodass sich ihr kleines Leben darin verlor?

Mit dem jungen Mann, mit dem sie jetzt hier vor dem *Gloria Palast* stand und die Litfaßsäule betrachtete, war die leise Hoffnung erwacht, der Zustand könnte sich ändern, es könnte tatsächlich etwas beginnen, das sich entwickelte und wuchs. Heinrich Schott war Anfang des Jahres als zweiter jugendlicher Held ans Theater gekommen. Er sah gut aus mit seinen weichen braunen Locken und den ein wenig melancholischen Augen, doch der Ehrgeiz, der ihn antrieb, strafte dieses sanfte Äußere Lügen und schien ihrem eigenen Ehrgeiz verwandt: Sie waren beide nie mit sich zufrieden, egal, wie frenetisch der abendliche Applaus ausfiel und in welchen Lobeshymnen sich die Kritiker ergingen.

Heinrich wollte ans *Staatstheater*. Und er wollte der erste jugendliche Held sein, nicht länger der zweite im Glied. »Lieber wäre ich in einem Dorf der Erste als in Rom der Zweite«, lautete sein Wahlspruch. Von Julius Cäsar sollte er stammen. Bei der Erwähnung von Latein erfasste Renate noch immer ein Schauder, aber seine kühnen Ambitionen imponierten ihr. Zumal er sich durchaus kein Dorf, sondern das führende Theater der Hauptstadt als Ziel gesetzt hatte.

Ihren Bekannten galten sie bereits als Paar, sie wurden gemeinsam eingeladen, und als Heinrich sie vor Kurzem gebeten hatte, ihn ihren Eltern vorzustellen, hatte sie nicht wie bei seinen Vorgängern rundheraus abgelehnt. Sie hatte es lediglich aufgeschoben. Ihre Familie in der Bregenzer Straße, das war auch jetzt noch ein wenig ihr Geheimnis, ihr Zufluchtsort, zu dem Fremde keinen Zutritt hatten. Wenn aber ein Mann die Chance hatte, mehr als ein Fremder für sie zu werden, dann war es Heinrich. Er war der ideale Kandidat.

Tanzen konnte er auch. Und er ging gerne ins Kino, selbst wenn er natürlich nicht mit der gleichen Passion jede neue Entwicklung verfolgte wie sie. Niemand tat das. Niemand verstand, in welche Ekstase es sie versetzte, dass im letzten Herbst in New York ein Film uraufgeführt worden war, der vollständig vertont war. *The Jazzsinger.* Eine Sensation. Kein Pianist oder Orchester mehr, die die Handlung mit Musik unterlegten, keine Geräusche aus der Kinoorgel und keine Zwischentitel, die dem Publikum mühsam Einblick in den Dialog verschafften, sondern Schauspieler, die auf der Leinwand sprachen, lachten und sangen, die zu wirklichem Leben erwachten.

»Das setzt sich nicht durch«, hatte Heinrich gesagt. »Ins Kino gehen die Leute der flimmernden Bilder wegen. Wenn sie Sprache wollen, wenn es sie nach sinnlichem, plastischem Leben zum Anfassen verlangt, das schreit und sprüht und schwitzt, dann kommen sie zu uns. Was wollen deine Rattenfänger vom Film denn als Nächstes erfinden, um uns die Zuschauer wegzulocken? Eine Leinwand, die stinkt?«

Natürlich hatte er nicht ganz unrecht. Die Kinos in Deutschland waren für solche *Talkies,* wie man die vertonten Filme nannte, technisch gar nicht ausgerüstet, und kein Kinobetreiber hätte sich die teure Ausstattung angeschafft, um eine Neuerung auszuprobieren, die als totgeborenes Kind galt.

Renate konnte sich dennoch nicht helfen, sie war von der Vorstellung fasziniert. Wann immer die fixen Ideen von der Kinolaufbahn wieder in ihr emporblitzten, sagte sie sich, dass sie sie begraben musste, weil sie als Schauspielerin auf ihre Stimme angewiesen war. Es war ihre Stimme, die heitere Verspieltheit ihres Gesangs und vor allem ihr noch immer ansteckendes Lachen, das die Leute an ihr mochten. Wegen ihrer Stimme bekam sie ihre Engagements, während sie all das, was auf der Leinwand gefragt war – schlanke Figur, dunkle Schönheit, geheimnisvolle Ausstrahlung –, nicht zu bieten hatte.

Was aber, wenn der Ton allen Unkenrufen zum Trotz in den Kinos Einzug hielte? Würde sie dann für ihre Stimme die Chance bekommen, die ihr Körper und ihr Gesicht ihr verbauten?

Sie schüttelte den Gedanken ab. Der Film, den sie sich heute zusammen mit Heinrich ansehen würde, hieß *Die Heimkehr* und war auf klassische Weise gedreht. Der Regisseur war Joe May, der hochbegabt war und alle Mittel der Filmtechnik ausschöpfte, und der große Erich Pommer hatte den Streifen produziert. Kurzzeitig war er von der UFA entlassen worden, nachdem seine Monumentalfilme *Die Nibelungen* und *Metropolis* ein unvorstellbares Vermögen verschlungen, an den Kinokassen aber Verluste eingespielt hatten. Für *Metropolis*, bei dem Fritz Lang Regie geführt und Thea von Harbou das Drehbuch verfasst hatte, hatte Pommer sogar eine neue Atelierhalle in der Filmstadt von Neubabelsberg errichten lassen, und zwar die größte und fortschrittlichste von ganz Europa. Die Kinobetreiber aber glaubten nicht an das düstere, futuristische Leinwanddrama, und nach seiner Uraufführung im *Zoo Palast* war er kaum noch irgendwo gespielt worden.

Für die UFA war der finanzielle Verlust eine Katastrophe. In Scharen wurden Mitarbeiter entlassen, und die Verträge von Schauspielern wurden nicht mehr verlängert. Erich Pommer bekam den Stuhl vor die Tür gesetzt, und letzten Endes musste das hochverschuldete Unternehmen ein Übernahmeangebot des Rüstungsmagnaten Alfred Hugenberg akzeptieren, um sich vor dem Untergang zu retten.

Und dennoch, trotz all der verheerenden Folgen, war *Metropolis* ein Meisterwerk, das der Welt vor Augen führte, was der Film vermochte. Renate war nur eine kleine, ein wenig läppische Schauspielerin, die die Schule abgebrochen hatte und erst zweiundzwanzig Jahre zählte. Sie sah gern Lustspiele mit dem urkomischen Kurt Gerron oder herzzerreißende Melodramen, wie ihnen heute vermutlich eines geboten wurde, und die in jeder Szene lauernden Deutungsmöglichkeiten von *Metropolis* waren ihr zu hoch. Dennoch erfasste sie die Größe, die darin lag, und wusste: Dieser Film wird noch da sein, wenn wir es nicht mehr sind. Er wird denen, die nach uns kommen, etwas über uns erzählen, das wir selbst noch gar nicht haben wissen können.

Nach einem Jahr ging die UFA vor Pommer in die Knie und holte ihn zurück. Den Film *Die Heimkehr*, den sie gleich sehen würden, hatte er wiederum produziert, und wie zuvor scherte er sich nicht um die Kosten, sondern nur um das, was nötig war, um die Geschichte zu erzählen. Renate freute sich darauf. Im Augenblick stand allerdings Heinrich noch vor der Litfaßsäule, starrte auf das Plakat der Kommunistischen Partei und zündete sich eine Zigarette an.

»Ich kann das nicht mehr sehen«, schimpfte er. »Wo man hinschaut, haben die Parteien ihre abscheuliche Reklame hingekleistert. Mit jeder Wahl wird das schlimmer. Hugenbergs DNVP hat das brandneue *Haus Vaterland* mit ihrem unästhetischen Schund völlig verunstaltet, und diese manieristisch verrenkten Körper der Hitler-Partei sind noch grässlicher. Und das, was die Linken produzieren, ist kein bisschen hübscher. Warum stecken die Parteien ihr Geld nicht in die Förderung der Kultur, statt es für Reklame zum Fenster hinauszuwerfen? Dann würde ich sie vielleicht sogar wählen.«

Renate hatte sich darüber, was sie in wenigen Wochen bei den vorgezogenen Neuwahlen zum Reichstag wählen wollte, noch keine Gedanken gemacht. Dabei lag ihr Vater ihr seit der ersten freien Wahl nach Gründung der Republik in den Ohren, die Frauen müssten ihr Wahlrecht nun, wo sie es sich erkämpft hätten, auch verantwortungsvoll wahrnehmen. Dass die Deutschnationalen, denen Alfred Hugenberg vorstand, nicht infrage kamen, wusste sie immerhin. Viele Schauspielkollegen, die gelegentlich Filmrollen übernahmen, waren entsetzt gewesen, als er die UFA aufgekauft hatte. Unter seiner Leitung hatten sie vor allem Propagandafilme erwartet, die gegen den Vertrag von Versailles und die Demokratie hetzten, während sie auf künstlerischen Gehalt keinen Wert legten.

Glücklicherweise schien sich Hugenberg bei der UFA jedoch inhaltlich nicht einzumischen, sondern hatte das Unternehmen offenbar aus wirtschaftlichen Gründen gekauft.

»Ich denke, ich wähle die Sozialdemokraten«, sagte Renate, um nicht desinteressiert zu erscheinen und durchblicken zu lassen, dass sie mit jeder Faser dem Film entgegenfieberte. Immerhin war ihr Vater Mitglied der SPD, die Partei stand für die Republik und das freie, reiche Leben, das sie führte, also konnte sie damit nicht so sehr viel falsch machen.

Heinrichs Blick wanderte die Litfaßsäule hinauf und hinunter. Dann lächelte er. »Zumindest klebt von denen hier nichts. Vielleicht gewinnen die mich damit auch für sich. Ja, in Ordnung, das ist mein Beschluss: Dieses Mal wähle ich die Partei, die mich nicht mit ihrer Reklame malträtiert.«

Stimmt, dachte Renate. Von der SPD hatte sie auf ihrem Weg hierher vergleichsweise wenige Plakate gesehen. Sie gehörte nicht zu dem Block der sogenannten bürgerlichen Regierungskoalition, der auch die rechtsgerichtete DNVP angehört hatte und die gerade zerbrochen war. Fehlte ihr daher vielleicht für die teuren Werbeflächen hier am Ku'damm das Geld?

Dies war der letzte Gedanke, den sich Renate zum Thema bevorstehende Wahlen machte, denn anschließend schweifte ihr Blick wieder ab und fiel auf das Plakat, das über dem Portal des *Gloria Palastes* prangte und an Größe sämtliche Parteiwerbung in den Schatten stellte:

>*Die Heimkehr*
Ein Film von Joe May
In den Hauptrollen Gustav Fröhlich, Lars Hanson
und Dita Parlo«

Dita Parlo war ein noch unbekannter Name, ein ganz neuer Stern am Himmel von Neubabelsberg, und Renate hätte eine Heldin sein müssen, um keinen Anflug von Neid auf die ihr fremde Kollegin zu spüren. Sie war zwei Jahre jünger als sie selbst, hatte die neue Schauspielschule der UFA in Babelsberg besucht und war dem *Film-Kurier* zufolge dort von Erich Pommer persönlich entdeckt worden.

Erich Pommer.

Ein einziges Mal, vor bald zwei Jahren, war Renate dem großen Mann selbst begegnet. Er war in den Warteraum gekommen, in dem sie vergeblich darauf gehofft hatte, einen Termin zum Vorsprechen zu erhalten, und hatte sich der Höflichkeit halber eine Telefonnummer von ihr geben lassen. Vor Aufregung hatte Renate kein Wort herausbekommen, und ehe sie es sich versah, war Pommer schon wieder verschwunden. Seine Entdeckung würde sie also kaum werden, aber trotzdem, so schalt sie sich, hatte sie keinen Grund, Trübsal zu blasen.

Sie war nun einmal eine ausgebildete Sängerin, eine singende Schauspielerin und damit besser für die Bühne als für den Film geeignet. Sie hatte ein gutes Engagement und war an einem Frühlingsabend im Begriff, mit ihrem attraktiven Bekannten in einen vielversprechenden neuen Film zu gehen. Was also wollte sie mehr?

Alles!, begehrte die trotzige kleine Stimme in ihr auf, die sie allzu gut kannte. Aber Renate hörte nicht auf sie, sondern befahl ihr, zu schweigen. Die kindische Stimme wusste ja nicht einmal, was sie mit »Alles« überhaupt meinte.

13

Wollen wir dann hineingehen?«, fragte Renate. »Ich komme nicht gern im letzten Moment. Es ist so schön, im Saal zu sitzen und darauf zu warten, dass die Lichter ausgehen und der Vorhang sich hebt.«

»Langsam, langsam mit den jungen Pferden.« Mit einem Kopfnicken wies Heinrich auf seine Zigarette. »Der Film läuft dir schon nicht weg, und ich würde gern wenigstens in Ruhe aufrauchen.«

»Gibst du mir auch eine?«, fragte Renate. Sie rauchte nur selten, weil ihr der Qualm nicht schmeckte, aber sie mochte das leicht verruchte Timbre, das er ihrer sonst so klaren Stimme verlieh. Außerdem hatte sie entdeckt, dass Rauchen die Nerven beruhigte. Warum ihre Nerven allerdings gerade jetzt so angespannt waren, dass sie kaum still stehen konnte, wusste sie nicht. Schließlich ging sie nur zu ihrem Vergnügen ins Kino und musste keine lebenswichtige Prüfung bestehen.

Heinrich zog sein flaches, mit seinen Initialen graviertes Etui aus der Brusttasche und bot es ihr an. Die Zigarettenmarke, die er rauchte, hieß *Massary Diplomat* und war nach der Schauspielerin Fritzi Massary, dem Liebling der Berliner, benannt, die gesagt haben sollte: »Zu viel kann man wohl rauchen, aber genug niemals.«

Renate ließ sich Feuer geben und zog den Rauch tief in ihre Lunge. Heinrichs Feuerzeug passte zum Etui und war ebenfalls mit seinen Initialen graviert. Viele Männer hatten solche Rauchutensilien. Dennoch erschienen ihr seine auf einmal protzig und ein wenig albern. Sie sollten mehr hermachen, als sie es taten, denn dass beides nur billig und oberflächlich vergoldet war, ließ sich unschwer erkennen. Wieder zog sie an ihrer Zigarette.

Heinrich betastete die Brusttasche seines leger, im amerikanischen Stil geschneiderten Sakkos aus hellgrauem Tuch. Es entsprach der neuesten Mode, passte zur Jahreszeit und zu ihrer eigenen Kleidung. Was also störte sie?

Renate selbst trug eines der brandneuen sogenannten Jumperkleider in Zitronengelb, das sie sich eigens für diesen Frühling gekauft hatte. Das Geld für das sündhaft teure Stück hatte Willy Berndt ihr gepumpt. Es bestand aus einem langen, geraden und wie ein Pullover geschnittenen Oberteil mit verzierten Bündchen und Bordüren und einem schmalen, vorn gefältelten Rock. Sie hatte es einfach haben müssen, wie es da im Schaufenster von *Ahrends Damenmoden* hing und ihr entgegenlachte, weil es eines dieser Kleider war, in die sie ihr Leben lang gern gepasst hätte. Aber es stand ihr nicht, genauso wenig wie der Bubikopf mit glattem, fast männlich frisiertem Pony und der so angesagte Topfhut, der ebenfalls der Herrenmode entlehnt war.

Es passte zu einer viel schlankeren, weniger kurvenreichen Frau mit herberen, markanteren Zügen. Wütend zog sie noch einmal an der Zigarette und verschluckte sich. Ihre brave Schulmädchenausstrahlung würde sie noch in den Wahnsinn treiben.

»Lass uns jetzt gehen, ja?«

»Herrgott, wenn du's nicht abwarten kannst.« Sie hatte ihre Zigarette schon weggeworfen, und er tat es ihr nach. Die Hände in den Hosentaschen vergraben, folgte er ihr zum Eingang des Kinos, auf dessen Dach die goldenen Lettern *Gloria Palast* in den langsam sich rötenden Abend blinkten. Heinrich warf einen abschätzigen Blick in die Höhe, als störe ihn nach all den Werbeplakaten der Parteien nun auch die Leuchtreklame des Kinos. Er bestand darauf, Renate an dem Stand im Foyer eine Tüte Theaterkonfekt zu kaufen, obwohl sie lieber gleich weiter in den Saal gegangen wäre. Dabei hatte sie sonst ständig Appetit und konnte Süßem nicht widerstehen.

Immer und überall. Nur nicht hier, wo ihr Hunger nach anderer Nahrung verlangte.

Sie erreichten ihre Sitze im Parkett des prunkvollen Barocksaals in dem Augenblick, als der Vorhang sich hob. Renate liebte diesen Gegensatz zwischen der auf alt getrimmten, dem Kitsch frönenden Pracht und der Errungenschaft modernster Technik, die sogleich über die Leinwand zu flimmern begann. Ihr Herz klopfte, wie immer, wenn im verheißungsvollen Dunkel das leise Knattern des Projektors einsetzte, der längs durch den Saal seinen magischen Lichtkegel warf. Natürlich begann jetzt noch nicht der Hauptfilm. Erst kam die Wochenschau, und häufig, so wie auch heute, liefen zuvor noch Werbefilme.

Renate warf einen nervösen Blick hinüber zu Heinrich. Sie hoffte nur, dass ihm vor lauter Ärger über die verhasste Werbung keine Bemerkung entfuhr. Heinrich aber schien inzwischen besänftigt. Er griff nach der Tüte mit dem Konfekt, die Renate in ihren Schoß gelegt hatte, öffnete sie geräuschvoll und hielt sie ihr hin.

Renate schüttelte den Kopf.

»Wie bitte?«, fragte er so laut, dass in der Reihe vor ihnen Köpfe sich drehten.

»Nein danke«, zischte Renate ihm so leise wie möglich zu.

»Du willst kein Mandelsplitter? Aber das liebst du doch so.«

»Nicht jetzt«, zischte Renate und wandte sich abrupt der Leinwand zu, damit er Ruhe gab. Solch eine Unhöflichkeit war ihr für gewöhnlich zuwider, weil sie es hasste, andere zu verletzen. Jetzt aber war es ihre einzige Chance, den Werbefilm, der bereits begonnen hatte, nicht komplett zu versäumen. Und warum lag ihr so viel daran, ein kleines Streifchen zu sehen, das vermutlich für Automobile, Badezimmerausstattungen, Schiffsreisen oder ähnliche Luxusartikel warb? Kinowerbung war die aufwendigste, kostspieligste Reklame überhaupt, weshalb sie sich auf die teuersten Konsumgüter beschränkte.

Ich will sie sehen, weil ich sie eben sehen will, dachte Renate trotzig und starrte auf den Schriftzug »*Freie Fahrt*«, der in schwarzen, schräg gestellten Buchstaben über das Weiß der Leinwand flimmerte. Also hatte sie mit ihrer Vermutung wohl richtiggelegen, es ging um Automobile. Als die Schrift verblich und sich aus dem Weiß ein Bild herauskristallisierte, war es jedoch keine frisch gepflasterte Straße, auf der ein eleganter Kraftwagen mit glänzender Karosserie dahinglitt, sondern ein enger, mit mehr Menschenleibern als Möbeln vollgestopfter Raum, in dessen Düsternis kaum genug Licht fiel, um etwas anderes als Umrisse erkennen zu lassen.

Renate fragte sich, wie die Filmemacher diesen Effekt erzielt hatten. Wenn Filmszenen bei Nacht spielten, wurden die einzelnen Bilder vor der Freigabe oft blau eingefärbt, um die Illusion von Mondlicht zu erzielen. In dem Raum auf der Leinwand aber gab es kein Mondlicht, sondern nur den trüben Schimmer einer nackten, an der Decke befestigten Glühbirne. Renate reckte sich, wie um in das Bild hineinzukriechen, und sah, dass es sich um eine Küche handelte, dicht mit Menschen gefüllt wie während der Küchenpartys in ihrem Elternhaus. Weder von der Behaglichkeit der Müllerschen Küche noch von der Ausgelassenheit ihrer Partys war hier jedoch etwas zu spüren.

Es musste sich um eine der sogenannten Wohnküchen in einer Mietskaserne für Fabrikarbeiter handeln. In Moabit und Wedding, wo die großen Werke von Borsig, AEG und wie sie alle hießen, standen, waren um die Jahrhundertwende diese Häuser aus dem Boden gestampft worden, um die Scharen von ungelernten Arbeitern unterzubringen, die für die Produktion benötigt wurden. Renates Vater hatte in seiner Zeitung häufig über das Leben in diesen Häusern berichtet, hatte die Verhältnisse angeprangert, wo Familien mit vier oder fünf Kindern in einer einzigen Schlafstube mit Küche zusammengepfercht waren und häufig noch ein an die Wand gestelltes Feldbett an einen Schlafgänger vermieten mussten.

In solchen Wohnungen wurde niemand alt. Ein ganzer Aufgang teilte sich eine einzige Toilette zwischen den Etagen, Krankheiten breiteten sich aus wie Lauffeuer, und an den Wänden blühte der Schimmel. Dass dies auch Berlin war, ihr schillerndes, lustvoll überschwappendes Berlin mit seinen täglich neuen Möglichkeiten, wusste Renate, doch es fiel ihr schwer, es zu begreifen. Es kam ihr vor wie eine Welt, die ihre eigene nicht einmal streifte, und sooft ihr Vater davon berichtet hatte, war sie sich vorgekommen wie in einer Art Wolkenkuckucksheim – ein rohes Ei, auf Watte gebettet und in Seide gehüllt, damit es nicht zerbrach.

Bei den Menschen in den Mietskasernen scherte sich niemand darum, ob sie zerbrachen. Hätte Renate einem von ihnen ihre Probleme geschildert, so hätte er vermutlich nicht verstanden, wie man sich über derlei Dinge sorgen konnte.

Die enge Küche war voller Rauch. Am Tisch in der Ecke drängten sich Männer in Hemden ohne Kragen, die Oberkörper tief vornübergebeugt. Vor dem Herd stand eine Frau und rührte in einem Topf, während eine Schar zerlumpter Kinder ihr an den Armen und an den Kleidern zerrte.

Das Essen würde nicht für alle reichen, das begriff der Zuschauer, ohne in den Topf zu spähen. Auf einer Liege, neben Herd und Küchenbüfett, lag noch ein weiterer Mann, der offenbar krank war und Schmerzen litt. Das Rasseln seines Hustens hörte man, als sein magerer Körper sich krümmte, dazu brauchte es keinen Ton.

Wie alt die Frau war, ließ sich unmöglich schätzen. Auf ihren Schultern schien die Last all der Menschen im Raum zu liegen, und doch war sie die Einzige, die noch die Kraft aufbrachte, aufrecht zu stehen, Essen zu wärmen, sich um etwas zu kümmern. Heinrich hatte unrecht: Das sinnliche, plastische Leben schien Renate zum Greifen nah, und der Geruch nach Feuchtigkeit in den Wänden, nach ungewaschener Wäsche, nach billigen, nicht mehr frischen Nahrungsmitteln und nach dem Abtritt, den zu viele Menschen benutzten, stieg ihr in die Nase.

Dafür erforderlich waren nicht die neuesten technischen Mittel, sondern ein feinfühliger Regisseur und ein Ensemble ausgezeichneter Schauspieler.

Vor allem die Frau war großartig. Etwas Besonderes. Obwohl sie dem Publikum den Rücken zuwandte, ließen sich ihre Empfindungen in jedem Detail erkennen: die Sehnsucht danach, sich einfach fallen zu lassen, der Erschöpfung nachzugeben und auf den ausgetretenen Dielen liegen zu bleiben, aber auch der mit letzten Kräften gefasste Entschluss, dagegen anzukämpfen, stehen zu bleiben und beharrlich weiter in der Suppe zu rühren, weil ihre Kinder Nahrung brauchten. Die Frau angelte eine verbeulte Kelle von einem der Haken über dem Herd, nahm dem kleinsten der Kinder die Schüssel ab, die es in den Händen hielt, und füllte sie auf. Sodann füllte sie zwei weitere Schüsseln und drehte sich um, um sie zu den Männern am Tisch zu tragen.

Renate glaubte, das Raunen zu hören, das durchs Publikum ging. Ihr selbst stockte der Atem. Die Frau hatte eines dieser Gesichter, die man nie mehr vergaß. Eine Geschichte stand darin, die man um jeden Preis zu ergründen wünschte, doch das verschlossene Gesicht gab seine Rätsel nicht preis. Was immer dieser Frau auch geschehen, was ihr angetan worden wäre, sie hätte sich ihr Geheimnis und ihre Würde bewahrt.

Der Film lief weiter. Während sie aßen, kam auf einmal Leben in die traurige Gesellschaft am Tisch. Einer von den Männern zog ein Flugblatt aus der Tasche und hielt es geradewegs in die Kamera, sodass auch die Zuschauer es lesen konnten. Renate allerdings las es nicht. Sie hatte nur Augen für die Frau.

Sie kannte sie. Es war die »Drehbuchautorin«, die ihr damals, in dem Wartezimmer in Neubabelsberg, ihren Bären aufgebunden hatte. Renate war wütend gewesen. Zu der Enttäuschung wegen des entgangenen Vorsprechtermins war das Gefühl gekommen, von der Frau verschaukelt worden zu sein. Doch ihr Zorn hatte nicht lange angehalten. Bereits auf dem Heimweg hatte sie lachen müssen und gedacht, dass die UFA-Leute Tomaten auf den Augen haben mussten, wenn sie diese Baronin Münchhausen nicht vom Fleck weg engagierten.

Offenbar hatten sie sie engagiert. Zumindest hatte ihr jemand die Hauptrolle in diesem Kurzfilm gegeben, und nun zeigte sie, was sie wert war. Dabei verwendete sie keine der heftigen, überzogenen Gesten, die im Film gefordert waren, um die fehlende Sprache zu ersetzen und dem Zuschauer alle Gefühle klar zu vermitteln. Die Frau pfiff auf den Zuschauer und deutete jede Regung nur an. Sie gab alles und hielt zugleich etwas zurück. Blieb unnahbar und berührte doch mehr als jede andere, die überdramatisch ihr Innenleben bloßlegte.

»Das darf doch wohl nicht wahr sein!« Die empörte Männerstimme, die in die Stille platzte, gehörte Heinrich. »Werbung, wirklich, wo man auch hinsieht, nirgendwo kann man dieser Plage entgehen. Deine Sozialdemokraten kannst du vergessen. Lieber wähle ich den Schreihals Hitler als die.«

Renate begriff. Der kurze Streifen war ein Reklamefilm der SPD, und das Flugblatt war ein Handzettel, der Werbung für das Wohnungsbauprogramm der Partei machte. Gesundes Wohnen für alle. Dementsprechend rollte die weitere Handlung des Films auf der Leinwand ab: Die

Großfamilie verließ das trübe Loch ihrer Küche, marschierte einer hinter dem andern an die Wahlurne, um »*Liste 1 – SPD*« anzukreuzen, und wenig später sah man eine Berliner Straße, in der ansehnliche Häuser mit gepflegten Höfen aus dem Boden schossen. In der Schlussszene stand die Frau wieder am Herd und kochte für die Familie, aber die Küche war nun hell und freundlich eingerichtet, die Männer am Tisch lachten miteinander, und die Kinder waren hübsch gekleidet.

Wieder drehte die Frau sich zum Publikum, um Schüsseln mit Suppe an den Tisch zu tragen. Diesmal schien Renate ein verlockender Duft nach Majoran und Liebstöckel in die Nase zu steigen, wie wenn Adaate daheim bei ihnen kochte.

Nicht verändert hatte sich einzig die Frau. Sie trug jetzt ein sauberes Tuch um das dunkle, in die Stirn quellende Haar, und ihr Gesicht wirkte wie frisch gewaschen, doch was sie dachte, was sie empfand, blieb so unergründlich wie zuvor. Die anderen Zuschauer hatten gerade einen SPD-Werbefilm verfolgt, während sie ungeduldig auf den Hauptfilm warteten. Renate hingegen hatte eine schauspielerische Meisterleistung gesehen und schwankte zwischen Amüsement, Bewunderung, Sehnsucht und Neid.

»Komm, Renate. Wir gehen. Das sehe ich mir nicht länger an.« Heinrich war aufgestanden und hielt ihr die Hand hin, um ihr aufzuhelfen. Die Proteste der Leute in der Reihe hinter ihm ignorierte er. »Ich lade dich bei *Bauer* zum Essen ein, davon hast du mehr.«

Renate wollte niemanden vor den Kopf stoßen. Heinrich schon gar nicht. Sie wollte auch keinen Streit, kein Aufhebens und anderen Leuten nicht den Abend verderben. Etwas anderes aber wollte sie noch viel mehr: »Ich bleibe hier. Ich will den Film sehen.«

Heinrich war ein netter Mann. Keiner, der Frauen herumkommandierte oder sie willentlich um ihren Spaß brachte. »Ich bitte dich, lass uns gehen«, drängte er. »Mir hat diese verfluchte Parteireklame die Sache verleidet. Zum Trost besorge ich uns nächste Woche Karten für den neuen Film mit Henny Porten. Versprochen.«

Über die Leinwand flimmerte die Wochenschau. In wenigen Minuten würde der Hauptfilm beginnen. Renate spürte, wie ein Gewicht sich ihr auf die Brust legte. Aus Nähe wurde Enge, aus Leichtigkeit eine Last, die ihr das Atmen schwer machte. »Geh ruhig«, hörte sie sich flüstern. »Ich bleibe hier und sehe mir den Film an.«

»Aber wir wollten doch den Abend zusammen verbringen! So viel spielfreie Zeit haben wir schließlich nicht.«

»Ich bleibe hier, Heinrich«, flüsterte Renate noch einmal. »Es macht mir nichts aus, wenn du gehst. Wirklich nicht.«

Wie konnte man einem liebenswerten Mann so etwas ins Gesicht sagen? Renate wollte sich wenigstens schämen, doch alles, was sie empfand, war der Wunsch, er möge gehen, damit sie sich auf den Film konzentrieren und in der anderen Welt verschwinden konnte.

War also das im Grunde ihr Leben? Eine Traumwelt fern der Wirklichkeit, eine Illusion, von der Dienstmädchen träumten? War sie deshalb nicht in der Lage, eine Beziehung zu einem Mann länger als ein paar Monate aufrechtzuerhalten? Weil ihre Fantasiewelt ihr wichtiger war?

Es war ihr egal. Sie wollte den Film sehen.

Heinrich stand noch immer da, als hätte jemand ihn bestellt und nicht abgeholt, was unglücklicherweise von der Wahrheit nicht allzu weit entfernt war.

Der Mann hinter ihm, der in seinem engen Sporthemd nicht aussah, als wäre mit ihm gut Kirschen essen, griff nach seinem Arm. »Setzte dir jetz' ma' auf deine vier Buchstaben, Mennekin?«, bellte er. »Ansonsten werd' ick nämlich unjemütlich.«

Heinrich, in seinem eleganten Anzug und der kessen Fliege zum frisch gebügelten Hemd, wusste offenbar, wann er verloren hatte. Er setzte sich, sackte regelrecht in sich zusammen. Die Tüte mit dem Theaterkonfekt plumpste auf den Boden. Er tat Renate leid, doch zu mehr als einer Minute Mitleid hatte sie keine Zeit. *Die Heimkehr* von Joe May und Erich Pommer begann und zog sie unwiderstehlich an.

Der Film war hervorragend. Herzzerreißend. Er handelte von Richard und Anna, die sich liebten, heirateten und glücklich in ihrer Wohnküche waren, die viel behaglicher als die in der SPD-Werbung war. Er handelte vom Krieg, der das Wohnküchenglück zerriss, und von Richard, der inmitten von Tod und Verzweiflung überlebte, weil es Anna gab, die er liebte, und weil es Karl gab, den Kameraden, dem er von seiner Liebe erzählte. Jede Einzelheit. Ohne Ton, ohne Sprache, ohne Geruch. Der Zauber der Bilder konnte alles allein. Anna kämpfte sich durch ihr hartes Leben, weil doch ihr kleines Heim noch da sein musste, wenn Richard nach Hause kam. Dann traf der Brief ein und zerstörte ihre Hoffnung. Bis es eines Tages doch noch an der Tür schellte, wie sie es sich so oft ausgemalt hatte, aber davor, in der Kälte, stand nicht Richard, sondern Karl.

Spätestens in dieser Szene begann Renate zu weinen, als wäre hinter ihrer Stirn ein Damm gebrochen. Sie weinte um Anna, die um ihren Liebsten trauerte und sich an dem Fremden, der alles von ihr wusste, festhielt. Sie weinte um Karl, der eine Nachricht vom Tod hatte überbringen wollen und ein Heim fand, in dem ein Platz zum Leben frei war. Sie weinte um Richard, der zu spät kam und bei Nacht wieder ging. So heftig weinte sie, dass sie durch den Tränenschleier den Abspann des Films nicht lesen konnte, und während sie schluchzte, spürte sie eine fremde Hand in ihrem Rücken, die sie tröstend streichelte. Es war der Mann im Sporthemd.

Bin ich krank?, fragte sie sich. Ist etwas mit mir nicht in Ordnung? Ich heule um die Liebe dreier Menschen, die es gar nicht gibt, und um meine eigene Liebe, um meine so vielversprechende und gerade zerbrechende Liebe vergieße ich keine Träne. Ich möchte Richard, der seine Frau und seinen Freund verloren hat, in die Arme nehmen, aber von dem Mann, der noch vor einer Woche mich in den Armen hielt, wünsche ich mir nur, er wäre weit weg und ich bräuchte nicht mehr viel mit ihm zu tun haben.

Es dauerte eine Weile, bis sie dem Strom der übrigen Zuschauer hinterdrein aus dem Kino getrottet waren, und da standen sie dann auf dem nächtlichen Kurfürstendamm, spürten das Prickeln der Frühlingsluft auf der Haut und wussten nichts mehr mit sich anzufangen.

»Noch auf ein Glas Wein gehen willst du wohl nicht?«, fragte Heinrich.

Renate schüttelte den Kopf.

»Und Tanzen?« In seiner Stimme schwang kaum noch Hoffnung.

»Es ist nett von dir«, sagte Renate und wischte sich mit dem Handrücken noch einmal übers Gesicht. »Aber ich glaube, ich gehe besser nach

Hause. Ich weiß selbst nicht, warum ich mich in Filme immer so hineinsteigere, aber es ist eben so, und das macht keine gute Gesellschaft aus mir. Mach's gut, lieber Heinrich.«

Sie ging schon los, in das bunte Taumeln und Treiben hinein, da rief er ihr noch einmal hinterher, fast so traurig wie Richard im Film: »Ich mag dich sehr gern, Renate.«

»Das weiß ich«, rief sie zurück und wusste auch, dass es nicht das war, was er hatte hören wollen.

Daheim in ihrer stillen Wohnung warf sie das zitronengelbe Kleid auf einen Stuhl, legte sich bäuchlings in ihrem Morgenmantel aufs Bett und nahm das Tagebuch vom Nachttisch, das ihr Vater ihr geschenkt und das sie noch nie aufgeschlagen hatte.

Warum heute?

Was wollte sie hineinschreiben?

Ich habe erkannt, dass ich zum Leben in der Wirklichkeit nicht tauge, weil ich wahre Gefühle nur für Figuren im Film entwickle. Ich leide an einer abstrusen Form von Größenwahn: Mein eigenes Leben ist mir zu klein.

Sie öffnete das Buch.

Auf die erste Seite hatte ihr Vater ihr in seiner leicht fliehenden, gleichmäßigen Schrift eine gereimte Widmung geschrieben:

»Ziehst du auch mit vollen Segeln
Nun in deine Welt hinaus,
Bleibst du doch der feine Pfundskerl
Aus dem alten Müller-Haus.
Alles Glück der Erde, mein Mädchen.
Dein Vati«

Warum brachte sie das jetzt zum Weinen, warum überfiel sie Panik, warum wünschte sie sich, sie hätte Heinrich nicht so schnöde abserviert, sondern hätte jetzt irgendeinen Menschen bei sich? Nur nicht allein sein. Nur nicht sich der Angst stellen. Ein Bewunderer im Theater hatte ihr neulich einen Präsentkorb in die Garderobe schicken lassen, aus dem zwischen exotischen Früchten der Hals einer Flasche

Frankenwein geragt hatte. Stand der noch im Küchenschrank? Sie hatte sich bereits aufgesetzt, um ihn zu holen, als ihr einfiel, dass sie die Flasche kürzlich mit Jean-Felix Birnbaum geköpft hatte, der ihr ein Rollenbuch vorbeigebracht hatte.

An ihrer Tür klopfte es. Als hätte Heinrich gespürt, was in ihr vorging. Auf bloßen Füßen lief sie durch den Korridor. »Heinrich, ich komme!«

»Nee, keen Heinrich, sondern bloß icke bin's, Frollein. Die Henriette.« Die Hausmeisterin, die meist unten im Parterre in einem Kabäuschen saß und sich trotz Rückenschmerzen und Hühneraugen um die Belange sämtlicher Hausbewohner kümmerte. »Ick versuch schon den janzen Nachmittag, Sie zu erreichen, aber Sie waren wohl ausjeflogen.«

Renate zog die Tür auf. »Was gibt es denn, Henriette?« Hatte sie etwa vergessen, die Miete zu bezahlen? Kurz wurde ihr heiß, dann aber fiel ihr ein, dass in solchem Fall der Vermieter persönlich zum Kassieren aufkreuzte.

»Ihr Herr Papa war da!« Die Hausmeisterin war außer Atem, ihr Gesicht unter dem wilden Bausch eisgrauer Haare war vor Aufregung gerötet, und es war nicht zu übersehen, wie sehr sie ihren Auftritt genoss. »Zwee Mal sogar. Schnieker Kerl, da kommt selbst 'ne alte Frau nich' dran vorbei. Sie soll'n sich gleich melden. Is' janz wichtich, hat er jesagt.«

»Um Gottes willen«, entfuhr es Renate. »Ist etwas mit meiner Urgroßmutter?« Die Uri war fünfundneunzig. Aber die Uri musste doch unsterblich sein!

»I wo, Frollein. Alles in Butter.« Henriette winkte ab. »Es hat bloß einer für Sie anjerufen, und den soll'n Se gleich zurückrufen, wenn Se nach Hause kommen. Könn' Se unten bei mir im Kabäuschen machen. Muss ja 'n janz wichtiger Geselle sein. Ein Herr Pommer vom Film.«

Silber streifen

Berlin (und Danzig)
Drei Tage vor Silvester 1930

»Und mir ist, als ob in einem Nu
Mein Herz im Himmel ist.«

14

Werner
Danzig

Er schrieb ihr noch immer. Dass er ihr schrieb, jeden Abend, wenn er nach der Plackerei des Tages in die Trostlosigkeit seiner Behausung zurückkehrte, hielt ihn zusammen wie Kleister ein zerbrochenes Gefäß. Er würde ihr immer schreiben. Er schickte die Briefe nur nicht mehr ab.

Dann und wann eine Postkarte mit belanglosen Zeilen. Ein Gruß zum Geburtstag und zu den Feiertagen, mehr nicht. Alles Übrige, die seitenlangen Episteln, in denen er ihr seine Gefühle anvertraute, behielt er bei sich.

Am Morgen war er wie meistens jetzt zum Hafenbecken gegenüber der Speicherinsel gezogen. Vor dem Krantor, Danzigs Wahrzeichen, und auf der Aschbrücke über die Mottlau fanden sich so gut wie immer Touristen mit Geld ein, und es wurde weniger streng kontrolliert. Die Standmiete für den Langen Markt konnte er sich längst nicht mehr leisten. Er stellte seinen Wagen zwischen Flussufer und Straße ab, hoffte, dass kein Polizist vorbeikam, und versuchte händeringend etwas zu verkaufen.

Wind trieb den Schnee in Wehen meterhoch über den Boden. Werner schauderte und verkrampfte seine Hände ineinander. Die ledernen Handschuhe, die ihm in den letzten Wintern Schutz geboten hatten, hatte er der Pfandleihe überlassen, um Renate wenigstens eine winzige Aufmerksamkeit zu Weihnachten schicken zu können. Eine kleine Schachtel Konfekt von *Mix Schokoladen*. Wie schäbig.

Viel lieber hätte er ihr ein Schmuckstück geschenkt, ein filigranes, ausnehmend schönes Medaillon aus der Königsberger Silberschmiedetradition der Renaissance. Die ziselierte Reliefarbeit, die es zierte, zeigte die Flucht nach Ägypten: die Jungfrau Maria mit dem Heiland auf dem Eselsrücken und Josef, der das Tier schützend führte. Es war ein herrliches Stück, das kostbarste, das er anzubieten hatte, und für Werner hatte es zudem eine tiefere Bedeutung. In dem in Silber gehämmerten Josef sah er sich selbst, der seine Frau und sein Kind vor den Übeln der Welt bewahrte und in ein neues, besseres Leben führte. Es war die Rolle, von der er immer geträumt hatte, er als Beschützer seiner Familie, und die Frau dazu konnte keine andere als Renate sein.

Der Schmuck aber gehörte zu seinem Warenbestand, und das eherne Gesetz, das er damals noch gemeinsam mit Renate verhängt hatte, konnte er nicht brechen: Wie hart auch die Zeit und wie groß die Versuchung auch sein mochten, die Waren durften nicht zweckentfremdet, weder verpfändet noch zu Schleuderpreisen verscherbelt oder gar verschenkt werden, denn wenn der Bestand zu schrumpfen begann, war das der Anfang vom Ende.

Welcher Anfang vom Ende?, verhöhnte er sich, während die Schneewehen ihm ins Gesicht trieben. War sein Ende über den Anfang nicht schon längst hinaus? Lange Zeit hatte es gut ausgesehen, er hatte alles gegeben, was er aufbringen konnte, doch die Umstände waren wie die Hände von Giganten, die seinen Kopf zurück in den Sumpf stießen, sobald er sich daraus hervorgekämpft hatte. War es so nicht sein Leben lang gewesen? Welcher Wahnsinn hatte ihn geritten, als er sich eingeredet hatte, es könne jemals anders sein?

Damals, als er Renate verloren hatte, war er kurz davor gewesen, aufzugeben. Dann aber hatte er sich an den Haaren gepackt und aus dem Morast gezogen. Er hatte hart gearbeitet, jeden Groschen gespart und sich immer wieder gesagt, dass dies der einzige Weg war, Renate eines Tages zurückzugewinnen. Tatsächlich schien sich seine Mühe auszuzahlen. Er verkaufte genug, um im ersten Sommer eine Verkaufsreise nach Königsberg anzutreten, und verliebte sich dort in die Arbeiten der Silberschmiede. Leuchter, Ornamente, Schmuckstücke, Brieföffner und sogar Bucheinbände aus Silber brachte er aus der alten Residenzstadt mit und brauchte nicht lange, um Käufer zu finden.

Besonders angetan hatte es ihm, neben dem Medaillon, ein Satz aus Weinkrug und zierlichen Bechern, die mit einem Relief aus Trauben und Reben geschmückt waren. Er konnte es sich leisten, den Satz, den er weit unter Wert erstanden hatte, zurückzuhalten. Wenn kein betuchter Kunde auftauchte, der die Kostbarkeit zu schätzen wusste, würde er eines Tages in seinem eigenen Haushalt den Wein daraus trinken.

Bald hatte er sich in bescheidenem Rahmen einen Namen gemacht. Stammkunden kamen regelmäßig, fragten nach, ob er ihnen dieses oder jenes besorgen könne, und waren bereit, gutes Geld dafür zu bezahlen. Allerdings verstand sich keiner dieser Leute auf die Geschichte und den wahren Wert der Dinge. Sie wollten einfach etwas Hübsches, um es sich auf ihre Kaminsimse zu stellen oder es einer Angebeteten als Geschenk mitzubringen, Worte wie »Talmi«, »Tand« und »Trödel« fielen ständig, und Werner musste sich auf die Zunge beißen, um niemandem die Meinung zu geigen.

Er stand nun einmal auf dem Markt, zwischen Käselaiben und Kohlköpfen, und verkaufte Kunst von einem Handwagen – wie also sollte seinen Handel jemand ernst nehmen? Wenn er erst ein richtiges Geschäft mieten konnte, würde sich das ändern, sagte er sich. Er würde Visitenkarten mit Goldschnitt drucken lassen, seine Waren in Vitrinen angemessen präsentieren und endlich die richtige Kundschaft anlocken.

Einmal wöchentlich zählte er seine Ersparnisse, ehe er sie auf die Bank trug, und sah sie langsam, aber stetig wachsen. Es kam ihm vor, als gäbe es zum ersten Mal in seinem Leben etwas, das wuchs.

Er begann sich Ladengeschäfte anzusehen und sie im Geiste einzurichten. Bei denen, die sich für seine Zwecke eigneten, überstieg die Miete noch das, was er sich leisten konnte, doch allzu lange würde es nicht mehr dauern. Im Mai 1929 wurde in den *Flamingo Lichtspielen* der Film *Peter, der Matrose* aufgeführt, in dem Renate ihre erste Rolle spielte. Werner, der sonst nie Geld fürs Kino ausgab, sah ihn sich an und schrieb Renate anschließend eine Postkarte:

»Nun also bist Du auf dem Weg, nach dem Silber der Sterne zu greifen, und ich bin es auch. Du hast ausgezeichnet gespielt, der Film hat mir gefallen, und ich werde mir alle Mühe geben, Dir in meinem Feld nachzueifern.«

Es war das Persönlichste, was er ihr seit ihrem Weggang geschrieben und tatsächlich abgeschickt hatte. Gelogen war es außerdem. Der Film war ein schmieriger, unglaubwürdiger Streifen über eine Lebedame, die einen wackeren Seemann ins Unglück stürzte. Er wurde in sämtlichen Zeitungen verrissen, und Renate – seine liebenswerte, grundehrliche Renate – war in der Rolle der Kokotte so unglaubwürdig wie nur möglich. Aber im Kern, so fand Werner, war es dennoch zutreffend: Er freute sich für sie, weil er wusste, dass es das war, was sie wollte, und er würde das, was er wollte, ebenfalls erreichen.

Wenn das geschafft war, würden sie wieder zusammenfinden. Es musste einfach so kommen, sie mussten einander noch einmal neu entdecken, wenn sie sich ihren Platz im Leben erkämpft hatten und die feindselige Haltung ihrer Familie ihnen nicht mehr schaden konnte. Es würde so sein. Einen anderen Gedanken ließ er nicht zu.

Und dann, kein halbes Jahr später, war in den USA die Börse zusammengebrochen, die Krise, die darauf folgte, hatte Europa überschwemmt, und alles war vorbei. Während die Bonzen des Großkapitals, die dieses Fiasko verursacht hatten, sich im Nu saniert hatten, zog es den kleinen Leuten, die von ihrer Hände Arbeit lebten, den Boden unter den Füßen weg. Die Geldsäcke lachten sich ins Fäustchen, und er selbst blies sich mühsam in die vor Kälte starren Hände, damit sie ihm nicht vollends erfroren.

Das polnische Geld – der Złoty – stürzte ab und riss den Gulden mit sich in die Tiefe. Hinzu kam die Fertigstellung des Großhafens von Gdingen, mit dem die Polen Danzigs eigenem traditionsreichen Hafen das Wasser abgruben. Banken, die sich nicht abgesichert hatten, mussten ihre Tore schließen, und die Kleinsparer, die dort vertrauensvoll allwöchentlich ihr Guthaben eingezahlt hatten, verloren alles.

Werner war einer von ihnen. Zu dem verhassten Deutsch, der in der Langgasse eine Filiale seines Bankhauses eröffnet hatte, hatte er sein Geld nicht tragen wollen. Also hatte er sich ein Konto beim Danziger Bankenverein eingerichtet, der ihm als seriös empfohlen worden war. Keine vier Wochen nach dem Börsenkrach in Amerika hörte die seriöse Bank auf zu existieren. Werner stand vor dem Nichts, sein Ladengeschäft in weiterer Ferne denn je. Wie er es geschafft hatte, nicht aufzustecken, sondern weiterzukämpfen, war und blieb ihm ein Rätsel.

Ich bin es Renate schuldig, beschwor er sich noch immer täglich. Sie hatte so viel getan, um ihm auf die Füße zu helfen, er durfte sie nicht enttäuschen. Zudem hätte er sie dann endgültig verloren und müsste jede Hoffnung aufgeben.

Für Renate war es auch nicht gut weitergegangen. Nach dem grauenhaften Matrosen-Film, der kaum jemanden in die Kinos gelockt hatte, war sie zwar noch in einem weiteren misslungenen Schinken aufgetreten, doch insgesamt sah es so aus, als wäre das Silber ihres Sterns schon verblichen, noch ehe es den Himmel auch nur gestreift hatte. Vielleicht war also dies der Moment, in dem sie Werner mehr denn je brauchte, in dem sie darauf hoffte, dass er ihr bieten würde, was sie selbst sich nicht hatte verschaffen können.

Also stand er weiter Tag für Tag so wie jetzt mit seinem Handwagen an der Straße. Aber der Zusammenbruch der Banken war beileibe nicht die einzige Folge der Wirtschaftskrise. Unternehmen gingen bankrott und mussten ihre Angestellten entlassen. Die Arbeitslosenzahlen schnellten in die Höhe, und das Klima in der Stadt wurde bitterer und kälter. Deutsche riefen dazu auf, die polnischen Geschäfte zu boykottieren, und Polen kauften nicht länger bei Deutschen. Beinahe wöchentlich kam es zu Kundgebungen und nicht selten zu Schlägereien. Die Deutschnationale Volkspartei, die bei den Wahlen vor drei Jahren hohe Verluste eingefahren hatte, erhielt neuen Zulauf.

Wer seinen Arbeitsplatz, ja seine gesamte Existenz bedroht sah, der ging nicht los und kaufte sich hübsche Kerzenhalter für seine Wohnstube. Werner verkaufte von Woche zu Woche weniger, und wenn er doch einmal etwas loswurde, so hatte er von den Einnahmen Rechnungen zu begleichen: Miete für sein Zimmer, Miete für seinen Stellplatz, Elektrizität, die er brauchte, weil er im Dunkeln keine Antiquitäten herrichten konnte, und die Außenstände in Beilkes Eckladen, wo man ihn anschreiben ließ, damit er nicht verhungerte. Zum Ankauf von Waren blieb ihm nichts übrig. Stattdessen war er gezwungen, im Preis nachzulassen, wenn er überhaupt etwas verkaufen wollte. Man brauchte kein

Hellseher zu sein, um zu erkennen, dass es nicht mehr lange so weiter-gehen konnte.

Die Kälte tat ein Übriges. Passanten, die etwas zu erledigen hatten, hasteten vorbei und waren froh, wieder in ihre warmen Häuser zu kommen. An seinem Stand blieb kaum jemand stehen, höchstens von Zeit zu Zeit ein paar Schulkinder, die mit ihren klebrigen Händen auf alles patschten. Es tat Werner weh. Seine Waren kamen ihm vor wie empfindsame Geschöpfe, die er nicht länger beschützen konnte. Sein Blick schweifte ab. Auf der Brücke stand wieder einmal ein Pulk Menschen um einen Redner gedrängt, der auf einer Art Kiste stand und mit sich überschlagender Stimme brüllte:

»Noch immer sind wir unseren Gegnern und ihrer Willkür ausgeliefert! Wenn wir an unserem deutschen Danzig aber unerschütterlich festhalten und dem Vaterland immerdar treu bleiben, wird sich schon zeigen, dass unsere Einheit nicht zerstört werden kann. Blut ist dicker als Wasser, und deutsche Herzen verzagen nicht!«

Der Mann mochte recht haben, aber was nützte ihm das? Werner hatte schon seit Jahren keine Zeit mehr, sich um Politik und den traurigen Zustand seines Landes zu scheren. Er wusste nur, dass der Redner mit seinem Gebrüll ihm noch die letzten potenziellen Kunden vertrieb.

»Danzig ist deutsch! Danzig wird immer deutsch bleiben! Wem ein deutsches Herz in der Brust schlägt, der kann nicht ruhen, bis die Schande dieses Freistaates beendet ist!«

Automobile hupten, weil der Menschenpulk ihnen den Weg versperrte. Zwei Polizisten drängten ohne Aufwand und Eile die Leute auf den Gehsteig zurück. Der knallgrüne Opel Laubfrosch, der am lautesten gehupt hatte, schoss wie aus dem Stand nach vorn, sodass die, die zuhinterst in der Menschentraube standen, regelrecht wegspritzen mussten. Ein noch immer krakeelender Radfahrer mit Beiwagen folgte in der Straßenmitte und hinderte eine elegante schwarze Limousine am Überholen. Der Fahrer der Limousine hupte jedoch nicht und versuchte auch nicht, den Radler aus dem Weg zu drängen, sondern glitt ruhig dahin, bis sie schließlich die Brücke verließ.

Werner erschrak. Er war in die Beobachtung der Limousine so vertieft gewesen, dass er nicht bemerkt hatte, wie eine Frau im ausgestellten, pelzbesetzten Wintermantel an seinem Stand stehen geblieben war. »Gustav!«, rief sie die Straße hinunter und stieß eine weiße Atemwolke aus. »Gustav, wo bleibst du denn? Schau doch nur, der Mann mit dem drolligen Plunder ist wieder da!«

Sie war nicht mehr jung. Der Mann, der nun ihretwegen die Straße entlanghastete und sich im Laufen den Hut auf dem Kopf festhielt, war jedoch noch einmal gut zwanzig Jahre älter. »Ja Donnerlittchen, Vroni. Dann lass dir von dem Menschen eben einpacken, was dir gefällt, aber hetz mich nicht so. Wenn mich ein Herzklaps erwischt, wer soll den ganzen Schund dann bezahlen?«

Die Frau hielt ihn keiner Antwort für würdig, sondern wandte sich Werners Waren zu. Sie griff nach einer kleinen Delfter Fayence, einem Honigtopf aus Leslau, und hielt ihn in die Höhe, dass Werner schon fürchtete, er werde herunterfallen und zerschellen. »Ach, wie herzig. Bisschen kitschig und billig gemacht ist es ja mit diesen Schiffchen und Wölkchen, aber irgendwie doch nicht ohne Charme.«

Jedes Wort verursachte Werner körperliche Schmerzen. »Das Stück ist weder kitschig noch billig gemacht, meine Dame«, presste er hervor. »Es handelt sich um eine echte Delfter Keramik aus der letzten Blüte im achtzehnten Jahrhundert, ehe minderwertige Ware aus England diese Kunst verdrängte.«

»Was Sie nicht sagen.« Die Frau lachte schnaufend auf. »Sie haben ja Ihr Sprüchlein richtig gut gelernt. Sind einer von denen, die einem armlosen Kriegskrüppel einen Pullover aufschwatzen können, was?«

Atemlos keuchend traf ihr Mann bei ihr ein. In seinem Schnauzbart hingen Tröpfchen, und seine Augen tränten. »Und? Was bekommen Sie?«, wandte er sich an Werner.

»He, nicht so hastig, ich bin doch noch gar nicht fertig.« Die Frau lachte schrill auf und hielt ihm den Honigtopf vor die Nase. »Sieh dir mal das an. Vermutlich aus der Fabrik in Oliva. Unser Herr Meisterverkäufer hier will mir allerdings einreden, das Dinglein wäre echt und aus dem achtzehnten Jahrhundert.«

»Jetzt lass doch, Vroni«, bat der Mann sichtlich peinlich berührt. »Ich gebe ihm, was es kostet, und damit hat es sich, das ist doch kein langes Plachandern wert.«

»Ach, ich weiß nicht. Ich hatte gedacht, wir könnten es dem Sannchen als kleine Aufmerksamkeit zu Neujahr schenken, aber gar so hübsch ist es denn doch nicht.«

»Der Sanne?« Der Mann hob die buschigen Brauen. »Die freut sich mehr über einen Umschlag mit einem Schein.«

»Ja, sicher, aber man muss sich die Dienstboten ja auch ein bisschen erziehen.« Achtlos stellte die Frau den kleinen Topf zurück und griff nach dem Samtkissen, auf das Werner das Königsberger Medaillon gebettet hatte. »Wie wär's denn mit dem hier? So ein Marjellchen, das hängt sich doch gern ein bisschen Geklunker um den Hals.«

»Meine Dame«, fuhr Werner ihr scharf in die Parade. »Dieser Schmuck entstammt einer Königsberger Silberschmiede der Renaissance, er ist ein kostbares Einzelstück und keineswegs als sogenanntes Geklunker für Dienstmädchen geeignet.«

»Kostbar, dass ich nicht lache!« Die Frau warf den Kopf mit der Pelzkappe zurück und stieß ein Kichern aus. »Sie übertreiben, mein Bester, und Sie probieren es mit ihren Tricks bei den Falschen. Auf diese Weise treiben Sie Ihren Preis bei uns bestimmt nicht in die Höhe.«

»Ich habe überhaupt kein Interesse daran, meinen Preis in die Höhe zu treiben«, brach es aus Werner heraus. Er hatte in der vergangenen Nacht vor Sorge kaum geschlafen, er hatte noch nichts im Magen, und er war mit seinen Kräften am Ende. »Ich habe auch kein Interesse daran, einer Banausin wie Ihnen eines meiner Stücke zu verkaufen. Warum gehen Sie nicht weiter, lassen die Finger von meinen Waren und kaufen Ihren Dienstmädchenplunder anderswo?«

»Na hören Sie mal – wie reden Sie denn mit meiner Frau?« Der Ehemann, der bisher in sich zusammengesunken und am Geschehen völlig desinteressiert gewirkt hatte, warf sich in die Brust. »Haben Sie für dieses Gefährt überhaupt eine ordentliche Anmeldung, sind Sie berechtigt, hier, wo sie dem Verkehr mit ihrem Schandfleck im Wege stehen, zu verkaufen?«

Werner spürte, wie ihm, so sehr er auch fror, die Hitze in die Wangen stieg. »Natürlich bin ich berechtigt«, fuhr er den Mann an, obwohl er genau das eben nicht war. »Sie dagegen sind nicht berechtigt, mich zu beleidigen und mir die Kunden zu vertreiben.«

»Die Kunden zu vertreiben«, flötete die Frau und lachte wiederum schrill auf. »Ach Guterchen, nun machen Sie aber mal halblang und kommen wieder auf den Boden der Tatsachen zurück. Von was für Kunden reden Sie denn? Bei Ihnen kauft doch kein Mensch.«

»Und diese Anmeldung würde ich jetzt gern sehen.« Die Hand des Mannes fuhr unter sein Mantelrevers und förderte eine metallglänzende Marke zutage, in die eine Nummer, ein Name und ein Dienstrang graviert waren. »Oberinspektor Kulicke«, stellte er sich unnötigerweise vor. »Freie Polizei der Freien Stadt Danzig, Revier Elisabethkirchengasse. Es würde mich mehr als wundern, wenn meine Behörde einem wie Ihnen eine Lizenz ausgestellt hätte, noch dazu für einen Standplatz, an dem Sie nicht zu übersehen sind.«

Wie automatisch begann Werner, seine Mantel- und Hosentaschen abzutasten, als suche er nach dem Dokument, das es nicht gab. Sein Herz hämmerte, und der Schweiß, der ihm den Rücken hinunterrann, war eiskalt. Er wandte sich ab, um dem Mann nicht länger in die Augen sehen zu müssen, und entdeckte die schwarze Limousine, die am gegenüberliegenden Straßenrand geparkt stand. Auf der Beifahrerseite öffnete sich eine Tür, und dem Wagen entstieg ein Mann, der einen schwarzen Mantel trug. Obwohl er kleiner und noch schmächtiger gebaut war als Werner, strahlte er eine Autorität aus, die Werner mit blankem Neid erfüllte.

Vielleicht war es die schlichte Eleganz seiner Kleidung, vielleicht sein Blick, seine Haltung, sein Gang – Letzteres konnte es jedoch eigentlich nicht sein, denn er ging mit einem leichten Hinken. Sein Gesicht war scharf geschnitten und hatte etwas Kühnes, Adlerhaftes, fand Werner. Der Mann kam geradewegs auf seinen Stand zu und wandte sich an den Polizeibeamten. »Gibt es Probleme, Herr Oberinspektor? Kann ich behilflich sein?« Seine Stimme schnarrte leicht, und Werner glaubte, einen rheinischen Einschlag zu bemerken.

Die Frau wirbelte herum und flog regelrecht auf ihn zu. »Herr Doktor! Wie wunderbar, Sie noch einmal zu sehen. Ich hatte angenommen, Sie wären bereits abgereist.«

»Mein Zug geht erst heute Abend, meine Teure.« Der Mann ergriff die Hand, die die Frau in aller Hast aus dem Handschuh geschält hatte, beugte sich kurz darüber und richtete sich wieder auf. »Das hat mir noch ein wenig Gelegenheit verschafft, mich in Ihrer herrlichen Stadt umzusehen. Nun aber wird es leider Zeit, an den Aufbruch zu denken. Und Sie sind mit Einkäufen beschäftigt? Lassen Sie mich sehen – ich gehöre ebenfalls zu den Menschen, die bei guten Antiquitäten schwach werden.«

Es war das erste Mal.

Das erste Mal, dass jemand Werners Waren als das bezeichnet hatte, was sie waren: gute Antiquitäten. Kostbarkeiten aus großer Zeit.

»Auf den Plunder, den dieser Herr uns hier zu völlig überteuerten Preisen andrehen will, legen mein Gatte und ich keinen Wert«, behauptete die Frau. »Wir sind elegant eingerichtet, Danziger Barock, dunkle Eiche, Sie wären uns als Gast aufs Herzlichste willkommen, wenn Sie sich mit eigenen Augen überzeugen wollen.«

Der Mann trat an ihr vorbei auf Werners Stand zu und nahm mit äußerster Behutsamkeit einen Wandarm aus Messing in die Hände, der ebenfalls dem Danziger Barock entstammte. »Ich nehme an, dieses Kleinod wäre dann eine passende Ergänzung?«, fragte er. »Erlauben Sie mir, es als Geschenk für Sie zu erwerben? Zur Erinnerung an den zukunftsweisenden Abend, den wir miteinander verlebt haben?«

»Aber Herr Doktor, das ist doch nicht nötig!« Die Frau wurde tatsächlich rot. »Sie haben uns bereits so viel geschenkt, allein durch Ihren Besuch und dadurch, dass Sie zu uns gesprochen haben. Wir stehen in Ihrer Schuld und sollten *Ihnen* etwas schenken, nicht umgekehrt.«

»Außerdem dürfen Sie Ihr Geld keineswegs diesem Betrüger in den Rachen werfen«, mischte der Oberinspektor sich ein. »Was er da als echt anbietet, sind alles billige Nachahmungen. Ich war im Übrigen gerade dabei, seine Papiere zu prüfen ...«

»Aber nicht doch«, unterbrach ihn der Mann, den sie mit »Herr Doktor« ansprachen. Vorsichtig stellte er den Wandarm auf Werners Wagen zurück und nahm den Weinkrug mit dem Traubenrelief zur Hand. »Nichts davon ist billig oder nachgeahmt. Sehen Sie doch nur dieses herrliche Beispiel Königsberger Schmiedekunst. Mag man sich da nicht am liebsten gleich vorstellen, auf welchen Tischen dieser Krug gestanden hat, durch welche Kehlen der deutsche Wein geflossen ist, der daraus ausgeschenkt wurde?«

Er ließ den Oberinspektor stehen und wandte sich Werner zu. »Vermutlich werden Sie dieses erlesene Stück gar nicht verkaufen wollen. Ich kann es Ihnen nicht verdenken.« Schwärmerisch legte er den Kopf zurück, schloss halb die Augen und zitierte:

»Es war ein König in Thule,
Gar treu bis an sein Grab.
Dem sterbend seine Buhle
Einen silbernen Becher gab.«

Werner war wie berauscht. Ehe er dazu kam, zu beteuern, dass er den Krug samt den Bechern sehr wohl verkaufen, ja dass er ihn dem Herrn Doktor am liebsten schenken würde, meldeten sich wieder der Oberinspektor und seine Frau zu Wort. Allerdings hatten sie offenbar begriffen, dass der Rest des Gesprächs nur beschämend für sie ausfallen konnte. Also bedankten sie sich lediglich noch einmal für den vergangenen Abend und verabschiedeten sich in aller Eile. Von Werners Anmeldung, die der Oberinspektor hatte kontrollieren wollen, war keine Rede mehr.

»Banausen«, murmelte der Doktor, der den beiden nachsah, sobald sie außer Hörweite waren. »Von dieser Sorte gibt es leider zu viele: brave Deutsche mit aufrechter Gesinnung und einem soliden Bürokratenverstand – aber ohne Herzblut, ohne Passion, ohne Gefühl für das große Ganze. Daran krankt die Bewegung in dieser Stadt, da kommt noch harte Arbeit auf uns zu. Verzeihen Sie meinen Ausbruch. Ich habe die Herrschaften gestern Abend auf einer Vortragsveranstaltung im *Café Derra* kennengelernt und habe wohl ein wenig meinen Gedanken Luft gemacht.«

»Das ist schon in Ordnung«, beeilte sich Werner zu versichern. »Ich finde, Sie haben die beiden perfekt beschrieben.«

»Ich hoffe, Sie haben sie mit ihren dümmlichen Worten nicht beleidigt.«

»Ich bin es nicht anders gewohnt«, bekannte Werner. »Die meisten

Leute, die an meinem Stand vorbeikommen, halten meine Sachen für Trödel. Um genau zu sein, sind Sie der Erste, der ihren wahren Wert erkennt.«

»Tatsächlich? Ist das nicht eine Schande?« Sein Tonfall hatte etwas beinahe Melancholisches. Er nahm noch einmal den Weinkrug zur Hand. »Ich bin Historiker und Germanist. Promoviert. Für mich ist es natürlich ein Leichtes, ein Stück von solcher Qualität von einer billigen Fälschung zu unterscheiden. Aber ich wünschte, auch der Mann auf der Straße wäre dazu in der Lage. Ich wünschte, man hätte all diesen Leuten die Geschichte Ihres Landes nähergebracht.«

»Das wünschte ich auch«, sagte Werner.

»Wissen Sie was?« Der andere sah ihn direkt an, sodass sein weißer Atem ihn traf, und entblößte eine Spur breit die Zähne. »Ihre Sachen sind zu schade, um auf diesem Zirkuswagen vor Philistern, Schiebern und Geldjuden feilgeboten zu werden. Und Sie selbst sind es auch. Ich weiß, wir kennen uns gar nicht, aber Sie sind mir sympathisch.«

Sein scharf geschnittenes Gesicht erschien zugleich fein und empfindsam, und die hohe Stirn verriet den Denker. »Sie mir auch«, sagte Werner.

»Ich gehe heute Abend ins Kino. Nicht weit von hier, am Neptunbrunnen. Hätten Sie Lust, mich zu begleiten?«

»Haben Sie nicht gesagt, Sie reisen heute Abend ab?«

»Das ist die offizielle Version«, erwiderte der Mann. »Wenn ich bei Anhängern der Bewegung durchblicken lasse, dass mir noch ein Abend bleibt, habe ich keine freie Minute mehr. Und es wird da dieser Film gespielt, den ich mir dringend ansehen muss. Sergej Eisenstein. *Panzerkreuzer Potemkin.* Mögen Sie Kino?«

Werner fiel auf die Schnelle nicht mehr ein als ein Nicken. Er machte sich aus Kino wenig, aber er wollte den Abend um jeden Preis mit diesem Mann verbringen.

»Diese sowjetischen Filmemacher sind nicht zu unterschätzen«, sagte er. »Gerade die Massenszenen haben eine Durchschlagskraft, von der wir unbedingt lernen sollten.«

»Machen Sie Filme?«, entfuhr es Werner.

»Jeder Mann, dem daran gelegen ist, auf die Meinungsbildung seines

Volkes Einfluss zu nehmen, muss Filme machen«, erwiderte der Mann. »Am Film ist kein Vorbeikommen. Und es ist ja auch ein herrliches Mittel, wenn es nicht von Dilettanten, sondern von Menschen mit Talent genutzt wird. Wir sehen uns also heute Abend? Ich will noch rasch in meine Unterkunft, um mich frisch zu machen, und Sie werden ja Ihre Kostbarkeiten sicher unterbringen müssen. Sagen wir um sechs im *Derra*? Auf ein Glas zum besseren Kennenlernen?«

Werner packte für gewöhnlich frühestens um sechs zusammen, und er war nicht sicher, wo sich das *Café Derra* befand. Dennoch beeilte er sich, zuzustimmen. Ihm war auf einmal aufgekratzt und leicht zumute, als hätte er wieder Grund, zu hoffen.

Der Mann streckte ihm die Rechte im ledernen Handschuh entgegen. »Bis heute Abend. Ich fürchte, wir haben uns in der Eile noch gar nicht vorgestellt.«

»Werner Lohse«, sagte Werner und ergriff die Hand.

Der Mann lächelte. »Sehr angenehm. Dr. Joseph Goebbels.«

15

Renate
Berlin

Renate war so erschöpft wie nie zuvor in ihrem Leben. Seit Anfang Oktober und bis zwei Wochen vor Weihnachten hatten sie ununterbrochen gedreht, und danach hatte sie noch vertraglich vereinbarte Vorstellungen im Theater absolvieren müssen. An den wenigen freien Abenden, die ihr zur Erholung geblieben wären, hatte das Nachtleben nach ihr verlangt.

Sie hatte vernünftig sein und es einschränken wollen, aber das war gar nicht so leicht. Allzu süß waren die Nächte, die bis in den grau verbleichenden Morgen andauerten, bis in jene Zwischenzeit, in der das *Perpetuum mobile* Berlin seine Laternen löschte wie ein müdes Mädchen, das in der S-Bahn seine Augen schloss. Ihre Verführungskraft lag in völligem Vergessen. Von der *Goldenen Spinne* über das *Ballhaus Bühler* bis ins *Kakadu,* die Bar, die weder Anfang noch Ende hatte, führte ein Weg, auf dem mit jedem Tanzschritt, jedem Glas Champagner, jedem Blinken der Leuchtreklamen ein unliebsamer Gedanke im Nebel verschwand.

Dabei weiß ich gar nicht, was ich vergessen will, dachte Renate. Mein Leben ist doch so schön. Mein Traum wurde wahr. Die Kolleginnen am Theater, die das Gleiche träumen, können mich nicht anschauen, ohne sich vor Neid auf die Lippen zu beißen. Ich habe Geld. Vielleicht bin ich nach gängiger Vorstellung nicht reich, kann mich mit keiner Henny Porten oder Lilian Harvey messen, aber ich habe mehr, als ich je erwartet hätte. Mehr sogar, als ich verschwenderische Liese in den paar Monaten habe ausgeben können.

Einen Teil dieses Geldes trug sie die Treppe ihres Wohnhauses hinunter zum Kabäuschen der Hausmeisterin. »Henriette?« Die formidable Dame, die in den vergangenen vier Jahren auf praktisch jede Frage des täglichen Lebens eine Antwort gewusst hatte, lag mit dem Kopf auf dem kurzen Tresen vor dem Guckfenster, hielt die Arme zum Kissen verschränkt und war eingedöst.

Renate schlug sich die Hand vor den Mund. Sie gönnte der nimmermüden Person jeden Augenblick der Erholung! Henriette, die den Schlaf eines Kaninchens hatte, war jedoch längst aufgeschreckt und fuhr sich mit zehn Fingern durch ihren grauen Haarmopp. »Ach, Sie sind det, Frolleinchen. Wat kann ick denn für Sie tun?«

»Kennen Sie einen Hundezüchter, Henriette?«, fragte Renate.

Henriette rieb sich die Augen. »Hundezüchter? Icke? Mit Hundefleischer könnten Se mehr Glück bei mir haben. Aber wenn Se partout 'nen Hundezüchter wollen, dann wird die olle Henriette schon 'nen Hundezüchter für Sie ufftreiben. Wat für 'n Hund soll dit denn sein, wenn die Frage jestattet is'? 'n Dackel? 'n Pudel? Ick gloob, viel anderet kenn' ick jar nich'.«

»Ich auch nicht«, gab Renate ratlos zu. »Ich weiß nur, dass er groß sein muss – so groß wie irgend möglich.«

»Na, dit is doch schon mal besser als jar nüscht«, bekundete Henriette und stemmte sich in die Höhe. »Ick hör' mir um und meld' mir. Betrachten Se die Sache als erledigt, Frollein.«

Zwei Tage später – Renate war gerade von einer Kostümprobe nach Hause gekommen und musste gleich wieder los zur Vorstellung – klopfte Henriette an ihre Tür.

»Ick tät' da wat für Sie haben, Frollein.«

Sie hatte in der Tat etwas. Unter jedem Arm so etwas wie einen Hund. »Entscheiden konnt' ick mir nich'. Ick dachte, dit machen Se mal besser selber. Sind Bruder und Schwester. Den, den Se nich' wollen, bring ick morgen zurück.«

»Um Gottes willen, Henriette, wo soll ich denn jetzt mit den beiden hin?«

Henriette konnte ihre zappelige Last nicht länger stemmen und setzte sie auf dem Boden ab, wo sie auf der Stelle japsend davon- und in Renates Wohnung flitzten. »Ick weeß ja och nich'. Ick bin 'ne Weddinger Pflanze. Mit Ratten, Mäusen, Bettwanzen, Kakerlaken kenn ick mir aus – aber mit Hunde? Nee.«

Leicht panisch versuchte Renate, Henriette noch mehr Geld – ihr letztes – aufzuschwatzen, damit sie die höchst lebhaften Geschwister mit zu sich nach unten nahm. Das Geld wollte Henriette nicht annehmen, und dass die zwei, die inzwischen wie Gummibälle um sie herumhüpften, im Kabäuschen der Hausmeisterin nicht gut aufgehoben waren, musste Renate selbst einsehen. Schließlich einigten sie sich darauf, dass Henriette, bis Renate aus dem Theater kam, in ihrer Wohnung bleiben und auf Brüderchen und Schwesterchen aufpassen sollte. An das Kabäuschen hefteten sie ein in dicken Lettern beschriftetes Schild:

»Bei dringenden Anliegen bitte bei Müller, drei Treppen rechts, klingeln.«

Als Renate nach Hause kam, fand sie alle drei lebend und lediglich die mit Troddeln verzierte Borte ihres Sofas zerfetzt vor, während Henriette die diversen Seen und Häufchen, die die beiden hinterlassen hatten, schon beseitigt hatte.

»Die sind so fix, so schnell kann keener kieken. Kaum hatt' ick den Kerl am Schlafittchen, is' mir dat Mädel ausgebüxt.«

Bis Silvester waren es noch zwei Tage. Renate würde nichts anderes übrig bleiben, als sich bis dahin zusätzlich zu ihren anderen Pflichten die Beaufsichtigung der beiden Vierbeiner mit Henriette zu teilen.

»Und welchen von die zwei jeben wa nu' zurück?« Henriettes Blick traf den ihren. Die Hausmeisterin schien so ratlos wie sie selbst. Die zwei Schwerenöter, um die das Gespräch sich drehte, befanden sich ausnahmsweise einmal nicht in Bewegung, sondern saßen links und rechts von ihnen auf ihren Hinterkeulen und sahen mit braunen Kulleraugen erwartungsvoll zu ihnen auf. Was die Entscheidung für oder vor allem gegen einen von ihnen alles andere als erleichterte.

»Der Hund ist ja nicht für mich«, hielt Renate schließlich fest. »Also soll auch die künftige Besitzerin es sein, die einen auswählt.«

Vorerst blieben daher sowohl Brüderchen als auch Schwesterchen in Renates Wohnung, deren Mobiliar das nicht eben zum Vorteil gereichte. »Trotzdem irgendwie schade, dat keener von die kleenen Kläffer hierbleibt«, bemerkte Henriette. »War doch janz nett, so begrüßt zu werden, als wär' man Jott weiß wer – Gräfin Koks von de Jasfabrik oder die Dietrich oder so.«

Ganz unrecht hatte Henriette nicht. Auch wenn der Dietrich beim Nachhausekommen vermutlich niemand so lange vor den Bauch sprang, bis sie sich niederbeugte und sich das Gesicht lecken ließ.

Marlene Dietrich war der neue Star am deutschen Kinohimmel. Der verpönte Tonfilm hatte es möglich gemacht. Im letzten April hatte im *Gloria Palast* Josef von Sternbergs *Der blaue Engel* Premiere gehabt, in dem die langbeinige Schöne mit ihrer rauchigen, verruchten Stimme und einem Zylinder auf den blonden Locken *»Ich bin von Kopf bis Fuß auf Liebe eingestellt«* gesungen hatte. Seitdem lag ihr nicht nur Berlin, sondern die gesamte Republik zu Füßen.

Der verpönte Ton hatte auch Renates eigenen Film möglich gemacht. Ihren Film, an den sie nach dem Fiasko mit *Peter, der Matrose* nicht mehr geglaubt hatte, an den sie auch jetzt die meiste Zeit nicht glaubte und an den sie am liebsten vor der Premiere am 16. Januar nicht mehr denken wollte.

Und dennoch oder gerade deshalb dachte sie ununterbrochen an ihn.

Er war in einer solchen Eile abgedreht worden, gerade noch nicht mehr als eine vage, halbgare Idee und nun, keine vier Monate später, schon fast bereit für die kritischen Augen des Publikums. Er musste in noch viel größerer Eile geschnitten werden und mit dem neuen Lichttonverfahren seine Tonspur erhalten, ehe er einen Tag vor der geplanten Uraufführung im *Capitol am Zoo* hoffentlich problemlos die Zensur durchlief. War das erledigt, gab es kein Zurück mehr. Dass dieser Film ihre letzte Chance darstellte, war Renate bewusst. Die Wirtschaftskrise, die das ganze Land in den Klauen hielt und unbarmherzig schüttelte, machte auch vor der finanziell ohnehin geschwächten UFA nicht halt. Fünf Millionen Menschen hatten in Deutschland keine Arbeit mehr, und die Regierungskoalition, der die SPD angehört hatte, war daran zerbrochen, dass sich die versprochene Arbeitslosenunterstützung kaum noch finanzieren ließ.

Auf einmal wurde jeder ersetzlich – als Allererstes eine Schauspielerin, die an der Kinokasse ihr Geld nicht einspielte. Dabei hatte Renate diese unerwartete letzte Chance im Grunde der Wirtschaftskrise zu verdanken: Nach der Enttäuschung von *Peter, der Matrose* hatte Pommer sie noch einmal zurückgeholt. Zum einen weil es inzwischen ja den Ton gab und sie aus ihrer Stimme Kapital schlagen konnte, zum andern weil die Leute, wie er sagte, nun mit anderen Augen auf die Leinwand blickten. »Wenn sie nichts mehr zu beißen haben, verlangt es sie vielleicht wieder nach Mädchen, die aussehen, als würden sie täglich im geblümten Morgenrock ein deftiges Frühstück vertilgen. Den Film produziert Hermann Millakowsky, er wollte gern Lilian Harvey für die Rolle, aber ich habe ihm Sie aufgeschwatzt. Ich hoffe, Sie bringen mich nicht dazu, das zu bereuen.«

Pommer stand unter Druck. Aus finanziellen Gründen war er schon einmal gefeuert worden, und es war kein Geheimnis, dass er dem deutschnationalen Hugenberg ein Dorn im Auge war. Renate fand es nur zu verständlich, dass er den Druck an sie weitergab, doch sie tat sich schwer damit, solchem Druck tagtäglich ausgesetzt zu sein. Nun, wo der Film im Kasten war, konnte sie sowieso nichts mehr tun, als abzuwarten. Das war das Härteste. Von Arbeit und Anstrengung fühlte sie sich nicht halb so erschöpft wie von der nervlichen Anspannung.

Im Grunde war ihr die Ablenkung durch die zwei wilden Racker also gar nicht unwillkommen, auch wenn die Beine ihres Kaffeetischs zum Heulen aussahen und die kleine Perserbrücke, die die Großmutti ihr zum Einzug geschenkt hatte, in Fetzen lag.

Brüderchen war bei Weitem der schlimmere Übeltäter, während Schwesterchen sich gelegentlich, wenn Renate auf dem Sofa saß, sogar friedlich neben ihr ausstreckte und ihr den Kopf auf die Füße legte. Sie zu behalten wäre eindeutig das Vernünftigste, und Renate musste es ihrer Schwester raten, auch wenn es ihr für den kleinen Tunichtgut leidtat.

Ihren Vater hatte sie wissen lassen, dass sie sich abgekämpft fühlte und gegen eine Silvesterfeier, die ausnahmsweise im kleinen Kreis stattfand, nichts einzuwenden hätte.

»Das verstehe ich nur zu gut«, hatte der Vater erwidert. »Und bitte glaub mir, ich würde dir deinen Wunsch nur zu gern erfüllen. Das Problem besteht lediglich in der Frage: Wer gehört zu diesem kleinen Kreis? Tante Minchen ja und Tante Anita nicht? Cousine Dora sicher, aber nur wenn ihr Theo und ihre Kleine daheimbleiben? Im Mossehaus werde ich bereits bedrängt – angeblich freut sich die gesamte politische Redaktion auf nichts so sehr wie auf Silvester im Hause Müller. Meinen Chef, Hans Lachmann-Mosse, kann ich schlecht ausladen. Soll ich dann etwa den Kollegen Krause und Merkwitz erklären, für sie sei kein Platz? Und wie um alles in der Welt soll ich das begründen?«

Renate stöhnte und musste dabei lachen. »Ich verstehe schon. Also Silvester mit großem Trara, wie in jedem Jahr.«

»Vielleicht ein winziges bisschen kleiner.« In des Vaters Augenwinkel traten die Kränze von Lachfalten. »Aber solange wir zusammen sind, haben wir es gut, und verstehen musst du unsere Horde auch. Sie sind alle so stolz, sie freuen sich so sehr für dich und wollen auf deinen Erfolg anstoßen.«

Renate gab sich Mühe, sein Lächeln zu erwidern. Dass er ihre Nervosität damit noch steigerte, verschwieg sie ihm.

»Und da wäre noch etwas.« Das Lächeln verschwand. »Frau Kommerzienrat Deutsch würde ich gern dazubitten, wenn es dir nichts ausmacht.«

»Frau Kommerzienrat Deutsch?« Renate brauchte einen Augenblick, ehe sie mit dem Namen etwas anfangen konnte.

Der Vater nickte. »Ihr Mann ist im September ganz plötzlich gestorben. Magendurchbruch. Seither lebt sie hier in Berlin, um in der Nähe ihres Sohnes zu sein. Sie ist eine so feine, tapfere Frau, die die Tragödien ihres Lebens ohne Klage erträgt. Mir würde der Gedanke widerstreben, dass sie in der ersten Stunde des neuen Jahres allein sein muss.«

In meinem Leben gibt es gar keine Tragödien, dachte Renate. Nur eine kleine selbstverschuldete Nervenkrise, mit der ich ohne Aufhebens fertigwerden sollte. Sie schämte sich ein bisschen. Und natürlich hatte sie nichts dagegen, dass die Frau, die sie gar nicht kannte, zu Silvester eingeladen wurde. Als sie am letzten Abend des Jahres vor ihrer Haustür eine Kraftdroschke anhielt, die sie in die Bregenzer Straße bringen sollte, freute sie sich auch wieder auf die Feier bei ihrer Familie, die so bunt und skurril und lebendig wie jedes Jahr sein würde. *Überall da, wo wir zusammen sind, ist unser Zuhause,* hatte ihr Vater damals, auf der letzten Silvesterfeier in Emmering, gesagt. So war es auch jetzt noch. So würde es immer sein. Ihr Leben war voller Wärme, Schutz und Geborgenheit. Es gab keinen Grund, sich zu fürchten.

Einzig der Kraftdroschkenfahrer machte ihr einen Strich durch die Rechnung. »Nee danke, Gnädigste, für Ihren Raubtiertransport könn'n Se sich 'nen anderen Dummen suchen. Am besten versuchen Se's mal im Zoo.«

»Fahren Sie keine Hunde?«, fragte Renate und hielt Brüderchen und Schwesterchen, die an ihren Leinen in verschiedene Richtungen zerrten, mit äußerstem Kraftaufwand fest.

»Hunde?«, rief der Fahrer. »Gegen die hat kein Mensch was einzuwenden, vom Pekinesen bis zum Spaniel kutschiere ich Ihnen alles durch die Gegend. Aber die reißenden Bestien, die Sie da haben, setz ich mir in meine Taxe nicht.«

Erst der dritte Taxenfahrer erklärte sich gegen ein exorbitantes Trinkgeld bereit, Brüderchen und Schwesterchen an Bord zu nehmen. »Wird Zeit, dass ich euch loswerde«, sagte Renate, als sie in der Bregenzer Straße mit den beiden aus dem Auto stieg. Das exorbitante Trinkgeld hatte sie zuvor noch rasch aufgestockt, weil Brüderchen seine Zähne am Polster des Rücksitzes gewetzt hatte. Schwesterchen schnüffelte an einem Baum, an dem offenbar ein Artgenosse kurz zuvor sich verewigt hatte. Brüderchen hingegen setzte sich auf die Hinterkeulen und blickte zu Renate auf. Vielleicht sah er auch an ihr vorbei nach den Sternen. Seine Augen im Licht der Laterne waren riesig und seine weißen, in den Boden gestemmten Pfoten nicht minder. Der kleine Rest von ihm musste in beides erst hineinwachsen und in die Welt, die für solche wie ihn womöglich nicht gemacht war, auch.

»Na komm«, sagte Renate. »Küchenpartys bei Müllers sind nicht das Schlechteste, was einem passieren kann. Ein Hühnerschenkel wird schon für dich abfallen, und morgen früh bringe ich dich zurück zu deinem Züchter, der bestimmt einen geeigneten Besitzer für dich finden wird.«

Siedend heiß fiel ihr ein, dass morgen Feiertag war und sie also einen weiteren Tag lang mit Brüderchen zurechtkommen musste. Kurz entschlossen packte sie beide an den Halsbändern, an denen sie je eine hellblaue und eine rosarote Schleife befestigt hatte, und versuchte sie in Richtung Hauseingang zu zerren. Da das nicht von Erfolg gekrönt war, blieb ihr nichts übrig, als sie sich unter die Arme zu klemmen und sie ächzend die Treppe hinaufzuschleppen. Was gab Henriette ihnen eigentlich zu fressen? Kaum zu glauben, wie schwer die zwei Kerlchen in diesen wenigen Tagen geworden waren!

Ihr Vater musste das Poltern gehört haben, denn er stand in der Tür, als seine Tochter – angetan mit Pelzstola, pfirsichfarbener Ballrobe und schwarz-weiß gefleckten Hundewelpen – die letzten Stufen nach oben stampfte.

»Du liebe Zeit, Rena!«, rief er. »Sind das Filmrequisiten?«

Aus der Wohnung drang Jazz, eine Aufnahme von *Weintraubs Syncopators,* deren Rhythmen schneller ins Blut gingen als Wein. Die fünf Musiker, die alle mehrere Instrumente beherrschten, hatten mit Josephine Baker gespielt, hatten Berlin gelehrt, auf dem Vulkan zu tanzen, und im *Blauen Engel* Marlene Dietrichs nackte Schenkel in Swing gewiegt. Renates Beine begannen zu zucken, kaum dass die ersten Akkorde sie erreichten. Die Hunde unter ihren Armen, die Jazz offenbar nicht gewohnt waren, begannen an allen Gliedern zu zappeln.

»Sie sind ein Geschenk«, sagte sie, mit zwei Tigerdoggen unter den Armen swingend. »Das heißt: nur einer von ihnen. Für Gabi.«

Ihre Schwester musste gleich hinter der Tür gestanden haben. Wie ein von der Sehne geschnellter Pfeil schoss sie am Vater vorbei aus der Tür. »Du bist ja verrückt, Rena, du bist ja so wunderwundervoll verrückt!«

Auf dem Treppenabsatz ging sie in die Hocke und breitete die Arme aus. Renate, der die Schultern schmerzten, hockte sich ebenfalls hin und ließ Brüderchen und Schwesterchen frei. Während sie sich im Takt von *Weintraubs Syncopators* aufrichtete und die schwingenden Synkopen ihre Müdigkeit auslöschten, hatte Gabi Schwesterchen in ihren Armen aufgefangen. Die große Zunge schnellte aus der Schnauze und leckte ihr über Wange, Auge und Stirn. »Du hast mir einen Hund geschenkt«, stammelte Gabi und drückte Schwesterchen an sich. »Du hast mir geschenkt, was ich auf der ganzen Welt am allermeisten wollte.«

Gabi war ein tolles Mädchen. Hatte ein blitzsauberes Abitur hingelegt, studierte jetzt ebenso blitzsauber an der Friedrich-Wilhelm-Universität und half in der Freizeit im Mossehaus, in des Vaters Redaktion aus. »Ich spitze da Bleistifte«, behauptete sie. Gabi war der bescheidenste Mensch, den Renate kannte, und dies war das erste Mal, dass sie sie ganz und gar mit sich selbst und ihrem Wunsch beschäftigt sah. Sie drückte Schwesterchens glatten, geschmeidigen Körper an sich und schmiegte ihr Gesicht an das des Hundes.

Drinnen kreischte jemand. Vermutlich hatte Brüderchen der Versammlung bewiesen, dass einem Doggengebiss so schnell nichts gewachsen war. Renate riss sich aus dem berauschenden Geschaukel der Weintraub-Rhythmen und stürmte hinterher.

Anton rettete sie. Wäre Anton nicht gewesen, hätte sie diese Silvesterfeier des Jahres 1930 vermutlich nicht bis zum Ende durchgehalten. Wie immer war die Wohnung bis zum Rand voller Menschen, wie immer war das Essen köstlich, die Musik noch besser und die Stimmung am besten. Nur schien es heute leider jeder darauf abgesehen zu haben, Renate zu ihrem Film zu befragen und ihr zu einem Erfolg zu gratulieren, den sie noch gar nicht errungen hatte.

»*Die Privatsekretärin?* Am Potsdamer Platz hängen riesige Plakate mit deinem Namen drauf!«

»Mit Hermann Thimig, du Glückliche! Rena-Schätzchen, bist du nur in ihn verliebt oder er auch in dich?«

»Unsere Rena ist jetzt ein richtiger Star, wie die Harvey oder die Dietrich. Am besten wir stellen uns schon mal nach einem Autogramm an.«

Sie kam sich vor wie eine Scharlatanin. Als sie sich an dem großen Spiegel im Flur vorbeizwängte, sah sie, dass sie noch immer die pummelige, völlig unscheinbare alte Renate war, der dieser Wirbel unmöglich gelten konnte. Am liebsten hätte sie sich die Ohren zugehalten, sooft neue Glückwünsche und Lobeshymnen auf sie einprasselten. Zu ihrem Glück aber gab es Anton, der, immer wenn es am schlimmsten wurde, wieder einen Stuhl umgeworfen, einen Hut zerfetzt oder eine Käseplatte verspeist hatte und schleunigst eingesammelt werden musste.

»Tut mir leid, ich muss zu Anton«, wurde in dieser Nacht zu Renates Schlachtruf. Wer immer sie auf *Die Privatsekretärin* ansprach, bekam ihn zu hören, auch wenn Anton noch gar nichts angestellt hatte.

Für welche der beiden jungen Tigerdoggen Gabi sich entscheiden würde, war keine Frage mehr, denn sie war seit der Ankunft der beiden mit Schwesterchen zu einer Einheit verschmolzen. Außerdem hatte sie verkündet, die »kleine« Hündin werde künftig den klangvollen Namen Marie Antoinette tragen, was sich im Laufe des Abends zu Antonie verkürzte. »Wenn das Mädchen eine Antonie ist, dann bist du wohl ein Anton«, hatte Großmutti zu Brüderchen gesagt und sich von ihm ihren seidenen Rock zerfetzen lassen. Sie gehörte zu den wenigen, die vor dem Temperament und den spitzen Zähnen des Doggenwelpen keine Angst zeigte.

»Wir hatten in Santiago einen Hund«, sagte sie mit einer kleinen Sehnsucht in der Stimme. Sie war auch eine der wenigen, die Renate nicht mit Fragen über den Film bombardierten. »Ich verstehe davon ja nichts«, sagte sie. »Ich wünsche mir nur, dass du glücklich wirst, meine Kleine, und dass immer jemand die Hand über dich hält.«

Ich mag die Großmutti so gern, dachte Renate. Sie war eine jener Personen, für die man nie genug Zeit hatte, weil alle anderen lauter waren. Bei dem Namen Anton würde es bleiben. Zumindest für den einen Tag, den sie ihren kleinen Verbündeten noch bei sich behalten musste.

Mitternacht kam, und statt auf das neue Jahr wurde so gut wie ausschließlich auf Renate angestoßen:

»Auf *Die Privatsekretärin,* die Filmsensation von 1931!«

»Hoch lebe Rena, unser Star!«

»Als Nächstes ruft Hollywood – und wir kommen alle mit!«

Renate verspürte eine bleierne Müdigkeit. Sie wollte nur noch nach Hause und in ihr Bett. Selbst dem nimmermüden Anton waren die Kräfte ausgegangen. Er hatte sich zu Füßen der Großmutti zusammengerollt und war leise schnorchelnd eingeschlafen.

Die Großmutti war mit einer Frau in einem eleganten schwarzen Chiffon-Ensemble ins Gespräch vertieft. Ihr Haar war mehr silbern als grau, sie trug es nach griechischer Art aufgesteckt und wirkte wie die Großmutti selbst: vornehm und still.

Renate hatte gerade Hoffnung geschöpft, sie könne sich unauffällig verabschieden, da erwachten der Vater und die Mutter aus dem verliebten Taumel, der sie wie jedes Jahr gepackt hatte, verschwanden kurz und kehrten bald darauf zurück. In ihren Händen ruhten die üblichen Utensilien, Schüssel, Kerze und Löffel sowie das Buch über Flussfische. Johann, der vom Alter gebeugte Hausdiener, löschte die elektrische Deckenbeleuchtung. Über den Raum senkte sich Schweigen, und nur ein paar Kerzenflammen flackerten im Dunkeln. Doras Mann Theo schaltete das Grammofon aus, das heitere Tanzmusik gespielt hatte.

»Bitte nicht!«, entfuhr es Renate.

Alles, nur kein Bleigießen. Wenn ihr Film ein Reinfall wurde wie *Peter, der Matrose,* wollte sie es heute noch nicht wissen. Er musste ja ein Reinfall werden, etwas anderes war nicht möglich. »*Ein mageres, dümmliches Streifchen«,* hatten die Kritiker über *Peter, der Matrose* geurteilt, »*eine peinliche, unsäglich kitschige Klamotte, die zuweilen unfrei-*

willig zum Schreien komisch ist.« Der neue Film war ganz gewiss nicht gehaltvoller, sondern eher noch magerer, und dümmlich war er über alle Maßen.

Und sie selbst? »*Renate Müller besitzt nicht das Format, um ihre kümmerliche Rolle auszufüllen*«, hatte es von ihr geheißen. Hatte sie seither etwa Format dazugewonnen? Wenn es nicht so traurig gewesen wäre, hätte sie darüber gelacht.

»Keine Lust, einen Blick in die Zukunft zu werfen?«, rief Tante Minchen. »Aber Rena, das kannst du uns doch nicht antun – gerade auf deine Zukunft sind wir doch am allermeisten gespannt!«

»Ich aber nicht!«, platzte Renate heraus.

»Die Zukunft vorherzusehen ist derzeit leider nicht sonderlich schwierig«, mischte ein Mann namens Arno Timme sich ein, den Cousine Helene mitgebracht hatte und in den sie bis über beide Ohren verliebt war. Er saß bei Borsig im Betriebsrat und war Mitglied der KPD. »Nur bedarf es dazu keiner obskuren Orakel mit Bleiklumpen. Die NSDAP ist bereits im September zweitstärkste Partei im Reichstag geworden, mit der Wirtschaft geht es weiter bergab, und die bürgerlichen Parteien haben den arbeitslosen Massen keine Lösung zu bieten. Die lächerliche Regierung, die der Zentrums-Mann Brüning sich von der SPD tolerieren lässt, wird zerbrechen wie ein Schilfhalm, und dieses Propaganda-Ass Goebbels, das Hitler im Ärmel hat, wird mit seinen Filmen und Schallplatten und dergleichen mehr einen noch perfideren Wahlkampf aus dem Hut zaubern als das letzte Mal.«

»Ich bitte Sie, Herr Timme«, unterbrach Renates Mutter höflich. »Wir sind doch hier auf einer privaten Feier, nicht auf einer Parteiveranstaltung.«

»Wenn Sie diese Entwicklungen ignorieren, wird es Ihre privaten Feiern bald nicht mehr geben«, erwiderte Timme finster. »Goebbels hat nicht nur etwas gegen Ihre Negermusik, sondern noch mehr gegen mindestens die Hälfte Ihrer Gäste. Bei *Wertheim* am Leipziger Platz hat der Nazi-Mob schon die Scheiben eingeworfen, und falls nicht bald etwas getan wird, gewinnt die NSDAP die nächste Wahl. Dann zieht man sich besser warm an in Deutschland, oder noch besser: Man nimmt seinen Pass und wandert aus.«

Betroffene Stille breitete sich aus. Renates Vater räusperte sich, aber die passende Erwiderung schien ihm nicht einzufallen. »Ich finde, das Fräulein Renate hat recht«, meldete sich schließlich eine leise, unaufgeregte Stimme zu Wort. Sie gehörte der Frau mit der silbernen, griechisch wirkenden Aufsteckfrisur, die sich mit der Großmutti unterhalten hatte. »Seine Zukunft zu kennen erscheint mir zumindest nicht von Nutzen.«

»Wenn man sie kennt und weiß, dass man auf eine Katastrophe zurast, kann man kämpfen, um sie zu verhindern«, wandte Timme erbost ein. »Und wenn man dazu nicht den Mumm hat, kann man sich wenigstens rechtzeitig in Sicherheit bringen.«

»Ich bin zwei Mal in meinem Leben auf eine Katastrophe zugerast«, entgegnete die Frau noch immer ohne jede Aufregung. »Zumindest waren es Katastrophen in meinem persönlichen kleinen Leben. Hätte ich sie verhindern können? Wohl kaum. Hätte ich, wenn ich sie gekannt hätte, anders gelebt und mich in Sicherheit gebracht? Auf keinen Fall. Ich hätte mein Leben genauso noch einmal nehmen müssen, wie es gekommen ist, denn die Liebe gibt nichts, das sie besitzt, wieder her. Hätte ich anders entschieden, so hätte ich mich um den größten Schmerz, aber auch um das größte Glück gebracht – um das, was Leben ausmacht.«

Wiederum folgte Schweigen, in dem das Schnarchen des kleinen Hundes ebenso zu hören war wie das der Uri.

»Ich glaube, wir brauchen ein bisschen Musik«, sagte Renates Mutter und gab Doras Mann, der noch beim Grammofon stand, ein Zeichen. »Etwas Sanftes, lieber Theo. Bessie Smith. Den *Weeping Willow Blues.*«

Theo suchte die Platte aus dem Stapel heraus, und kurz darauf ertönte, begleitet von Kratzen und Knacken, die prachtvolle, raumfüllende Stimme der schwarzen Bluessängerin. Renate musste an ihr eigenes piepsiges Stimmchen denken, das als Privatsekretärin Vilma *»Ich bin ja heut' so glücklich«* trällerte, und wünschte sich von Neuem weit weg.

»Sie haben das sehr schön ausgedrückt, liebe Frau Deutsch«, sagte die Mutter, lehnte den Kopf an die Schulter des Vaters und wiegte sich träumerisch mit ihm im Takt. »Und das mit dem Bleigießen lassen wir heute wohl wirklich lieber sein. Möge es ein gutes Jahr für alle werden. Für die, die ihre Arbeit verloren haben, und für die, die einen Menschen verloren haben, für die, die in Not sind, und für die, die Not fürchten. Mögen die, die heute so glücklich sind wie wir und unsere Rena, nächstes Jahr um diese Zeit noch genauso glücklich sein, und mögen die, die es nicht sind, in diesem Jahr glücklich werden.«

Sie hob ihr Glas, und die Übrigen taten es ihr nach.

»Auf dass wir uns hier wiedersehen«, fügte der Vater hinzu. »Jedes Jahr aufs Neue.«

»Hier?«, brummte die Uri, die offenbar aus dem Schlaf geschreckt war. »Dich hat es doch noch nie lange irgendwo gehalten, und uns schleppst du im Gepäck mit durch die Weltgeschichte.«

»Hier hält es mich«, erwiderte der Vater. »Hier sind wir angekommen – in dieser Stadt, dieser noch zarten, aber zähen Republik, diesem Leben. Dass ein Weg steinig ist, bedeutet nicht, dass es kein guter Weg ist, und das ist mein Wunsch für das neue Jahr: dass man uns diesen Weg weitergehen lässt. Sekt trinken, Blues tanzen. Für mich ist das Silber der Sterne nah genug, wenn ich mit euch zusammen bin.«

16

Renate war heilfroh, als sich endlich ein Taxenfahrer bereit erklärte, sie und Anton nach Hause zu kutschieren.

»Ihr Hund stört mich nich'«, hatte der Mann bekundet. »Bin ja froh, wenn ick in der Neujahrsnacht mal 'n nettes Mädel fahren darf statt ewig angesäuselte Kerle.«

Das nette Mädel ist auch ganz schön angesäuselt, dachte Renate, obwohl sie sich seltsam leer und nüchtern fühlte. Wortlos glitten sie durch die stille Nacht, wo nur hier und da noch ein Betrunkener aus der grünen Rotunde einer öffentlichen Toilette taumelte, ein Liebespaar in einem Hauseingang Schutz suchte, eine erschöpfte Hure durch das eisblaue Licht von Bogenlampen schlich und ein Bettler auf Knien in Abfällen stöberte. Wenn man des Abends unterwegs war, von einem Lokal ins andere zog, fragte man sich, ob Berlin, die Atemlose, keinen Schlaf brauchte. In diesen Stunden zwischen Nacht und Morgen aber ließ sich erkennen, dass sie manchmal müde wurde wie ein Vogel, der die Flügel über seine Augen schlug, und dass man nirgendwo so einsam sein konnte wie in einer vor Menschen überquellenden Stadt.

Es gab ein Bild des Malers Ludwig Kirchner, das eine belebte Berliner Straße zeigte und das Renate nicht anschauen konnte, ohne zu schaudern. Die Passanten, die darauf abgebildet waren, gingen so dicht aneinander vorbei, dass sie sich streiften, doch sie sahen einander nicht an.

Ein anderes Gemälde fiel ihr ein, das sie in derselben Ausstellung gesehen hatte: *Der Tod des Dichters Walter Rheiner* von Konrad Felixmüller. Sie wollte daran nicht denken, schon gar nicht jetzt, wo sie gleich mit der Stille und der Nacht allein sein würde. Sie hasste es, heimzukommen, wenn Henriette gegangen war, jagte jedes Mal wie gehetzt die Treppe hinauf, nahm immer drei Stufen auf einmal und war doch nie schnell genug, um oben anzukommen, ehe das Minutenlicht erlosch. Rasch drückte sie ihr Gesicht an das warme Fell des schlafenden Hundes. Gut, dass Anton heute Nacht noch bei ihr bleiben würde und auch in der Frühe noch nicht fortmusste.

Ich darf nicht mehr so oft mit der Taxe fahren, sagte sie sich, als sie dem Fahrer das wieder einmal von Gabi geborgte Geld in die Hand zählte. Wer weiß, ob mich nach der Premiere noch irgendwer beschäftigt, ich darf keine solche Verschwenderin mehr sein. Dann floh sie mit Anton auf den Armen durch die Kälte und stahl sich ins Haus.

Henriette war nicht nach Hause gegangen. Sie lag wieder einmal mit dem Kopf auf dem Tresen und schlief, wachte auch von Antons freudigem Winseln und Schweifwedeln nicht auf. Jemand hatte ihren struppigen Graukopf mit einer Girlande aus Luftschlangen geschmückt und vor ihre Nase einen Teller mit einem Stück Gebäck platziert, das in Berlin Pfannkuchen hieß und mit Pflaumenmus gefüllt war. Außerdem eine halbe Flasche Champagner *Veuve Clicquot*, die »Witwe Klicko«, die im *Kakadu* serviert wurde.

Wer war so großzügig gewesen?

Henriette hatte gewiss in ihrem Leben noch keinen Champagner getrunken.

Renate setzte den Hund ab, der japsend und winselnd an dem Kabäuschen hochsprang, und beugte sich über die Hauswartsfrau, um sie behutsam etwas bequemer zu betten. Sie roch nach Kampfer und Anispastillen, und in der Fremdheit, die die Nacht mit sich brachte, wäre Renate in die Vertrautheit dieses Duftes am liebsten hineingekrochen. Dann entdeckte sie, dass der stets zugeklappte Kasten, in dem die Ersatzschlüssel hingen, offen stand. Ihr Magen verkrampfte sich. Sie griff über Henriettes Kopf hinweg und schlug den Kasten heftig zu. Anschließend blieb ihr nichts anderes übrig, als das Minutenlicht anzuknipsen und, drei Stufen auf einmal nehmend, nach oben zu stürmen.

Natürlich war es längst wieder dunkel, als sie die dritte Etage erreichte, doch aus ihrer Wohnung drang gedämpftes Licht. Die Tür stand nur angelehnt. Leise Musik drang in die Finsternis des Flurs, ein jazziges Klavierstück, wie es um diese Uhrzeit für die letzten Gäste ihrer Lieblingsbars gespielt wurde. Renates Herz hämmerte gegen die Rippen. Sie hätte gern kehrtgemacht und wäre hinaus auf die Straße geflüchtet, aber der Hund war bereits kläffend losgerannt und in der Wohnung verschwunden.

Gleich darauf ertönte ein Lachen, das sie unter Hunderten erkannt hätte. Die Erleichterung war ein kleiner Steinschlag, der auf die Bodenfliesen des Treppenhauses polterte. Gleich darauf stürmte Renate dem Hund hinterher.

»Bist du verrückt geworden, du Ungeheuer?«, schnauzte sie die Besucherin an. »Was machst du nachts um zwei in meiner Wohnung? Weißt du, dass ich um ein Haar vor Schreck tot umgefallen wäre?«

»Bist du aber nicht.« Sybille lag in der Schlafstube, in Renates frisch bezogenem Bett, hielt Anton in den Armen und ließ sich lachend von ihm das Gesicht lecken. »Ist das der Kavalier, mit dem du Silvester verbracht hast? Geschmack hast du ja. Das muss man dir lassen.«

»Das ist Anton.«

»Frohes neues Jahr, Anton«, sagte Sybille und küsste den Hund auf die Nase, ehe sie sich wieder Renate zuwandte. »Komm ins Bett.«

»Was machst du hier, Bille?«

»Bille gefällt mir nicht«, sagte Sybille. »Wie wäre es mit Bill, das stünde mir besser zu Gesicht. Und ich nenne dich Nat. Bill und Nat. Perfekt.«

»Ich habe dich gefragt, was du hier machst.«

»Das siehst du doch.« Mit dem Auffalten beider Arme beschrieb Sybille den kleinen Raum. Sie hatte auf Renates Frisiertisch ein weiß lackiertes Koffergrammofon aufgebaut, auf dessen Teller die Platte mit der Klaviermusik kreiste. Auf dem Nachttisch standen zwei Flaschen Champagner, dieselbe Marke, die sie offenbar Henriette kredenzt hatte, eine bereits geöffnet und zur Hälfte geleert. Drum herum drapiert waren zwei Gläser, ein Knallbonbon und eine Schüssel mit Pfannkuchen, alles dekoriert mit Luftschlangen. »Ich warte, um mit dir ins neue Jahr zu feiern. Da du nicht mit mir in die Bar wolltest, habe ich dir die Bar eben hierhergebracht.«

Renate musste lachen. Diese Frau war unglaublich. Sie verdankte ihr alles – ihre Rolle in *Peter, der Matrose,* die sie bekommen hatte, weil Sybille Pommer bedrängt hatte, und umso mehr ihre Rolle in *Die Privatsekretärin,* die sie bekommen hatte, weil Sybille Pommer noch viel heftiger bedrängt hatte. Der war verliebt in sie.

»Nicht so, wie Kerle mit Stielaugen sich in Mädchen mit hübschen Hintern verlieben«, hatte sie Renate erklärt. »Sondern so, wie die Leute, die hinter der Kamera stehen, diejenigen lieben, in die sich die Kamera verliebt.«

Dass jede Kamera in Sybille verliebt war, erschien Renate selbstverständlich. Ihr Gesicht unter den zerwühlten dunklen Locken war ein einziges Rätsel. Es war das aufregendste Gesicht von Berlin. Die Regisseure und Produzenten hielten sich jedoch lieber an Gesichter, die sie einordnen konnten und von denen sie sich nicht verwirrt fühlten. Hermann Millakowsky und Wilhelm Thiele hatten Lilian Harvey gewollt, und als Pommer ihnen Sybille vorgeschlagen hatte, hatten sie vehement abgelehnt.

Sybille hatte es mit Gleichmut genommen. Sybille nahm alles mit Gleichmut. »Lass sie die Rolle Renate geben«, hatte sie zu Pommer gesagt. »Renate kann das. Ich verspreche es dir.«

Sie hatte es ihm schon einmal versprochen, bei *Peter, der Matrose,* und als der Film ein Fiasko wurde, hatte sie lediglich die Schultern gezuckt. »Das wird schon noch. Die Leute sind für Renate noch nicht reif.«

Zu Renate, mit der sie kurzerhand ins *Dorian Gray,* die obskurste Tanzdiele der Stadt, gezogen war, hatte sie gesagt: »Mach dir nichts draus, Mönchlein. Wenn sie eines Tages reif für dich sind, sind sie's für mich noch lange nicht.«

Mönchlein ... So nannte sie sie, seit sie ihr bei ihrer zweiten Begegnung erklärt hatte, Renate mit ihrem Lockenkopf sehe aus wie ein kleiner Mönch vor der Tonsur. Sie hatte sich darüber totgelacht und nicht glauben wollen, dass Renate evangelisch getauft war.

»Du bist tatsächlich auf keine Klosterschule gegangen? Bist nie von einem zähnefletschenden Pater zu zehn Rosenkränzen verdonnert worden, hast nie in den Kommunionskelch Hirschhornsalz gestreut? Dir spuken keine von Pfeilen durchbohrten Heiligen und von Geistern geschwängerten Jungfrauen durch die Albträume, und so was wie du will zum Film?«

Sie hatten gelacht, dass der Tisch gewackelt hatte und das kostbare Getränk verspritzte. Woher Sybille, die seit der SPD-Werbung nicht mehr gefilmt hatte, ständig das Geld für Champagnernächte in Bars nahm, war Renate ohnehin ein Rätsel. Theater spielte sie, aber nur in schlecht bezahlten Rollen, was sie nicht hinderte, durch Berlins funkensprühendes Nachtleben zu spazieren, als kleide sie sich mindestens im *Kaufhaus des Westens,* noch eher aber in den *Galeries Lafayette* von Paris ein. Sie war ein Genie. Ein Beschaffungsgenie. Und was einmal ihr Geheimnis war, das blieb es, ganz egal, wie flehentlich man sie beschwor.

Sybilles größtes Geheimnis, ihr größtes Rätsel bestand in der Frage, warum diese Wundertüte, dieser Taschenvulkan von einer Frau ausgerechnet mit Renate Müller ihre Zeit verbringen wollte, an der gar nichts Besonderes war.

Sybille klopfte auf die freie Betthälfte neben sich. »Na komm schon, Mönchlein. So jung, dass man sie verplempern könnte, ist die Nacht ja nicht mehr.« Sie griff nach einem Pfannkuchen und stopfte ihn dem begeisterten Anton ins Maul, ohne sich um das Pflaumenmus zu scheren, das auf Renates sahneweiße Bettdecke tropfte. Blitzschnell sprang der Hund vom Bett und verzehrte seine Beute genüsslich auf dem ebenfalls weißen Bettvorleger. »Ich hab auch eine Überraschung für dich. Zu Neujahr. Um deinen Film zu feiern.«

»Der verdammte Film ist eine elende Schnulze, die bei den Berlinern durchfallen wird«, sagte Renate. »Das weißt du so gut wie ich. Das Drehbuch bezeichnet selbst Schulz, der es geschrieben hat, als banales Nichts, die kleinen Liedchen von Abraham reißen niemanden vom Hocker, und Hermann Thimig ist so aufregend wie ein Hauslatschen. Und ich bin es auch. Ich werde am Morgen nach der Premiere mit einer Augenbinde durch die Stadt stolpern, damit mir keine vernichtende Kritik ins Auge springt. Oder noch besser: Ich wage mich die ersten Tage oder Wochen gar nicht aus dem Haus.«

»Aber warum denn nicht, mein liebster Hauslatschen?« Sybille räkelte sich und klimperte mit den Wimpern. »Vernichtende Kritiken sind doch das Salz in der Suppe. Sieh mich an: Meine Kritiken waren glänzend, der Huber vom *Kurier* hat geschrieben, meine Darstellung in dem kleinen Filmchen wäre einer Asta Nielsen würdig, und was krieg ich dafür? Einen feuchten Händedruck und nicht die allerkleinste Rolle.«

»Du weißt, wie leid mir das tut«, sagte Renate. »Aber ich bin ein weiches Ei gegen dich, ich ertrage diese Häme nicht. Ich habe immer noch Albträume, in denen mir die Verrisse von *Peter, der Matrose* um die Ohren fliegen und es mir vorkommt, als ob ganz Berlin sich über mich kaputtlacht.«

»Teufel noch mal, du armer kleiner Mönch.« Sybille streckte die Arme nach ihr aus. »Komm her und erzähl dem guten Onkel Bill deine Sorgen. Kriegst auch einen Pfannkuchen oder zwei oder drei, dann kannst du demnächst im Raritätenkabinett den Platz der Dicken Dame übernehmen und brauchst dich von fiesen Filmkritikern nicht länger ärgern zu lassen.«

Renate riss sich ihre beinahe echte Pelzstola von den Schultern und schleuderte sie der anderen an den Kopf. Die hatte gerade aus ihrem Glas getrunken und spuckte sprühend Champagner, der sich zum

Pflaumenmus auf der Bettdecke gesellte. Mein Bett ist ein Schlaraffenland, dachte Renate, duckte sich unter dem Kissen weg, das Sybille als Wurfgeschoss zweckentfremdet hatte, und war auf einmal glücklich: glücklich, weil sie nicht allein war, glücklich, weil es noch reichlich Champagner gab, weil durch den Spalt zwischen den Vorhängen noch Sterne blitzten und Sybille jede Sorge, die sie sich machte, weglachen würde.

Die saß in nichts als einem seidigen Unterhemdchen unter der Decke, also entkleidete sich auch Renate bis auf die Unterwäsche und landete mit einem Hechtsprung geradewegs auf Sybilles Bauch.

»Zu Hilfe! Wasserwacht! Ein Wal begräbt mich unter sich!«

»Dir stopf ich die freche Klappe, du Skelett mit deinen Männerschultern.«

»Skelett mit Männerschultern – hach, wenn Sie noch mehr so reizende Komplimente auf Lager haben, könnte ich mich glatt in Sie verlieben.«

Sie tobten und balgten, wie Renate als Kind mit ihrer Schwester gebalgt hatte, und hörten erst auf, als ihnen vor Gekicher die Luft ausging.

»Du siehst aus, als wärst du in eine dieser neuen Wäscheschleudern geraten«, stieß Renate schwer atmend hervor und verwirrte Sybilles wüst zerzausten Haarschopf noch mehr.

»Und?«, fragte die ungerührt. »Hat die Wäscheschleuder mich hübsch gemacht?«

»Sie hat dich schön gemacht«, sagte Renate, denn eine schönere Frau als die zerraufte Sybille konnte sie sich beim besten Willen nicht vorstellen.

»Na prima. Im Frühling propagiere ich das als die neueste Frisurenmode aus Paris. Reif für die Witwe Klicko?«

»Ich bin so reif für die Witwe Klicko, ich würde für sie töten oder sterben«, sagte Renate.

Sybille rollte sich aus dem Bett, ging in ihrem schwingenden, cognacfarbenen, gerade die Hinterbacken bedeckenden Hemdchen zum Frisiertisch und legte eine neue Platte auf das Koffergrammofon. Dann kehrte sie zum Bett zurück und füllte vor dem Nachttisch beide Gläser bis zum Überschäumen, wozu sie die zweite Flasche entkorken musste. Sie gab ein Glas Renate, der der Champagner über die Finger rann, und stieß mit ihrem eigenen dagegen, ehe sie unter die Decke schlüpfte. »Auf mein Mönchlein, das die Kinowelt im Sturm erobern wird. Auf das Jahr 1931, das nicht Lilian Harvey, nicht Lenchen Dietrich, nicht Adolf Hitler, nicht Teddy Thälmann, sondern der göttlichen, einzigartigen Renate Müller gehören wird!«

»Du bist verrückt, Bille.«

»Bill.«

»Von mir aus auch das. Verrückt bist du trotzdem.«

Sie stießen noch einmal an und küssten sich wie die Franzosen, erst links und dann rechts auf die Wangen. »Trink schnell«, sagte Sybille. »Die Witwe Klicko will kein Grog werden, und in der Flasche ist ja noch was drin.«

Renate stürzte den Champagner hinunter, dass ihr die Kehle brannte und der Magen kribbelte. Sybille schenkte sofort nach, auch wenn ihr eigenes Glas noch halbvoll war. Das Gefühl, das sich in ihrem Kopf ausbreitete, war Balsam: warmer Champagner, warme Federbetten, warme Nähe eines Menschen, den sie lieb hatte wie nie zuvor einen, der nicht zu ihrer Familie gehörte. Auf ihrer Haut sträubte sich noch immer der Flaum – ob von der Winterkälte oder von der Angst vor dem, was die Zukunft brachte –, doch allmählich legte er sich, und sie atmete auf.

»Auf uns. Die zwei schärfsten Weibsen der verkrachten Republik.« Sybille schlang ihr die Arme um den Hals und glitt mit ihr in die Kissen hinunter. Mit einem Griff löschte sie das Licht der Nachttischlampe, sodass nur noch der schwache Schein von der Straßenlaterne ihrer beider Körper versilberte. Der kleine Hund hatte sich zwischen ihren Füßen zusammengerollt und war eingeschlafen.

»Du zitterst immer noch«, stellte Sybille fest. »Was für ein Dämon ist dir eigentlich über den Weg gelaufen?«

»Ich weiß nicht, Bille.«

»Bill.«

»Dann eben Bill. Es liegt alles an dieser Premiere. Ich fürchte mich vor dem Tag so sehr, dass mich schon Wahnvorstellungen verfolgen. In der Taxe hierher ist mir auf einmal dieses grauenhafte Bild erschienen, das wir auf der Ausstellung im Schloss Bellevue gesehen haben.«

»Welches? Da waren Dutzende von Bildern. Das haben Ausstellungen so an sich.«

»Das von dem Mann, der über seine verwelkten Geranien hinweg aus dem Fenster springt. Mitten hinein in dieses schwarze, von grellen Leuchtreklamen angestrahlte Labyrinth aus Häuserschluchten.«

»*Der Tod des Dichters Walter Rheiner*«, sagte Sybille.

Renate nickte und sah über die weiße Schulter der Freundin hinweg auf ihr eigenes Fenster, den schmalen Spalt zwischen den Vorhängen. Schornsteine warfen im Mondlicht Schatten auf die Dächer. Ihr Magen verkrampfte sich, und sie griff nach ihrem Glas. »Ich wollte dieses Bild nie wiedersehen, aber auf einmal taucht es vor mir auf. Walter Rheiner hat sich umgebracht, nicht wahr? Seine Gedichte wollte kein Mensch mehr lesen, er war so bettelarm, dass er verhungert wäre, also ist er aus dem Fenster gesprungen, mitten in Berlin.«

»Das arme Schwein.« Sybille klopfte ihr auf den Bauch. »Die Gefahr des Verhungerns besteht zum Glück bei dir nicht, mein Mönchlein.«

Eine solche Gefahr würde nie bestehen. Egal, wie tief sie nach der Premiere auch stürzte, sie hatte immer ihre Familie, bei der sie Zuflucht finden würde, Adaates Herd, auf dem unentwegt etwas köchelte. Wovor also hatte sie derart wahnwitzige Angst? Sie war nicht wie Walter Rheiner, der in einer verkommenen Absteige in der Kantstraße an seiner Not verzweifelt war, sie konnte nicht tiefer fallen als in die Arme ihrer Lieben.

»Dein Glas ist leer«, sagte Sybille und nahm es ihr weg.

»Gib mir deines.«

»Ich habe etwas Besseres.« Sie angelte nach dem Knallbonbon. »Ich habe dir doch gesagt, du kriegst heute noch eine Überraschung von mir. Die macht hoffentlich kurzen Prozess mit dieser dummen Angst.«

»Was ist es denn?«

»Finger weg.« Sybille riss ihr den Knallbonbon, nach dem Renate hatte greifen wollen, aus der Hand. »Erst will ich wissen, was ich dafür von dir kriege. Schließlich ist heute Neujahr, da hätte der liebe Onkel Bill von seinem lieben Nat auch gerne ein Geschenk.«

»Was will der liebe Onkel Bill denn haben?«

»Wie wär's mit einer Nacht im *Dorian Gray*?«, schlug Sybille vor. »Von mir aus auch im *Eldorado*, wobei man da mit mehr Schein als Sein vorliebnehmen muss, oder im *Toppkeller* – klein, aber fein.«

»Ich weiß nicht«, antwortete Renate. Die genannten Lokale hatten durchaus ihren Reiz, und Renates Neugier galt dem gesamten Spektrum menschlicher Emotionen, aber letzten Endes fühlte sie sich dort fremd. Wie der ewige Zaungast, der durch ein Astloch auf etwas spähte, zu dem er nie Zugang haben würde. Das *Eldorado* war ein Lokal für Männer, die Frauenkleider trugen, und umgekehrt. Durchaus ein schrilles Vergnügen für zwei Freundinnen, die süchtig nach Amüsement waren, aber vor allem war es – wie die beiden anderen Etablissements – ein Treffpunkt für Frauen, die Frauen liebten.

»Was hast du gegen das *Kakadu*?«, schlug sie stattdessen vor.

»Da sind mir zu viele Kakadus«, kam es prompt von Sybille. »Und damit meine ich nicht die, die über den Tischen in Käfigen sitzen. Jetzt komm schon, sei nicht so ein Frosch. Eine schwüle Winternacht mit dir im *Dorian Gray*. Da holen wir dann auch gleich deine Premierenfeier nach, weil ich zu der nicht kommen kann.«

»Du kannst zu meiner Premierenfeier nicht kommen?«, rief Renate entsetzt. »Aber ich brauche dich da, ich halte das ohne dich nicht durch!«

»Wirst du leider müssen, Mönchlein. Der gute Friedrich hat mir ein Engagement vermittelt. Ich kann beim Hessischen Landestheater zwei Wochen lang für eine jugendliche Heldin einspringen, die vom Gaul gefallen ist. Bin heilfroh. In meiner Kasse herrscht keine Ebbe mehr, sondern völlige Dürre.«

»Aber es ist der wichtigste Abend in meinem Leben!«, rief Renate. »Für mich geht es um alles oder nichts, und ich dachte …« Sie brach ab und verstummte. Wie sie sich aufführte, war albern – als wäre sie eine Diva, die sich Allüren leisten konnte. Natürlich ging es nicht um alles oder nichts, und natürlich war es Sybilles gutes Recht, an dem Abend etwas anderes vorzuhaben.

»Was dachtest du?«, fragte Sybille.

Ich dachte, dass ich dir wichtig bin, hatte Renate sagen wollen. Wichtiger als alles andere.

»Vergiss es«, sagte sie.

»Kann ich ja nicht, wenn du dreinschaust, als würdest du gerade deiner eigenen Hinrichtung beiwohnen. Mönchlein, es tut mir leid. Was meinst du denn, wie enttäuscht ich selbst bin, ich hatte mich auf den Champagnerbrunnen im *Adlon* schon wie wild gefreut. Aber die Schrippen im Korb wollen nun einmal verdient sein, und meine Vermieterin droht mir mit dem Gerichtsvollzieher. Ich werde also Geld heranschaffen müssen, falls ich nicht enden will wie unser trauriger Dichter. Wenn du nach dem Sechzehnten ein Star und eine reiche Frau bist, lege ich mich gerne auf die faule Haut, lasse mich von dir mit handverlesenem Kaviar durchfüttern und komme zu jeder deiner Premieren.«

»Abgemacht.« Renate versuchte zu lachen. Sybille hatte ja recht, und sie selbst hatte sich wie eine dumme Pute betragen. Die Tatsache, dass die andere Geld zum Leben brauchte, hatte nichts mit Wert und Wichtigkeit ihrer Freundschaft zu tun.

»Jetzt mach deinen Knallbonbon auf, ehe die magische Nacht vorbei ist.« Sybille reichte ihr ein Ende aus glitzerndem Papier, packte das andere, und mit einem Knall und ein paar Funken rissen sie den Bonbon in zwei Teile. Das längere Stück hatte Sybille erwischt, also war sie es auch, die den Inhalt aus der Kapsel in der Mitte fischte.

Renate hatte einen der billigen Scherzartikel erwartet, die sich in solchen Knallbonbons fanden, eine Trillerpfeife oder eine Pappnase. Stattdessen schwenkte Sybille zwischen zwei Fingern triumphierend ein weißes Papiertütchen.

»Was ist das?«

»Was glaubst du wohl, mein Unschuldsengel? Eine Fahrkarte ins Zauberland.«

Sie schwang sich aus dem Bett, lief barfuß in ihrem flattrigen Hemdchen aus dem Zimmer und kehrte mit einem Tablett aus der Küche zurück.

»Der weiße Dämon. Kolumbiens Silber. Eine kleine Achterbahnfahrt ohne *Lunapark,* nur für uns beide und nur heute Nacht.«

Sie setzte sich wieder aufs Bett, stellte das Tablett auf ihre knochigen Knie und schüttete ein weißes Pulver in zwei feinen Linien darauf aus.

Als hätte ein Straßenfeger sehr sauberen Schnee zusammengefegt, der an beiden Rändern einer Straße liegen blieb.

»Kokain?«

»Nein, Mönchlein. Brausepulver.« Sybille sandte ihr ein zähnefletschendes Grinsen. »Willst du zuerst oder soll ich?«

Renate wollte gar nicht. Oder doch, sie wollte es nur allzu gern, darin lag das Problem. Über wenig anderes hörte man so viele Geschichten, und ein wenig war es, als hätten die, die es noch nicht probiert hatten, noch nicht gelebt. Im *Kakadu* wie in anderen Bars gingen die Schleichhändler ein und aus. Sie bezogen ihre schier unerschöpflichen Bestände angeblich aus den Sanitätsdepots des Heeres, das den Extrakt der Cocablätter im Großen Krieg zur Betäubung benutzt hatte. Renates Neugier focht einen wütenden Kampf gegen ihre Vernunft aus, ihre Abenteuerlust gegen ihre Angst. »Es ist gefährlich«, sagte sie schließlich lahm. »Anita Berber ist daran gestorben.«

»An Tuberkulose«, erwiderte Sybille trocken. »An irgendwas sterben wir alle, aber es muss ja nicht gleich heute oder morgen sein.«

»Ich habe gehört, wenn man es einmal gemacht hat, will man es immer wieder«, wandte Renate ein.

»Das haben die Sachen, die sich im Leben lohnen, so an sich, oder nicht? Ist mit der Havannazigarre wie mit dem Champagner, mit der Achterbahnfahrt wie mit gutem Sex. Aber keine Sorge, du kleiner Angsthase. Dieses Schneegestöber ist dermaßen teuer, dass wir's uns kein zweites Mal werden leisten können, ganz egal, wie sehr wir's wollen. Also kannst du's dir ganz ohne Bedenken einverleiben. Das gibt's nur einmal. Das kommt nicht wieder. Genieße es.«

Erwartungsvoll blickten Sybilles Mandelaugen ihr durchs Dunkel entgegen. Als Renate noch immer zögerte, nahm sie einen breiten Streifen beschriftetes Papier vom Nachttisch und rollte ihn zu einem Röhrchen. »Im *Kakadu* siehst du ja die Leute durch Hundertmarkscheine schniefen«, sagte sie. »Da ich arme Kirchenmaus so etwas nicht besitze, muss der Liebesbrief eines Verflossenen dran glauben. Ich habe ihn gerecht in der Mitte zwischen uns geteilt.«

Sie schob sich das Röhrchen in ein Nasenloch und begann, die feine

Linie aufzusaugen, ohne etwas zu vergeuden. Ihre Augen standen dabei weit offen und hielten ganz still, als sehe sie sich selber zu. Als sie fertig war, lehnte sie den Rücken an das Kopfteil des Bettes und atmete in tiefen Zügen.

»Du wirst etwas fühlen, was du noch gar nicht richtig kennst«, sagte sie. »Deine eigene Stärke. Deine Allmacht. Das Göttliche in dir.« Sie lachte. Dann sprang sie aus dem Bett, drehte das Grammofon lauter und tanzte durch den engen Raum. Das nächste Stück sang sie mit. Sybille konnte nicht singen, aber in allem, was sie tat, war Sex. Renate griff nach der zweiten Hälfte des Liebesbriefs, rollte ihn zur Röhre und sog das weiße Pulver in ein Nasenloch.

Es brannte, wie wenn man einen Schnupfen bekam, roch zugleich süßlich und löste hinter ihrer Stirn ein Knistern aus. Sie fühlte sich kaum anders als vorher, nur leichter, wie von Gewicht befreit.

Und frei. So frei, dass sie halb nackt, wie sie war, durch die winterliche Nacht hätte tanzen können.

Sybille, die ebenfalls tanzte, war unglaublich schön. Ihr Körper, ihre Glieder, die ein Mondstrahl umfing, waren elfenbeinfarben und schwerelos, wirbelten durch die Luft, in der der flimmernde Staub lebendig wurde und mit ihr tanzte. Sie sang »*When the Special Girlfriend*« von Mischa Spoliansky. Sie konnte noch immer nicht singen, aber das machte nichts aus. Renate sprang aus dem Bett und tanzte und sang mit ihr:

> »*When the special girlfriend*
> *Meets a special girlfriend,*
> *With great tenderness she'll tell her friend she's special*
> *Oh my special*
> *Oh my special girlfriend.*«

Es war nicht mehr kalt, und die Nacht war nicht mehr bedrohlich. Was immer geschehen würde – sie würde es meistern, sie war allem gewachsen, und es gab keinen Grund zur Sorge. Anton erwachte und hüpfte sogleich zwischen ihren Füßen auf und ab. Eine nach der andern stolperten sie, schlugen übereinander lang hin und kamen aus dem Lachen nicht heraus. Die raue Hundezunge fuhr ihnen übers Gesicht, Sybille packte Antons Schnauze, und sie küssten sich zu dritt. Durchs Fenster fiel Sternenstaub und versilberte ihre Gestalten. Sie hätten zum Standbild erstarren und der Nachwelt erhalten bleiben sollen, sie waren viel zu schön, um vergänglich zu sein.

Die Wirkung glich einer steilen Auffahrt mit spitzem Gipfel und hielt nicht lange an. Als sie abflaute, packte sie ein Schüttelfrost, als hätten sie Fieber, und sie wurden so hungrig, dass sie in wilder Gier die Pfannkuchen und anschließend die mageren Vorräte aus Renates Küche verschlangen. Das Letzte, was übrig blieb, war ein Glas Schattenmorellen, die Adaate eingekocht hatte. Sie gossen den Saft ab und füllten die Früchte in eine Schüssel, krochen zurück ins Bett und deckten sich bis an die Nasen mit der dicken Daunendecke zu. Dort lagen sie in der Stille und fütterten einander mit sauren Kirschen, während die so plötzlich explodierte Kraft ganz langsam aus ihren Körpern wich.

»Bill?«, fragte Renate, in Sybilles Armbeuge wie in eine Höhle gekuschelt. »Dieser Friedrich, der Intendant, der dir das Engagement in Hessen verschafft hat – bist du in den verliebt?«

Sybille lachte ganz leise, hinten in der Kehle. »I wo. Höchstens in seine Klavierspielerfinger und die drolligen Ohren. Mein Vater hat einmal gesagt: Der Mann, in den meine Tochter sich verliebt, muss ein Gott sein.«

»Oder eine Göttin?«

Sybille nickte. »Das ist mir Jacke wie Hose. Wenn ich mich mit nur einem von beiden verlustieren dürfte, wäre die Auswahl ja noch kleiner, als sie sowieso schon ist. Und falls die hohen Herren sich einfallen lassen, wieder einen Krieg zu veranstalten, gibt's hinterher überhaupt keine Männer mehr, und ich säße auf dem Trockenen wie meine drei verknöcherten Tanten. Besser also, man erlegt sich nicht allzu viele Beschränkungen auf.«

»Ich wünschte, ich könnte es auch so wie du«, sagte Renate. »Ich weiß jetzt, wie Kokain geht. Ich würde gern auch wissen, wie es ist, sich zu verlieben. Aber du hast deinen Gott oder deine Göttin auch noch nicht gefunden, oder?«

Sybille steckte sich eine ihrer starken, aromatischen *Yenidze*-Zigaretten an und blies den Rauch zur Decke. »Ich hab eine kleine Göttin in meinem Kopf«, sagte sie. »Die bin ich selbst. An die kommt niemand heran.«

Renate begriff. Hatte vielleicht längst begriffen. Sybille würde immer allein sich selbst die Treue halten, und darüber hinaus war sie ein Schmetterling, der auf Besuch kam, wenn es ihm passte. Schön war es trotzdem mit ihr. Aufregend schön, ein bisschen frivol und gut gegen Nächte voller Angst.

»Wenn du wolltest, dürftest du sehr gerne eine kleine Weile meine Mit-Göttin sein«, sagte Sybille. »Aber du willst nicht, oder?«

Renate überlegte. »Ich glaub nicht«, sagte sie dann. »Nicht so, wie du es meinst.«

Sybille lachte und küsste sie mit ihrem rauchigen Atem auf die Stirn. »Das habe ich schon befürchtet. Für dich muss ein Gott ein Mann sein, und zwar einer von denen, neben dem man keine anderen hat. Beeil dich nur nicht allzu sehr damit, einen zu finden, Mönchlein. Wenn eine wie du erst einmal einem ins Netz geht, taucht sie ja nicht mehr daraus auf.«

17

Für die Premierenfeier, die nach der Welturaufführung von *Die Privatsekretärin* für Mitwirkende und auserwählte Gäste, vor allem aber für die Presse veranstaltet wurde, hatte die UFA den Ballsaal, den Rauchsalon und den Wintergarten des *Hotels Adlon* gemietet. Presseleute, so hieß es, ließen sich in Berlins vornehmstem Hotel besonders gern feiern, und wenn schon der Film nichts taugte, musste wenigstens das Drumherum stimmen.

»Sie fühlen sich da wichtig, die Herren Journalisten«, hatte Franz Schulz, der das Drehbuch verfasst hatte, erklärt. »Und dass sie sich wichtig fühlen, wollen wir erreichen, denn dann dürfen wir hoffen, dass sie auch uns mit unserem bescheidenen Filmchen ein klitzekleines bisschen wichtig nehmen.«

Renate mochte Franz. Er war kein großes Talent, kein gefeierter Autor wie Robert Liebmann, der mit Carl Zuckmayer zusammen den *Blauen Engel* geschrieben hatte. Sympathisch an ihm war, dass er das wusste und nie versuchte, sich in ein Licht zu stellen, das ihm nicht gebührte. Nur zu gern wäre sie mit ihm gemeinsam vom Kino zum *Adlon* gefahren, hätte sich seine harmlosen Witzchen angehört und sich nicht ganz so verloren gefühlt.

Leider war das nicht gestattet. Vor den schwarzen Limousinen, die in langer Reihe vor dem Kino warteten, um die geladenen Gäste zum Pariser Platz zu bringen, standen Chauffeure mit Schildern, auf denen zu lesen war, wer einsteigen durfte. Auf dem ersten stand »*Hermann Millakowsky, Greenbaum-Film, Produktion*«, auf dem zweiten »*Wilhelm Thiele, Regie*«, und dann folgte schon »*Renate Müller, Hauptdarstellerin*«. Mit zitternden Knien stieg Renate ein. Vor Beginn des Films war jedem von ihnen in der Lobby des *Capitols* ein Glas Champagner serviert worden, doch die Wirkung war längst verflogen. Renate fühlte sich stocknüchtern und sah alles glasklar: Ihr Film war ein Reinfall. Er war einer der dümmsten Filme, die je gedreht worden waren, selbst *Peter, der Matrose* war dagegen ein Meisterwerk.

Darin hatte sie ein gefallenes Mädchen gespielt, das ihren Geliebten um seine Ersparnisse betrügt, um ihrem schwerkranken Bruder das Leben zu retten. Eine sentimentale, melodramatische Geschichte, aber immerhin überhaupt eine! In *Die Privatsekretärin* spielte sie Vilma, die Stenotypistin, die in Berlin Karriere machen will, und das einzig Amüsante daran war, dass dies ihren eigenen Erlebnissen glich: Auch Renate hatte in Abendkursen Stenografie und Schreibmaschineschreiben gelernt, für den Fall, dass es mit der ersehnten Karriere in Berlin nichts werden sollte.

An dem Punkt endete die Ähnlichkeit jedoch und mit ihr die Glaubwürdigkeit des Films. Vilma tritt eine Stellung in einer Bank an, wo sich nicht nur die Angestellten, sondern am Ende auch der Bankdirektor, gespielt von Hermann Thimig, rettungslos in sie verlieben. Das war keine Geschichte, sondern hanebüchener Unsinn. Welcher Bankdirektor verliebte sich in eine Stenotypistin, noch dazu in eine, die so fad aussah wie Renate Müller? Natürlich bekamen die beiden sich am Ende, und was sich dazwischen ereignete, war nicht einmal der Rede wert.

Zumindest passen wir zusammen, dachte Renate. Beide blass, beide brav, beide nichts Besonderes. Die Limousinen fuhren an. In quälender Langsamkeit wälzte sich der lange Konvoi durch die Straßen Berlins, das im Begriff war, sein glitzerndes Abendkleid überzustreifen und einen Schlitz hineinzuschneiden, um schwofend um die Häuser zu ziehen. Renate starrte aus dem Fenster und hatte das Gefühl, all die Passanten, die in die lange Nacht der Großstadt aufbrachen, starrten zurück.

Starrten und grinsten.

Waren die alle im Kino gewesen, hatten die alle ihre Blamage miterlebt?

Bereits als der Vorhang sich hob, war sie überzeugt gewesen, ein erstes verstohlenes Kichern zu hören. Scham schlug wie eine heiße Welle über ihr zusammen, am ganzen Körper brach ihr der Schweiß aus und klebte ihr das Kleid, in dem sie sich auf einmal wie in einer Wurstpelle fühlte, auf die Haut. Es war zartviolett, am Ausschnitt mit Rüschen verziert, es machte nicht schlank, und der Rock war zu weit ausgestellt. »Siehst zum Anbeißen aus«, hatte Sybille anzüglich bemerkt. »Trudchen vom Lande ist gar nichts dagegen.«

Sybille, die nicht hier war, sondern mit irgendeinem Friedrich in Frankfurt. Sybille, die noch einmal betont hatte, dass sie sich von niemandem festnageln ließ. »Lieb haben kannst du mich, schließlich hab ich dich auch lieb. Aber brauchen sollst du mich nicht, denn damit hört der Spaß auf.«

Renate wünschte, sie hätte die ganze Welt als einen Spaß betrachten können wie Sybille: ihren läppischen Film, das Gelächter der Zuschauer, die Häme der Kritiker. Stattdessen hatte sie von dem Augenblick, in dem Paul Abrahams Filmmusik einsetzte, das Gefühl gehabt: Ich muss hier weg. Ich halte das nicht aus. Klammheimlich hatte sie Blicke nach rechts und links geworfen, in der Hoffnung, einer ihrer Kollegen möge sich beim Anblick ihrer grauenhaften Pfuscherei so elend fühlen wie sie und ihr Verbündeter sein. Hermann Thimig aber saß kerzengerade neben seiner Frau Hanna, blickte unbeirrt auf die Leinwand und wirkte rundum zufrieden. Ludwig Stössel, der einen von Renates Verehrern spielte, hielt mit seiner Frau Lore sogar Händchen und gab sich selbst mehrmals Szenenapplaus.

Die anderen sind nicht allein, durchfuhr es Renate. Sie haben jemanden, der es mit ihnen durchsteht und der sie noch gernhat, auch wenn sie versagen. Sie selbst hatte ebenfalls zwei Karten erhalten und hätte ihren Vater, ihre Mutter oder Gabi einladen können, aber das war nicht das Gleiche. Sie wollte ihre Familie, die für ihren größenwahnsinnigen Traum vom Kino so viel geopfert hatte, nicht enttäuschen. Außerdem gehörten die Eltern untrennbar zusammen, und Gabi hatte in der Redaktion einen jungen Mann kennengelernt, mit dem sie seit Kurzem ausging. Renate würde sich der Liebe der drei immer sicher sein, aber keiner von ihnen war der eine Mensch, der zu ihr gehörte. Nachdem Sybille ihr einen Korb gegeben hatte, hatte sie die zweite Karte Henriette für ihren Neffen geschenkt, der ein leidenschaftlicher Kinogänger war.

Henriette passte im Gegenzug wieder einmal auf Anton auf, den sie noch immer nicht zum Züchter zurückgebracht hatte. Am Ende würde sie den Kaufpreis wohl gar nicht mehr erstattet bekommen, und dabei hätte sie das Geld gut gebrauchen können.

Ich bringe ihn nicht zurück, weil ich mich ohne ihn noch einsamer fühle, erkannte sie. Der kleine Hund wuchs raumgreifender als Unkraut und zerfetzte ihre Kissen, sodass sie bei ihrer Heimkehr einen Schneesturm aus Federn vorfand, wenn niemand auf ihn achtgab. Aber er stürmte ihr entgegen und sprang so freudig an ihr hoch, als wäre sie auf der Welt sein liebster Mensch.

Sie *war* auf der Welt sein liebster Mensch.

Der, der zu mir gehört, ist eben ein Hund, dachte sie und wünschte, sie hätte Anton neben sich in der Limousine gehabt. Hunde gingen nicht ins Kino, Hunde lachten niemanden aus. Hunde fanden ihre Besitzerinnen wunderschön, auch wenn diese in zartvioletten Wurstpellen steckten. Natürlich war sie nicht wirklich Antons Besitzerin und würde ihn früher oder später zurückbringen müssen, denn eine Tigerdogge gehörte nicht in eine enge Wohnung in der dritten Etage. Zudem konnte sie schon jetzt die Unmengen Fleisch, die er vertilgte, kaum bezahlen und hatte für all die Gassigänge keine Zeit. Dennoch war die Vorstellung tröstlich, dass er sie mit seinem schwanzwedelnden Überschwang empfangen würde, wenn sie am Ende dieses schwarzen Tages nach Hause kam.

Die Fahrt hätte ewig dauern sollen, doch schon nach wenigen Minuten erreichten sie die Dorotheenstadt und bogen in den breiten, noch in weihnachtlichem Lichterglanz strahlenden Boulevard Unter den Linden ein. Vor dem Portal von Berlins berühmtestem Luxushotel hielten die Limousinen erneut in einer langen Reihe an. Der Fahrer sprang heraus, um Renate den Schlag zu öffnen. Die vergaß beim Aussteigen, das Wurstpellenkleid anzuheben, und hörte es irgendwo ratschen, aber das spielte nun auch keine Rolle mehr.

Sie konnte hier nicht bleiben, konnte dieses von livrierten Pagen bewachte Hotel nicht betreten. Ein roter Teppich war vom Foyer bis an die Fahrbahn ausgerollt worden. Zu beiden Seiten des Eingangs drängten sich unzählige Fotografen, die ihre Kameras wie Waffen im Anschlag hielten. Unentwegt klickten die Auslöser, loderten die neuen Blitzlichtbirnen wie kleine Leuchtraketen auf. Gelächter perlte wie Champagner, und Passanten blieben neugierig stehen und gafften. Über dem Haupteingang prangte ein silbern beschriftetes, mit Sternen geschmücktes Banner:

»Die Privatsekretärin – Premierenfeier
Das Hotel Adlon *grüßt Renate Müller«*

Nicht Pola Negri. Nicht Henny Porten. Nicht Marlene Dietrich oder Lilian Harvey. *Renate Müller.* Es war ein Irrtum, vor dem sie fliehen musste, ehe man die Scharlatanin vor aller Augen entlarvte.

Ein Mann im weißen Frack – wie der Pianist, der des Nachts im *Kakadu* auf einem weißen Flügel spielte – strebte über den roten Teppich auf sie zu. »Fräulein Müller?« Die Zähne, die er beim Lächeln entblößte, waren zu weiß für das schüttere Haar und das zerfurchte Gesicht. »Feldmann, *Film-Kurier.* Sie werden bereits sehnsüchtig erwartet.«

Blitzlichter klickten. Der Reporter winkte einen der Fotografen näher heran.

Renate stand erstarrt. Den *Film-Kurier* hatte sie als junges Mädchen mit glühenden Wangen unter der Bettdecke gelesen, hatte Ausgabe für Ausgabe gesammelt und stumm vor Ehrfurcht die Bilder der großen Stars bestaunt – Asta Nielsen, Rudolph Valentino, Mary Pickford und wie sie alle hießen. Und jetzt standen die Fotografen dieser Zeitschrift hier und schossen Bilder von *ihr?*

Das war nicht möglich, konnte nicht die Wirklichkeit sein. Gewiss saß sie im Kino, vielleicht sogar noch in Danzig, und verlor sich in einem ihrer Träume.

»Wir dachten, Sie hätten eventuell einen Moment, uns vorab ein kurzes Interview zu geben?« Der Mann mit den schneeweißen Zähnen lächelte sie an. »Wir haben an der Cocktailbar einen Tisch reservieren lassen, für Erfrischungen ist selbstverständlich gesorgt.«

O nein, dachte Renate, ich kann niemandem ein Interview geben. Ihr werdet meinen jämmerlichen Film ohne seine jämmerliche Hauptdarstellerin verreißen müssen, denn ich kann gar nichts, ich will nur nach Hause zu meinem Hund.

»Fräulein Müller?« Der Reporter bog sich mit der Hand das Ohr nach vorn, als hätte er etwas, das Renate gesagt hatte, schlecht verstanden. Aber Renate hatte nichts gesagt. »Wenn Sie mir dann bitte folgen wollen?« Der Mann griff nach ihrem Arm, und Renate schreckte zurück.

»Ich kann nicht. Ich kann wirklich nicht. Es geht mir nicht gut.« Das war die Wahrheit. Schweiß rann in Strömen an ihr herab, und ihr Herz raste.

»Das ist nur die Aufregung. Das Lampenfieber.« Der Reporter lachte. »Was Sie brauchen, ist eine kleine Stärkung, dann sind Sie bestimmt gleich wiederhergestellt.«

Renate fühlte sich wie ein Tier in der Falle. Die Fotografen, Journalisten und Passanten hatten sich zu Mauern aus Menschen verdichtet und rückten auf sie zu. Vergeblich sah sie sich um. Es gab keinen Fluchtweg. Das Gelächter würde nicht lange auf sich warten lassen, es lauerte bereits darauf, aus all den Mündern zu platzen und ihr in den Ohren zu gellen.

»Schatz, da bist du ja. Ich wollte am Wagen auf dich warten, aber in diesem Gedränge haben wir uns wohl verpasst.« Von der Straße her eilte ein Mann auf sie zu und bot ihr galant seinen Arm, ehe er sich an den Reporter wandte. »Bitte entschuldigen Sie. Meine Bekannte und ich haben noch rasch etwas Privates zu besprechen, ehe wir uns Ihnen anschließen. Sie werden ja später noch ausgiebig Gelegenheit haben, mit ihr zu sprechen.«

Mit sanftem Druck führte er sie zur Seite, von dem Reporter, der Menschenmenge und dem roten Teppich weg. Durch die schweißnasse Seide ihrer Kleidung spürte sie den warmen Wollstoff seines grauen Mantels. Er war schlank und ging mit schnurgeradem Rücken, hatte etwas Sehniges, Entschlossenes an sich, das ihr wohltat. Der Fedora-Hut, den er trug, war ebenfalls grau. Lediglich die Binde am Ärmel, die verriet, dass er sich in Trauer befand, war schwarz. Er bog mit ihr in eine Seitenstraße, dann in noch eine und noch eine, fort vom Trubel des abendlichen Boulevards, dessen Lärm hinter ihnen verhallte.

»Wohin gehen wir?«, stammelte Renate.

»Das liegt bei Ihnen«, erwiderte er. »Ich wollte Sie lediglich aus den Klauen dieses Reporters retten und in Sicherheit bringen, ehe Sie das Bewusstsein verloren hätten.«

Erst jetzt wurde Renate klar, dass Sie tatsächlich kurz davor gestanden hatte, in Ohnmacht zu sinken. Ihre Knie fühlten sich noch immer an wie mit Watte gefüllt, und in Ihren Ohren rauschte das Blut. »Sind Sie Arzt?«

»Nein, Bankier. Wie der Herr Thimig in Ihrem Film. Macht Ihnen das etwas aus?«

»Sie haben den Film gesehen?«, rief sie erschrocken.

»Ich war eingeladen«, sagte er. »Meine Bank gehört zu den Finanziers.«

Renate wagte nicht, zu fragen, wie er ihm gefallen hatte. Die Kälte kroch ihr unter die Kleider. Die dünne, eierschalenfarbene Pelerine, die sie trug, war passend zum Kleid gearbeitet worden und nicht für draußen gedacht.

»Mein Wagen steht am Ku'damm«, sagte er. »Da nützt er Ihnen nichts. Aber ich könnte Ihnen eine Taxe besorgen, die Sie nach Hause fährt.«

»Bitte nicht!« war es aus ihr herausgesprudelt, ehe sie hätte nachdenken können. »Bei mir zu Hause ist niemand. Nur meine Hausmeisterin, die geht, wenn ich komme, und mein Hund.«

»Sie haben einen Hund?«

Renate nickte, obwohl sie genau genommen gar keinen hatte.

»Ich mag Hunde gern.«

»Ich auch«, sagte Renate. »Das heißt – im Grunde weiß ich gar nicht, ob ich sie mag. Anton ist mein erster. Oder nein, eigentlich ist er gar nicht meiner.«

Ein nervöses Lachen entfuhr ihr. Er blieb mit ihr stehen, sah zu ihr hinunter, und ihre Blicke trafen sich. Seine Augen waren grau wie Hut und Mantel, und das Lächeln, das darin stand, wirkte geradezu scheu. Vermutlich war dies der Moment, in dem sie ihn erkannte. Er war Georg Deutsch.

»Sind Sie sicher, dass Sie nicht zu dem Hund Anton, der gar nicht Ihrer ist, nach Hause wollen?«, fragte er.

Renate schüttelte den Kopf. »Ich muss doch zu dieser Feier. Die wird doch meinetwegen veranstaltet, und über der Tür steht mein Name. Wenn ich mich nicht einmal dort blicken lasse, mache ich alles noch schlimmer, als es sowieso schon ist.«

»Soll ich Sie zurückbringen?«

»Nein!«, rief sie wie in Panik. »Ich kann es nicht. Ich kann da nicht hinein.«

Er nickte. »Das dachte ich mir. Wollen Sie mir dann vielleicht erzählen, was so schlimm ist?«

Nässe traf ihren Hals und ihr Gesicht. Sie wandte den Blick zum Himmel und sah, dass es schneite, sah die Flocken, die in dichten Spiralen auf sie niederschwebten und aus der Unendlichkeit zu kommen schienen. Sie fror erbärmlich.

Der Mann legte den Arm um sie und zog sie dichter an den warmen Stoff seines Mantels. »Ich weiß ein Lokal, nur ein paar Schritte von hier, das einen sehr großen, sehr gnädigen Wein in seiner Karte führt. Eine Kleinigkeit zu essen bekämen wir dort auch. Was meinen Sie, wollen wir uns eine Weile dort hineinsetzen, bis Sie sich aufgewärmt haben und sich besser fühlen? Ich verspreche, ich werde sein wie Ihr Hund:

Wenn Sie mit mir reden möchten, reden wir, wenn nicht, dann reden wir nicht. Und sobald Sie sich erholt haben, bringe ich Sie zurück auf Ihre Feier.«

Renate zitterte inzwischen am ganzen Körper, und ihre Zähne klapperten. Er wartete nicht auf eine Antwort von ihr, sondern führte sie die Straße hinunter. Vor der Einfahrt in einen Hof blieb er stehen und schob sie behutsam drei Stufen hinunter. Aus der Türritze des Kelleraufgangs drang ein wenig Licht, und an zwei Haken darüber hing ein Blechschild mit der Aufschrift *Ferencs Weinkeller*. Rasch zog Renate die Tür auf und trat in die unglaubliche Wärme, die sie sofort einhüllte. Der Raum war klein, mehr als einen Tresen und drei Tische mit Stühlen gab es nicht. Das Lokal war leer, nur hinter dem Tresen polierte ein dunkelhaariger Mann im weißen Hemd mit offenem Kragen ein Glas.

Georg Deutsch folgte ihr und zog die Tür hinter sich zu. »Guten Abend, Ferenc«, begrüßte er den Mann. »Sie wollen schließen, nicht wahr? Wäre es in Ordnung, wenn die Dame und ich noch ein Glas von meinem Lieblingsroten trinken? Ich bezahle selbstverständlich die Flasche, und wer weiß, vielleicht trinken wir ihn ja schneller, als er es verdient, und bekommen sie leer.«

»*Szekszárdi bikavér*«, sagte der Mann, ohne von dem Glas, das er polierte, aufzublicken. »Ich hole Flasche und lasse atmen, sonst ist Wein vergeudet. Ihr bleibt, solange ihr wollt. Mir macht nichts aus.«

»Danke, Ferenc.« Georg Deutsch lächelte, führte Renate an den Tisch im Winkel, wo der schmiedeeiserne Ofen bollerte, und rückte den Stuhl für sie zurück. Als sie sich gesetzt hatte, zog er sich den Mantel aus und legte ihn ihr über die Schultern.

»Lieber Himmel!«, rief Renate und hätte sich am liebsten in der Wolle verkrochen. »Etwas so Warmes habe ich, glaube ich, noch nie angehabt.«

»Aus England.« Er setzte sich ihr gegenüber auf den zweiten Holzstuhl, der zu klein für ihn schien. »Waren Sie schon einmal dort?«

Renate schüttelte den Kopf.

»Das Wetter ist immer feucht«, sagte er. »Regen, Nebel, Graupelschauer, und die Kunst des Überlebens besteht für den Engländer darin, einen Stoff zu weben, durch den diese ewige Feuchtigkeit nicht eindringt, und eine Nonchalance zu kultivieren, an der sie abgleitet wie an einem Entengefieder.«

»Das klingt, als wären Sie Engländer«, entfuhr es Renate.

»Wer weiß«, erwiderte er. »Vielleicht hätte ein ganz brauchbarer aus mir werden können. Als Berliner mache ich mich nicht ganz so gut. Mir fehlt die Forschheit, das Wat-kostet-die-Welt und wohl auch das, was man Berliner Schnauze nennt. Aber das heißt nicht, dass ich mich hier nicht zu Hause fühle. In einer Stadt, die Zufluchtsorte wie diesen bietet, muss man sich zu Hause fühlen, finden Sie nicht?«

Der Wirt Ferenc war durch eine niedrige Tür hinter dem Tresen verschwunden, kam mit einer staubbedeckten Flasche zurück und entkorkte sie regelrecht zeremoniell. Renate hatte sich so sehr nach dem Trost des Weines gesehnt, der alles Erschreckende, allzu Klare verschwimmen ließ, und hatte gehofft, der Wirt habe seine Drohung, ihn erst einmal atmen zu lassen, nicht ernst gemeint. Als er es jetzt jedoch tatsächlich tat, machte es ihr nichts aus. Sie hatte es warm, sie war nicht allein, und das weiche Halbdunkel legte sich wie Samt auf ihre Nerven.

»Hungrig?«, fragte der Wirt, wiederum ohne aufzublicken. »Das Ildiko ist schlafen gegangen, warm machen ich kann nichts mehr, und sowieso ist Szegediner aus.«

»Und Pogatschen, Ferenc?«, fragte Georg Deutsch.

»Ja, hat das Ildiko welche dagelassen«, erwiderte der Wirt. »Wenn ihr die wollt kalt essen, ihr könnt haben.«

»Kalte Pogatschen wären himmlisch.«

Der Wirt zog davon, seltsam watschelnd für einen so schönen Mann.

»Heimweh ist eine Krankheit«, sagte Georg Deutsch. »Er ist bald zwölf Jahre hier, er kommt zurecht, und seine Stammgäste lieben ihn. Aber es lässt ihn nie los. Er war einer von Bela Kuns Sozialisten, die Horthys Einmarsch hinwegfegte, und seither hat er sein Ungarn nicht mehr gesehen. Seine Schwester ist gemütskrank. Sie kocht, und dann geht sie schlafen. Menschen sieht sie nicht. Ihr Szegediner Gulasch ist kein Gericht, sondern eine Legende. Eine Elegie auf Ungarn.«

Er war tatsächlich wie Anton. Nur besser. Er redete, ohne dass sie reden musste, und seine Gedanken, sein Mitgefühl für den Wirt und seine Schwester wärmten ihr Inneres.

»Ich glaube, deshalb mag ich Berlin«, fuhr er fort. »Weil es ein solches Sammelbecken für all die Heimwehkranken ist, die der Zusammenbruch der alten Welt quer über den Globus verstreut hat. Und für uns, die nirgendwo richtig dazugehören, die zwischen kaisertreu und kommunistisch, zwischen Biedermeier und Bubikopf keinen Platz gefunden haben, sondern Wanderer zwischen den Welten bleiben.«

Verblüfft sah Renate ihn an. Er sprach aus, was sie nicht in Worte hätte fassen können, aber wiedererkannte. Sie hatte ihren Halt, ihre Familie, kannte etliche Leute und lebte in ihrer Traumstadt, und doch gehörte sie nirgendwo dazu. Unwillkürlich musste sie an die Silvesterfeier damals in Emmering denken. Georg Deutsch hatte so selbstsicher, so überheblich gewirkt, dass sie solche Gefühle bei ihm nie vermutet hätte. Aber er hatte sich verändert. Wenn sie ihn heute betrachtete, schien ihr die Bezeichnung *Wanderer zwischen den Welten* treffend. In seinem Smoking, der geradezu nebelgrau war, und mit der seltsamen Weite in den Augen schien er zwar hier, doch zugleich schon wieder fort zu sein, ein Gast, der ab und an aus dem Nebel in ihrem Leben auftauchte und wieder verschwand.

Aber sie wollte nicht, dass er verschwand!

Zu ihrem eigenen Entsetzen griff sie über den Tisch und packte sein Handgelenk. Eine Bewegung zuckte über sein Gesicht, aber er wirkte nicht ungehalten.

»Bitte verzeihen Sie.« Sie ließ ihn los.

»Aber nicht doch. Das ist schon in Ordnung.«

Zu Renates Erleichterung trat der Wirt Ferenc an ihren Tisch und stellte schweigend vor jeden von ihnen einen kleinen blauen Teller. Drum herum platzierte er je ein dickwandiges Weinglas, eine blaue Serviette und eine Gabel wie für Kuchen. Dann verschwand er und kehrte mit einer blauen Platte zurück, auf der ein paar goldbraune Gebäckstücke lagen. Einen Napf mit Sauerrahm stellte er daneben und ging ein letztes Mal, um die Flasche zu holen, der er eine der blauen Servietten um den Hals gewickelt hatte. Dann trollte er sich endgültig hinter seinen Tresen und polierte weiter Gläser, die längst funkelnd glänzten.

»Probieren Sie«, sagte Georg Deutsch. »Sie sind aus Rahm, Kartoffelteig und Kraut gemacht und viel besser, als sie aussehen.«

Renates Magen gab ein Geräusch von sich, und auf einmal fühlte sie sich schwach vor Hunger. Sie nahm eines der Gebäckstücke, biss hinein und fühlte sich von dem deftigen Geschmack des mit Kümmel gewürzten Krauts an die Danziger Piroggen erinnert, als entdecke man ein Stück Heimat – einen Duft, ein Geräusch, ein Lied – in der Fremde.

Der Wein, den Georg Deutsch in ihre Gläser schenkte, war dunkelviolett. »Sein Name *Szekszárdi bikavér* bedeutet Stierblut aus Szekszard«, sagte er.

Sie tranken, ohne anzustoßen, jeder für sich. Der kleine Schluck Wein schien Renate den ganzen Mund zu füllen, und sie glaubte die Beeren zu schmecken, die schwarz und prall an ihren Rebstöcken hingen. Wenn man Wein gepflegt hatte und fortmusste, hörte man dann je auf, sich zu fragen, ob jemand für die Reben sorgte?

»Und?« Georg Deutsch hob fragend eine Braue. »Mögen Sie ihn?«

»Er ist ein Traum«, sagte Renate.

»Danke, dass Sie das sagen. Es ist mein Lieblingswein. Wenn Ferenc eine Lieferung ordert, bestellt er immer eine Kiste für mich mit. Ich gehe sparsam damit um. Ein Zaubertrank muss für besondere Gelegenheiten bleiben, sonst könnte sich die Wirkung verflüchtigen.«

»Sie haben ihn vorhin einen gnädigen Wein genannt.«

Georg Deutsch nickte. »Er verzeiht so manches.«

Sein Haar, das dicht und dunkelblond war, wirkte im Halblicht ein wenig versilbert wie das seiner Mutter. Renate trank noch einen Schluck von dem Wein und verspürte einen Anflug Mut. »Verzeiht er auch einen schlechten Film?«, fragte sie schnell, ehe der Schneid sie wieder verließ.

»Glauben Sie das?«, fragte er zurück. »Dass Ihr Film schlecht ist? Geht es Ihnen deshalb so elend?«

Renate nickte, trank Wein und starrte in den blutroten Rest in ihrem Glas.

»Er ist dumm«, murmelte sie. »Er ist albern. In Deutschland haben fünf Millionen Menschen keine Arbeit, ihre Familien stehen an Notstandsküchen Schlange und finden nachts vor Hunger keinen Schlaf. Mein Vater bringt eine Artikelserie über die Wohnungsnot, über Obdachlose, die samt ihren Kindern in die Spree springen, weil das immer noch besser ist, als in einem Hauseingang zu erfrieren. Aber seine Tochter sitzt gemütlich beim Wein und heult über einen misslungenen Film. Über ein läppisches Märchen, in dem sich die Tippmamsell den Millionär angelt und trällert, dass sie so glücklich ist.«

Mit einer Sorgfalt, die sie berührte, schenkte Georg Deutsch ihr das Glas noch einmal voll. »Er ist eigentlich zu gehaltvoll, um ihn so schnell zu trinken«, sagte er. »Aber weil er, wie gesagt, ein gnädiger Wein ist, wird er es Ihnen das eine Mal nicht übel nehmen. Seien Sie auch gnädig, Fräulein Müller. Was glauben Sie denn, was die Menschen, die verzweifelt vor den Notstandsküchen Schlange stehen, sehen wollen? Noch mehr Not und noch mehr Verzweiflung? Oder ein romantisches Märchen, das ihnen zumindest anderthalb Stunden lang vorgaukelt, dass Wunder manchmal tatsächlich geschehen? Ein komplexes Menschheitsdrama über das Elend allen Lebens oder eine tröstliche Komödie, in der ein rundum liebenswertes Mädchen für sie singt und auf eine Weise lacht, dass man gar nicht anders kann, als mitzulachen?«

Verwirrt rieb sich Renate die Stirn. »Haben Sie meinen Film so gesehen?«, fragte sie zurück. »Glauben Sie, er könnte jemandem, dem es nicht gut geht, Freude machen?«

»Mir ging es nicht gut«, erwiderte er schlicht. »Ihr Film hat mir Freude gemacht.«

Im nächsten Atemzug fiel ihr die schwarze Binde ein, die an seinem Mantelärmel steckte, und sie erinnerte sich, was ihr Vater vor der Silvesterfeier erzählt hatte. »Das mit Ihrem Vater tut mir leid«, brachte sie hastig heraus. »Bitte entschuldigen Sie. Ich hätte es früher erwähnen sollen.«

»Sie brauchen sich nicht zu entschuldigen, und es braucht Ihnen auch nicht leidzutun«, sagte er. »Er fehlt mir. Er fehlt vor allem meiner Mutter. Aber ich denke, er ist jetzt endlich von den Schmerzen erlöst, die er seit mehr als zwölf Jahren ertragen hat und die unsäglich gewesen sein müssen.«

»Ihr Vater war magenkrank?«, fragte Renate.

»Ich glaube, er war krank an allem«, erwiderte er. »Wann er an der Wunde in seinem Innern verblutet, war letztendlich nur eine Frage der Zeit. Es ist nett, dass Sie an ihn gedacht haben, aber jetzt vergessen Sie es auch wieder und laden sich nicht noch mehr auf. Sie tragen an Ihrer eigenen Last doch gerade schwer genug.«

»Aber ich habe überhaupt keinen Grund«, rief Renate. »Wenn ich das von Ihrem Vater höre, noch weniger. Meine Eltern leben und sind ganz reizend, überhaupt sind alle Menschen ganz reizend zu mir. Meine beste Freundin ist die überaus reizende Sybille Schmitz, die sich zwar am Abend meiner Premiere mit irgendeinem Intendanten in Frankfurt herumtreibt und höchstens in seinem Schlafzimmer Theater spielt, die aber trotzdem ein Hauptgewinn ist – so wie mein ganzes Leben.«

Leise lachte er auf. »Ich kenne zwar die überaus reizende Sybille Schmitz nicht, aber es klingt, als hätte ich etwas versäumt.«

»Haben Sie. Nehmen Sie Gift darauf.«

»Ich denke, ich halte mich an *Stierblut* und bleibe noch ein bisschen am Leben.« Er nahm die Flasche und schenkte ihr den Rest daraus ein, während er selbst sein erstes Glas gerade erst bis zur Hälfte geleert hatte. »Ansonsten entgeht mir ja, was Sie als Nächstes spielen, und dagegen sträubt sich meine Neugier.«

»Sie glauben, die UFA wird mir noch einmal eine Rolle anbieten? In einem Film?«

»Ich glaube, die UFA wird Sie mit Rollenangeboten bombardieren«, erwiderte er. »Das macht es vermutlich nicht leichter für Sie, denn Ihre Angst, zu versagen, die man so unpassend als Lampenfieber verniedlicht, bleibt ja ein Teil von Ihnen. Und es fühlt sich an, als würde Ihnen der Himmel auf die Brust stürzen, nicht wahr?«

Renate nickte. So treffend hätte sie es selbst nicht beschreiben können.

»Aber es ist immerhin trotzdem das, was Sie sich damals bei Pola Negris Premiere in Danzig erträumt haben«, sagte er. »Und ich hoffe, es macht Sie auch hin und wieder glücklich.« Mit einem kleinen Lächeln begann er die Melodie des Liedes zu summen, die sie als Vilma in der *Privatsekretärin* sang:

»Ich bin ja heut' so glücklich,
So glücklich, so glücklich.
Ich fühl' mich augenblicklich
So glücklich wie noch nie.«

Er hatte gesehen, wovon sie an jenem Tag geträumt hatte! Er hatte erfasst, was in jenem Augenblick, der ihr Leben verändert hatte, in ihr vorgegangen war. Renate lächelte auch und sang leise mit. »Sie glauben, ich war gar nicht so schlecht?«, fragte sie ihn dann.

»Ich glaube, Sie haben bei den Leuten einen Nerv getroffen«, antwortete er. »Sie sind genau das Mädchen, das sie in diesem Augenblick brauchen: hübsch und liebreizend, aber kein kleines Prinzesschen, das sich verwöhnen lässt, sondern eine moderne, patente Frau, die ihren Mann steht. Eine, mit der man ein Pferd stehlen kann – und hinterher auch noch Arm in Arm in den Sonnenuntergang reiten.«

»Das glauben Sie wirklich?«, rief Renate fassungslos.

Georg Deutsch nickte. »Wollen Sie sich selbst überzeugen? Soll ich Sie zurück ins *Adlon* bringen, damit Sie sich anhören können, was die Leute sagen?«

»Bitte nicht«, platzte sie heraus. »Ich glaube, ich kann dorthin nicht zurück.«

»Gar nicht mehr?«

Renate schüttelte den Kopf. »Könnten wir hierbleiben? Nur noch ein bisschen?« Der Gedanke, die Geborgenheit dieses Verstecks verlassen zu müssen, rief von Neuem die Angst wach. Sie griff nach ihrem Glas, fand es jedoch leer.

»Ich würde Ferenc jetzt gern seine Nachtruhe gönnen«, antwortete Georg Deutsch. »Wenn Sie heute ausnahmsweise noch mehr *Bikavér* trinken wollen, könnte ich Sie auf eine Flasche, die bei mir zu Hause in der Ansbacher Straße liegt, einladen. Meine Haushälterin wird allerdings zu Bett gegangen sein, und ansonsten wohne ich allein, ganz schicklich wäre die Sache also nicht.«

»Das ist mir egal!«, rief Renate und war einen Herzschlag lang unendlich erleichtert. Sie wollte sich nicht von ihm trennen. Sie wollte, dass er bei ihr blieb und sie mit seiner festen Stimme, seinen tröstlichen

Gedanken, seinem Wein und seinem Lächeln beruhigte, bis die Angst verstummte. Dann fielen ihr Henriette und Anton ein. »Meine Hausmeisterin kann nicht schlafen gehen, ehe ich noch meinen Hund abhole«, sagte sie und wusste nicht, woher sie die Kraft nehmen sollte, ihn gehen zu lassen.

»Ach ja, Ihr Hund«, sagte er. »Den würde ich ziemlich gern kennenlernen, wenn ich ehrlich bin. Ich hatte als Junge einen Airedale Terrier aus Yorkshire, das heißt, eigentlich gehörte er meiner Schwester ...«

»Sie haben eine Schwester?«

Er hob die Hände in einer Weise, die deutlich machte, dass er kein weiteres Wort darüber sagen würde. »Wir könnten eine Taxe nehmen, die uns zunächst zu Ihnen und dann mit Ihrem Hund zu mir bringt, um dieser Flasche *Stierblut* den Garaus zu machen«, schlug er vor. »Klingt das nach einer brauchbaren Idee?«

»Es klingt nach einer wunderbaren Idee«, sagte Renate, »aber was wird dann mit Ihrem Wagen?«

»Den hole ich morgen ab«, antwortete er. »Er wird nicht weglaufen, und wenn doch, dann hat er sich die Freiheit verdient.« Geschmeidig erhob er sich und streckte Renate die Hand hin, um ihr aufzuhelfen.

18

Werner

Nachdem er sie am Vorabend ärgerlicherweise verpasst hatte, hatte Werner den geschlagenen Vormittag gebraucht, um sich zu Renate durchzufragen. Zu ihren Eltern ging er nicht. Dazu war er zu stolz. Und das hatte er auch nicht länger nötig. Im Gegenteil. Mit der Empfehlung, die er sich hatte ausstellen lassen, hatte man ihn sogar ins *Adlon* gelassen, wenn er auch an den Kassen des *Capitols* zurückgewiesen worden war: »Tut mir leid, Meister. Nich' die kleinste Eintrittskarte mehr zu kriegen, auch nich' wenn Se der Kaiser von China wären.«

Im *Adlon* hatte helle Aufregung geherrscht, weil Renate nirgendwo zu finden war. Scharen von Reportern warteten darauf, sie zu interviewen, zahllose Größen aus Wirtschaft und Kultur wollten ihr gratulieren und sich mit ihr ablichten lassen. Niemand wusste, wohin sie verschwunden war, und auch Werner wartete die halbe Nacht vergebens.

In aller Herrgottsfrühe fuhr er zu ihrer Wohnung, doch dort fand er nur die Hausmeisterin vor, die ihm erklärte, Renate habe um kurz vor Mitternacht ihren Hund abgeholt und sei dann wieder gegangen. Seit wann hatte Renate einen Hund? Werner hatte sich jede Mühe gegeben, über alles auf dem Laufenden zu bleiben, was in ihrem Leben vor sich ging, doch von einem Hund hatte er nichts gewusst. Und mitten in der Nacht kutschierte sie in der Großstadt herum? Das passte nicht zu Renate, nicht zu dem Mädchen, das er kannte.

Aber dieses Mädchen war jetzt ein Filmstar. Ihre Premiere war eine Sensation gewesen, und von jedem Zeitungskiosk strahlte ihm dutzendfach ihr Bild entgegen. Ihr Leben würde sich künftig ganz anders gestalten, als er es in Erinnerung hatte, und auch sein Leben war ja ganz anders geworden. Sie würden sich Zeit nehmen müssen, um einander noch einmal neu kennenzulernen, und würden doch im Handumdrehen feststellen, dass unter den neuen, glänzenden Fassaden noch immer dieselben Menschen steckten:

Werner und Renate.

Zwei einsame Kinder gegen den Rest der Welt, zwei junge Erwachsene, die es geschafft hatten, und dabei noch immer zwei Menschen, denen einst niemand viel zugetraut hatte und die sich nur beim anderen verstanden fühlten.

Kurz entschlossen fuhr er hinaus nach Babelsberg. Auf seine Kenntnis der Berliner Straßen, die er sich in so kurzer Zeit angeeignet hatte, war er stolz, und er fand das Filmgelände ohne Schwierigkeiten. Auch dort wollte zunächst niemand von Renates Verbleib etwas wissen, bis eine der Kostümbildnerinnen, eine junge, bildhübsche Blonde, sich schließlich seiner annahm. Sie hieß Elke Hegemann, war mit Renate befreundet und erklärte ihm, diese sei spontan zu einer Anprobe ins *Kaufhaus des Westens* gefahren worden, das ihr zu Reklamezwecken zwei Partykleider kredenzen wollte.

»Renate hat den Durchbruch geschafft«, bekundete sie mit leuchtenden Blauaugen. »Sie ist ein Star. Bitte grüßen Sie sie doch von mir, und sagen Sie ihr, wir können es alle gar nicht erwarten, heute Abend in der *Scala* mit ihr zu feiern.«

Vor dem *Kaufhaus des Westens*, diesem Tempel von Luxus und Konsum, der an ein Götzenbild des Alten Testaments erinnerte, stand Werner jetzt mit seinem Wagen und behielt den Haupteingang im Blick. Damen, die gut und gern das Jahresgehalt eines Angestellten am Leib spazieren trugen, strömten durch die geöffneten Türen hinein und tauchten, beladen mit silbern bedruckten Tüten, wieder auf. Wenn sie Sorgen hatten, dann höchstens um das Verrutschen ihrer kerzengeraden Strumpfnähte oder um die schmalen Absätze, auf denen sie daherstöckelten. Davon, dass in dieser Stadt, in diesem Land Kinder verhungerten und Mütter vor Verzweiflung ins Wasser gingen, war hier am vornehmen Wittenbergplatz nichts zu spüren.

Einzig ein Mann, der sich selbst mit einem Schild auf dem Rücken und einem vor dem Bauch zu einer lebenden Annonce gemacht hatte, marschierte vor der Pracht der Schaufenster auf und ab. Auf den Schildern stand geschrieben: *Suche Arbeit. Nehme alles.*

Werner hatte vor nicht allzu langer Zeit noch selbst zu jenen gehört, die nur die Wahl hatten, sich zu demütigen, zu betteln oder zugrunde zu gehen. Er ertrug einen solchen Anblick nicht, er ertrug all die Ungerechtigkeit nicht, er wollte endlich, dass jeder Deutsche eine Chance bekam, auf ehrliche, anständige Weise sich selbst und den Seinen ein gutes Leben zu schaffen. Kinder durften nicht länger von klein auf benachteiligt werden! Sie sollten es schön haben, eine Kindheit in Licht, Luft und Sonne genießen und gefördert werden, wie es ihren Begabungen entsprach.

Werner liebte Kinder. Wenn er eines Tages selbst welche hatte, sollten sie in einem gerechten Staat aufwachsen, in dem nicht mehr einer alles bekam, weil er der Sohn eines Bankiers war, und der andere nichts. Ohne nachzudenken, eilte er hinüber zu dem Mann mit den Schildern, zückte seine Geldbörse und zog einen Zehnmarkschein heraus.

»Bitte fassen Sie dies nicht als Almosen auf«, sagte er. »Ich war selbst in so einer Lage wie Sie, ich weiß, wie es in Ihnen aussieht. Sie sind kein Bettler. Sie sind ein Mann, in dem etwas steckt, der arbeiten und etwas bewegen kann. Sie brauchen nur eine Chance, und diese Chance wird kommen. Die Zeiten ändern sich. Es gibt Menschen, die für Sie kämpfen.«

»Jaja, Kumpel, is' sicher jut jemeint, aber ick hab mit eurem Politikergewäsch nüscht am Hut. Sieh mal zu, dass de Land jewinnst, findst sicher 'nen andern Trottel. Ick such Arbeit. Sonst nüscht.«

Er schnappte Werner den Schein aus den Fingern, stopfte ihn sich in die Tasche der Joppe und zog weiter. Werner hatte keine Zeit, sich seiner Fassungslosigkeit hinzugeben, denn im nächsten Augenblick sah er Renate aus dem Eingang des Warenhauses treten. Es war wie immer. Wie schon sein ganzes Leben. Seit Tagen hatte er sich darauf vorbereitet, sie zu sehen, aber jetzt, wo sie tatsächlich in Fleisch und Blut vor ihm auftauchte, fühlte er sich überwältigt. Es war, als würde die ganze belebte Szenerie um ihn herum auf einmal zur Filmkulisse, zum Leinwandbild in Schwarz-Weiß, und einzig sie, Renate, erschien lebendig und in Farbe.

Sie trug ein Kostüm in einem sahnigen Weiß, kleines Jäckchen, knielanger Rock, darüber einen offenen, für die Temperatur ein wenig zu leichten Wollmantel in Hellblau mit einem kleinen Pelzkragen. Alles unauffällig, bescheiden, nicht nach Aufmerksamkeit heischend und doch so viel erfreulicher anzusehen als irgendwer oder irgendetwas um sie herum. Aus verschiedenen Richtungen sprangen Fotografen auf sie zu, stellten mit einem Griff ihre Stative auf und schossen klickend ihre Bilder.

Wie ein Reh wirkte sie, fand Werner, ein scheues Geschöpf, das plötzliches Getöse vor Schreck erstarren ließ. Er musste ihr zu Hilfe eilen.

»Renatchen!«, rief er über die Köpfe der Geier von der Presse hinweg. »Hier bin ich!« Mit den Ellenbogen kämpfte er sich den Weg zu ihr frei, nahm sie beim Arm und eilte mit ihr zu seinem Auto, einem schwarzen Mercedes Benz 770, dessen blanke Karosserie in der Wintersonne glänzte. »Schnell, steig ein. Dadrinnen können sie dir nichts anhaben.«

Er öffnete ihr den Schlag, half ihr auf den Beifahrersitz und fuhr an, kaum dass er sich hinter das Steuer gezwängt hatte. In seinem Rücken glaubte er die Kameras klicken und die Reporter schimpfen zu hören.

»Ja, Werner!« Renates helles Lachen hatte er so sehr vermisst, dass er oft nachts wach gelegen hatte, vor Angst, dieses Lachen nie wieder zu hören. »Sag mal, wo kommst du denn her? Und dieses irre Auto? Erzähl mir nicht, das gehört dir.«

»Es ist mein Dienstwagen.« Werner gab sich Mühe, bescheiden zu klingen. »Ich dachte, der käme dir jetzt wie gerufen, um diesen verdammten Zeitungsfritzen zu entfliehen.«

»Aber Werner, mein Vater und seine Freunde sind doch auch Zeitungsfritzen!« Wieder lachte Renate. »Ich mag sie gerne. Und die Fotografen wollten mir nichts Böses, sondern nur ein paar Bilder machen. Das *KaDeWe* setzt ja auf die Werbung, schließlich haben sie mir extra deswegen zwei Kleider geschenkt. Und was für Kleider! Ich glaube nicht, dass ich schon einmal etwas so Zauberhaftes besessen habe.«

An einer Kreuzung, an der ein Schupo ihm gebot, anzuhalten, spähte Werner zu ihr hinüber und nahm den typischen Geruch von Schminke wahr. Sie hatte wirklich dick aufgetragen, ihre schöne, klare Haut war unter der Cremeschicht nicht mehr zu erkennen. Auch ihr Haar fiel nicht lose und natürlich auf ihre Schultern, sondern wirkte wie festgesprüht.

»Ich habe es gut gemeint«, sagte er und fuhr an. »Die Renate, die ich kannte, hätte sich in solchem Trubel nicht wohlgefühlt, und du sahst aus, als hättest du Angst.«

»Die Renate, die du kanntest?« Wieder lachte sie auf. »Aber Werner, die Renate, die hier neben dir in deinem schnieken Auto sitzt, ist noch immer ein und dieselbe. Die muss sich nur fortwährend kneifen, um sich zu versichern, dass sie nicht träumt, sondern wirklich über Nacht ein Filmstar geworden ist. Kannst du dir das vorstellen? Die gute alte Rena? Mir kommt es vor, als wäre auf einmal die ganze Welt verrückt geworden – verrückt nach irgendeinem obskuren Fräulein Müller, das unmöglich ich sein kann.«

Sie sprudelte richtig. Worte und Gelächter quollen aus ihr hervor wie

Schaum aus einer Sektflasche. »Du hast schon recht, es ist ganz gut, mal einen Moment lang weg aus dem Trubel und zur Besinnung zu kommen. Ich hatte seit halb neun heute Morgen Termine, habe es nicht einmal geschafft, zu frühstücken, und mein Magen droht gerade an, mir die Freundschaft zu kündigen. Dabei bekäme mir eine kleine Schlankheitskur ja gar nicht schlecht.«

Sie klopfte sich auf den Bauch, und Werner blickte unwillkürlich zur Seite. »Du hast abgenommen«, sagte er. Es war ihm bereits vor dem Kaufhaus aufgefallen, dass etwas an ihrer Figur, ihrer Haltung sich verändert hatte.

»Findest du?« Renate kicherte. »Sybille ist der Meinung, ich könnte mich für eine deutsche Filmversion von *Moby Dick* bewerben – als Wal.«

»Wer ist Sybille?«

»Ach Gott, die kennst du ja noch gar nicht!«, rief sie aus. »Du liebe Zeit, Werner, wir haben uns wirklich eine Ewigkeit nicht gesehen. Sybille ist ein verrücktes Huhn, das du unbedingt kennenlernen musst, solange du in der Stadt bist. Auch wenn sie dir vielleicht ein bisschen zu wild ist – sie ist meine Freundin, so wie ich noch nie eine Freundin hatte. *My special girlfriend.* Ach, ich freue mich ja so, dass du da bist – das habe ich dir noch überhaupt nicht gesagt, oder? Du musst mir alles ganz genau erzählen. Wie es dir geht, was du hier treibst und wie es mit deinem Geschäft gelaufen ist. Es macht mich so glücklich, dass du solchen Erfolg hast, Werner – mit Dienstwagen und allem Drum und Dran. Und richtig schick siehst du aus! Haben wir es nicht gewusst? Du brauchtest nur die richtige Chance.«

»Ja, so war es, ich brauchte nur meine Chance«, erwiderte Werner ganz in Gedanken. »Aber das mit meinem Geschäft hat trotzdem nicht funktioniert. Ich habe getan, was ich konnte, und dennoch haben mich die Leute nicht ernst genommen. Ich war der Trödler für sie, mehr nicht. Weil ich eben kein reich geborener Akademiker bin.«

»Ach was, Werner, wenn du über deine Antiquitäten sprichst, merkt doch kein Mensch, dass du kein Akademiker bist. Falls die Leute dich wirklich nicht ernst genommen haben, dann höchstens wegen dieses klapprigen Handwagens, den wir damals bepinselt haben. Du brauchst einen richtigen Laden – und jetzt habe ich endlich das Geld, um ihn dir zu kaufen.«

»Das kommt nicht infrage, Renate«, fuhr er ihr scharf ins Wort.

»Aber Werner, warum denn nicht?«, rief sie. »Mich hat heute früh schon der halbe Vorstand der UFA quer durch die Stadt verfolgt. Gleich drei neue Filme wollen sie mir anbieten, für mehr Geld, als ich je auf einem Haufen gesehen habe, eine Fassung der *Privatsekretärin* soll auf Englisch gedreht werden, und für einen von den Filmen muss ich sogar nach Ägypten. Ich bin so glücklich, und ich will, dass alle, die ich lieb habe, auch glücklich sind. Geld spielt keine Rolle. Davon habe ich jetzt mehr als genug.«

»Ich habe auch genug«, beschied sie Werner. »Ich zahle dir zurück, was du mir damals gegeben hast, und mehr nehme ich von dir nicht an. Die Sache mit dem Antiquitätenhandel habe ich sowieso aufgegeben. Was ist, essen wir zusammen zu Mittag? Dann erzähle ich dir, wie es mir beruflich ergangen ist und was ich jetzt mache.«

»Augenblick, wie spät ist es denn?« Renate streifte den Ärmel ihres Mantels zurück und blickte auf eine zierliche Damenuhr an ihrem Handgelenk. »Oje. Gleich eins. Um zwei müsste ich eigentlich in Babelsberg zu einer Besprechung sein, hinterher habe ich noch eine Pressekonferenz, und dann will der komplette Stab des Films mit mir zum Feiern in die *Scala*. Aber weißt du was? Ich pfeif drauf. Ja, gehen wir mittagessen. Wozu ist man schließlich ein Star, wenn man nicht einmal mit einem guten, alten Freund ein bisschen Zeit vertrödeln und eine halbe Stunde zu spät kommen darf?«

Ich wünsche mir so sehr, bald wieder mehr für dich zu sein als nur ein alter Freund, dachte Werner. Ich habe endlich meinen Platz gefunden, und diesen Platz will ich mit dir teilen. Ich werde alles tun, um dir ein schönes Leben zu bereiten.

»Wo möchtest du essen?«, fragte er sie. »Und was?«

»Butterstullen«, kam es wie aus der Pistole geschossen. »Oder Bullerwupp. Erinnerst du dich? Irgendetwas Herzhaftes, Deftiges, Unkompliziertes. Weißt du was? Fahr zu *Aschinger* in der Leipziger Straße, da gibt's Schrippen und Aufschnitt und Bratkartoffeln, das ist fast genauso gut. Kennst du das?«

Werner, der bisher ziellos durch den dichten Berliner Verkehr gesteuert war, wendete bei der nächsten Gelegenheit den Wagen und bog in Richtung Mitte ab. »Ich kenne so gut wie alles«, antwortete er. »Ich bin nicht auf Besuch hier, sondern wohne seit einem halben Jahr fest in Berlin.«

»Seit einem halben Jahr schon?«, rief Renate. »Aber Werner, warum hast du dich denn dann nicht schon viel früher mal gemeldet?«

Ja, warum nicht?, fragte sich auch Werner. Leicht zu erklären war das nicht. Nach ihr gesehnt hatte er sich an jedem Tag, und das Wissen, dass sie nicht mehr als eine Viertelstunde Fahrt entfernt wohnte, hatte nichts besser gemacht. Er hatte aber dieses Mal seiner Sache ganz sicher sein wollen, sich nicht wieder in einer Hoffnung wiegen, die sich wie ein Windei zerschlagen würde, und dann mit leeren Händen vor ihr stehen. Dr. Goebbels aber war aus anderem Holz geschnitzt als all die anderen mit ihren hohlen Versprechungen. Er hatte es wahr gemacht. Hatte ihn nach Berlin geholt, ihn in einer zwar kleinen, aber doch menschenwürdigen Wohnung einquartiert und ihm gemäß seiner Zusage Arbeit gegeben.

Als Chauffeur zunächst. Ein Posten mit Prestige war das nicht gerade. »Aber als mein Fahrer kommen Sie herum und können unbehelligt Beobachtungen machen«, hatte er Werner erklärt. »Das kann Ihnen einmal zum Vorteil gereichen. In meiner Position muss ich einem Mitarbeiter vertrauen können, Lohse. Durch und durch vertrauen. Bewähren Sie sich in dieser Aufgabe, dann sehen wir weiter, und nichts ist ausgeschlossen.«

Tatsächlich gefiel Werner die Stellung besser als erwartet. Er lernte Auto fahren. Er lernte Berlin kennen. Meist wollte Dr. Goebbels, der zum Gauleiter von Berlin ernannt worden war, gar nicht selbst gefahren werden, sondern brauchte jemanden, der Gegenstände, Dokumente und Menschen von einem Ort zum anderen schaffte oder etwas für ihn in Erfahrung brachte. Als sein Chauffeur, der keine Livree, sondern einen gut geschnittenen, gedeckten Anzug trug, war er auf einmal jemand. Die Leute blickten nicht länger über ihn hinweg, sondern horchten auf, sobald der Name Goebbels fiel. Und wenn er seine Sache ordentlich machte, würde er bald noch viel mehr sein.

Er machte sie ordentlich. Magda Quandt, Dr. Goebbels' vorerst noch heimliches Verlöbnis, verlangte ausdrücklich, einzig von »unserem Herrn Lohse« gefahren zu werden. Dr. Goebbels selbst erweiterte beständig die Palette von Werners Aufgaben, und nach dem Wahlerfolg wurden die Karten neu gemischt. Zu Weihnachten bekam Werner eine Gratifikation und die Zusage für eine Gehaltserhöhung. Den schwarzen Wagen, in dem er sich inzwischen wie in einer Art Burg fühlte, sollte er weiterhin fahren, doch darüber hinaus gab es jetzt einen Schreibtisch, auf dem ein Schild mit seinem Namen stand. Einen großen Schreibtisch. Einen, wie Werner ihn sich damals, als kein Mensch an ihn hatte glauben wollen, erträumt hatte.

Der Schreibtisch stand in einem Zimmer des *Hotels Kaiserhof,* das gediegen und trutzig am Wilhelmplatz, schräg gegenüber der Reichskanzlei, aufragte. Da die Zentrale der Bewegung sich in München befand, hatte man nach einem angemessenen Ort in passender Lage für ein Quartier in Berlin Ausschau gehalten und war auf dieses Hotel gestoßen. Im Handumdrehen war eine Flut geeigneter Zimmer und Räumlichkeiten angemietet worden und stellte nun einen repräsentativen und für alle Belange dienlichen Sitz in der Hauptstadt dar.

Wer hierherkam, erkannte auf den ersten Blick, dass die Bewegung keine Eintagsfliege war, kein Provisorium, das wieder verschwinden würde, sondern etwas Großes, Schönes, Starkes, das mit Sorgfalt aufgebaut worden war, um ein Jahrhundert zu überdauern.

Nicht nur ein Jahrhundert.

Ein Jahrtausend.

Und Teil von diesem Großen, das das Römische Reich in den Schatten stellen sollte, war er. Werner Lohse. Kein kleiner Hansel mehr, den jeder, dem es passte, herumschubsen oder beiseitefegen konnte.

»Ihr Aufgabenfeld wird noch weiter wachsen, Lohse«, versprach ihm Dr. Goebbels. »Ich fange an, zu vermuten, Sie könnten einer von unseren wirklich wichtigen Leuten werden. Umso mehr, als Sie Beziehungen zum Film haben und sich darüber bewusst sind, was mit einer starken Filmwirtschaft erreicht werden kann. Bauen Sie das aus. Hören Sie sich um, und halten Sie mich auf dem Laufenden. Sie gehören ab heute inoffiziell zum Amt Film der Reichspropagandaleitung. Für die Zeit, die Sie sich dafür nehmen, und für Ihre Spesen werden Sie gesondert entlohnt.«

Tatsächlich war es Renate gewesen, mit der sich Werner beschäftigt hatte, nicht der Film an sich. Seit er aber Dr. Goebbels kannte, einen gebildeten Mann, der sich nicht zu fein war, auf Augenhöhe mit ihm zu reden, begann er zu begreifen, dass Filme tatsächlich ein mächtiges Werkzeug zur Beeinflussung von Menschen darstellten. In den Händen des Großkapitals, das diese Macht willkürlich missbrauchte, um sich seine Pfründe zu erhalten, war sie schädlich und verderblich. In den Händen einer Bewegung, die im Interesse des Volkes und mit kundiger Handhabung die Beeinflussung steuerte, konnte sie jedoch ein Segen sein, ein Mittel, um Menschen wie junge Bäume heranzuziehen, zu beschneiden und in die Richtung zu lenken, die ihnen am besten bekam.

Irgendwann würde er über all das mit Renate reden, würde ihr behutsam, sodass sie ihm folgen konnte, klarmachen, was für eine Verantwortung sie trug. Die Harvey beispielsweise war sich dieser Verantwortung nicht bewusst, ganz zu schweigen von Frauen wie der Wieck oder der Thiele, die Dinge auf die Leinwand brachten, wie sie kein Mensch mit gesundem Empfinden sehen wollte. Durch solche Filme wurde der natürliche Instinkt von Menschen abgestumpft. Es brauchte Schauspielerinnen wie Renate, klare, frische junge Mädel, die das Herz am rechten Fleck hatten, um dem etwas entgegenzusetzen.

In der Leipziger Straße herrschte wie üblich ein Trubel, als finde mitten in der Woche ein Volksfest statt. Der Verkehrslärm rauschte Werner in den Ohren, und bei den Menschenmassen, die zwischen den Geschäften und Lokalen auf und ab eilten, fragte er sich, was die alle an einem gewöhnlichen Werktag hier zu tun hatten. Zuweilen sehnte er sich nach der Stille von Emmering, nach dem hohen Schilf am Seeufer, durch das er als Junge gestreift war. Aber solche Zeiten waren vorbei und kamen nicht wieder. Im Schilf des Emmeringer Sees wurde keine Weltgeschichte geschrieben.

Er fand eine Lücke fast direkt vor dem Lokal, in die er den großen Mercedes passgenau einparkte.

»Donnerwetter, Werner«, lobte Renate. »Du bist ja ein richtiger Fahrkünstler geworden.«

»Und das ist noch lange nicht alles«, versprach er, hielt ihr den Schlag auf und bahnte sich Arm in Arm mit ihr einen Weg durch die Menschenströme.

19

Das *Aschinger* war beileibe kein Restaurant, in das man die Frau, bei der man ernste Absichten hegte, gern zum Essen führen wollte. Auch wenn es in dieser Filiale inzwischen Tische zum Sitzen gab, hatte der von Rauchschwaden durchzogene Saal noch immer den zweifelhaften Charme der einstigen Stehbierhalle, und entsprechend anspruchslos waren die angebotenen Gerichte. Es gab Bratheringe, Setzei und Sauerkraut, Graupensuppe und die von Renate gepriesenen Bratkartoffeln. Darüber hinaus befand sich neben der Biertheke ein Stand, an dem man sich von einer enorm dicken Frau in gestreifter Schürze mit Brötchen, die in Berlin Schrippen hießen, Butter und Aufschnitt einen Teller füllen lassen konnte.

Wahrlich kein Gourmettempel. Andererseits gefiel es Werner, dass Renate nichts von ihrer Bodenständigkeit verloren hatte. Noch war er alles andere als ein reicher Mann, und völlig unsinnig hatte er heute bereits zehn Mark an den undankbaren Menschen vor dem Kaufhaus verschenkt, also war er ganz froh, so billig davonzukommen. »Schau, da wird ein Tisch frei, wie für uns bestellt!«, rief Renate. Sie war wie Quecksilber, riss sich los und flog geradezu an den kleinen Ecktisch, von dem zwei Männer in den Cordanzügen von Zimmerleuten gerade aufstanden. »Soll ich uns Schrippen und Aufschnitt holen? Bierschinken? Und Bratkartoffeln auch?«

»Darum kümmere ich mich«, sagte Werner, der ihr im Schritttempo gefolgt war, bestimmt. »Die Zeiten, in denen du mich zum Essen einladen musstest, sind vorbei.«

»Es waren schöne Zeiten«, rief sie ihm nach. »Und ich habe es gern getan.«

Werner drehte sich nicht um, sondern ging erst zum Tresen, um das warme Essen zu bestellen, und dann zu der Dicken mit dem Aufschnitt, von der er sich einen Schrippenkorb und zwei Teller füllen ließ. Mit den Tellern in den Händen kehrte er noch einmal um und bestellte zwei Gläser Weißwein, sogenannte Römer, weil ihm eingefallen war, dass Renate gern Wein trank. Ein bisschen zu gern sogar. Aber gegen ein Glas zum Mittagessen war ganz sicher nichts einzuwenden, und er wollte ihr eine Freude machen.

Mühsam balancierte er Teller und Gläser zurück an ihren Tisch, an den die Bratkartoffeln bereits gebracht worden waren. »Ach Werner, wie lieb von dir«, rief Renate. »Aber wärst du mir böse, wenn ich lieber eine Himbeerbrause hätte? Ich hol sie mir selbst, du musst nicht noch einmal los.«

»Himbeerbrause?« Verwirrt ließ sich Werner die Gläser aus der Hand nehmen. »Trinkst du etwa keinen Wein mehr?«

»Doch, sicher«, antwortete sie mit einem kleinen Lachen. »Frag Sybille, die sagt, ich bin ein Weinfass auf Beinen.«

»Diese Sybille scheint eine ganze Menge Dinge zu sagen, die ich wenig schön finde«, bekundete Werner. »Ich habe in Babelsberg eine andere Freundin von dir getroffen, die mir sehr viel angenehmer vorkam. Von ihr soll ich dich übrigens grüßen und dir bestellen, dass alle dort es nicht erwarten können, heute Abend mit dir zu feiern.«

»Was denn für eine Freundin?«, fragte Renate.

»Ein Fräulein Elke Hegemann«, antwortete Werner. »Sie ist Kostümbildnerin und hat mir sehr nett und höflich Auskunft gegeben.«

»Ach Gottchen, Elke«, rief Renate. »Nein, die ist ganz und gar nicht meine Freundin, und Kostümbildnerin ist sie auch nicht, sondern hilft in der Werkstatt nur aus und wäre eigentlich lieber Schauspielerin. Von der großen Karriere beim Film träumt sie. Aber darüber will ich mich nicht lustig machen, denn ich habe ja das Gleiche geträumt, und nun schau mich an! Beim Film ist nichts unmöglich, selbst eine wie ich kann sich auf einmal auf Plakaten wiederfinden, und der Elke wünsch ich nichts Böses. Wenn du allerdings meine Freundin kennenlernen willst, wirst du dich doch an Sybille halten müssen.«

»Nein, ich will mich nicht an sie halten«, sagte Werner. »Ich will sie auch nichts über dich fragen. Ich frage dich lieber selbst. Wenn du also noch immer gern Wein trinkst, warum dann nicht heute und mit mir?«

»Ach, Werner, nun zieh doch kein so grimmiges Gesicht.« Wieder lachte Renate. Sie schien überhaupt unaufhörlich zu lachen, und noch immer hatte ihr Lachen diese seltsame Wirkung, denn am Nebentisch fielen ein paar Männer in Blaumännern ein. »Ich mag Wein, ich mag das Gefühl, ein bisschen beschwipst zu sein und die ganzen Kanten und Spitzen, die die Wirklichkeit hat, nicht ganz so scharf zu sehen. Ich mag ihn, wenn mich die Angst vor dem Alleinsein verdreht macht und ich von Männern fantasiere, die über verwelkte Geranien hinweg aus dem Fenster fallen. Aber heute bin ich so glücklich, dass ich eigentlich sowieso schon beschwipst bin, und die Wirklichkeit hat keine Kanten und Spitzen mehr, sondern besteht nur aus Wellen, auf denen ich dahintanzen möchte. Und alleine … alleine brauche ich, glaube ich, nie mehr zu sein. Verstehst du das?«

»Nein«, sagte Werner, obwohl auch er ihr hatte sagen wollen, dass sie nie mehr allein zu sein und schon gar nicht Angst vor irgendwelchen Männern und verwelkten Geranien zu haben brauchte. »Ich hole dir deine Himbeerbrause.« Durch die Rauchschwaden und das raue Gelächter der Arbeiter trug er das Weinglas zurück an den Tresen, bekam es jedoch nicht umgetauscht und musste für die Brause noch einmal fünfundzwanzig Pfennige bezahlen.

»Ich hätte gern mit dir angestoßen«, sagte er missmutig, als er wieder an den Tisch kam. »Auf unser Wiedersehen und auf das, was ich dir erzählen will – auf meinen eigenen kleinen Erfolg, der aber wohl mit deinem Triumph beim Film, über den du so glücklich bist, nicht mithalten kann.«

Renate seufzte und zog das Weinglas zu sich heran. »Sei kein Dummkopf, Werner. Natürlich kann dein Erfolg mithalten, und natürlich trinke ich mit dir Wein, wenn dir so viel daran liegt. Also, auf dein Wohl! Und danach musst du mir haarklein erzählen, wie es dir ergangen ist und was du jetzt überhaupt machst.«

Er erzählte es ihr. Nicht haarklein und auch nicht völlig dem gegenwärtigen Stand der Dinge entsprechend, aber da es so ja bald kommen würde, letzten Endes doch wahrheitsgemäß. »Ich arbeite für einen studierten, hochgebildeten Mann namens Dr. Joseph Goebbels. Ich bin sein Privatsekretär, und ich bin außerdem für Filmfragen zuständig. Hast du von ihm schon gehört? Er ist allgemein sehr bekannt.«

»Irgendeine Glocke klingelt da«, antwortete Renate. »Aber mein Gedächtnis ist ein solches Sieb, ich kann mir Namen nie merken.«

»Er gehört zu den führenden Männern einer Bewegung, die dafür sorgen wird, dass dieses Land wieder auf die Füße kommt«, erklärte ihr Werner. »Dass es die Ketten abschüttelt, in denen es die anderen seit Jahren halten. Dass jeder deutsche Mann und jede deutsche Frau ein menschenwürdiges Leben führen kann und jedes deutsche Kind in Sicherheit und Ordnung aufwächst.«

»Aber doch wohl nicht die Hitler-Bewegung?!«, rief Renate mitten in seine Rede hinein. »Werner, das ist doch nur Gerassel und Geschrei um nichts, darauf kannst du doch nicht hereingefallen sein. Mein Vater sagt sogar, die Leute sind gefährlich, ihre Anhänger schlagen Krawall, werfen bei *Wertheim* die Schaufenster ein und könnten Deutschlands Ruf im Ausland ruinieren.«

»Dann pfeifen wir eben auf Deutschlands Ruf im Ausland!«, schoss Werner wütend zurück. »Seit wann machst du mir eigentlich alles schlecht, statt ein bisschen stolz auf das zu sein, was ich mir aufgebaut habe? Die Hitler-Bewegung tut wenigstens etwas gegen all die Not und Ungerechtigkeit und sitzt nicht nur in dieser Quasselbude von Reichstag und hält Maulaffen feil. Und überhaupt – was verstehst du denn neuerdings von Politik?«

»Nichts«, erwiderte Renate, nahm das Glas, den bauchigen Römer, und leerte ihn mit dem kräftigen Zug, den er an ihr kannte, bis zur Hälfte. »Jetzt reg dich doch nicht so auf, Werner. Natürlich bin ich stolz darauf, dass du erreicht hast, was du dir vorgenommen hast. Auch wenn ich dich als Antiquitätenhändler gern mochte und mir gut hätte vorstellen können, wie du in einem Geschäft an der Friedrichstraße zum Geheimtipp wirst. Aber was gut für dich ist, weißt du selbst am besten, und ich bin deine Freundin, ich freue mich für dich.«

Sie hob das Glas. »Auf deinen Erfolg! Lustig ist, dass wir in gewissem Sinne jetzt ja beide das Gleiche sind.«

»Wieso sind wir das Gleiche?«

»Mein Film!« Renate lachte. »Er heißt *Die Privatsekretärin,* und das Mädchen, das ich darin spiele, ist eine.«

»Ich weiß, wie dein Film heißt«, wies er sie zurecht. »Allerdings hat ein Privatsekretär in der Wirklichkeit bei Weitem mehr zu tun, als Liedchen zu trällern und hübsch auszusehen.«

»Das freut mich für dich.« Renates Stimme klang auf einmal nadelspitz. »Nicht dass ich dir nicht zutraue, hübsch auszusehen, aber beim Trällern eines Liedchens bekämst du möglicherweise doch Schwierigkeiten.«

Werner biss sich auf die Lippe, bis es wehtat. Was für ein Idiot war er, weshalb musste er sich derart abfällig äußern und ihre Leistung niedermachen? Weil sie die seine niedermachte? Aber das rührte doch daher, dass sie keine Ahnung hatte, dass sie in diesem Sozialistenhaushalt völlig verblendet worden war, und im Grunde genommen hatte sie sich ja dafür entschuldigt.

»Es tut mir leid, Liebesknöchlein«, sagte er und griff nach ihrer Hand. Der alte, kindische Kosename war ihm wie von selbst über die Lippen gekommen.

Sie lachte auf, nahm ihr leeres Glas zwischen zwei Finger und drehte es an seinem grünen Stiel im Kreis. »Macht nichts. Aber so ist das mit dem Wein. Jetzt, wo ich damit angefangen habe, könnte ich glatt ein zweites Glas vertragen.« Zugleich hatte sie begonnen, mit der Gabel in den Bratkartoffeln zu picken wie eine dieser verhungert wirkenden Frauen, die sich *Flapper Girls* nannten. Auf ihre Schrippenhälfte, von der sie von Zeit zu Zeit abbiss, hatte sie sich eine einzelne Scheibe Bierschinken gelegt, ohne wie früher dick Butter darunterzuschmieren.

»Ich hole dir noch eines«, sagte Werner. »Ich hole dir so viel Wein, wie du willst.«

Ich kaufe dir diesen ganzen gottverfluchten Laden, wenn du es willst, dachte er, während er zum Tresen und dann mit dem Glas Wein zurückstampfte.

»Warum bist du denn jetzt so ein Wutnickel, Werner?«, fragte sie und streckte die Hand wieder nach seiner aus, kaum dass er sich gesetzt hatte. »Magst du nichts essen?«

»Ich habe keinen Hunger«, blaffte er. »Und du isst ja selbst nicht.«

»Und ob.« Sie lachte, biss herzhaft von ihrer Schrippe ab und spülte alles mit Wein herunter. »Ich gebe mir nur ein bisschen Mühe, nicht ganz so viel in mich hineinzustopfen. Der Taille wegen.« Süß und verlegen strich sie sich an der Körpermitte hinunter. »Nun komm, Werner, sei ein guter Junge und iss du auch ein bisschen. In ein paar Minuten muss ich ja aufbrechen, auch wenn mir so gar nicht danach zumute ist. Ist das nicht seltsam? Das ganze Leben lang träumt man von etwas, und wenn man es dann hat, ist es zwar immer noch ganz hübsch – aber es kann einem gut und gern auch einmal stundenlang gestohlen bleiben.«

»Für mich ist es nicht so. Ich nehme meine Arbeit sehr ernst«, sagte Werner und ärgerte sich schon wieder über sich selbst. Es klang, als wolle er vor ihr protzen, und in Wahrheit konnte seine Arbeit ihm doch gerade auch gestohlen bleiben. Ihm konnte alles gestohlen bleiben, wenn nur Renate noch eine Weile mit ihm hier in dieser schäbigen Bierhalle saß. Er war sein eigener Herr. Keinem Rechenschaft schuldig. In das Fahrtenbuch, das er für Dr. Goebbels führte, würde er später eintragen, er habe mit Fräulein Renate Müller, dem neuen Stern am deutschen Filmhimmel, zu Zwecken der Erkundung ein Gespräch geführt.

»Wenn du nicht nach Babelsberg zu dieser Besprechung und alledem willst, warum lässt du es nicht ausfallen?«, fragte er. »Wir könnten zusammen etwas unternehmen. Mit meinem Auto eine Fahrt machen, sogar über die Avus, wenn du Lust hast. Du hast ja keine Ahnung, wie dieser Wagen davonbraust, wenn er Platz hat und ein geübter Fahrer ihn richtig ausfährt.«

»Das glaub ich dir gern, Werner.« Sie stützte den Kopf in eine Hand und sah aus, als ob sie träumte. »Aber um ehrlich zu sein, bin ich mir gar nicht so sicher, ob ich mir aus Automobilen viel mache. Und nach Babelsberg muss ich ja doch. Oder warte – vielleicht auch nicht? Liebster Werner, meinst du, du könntest mir einen ganz gewaltig großen Gefallen tun?«

»Ich tue alles für dich«, sagte Werner und meinte es so, wie er es sagte.

»Alles braucht es nicht gleich zu sein. Aber ein großer Freundschaftsdienst wäre es schon.«

»Lass mich wissen, was es ist, und betrachte es als erledigt«, sagte Werner. »Immer. In deiner Filmwelt mag das nicht üblich sein, da ist vielleicht jeder sich selbst der Nächste, aber ich bin anders. Auf mich kannst du zählen. Wenn du mich brauchst, bin ich für dich da.«

»Huch, so große Worte. Da werde ich ja ganz andächtig.« Über ihr Weinglas hinweg sah sie ihn an, ehe sie mit spitzen Lippen trank. »Wenn es dir wirklich nichts ausmacht – würdest du für mich noch einmal nach Babelsberg fahren und irgendwem dort, von mir aus der eilfertigen Elke Bescheid geben, dass ich verhindert bin? Dass ich aufgehalten wurde, zum Beispiel durch eine dringende Familienangelegenheit? Nichts allzu Dramatisches, schon gar nichts Tragisches – aber vielleicht eine Cousine vom Land, die unverhofft eingetroffen ist und unbedingt vom Bahnhof abgeholt werden muss?«

»Lass das meine Sorge sein«, sagte Werner. Er würde sich etwas Besseres als Renates an den Haaren herbeigezogene Ausrede einfallen lassen, die Sache wäre im Handumdrehen erledigt, und er käme zu ihr zurück. Sie hätten noch den halben Nachmittag, doch vor allem den Abend füreinander. Er könnte ihr das *Hotel Kaiserhof* zeigen, den eleganten Empfangssalon und den regelrecht majestätischen Festsaal, in denen die Führungselite der Bewegung ihre Soireen gab und sich mit wichtigen Unterstützern aus der Industrie traf.

Das gediegene, vornehme Hotel hatte im Übrigen der von den Aschinger-Brüdern gegründete Konzern aufgekauft, dem auch diese Abfertigungshalle für minderwertige Speisen gehörte. Die Vorstellung war schlichtweg absurd, aber manche Leute waren eben findig und steckten ihre Nasen überall dort hinein, wo Geld war.

»Aschingers Erben verstehen sich auf Geld«, hatte Dr. Goebbels gesagt. »Aber sie sind keine Juden und arbeiten nicht mit jüdischen Schlichen, dafür schätzen wir sie.«

»Auf die Pressekonferenz zu gehen, könnte ich mich ja noch durchringen«, sinnierte Renate, ihr Weinglas drehend, vor sich hin. »Aber heute Abend auf diese Feier in der *Scala*? Ach, Werner, ich würde es dir nie vergessen, wenn du mir das ersparen könntest.«

Von der *Scala* hatte Werner verschiedentlich gehört und auch mehrfach Gäste von Dr. Goebbels dort absetzen müssen. Betreten hatte er das Varietétheater im einstigen Eispalast in der Lutherstraße, das im Ruf stand, ein Sündenpfuhl zu sein, jedoch nie. Halb nackte Mädchen führten dort angeblich obszöne Tänze vor, während in dem dazugehörigen Club und der Likörstube Drogen konsumiert wurden wie in einer Opiumhöhle.

»Das ist eben der Unterschied«, hatte ihm Dr. Goebbels erklärt. »Die *Scala* gehört Juden. Einem ganz besonders perfiden Juden, der auch noch ausgerechnet Marx heißt und sich mit einem Haufen seiner Judenfreunde zu dieser Schweinerei zusammengetan hat. Auf dessen moralisches Empfinden können Sie nicht setzen. Denen ist gleichgültig, auf welchen infamen Wegen sie ihr Geld machen.«

Auf Werners schüchterne Frage, ob man den Gästen der Bewegung dann nicht von einem Besuch in solch einem Etablissement abraten solle, hatte Dr. Goebbels mit seinem scharfen, vieldeutigen Blick erwidert: »Was man bekämpft, muss man kennen, Lohse. Und zwar im Innersten, in genau dem durch und durch verderbten und verrotteten Unterleib, dessen Ausdünstungen wir dem deutschen Volk ersparen wollen.«

»Ich kann mir gut vorstellen, dass das nichts für dich ist«, sagte Werner zu Renate.

»Die *Scala*? Um Gottes willen, Werner, das ist doch wohl nicht dein Ernst. Natürlich liebe ich die *Scala*, ganz Berlin liebt sie, ach was: die ganze Welt. Kennst du den Slogan nicht?

»Denn heut' zeig' ich dir mein Berlin,
Heut' werf' ich mich in Gala.
Erst geht es auf den Tauentzien,
Und abends in die Scala.«

Sie lachte silbern und steckte die Männer an den Nachbartischen an.

»Warum gehst du denn nicht hin, wenn es dir da so gut gefällt?«, knurrte Werner verdrießlich und hasste sich dafür.

Ob ihre Art, den Kopf zurückzuwerfen, träumerisch oder kokett war, wusste er nicht zu deuten. »Es gäbe eben heute etwas, das ich lieber täte. Etwas, das ich so gerne täte wie sonst gar nichts.«

Werners Herz vollführte einen kleinen Satz. Wie der Kanarienvogel, den er als Kind besessen hatte und der sich bei einem Freudensprung den kleinen Schädel an den Käfigstangen eingeschlagen hatte, warf es sich gegen seine Rippen. Sie mochte diese Lasterhöhle mit den nackten Frauen und den Drogen, sie war zu naiv, um die Gefahr darin zu erkennen, aber sie wollte den Abend mit ihm verbringen. Sie wollte es so gerne wie sonst gar nichts.

»Ich regle das für dich«, sagte er und strich über ihre glatte, noch immer ein wenig pummelige Hand. »Wenn du nicht hier warten willst, kann ich dich in ein anderes Lokal bringen, in dem die Atmosphäre für eine allein sitzende Dame angenehmer ist.«

»Ach Werner, mein lieber, lieber Werner.« Sie drückte seine Hand und zog ihn, der sich gerade erhoben hatte, noch einmal auf seinen Stuhl. Das Lächeln, das auf ihrem Gesicht lag, machte ihre Züge lieblich und löschte alles Verlebte, von Schminke Entstellte darin aus. Wenn er dieses Lächeln sah, begriff Werner, ohne es in Worte fassen zu können, was Scharen von Menschen im Kino suchten und warum Dr. Goebbels ihn dafür bezahlte, dass er in die Untiefen dieser so seltsam betörenden Welt eindrang.

»Bitte bleib doch noch einen Augenblick sitzen«, sagte Renate, die seine Hand hielt. »Ich bin dir so dankbar. Nicht nur dafür, dass du all das auf dich nimmst und für mich nach Babelsberg fährst. Sondern auch dafür, dass du wieder da bist. Hier in Berlin, in meinem Leben. Ich komme mir so reich wie nie vor, und das hat nichts mit den Filmangeboten und dem vielen Geld zu tun. Ich habe meine Freundin. Ich habe meinen Freund. Und ich habe obendrein noch … ach Werner, ich muss es dir einfach erzählen, du sollst der Erste sein, der es erfährt.«

»Was musst du mir als Erstem erzählen?«, fragte Werner.

»Warum ich so glücklich bin«, sagte Renate. »Warum mir zumute ist wie in dem albernen Lied aus meinem Film – *als ob mit einem Mal mein Herz im Himmel ist.*«

»Und warum?«, fragte Werner leise. Sein Herz war ein Kanarienvogel und flog gegen Käfigstangen, und er wusste nicht, ob er das Glück würde aushalten können.

»Weil ich mich verliebt habe«, sagte Renate. »Einfach so über Nacht. Und weißt du, was das Verrückteste ist? Dass ich ihn schon fast mein ganzes Leben lang kenne, und du kennst ihn auch. Es ist Georg Deutsch.«

20

Sybille
August 1932

Die UFA hatte sich nicht lumpen lassen, hatte nicht versucht, ohnehin nicht vorhandenes Geld zu sparen, sondern tief in leere Taschen gegriffen und die gesamte *Scala* gemietet: den Theatersaal mit der Bühne, auf der die *Scala-Girls* ihre feschen Beine zeigten, den Club samt Tanzfläche, die Likörbar, die Weinstube und das Casino.

Außerdem hatte sie eingeladen, wer immer in Berlin auch nur die kleinste Rolle spielte. Für die Musik wurden nicht eine, nicht zwei, sondern sage und schreibe drei Jazzbands aufgeboten, und an Getränken gab es nichts, das es nicht gab. Vom *Mojito-Cocktail* mit in Locken geschnittener Limettenschale über die *Grüne Fee,* die zwar schon ein wenig aus der Mode kam, an Wirkung aber alles andere an die Wand spielte, bis hin zur »Witwe Klicko«, deren Glamour den kümmerlichen Alkoholgehalt wettmachte.

Kurz gesagt: Wer sich in dieser Nacht in Berlin amüsieren wollte, der war entweder zur Premierenfeier von *F.P.1 antwortet nicht* eingeladen, oder er konnte sich getrost in sein Bett oder gleich in seinen Sarg legen. Er würde so wenig auf seine Kosten kommen wie der Schnee von gestern.

Amüsemang nannten die Berliner das, was in der *Scala,* ihrem unheiligsten Vergnügungstempel, Nacht für Nacht seinen taumelnden Lauf durch Hyperinflation, Weltwirtschaftskrise und sämtliche Turbulenzen demokratischen Lebens nahm. *Amüsemang.* Sybille liebte den Begriff. Er stand wie kein anderer für die unwiderstehliche Mischung aus französischem Flair und berlinerischer Weigerung, sich von irgendetwas allzu beeindruckt zu zeigen.

Akrobaten wirbelten über die Köpfe hinweg durch die schummrigen Lüfte, zu den ekstatischen Takten von Otto Stenzels Swing schüttelten sich Brüste, Hüften, Hintern und Schenkel beim Lindy Hop. Nummerngirls flirteten mit Jünglingen und Greisen, durch die Reihen schlängelten sich Kellner, die auf jeder Hand ein Dutzend Gläser balancierten, und die Jongleure, Feuerschlucker, an Stricken umhergeführten Lamas, Clowns und Kraftmenschen verschmolzen nahtlos mit der Menge. Wer Liebe wollte, bekam sie in jedem Winkel angeboten, und wer andere Rauschmittel vorzog, stand vor der Qual der Wahl.

Die Hitler-Partei, die alldem ein Ende machen und den zu bunten Vögeln Ketten um die Fußgelenke schmieden wollte, war aus der Reichstagswahl vor vier Wochen als stärkste Kraft hervorgegangen. In Preußen, wo demokratische Parteien keine Mehrheit mehr hatten, war die Regierung über eine Notverordnung abgesetzt worden, und der unappetitliche Hitler selbst war nur um Haaresbreite an der Wahl zum Reichspräsidenten gescheitert. In Deutschland waren sechs Millionen Menschen arbeitslos, an eine Besserung durch den Vertrag von Lausanne glaubte niemand, und seit das Verbot von SA und SS aufgehoben worden war, tobten durch die Straßen der Städte wieder tödliche Schlägereien.

Auch davon ließen die Berliner sich jedoch ihr *Amüsemang* nicht vergällen. »Wenn wa morgen den Löffel abjeben, könn' wa heut' ohne Kater saufen«, lautete das Motto, das Egon, der Oberkellner im Club der *Scala,* mit den Getränken lieferte, ob der Empfänger es nun hören wollte oder nicht. Wie so oft bei Egons hausgemachten Lebensweisheiten ließ sich der Logik nichts entgegensetzen.

Heute war selbst das Rauchen in sämtlichen Sälen gestattet, das sonst im Theaterraum verboten blieb. Sybille tat es all jenen gleich, die keine Riesen waren, und hielt ihre Zigarettenspitze am ausgestreckten Arm in die Höhe, um niemandem den Ärmel des Luxusfummels oder gar ein Stück bloße Haut anzusengen. Das hier war ihr Fest. Ihre große Stunde. Sie hätte sich zum Mittelpunkt machen und all die anderen wie funkelnde Splitter einer Spiegelkugel um ihre Achse kreisen lassen können.

»Für das, was du da hingelegt hast, kannst du das *Eden* haben, das *Adlon*, alles, was du willst«, hatte Pommer gesagt. »Meinetwegen tanzen wir im *Kaiserhof*, und du verdrehst den Nazis ihre mit Brettern vernagelten Köpfe.«

»Den Nazis geht bei meinem Anblick das Messer in der Tasche auf, aber sonst nichts«, hatte Sybille erwidert. »Ich bin nicht ihr Typ. Und was machst du, wenn du das teuerste Hotel der Stadt gemietet hast und der Film ein Reinfall wird?«

»Wen kratzt's?« Pommer zuckte die schweren Schultern. »Ich bin doch sowieso als der Mann bekannt, der Deutschlands teuerste Reinfälle produziert. Trotzdem stößt keiner mich vom Thron, selbst der feiste Hugenberg hält die Füße still, weil sie im Grunde alle wissen, dass ich eines Tages als der Mann bekannt sein werde, der Deutschlands schönste Filme produziert hat. Deiner ist einer davon. Und er wird *kein* Reinfall.«

Der Film, den Sybille zuvor gedreht hatte, *Vampyr – Der Traum des Allan Gray,* war ein Reinfall gewesen. Und dennoch ihr Durchbruch. Die Großaufnahme, in der Sybille als sieche, dem Vampirismus verfallene Leone ihre ersten Worte auf einer Leinwand hauchte, hatte auf Zeitungsseiten und Plakatwänden geprangt. »Ach könnt' ich doch endlich sterben«, hatten die Worte gelautet. Der Film war großartig, auch wenn Carl Theodor Dreyer, der geniale Däne, der für *Tobis Klangfilm* die Regie geführt hatte, ob der finanziellen Verluste vielleicht nie wieder ein Regiepult aus der Nähe sehen würde.

Er hatte ausschließlich in den Stunden der Dämmerung von Morgen und Abend gedreht, hatte durch vor die Linsen gespannte Gaze filmen und eine komplette Szene rückwärts abspielen lassen, um jenen Eindruck des schattenhaften Grauens zu erzielen, das unter der Oberfläche der Wirklichkeit brodelte und darauf wartete, zum Leben zu erwachen. Dem Massenpublikum, das im Dunkel des Kinos Konfekt naschen und einander unter die Wäsche fassen wollte, ging der Film meilenweit über den Horizont. Aber die Kritiker waren beeindruckt von ihm, und sie waren begeistert von Sybille Schmitz.

»Sie hat das geheimnisvollste Gesicht, das man im deutschen Film zu sehen bekommt«, schrieb Jobst Sterzig vom *Film-Kurier.*

Alfred Rosenthal vom *Kinematographen,* den so leicht nichts bestach, formulierte hingegen: »Sybille Schmitz mag ein Kassengift sein, aber sie ist eines, das jeden, der sie einmal gesehen hat, bis in seine Träume verfolgt.«

Erich Pommer sagte: »Nachdem du mit der *Tobis* diese Sensation hingelegt hast, kann ich jeden Film mit dir machen, den ich will. Und ich mache einen großen Film mit dir. Darauf kannst du deinen Kopf verwetten.«

Sybille behielt ihren Kopf, und Pommer hielt Wort. *F.P.1 antwortet nicht* war ein großer Film, eine Geschichte, die in die Zukunft wies und die man in Hollywood *Science-Fiction* nannte. Die männliche Hauptrolle hatte Hans Albers übernommen, der »*blonde Hans«,* dem Deutschlands Frauenwelt zu Füßen lag. Sybille lag ihm nicht zu Füßen, und dass sie beide voreinander aufrecht standen, machte die laszive Spannung aus, die auf der Leinwand zwischen ihnen zum Greifen war. Sie verstand genug von Filmen, um zu wissen, dass *F.P.1* rundum gelungen war. In englischen und französischen Versionen wurde er sofort nachgedreht, und während selbst Hans Albers muttersprachlichen Schauspielern weichen musste, bestanden sowohl die Briten als auch die Franzosen auf Sybille Schmitz.

So wie Sybille auf die *Scala* bestanden hatte. »Ich will keinen Hotelempfang«, hatte sie zu Pommer gesagt. »Keine Ansprachen, keine Lobgesänge, kein Händeschütteln in steifen Manschetten und Knabbern an Kanapees. Ich will *Amüsemang.* Mich vergnügen, dass die Schwarte kracht.«

»Du lebst deine Nächte, als gäbe es kein Morgen«, sagte der ellenlange *Tobis-*Pressesprecher mit den seelenvollen Augen, den sie seit Beginn des Abends am Hals hatte, während er sich mit ihr durch den Korridor von der Likörbar hinüber in den Club schob. Harald Petersson. Vater Schwede, Mutter Deutsche. Und in den Nächten, nach seiner Pressearbeit, insgeheim vom Ruhm als Schriftsteller träumend. Bei genauerer Betrachtung hing er Sybille schon am Hals, seit die Arbeit an dem Film begonnen hatte. Warum sie ihn nicht dorthin schickte, wo der Pfeffer wuchs, fragte sie sich selbst. Sein ergebener Blick ging ihr ebenso auf die Nerven wie die Poesiealbumsprüchlein, die er von sich gab und die aller Wahrscheinlichkeit nach seinem Opus magnum mit dem Titel *Herz ist Trumpf* entstammten.

Vielleicht weil er auf eine sentimentale, altmodische Weise attraktiv war mit seinen hohen Geheimratsecken und den wie mit der Wasserwaage gezeichneten Schultern. Wenn aber das der Grund war, hätte sie ihn sich für zwei, drei Nächte in ihr Bett holen und ihn danach abschütteln können, ehe er ihr lästig fiel.

Er fiel ihr längst lästig. Etliche Male hatte sie ihm erklärt, er solle sich trollen, sich vom Acker machen, aber wenn er darauf nicht reagierte, hatte sie ihn gewähren lassen. Warum? Er tanzte elendig schlecht, hatte kein Geld und zog sich an wie ein Primaner. Ein feiner Kerl war er. Aufrichtig, gutgläubig, offen wie ein Buch. Von der Sorte kannte sie sonst keinen, nur Renate, die genauso war: aufrichtig, gutgläubig, offen wie ein Buch. Vielleicht hatte sie tief in sich verborgen eine Schwäche für wohlgenährte Harmlosigkeit, vielleicht brauchte ihr ständiger Tanz auf dem Vulkan einen Ausgleich. Darüber, dass Renate nicht hier war, vermochte niemand sie hinwegzutrösten, aber an Harald Petersson konnte sie ihren Ärger auslassen, ohne dass er sich zur Wehr setzte.

»Sie will sich an mir rächen«, rief sie ihm über die anschwellende Musik und den Lärm aus dem Tanzsaal hinweg zu. »So eine Ziege ist sie – weil ich nicht auf ihrer Premierenfeier war, kommt sie nicht zu meiner.«

»Vielleicht ist ihr einfach nur etwas dazwischengekommen«, sagte Harald. »Wäre das nicht auch möglich?«

»Du hast keine Ahnung von Frauen«, erwiderte Sybille, »du hast keine Ahnung von Menschen. Wie willst du eigentlich ein Buch über Menschen schreiben als ahnungsloser Engel, der du bist?«

»Ich halte Menschen für grundsätzlich wohlmeinend«, sagte Harald. »Weshalb ich nie auf den Gedanken käme, das Schlechteste von ihnen anzunehmen. Vielleicht solltest du mein Buch lesen und würdest hinterher nicht mehr ganz so düster auf deine Artgenossen blicken.«

Humor hatte er auch nicht. Oder höchstens einen blitzsauberen, der sich für Volksschulkinder eignete. Sie hatten den Durchgang zum Club erreicht und schoben sich durch den Pulk derer, die dort *Sehen und gesehen werden* spielten. Sybille entdeckte Peter Lorre, der in *F.P.1 antwortet nicht* in einer Nebenrolle einen Journalisten gespielt, jedoch ein Jahr zuvor in Fritz Langs *M* als Kindermörder eine Glanzleistung hingelegt hatte, vor der Berlin noch immer schauderte. Er winkte Sybille zu, und seine grazile Frau Cäcilie winkte ebenfalls. Ob sie sich ihren Mann in *M* angesehen hatte und ob sich das auf ihre Leidenschaft auswirkte, wenn sie dem freundlichen, rundköpfigen Peter in den Armen lag?

Nicht weit von ihm stand der dunkelschöne Adolf Wohlbrück, den Sybille verführerischer fand als den hellen Hans Albers, und schräg vor ihm, in der Hocke, Genja Jonas, die geniale Fotografin, die aus Dresden bestellt worden war und Wohlbrücks Charakterkopf von unten herauf ablichtete. Genja in ihrem schwarzen Hosenanzug und schneeweißer, offener Bluse erschien Sybille noch verführerischer als Wohlbrück, aber haben wollte sie im Augenblick keinen von beiden. Sie war abgelenkt, und das ärgerte sie.

»He, Adolf!«, rief sie zu Wohlbrück hinüber. Der Witzbold Kurt Gerron, der selbst nie lachte, stand auf der Tanzfläche blitzschnell stramm und riss den rechten Arm zu einer Parodie des affigen Deutschen Grußes in die Höhe. Die Umstehenden brachen in Gelächter aus.

Wohlbrück grinste schief. »Wenn das so weitergeht, lege ich mir wohl besser einen neuen Vornamen zu.«

»Nimm Nathan«, riet ihm Sybille. »Damit bist du auf der sicheren Seite. Hast du Renate gesehen?« Wohlbrück sollte in einem Film mit ihr spielen, zu dem die Dreharbeiten demnächst begannen. Die beiden waren sich bei Vorbesprechungen gelegentlich begegnet.

»Sunshine Susie?« Wohlbrück wölbte seine eleganten Brauen. »Nein, die war noch nicht hier. Dieses Lachen hätte ich ganz bestimmt nicht überhört.«

Sunshine Susie hieß die englische Version von Renates Film *Die Privatsekretärin*. Sie war zum Dreh nach London gefahren, hatte dort alle mit ihrem fließenden Englisch verblüfft, weil man dem niedlichen

Blondchen nicht obendrein ein Gehirn zutraute, und weil der Name so perfekt zu ihr passte, war er an ihr kleben geblieben.

Wer sie nicht Sunshine Susie nannte, der nannte sie Fräulein Glücklich.

»Ich gehe tanzen«, sagte Sybille zu Harald und drückte ihm ihre Zigarettenspitze mit dem noch brennenden Rest der *Yenidze* in die Hand.

»Mit mir wohl kaum?«, fragte er mit leisem Bedauern und betrachtete die ersterbende Glut.

»Mit niemandem«, sagte Sybille und ging. Otto Stenzels Männer spielten Duke Ellingtons »*It Don't Mean a Thing*« mit einer Hingabe, als wären sie in Harlem oder New Orleans oder wie die amerikanischen Wunderorte alle hießen, und wer weiß, vielleicht würde sie demnächst ja dorthin unterwegs sein. Los Angeles. Hollywood. Wer sagte denn, dass in Paris und London Schluss für sie war? Um Lindy Hop zu tanzen, brauchte man keinen Partner, und um nach Amerika zu fahren, auch nicht. Sie war Schauspielerin. Pommer fand, sie war die größte Schauspielerin, die Deutschland zu bieten hatte. Wenn sie nicht wollte, gab es für sie keine Grenze. Wenn sie sich nicht aufhalten ließ. Von Leuten wie Harald und Renate am Boden fesseln ließ.

Während sie ihre Hüften bog, als wären sie aus Gummi, und ihre Beine in die Musik hineinwarf, entdeckte sie Jenny Jugo, die den Namen ihres ersten Mannes trug, mit dem zweiten verheiratet war und mit einem tanzte, der womöglich der dritte werden würde. Sie war gut im Geschäft. Als Schauspielerin brachte sie es höchstens zu Mittelmaß, hatte nie eine Ausbildung, sondern nur in aller Hast ein paar Stunden Sprechunterricht für den Tonfilm erhalten, aber sie war eine, die wusste, was sie wollte. Und die es sich nahm.

Ich auch, dachte Sybille und tanzte Lindy Hop, als stünde ihr ganzer Körper unter Strom. Ich habe gezeigt, wozu ich in der Lage bin, und wer etwas von Filmen versteht, der hat es erkannt. *Die Frau mit der Fliegerkappe* nennen sie mich schon heute, wo mein Film gerade erst ein paar Stunden alt ist. Ich kann gehen, wohin ich will. Mich hält kein halbschwedischer Pressesprecher, der Joghurt im Blut hat und nicht tanzen kann, und erst recht keine Freundin, die es sehr wohl kann, die aber, seit sie einem Bankier im Tuchmantel verfallen ist, nicht mehr weiß, was Treue ist.

Und ich?, fragte sich Sybille so erschrocken, dass ihr Tanz aus dem Takt geriet. Seit wann weiß das denn von allen Leuten ausgerechnet ich? Wir sind doch die wilde, die verlorene Generation, im Innern zerfetzt und zerlöchert vom Krieg, wir haben mit Treue nichts am Hut.

Sie fing sich, tanzte ruhiger, legte sich tiefer in den Swing. Ließ dabei ihre Blicke schweifen und wand ihren schlanken Hals, kam sich vor wie eine Kobra. Rings um sie, vom zersplitterten, kreisenden Licht der Spiegelkugel einen Herzschlag lang beleuchtet und gleich wieder verdunkelt, blitzten die Filmplakate aus *F.P.1 antwortet nicht* auf. Ihr eigenes Gesicht mit der ledernen Pilotenkappe auf dem Kopf. Dutzendfach. In den Nischen dieses sogenannten Clubs gab es Leute, die eine halbe Apotheke für die Seele verkauften. Kokain, Morphium, das neuerdings verbotene Heroin und irgendein Zeug aus Japan, das angeblich jede Müdigkeit auslöschte. Ich bin nicht müde, dachte Sybille. Ich bin überwach und habe meine Wachheit satt.

Sie schwang herum, tanzte mit geschlossenen Augen und riss sie dann wieder auf. Die meisten Paare, die sich um sie bewegten, kannte sie von der UFA, der *Tobis* oder der Presse. Wer aber waren die beiden am Rand der Fläche, der kleine Schwarzhaarige und die üppige Blondine, die tanzten, als ließe sich aus dem Swing ein Walzer aus Großvaters Zeiten machen?

Die Frau trug ein Kleid mit ausgestelltem Rock und Rüschen an der Knopfleiste. Wann hatte man so etwas zuletzt gesehen? Ihr Haar hatte sie um die Ohren zu etwas geflochten, das wie die Rosinenschnecken aussah, die Renate sich nach langen Nächten in der Konditorei neben ihrem Wohnhaus zum Frühstück holte.

Geholt *hatte*, korrigierte sie sich. Diese Wohnung unter dem Dach, das überbordende Chaos, das von Renates hausfraulicher Unfähigkeit zeugte, hatte Sybille geliebt. Henriette, die mit allen Wassern gewaschene Hausmeisterin, und Anton, den Riesenköter, der mit einem Lecken übers ganze Gesicht Katastrophen auswischte. Aber seit der Herr Bankier in die Gefilde Einzug gehalten hatte, war aus dem Vorderzimmer ein Salon geworden, und beim letzten Mal, als Sybille dort zu Gast gewesen war, hatte Renate ihr allen Ernstes Tee angeboten.

Sybille hatte ihr einen Vogel gezeigt, und schließlich hatte Renate den Whisky aus London herausgerückt, war wieder die alte Renate gewesen, und sie hatten einen vergnüglichen Abend verbracht. Bis der Herr Bankier erwartet wurde. Gegen den womöglich nicht einmal etwas zu sagen gewesen wäre, wenn er Renate nicht zu seiner trällernden Privatsekretärin gemacht hätte. *Ich bin ja heut' so glücklich, so glücklich, so glücklich.* Wenn Renate mit der Sache umgegangen wäre wie die moderne Frau, die sie war und die zum Swingtanzen niemanden brauchte.

»Ich weiß nicht, wie ich das Leben ohne ihn ausgehalten habe«, hatte sie zu Sybille gesagt. »Ich weiß nur, dass ich es nie wieder ohne ihn aushalten will.«

Sybille riss sich zusammen, weil sie wusste, sie würde sich hassen, wenn sie hier und jetzt in Tränen ausbrach. Und warum auch? Welche Frau, die gerade Hans Albers an die Wand gespielt hatte, bekam das heulende Elend, weil irgendeine Bekannte nicht zu ihrer Premierenfeier erschienen war? War sie etwa eifersüchtig? Auf den Herrn Bankier in seinem Tuchmantel? Hätte der Tanz sie nicht in Atem gehalten, hätte sie schallend gelacht.

Sie konzentrierte sich wieder auf die Frau mit der Zuckerschneckenfrisur und ihren Begleiter. Diesmal sprang ihr ins Auge, warum die beiden ihr aufgefallen waren. Sie kannte den Mann. Es war Werner Lohse. Renates unerfreulicher Kindheitsfreund, der solche Angst vor Anton, dem freundlichen Riesenhund, hatte. Was machte der denn hier? Hatte etwa Renate sich entblödet, ihn einzuladen, obwohl sie selbst nicht vorhatte, sich blicken zu lassen?

Ein schüchternes Rehlein war Sybille nie gewesen. Wenn sie etwas wissen wollte, dann wollte sie es wissen und fackelte nicht lange. Mit vorgestrecktem, kreisendem Becken tanzte sie auf die beiden zu.

»Hallo, Werner«, rief sie unbefangen, wie man sich neuerdings am Telefon begrüßte. »Wie nett, Sie zu sehen. Sind Sie mit Renate gekommen? Hat sie sich hier irgendwo versteckt?«

»Er ist mit mir gekommen«, antwortete die Zuckerschneckenfrau nassforsch und reckte triumphierend ihr Näschen. »Wo Renate ist, wissen wir nicht.«

Werner Lohse räusperte sich. »Ich bin beruflich hier. Nach Renate habe ich selbst schon Ausschau gehalten. Im Kino habe ich sie auch nicht gesehen.«

»Sie waren im Kino?«, fragte Sybille. »Hat Ihnen der Film denn gefallen?« Was um alles in der Welt wollte der Kerl hier beruflich zu tun haben? In einem Varieté? Im gottverdammt göttlichsten Sündenpfuhl von Berlin?

»Oh ja, sehr gut gemacht, wenn auch etwas reißerisch«, antwortete Lohse. »Darf ich übrigens bekannt machen? Elke Hegemann von der UFA – Sybille Schmitz, eine Bekannte von Renate.«

»Sybille und ich kennen uns«, sagte die Zuckerschneckenfrau.

Sybille konnte sich beim besten Willen nicht erinnern, der Person je begegnet zu sein, aber sie neigte dazu, Menschen, an denen nichts sie lockte, sofort wieder zu vergessen. An diesem Lohse lockte sie auch nichts, doch um ihn zu vergessen, hatte sie eine viel zu heftige Abneigung gegen ihn gefasst. Gleich als Renate sie einander vorgestellt hatte, hatten sich ihr wie einem Igel die Stacheln aufgestellt, und dass die Antipathie auf Gegenseitigkeit beruhte, hätte ein Blinder mit dem Krückstock bemerkt.

»*Tagebuch einer Verlorenen*«, rief die Zuckerschneckenfrau wiederum wie im Triumph.

In dem Stummfilm hatte Sybille eine Nebenrolle gespielt, und sehr vage dämmerte ihr, dass der holde Blondschopf sich unter den Komparsinnen, die Waisenkinder darstellten, befunden haben mochte.

»Elke will selbst zum Film«, erklärte Lohse.

»Ich *bin* beim Film«, verbesserte die Zuckerschneckenfrau. »Für die neue Produktion von Ludwig Berger bin ich im Gespräch. Ganz große Sache – an der Seite von Willy Fritsch und mit Adolf Wohlbrück als *Walzerkönig*.«

»Aha.« Sybille ließ das kleine Wort fallen wie Zigarettenasche.

Werner Lohse, dessen Umtriebe sie weit mehr interessierten, öffnete den Mund, aber ehe er etwas sagen konnte, hallte ein Ruf über Musik und Getümmel hinweg.

»Sybille? Nun kannst du dich endlich freuen – rate einmal, wer hier ist.«

Sybille fuhr herum und sah Harald Petersson, der sich mit einer Frau am Arm vom Rand der Tanzfläche her einen Weg bahnte. Sie hätte nicht gedacht, dass er so laut rufen konnte.

Der Ruf der Frau allerdings war um etliches lauter, und ihr Gelächter steckte die Tanzenden an. »Sybille!« Sie riss sich von Harald los und stob wie ein Geschoss durch die Menge »Hier bin ich! Es tut mir so leid, dass wir es nicht früher geschafft haben, und deinen Film werden wir uns morgen anschauen müssen, aber ich weiß ja sowieso, dass du darin großartig bist!«

Im nächsten Augenblick hatte sie Sybille erreicht und warf die Arme um sie. Ihr kleines Trampeltier. Ihre Dampfwalze. Renates warmes, zappeliges Gewicht hing Sybille so schwer am Hals, dass sich ihr Leib wie ein Birkenstamm beugte. Die beiden Männer – Harald und der Herr Bankier, die sich offenbar gesucht und gefunden hatten – trudelten weit langsamer und sittsamer hinterdrein und ließen ihnen noch ein kleines bisschen Zeit. Werner Lohse sagte etwas, aber Sybille und Renate waren in Wahrheit unerreichbar. Sie waren auf ihrer Insel.

»Wir haben ein Haus gekauft.« Renates Wangen glühten, und in ihrem Haar hing irgendeine Dekoration, die im Licht der Spiegelkugel glitzerte. »Also genau gesagt habe ich es gekauft. Ich hatte das alles satt: Georgs kleine Wohnung und meine kleine Wohnung, das ständige Essen in Restaurants, Anton, der mit allem Gepäck hin und her geschafft wird, und Henriette, die ständig zu spät ins Bett kommt. Ich wollte für unsere Liebe ein Zuhause. Und für unsere Freunde. Kommst du? Wir wollen euch abholen, um es euch zu zeigen.«

21

Was war Glück?

Als ihr jüngster Bruder Fritz, der noch zur Schule ging, sie an Ostern in seinen Ferien besucht und gefragt hatte, ob sie nicht bald heiraten wolle wie die Schwestern seiner Freunde, hatte Sybille ihm geantwortet: »Ich bin mit dem Film verheiratet.«

»Und das macht dich glücklich?«, wollte Fritz wissen.

»Was weiß denn ich?«, hatte Sybille erwidert. »Es macht mich so, wie ich eben sein will.«

Jetzt dagegen wusste sie tief in ihrem Innern: Glück war eine Nacht, in der man das Gefühl, das Silber der Sterne zu streifen, mit den Menschen teilen konnte, die einem die liebsten waren, die einem in dieser Nacht die liebsten wurden. Glück war ein riesiges weißes, inmitten von Wildnis verborgenes Haus, in dem eine unbezahlbare Hausmeisterin auf einem Feldbett zwischen Champagnerkisten schnarchte. Glück war ein Hanggrundstück an einem von Weiden umgebenen See. Glück war eine Tigerdogge, die schneller als vier Menschen durch das kniehohe Gras den Hang hinunterjagte und mit lautem Platschen im Nass landete.

Glück war schwarzes Wasser, das Sternenlicht spiegelte und die nackte Haut ihrer Körper versilberte. Eiskalt umschlang es ihre erhitzten, schweißnassen Glieder, sodass sie vor Schreck aufkreischten und wie Kinder im Schweigen des Weidenwäldchens lachten. Es war so still hier. Tatsächlich so, als wären sie die einzigen Menschen. Renate schwamm nah an Sybille heran, packte sie bei den Schultern und drückte sie unter Wasser. Prustend und um sich schlagend befreite sich Sybille, wobei sie einen mächtigen Kampf hinlegen musste, denn Renate, die so sanft und gemächlich wirkte, war nicht weniger durchtrainiert als sie selbst.

Außer Atem und lachend legten sie sich die Arme um die Schultern und ließen sich rücklings auf dem Wasser treiben, während die beiden Männer in ruhigen Schwimmstößen die Länge des Sees durchmaßen.

Der See war nicht mehr als ein Pfuhl, der vor ein paar Jahren zum

Regenauffangbecken erweitert worden war. Er lag eingebettet in eine noch unerschlossene Wildnis aus. Weidenbäumen und wuchernden Sträuchern, die Sybille so nah am Puls der aus den Nähten platzenden Metropole niemals vermutet hätte. Die Gemeinde Dahlem war erst 1920 nach Berlin eingemeindet worden, und die Leichhardtstraße, in der Renates Haus stand, sah noch immer aus, als würde nie etwas anderes als Bauernwagen und die Zweispänner fröhlicher Ausflügler über das holprige Pflaster rumpeln. Der Grunewald mit seiner Seenkette und dem Strandbad war zu Fuß erreichbar, die nächste Einkaufsstraße hingegen schien meilenweit entfernt.

»Und du bist dir sicher, dass du hier draußen in der Einöde leben kannst?«, hatte Sybille verdutzt gefragt. »Du bist doch eine Stadtpflanze genau wie ich und brauchst Trubel um dich.«

Vorhin war keine Zeit für eine ausführliche Antwort gewesen, weil Anton entwischt und hinunter zum See geflitzt war, wohin sie alle ihm schließlich folgten. Renate hatte als Erste im Mondlicht die Kleider von sich geworfen, und ungläubig hatte Sybille zugesehen, wie der steife Herr Bankier und der schüchterne Schwede Harald es ihr nachtaten.

Sie waren nett, der Bankier und der Schwede, und es war ganz unverhofft amüsant, mit ihnen zusammen zu sein. Nicht nur amüsant. Es war schön und noch etwas anderes, für das Sybille kein Wort kannte.

Besonders nett war, dass die beiden ihr und Renate Zeit ließen, um allein zu sein. Jetzt, wo sie sich auf dem Wasser treiben ließen, die Gesichter den Sternen zugewandt und auf die Stille lauschend, war Zeit, die Frage ein zweites Mal zu stellen: »Und hier willst du wirklich leben, Mönchlein? Ist das nicht ein bisschen zu viel Klostereinsamkeit?«

Renates Silberlachen passte in die Nacht wie das Wispern und Rascheln aus dem Schilf. »Gefällt es dir nicht?«

»Ich würde die Frage liebend gern verneinen«, antwortete Sybille. »Aber doch, es gefällt mir gerade jetzt ziemlich gut. Zum Leben allerdings? Ohne Berlins Gebrüll, das in den Ohren rauscht und das Raunen der Dämonen im Kopf übertönt? Erscheint dir da nicht allzu oft dein Walter Rheiner, der verhungert aus dem Fenster kippt?«

»Ach, Bille.«

»Bill.«

»Ach, Bill.«

»Also sag schon.«

»Er erscheint mir nicht mehr«, sagte Renate. »Nicht wenn Georg bei mir ist. Ich habe in diesen anderthalb Jahren mit Georg gelernt, mich wieder so geborgen zu fühlen wie als ganz kleines Mädchen am See, in Emmering, wo wir unseren Steg, unser Boot und hohes Schilf hatten. Ehe die Männer in den Krieg gezogen sind.«

»Danach hast du dich nie wieder so gefühlt?«

»Nein. Nie. In mir war immer Angst, und ich war nicht in der Lage, alleine zu sein.«

»Das bist du auch jetzt nicht, Mönchlein. Du bist dafür nicht gemacht.«

»Nein, wohl nicht.« Wieder lachte Renate. »Aber ich werde ja auch gar keine Zeit zum Alleinsein haben, sondern wie eine Besessene arbeiten und einen Film nach dem anderen drehen. Es werden mir ja so schöne Rollen angeboten! Dieser Film mit Adolf Wohlbrück, den Pommer produzieren wird, und dann *Saison in Kairo* – auf all das freue ich mich schon. In Babelsberg bin ich mit dem Auto in nicht mehr als einer halben Stunde, und dann haben wir die S-Bahn, und die U-Bahn-Linie am Thielplatz wird noch ausgebaut. Ich werde ganz sicher weiterhin Abend für Abend Trubel um mich haben und mit meinem *Special Girlfriend* die Hauptstadt unsicher machen, aber wenn wir müde werden, habe ich mein Nest, meinen sicheren Hafen, um zurückzukehren.«

»Zu Fuchs und Hase?«

»Eher zu Anton und Henriette, die mir den Haushalt führen wird«, erwiderte Renate. »Außerdem ist es so einsam, wie es aussieht, hier draußen gar nicht. Gleich hinter den Bäumen liegt die Villenkolonie Dahlem, und du glaubst nicht, wer da alles wohnt. Das reinste *Who's who* des deutschen Films: Von Fritz Lang über Fritz Kortner bis hin zu unseren Kolleginnen Henny Porten, Camilla Spira, die diesen reizenden Menschen von der Engelhardt-Brauerei geheiratet hat, Elisabeth Bergner, Brigitte Horney – eigentlich könnten wir die Filmstadt aus Babelsberg hierher nach Dahlem verlegen. Und wenn ich auf Film mal keine Lust habe, wohnen Wilhelm Furtwängler, Max Schmeling und die Wertheims, denen das Kaufhaus gehört, ebenfalls in der Nachbarschaft.«

»Bist du deshalb hierhergezogen? Damit du mit dem appetitlichen Max Schmeling poussieren kannst?«, fragte Sybille. »Er soll leider treu sein.«

»Ich bin auch treu, Bille.«

»Bill. Vorhin dachte ich eine ganze Weile, du wärst es nicht.«

»Das habe ich befürchtet. Ich habe dem Makler gesagt, er soll sich mit diesem ganzen Papierkram beeilen, ich unterschreibe alles blind und will nur Henriette und Anton mit dem Nötigsten versorgt ins Haus schaffen, weil ich auf dem schnellsten Weg zum Ku'damm, zur wichtigsten Premiere des Jahres muss.« Sie beugte sich hinüber und berührte mit ihren weichen Lippen Sybilles Wange. »Dessen kannst du dir immer sicher sein, Bill. Du und Georg. Ich werde immer zu euch kommen, so schnell ich irgend kann, ganz egal, wo ihr seid und wo ich bin und was dazwischensteht.«

»Du bist ja heute Nacht so dramatisch, Mönchlein«, sagte Sybille, um ihre Rührung zu verbergen. »Kommt das von der illustren Nachbarschaft?«

»Das kommt von der illustren Gesellschaft«, antwortete Renate. »Und vom Sommer. Von den Sternen. Und vom Glück. Wenn jetzt einer von denen da oben herunterfiele, eine Sternschnuppe – was würdest du dir wünschen?«

»Dass wir aus dieser eisigen Pfütze herauskommen. Ich friere mir den zarten Hintern blau.« Mit einem Ruck richtete Sybille sich im seichten Wasser auf und zog Renate an einer Hand in die Höhe. »Wärmen wir uns auf, lassen die Männer noch eine Weile ihre Kräfte messen und gönnen uns ein bisschen Zeit für kleine Mädchen.«

Sie wateten aus dem Wasser, rannten schlotternd vor Kälte mit Anton den Hang hinauf zum Haus und schleppten Handtücher, Decken und eine Flasche Champagner zurück ans Ufer. Dort setzten sie sich auf die knorrige Wurzel einer Weide, warm eingehüllt und obendrein aneinandergeschmiegt, tranken Champagner wie andere Leute Tee und sahen den beiden Köpfen, dem dunkelblonden und dem rötlich braunen, zu, die im Mondlicht über das Wasser glitten.

Sosehr Sybille auch der Sinn danach stand, Renates kleine Rede zum Thema Geborgenheit zu verspotten, so sehr spürte sie – zumindest jetzt, betrunken von Wein und Erfolg und Sommernacht –, dass die Freundin recht hatte. Ihr Leben sollte ein Abenteuer sein, denn nur das Abenteuer stillte ihren unablässigen Hunger. Neue Filme, neue Menschen, neue Orte. Die drei aber, die heute Nacht in diesem verschwiegenen Winkel der Großstadt um sie waren, waren die, auf die sie sich, selbst wenn alle Stricke rissen und sie ins Bodenlose stürzte, verlassen konnte.

Die, die andere ihre Familie nannten.

Sybille hatte nichts gegen ihre Familie. Sie mochte ihre Brüder Fritz und Willi gern und fand es gelegentlich amüsant, nach Düren zu fahren und mit dem ganzen Haufen um einen Kaffeetisch zu sitzen, sofern es am Abend einen Nachtzug zurück nach Berlin gab. Sie waren ihr nur fremd. Sie kannte sie kaum und fühlte sich von ihnen nicht gekannt. In dem Durcheinander aus Krieg und Nachkriegsnot und wechselnden Verwandten, die die Kinder zu ihrer Sicherheit in Obhut genommen hatten, hatte sie sich so fest an sich selbst gebunden wie an niemand anderen, weil sie sich selbst nicht verlieren konnte. Wenn sie von den Großeltern zur Tante und dann wieder zur Mutter gekarrt wurde, hatte sie noch immer sich selbst gehabt.

Dass sie an diese drei nun gebunden war, hatte sie nicht geplant. Es war ihr einfach passiert. Aber sie würde damit zurechtkommen, weil Renate, ihr Georg und der Schwede nicht über Nacht verschwinden, sondern bei ihr bleiben würden. Weil sie zu ihr gehörten. Aus welchen Gründen auch immer.

Der schwarz-weiß gefleckte Hund, der die Größe eines kleinen Pferdes hatte, schüttelte sich gründlich die Tropfen aus dem kurzen Fell und legte sich Sybille und Renate auf die Füße. Augenblicklich begannen sie beide, ihn zu streicheln, woraufhin er sich auf die Seite fallen ließ und völlig entspannt in den Schlaf fiel.

»Dafür wollte ich dieses Haus«, sagte Renate. »Damit diese rastlosen Geister, die ich liebe, einen Ruhepol bekommen. Anton, der sich schon beruhigt, wenn er seine Menschen bei sich hat, Henriette, die noch nie ein richtiges Zuhause hatte, aber vor allem du und Georg.«

»Georg ist so rastlos wie ich?«, fragte Sybille.

»Noch rastloser«, antwortete Renate. »Er kommt und geht wie der Nebel. Wenn du mitten hineinläufst, ist er schon verflogen. Seine Mutter sagt, er ist ein Baum, den ein Sturm mitgerissen hat und der nirgends mehr Wurzeln schlägt.«

Sie tastete sich über Brust und Schenkel, als suche sie etwas in Bluse oder Rock, die sie nicht trug. »Wir haben die Zigaretten vergessen«, sagte sie. »Ich hätte jetzt schrecklich gern eine.«

»Ich auch«, raunte Sybille ihr verheißungsvoll zu und kroch, in die Decke gewickelt, hinüber zu dem Kleiderhaufen, den die Männer am Ufer zurückgelassen hatten. »Ich habe Harald vorhin meine Schachtel und sogar meine Spitze anvertraut, da er steif und fest behauptet, nicht zu rauchen. Wenn er nicht der größte Lügner aller Zeiten ist, müssten sie sich finden lassen.«

»Er ist nicht der größte Lügner aller Zeiten«, sagte Renate. »Er ist ein liebenswerter Mann, und es freut mich so, dass ihr beide euch gefunden habt.«

»Nagle mich bloß nicht in eine Kiste«, warnte Sybille, während sie Zigaretten, Spitze und Feuerzeug aus Haralds Sakkotasche klaubte. »Ich ruhe mich vor dem nächsten Sprung nur ein wenig aus. Sobald ich ein zuckriges Mädchen sehe, bin ich weg, und Harald weiß das.«

Sie kroch zurück, beugte sich in ihrer Deckenhülle nah zu Renate, um die Flamme vor Wind zu schützen, und zündete zwei Zigaretten an. »Lass es dir schmecken.«

»Du auch. Manchmal wünschte ich, ich könnte so leichtherzig lieben wie du.«

»Aber du kannst es nicht?«

Renate schüttelte den Kopf. »Ich mache mir um Georg so viele Sorgen, dass ich nicht weiß, wie meine Mutter es ertragen hat, zwei kleine Kinder großzuziehen.«

»Meine hatte fünf«, sagte Sybille. »Da gewöhnt man sich vermutlich das Sorgenmachen ab.«

Ihre Gesichter waren so nah voreinander, dass ihre Nasen sich beinahe berührten, und als sie sich Rauch ins Gesicht bliesen, mussten sie husten und lachen. Als sie sich beruhigt hatten, fragte Sybille: »Warum machst du dir Sorgen um Georg? Einfach so, weil du eben ein sorgenmachendes Mönchlein bist, oder gibt es dafür einen Grund?«

»Georg ist ein so besonnener Mann«, antwortete Renate ohne Pause, als hätte etwas in ihr nur darauf gewartet, herauszubrechen. »Immer sieht er alles von zwei Seiten und fällt über Menschen, deren Lage er nicht kennt, kein Urteil – aber diese Nazis von der Hitler-Partei bringen ihn einfach in Wut. Er sagt, sie machen das Berlin, das er liebt, und die Welt, in der er sich zu Hause fühlt, kaputt. Seine Zuhgehfrau ist Armenierin, der Wirt seines Stammlokals Ungar, sein Fahrer Russe und sein Lieblingsschriftsteller, von dem er jede Zeile verschlingt, Amerikaner. Er liebt Swing, auch wenn er ihn nicht tanzen kann, und sieht sich französische Tonfilme in der Originalfassung an. Wenn die Hitler-Partei an die Macht kommt, ist das alles zu Ende. Und Menschen wie der Nobelpreisträger Einstein oder unser Pommer, alle die, die Berlin so besonders machen, sind dann hier nicht mehr erwünscht, weil sie Juden sind.«

Sybille zog an ihrer Zigarette so heftig, dass die Spitze aufglühte. Sie hatte sich in die Arbeit und den Trubel um *F.P.1 antwortet nicht* so sehr vergraben, dass alle übrigen Ereignisse an ihr vorübergerauscht waren. Ja, die immer wieder zusammenbrechenden Regierungen und schließlich der Wahlsieg der Nazis schienen besorgniserregend, zumal die geschmacklosen Braunhemden überall aufmarschierten und Krawall schlugen, als gehöre ihnen die Stadt. Letzten Endes hatten sie sich an der Regierungsbildung aber gar nicht beteiligt, in Berlins Herz – da, wo der Tänzerin auf dem Vulkan das Blut pulsierte – fanden sie sich an den Rand gedrängt, und eine ganze Menge Leute waren der Ansicht, sie würden so schnell wieder verschwinden, wie sie gekommen waren.

Harald allerdings nicht. Harald gehörte zu denen, die sich Sorgen machten, aber das entsprach seiner Natur. »Es könnte ratsam sein, eine Zeit lang für sich zu behalten, was man denkt«, hatte er gesagt. »Und auch wen man liebt, Sybille. Auch das.«

Georg schien ein ähnlicher Bangemacher zu sein.

»Der Mensch ist ja ein Herdenvieh und trottet den komischsten Heiligen hinterher«, sagte Sybille. »Aber wenn es den Leuten jetzt bald wieder besser geht, verläuft der Quatsch mit den Nazis sicherlich im Sand.«

»Georg sagt auch, dass das möglich ist«, erwiderte Renate. »Und dass die Zahlen auf eine Erholung der Wirtschaft hinweisen, selbst wenn es noch ein bisschen dauert. Ich soll mir keine Sorgen machen, sagt er, aber wie kann ich das denn, wenn *er* sich Sorgen macht? Ich merke es doch, selbst wenn er ein grässlicher Geheimniskrämer ist, der über das, was in ihm vorgeht, nicht spricht. Er ist sogar der SAPD beigetreten, obwohl er eigentlich der Ansicht ist, in der Politik holt man sich schmutzige Hände.«

»Sozialistische Arbeiterpartei?«, fragte Sybille. »Diese Abspaltung von der SPD? Das passt nicht zu ihm.«

»Nein, tut es nicht. Georg ist leise, und Politik ist laut. In diesem Fall aber ist es wichtig, laut Stellung zu beziehen, sagt er, eine einheitliche Front zu bilden, ehe die Feinde der Demokratie uns überrennen. Dafür ist die SAPD gegründet worden – um SPD und KPD davon zu überzeugen, gegen Hitler zusammenzustehen, statt sich weiter gegenseitig zu bekämpfen. Mein Vater ist der gleichen Ansicht. Aber weil meine Mutter ihn darum bittet, behält er es für sich und tritt in keine neuen Parteien ein.«

In Renates Stimme schwang Angst. Sybille umarmte sie fester und zog auch den Hund, der im Schlaf leise fiepte, näher zu sich. »Mach dir nicht zu viele Gedanken«, sagte sie. »Dein Georg ist doch ein besonnener Kopf und ganz bestimmt auf der Hut.«

»Wenn es um diese Nazis geht, kommt er mir gar nicht mehr besonnen vor, sondern ein bisschen wie ein wütender Stier«, bekannte Renate. »Ich wollte das Haus, damit er einen Ruhepol hat, einen Ankerplatz. Danke, dass ihr heute hergekommen seid, um es mit uns einzuweihen. Ich wünsche mir so sehr, dass es ein glückliches Haus wird, und nach dieser Nacht kann ich daran glauben, dass es so kommt.«

»Ganz bestimmt kommt es so, Mönchlein.«

Georg und Harald wateten Seite an Seite aus dem Wasser, zwei sehr schlanke, gut gebaute Männer im besten Alter, die miteinander in ein lebhaftes Gespräch vertieft waren. Eine Augenweide. Sybille würde die Nacht mit dem Schweden genießen, und schade war nur, dass sich Renate zu keinem Lager zu viert würde überreden lassen.

Ihr Georg erst recht nicht. Der war zu verschlossen, zu sehr darauf bedacht, sich bedeckt zu halten, selbst wenn er splitternackt baden ging. Die zwei Männer trockneten sich ab und winkten, würden gleich zu ihnen herüberkommen. Sybille wollte aufstehen und ihre verstreute Habe einsammeln, da fiel ihr noch etwas ein. »Sag mal, dein spezieller Freund Werner Lohse – was macht der eigentlich auf meiner Premierenfeier? Du hast ihn doch nicht etwa eingeladen, oder? Nein, das würdest du mir nicht antun. Und dann behauptet er auch noch, er ist beruflich da.«

»Ach Billy, ich weiß doch selbst nicht, was er macht. Bei irgendeinem obskuren Film-Amt ist er, soll Entwicklungen beobachten oder weiß der Kuckuck. Ich bin nur froh, dass er jetzt etwas hat, das ihm Freude macht, und dass er, wie es aussieht, mit Elke auch ein bisschen Glück gefunden hat. Werner hat so viel Pech im Leben gehabt, er ist einer dieser Menschen, die das Pech förmlich anziehen. Das war schon in Emmering so, als wir Kinder waren. Wenn Adaate Puddingkuchen in den Garten brachte und für sieben Kinder sechs Stücke hatte, konntest du sicher sein, dass Werner das siebente war, das zu spät kam und leer ausging.«

»Aha«, entfuhr es Sybille. »Puddingkuchen. Und weil man als Hosenmatz bei der Verteilung dieser Köstlichkeit zu kurz gekommen ist, hat man das Recht, als wütender Stier durch die Welt zu stampfen und anderen die Party zu vergällen?«

»Aber das tut Werner doch gar nicht«, rief Renate. »Ich wünschte, du wärst ihm gegenüber nicht so voreingenommen, sondern könntest ein bisschen netter zu ihm sein. Und jetzt hoch mit dir, du Zimtziege. Schnappen wir uns unsere Liebsten, denn so jung wie heute kommen wir ja nicht mehr zusammen.«

Sie sprang auf, dass ihr die Decke von den runden Schultern glitt, und lief ihrem Georg entgegen. Sie war ein bisschen schlanker geworden, aber ihre pummeligen Hinterbacken hoppelten beim Rennen noch immer wie zwei Kaninchen auf und ab. Georg trat aus einer Wolke von Dunst, der vom Wasser aufstieg. Er hatte sich sein weißes Hemd übergestreift, es jedoch noch nicht zugeknöpft und war ansonsten nackt. Der Schwanz stand ihm, und welchem Mann hätte er beim Anblick der schönen Müllerin nicht gestanden?

Sybille studierte ihn ohne Hemmungen, wie es ihre Art war: Sage mir, was du zwischen den Beinen hast, und ich sage dir, wer du bist. Die Sternschnuppe, die Renate sich gewünscht hatte, löste sich in diesem Augenblick, schoss quer über den Himmel und tauchte die kleine Gruppe einen Herzschlag lang in Licht. Auch Georgs Schwanz. Sybille erschrak.

Allein um Einstein und Pommer und Wertheim ging es dem Herrn Bankier offenbar nicht in seiner Sorge wegen der Nazis.

Er war beschnitten. Dass er Deutsch hieß und an keinen Gott glaubte, änderte daran nichts.

22

Renate
Weihnachten

An Heiligabend war Renate wie immer bei ihrer Familie in der Bregenzer Straße zu Würstchen und Adaates Kartoffelsalat. Adaate war ein bisschen klapprig geworden, und noch klappriger war die Großmutti, der es sichtlich schwerfiel, sich von ihrem Stuhl zu erheben. Was die Uri, die im neuen Jahr ihren hundertsten Geburtstag feiern würde, jedoch nicht daran hinderte, sie von ihrem Ohrensessel aus herumzukommandieren.

»Du musst mehr essen, Großmutti«, sagte Renate zu ihr, als sie in der Küche zusammen die Gläser spülten.

»Ach, in meinem Alter tut es einem um das gute Essen ja schon fast leid«, erwiderte die Großmutti auf ihre leise Art. »Vor allem, wenn so viele junge Menschen nicht genug zu essen haben.«

Sie machte Renate ein besonderes Geschenk, einen silbernen Anhänger, den sie bisher selbst an einer Kette um den Hals getragen hatte. Ein kleines Pferd. »Es ist das Letzte, was ich noch aus Chile habe«, sagte sie. »Von meinem Mann. Er hat den Mädchen damals versprochen, ihnen ein Pferd zu schenken, einen *Corralero,* wie sie in Chile heißen. Weil sie noch ein bisschen darauf warten mussten, hat er uns allen dreien ein Pferdchen aus Silber geschenkt, und dabei ist es geblieben, denn vier Wochen später ist er gestorben. Mariquita und Anita haben ihre sicher nicht mehr, aber ich habe meines immer umbehalten. Willst jetzt du es für mich tragen, bis dein junger Mann dir etwas Wertvolleres schenkt, meine liebe kleine Rena? Es soll dir Glück bringen.«

»Ich werde es immer tragen«, versprach ihr Renate. »Aber Glück braucht es mir nicht zu bringen, denn Glück habe ich ja schon so viel, dass ich's kaum aushalten kann.«

Die Stimmung war ein wenig bedrückter als gewohnt. Gabis Verlobung war geplatzt, und den Kummer darüber merkte man ihr trotz aller Tapferkeit an. Arno Timme, von dem Cousine Helene in sechs Wochen ein Kind bekommen würde, hielt seine üblichen Hetzreden, und auch für gemäßigte Gemüter gab die politische Entwicklung weiterhin Anlass zur Sorge. Dennoch wirkte gerade der Vater auch ein wenig erleichtert. Im Herbst war die Regierung erneut zusammengebrochen, und bei den anschließenden Neuwahlen hatte die Hitler-Partei mehr als vier Prozent ihrer Stimmen verloren.

»Dieses Land braucht dringend Stabilität, wenn es auf die Beine kommen will, und die Nazis sind noch immer die stärkste Kraft«, erklärte er Renate, während sie miteinander die Kerzen an der hohen Fichte anzündeten, wie sie es schon als kleines Mädchen mit ihm zusammen hatte tun dürfen. »Aber wenn sie jetzt bereits Stimmen verlieren und wenn unsere eigenen Leute ihr kindisches Gezänk bleiben lassen, dürfen wir wohl hoffen, dass sich dieser widerliche Auswuchs innerhalb des nächsten Jahres von selbst erledigt.«

Lächelnd wandte er sich ihr zu. Die Faltenkränze in seinen Augenwinkeln waren tiefer und das Gesicht ein wenig zarter geworden, doch die Wärme darin war noch immer unglaublich. »Und du, mein Mädchen? Wie geht es dir? Ich hatte gehofft, Georg würde mitkommen, aber er hat sich wohl um seine Mutter zu kümmern. Wir hätten sie einladen sollen. Zu dumm, dass mir das nicht eher eingefallen ist.«

»Georg macht sich nicht viel aus Familienfeiern«, sagte Renate. »Er ist heute Abend in der Bank, um fürs neue Jahr etwas vorzubereiten.« Und um einen kämpferischen Artikel für seine politische Arbeit zu verfassen, aber das sagte sie dem Vater nicht, obwohl dieser die gleichen Ansichten vertrat. Sie wollte selbst nicht daran denken. Nicht heute und nicht zwischen den Jahren, wo sie endlich ein paar Tage für sich haben würden.

»Wenn er sich mit einer Müller-Tochter einlässt, wird er sich wohl oder übel daran gewöhnen müssen.« Der Vater lächelte noch immer. »Ist alles in Ordnung, mein Kleines? Du weißt hoffentlich, wie stolz wir auf dich sind und wie sehr wir uns über deine Erfolge freuen. Aber dass du glücklich bist, ist noch wichtiger. Bist du's?«

»Natürlich, mein Großer.« Renate lachte und begann zu trällern: »Ich bin ja heut' so glücklich, so glücklich, so glücklich …«

Der ganze Salon lachte mit, die Kerzen leuchteten, und Adaate kam mit einem bunten Teller herein, der das Ausmaß eines mittleren Wagenrades hatte. Kurz darauf verabschiedete sich Renate. Zwar bekundeten alle auf typisch wortreiche Müller-Art ihr Bedauern, doch sie ließen sie ziehen, denn sie hatte ja jetzt einen »jungen Mann«. »Deinen Herzliebsten werden wir uns schon noch einverleiben«, drohte Tante Anni, die werdende Großmutter, vergnügt. »Aber bis zur Hochzeit hat er Schonfrist.«

Renate nahm Anton am Halsband und stieg mit ihm in ihren Wagen, in dem Rudi Hasenclever, ihr Chauffeur, über dem Sportteil seiner Zeitung eingenickt war. So manche Frau lernte inzwischen selbst das Autofahren, aber Renate und Sybille liebten es, sich von dem diskreten Rudi herumkutschieren zu lassen und dabei durchzuhecheln, was sie erlebt hatten, Champagner zu trinken und der Stadt beim Vorbeistreichen zuzusehen.

»Zur Frau Kommerzienrat, Frollein Müller? In die Luisenstraße?«, erkundigte sich Rudi, den das kleinste Geräusch aus seinen Schläfchen weckte, rückte sich die Prinz-Heinrich-Mütze zurecht und ließ den Motor an.

»Ja bitte, Rudi.« Renate kuschelte sich tiefer in den weißen Pelzmantel, von dem Georg behauptete, sie sehe darin wie ein Eisbär aus. Sie mochte Georgs Mutter gern. Früher, vor dem Krieg, hatten die Deutschs wie alle anderen Weihnachten gefeiert, und auch wenn Georg mehrfach beteuert hatte, dass sie es seit Jahren nicht mehr taten, wollte sie ihr ein Geschenk bringen. Nichts Besonderes. Ein Paar hohe Messingleuchter für ihren Teetisch, wie es sie im Müllerschen Haus in Emmering gegeben hatte. Vielleicht würden sie Eleonore Deutsch ein wenig an jene Silvesterfeier von damals erinnern, als ihre Familien sich zum ersten Mal begegnet waren.

Ihr Schicksalstag.

Renate hatte ihr etwas schenken wollen, das sie miteinander verband.

Eleonore Deutschs Wohnung lag im ersten Stock eines Gründerzeithauses unweit der Marschallbrücke und mit Blick auf die Spree. Es schien eine solche Verschwendung: Sie unterhielt allein eine Wohnung mit vier Zimmern und Dienstmädchenkammer, und Georg unterhielt allein eine Wohnung mit vier Zimmern und Dienstmädchenkammer nur eine Viertelstunde Fahrzeit entfernt in der Ansbacher Straße. Zudem fühlte seine Mutter sich einsam, auch wenn sie zu dem Schlag Menschen gehörte, der sich jegliches Klagen verbot. Weshalb zog Georg nicht zu ihr, wenn er schon nicht dauerhaft bei Renate draußen in Dahlem leben wollte?

»Weil das eben nicht gut ginge, *pucikam*«, hatte er ihr erklärt. »Wir gehören beide zu diesen Schiffen, die sich nachts begegnen, wir tuten ins Nebelhorn, um uns zu grüßen, und dann verschwinden wir wieder, jedes auf seinem Kurs.«

Auf ihn traf das zu. Davon konnte Renate zu ihrem Leidwesen ein Lied singen. Er liebte die Dämmerung. Das Zwielicht. Tauchte unverhofft von irgendwoher auf, sagte nicht, wie lange er bleiben würde, und war kurz darauf genauso unverhofft wieder verschwunden. Als Renate sich einmal darüber beklagte, schenkte er ihr tags darauf ein schmales Bändchen mit neuen Texten von Kurt Tucholsky, in dem er ein Gedicht angestrichen hatte. Es hieß *Augen in der Großstadt*.

»Es zieht hinüber
Und zieht vorüber
Zwei fremde Augen, ein kurzer Blick.

Die Braue, Pupillen, die Lider.
Was war das? Von der großen Menschheit ein Stück.
Vorbei, verweht, nie wieder.«

»Das macht mir Angst«, hatte Renate gesagt. »So wie das Bild, *Der Tod des Dichters Walter Rheiner*.«

Wann immer sie davon sprach, nahm er sie in die Arme und hielt sie so lange fest, bis die Wellen der Angst sich legten. Er hatte ihr versprochen, dass er das immer tun würde, ihr ganzes Leben lang, und wenn die Wellen sich nicht legten, würde er ihr ein Glas von ihrem gemeinsamen Lieblingswein einschenken und zugleich darauf achtgeben, dass sie nicht zu viel trank.

Zu dem Tucholsky-Gedicht sagte er: »Ich kann es dir nicht verdenken, *pucikam*. Mir macht es auch Angst, ich denke, es macht jedem Menschen Angst, der ein Herz und ein Hirn hat, aber wir können ja nichts dagegen tun. Nur uns des Lebens freuen, weil noch das Lämpchen glüht, wie es in dem Volkslied heißt.«

Er hatte sie in die Arme genommen, sie hatten Wein getrunken, und die Wellen der Angst hatten sich gelegt. Das Buch von Tucholsky aber hatte sie in die Schublade ihres Sekretärs, zu dem Tagebuch von ihrem Vater gelegt, in das sie nur zwei Mal eine Zeile geschrieben hatte, und es nie wieder aufgeschlagen.

Was immer Georg über sich selbst sagte – seine Mutter war kein Schiff, das mit dem Nebelhorn tutete und froh war, wenn es weiterfahren konnte, sondern sie hätte ihren Sohn gern bei sich gehabt. Auch wenn sie ihm gegenüber dazu schwieg und lächelnd behauptete, sie habe ja ihre Ilse, die ihr längst mehr als ein Hausmädchen sei, zur Gesellschaft und sei völlig zufrieden. »Einen freien Geist wie Georg darf man nicht anbinden«, sagte sie zu Renate und bot ihr in einem kristallenen Miniaturgläschen einen Likör an, der ein wenig nach Veilchen schmeckte. »Allein der Versuch erschreckt ihn und schlägt ihn so weit in die Flucht, dass man nicht sicher sein kann, wann und ob er wiederkommt.«

Renate seufzte. »Ich fürchte, ich weiß, was Sie meinen.«

»Bitte nehmen Sie es sich nicht zu Herzen«, sagte Eleonore Deutsch, die viel älter als ihre eigene Mutter und wie die Großmutti gebrechlich wirkte. »Mein Sohn liebt Sie sehr. Er kann nur nicht anders.«

»Ich denke, das weiß ich«, sagte Renate und nahm die zierliche Hand, die Georgs Mutter ihr reichte, in ihre. »Und ich liebe ihn auch sehr.«

Eleonore Deutsch hatte sich sehr über die Leuchter gefreut, hatte auf der Stelle zwei honigfarbene Kerzen hineingestellt und sie angezündet. Ihre Flammen spiegelten sich in den hohen Fenstern, vor denen es draußen zu schneien begonnen hatte.

»Wie schön das aussieht«, sagte sie jetzt. »Es ist auf eine altmodische Weise schön, nicht wahr? Gediegene Leuchter, langsam brennende Kerzen, langsam fallender Schnee. So wie dieses Kosewort *pucikam,* das mein Sohn für Sie hat. Das stammt ja aus dem österreichisch-ungarischen Kaiserreich, das es ebenso wenig noch gibt wie unseres. Aus der guten alten Zeit.«

»Glauben Sie, dass die alte Zeit besser war?«, fragte Renate.

»Aber nein.« Eleonore Deutsch lachte ein kleines, trauriges Lachen. »Nur lernt ja jeder Mensch leben, wenn er jung ist, und wenn er nicht mehr jung ist, kommt es ihm manchmal vor, als sei sein Leben ohne ihn davongelaufen. Aber sprechen wir nicht mehr davon. Das sind nur törichte Gedanken einer alten Frau, die zu selten jemanden zum Reden hat. Ich habe mich so gefreut, dass Sie gekommen sind, Renate, ich freue mich so, dass es Sie gibt. Und dann bringen Sie mir auch noch ein so schönes Geschenk. Ich glaube, es muss vierzehn oder fünfzehn Jahre her sein, dass ich zuletzt zu Weihnachten ein Geschenk bekommen habe.«

»Und wer hat es Ihnen geschenkt?«, entfuhr es Renate, ehe sie sich bremsen konnte.

»Meine Tochter.« Der Blick ihrer Augen, die denen von Georg ähnlich, aber nicht so grau waren, schweifte in die Ferne. »Ihr Bräutigam war Katholik. Sie war so ein warmer, überschwänglicher Mensch, sie hat sich für seine Bräuche begeistert und sie nach und nach bei uns eingeführt. Sich taufen lassen und in Weiß heiraten wollte sie. Aber dazu ist es nicht mehr gekommen.«

Ihre Tochter hatte Felicitas geheißen, was »Glück« bedeutete. Sie war im Jahr nach dem Krieg an der Spanischen Grippe gestorben. So viel hatte Renate Georg nach hartnäckigem Fragen immerhin entlocken können, aber kein Wort mehr. Von dem Bräutigam hörte sie das erste Mal.

»Verdun«, sagte Eleonore Deutsch. Das Wort schien in der Luft zwischen ihnen stehen zu bleiben wie eine unsichtbare Schranke.

»Verdun?«

Georgs Mutter nickte. »1916. Felicitas hat es erst erfahren, als der Krieg schon drei Monate vorbei war und sie auf Gerhardts Rückkehr wartete. Vermisst hieß es, dann: französische Gefangenschaft, und dann: nichts mehr. Gerhardt war ihre Kinderliebe. Sie sind Tür an Tür miteinander aufgewachsen und haben sich an einer Wäscheleine von Fenster zu Fenster Botschaften geschickt.«

In dem so liebevoll, ein wenig überladen eingerichteten Salon mit dem Kamin, in dem das Mädchen das Feuer flackernd geschürt hatte, wurde es kalt. »Ein Engel geht durch den Raum«, hatte die Großmutti früher gesagt, wenn auf einen Schlag Schweigen herrschte, und Renate hatte sich vor dem stummen Engel gefürchtet, weil Peter, der Sohn vom Pfarrer, gesagt hatte, die Engel wären Geister der Toten.

Sie wollte irgendetwas Heiteres, Wärmendes sagen, doch ihr fiel nichts ein. Im nächsten Augenblick schellte die Türglocke, die watschelnden Schritte des alten Dienstmädchens knarrten im Korridor, und der Schlüssel knirschte im Schloss. Gleich darauf schob Ilse, das Mädchen, Georg in die Zimmertür, auf dessen Mantelschultern die Schneeflocken schmolzen. »Der Herr Sohn, Frau Kommerzienrat.«

Renate sprang auf und flog ihm in die Arme, während Anton selig fiepend an ihnen beiden hochsprang. »Lieber, lieber Georg.« Warum sie dabei weinen musste, war ihr ein Rätsel. Wohl weil sie so glücklich und Weinen besser war, als das Liedchen der Privatsekretärin zu trällern. »Wo kommst du denn her, du wolltest doch über Nacht in der Bank bleiben?«

Er hatte erst morgen in ihr kleines Idyll nach Dahlem hinauskommen wollen, hatte sie damit zu trösten versucht, dass er dafür bis Neujahr bleiben würde. Nur sie beide. Ohne Arbeit, Trubel, Politik. Sybille war nicht da, der hatte Harald von dem Vorschuss für seine Novelle eine Reise nach Paris geschenkt, und Henriette hatte frei, die würde die

Feiertage bei ihrer Cousine in Stahnsdorf verbringen. Renate hatte sich dreingeschickt und auf die Tage gefreut, auch wenn ihr der Gedanke an die Winternacht alleine nicht behagte.

»Ja, das wollte ich.« Georgs Lächeln war ein scheues, seltenes Tier, das sich entweder in seinen Augen verkroch oder hinter dem Spott in seinen Mundwinkeln versteckte. Heute eroberte es sich Augen und Mund, und es sah aus, als wolle es sich niederlassen. »Aber etwas muss an diesem Brimborium um Weihnachten ja dran sein. Mich überkam auf einmal der nicht länger bezähmbare Wunsch, bei meinen beiden liebsten Frauen zu sein. Da ich mich ohnehin nicht konzentrieren konnte, dachte ich, ich schneie herein, lasse mir von meiner Mutter ein Glas Wein kredenzen und fahre dann zusammen mit meinem Eisbären mit Herrn Hasenclever nach Hause.«

Nach Hause.

So nannte er das Haus in Dahlem zum ersten Mal.

Eleonore Deutsch, die Renate so gelöst noch nie erlebt hatte, servierte einen Rotwein aus Burgund, und sie tranken auf gute Zeiten, auf vergangene wie auf zukünftige, und auf ihr Zusammensein.

»Meine Eltern feiern so gerne Silvester«, sagte Renate. »Mein Vater lädt das halbe Zeitungsviertel ein und meine Mutter sämtliche Verwandte und Nachbarn. Sie würden sich sehr freuen, wenn ich Sie beide zur diesjährigen Feier mitbrächte, um gemeinsam auf das neue Jahr anzustoßen.«

»Langsam, langsam, der preußische Landsturm kann Ihnen sonst nicht folgen.« Zum ersten Mal hörte sie Georgs Mutter lachen. »Überfordern Sie meinen Sohn nicht. Dass er sich heute Abend aus seiner Höhle gewagt hat, bedeutet nicht, dass er sich von jetzt an in der Lage sieht, ein gesellschaftliches Leben zu führen.«

»Du sagst es.« Georg stand auf. »Gute Nacht, liebste Mutter, und vielen Dank für den Wein. Ich melde mich, wenn ich zurück in der Zivilisation bin.«

Mit Anton, der quer über ihre Schöße ausgebreitet schlief, fuhren sie durch die Nacht, aus der weihnachtlich beleuchteten Stadt hinaus in ihr stilles Dahlem. Im Haus brannte ein kleines Licht, das Henriette anließ, wenn Renate spät nach Hause kam, es schimmerte ihnen durch das

Fenster über der Tür entgegen. Sie musste es eingeschaltet haben, ehe sie sich mit der S-Bahn auf den Weg gemacht hatte, und jetzt war es, als würde ihr Haus sie begrüßen.

Henriette hatte auch den Kamin im hinteren Salon, den Renate Gartenzimmer nannte, vorbereitet, sodass Georg ihn nur noch zu schüren brauchte, und auf die Anrichte im Speisezimmer hatte sie eine kalte Platte für Renates Abendessen gestellt.

»Bitte lass uns kein Licht machen«, bat Georg. Er hatte von Ferenc mehrere Flaschen von ihrem geliebten *Bikavér* gekauft und entkorkte eine davon langsam auf dem Sims des großen Fensters, das auf den dunklen, allmählich unter dem Schnee verschwindenden Garten und die Terrasse hinausging. »Nur eine Kerze, ja?«

Er schenkte den Wein in zwei Gläser, um ihn atmen zu lassen, und blickte in das silbrige Schneegestöber. Renate zündete die Kerze an, stellte sich neben ihn, und er zog sie so fest an sich, wie sie es von ihm nicht kannte. »Danke für dieses Jahr, Renate. Danke für diese Nacht. Dafür, dass du dich um meine Mutter kümmerst und in ihre einsamen Tage wieder etwas zum Freuen bringst. Danke, dass du für mich da bist und mir dein paradiesisches Haus öffnest, wenn ich die Welt, das Leben und mich selbst nicht mehr ertrage.«

Sie schob ihm den Arm um die Taille und zog ihn ebenfalls mit aller Kraft zu sich. »Warum erträgst du dich selbst nicht, Liebster?«

»Ja, warum? Die Frage ist gut. Weil ich ein Mensch bin vielleicht und mich manchmal frage, wie eine so miese Erfindung wie die Menschheit schon so lange bestehen kann. Aber Ratten sind ja auch nicht totzukriegen. Nein, *pucikam,* zieh kein solches Gesicht. Meistens kann ich ja die Menschen gut leiden, sogar dann, wenn ich sie nicht ertrage. Und manche, wie das Geschöpf, das hier neben mir steht, lassen sich so wunderbar ertragen, dass ich den Rest glatt vergessen könnte.«

Er neigte sich zu ihr, berührte ihre Augen mit den Lippen und sah sie dann lange und mit einem kleinen Lächeln an, ehe er sich wieder dem Fenster zuwandte.

»Ist es die Politik?«, fragte Renate. Sie hatte dieses Thema in ihren freien Tagen aussperren wollen, aber wie könnte sie das, wenn sie sah, dass er sich damit quälte? Als Georg keine Antwort gab, fragte sie weiter: »Der neuen Regierung, die dieser Kurt von Schleicher bilden soll, traust du nicht, habe ich recht?«

Kurt von Schleicher war ein General der Infanterie, der sich im Krieg durch seine Diplomatie bewährt hatte und von Reichspräsident Hindenburg zum Kanzler ernannt worden war. »Eine Notlösung«, hatte Renates Vater gesagt, »aber allemal besser als dieser Nationalist von Papen.« Von Papen, der zuvor mit seiner Regierung gescheitert war, hatte der äußersten Rechten des Zentrums angehört, war inzwischen jedoch parteilos.

»Es ist noch schlimmer«, sagte Georg. »Ich traue Schleicher nicht zu, eine Regierung überhaupt erst zu bilden. Er will mit einem aufgelösten Reichstag regieren, also genau genommen einen Staatsstreich begehen, und das kann ihm nicht einmal der alte Hindenburg durchgehen lassen. Was mich zusätzlich nervös macht, ist ein Kreis von Wirtschaftsmagnaten um einen Mann namens Keppler, zu denen auch ein Bekannter aus Bankierskreisen gehört, Freiherr von Schröder. Dieser Mann war bereits meinem Vater ein Dorn im Auge. Mich betrachtet er als den Stachel in seinem Fleisch, und ich kann ihn auch nicht leiden, auch wenn mir das mit dem Stachel ein bisschen zu pathetisch ist. Er ist ein blindwütiger Machtmensch, dem es einzig und allein darum geht, zu erreichen, was er beschließt. Leider hat er beschlossen, dass der nächste Reichskanzler Adolf Hitler heißen soll, und gleich nach Neujahr hat er diesen Keppler-Kreis in seine Villa eingeladen, um Einzelheiten seiner Strategie zu planen.«

»Woher weißt du das?«, fragte Renate.

»Ich weiß so manches«, erwiderte Georg. »Vieles, das ich lieber nicht wüsste. Jetzt aber genug davon. Auch wenn du mir das nicht glaubst: Ich hatte keineswegs vor, den eigentümlichen Zauber dieser Nacht mit solchen Scheußlichkeiten zu verderben. Meine Pflicht und Schuldigkeit habe ich für dieses Jahr getan, mein Artikel ist geschrieben und erscheint zu Neujahr. Bis dahin igeln wir uns hier ein und schließen all das aus. Im Übrigen bin ich überzeugt, dass diese Keppler-Idee ein totgeborenes Kind ist. Und Schröder ist ein pompöser Hohlkopf, das war er immer schon.«

»Weißt du, wovon *ich* überzeugt bin?«, fragte Renate.

»Nein.«

»Dass dieser Wein jetzt lange genug geatmet hat.«

Georg beugte sich herab und prüfte witternd das Bukett des Weins. »Recht hast du. Der ist vom vielen Atmen völlig erledigt. Nehmen wir ihn mit ins Bett?«

Sie trugen alles in ihr Schlafzimmer, das ganz oben, unter der Dachschräge des überraschend hohen Hauptflügels, lag und in Weiß gehalten war. Renate hatte auf alle Flächen Vasen mit Kiefernzweigen stellen lassen, in denen silberne Sterne hingen. Es gab keinen Ort, an dem sie sich dem Himmel näher fühlte.

Wie sie es von ihm kannte, machte Georg nirgendwo Licht, ging ins angrenzende Bad, wo er sich mit Stücken von Seidengarn die Zähne säuberte, und kehrte lautlos zurück, wie aus dem Nebel der Nacht aufgetaucht.

Renate lag schon im Bett, die Kissen in ihrem Rücken aufgetürmt, und sah ihm entgegen. »Mein Nebelgeliebter«, sagte sie. »Wenn ich versuchen würde, dich festzuhalten, würdest du mir davonwehen, nicht wahr? Ich habe zu viel Angst davor, deshalb lasse ich alles, wie es ist, auch wenn ich manchmal denke, auch du könntest dich irgendwann nach Halt sehnen.«

Georg sagte kein Wort, sondern schlüpfte nackt unter die Decken. Seine Haut war ausgekühlt. Sein Herz schlug schnell. Sie umarmten sich so, wie sie es von der ersten Nacht an getan hatten, damals, nach der Premiere der *Privatsekretärin:* Als hätten ihre Körper schon ein Leben lang darauf gewartet, sich zu vereinigen, als wären ihre Glieder Verankerungen, an denen sie sich zusammenfügten. Wenn sie seine Haut spürte, seine Muskeln, Sehnen, Knochen, das Haar auf seiner Brust, den Schweiß, der seine Schultern bedeckte, spürte sie auch sich. Das Verlangen nach ihm war zugleich das Verlangen, ganz sie selbst zu sein, so frei von Angst, dass sie sich schwerelos fühlte.

Er war auch in der Liebe leise, nur sein Atem ging ein wenig heftiger, als er danach an ihrer Seite lag, sein Gesicht in ihre Halsbeuge geschmiegt. Sie kämmte mit fünf Fingern durch sein Haar, das der Kerzenschein versilberte.

»Willst du rauchen?«, fragte er.

Sie schüttelte den Kopf.

»Willst du Wein?«

»Ich will nur dich.«

Er küsste sie auf die Stelle, an der an ihrem Halsansatz das Blut pochte. »Lass mir mit dem Festhalten noch ein bisschen Zeit, ja? Ich habe das nicht gewollt. Mich an einen Menschen binden, so fest, dass man sicher ist, man könne ohne ihn das Leben nicht ertragen. Es ist mir noch immer nicht ganz geheuer. Wirst du warten können, bis ich mich daran gewöhnt habe?«

Sie drehte sich zu ihm um und stützte das Gesicht in eine Hand. »Deine Schwester ist nicht an der Spanischen Grippe gestorben, nicht wahr?«

Er schüttelte den Kopf. »Mein Vater hat das erfunden. Er hatte seinen Lieblingsmenschen verloren, hatte sein Kind nicht beschützen können. Er hatte nicht die Kraft, sich obendrein auch noch dafür zu schämen. Feli ist aus dem Fenster gesprungen. Wenn es dämmert und im Zimmer kein Licht ist, glaube ich immer noch manchmal zu spüren, wie sie in letzter Entschlossenheit durch den stillen Raum geht, und wünsche mir, ich könnte sie aufhalten.«

Der Tod des Dichters Walter Rheiner.

»Ich hätte jetzt doch gern ein bisschen Wein«, sagte Renate.

Sie setzten sich beide auf, und Georg füllte ihr Glas. »Ich liebe dich.«

»Und ich warte auf dich, solange es eben dauert«, sagte sie.

»Auch wenn es dann zu spät sein könnte, um ein Kind zu haben?«

»Ich weiß nicht einmal, ob ich eines möchte.«

Er küsste sie. »Recht so. Erst einmal hast du ja auch genug aufregende Dinge vor dir. Wann geht es zum Dreh nach Kairo? Am Zwölften?«

Renate nickte. Sie würde fünf Wochen lang weg sein und unter Reinhold Schünzel, dem gefeierten Regisseur der *Dreigroschenoper*, ihren neuen Film drehen. Von Kairo aus ging es geradewegs nach Paris, weil das Studio sie auch für die französische Version des Films haben wollte.

Ihr Französisch war bei Weitem nicht so gut wie ihr Englisch. Sie würde sich sehr anstrengen, ihr Bestes geben müssen, hatte von deutschen Kolleginnen gehört, die in Frankreich ausgelacht worden waren.

»Schünzel hat auch diesen Film über den Weg in den Krieg gedreht, nicht wahr?«, fragte Georg. »*Die letzten Tage vor dem Weltenbrand?* Eine bemerkenswerte Geschichte.«

»Gerade deshalb mache ich mir ja Sorgen«, rief Renate. »Werde ich ihm nicht zu seicht sein mit meinem Gelächter und Geträller? Und mit Willy Fritsch habe ich auch noch nie gedreht, neben dem wollen die Leute doch die Harvey sehen und nicht mich. Ach Georg, ich habe solche Angst. Ich werde den ganzen Film verderben und alles in den Sand setzen ...«

»In den Wüstensand, *pucikam*. Den Kamelen zu Füßen.« Georg zog sie an sich und lächelte auf sie hinunter. »Meine liebste Perfektionistin macht sich verrückt mit ihrer Angst, nicht gut genug zu sein. Dabei liegt ihr ganz Deutschland zu Füßen, demnächst ruft Hollywood, und ganz nebenbei vergisst sie auch noch, dass sie eine wirklich gute, begabte und hart an sich arbeitende Schauspielerin ist.«

»Du findest das wirklich, nicht wahr?« Sie schmiegte sich so tief in seinen Arm, als könne sie sich in ihm verkriechen. »Solange ich dich um mich habe, halte ich die Angst ja auch irgendwie aus, aber fünf Wochen ohne dich in Ägypten? Ich wollte, du könntest mitkommen.«

»Fünf Wochen lang kann ich die Bank nicht allein lassen«, sagte er. »Aber wie wäre es, wenn wir jeden Tag zu einer bestimmten Uhrzeit an den anderen denken?«

»Wäre Sybille jetzt hier, würde sie sagen: Auf solchen Quatsch kann auch nur ein Mann kommen«, erwiderte Renate. »Ich denke doch sowieso den ganzen Tag an dich.«

»Vielleicht kann man ja telefonieren«, schlug er hilflos vor.

»Aus Ägypten? Bei Dreharbeiten mitten in der Wüste?«

»Ich fürchte, auch dafür bekäme ich von deiner Freundin Sybille keinen Applaus«, bekannte Georg. »Aber warte, jetzt hab ich's. Was hältst du davon, wenn ich nach Paris käme, um dich abzuholen? Ich könnte dir während der letzten Drehtage noch stündlich ins Ohr hauchen, dass du ganz Frankreich von den Füßen reißen wirst, und anschließend schenken wir uns zwei Urlaubstage in der Stadt, die ja angeblich der

Liebe geweiht ist. Dann hätten wir etwas, auf das wir uns freuen, und vielleicht hilft ja die Freude gegen Angst.«

»Oh, Georg!«, rief Renate. »Meinst du, das ginge wirklich?«

»Ich wüsste nicht, was uns daran hindern sollte«, sagte er, küsste sacht ihre Augen und blies die Kerze aus. »Es sei denn, uns fällt vorher der Himmel auf die Brust.«

Eisen schmieden

Berlin
(vier Wochen nach) Silvester 1932

»Ich könnt' vor Glück zerspringen,
zerspringen, zerspringen.«

23

Sybille
30. Januar 1933

Sie hatten Unter den Linden und in der Friedrichstraße bummeln gehen wollen. All die hübschen, unnützen Dinge erstehen, die einem nur deshalb so viel Spaß machten, weil man es sich leisten konnte, Geld für Unfug zu verplempern – da ein Halstüchlein in dem neuen Smaragdgrün, dort einen Rimmer für den Zuckerrand an Cocktailgläsern. Anschließend würden sie bei *Ganymed* am Schiffbauerdamm Austern essen, weil auch das so himmlisch dekadent war: Austern auf Eis, derweil man vor der Tür im Schneematsch ausrutschte.

Sybille liebte es, mit etlichen baumelnden Tüten am Arm die Boulevards entlangzustöckeln und die verwöhnte Millionärsgattin zu spielen. Harald, der sich zu allem breitschlagen ließ, war in der Rolle des Millionärs zwar fehlbesetzt, aber als der naive Liebhaber vom Land machte er sich nicht schlecht.

Es war ein gewöhnlicher Montag, sie hatten beide frei, was selten vorkam, und es hatte ein netter, vertrödelter Tag werden sollen. Nicht gerechnet hatte Sybille allerdings mit den Massen von Menschen, die sich wie Lawinen die Breite der Gehsteige hinunterwälzten.

Sybille liebte Menschen um sich. Glitter und Flitter, Männlein und Weiblein, Farce und Tragödie, Schall und Rauch und Swing. Nicht in die Kategorie von ihr geliebter Menschen gehörten jedoch Scharen von Hausfrauen, die sich mit gebleckten Zähnen und Schritten wie Donnerhall auf die Warenhäuser stürzten, in Trauben Schlange standen und sogar Keilereien anfingen, weil für heute der Beginn der *Weißen Woche* angesetzt war, in der Tisch-, Bett- und Leibwäsche zu »*fantastisch verbilligten Preisen*« angeboten wurde. In der *Vossischen Zeitung* hatte es offenbar Gutscheine gegeben, mit denen die Frauen wedelten wie Rotfront-Kämpfer mit ihren Fahnen.

»Fantastisch verbilligt eingekauft hätte ich ja gerne«, sagte Sybille, die zwar mit Harald, aber ohne eine einzige Tüte am Arm zwischen den Kaufwütigen Slalom lief. »Aber wer um alles in der Welt braucht Tisch- und Bettwäsche? Von dem anderen ganz zu schweigen. Ich bitte dich – was kann ein Kleidungsstück, das die Bezeichnung *Leibwäsche* trägt, anderes sein als ein Liebestöter? Vermutlich auch noch aus Kunstsei- denkrepp.«

»*Dessous*«, sagte Harald. »Ich wette, im *KaDeWe* heißen besagte Wä- schestücke *Dessous*. Aber ich fürchte, sobald du bemerkst, dass sich Frau Schulz und Frau Krause darauf stürzen, ist dir die Lust, sie an deinem Luxuskörper zu tragen, vergangen.«

»Was willst du damit sagen? Findest du etwa, ich bin ein Snob?«

»Natürlich. Du etwa nicht?«

Es begann zu schneien, nicht heftig, aber der Wind und die Feuchtig- keit waren unangenehm. Schon den ganzen Vormittag hatte über der Stadt eine eisengraue, undurchdringliche Schicht aus Wolken gehan- gen. Sybille hasste solche Tage, an denen sich das Licht nicht die Mühe machte, aus dem Bett aufzustehen. Sie hasste die ganze Jahreszeit.

»Gehen wir gleich zu *Ganymed*«, sagte sie zu Harald. »Und die Aus- tern können wir uns auch schenken. Zwei Flaschen *Grand Cru Classé Saint-Émilion,* gefolgt von einem großen *Vieille Réserve* ergeben auch ein Mittagsmenü. Weitertrinken können wir dann im *Kakadu* oder bei *Schwannecke,* wenn du Lust hast.«

»Ob ich Lust habe, ist nicht die Frage«, sagte Harald. »Ich folge dir bekanntlich überallhin. Eine Warnung allerdings: In die Abgründe dei- ner Zukunft als Trunk- oder Morphinsüchtige wirst du ohne mich ge- hen müssen.«

»Quatsch«, versetzte Sybille. »Mir ist einfach danach, mir einen trü- ben Tag schönzutrinken. Dass ich riskieren würde, süchtig zu werden oder auch nur einen einzigen Drehtag wegen eines Katers zu verpatzen, glaubst du doch wohl selbst nicht.«

»Nein, das glaube ich nicht«, stimmte Harald ihr zu. »Der Film ist dein Liebhaber, und solange du dem in den Armen liegst, wirst du nichts riskieren, das euch trennen könnte. Wenn er dich irgendwann verlässt, kämen mir allerdings Zweifel, und bis dahin wüsste ich dich gern in Sicherheit.«

»Wenn er mich irgendwann verlässt, bin ich tot«, sagte Sybille.

Eine Horde uniformierter Nazis – von der SS vermutlich – kam ihnen im Laufschritt entgegen. In ihren braunen Hemden hätten sie frieren müssen, aber dazu waren sie wohl zu echauffiert. »Was wollen denn die?«, fragte Harald. »Auch Leibchen und Schlüpfer aus Kunstseidenkrepp kaufen?«

Sybille lachte. Mit Harald zusammen zu sein machte Spaß. Wenn er seine Schüchternheit ablegte, zeigte sich, dass weit mehr in ihm steckte, als sich auf den ersten Blick vermuten ließ. Seit er seine *Herz ist Trumpf*-Schmonzette samt den Filmrechten für ein verblüffendes Honorar verkauft hatte, war er selbstbewusster und kam mehr aus sich heraus.

Ein Zeitungsjunge sprang ihnen in den Weg und hielt Harald die Mittagsausgabe entgegen. »*BZ am Mittag* jefällig, der Herr? Hitler mal wieder mit zu hohen Forderungen.«

»Das war ja gestern auch schon so«, erwiderte Harald freundlich. »Melde dich wieder, wenn du eine echte Neuigkeit anzubieten hast.«

Er zog die schwere Tür des Lokals auf, und Sibylle schlüpfte eilig hinein in die Wärme. Das *Ganymed,* das vor zwei Jahren eröffnet hatte, war bereits zu einem Treffpunkt der Szene um die Theater am Schiffbauerdamm geworden, doch um diese Uhrzeit, an einem Montag zumal, fand sich ein freier Tisch. Es war sogar ungewöhnlich leer. War etwa auch das Stammpublikum dieser französisch angehauchten Luxusdestille auf der Jagd nach Kunstseide?

Harald bestellte den Wein und irgendwelche *Amuse-Gueules* dazu, und Sybille ließ die schwere, dunkle Flüssigkeit in sich hineinlaufen. Warum nicht? Es war ihr freier Tag, das Wetter war abscheulich, und mit der Stimmung war auch etwas nicht in Ordnung. Sie vermisste Renate, deren Ägypten-Film erst irgendwann im Februar abgedreht war und die dann noch mit ihrem Herzliebsten durch Paris gondeln würde. Aber der Wein war gut. Er würde dem Weltschmerz abhelfen, und wenn nicht, konnte sie sich nachher im *Kakadu* ausnahmsweise noch eine Linie gönnen.

Ich bin ein viel zu kalter Fisch, um süchtig zu werden, dachte sie. Mir tut mein Herz dafür nicht weh genug.

Das Radio, das auf einem Wandbord über dem Tresen stand, spielte. Die *Comedian Harmonists* sangen:

»Eins, zwei, drei und vier,
Glücklich bin ich nur mit dir.«

Das war ungewöhnlich. In diesem Restaurant gab es manchmal ein wenig sanften Pianojazz oder einen Chansonabend, aber kein laufendes Radio. Als das Stück des Männerensembles mit den göttlichen Stimmen zu Ende war, meldete sich die schnarrende Stimme eines Radiosprechers zu Wort, aber der Empfang war schlecht, und Sybille konnte ohnehin kaum etwas verstehen, weil Harald gleichzeitig redete. Irgendetwas über Pola Negri. Jemand habe ihm angeboten, für sie einen Film zu schreiben, die Diva stecke in finanziellen Schwierigkeiten und wolle nach Europa zurück.

»Ein Drehbuch, Harald? Wie interessant.«

»*... haben sich in Wedding und Moabit Anhänger der KPD versammelt, die zu einer Demonstration aufrufen*«, schnarrte die Stimme des Radiosprechers. »*Forderungen nach einem Generalstreik werden laut.*«

»Sonderlich interessiert klingst du allerdings nicht«, beklagte sich Harald. »Ich hätte gern gewusst, ob du das für eine gute Sache hältst.«

»*Gleichzeitig bewegen sich Angehörige der SS und des Stahlhelms in Richtung Wilhelmstraße, wo Adolf Hitler vor Kurzem die Reichskanzlei verlassen hat und im offenen Wagen ins* Hotel Kaiserhof *zurückgekehrt ist.*«

Was gab es denn da zurückzukehren?, wunderte sich Sybille. Noch dazu im offenen Wagen. Zwischen beiden Gebäuden lagen nur ein paar Schritte, die Herr Hitler selbst mit dauerhaft ausgestrecktem rechtem Arm bewältigen konnte.

»Ich werde heiraten«, sagte Harald. »Sagst du mir wenigstens, ob du das für eine gute Sache hältst?«

»*Für fünf Uhr ist die erste Sitzung des neuen Kabinetts angekündigt. Derweil versammeln sich immer mehr Menschen in den Straßen Moabits, die offenbar ebenfalls in Richtung Wilhelmstraße aufbrechen. Rufe wie ›Nieder mit der Hitler-Regierung‹ werden laut. Berichten zufolge schließen sich auch Sozialdemokraten und Vertreter von Reichsbanner und Gewerkschaften den Protestzügen an.«*

»Verdammt noch mal, Sybille, wenn dir der Sinn nicht danach steht, mit mir zu reden, dann sag es, und ich gehe nach Hause.« Harald hieb mit der Faust auf den Tisch, dass die Gläser hüpften und roter Bordeauxwein auf weißen Damast schwappte. »Ich habe dir gerade gesagt, ich werde heiraten, und dir ist das nicht einmal eine Nachfrage wert?«

Sybille spürte, wie es ihr kalt in die Wangen stieg. Als habe sie Eis im Mund, das nicht schmolz. Sie sah den Wein ins Weiß der Tischdecke einsickern und die blutrot lackierten Fingernägel ihrer Linken daneben. All die Literaten und Drehbuchschreiber, die Wein mit Blut verglichen, konnten nie welchen verschüttet und zugesehen haben, wie er blass und wässrig im Stoff versickerte.

»Es tut mir leid«, sagte sie, ihre Stimme lächerlich schwach. »Ich war abgelenkt. Da ist etwas im Radio. Ich glaube, die haben Hitler zum Reichskanzler gemacht.«

»Was?« Augenblicklich war Harald auf den Füßen. Er eilte zum Tresen, und Sybille folgte ihm. Seite an Seite blickten sie hinauf zu dem Rundfunkempfänger, als könnten sie besser hören, was herauskam, wenn sie zugleich darauf starrten.

»Wie es aussieht, strömen aus allen Teilen der Stadt vor allem Angehörige der SA in der Wilhelmstraße zusammen, wo sich Hitler später am Fenster der Reichskanzlei zeigen wird. Gleichzeitig kommt es in den Arbeitervierteln der Hauptstadt zunehmend zu Kundgebungen und Protesten ...«

Einer der Besitzer des *Ganymeds*, ein Mann, der sich Jean nannte, aber vermutlich Hans hieß, trat zu ihnen und wies auf das Radio. »In der Scheiße, die da fabriziert worden ist, sitzen wir nun«, sagte er. »Den, der uns da so schnell wieder rausholen soll, muss mir erst mal einer zeigen.«

»Hindenburg hat wirklich Hitler ernannt?«, fragte Harald. »Sie haben eine Koalition dafür zustande gebracht?«

»Die Großindustriellen und die von der Reichswehr«, spie Jean heraus. »Die bereiten das doch seit Ewigkeiten vor. Von Papen geht mit jedem, der ihm ein Stück vom Kuchen verspricht, und Hugenbergs

Deutschnationale sind ja längst mit im Boot. Hindenburg ist ein seniler Greis. Das Einzige, was man jetzt noch tun kann, ist, die Beine in die Hand zu nehmen und sich vom Acker zu machen.«

»Ich kann Sie verstehen«, sagte Harald. »Aber ich denke, das ist eine Überreaktion.«

»Denken Sie das? Ich bin Jude, verdammt.«

»Dann verstehe ich Sie umso mehr«, sagte Harald. »Hitler aber sind ohne regierungsfähige Mehrheit genauso die Hände gebunden wie den Kanzlern vor ihm. Die Sache ist nicht schön, darin sind wir einer Meinung. Nur wird sie sich ja Gott sei Dank nicht halten.«

»Und dessen sind Sie sich sicher?«, fragte Jean.

Harald konnte nicht lügen. »Nein«, bekannte er. »Sicher wäre ich mir gewesen, dass in diesem Land, nach all dem, was wir erreicht haben, kein Reichskanzler Hitler möglich ist. Aber man täuscht sich wohl, wenn man im Grunde nichts kennt als Berlin und das mit dem Rest der Republik gleichsetzt.«

»Mit dem Rest der *Republik*?«, fragte Jean. »Meinen Sie nicht vielleicht den Rest des neuen Reiches?«

»Panik nützt uns nichts«, erwiderte Harald. »Dem Radiobericht zufolge gibt es die da draußen schon ausreichend. Ich denke, am meisten helfen wir uns mit Besonnenheit, damit, dass wir in Ruhe unser Handeln überdenken. Auch im Privaten. In jeder Einzelheit.«

Bei diesen letzten Worten hatte er nicht mehr Jean und auch nicht den Radioapparat angesehen, sondern Sybille. Der rauschten die Worte ihres Gesprächs durch den Schädel wie durch Watte. »Georgs Mutter!«, brach es aus ihr heraus. »Renate hat mich gebeten, nach ihr zu sehen, bis sie wieder da ist, ihr mal einen Blumenstrauß vorbeizubringen, all das. Ich hab's ihr versprochen. Aber ich bin nicht ein Mal da gewesen!«

Harald, der Verständnisvolle, starrte sie an, als spreche sie lateinisch, obwohl er das vermutlich konnte.

»Sie wohnt gleich hinter der Wilhelmstraße«, rief Sybille. »Wir müssen da hin.«

Wo kamen auf einmal all die Juden her? In Gedanken blätterte Sybille durch ihren Bekanntenkreis wie durch ein Daumenkino. Erich Pommer, der König der UFA. Der schöne Otto Wallburg, Camilla Spira mit ihren Kitschfilmen, über die sie mit Renate heimlich lästerte. Mindestens die Hälfte der *Comedian Harmonists* und Kurt Gerron, das Fass mit dem schärfsten Humor von Babelsberg. Warum war ihr nie aufgefallen, wie viele Juden sie kannte?

Weil es nie wichtig gewesen war.

Weil auch niemand durchzählte, wie viele Rothaarige er in seinem Bekanntenkreis hatte, wie viele Leute, die keinen Fisch mochten, wie viele gebürtige Berliner, wie viele Raucher und Whiskytrinker.

»Sybille?«

Harald hatte sie bei den Armen gepackt. »Ist dir nicht gut?«

»Doch, doch«, murmelte sie hastig, obwohl sie plötzlich all den Wein spürte, den sie auf nüchternen Magen getrunken hatte. »Ich muss nur zu Georgs Mutter. Es ist nicht weit.«

»Ausgerechnet jetzt? Kann das nicht warten? Wenn sie an der Wilhelmstraße wohnt, wäre es vermutlich nicht klug, sich in diesem Moment dort unter die aufgebrachten Massen zu begeben.«

»Zum Teufel, sie ist eine alte Frau und hat vor dem Gebrüll vor ihrer Haustür ganz bestimmt höllische Angst. Verdammt, sie ist Jüdin, Harald!«

»Jüdin?« Harald rieb sich die Stirn. »Aber ich wusste ja gar nicht, dass Georg …«

»Nein, das wusstest du nicht«, fuhr Sybille ihm ins Wort. »Du bist ja schamhaft und schaust einem anderen Mann nicht auf den Schwanz.«

Sie fischte nach ihrer Geldbörse, zerrte Banknoten heraus, häufte sie vor Jean, der auch Jude war, auf den Tresen. »Ich hoffe, es stimmt so.«

»Viel zu viel«, protestierte Jean.

»Ich bezahle«, protestierte Harald.

»Ich muss gehen«, rief Sybille und rannte aus dem Restaurant. Draußen fiel immer noch Schnee, über der Stadt hing immer noch das eiserne Grau, das alles Licht ausschloss, und Lawinen von Menschen wälzten sich immer noch durch die Straße. Nur wollten die nicht zur »Weißen Woche« und jagten nicht nach Hemden aus Kunstseidenkrepp. Zeitungsjungen brüllten Schlagzeilen, während ihnen die Ausgaben aus den Händen gerissen wurden. So viele Jungen, die den *Völkischen Beobachter* anpriesen, hatte Sybille in dieser Gegend noch nie gesehen.

Sie hastete weiter, stieß gegen einen Mann im Braunhemd, der sie heftig anfuhr und die Faust hob. »Mach Platz, Judsche. Mit euch räumen wir jetzt auf.«

Angst verspürte sie nicht. Nur das Gefühl, sich an Jauche beschmiert zu haben, und eine Art Lähmung, die Unfähigkeit, dem Mann aus dem Weg zu gehen.

Erst jetzt bemerkte sie, dass Harald ihr gefolgt war. Er zog sie aus der Reichweite des Nazis und baute sich vor ihm auf. »Die Dame hat Ihnen nichts getan. Benehmen Sie sich bitte wie ein zivilisierter Mensch.« Er war schmächtig, aber sein Mut war ein lächerlicher Riese. Darüber, ob sie ihn liebte, dachte sie nie nach, aber sie liebte ihn in diesem Augenblick.

»Komm weiter, Harald.« Sie zog ihn mit sich, murmelte im Laufen noch immer außer Fassung: »Er hat gedacht, ich bin Jüdin. Und hätte er mich gefragt, hätte ich ihm gesagt: Ja, ich bin's.«

»Ich bin kein Angstmacher«, sagte Harald. »Es liegt mir fern, den Teufel an die Wand zu malen, aber ich wünschte, du wärst vorsichtig.«

Sie liefen am Spreeufer entlang, eng an die Ufermauer gedrängt, weil die gesamte Breite der Straße von Menschen eingenommen wurde, die sich wie von einem gigantischen Magneten gezogen auf einen Punkt zubewegten. Viele von ihnen sangen. »*Deutschland, Deutschland über alles*«, hallte es über die aufgewühlten Wellen des Flusses hinweg. Kaum war das Lied abgesungen, fielen sie in ein anderes, ihre Stimmen hell wie von ganz jungen Männern:

> »*Wenn der Sturmsoldat ins Feuer geht,*
> *Dann hat er frohen Mut.*
> *Und wenn's Judenblut vom Messer spritzt,*
> *Dann geht's noch mal so gut.*«

»Da vorne muss es sein!«, schrie Sybille gegen den Knoten in ihrer Kehle an und wies in Richtung der Marschallbrücke. Im Haus Nummer 14, hatte Renate gesagt. Es war eines dieser vornehmen, grundsoliden Bürgerhäuser, die aussahen, als würden sie jeden Aufruhr, jeden Regierungswechsel und sämtliche Reiche überstehen. Mit ihren Stuckdecken, den Vögeln und Blumenranken, mit denen das Treppenhaus ausgemalt war, und mit den winzigen Räumen, die sich Mädchenkammern nannten, beherbergten sie eine Zeit, die es längst nicht mehr gab.

Das Dienstmädchen öffnete ihnen. Ihr Gesicht glich einem verschrumpelten Apfel. Würde man wohl irgendwann aufhören, eine derart betagte Frau ein Mädchen zu nennen?

»Wir möchten zu Frau Kommerzienrat Deutsch«, sagte Harald höflich, weil Sybille den Klumpen nicht aus der Kehle bekam.

Vor der Tür sangen Nazis, die an der Spree entlang in Richtung Wilhelmstraße zogen:

>*Wir werden noch weiter marschieren,*
Wenn alles in Scherben fällt,
Denn heute gehört uns Deutschland
Und morgen die ganze Welt.«

Ich will das nicht, dachte Sybille voll verzweifelter Wut. Ich will nicht, dass unser Leben in Scherben fällt, denn ich mag es verdammt noch mal gerne, es gehört uns, und es hat verdammt noch mal genug gekostet, es aufzubauen.

Das alte Mädchen schüttelte den Kopf. »Die gnädige Frau hat sich hingelegt. Es nimmt sie doch alles sehr mit, Sie verstehen?«

Sybille wandte sich an Harald. »Hast du einen Bleistift? Papier auch?«

Harald reichte ihr seinen Füllfederhalter und ein Stück von irgendeiner Quittung. Hastig kritzelte sie eine Folge von Zahlen auf den Zettel und gab ihn dem Mädchen. »Sagen Sie Frau Deutsch bitte, dass Sybille hier war. Sybille Schmitz, die Freundin von Renate. Sie soll mich anrufen, wenn sie nachher aufsteht. Unbedingt. Egal um welche Uhrzeit.«

Sie verabschiedeten sich und kehrten auf die Straße zurück. Gern hätte Sybille Harald gebeten, sie auf irgendwelchen Schleichwegen nach Hause zu bringen, wo sie ja warten musste, falls Georgs Mutter sie anrief, falls diese Frau, die Renate liebte und die sie im Stich gelassen hatte, sie brauchte. Stattdessen blieben sie im Hauseingang stehen und starrten ohne Begreifen auf die marschierenden Horden.

»Das ist etwas ganz Großes, was da heute geschmiedet wird«, sagte ein Mann, der neben ihnen stehen blieb. Es war ein ganz gewöhnlicher Mann, der über einem warmen wollenen Mantel einen gestrickten Schal trug und mit seinen roten Wangen und glänzenden Augen aussah wie ein Vater, der für seine Kinder den Nikolaus spielte. »Dass man dabei war, als das anfing, das wird man eines Tages am Kamin seinen Enkeln erzählen.«

»Komm«, sagte Harald leise und zog Sybille mit sich zurück in das schützende Dunkel des Hausflurs, von dort in den Hinterhof und in einen der Seitenflügel. Offenbar hatte er die gleiche Idee, den gleichen Fluchtgedanken gehabt wie sie. Das Gebäude besaß eine Hintertür, die zog er auf und spähte hinaus. »Komm«, rief er sie leise, legte den Arm um sie und führte sie hinaus auf eine Zufahrt, die offenbar von der Luisenstraße fort und in die Richtung strebte, aus der sie gekommen waren. In die Richtung, in der ihre beiden Wohnungen lagen.

Sie gingen das kurze Stück auf menschenleerem Pflaster hinunter, wohl wissend, dass sie gleich wieder auf eine öffentliche Straße und damit in den Nazi-Strudel, der alles mit sich reißen wollte, geraten würden. So schützend, wie er ihre Schultern umfasst hielt, hatte es zuvor nur ihr Vater getan, und bei dem, der nach vier Jahren Krieg so gut wie ein Fremder gewesen war, hatte sie es als beengend empfunden, als eine Fessel, aus der sie ausgebrochen war. Bei den Männern, die sie umschwärmten, hätte sie es nie geduldet und bei Harald schon gar nicht.

Sie würde sich befreien, sobald sie in Sicherheit waren, aus dem explodierenden Stadtkern heraus und in ihrem Kiez, ihrem ein bisschen exzentrischen, nicht Nazi-tauglichen Wohnviertel hinter dem Werderschen Markt. Noch nicht jetzt. Für diesen Augenblick, in dem die Welt um sie herum verrückt spielte und Renate auf einem anderen Kontinent war, tat es gut, diesen Mann bei sich zu spüren, der bei Verstand blieb und sich um sie sorgte.

Es wurde schon dunkel. Der Abend senkte sich im Januar so schnell, und dass das Dunkel auf einen Tag folgte, der ohne Licht gewesen war, erschreckte umso mehr. Sie fielen in Laufschritt, rannten an den Menschenströmen vorbei, bis sie außer Atem waren. Mehrere Männer zündeten Fackeln an, und die Luft füllte sich mit dem Gestank nach Kerosin. Erst als die Massen ausdünnten und Gesang und Geschrei in der Ferne verebbten, fielen sie wieder in Schritt.

»Das, was ich vorhin zu dir gesagt habe«, stieß Harald in keuchenden, weißen Atemwolken hervor, »das war nicht gedacht, um dich zu provozieren. Oder doch. Vielleicht. Aber es traf auch zu, ich hatte es gerade in dem Moment beschlossen.«

»Was hast du vorhin zu mir gesagt?«

»Dass ich heirate. Ich habe jemanden kennengelernt, ein nettes Mädchen, wir verstehen uns gut. Du willst mich nicht, wirst mich nie wollen, und ich hätte gern all das: Ehefrau, Kinder, ein Heim, das abends nicht leer ist, wenn man kommt.«

Die Dämmerung nahm zu und machte ihr Angst. »Lass uns nach Dahlem fahren«, entfuhr es ihr. »Ich habe den Schlüssel. Wir lassen uns von Henriette irgendwelche Stullen machen, nehmen Anton mit ins Bett und verkriechen uns mit Georgs ungarischem Wein.«

»Dahlem also.« Harald trat an den Straßenrand und hielt Ausschau nach einer Taxe. »Sybille, hast du gehört, was ich gesagt habe?«

»Jaja, natürlich«, murmelte sie hastig. »Aber du heiratest nicht heute Nacht, oder?«

»Nein«, sagte er. »Vielleicht heirate ich nun überhaupt nicht so schnell. Aber selbst wenn ich es tue – ich bin für dich da, Sybille. Ich werde keine andere Frau je so lieben wie dich, und ich will, dass du mir eines versprichst.«

»Was?«

Er winkte einem Taxi. »Dass du es mich wissen lässt, falls du dich anders entscheidest. Ich heirate dich vom Fleck weg. Dass du schon beim Hochzeitsessen unter dem Tisch mit einer schönen Frau füßeln wirst, schreckt mich nicht.«

24

Renate
Gizeh, Ägypten
Februar 1933

Wenn man sich erst einmal an den Gedanken gewöhnt hatte, einem Tier, das weit größer war als ein Pferd, mehr oder minder auf dem Hals zu sitzen, war es gar nicht unangenehm. Die beiden Kamele schaukelten durch die hitzeflirrende Luft auf das Weltwunder zu, berührten mit ihren ungeheuren Füßen den Sand so sanft, dass kaum ein Körnchen aufflog.

Der größte Teil des Films spielte in dem überwältigend luxuriösen *Hotel Four Seasons* am Nil, im Herzen von Kairo. Willy Fritsch in Frack und Zylinder und Renate in einem Abendkleid mit Pelzbesatz, und ein Teil der Szenen würde im März in Babelsberg abgedreht werden. Das große Finale allerdings sollte dem Zuschauer das Gefühl schenken, auf der exotischen Reise, die er sich niemals würde leisten können, selbst dabei gewesen zu sein, und dafür schwitzten Stab und Schauspieler seit Tagen in der Wüste. Dass man so viel Schweiß vergießen konnte, so viel Flüssigkeit überhaupt seinem Körper abringen konnte, ahnte man nicht, ehe man eine Wüste erlebt hatte. Ständig musste der Dreh mitten in der Szene unterbrochen werden, weil Schminke verlief oder jemand einfach nicht mehr konnte.

Carl Hoffmann, ihr Kameramann, litt unter Atemnot, Harry Bender, der Aufnahmeleiter, sank schlankweg in Ohnmacht, und Leopoldine Konstantin, die Willy Fritschs Mutter spielte, musste mehrmals ihr durchgeschwitztes Kostüm wechseln. Unter den Darstellern war Renate die Einzige, die nie eine Atempause forderte, keine Szene unterbrach, um nach Wasser zu verlangen oder in den Schatten der aufgestellten Zelte zu flüchten, sondern sich ganz und gar auf ihre Rolle als Baroness Stephanie konzentrierte, die den von Willy Fritsch verkörperten Magnaten liebte und es bis zum letzten Bild vor ihm geheim hielt.

Wenn sie abends ins Hotel zurückkehrten, las sie keine Zeitung, hörte kein Radio und nahm an den geselligen Zusammenkünften nicht teil, sondern aß auf ihrem Zimmer, studierte ihr Rollenbuch für den nächsten Drehtag und versetzte sich wiederum ganz und gar in Stephanie.

Das war ihre Art, zu arbeiten. Wenn sie filmte, gab sie sich ganz, und die einzige Ausschweifung, die sie sich gönnte, waren eine Flasche importierter Wein und manchmal noch ein Cognac, die sie auf ihrem Zimmer trank, um ihre Nerven zu beruhigen und schlafen zu können.

»Gönn dir mal eine Pause vom Rackern, Mädchen«, hatte Gustav Waldau, der ihren Vater spielte, gesagt. »Wir drehen hier schließlich nur ein kleines Filmchen und sind keine Sklaven, die die Pyramiden neu errichten.«

Aber Renate konnte nicht anders. Nur durch härteste Arbeit an sich selbst und den Wein am Abend, der sie mit Gedanken an Georg einschlafen ließ, war sie in der Lage, ihre Nervosität zu bezähmen, die Angst, nicht gut genug zu sein, die nur Georg kannte und verstand. Vor jedem neuen Film war sie wieder das kleine Mädchen, das in Danzig im Kino saß und die unerreichbare Pola Negri anhimmelte. Dass jetzt sie es war, die in Überlebensgröße über die Leinwand schwebte und von kleinen Mädchen angehimmelt wurde, dass sie für diese Mädchen ein Idol war, wie Pola Negri ihr Idol gewesen war, würde sie nie ganz begreifen können. Sooft sie es versuchte, hallte durch ihren Schädel die schnarrende Stimme des Lateinlehrers: »*Ich begreife nur nicht, was ein Dienstmädchen, das davon träumt, Prinzessin zu werden, auf meiner Schule zu suchen hat.*«

Sicher hätte er auch nicht begriffen, was das »Dienstmädchen« am Fuß dieses Weltwunders, dieses Zeugnisses menschlicher Größe, zu suchen hatte, aber das war jetzt gleichgültig. Sobald die Klappe geschlagen war und das Surren der Kameras einsetzte, zählte nur noch die Szene, das Spiel, das Gefühl, das sie dem Zuschauer zu vermitteln hatte. Unter Reinhold Schünzel zu arbeiten war großartig, denn er holte selbst aus der banalsten Handlung das Äußerste heraus. Dieses Schlussbild mochte kitschig sein, aber es würde eine ungeheure Wirkung entfalten, wenn es gelang: zwei junge Menschen, ein gerade erst einig gewordenes

Liebespaar, das unter dem sich rötenden Himmel auf die Pyramiden zuritt, auf das vielleicht älteste Wunderwerk der Menschheit.

Es hatte etwas von Hoffnung und Ewigkeit, genau das, was die von Krisen und Not gebeutelten Menschen brauchten, und war dabei doch so federleicht, dass es keinerlei Anstrengung kostete.

Renate tat, was sie in der Frühe mit Regisseur, Aufnahmeleiter und Kameramann besprochen hatte: Sie hob leicht ihr Kinn, blickte mit halb geschlossenen Augen auf die Pyramiden, während die rechte Kamera ihre von luftiger Seide umwehte Gestalt auf dem Kamel und dann langsam heranfahrend ihr Profil bis hin zur Großaufnahme filmte, und wandte sich in genau dem Moment, als die vordere Kamera übernahm, Willy Fritsch zu, nur mit einer ganz kleinen Drehung, halb schüchtern und halb verschmitzt. Der Lärm, der einsetzte, stammte von der Windmaschine, die von einem Flugzeugrotor der Firma Curtiss-Wright betrieben wurde. Die Zuschauer würden davon nichts hören, sondern nur das malerisch wehende Haar der jungen Baroness sehen und sich in einem Traum verlieren können.

Willy Fritsch lächelte sie voll an, Renate ihn nur ein kleines bisschen – schwärmerisch durchaus, aber mit einer Prise Koketterie. Sie hatte diesen Blick geübt, bis ihr sämtliche Gesichtsmuskeln schmerzten, und doch verkrampfte sich einen Schlag lang ihr Herz vor Angst, ihn zu verpatzen. Dann saß das halbe Lächeln auf ihrem Gesicht, die Windmaschine blies ihr das Haar aus der Stirn, und die Kamele schaukelten den Pyramiden entgegen.

»Klappe, Schnitt und Kamera aus«, rief Reinhold Schünzel. »Damit wären wir dann tatsächlich abgedreht, und ich bedanke mich, meine Herrschaften. Besonders bei unserer Hauptdarstellerin.«

Zwei Burschen des Kameltreibers eilten herbei, um die Tiere zum Niederknien zu bringen und den Schauspielern herunterzuhelfen. Die Windmaschine verstummte, der Fahrer des Tongalgens sprang von seinem Wagen, und Renate vernahm, was sie nicht glauben konnte: Händeklatschen. Der Stab applaudierte ihr. So etwas geschah nur in Ausnahmefällen. In ihrer gesamten Laufbahn hatte Renate es nur zwei Mal erlebt, und beide Male hatte es nicht ihr gegolten.

Abends gab die Aufnahmeleitung einen Abschiedsumtrunk in der

American Bar des Hotels. Jakob Tiedtke und Angelo Ferrari, die in ihren Nebenrollen ebenfalls in der französischen Fassung spielen sollten, würden in aller Frühe und auf dem schnellsten Weg nach Paris abreisen: zuerst mit dem *Kairo-Express* bis Haifa, sodann mit dem *Taurus-Express* in das nun Istanbul genannte Konstantinopel und von dort mit dem luxuriösen *Orient-Express*, der für die Fahrt nach Paris nicht mehr als drei Tage brauchte. Die Übrigen würden sich am darauffolgenden Abend weit gemächlicher mit dem Zug nach Alexandria aufmachen, von dort zu Schiff nach Neapel und dann weiter per Zug bis nach Berlin durchfahren.

Renate tanzte, flirtete, lachte, ging aus sich heraus und war ihr strahlendstes Selbst. Alle Anspannung fiel von ihr ab, und sie hatte nur noch einen Gedanken: Eine Woche Fahrt noch und ein paar Tage Nachdrehen in dem verfluchten Französisch, dann habe ich Georg wieder. Ich stehe am Gare du Nord, sehe, wie er beim Einfahren den Kopf aus dem Fenster streckt, und diese endlose Einsamkeit hat ein Ende.

Sie würde sich nie wieder so lange von ihm trennen, beschloss sie. Eine Woche oder zwei waren erträglich, sie hatten beide ihr Leben, das häufige Reisen erforderte, und würden einer vom andern nicht verlangen, etwas aufzugeben. Anderthalb Monate aber waren zu viel. Ihre Angst spielte verrückt, wenn Georg sie nicht in Schach hielt, ihre Dämonen waren die Mäuse, die das Tanzen anfingen, sobald Georg, die Katze, außer Haus war. Sie sehnte sich nach Dahlem, nach der stillen Häuslichkeit ihres Idylls, bewacht von Anton und Henriette. Sie freute sich auf den Frühling in ihrem Garten, der nicht mehr lange auf sich warten lassen würde, Frühstück auf der Terrasse bei den berauschend duftenden Fliedersträuchern, ersten Bädern im See, abends Cocktails im Sonnenuntergang mit Sybille und Harald, die lachend und voller Geschichten aus der Stadt zu ihnen stießen.

»Noch rasch auf ein Wort, Fräulein Müller«, hielt Reinhold Schünzel sie auf, als sie sich schon verabschiedet hatte und durch die mit Palmenkübeln geschmückte, von Deckenventilatoren gekühlte Empfangshalle auf dem Weg zum Lift war. »Ich bedanke mich ein weiteres Mal für Ihre außerordentliche Leistung. Wir sehen uns ja dann in Berlin.«

»Ich habe zu danken«, sagte Renate und meinte es auch so. In diesem

Augenblick hätte sie der ganzen Welt danken oder ihr Lied trällern wollen: *Ich bin ja heut' so glücklich, so glücklich, so glücklich …* Sie war die Sunshine Susie. Auf der Sonnenseite des Lebens geboren und mit einer Glückshaube über ihrem Kopf.

»Und dann noch eine Warnung«, sagte Reinhold Schünzel. »Nach allem, was man liest, müssen Sie infolge des Regierungswechsels in Deutschland durchaus damit rechnen, unterwegs auf Anfeindungen zu stoßen. Vor allem in Frankreich ist man wohl außer sich, was nach dem, was Hitler in seiner Antrittsrede im Sportpalast von *Erhebung des deutschen Volkes* und *Kampf um Blut und Boden* gefaselt hat, nicht weiter verwunderlich ist. Nehmen Sie es sich nicht zu Herzen. In drei Wochen sind ja schon Neuwahlen angesetzt, dann ist der Spuk vorbei.«

»Was für ein Regierungswechsel?«, fragte Renate. »Wieso Hitler?«

»Sie sind wirklich eine, die während des Drehs nichts als Ihre Arbeit kennt, was?« Schünzel lächelte und rückte sich sein unvermeidliches Monokel zurecht. »Die Dame an der Rezeption hat mir erzählt, Sie hätten nicht einmal das Telegramm abgeholt, das für Sie eingetroffen ist.«

Tatsächlich hatte Renate es vermieden, an der Rezeption nach Nachrichten für sie zu fragen. Sie erwartete nichts. Wenn doch etwas eintraf, würde es kaum etwas Gutes enthalten. Die Uri war beinahe hundert, über kurz oder lang würden sie sie verlieren, und wem hätte es genützt, wenn Renate Tausende von Meilen entfernt davon erfuhr?

»Bitte sagen Sie mir, was passiert ist«, sagte Renate und fühlte den Schweiß, der ihr den Ventilatoren zum Trotz den Rücken hinunterrann.

»Hindenburg hat Hitler Ende Januar zum Reichskanzler ernannt«, sagte Schünzel. »Der plustert sich nun natürlich auf, aber eine Mehrheit, mit der er regieren kann, hat er nicht, weshalb der Reichstag wieder einmal aufgelöst ist. Am 5. März wird neu gewählt. Nach diesem Schuss vor den Bug werden die demokratischen Kräfte hoffentlich endlich Manns genug sein, geschlossen zu agieren und Deutschland wieder regierungsfähig zu machen.«

Renate hatte keine Ahnung, was das alles für sie zu bedeuten hatte. Wer sich auf einen Film konzentrierte, in einer Rolle, einer anderen Persönlichkeit aufging, der drängte das wirkliche Leben so weit weg, dass er die Verbindung zu ihm verlor. Ihr Herz klopfte, und sie spürte eine seltsame, beklemmende Leichtigkeit im Kopf.

Schünzel bemerkte offenbar, dass es ihr nicht gut ging, und klopfte ihr ermutigend den Arm. »Jetzt machen Sie sich nicht zu viele Gedanken. Es wird ja nicht lange dauern. Wenn ich etwas anderes für möglich hielte, würde ich hier kaum sorglos feiern und mein nächstes Filmprojekt mit Ihnen planen. Meine Mutter ist Jüdin, und daraus, dass er sämtliche Juden gern buchstäblich in der Pfeife rauchen würde, macht Hitler ja keinen Hehl.«

Renate musste sich zwingen, das Telegramm, das schon seit über einer Woche für sie an der Rezeption lag, abzuholen und zu öffnen. Alles in ihr drängte danach, stattdessen nach oben in ihre Suite zu fahren, ihren Kopf unter die Decken zu stecken wie der Vogel Strauß in den Sand und so zu tun, als wisse sie von nichts. Es war der Gedanke an Georg, an ihre gemeinsamen Tage, der sie davon abhielt. Sie würde sie nicht genießen können, wenn sie sich darüber den Kopf zerbrach, was in dem Telegramm gestanden haben mochte.

Und wenn das Telegramm von Georg war, wenn ihm etwas zugestoßen war?

Das durfte nicht sein! Mir klopfendem Herzen eilte sie zur Rezeption.

»Good to finally see you, Miss Muller. We have a telegram for you. From Berlin.«

Das Telegramm war von ihrem Vater:

»Helene von gesunden Zwillingsmädchen entbunden. Aber Arno verhaftet. Pass auf dich auf. In Liebe. Vati.«

25

Die Fahrt mit dem *Orient-Express*, dem rollenden Luxushotel, quer durch einen Kontinent, hätte eine Reise der Erholung und Vorfreude werden sollen. Stattdessen fand Renate in den duftenden Kissen ihres Erste-Klasse-Abteils kaum Schlaf, konnte die Städte und Landschaften, die sie durchquerten, nicht genießen und trank zu viel. Das mit dem Trinken würde sie wieder in den Griff bekommen, wenn Georg bei ihr war. Es störte sie nur, weil sie am Morgen ihr Gesicht im Spiegel aufgequollen fand und weil sie für ihn schön sein wollte.

So schön und so glücklich wie noch nie.

Sie fuhren in der Dämmerung nach Paris ein, Europas schönste Stadt versank in grauer Trübnis, und es fiel Regen, der in Rinnsalen an den Scheiben herunterlief, als blicke man auf Paris durch einen Tränenschleier. Ich will heute Nacht nicht allein im Hotel sein, dachte Renate. Ich will nicht stundenlang wach liegen und zuhören, wie der Regen an mein Fenster stürzt, während meine Gedanken sich im Kreis drehen. Meine Gedanken wissen ja nicht einmal, um was sie eigentlich kreisen. Warum ist der Schreihals Arno, den meine Cousine geheiratet hat, verhaftet worden? Warum telegrafiert mir der Vater, ich soll auf mich aufpassen? Schlechte Kanzler geben sich seit Jahren im Reichstag die Klinke in die Hand, sodass sich kaum einer ihre Namen merken kann. Warum merkt sich jeder den Namen Hitler, und warum bekommen wir alle diesen Unterton in der Stimme, wenn wir von ihm reden, wo er doch genauso schnell verschwinden wird, wie er gekommen ist?

Als der Zug mit dem Schrillen von Metall auf Metall in die Halle des Bahnhofs eintauchte, schob Renate das Fenster kurzerhand auf und lehnte sich hinaus. Und dann stand er da. In seinem grauen Mantel und mit dem grauen Hut, den er noch tiefer als sonst in die Stirn gezogen trug. Ihr Georg. In drei Tagen hatte sie ihn von diesem Bahnhof abholen sollen, doch stattdessen holte er heute Abend sie ab. Als hätte er gespürt, wie aufgewühlt sie war und wie sehr sie ihn brauchte.

Ich brauche dich immer. Vielleicht ist das hier eine Zeit, in der wir uns mehr festhalten und näher zueinanderrücken müssen, mein Liebster, auch wenn es dir noch immer schwerfällt, dich daran zu gewöhnen.

Sie sprang aus dem Wagen, überließ dem Träger, den die UFA im Voraus bezahlt hatte, ihr Gepäck und warf sich in Georgs Arme. »Ach, Liebling. Gott sei Dank. Ich hätte es ohne dich keinen Tag mehr ausgehalten.«

Für gewöhnlich machte er eine kleine spöttelnde Bemerkung, wenn sie ihn mit derart dramatischen Beteuerungen überhäufte, aber heute sagte er: »Ich ohne dich auch nicht.«

Sie verschränkte die Hände in seinem Nacken, wie um ihn in ihrer Umarmung einzuschließen. »Geht es dir gut, Georg? Ist alles in Ordnung, auch wegen dieser Sache mit Hitler? Den Mann von meiner Cousine haben sie wohl verhaftet. Ich fürchte, er hat sich an einem Protestmarsch beteiligt, er war ja damals bei diesen Kämpfen im Wedding auch dabei. Aber deswegen können sie ihn doch nicht ins Gefängnis stecken, oder?«

Er sah sie an, wirkte im Neonlicht des Bahnhofs blass und abgekämpft. »Der Mann deiner Cousine ist Gewerkschafter, oder? KPD-Mann?«

Renate nickte.

»In der Nacht nach Hitlers Ernennung ist es in der Wallstraße zu Krawallen gekommen, weil ein SA-Sturm durch ein vorwiegend von Kommunisten bewohntes Viertel marschiert ist«, sagte Georg. »Dabei ist ein SA-Mann namens Hans Maikowski durch einen Schuss zu Tode gekommen. Mehr als fünfzig Personen, alles KPD-Leute, sind verhaftet worden.«

»Fünfzig Personen? Und einer davon ist Helenes Mann Arno? Der ist ein bisschen grantig, schimpft gern vor sich hin und protestiert gegen alles und jeden, aber er bringt doch keinen Menschen um!«

»Dass fünfzig Kommunisten einen einzelnen SA-Mann umbringen, ist ja auch eher unwahrscheinlich«, sagte Georg, und ganz vage, unter Schichten verborgen, erkannte Renate den vertrauten spöttelnden Unterton. »Willst du deine Eltern anrufen? Wir können uns im Hotel eine Verbindung herstellen lassen oder versuchen, gleich hier am Bahnhof einen öffentlichen Fernsprecher zu finden. Davon abgesehen schlage ich vor, dass wir jetzt diese Tage in Paris genießen, wie wir es geplant haben. Du drehst deinen Film ab, der Rest der Zeit gehört uns, und über alles andere reden wir später. Was hältst du davon?«

Das war nicht seine Art. Aber es klang wie der beste Vorschlag, den er ihr in ihrer Lage machen konnte. »Bitte«, sagte sie, ließ sich in seine Arme fallen und war froh. »Eigentlich würde ich auch gern mit meinen Eltern erst sprechen, wenn ich wieder in Berlin bin. Ich kann von hier aus ja nicht helfen. Nur meinen Vater muss ich wissen lassen, dass es mir gut geht.«

Mit der Limousine der UFA fuhren sie in das Hotel unweit der Champs-Élysées, in das alle am Film Beteiligten eingemietet worden waren. Es war groß, glamourös und unpersönlich, und nachdem sie an der Rezeption ein Telegramm an Renates Vater aufgegeben hatten und im Lift nach oben fuhren, sagte Georg: »Wenn du abgedreht bist, ziehen wir um. Ich habe uns in ein Hotel im 18. Arrondissement eingemietet. In ein ganz kleines. Wo ich mein Fräulein Glücklich für mich allein habe.«

In dieser Nacht liebte er sie, ohne ein Latex-Kondom überzustreifen, und er liebte sie so oft, dass sie aufhörte zu zählen. Sie tranken beide zu viel, auch Georg, der sich doch sonst in allem, was er tat, kontrollierte. Ob sie ein Kind wollte, wusste sie immer noch nicht. Sie war Filmschauspielerin, sie war jetzt in einer Position, in der sie sich Rollen und Regisseure aussuchen konnte, und sie wollte die Gelegenheit nutzen, wollte einen Film nach dem anderen drehen und sich dabei stetig verbessern. Wenn wir aber in dieser Nacht ein Kind gemacht haben, dann haben wir es eben gemacht, dachte sie, und dann wird es auch gut gehen, weil alles gut geht, wenn Georg und ich zusammen sind.

An ihre Eltern musste sie denken, daran, dass ihr Vater einmal zu ihr gesagt hatte: »Eigentlich ist im Leben nichts zu schwierig, solange man damit nicht alleine ist. Die einzige echte Angst, die ich je hatte, war die, deine Mutter oder eines von euch Mädchen zu verlieren. Alles andere steht man irgendwie schon durch.«

Wir stehen es auch durch, dachte Renate. Ob uns Hitler regiert, ob wir ein Kind bekommen – solange wir uns nicht verlieren, bekommen wir es hin.

An Cousine Helene dachte sie auch und wünschte ihr, dass ihr Arno bald zu ihr und den Zwillingen nach Hause kam. Aber gewiss würde das geschehen, denn kein Gericht konnte fünfzig Männer wegen Mordes an einem einzigen Opfer verurteilen, und Arno Timme war vermutlich nicht einmal in der Lage, eine Schusswaffe zu halten.

Renate drehte ihre Filmszenen ab und war dabei so souverän wie sonst kaum je. Der schwere Akzent, der ihrem Französisch anzumerken war, hinderte sie nicht, gut zu spielen, und sie hörte auch niemanden darüber lachen. »Und wenn doch, dann ist es schließlich besser, als wenn ich die Leute zum Weinen bringe«, sagte sie zu Georg, der sie daraufhin stumm küsste.

Nach den Drehtagen zogen sie in das kleine Hotel um, das direkt neben dem Friedhof, dem Cimetière de Montmartre, lag. Von ihrem Zimmerfenster aus konnten sie die weiße Kirche Sacré-Cœur sehen, die auf ihrem Hügel, umgeben von Künstlerkneipen, Restaurants und Malern, die Touristen ihr Porträt feilboten, thronte. Sie gingen jeden Tag dort hinauf, standen an der Brüstung um den Vorplatz und blickten hinunter auf das Gewimmel der ameisenkleinen Menschen, bis die Kälte sie in eines der Bistros trieb. Dort saßen sie bei Käse, Brot und Wein, hielten einander bei der Hand und brauchten lange für ihr Essen, weil sie so damit beschäftigt waren, einander anzusehen. Anders als sonst, in ihrem Idyll in Dahlem oder im Trubel Berlins, redeten sie wenig, und wenn doch, dann über Dinge, die nicht ihr persönliches Leben betrafen: über Bücher, die sie gelesen, Theaterstücke, die sie gesehen, Reisen, die sie unternommen hatten und andere, von denen sie träumten.

Auf dem Weg zurück in ihr Hotel gingen sie immer über den Friedhof. Die Dämmerung kam, und während sie durch den Nebel die Namen auf den alten, steinernen Grabmälern lasen, spürte Georg seine Schwester vielleicht so nah wie sonst nie. Zwischen den Gräbern huschten graue Katzen umher, und einmal sah Renate, wie Georg sich nach einer von ihnen bückte, als wolle er sie aufhalten und streicheln. Die Katze aber erschrak und huschte davon.

Sie fanden das Grab des Komponisten Jacques Offenbach, nach dessen Musik in Berliner Varietés noch immer getanzt wurde, und das der

Tänzerin La Goulue, die das *Moulin Rouge* zu einer Legende gemacht und den Cancan erfunden hatte. Sie war erst vor vier Jahren gestorben, ihre zappelnden Beine verharrten nun still unter der harten, noch gefrorenen Erde. Als wäre der Tod der Deckel über der Kiste mit den Kasperlefiguren, den ihr Vater am Ende einer Vorführung geschlossen hatte, sodass das lustige Spiel der Figuren erstarrte und der Rest ihrer Geschichten unerzählt blieb.

Von der Kiste und dem Deckel hatte Renate manchmal Albträume gehabt.

Am Tag vor der Abreise entdeckte Georg die schmale, von einer Büste gekrönte Säule, die das Grab Heinrich Heines schmückte. »Ich verehre ihn«, sagte er. »Seine Texte lese ich gern, weil er sich selbst nicht einmal dann ernst nimmt, wenn er am Leben verzweifelt.«

»Warum, Georg?«, fragte Renate. »Warum soll sich ein Verzweifelter nicht ernst nehmen?«

»Ist Verzweiflung nicht schon unerträglich genug, wenn wir sie mit Humor nehmen?«, fragte er zurück.

Der Dichter war keine sechzig Jahre alt geworden, er war in Düsseldorf zur Welt gekommen und hier in Paris gestorben.

»Im Exil«, sagte Georg. »Er hat sich auch darüber lustig gemacht, aber an seinem Heimweh ist er fast umgekommen. ›*Ach Deutschland, meine ferne Liebe*‹, hat er geschrieben, ›*gedenk' ich deiner, wein' ich fast*‹, und in einem anderen Gedicht: ›*Denk ich an Deutschland in der Nacht, dann bin ich um den Schlaf gebracht.*‹«

»Warum ist er ins Exil gegangen?«, fragte Renate.

»Weil er Jude war«, antwortete Georg, wandte sich von dem Grab ab und begann mit den Händen in den Hosentaschen in Richtung Ausgang zu stapfen. »Er hat sich eigens taufen lassen, um nicht länger angefeindet, sondern als Deutscher angenommen zu werden, aber nicht einmal das geweihte Wasser und all das Brimborium haben etwas bewirkt.«

Sie schloss zu ihm auf. Ohne sich an den Händen zu halten, doch so dicht beieinander, dass sie sich spürten, gingen sie durchs Dunkel zurück zum Hotel. Es war bitterkalt, und wenn sie nach drinnen, in die Wärme kamen, war es, als tauten ihre Glieder klirrend auf. Das Personal behandelte sie wie ihre persönlichen Schützlinge und tat alles, damit sie sich fühlten wie in Abrahams Schoß. Was sie zu Abend essen wollten, konnten sie sich aussuchen. Wenn die hoteleigene Küche es nicht anbot, ließ der Direktor das Gericht aus einem der umliegenden Restaurants holen und auf ihrem Zimmer servieren.

Sie konnten sich einigeln und ganz für sich sein. Warum sie das auf einmal wollten, wo doch vor der Tür Paris und sein Nachtleben lockten, fragten sie sich nicht.

»Es ist so seltsam«, meinte Renate, die auf dem Servierwagen die Weinbergschnecken, das Pariser Schnitzel und die Beilagen anrichtete. »Mir kommt es vor, als würde ich plötzlich den albernen Text von diesem Lied aus meinem Film begreifen. Ich verdanke diesem Film und dem Lied ja alles – meinen Durchbruch, mein Geld, mein Haus und im Grunde sogar dich. Die Musik, die Paul Abraham dafür komponiert hat, ist durchaus nett und ganz schmissig, aber ich habe nie aufhören können, mich zu fragen, warum sich niemand an dem dümmlichen Text stört. *Ich will vor Glück zerspringen?* Wer will denn so etwas? Jetzt glaube ich auf einmal zu verstehen, was damit gemeint ist, und ich kann es dir nicht einmal erklären.«

»Das brauchst du auch nicht.« Georg hatte mit ausgestreckten Beinen, nur in Hemd und Hosen auf dem Bett gesessen und stand nun auf, kam zu ihr und umarmte sie. »Ich glaube, ich weiß, was du meinst.«

»Nicht wahr, du weißt es?«, fragte Renate. »Als wenn das Glück zu groß ist, und man selbst oder die Welt, in der man lebt, ist zu klein und muss deswegen in Stücke springen.«

»Eigentlich ist so ein Menschenleben für Glück wohl wirklich nicht gemacht«, sagte er und streichelte zwischen den Worten ihr Haar mit seinen Lippen. »Vielleicht sollten wir uns damit begnügen, uns wie die Kaninchen zum Selbstschutz einzubuddeln und nur ab und zu die Köpfe herauszustrecken, um Löwenzahn zu fressen.«

Renate versuchte zu lachen. »Georg, ich glaube, ich würde jetzt doch gern nicht mehr allzu lange darauf warten, dass du dich an uns beide gewöhnst«, sagte sie. »Meinst du nicht, du könntest dich auch gewöhnen, wenn du bei mir in Dahlem wärst? Wir bräuchten ja nicht zu heiraten, wir wären nur eben beisammen, und das Haus ist doch groß, du hättest Platz genug für ein eigenes Reich. Wir könnten deine Mutter zu uns holen. Deine Mutter ist zu viel allein.«

»Lass uns morgen darüber sprechen, *pucikam*«, sagte Georg. »Wir haben noch eine Nacht, in der möchte ich gern an nichts anderes denken als an dich.«

Sie ließen den größten Teil des Schnitzels liegen, und zu den Weinbergschnecken sagte Georg, er schäme sich plötzlich, so kleinen Tieren, die nicht einmal den Hunger stillten, für sein Abendessen das Leben zu rauben. Hinterher liebten sie sich wieder ohne Schutz und so lange, bis sie noch ineinander verkeilt vor Erschöpfung einschliefen.

Anderntags mussten sie ihre Koffer packen, um am Abend den Nachtzug nach Berlin zu besteigen. Die nahende Abreise lastete so schwer auf ihnen, dass es ihnen kaum gelang, ein Gespräch in Gang zu halten. Mit Georg aber ertrug Renate auch Schweigen, und den ganzen Tag über versuchte sie sich mit dem Gedanken zu trösten, dass sie ja nur von Paris, nicht voneinander Abschied nehmen mussten. Die gemeinsame Zugfahrt durch die Nacht würde noch einmal schön werden, und daheim wartete viel Arbeit auf sie, in die sie sich richtig hineinknien wollte: Die Studioszenen für *Saison in Kairo* mussten abgedreht werden, und gleich im Anschluss sollte *Walzerkrieg* folgen. Für Letzteren war Werners Freundin Elke Hegemann im Gespräch gewesen, aber Ludwig Berger, der Regisseur, hatte sie nicht haben wollen.

»Zu viel Stroh auf und in dem kleinen Kopf«, hatte er erklärt und Renate verlangt. Die würde sich mächtig ins Zeug legen müssen, wenn sie vor Drehbeginn für ihren nächsten Film *Viktor und Viktoria* fertig werden wollte, aber dafür, dass sie harte Arbeit nicht scheute, war sie ja bekannt.

Schwer ums Herz wurde ihr nur bei dem Gedanken, dass sie kaum Zeit für Georg haben würde, der ja selbst von früh bis spät arbeitete. Aber vielleicht ließ er sich ja doch noch überzeugen, ganz zu ihr nach Dahlem zu ziehen. Wenn sie nach Drehschluss zu ihm nach Hause kommen und den Abend gemeinsam mit ihm ausklingen lassen könnte, wäre kein Tag zu lang und keine Nacht zu schwarz. Henriette und Anton würden sich auch freuen. Henriette liebte Georg, sie überschlug sich fast, um ihn zu bemuttern, und Anton war am glücklichsten, wenn sie beide und obendrein noch Sybille da waren. Zu viert würden sie fast so etwas wie eine Familie bilden, und wenn die Tür ihres Hauses sich hinter ihnen schloss, gab es nichts, das ihnen etwas anhaben konnte.

Noch einmal gingen sie in der grauen Luft des Nachmittags auf ihren Friedhof, und Georg zitierte seinen Heinrich Heine. »Der hat auch Verse über das Glücklichsein geschrieben. Ein bisschen wie in deinem Lied:

»*Das Glück ist eine leichte Dirne,*
Die weilt nicht gern an einem Ort.
Sie streicht das Haar dir aus der Stirne
Und küsst dich leicht und ist schon fort.«

»War er irgendwann auch einmal glücklich?«, fuhr Renate auf. Sie fand die Verse des Dichters, der angeblich nichts ernst nahm, beklemmend und wollte kein Echo von ihnen als Begleitung.

Georg küsste sie mitten auf dem Friedhof und lachte weit hinten in der Kehle. »Ich denke schon. Er war ja auch mal verliebt und hat festgestellt: ›*Man kann in so einer ganzen Nacht viel küssen und selig sein.*‹ Aber für uns ist mit diesen Nächten jetzt erst einmal Schluss, *pucikam.* Wir müssen zurück ins Hotel. Der Wagen wird schon warten.«

Durch die Dämmerung, die Georg liebte, die sich aber Renate heute zusätzlich schwer aufs Gemüt legte, fuhren sie zum Gare du Nord, der am Place Napoléon III und nur einen Katzensprung entfernt lag. Den Kofferträger, der bereits dienstbeflissen die Hände nach ihrem Gepäck ausstreckte, schickte Georg mit einem Trinkgeld fort und trug seinen kleinen und Renates riesigen Koffer selbst in das Bahnhofsgebäude mit seiner Prunkfassade und dem weithin sichtbaren verglasten Bogen.

Sie tauchten in das vertraute Getümmel aus hastenden Reisenden und dem stetigen Wechsel von Zügen, in dem man sich ganz allein fühlen konnte, weil nichts lange blieb. Er ging langsamer als sie, was sie der Last, die er schleppte, zuschrieb. Sie blieb stehen: »Warum nehmen wir nicht einen Träger, Georg? Das ist doch zu schwer.«

»Nein«, sagte Georg, »das passt schon.«

Sie gingen noch ein paar Schritte weiter, an Zeitungsjungen und

Ständen mit Gebäck vorbei bis fast vor den Durchgang zu den Gleisen. Diesmal war er es, der stehen blieb und beide Koffer auf den Boden stellte. »Ich muss es dir jetzt sagen, Renate. Ich habe es bis zum letzten Augenblick aufgeschoben, weil ich mir nichts von diesen Tagen nehmen lassen wollte, aber jetzt hilft es nichts mehr. Ich fahre nicht mit dir. Ich helfe dir noch in dein Abteil und winke dir, bis dein geliebtes Gesicht verschwunden ist, dann nehme ich den Zug nach Bern.«

»Wieso Bern?«, fragte sie wie benommen und dachte nur eines: Er hat mich nicht *pucikam* genannt.

»Etwas Geschäftliches«, antwortete er. »Nichts, das dir Sorgen machen sollte.«

»Es macht mir aber Sorgen!«, fuhr sie ihn an, dass ein Mann mit Aktenkoffer innehielt und den Kopf wandte, ehe er zu den Gleisen weiterhastete. »Wenn du mir so etwas tagelang verschweigst und dann behauptest, es wäre nichts weiter Bemerkenswertes daran – wie kannst du erwarten, dass ich dir glaube?«

»Kann ich nicht.« Er ließ den Kopf hängen. »Tatsächlich ist es aber keine große Sache, und ich nehme nicht an, dass ich sehr lange wegbleiben werde.«

»Was heißt *nicht sehr lange?*«

»Das lässt sich schwer abschätzen. Sechs, vielleicht auch acht Wochen.«

»Nicht sehr lange?«, schrie sie. »Das ist eine Ewigkeit!«

Er nahm sie bei den Armen. »Sie wird ja vorübergehen, solange nicht einem von uns der Himmel auf die Brust fällt.«

»Sag das nicht mehr, mir graut davor.«

»Ist schon gut, ich sage es nicht mehr.« Er strich über ihr für die Reise aufgestecktes Haar, sodass sie seine Hand auf der Kopfhaut kaum spürte. »Bitte sei nicht gar so verzweifelt, das halte ich nicht aus.«

»Dann fahr nicht weg. Komm mit mir nach Hause«, sagte sie. »Oder erklär mir wenigstens, warum du ausgerechnet jetzt, wo es schon fast Frühling wird, für Wochen in irgendeine Stadt musst, in der du meines Wissens sonst nie warst.«

»Ich möchte ein paar Möglichkeiten ausloten«, antwortete Georg.

»Es gibt gewisse Schwierigkeiten, die das Bankhaus betreffen und mit denen du dich nicht befassen musst.«

»Ich befasse mich mit allem, was dich betrifft«, versetzte sie barsch. »Erklär es mir.« Soweit sie sich erinnerte, hatte es Schwierigkeiten für seine Bank bisher nie gegeben. Natürlich hatten unter der Wirtschaftskrise auch die Privatbanken zu leiden, und nicht wenige hatten inzwischen das Handtuch werfen müssen, aber das Bankhaus Deutsch, das von Georg vorausschauend und mit sicherer Hand durchs stürmische Gewässer gesteuert wurde, war ohne Leck, mit nicht mehr als einigen Schrammen davongekommen.

»Ich habe sehr plötzlich ein paar wichtige Kunden verloren«, sagte er. »So etwas kommt immer mal vor, und nun sehe ich mich eben nach Wegen um, die Verluste auszugleichen. Die Schweiz böte da eine Möglichkeit. Abgesehen davon erscheint es mir auch ratsam, eine Weile von der Bildfläche zu verschwinden, bis sich in Berlin die Wogen geglättet haben. Was nach dem Tod des SA-Mannes passiert ist, weißt du. Und meine Verbindung zur SAPD ist ja allgemein bekannt.«

»Aber du hast doch nichts verbrochen!«, rief sie verzweifelt, und wieder drehten sich im Vorübereilen ein paar Köpfe.

»Der Mann deiner Cousine auch nicht«, sagte er und verschloss ihr sacht mit einer Hand den Mund. »Und ich bin Jude, Renate. Ich will einfach ein bisschen vorsichtig sein. Jetzt bringe ich dich an dein Gleis, damit du deinen Zug nicht verpasst, und wenn du morgen Abend in deinem Paradies in Dahlem angekommen bist, trinkst du ein Glas von unserem gnädigen Wein und ein halbes für mich mit, versprochen? Ihr fehlt mir jetzt schon, ihr beide, du und unser *Stierblut*, das einem fast jede Dummheit verzeiht.«

Renate verbrachte eine schlaflose Nacht, in der das Geratter des Zuges ihren ganzen Körper schüttelte, und bestellte sich zu ihrer Frühstücksschokolade einen Cognac, um ihre Nerven zu beruhigen. An der Grenze wurde der Zug aus unerfindlichen Gründen ewig aufgehalten, sodass er nicht vor zehn Uhr am Abend in Berlin eintreffen würde. Sie konnte nur hoffen, dass Rudi Hasenclever, der sie abholen sollte, von der Verspätung erfahren und sich nicht stundenlang auf dem Bahnhof die Beine in den Bauch stehen würde.

In völliger Finsternis durchquerten sie das ländliche Brandenburg, sodass die Einfahrt nach Berlin ihr vorkam wie der Augenblick, in dem im dunklen Kino der Vorhang aufging. Mit einem Schlag war die Welt erleuchtet, und Renate atmete auf. Ihre Erleichterung währte jedoch nicht lange, denn etwas an dieser blinkenden, blitzenden Lichtkulisse, die sie doch seit Jahren kannte, war falsch. Sie war zu grell, erhellte den nächtlichen Himmel beinahe so flammend wie Morgenröte. Je näher sie dem Anhalter Bahnhof kamen, desto mehr verstärkte sich der Eindruck, und als sie schließlich in die Halle einfuhren, war Renate froh, weil das Licht ihr nicht mehr in den Augen schmerzte, sondern auf einmal wieder natürlich schien.

Dafür kam ihr jetzt die Aufregung am Bahnsteig ungewöhnlich vor, das Gewimmel in sämtliche Richtungen wie in einem angestochenen Ameisenhaufen. Aber ganz sicher war das kein Grund zur Sorge. Sie war einfach zu lange nicht mehr in Berlin gewesen, in ihrer Stadt, die nie schlief, und wenn sie in ein paar Wochen ihren Liebsten hier abholte, würde der erst recht Zeit brauchen, um sich an das Berliner Chaos wieder zu gewöhnen.

Sie trank den letzten Schluck Wein aus ihrem Glas, beugte sich aus dem Fenster und hätte jubeln wollen, als sie Rudi Hasenclever mit seiner Prinz-Heinrich-Mütze in der Menge entdeckte. Rudi winkte, grinste und sah aus wie immer. Als der Zug hielt, war er der Erste am Ausstieg und nahm Renate das Gepäck ab.

»Schön, Sie wiederzuhaben, Frollein«, sagte er. »Und jut, dat Se heil bei uns jelandet sind. Ick hatte schon Angst, die halten Sie über Nacht fest, ehe die Sie in unseren Hexenkessel voller Verrückter lassen.«

»Was ist denn passiert, Rudi?«, rief Renate.

»Der Reichstag brennt«, sagte er. »Wie 'n Christbaum.«

»Der Reichstag? Aber das kann doch nicht sein, da muss doch aufgepasst werden wie nirgendwo sonst!«

»Ick weeß nüscht«, bekundete Rudi und setzte sich mit Renates Koffer in Bewegung. »Muss ja jerade erst passiert sein. Aber da draußen jibt et schon jede Menge Blitzmerker, die durch die Gegend schreien, dass dat die Kommunisten waren.«

26

Werner
Berlin
März 1933

Dass sie beide allein miteinander im großen Mercedes fuhren, kam kaum noch vor. Dr. Goebbels stand schließlich seit dem 13. März dem brandneuen Reichsministerium für Volksaufklärung und Propaganda vor, in dem sämtliche Fäden aus Bildung und Kultur zusammenliefen. Obendrein war er vor einem halben Jahr Vater einer Tochter geworden. Wenn er nicht gerade mit den Größen der Partei unterwegs war, war meist seine Frau Magda und oft auch die kleine Helga mit von der Partie, mit denen er sich häufig fotografieren ließ.

Außerdem war Werner ja auch längst nicht mehr nur sein Chauffeur, sondern benutzte den großen Mercedes inzwischen tatsächlich als Dienstwagen für Aufträge verschiedenster Art. Inoffiziell gehörte er dem Amt Film an, wie Dr. Goebbels selbst inoffiziell der Regierung angehört hatte, bis sein Ministeramt nach den Wahlen auch offiziell bestätigt wurde. Genauso würde mit Werners Stellung verfahren werden: Im Oktober sollte der Filmbereich eine offizielle Abteilung innerhalb des Reichspropagandaministeriums erhalten, und Dr. Goebbels machte keinen Hehl daraus, dass ihm diese Abteilung die wichtigste war.

»Und zu meinen wichtigsten Leuten, meinen Experten in diesem Bereich gehören Sie, Lohse. Aber das wissen Sie ja.«

Darüber hinaus war Werner beinahe so etwas wie ein Familienmitglied. Zu einem Sektempfang anlässlich der Geburt des Töchterchens war er eingeladen worden, und sooft sie Zeit dazu fanden, tauschte Dr. Goebbels sich mit ihm sogar über sein häusliches Leben aus. Für Werner war es daher selbstverständlich, zuzustimmen, wenn Dr. Goebbels ihn gelegentlich noch um einen Fahrdienst bat.

»Ich fahre nun einmal so gerne mit Ihnen, Lohse. Bei Ihnen kann ich sicher sein, dass wir unbehelligt ankommen, und mich ganz auf die bevorstehenden Aufgaben konzentrieren.«

Werner fuhr auch gerne mit ihm. Besonders wenn sie wie heute allein waren. Es ging in den *Kaiserhof*. Er hatte Dr. Goebbels aus dessen Wohnung am Reichskanzlerplatz, der demnächst in Adolf-Hitler-Platz umbenannt werden sollte, abgeholt und fuhr nun mit ihm durch den Verkehr in Berlins belebtestem Viertel. Es kam ihm vor, als wichen die anderen Fahrzeuge respektvoll nach links und rechts an den Straßenrand aus, um ihnen freie Fahrt zu gewähren. Dr. Goebbels war in Gala, strahlte wie gewohnt Stil, Geist und Autorität aus. Im großen Saal des Hotels sollte ein Empfang stattfinden, auf dem er eine Ansprache halten würde. Ein Empfang mit den wichtigsten Filmschaffenden des Landes. Da Werner davon ausging, dass auch seine Anwesenheit dort erforderlich war, hatte er sich ebenfalls elegant gekleidet und hoffte, sich seines Amtes wie seines Arbeitgebers würdig zu erweisen.

»Diese Veranstaltung heute ist von entscheidender Bedeutung für mich«, sagte Dr. Goebbels, der bisher geschwiegen und konzentriert in Papieren geblättert hatte, als sie bereits durch die Luisenstraße und an den stattlichen Gebäuden am Spreeufer entlangfuhren. »Das Eisen muss geschmiedet sein, wir haben keine Zeit zu verlieren. Das gedenke ich den Herren der deutschen Filmindustrie in ihre vernagelten Köpfe zu hämmern. Der Film in Deutschland muss von Grund auf erneuert und dabei mit seinen Wurzeln tief in der nationalsozialistischen Erde verankert werden. Sie wissen, warum ich mich dem Film und seiner geistigen Krise mit solcher Vehemenz und noch vor allen anderen ebenfalls drängenden Bereichen widme, nicht wahr?«

»Weil er ein so entscheidendes und hochwirksames Propagandamittel ist«, antwortete Werner, der ihm schließlich oft genug zugehört hatte, wie aus der Pistole geschossen. »Weil der Film aus den tiefen Quellen des deutschen Genius schöpfen, die Herzen der Menschen erreichen und ein Vorkämpfer nationalsozialistischer Kultur sein kann.«

Am liebsten hätte er sich umgedreht, um die Anerkennung in Dr. Goebbels' Gesicht zu lesen. Aber zum einen musste er sich aufs Fahren konzentrieren, und zum andern war er kein kleiner Schuljunge mehr, der nach dem Lob seines Lehrers gierte.

»Weil ich ihn liebe«, sagte Dr. Goebbels. »Weil ich von Jugend an die Möglichkeiten, die diese herrliche Kunstform uns eröffnet, erkannt habe und weil es mir eine Herzensangelegenheit ist, dem deutschen Film in der Welt die Stellung zu erkämpfen, die ihm gebührt. Dazu braucht es Gesinnung, an der es der vollkommen verjudeten Filmwirtschaft mangelt, denn ohne Gesinnung muss jede künstlerische Bemühung hohl bleiben. Aber mit Gesinnung allein schafft man keine großen Filmkunstwerke. So etwas erfordert Können und außergewöhnliche Talente. Nehmen Sie Eisenstein, ein fanatischer Bolschewik bis auf die Knochen. Aber ist er zugleich ein genialer Filmemacher? Ja, das ist er, und einen Film wie den *Panzerkreuzer Potemkin,* den wir damals in Danzig zusammen gesehen haben, muss in Deutschland erst einmal jemand nachmachen.«

Er hatte sich in Rage geredet, wie es ihm oft geschah, weil er sich nicht schonte, sondern sich mit all seiner Kraft und Leidenschaft der Sache hingab.

»Nach solchen Talenten halte ich Ausschau«, fuhr er ein wenig gemäßigter fort. »Nach Männern wie dem Pabst zum Beispiel, der die *Dreigroschenoper* und dieses abscheuliche Machwerk *Westfront* gemacht hat. Oberflächlich betrachtet, hat er nur entarteten Schund gedreht, aber das ist der Systemzeit geschuldet. Blickt man dahinter, erkennt man einen echten Genius. Und was macht der Mensch – jetzt, wo er endlich den geistigen Nährboden bekäme, um diesen Genius zu entfalten? Verdrückt sich, bleibt in Frankreich, weil er im Innersten bereits verderbt ist. Ich brauche Leute, die sich mit ihrem Können in den Dienst unserer Sache stellen. Wenn Sie mir so jemanden bringen, soll es Ihr Schaden nicht sein. Ich habe die hündischen Speichellecker, die sich mir mit ihrer Gesinnung andienen, aber völlig talentlos sind, so gründlich satt.«

»Das kann ich verstehen, Herr Doktor«, sagte Werner. »Es muss ermüdend sein, mit solchen Leuten zu arbeiten.«

»Sie sagen es, Lohse«, stimmte Dr. Goebbels ihm zu. »Aber mit der Judenwirtschaft, die das alles zu verschulden hat, wird jetzt radikal aufgeräumt, und dann machen wir einen ganz neuen Anfang, bei dem die innere Größe der Gesinnung mit den äußeren Mitteln übereinstimmt.«

Werner liebte es, wenn Dr. Goebbels von diesem neuen Anfang sprach. Es war, als wische man seine Schiefertafel sauber, auf der man sich hoffnungslos in eine falsche Rechnung verstrickt hatte, und beginne frisch und ohne Ballast ganz von vorn.

»Da wir gerade bei den Juden sind«, wandte Dr. Goebbels sich erneut an ihn, »haben Sie eigentlich diesen grauenhaften Mist gesehen, der gerade im *Gloria* Premiere hatte? *Heut kommt's drauf an?* Hans Albers ist ohne Frage einer unserer begabtesten Schauspieler, ein Aushängeschild, sozusagen der Inbegriff des Deutschtums. Aber diesen verfetteten, widerlichen Juden, diesen Kurt Gerron, der sich mit seiner ekelhaften Volksverdummung auf Kosten der deutschen Filmwirtschaft den Wanst vollschlägt, den darf kein deutscher Produzent mehr an ein Regiepult lassen.«

»Oh nein, das ist ein Irrtum«, rief Werner. Er widersprach Dr. Goebbels sonst nie, hatte auch nie einen Anlass, aber in diesem Fall kannte er den wahren Sachverhalt. Renate mochte den schwergewichtigen Regisseur, der einen Kassenschlager nach dem anderen hinlegte, gern. Außer Elke, die an so gut wie niemandem von der UFA ein gutes Haar ließ, schien ihn in Filmkreisen jeder zu mögen. Er besaß ein Wassergrundstück am Wannsee, auf dem er ständig alle Beschäftigten, vom Statisten bis zum Hauptdarsteller, zu legendären Partys einlud.

»Ein Irrtum, Lohse?«

»Kurt Gerron ist keiner dieser Schmarotzerjuden«, erklärte Werner, stolz auf sein Wissen. »Er hat im Krieg gedient, war im Lazarett tätig und ist schwer verwundet worden. Seine Körpermasse ist keine Folge von Völlerei, sondern rührt von dieser Verletzung her. Fräulein Hegemann, die Schauspielerin, mit der ich bekannt bin, kennt den Arzt, der die Mitarbeiter der UFA betreut ...« Erschrocken brach Werner ab. Was war nur in ihn gefahren? Unter keinen Umständen konnte er vor Dr. Goebbels aussprechen, was Elke zufolge dieser Arzt gesagt hatte: dass dem Gerron bei Langemarck eine feindliche Kugel die Männlichkeit zerschossen hatte, dass er kein richtiger Mann mehr war und deshalb mit dieser seltsamen Fistelstimme und dem aufgetriebenen Leib geschlagen war. In Anerkennung dafür war ihm das Eiserne Kreuz verliehen worden.

Bei einem Mann, der so etwas für Deutschland auf sich genommen hatte, einem Mann, der kein Kind mehr zeugen, mit keiner Frau mehr zusammen sein und das, was ihm fehlte, nicht einmal in Worte kleiden konnte, spielte es schließlich keine Rolle, ob er Jude war oder nicht. Das würde Dr. Goebbels nicht anders sehen, doch es ihm zu erklären, war undenkbar.

»An den Schaltstellen der UFA hält man auf Gerron als Regisseur große Stücke«, brachte Werner stattdessen heraus.

Schweigen herrschte, während Werner den Wagen in die Wilhelmstraße lenkte.

»Hört, hört«, sagte Dr. Goebbels dann. »An den Schaltstellen der UFA also. Und wer sitzt an den Schaltstellen der UFA? Pommer, Charell, Veidt, Kortner – wo man nur hinschaut, Juden! Schon mal davon gehört, dass eine Krähe der anderen kein Auge aushackt, Lohse?«

Es bestand kein Grund, doch Werner fühlte sich abgekanzelt. »Gewiss haben Sie recht, Herr Doktor«, sagte er.

»Leider habe ich das«, erwiderte Dr. Goebbels. »Glauben Sie mir, Lohse, wenn jemand weiß, wie tief ins Erdreich unseres Volkes dieser Judensumpf sich tatsächlich hineingefressen hat, dann bin ich es, denn ich bin darin gewatet. Von allen Rassen, die jemals die Welt bevölkert haben, ist die jüdische die gefährlichste. Begehen Sie nicht den Fehler, sie zu unterschätzen.«

»Nein, Herr Doktor.« Werner parkte den Wagen vor dem Portal des *Kaiserhofs* ein.

»Mehr als die Hälfte aller Banken in diesem Land gehören Juden«, sagte Dr. Goebbels. »Glauben Sie etwa, das ist ein Zufall? Oder womöglich gar ein Verdienst?«

»Nein, natürlich nicht.« Was die jüdischen Bankiers betraf, rannte Dr. Goebbels bei Werner offene Türen ein, und dass es mit all diesen jüdischen Banken bergab ging, freute niemanden mehr als ihn. Das änderte aber nichts daran, dass man einem Mann, der Deutschland sein höchstes Gut geopfert hatte, Anstand schuldete. Kein ehrenhafter Deutscher hätte das anders empfunden.

Ein Page mit erhobenem rechtem Arm eilte herbei, um für Dr. Goebbels den Schlag zu öffnen, doch durch ein Handzeichen gab Werner ihm zu verstehen, dass sie noch nicht zum Aussteigen bereit waren.

»Sie haben sich ja so herausgeputzt, Lohse«, sagte Dr. Goebbels, von Kurt Gerron nun offenbar abgelenkt. »Steht Ihnen, das muss ich sagen. Aber wozu der Aufwand?«

»Nun, ich dachte, bei einem Empfang für die führenden Herren der Filmindustrie …«, begann Werner.

»Oh, Sie dachten, ich nehme Sie mit?«, fuhr Dr. Goebbels ihm ins Wort. »Mein lieber Lohse, so gern ich es auch täte, aber es wäre nicht klug. Die besagten Herren sollten Ihr Gesicht nicht allzu gut kennen und vor allem Sie und mich nicht in engere Verbindung bringen. Wir sind noch dabei, auszuloten, wer Freund und wer Feind ist, und dabei ist es von hoher Wichtigkeit, dass wir selbst nicht zu früh aus der Deckung kommen und unsere Karten auf den Tisch legen. Das verstehen Sie, nicht wahr?«

»Natürlich«, sagte Werner und kämpfte seine Enttäuschung nieder.

»Für Sie habe ich etwas anderes«, sagte Dr. Goebbels. »Eine besondere Aufgabe, die eines Spezialisten bedarf. Und wenn Sie dabei Format beweisen, folgt sogleich die nächste und die nächste und die nächste. Es geht um ebendiesen Juden, der uns den Hans Albers verhunzt. Kurt Gerron. Der hat kaum einen Schund in die Kinos gebracht, da dreht er schon wieder einen neuen. Sie müssen dem ein Ende machen, den Mann vor versammelter Mannschaft und am besten vor laufender Kamera aus dem Studio jagen. Setzen Sie ein Zeichen, Lohse. Befreien Sie den deutschen Film von den Blutegeln, die ihm im Fleisch sitzen.«

»Ich soll … ich soll nach Babelsberg, wo Herr Gerron seinen Film dreht, und ihn aus seinem Studio jagen?«, stammelte Werner. In Babelsberg drehte auch Renate. Wenn sie Wind von dem Vorgang bekam, würde sie in moralische Empörung ausbrechen, ohne irgendeine Erklärung, die er ihr hätte geben können, gelten zu lassen.

»Aber was wird denn dann mit dem unfertigen Film?«, fragte er.

»Den dreht der Aufnahmeleiter fertig«, antwortete Dr. Goebbels. »Erich von Neusser, Arier, Parteimitglied. Auch er vollkommen talentlos, aber für die unsägliche Judenklamotte wird's reichen. Was ist denn, Lohse, zittern Ihnen die Hände? Habe ich mich in Ihnen getäuscht, trauen Sie sich das nicht zu?«

»Doch, doch, natürlich, Herr Doktor«, versicherte Werner.

»Na bestens. Eine entsprechende Vollmacht habe ich Ihnen bereits ausgestellt, Sie treten als mein persönlicher Beauftragter, ausgestattet mit sämtlichen Autoritäten, auf. Und wenn wir damit durch sind, setzen wir beide uns einmal unter vier Augen zusammen und reden über Schauspieler, einverstanden? Diese Hegemann, mit der Sie da bekannt sind, gefällt mir übrigens nicht. Das übliche Trauerspiel – schäumt vor Gesinnung über, hat aber die Begabung eines Kohlstrunks. Ein ganz anderes Kaliber ist hingegen das Fräulein Müller, mit dem Sie ja auch bekannt sind. Ein wirklich bildhübsches Mädel, genau der Typ, nach dem wir suchen, und hochtalentiert dazu. Über sie sollten wir uns bei nächster Gelegenheit ausführlich unterhalten, denn schließlich soll ja niemandem eine Chance entgehen, die nicht wiederkommt.«

27

Die Filmstadt erschien ihm noch immer als ein Imperium, das Nichteingeweihten wie ihm den Zutritt verwehrte. Natürlich öffnete Dr. Goebbels' Vollmacht ihm die Pforten, aber es war, als käme er auf eine Feier, auf der alle anderen Gäste ihm den Rücken zudrehten.

Immerhin fand sich ein Laufbursche, der ihm den Weg zu einer Art Tapetentür an der Längsseite der gigantischen Atelierhalle wies. »Hier kommen Sie zu Abschnitt D, das ist das Set von Herrn Gerron. Er dreht heute Tanzszenen – mit Magda Schneider.« Schwärmerisch verdrehte der Junge die Augen. Magda Schneider gehörte zu den brandneuen Stars am Filmhimmel. Sie war blond und nett anzusehen, aber mit Renates Lieblichkeit nicht einmal annähernd zu vergleichen. »Ich hole Ihnen dann Herrn von Neusser, ja? Ein Momentchen wird's dauern, weil man ja sone Szene nicht unterbrechen kann.«

Werner nickte und wartete. Seine Anweisung lautete, die laufende Szene auf der Stelle unterbrechen zu lassen, doch Renate hatte ihm einmal gesagt, dass so etwas barbarisch war. Ein Barbar wollte er nicht sein; das, was er zu tun hatte, fiel ihm schwer genug. Wenn er die Augen schloss, sah er vor sich ein Eisernes Kreuz, das auf der Brust des dicken Regisseurs prangte.

Er blickte an der hohen Hallenwand hinauf. Dieses Gebäude, das voll beheizbar, ausleuchtbar und in verschiedene Einzelbereiche aufteilbar war, war Europas größtes Filmatelier und für Fritz Langs Film *Metropolis* geschaffen worden. Renate und ihre Freunde konnten sich in ihrer Schwärmerei für diesen Film gar nicht bremsen. Sie nannten ihn ein Meisterwerk, einen Geniestreich, ein Stück Kunst, das die Zeit überdauern würde, obwohl die Kopien längst vernichtet waren. Werner hatte sich *Metropolis* angesehen, ehe der Film aus dem Verkehr gezogen worden war, weil er bei etwas, das Renate betraf, nicht als Dummkopf dastehen wollte. Er hatte ihn furchtbar gefunden – verworren, geradezu geisteskrank, meilenweit von gewöhnlichem menschlichem Fühlen und Denken entfernt.

Flüchtig hatte er gedacht, die wüste, an den Haaren herbeigezogene Geschichte dieses Films müsste gemeint sein, wenn Dr. Goebbels von Kunst sprach, die entartet war und dem gesunden Volksempfinden widerstrebte. Dr. Goebbels aber nannte Fritz Lang ein Genie, das er tief verehrte. »Vergessen Sie, was der Mann vor der Machtergreifung gemacht hat. Ich will ihn für unsere Sache gewinnen, und dann können Sie sich ansehen, zu welch atemberaubender Größe dieser Genius einem Film verhelfen kann.«

Fritz Lang aber hatte das Angebot, das Dr. Goebbels ihm auf dem Empfang im *Kaiserhof* gemacht hatte, abgelehnt. Erich Pommer hatte die UFA verlassen, nachdem sein Vertrag nicht verlängert worden war, und ohne Pommer, so Fritz Lang, »ist die UFA nur eine Produktionsgesellschaft unter vielen. Pommer hat jahrelang hier den Takt angegeben, und wenn er das nicht mehr tut, mag es Zeit sein, auf einer anderen Hochzeit zu tanzen.«

Außerdem sei er vollkommen apolitisch, seine künstlerischen Konzepte entsprängen seinen Visionen, und in die lasse er sich weder von der linken noch von der rechten Seite hineinreden.

Dr. Goebbels schäumte darüber vor Zorn, und Werner verstand ihn. Der deutsche Film war ihm mehr als ein Anliegen, er war ihm wie ein Kind, das er zwar gelegentlich schelten und strafen musste, dem er aber sämtliche Möglichkeiten eröffnen wollte. Zudem besaß er die Fähigkeit, die Werner offenbar völlig fehlte: Er erkannte, wer Talent hatte, wer zum Baumeister an diesem gigantischen Projekt taugte. Was für ein Schlag ins Kontor musste es für ihn sein, wenn ein solches Talent ihm dann hochmütig eine Abfuhr erteilte, als könne es anderswo Besseres geboten bekommen.

Schließlich soll ja niemandem eine Chance entgehen, die nicht wiederkommt, hallte es Werner im Ohr. Fritz Lang hatte diese Chance verspielt, aber an ihm, Werner, lag es, sicherzustellen, dass Renate sie beim Schopf packte. Nachher, wenn er diese Feuerprobe, vor der ihm so graute, überstanden hatte, wollte Dr. Goebbels mit ihm über sie reden. Werner musste sich das immer wieder vor Augen halten: Er tat das hier für Renate. Er konnte Renate zu etwas Einzigartigem verhelfen: Weltgeltung. Ruhm, der aus Eisen geschmiedet war und nie verblich. Er hatte ihr anderes geben wollen, hatte sich anderes für sie beide erträumt, aber wenn es das war, was sie sich wünschte, dann wollte er es sein, der es ihr gab.

Und warum sollten sie beide nicht den höchsten Gipfel erklimmen? Einst, als sie noch zwei Kinder gewesen waren, die um jeden Fetzen Aufmerksamkeit hatten betteln müssen, hätte es ihnen genügt, ein wenig Hilfe auf dem Weg zu einem bescheidenen Glück zu erhalten. Jetzt aber, wo sie sich jeden Schritt auf diesem Weg selbst erkämpft hatten – warum sollten sie nicht alles nehmen, was sich ihnen bot?

Ich tue es für Renate, beschwor er sich. *Ich tue es, weil es vielleicht sein muss, damit Renate und ich uns wiederfinden.* Es widerstrebte seinem natürlichen Gefühl für Anstand, aber wo gehobelt wurde, da fielen Späne. Dr. Goebbels sagte das häufig. Gegen die Opfer, die er brachte, war das, was Werner abverlangt wurde, lächerlich.

Der Laufbursche schob die Tapetentür wieder auf. Hinter ihm tauchte ein schmaler, bebrillter Mann im Straßenanzug auf, der in kleinen Stößen zu atmen schien, als sei er gerannt. »Da wäre also der Herr von Neusser, Herrn Gerrons Aufnahmeleiter«, sagte der Laufbursche. »Herr von Neusser, hier wäre der Beauftragte von Herrn Reichsminister Goebbels, Herr ... wie war doch gleich der Name?«

»Lohse«, sagte Werner.

»Heil Hitler«, sagte von Neusser, riss den Arm hoch und beschämte Werner, der dies als Erster hätte tun müssen. »Im Übrigen bin ich nicht der Aufnahmeleiter des Herrn Gerron, sondern Aufnahmeleiter der UFA und hier verantwortlich für das Projekt *Kind, ich freu mich auf dein Kommen.*«

Den albernen Titel des Films hatte Werner vergeblich versucht, sich zu merken. Wer durfte eine Frau von heute denn noch »Kind« nennen? Renate hatte er immer gern solche zärtlichen Kosenamen gegeben, die zum Ausdruck brachten, wie sehr er sich wünschte, sie vor allem Übel zu beschützen. *Renatchen, Natchen, mein Liebesknöchlein.* Sie hatte ihn dafür ausgelacht und von ihm verlangt, dass er sie beim Vornamen nannte. Elke war ein anderer Fall, sie war anschmiegsam und hatte ihm erzählt, wie reizend sie es fand, dass ihr Bruder seine Verlobte »sein Spätzchen« nannte. Elke aber war nicht das Mädchen, das er gern bei einem solchen Namen genannt hätte.

Nicht *sein* Mädchen.

»Wie kann ich denn behilflich sein?«, fragte Erich von Neusser.

Werner räusperte sich. Schluckte mehrmals trocken und hatte das Gefühl, er müsse ein lebendes Tier durch seine Kehle hinunterwürgen. »Ich bin bevollmächtigt, die Dreharbeiten des hier produzierten UFA-Tonfilms *Kind, ich freu mich auf dein Kommen* mit sofortiger Wirkung zu unterbrechen«, leierte er krächzend herunter, was er auswendig gelernt hatte. »Alle jüdischen Mitarbeiter haben das Studio auf der Stelle zu verlassen. Dies gilt für die Darsteller und Statisten ebenso wie für die Angehörigen des Stabes.«

Für alle galt es nicht. Den Schauspielern Otto Wallburg und Julius Falkenstein war eine Sondergenehmigung erteilt worden, kraft derer sie die Dreharbeiten beenden konnten. Ein Film wie dieser, der als Kassenerfolg geplant war, kostete unvorstellbare Summen, und die beiden Hauptdarsteller – Magda Schneider und Wolf Albach-Retty – waren Idole der Leinwand, die niemand verprellen wollte. Gerron, der Regisseur, und die paar betroffenen Beleuchter und Statisten würden sich in den letzten Szenen ersetzen lassen. Dr. Goebbels hatte es Werner erklärt, Dr. Goebbels wachte über den deutschen Film wie ein Vater und gewährte selbst einem minderwertigen Streifen seinen Schutz. Außerdem hatte er Werner versichert, dass Wallburg und Falkenberg vorab von der Aktion informiert worden waren. Damit war also sichergestellt, dass kein Jude, der noch gebraucht wurde, das Studio verließ.

»Jetzt machen Sie sich nicht ins Hemd, Lohse, davon, dass wir bei den Juden endlich die Samthandschuhe ausziehen, geht schließlich die Welt nicht unter«, hatte Dr. Goebbels zu ihm gesagt. Derart nicht achtend und noch dazu derart vulgär hatte er noch nie mit ihm gesprochen. Er hatte sich auch sofort abgefangen und die Tonart gewechselt: »Glauben Sie nicht, ich wüsste Ihren Einsatz in dieser Sache nicht zu schätzen. Wir essen heute gemeinsam zu Abend und reden über die junge Dame, die uns ja wohl beiden am Herzen liegt, abgemacht? Ich lasse im *Kaiserhof* einen privaten Speiseraum reservieren.«

Dr. Goebbels hatte noch nie mit ihm zu Abend gegessen, von einem der privaten Speiseräume, deren Reservierung im *Kaiserhof* mit äußerster Diskretion gehandhabt wurde, ganz zu schweigen.

Werner straffte den Rücken und sah dem größeren von Neusser fest in die Augen. »Ich muss Sie auffordern, der Anordnung des Reichspropagandaministers unverzüglich nachzukommen«, sagte er.

»Selbstverständlich, Herr ... wie war doch der Name?«

»Lohse.«

»Selbstverständlich, Herr Lohse.« Von Neusser sprach, als hätte er gerne die Hacken zusammengeknallt und seine Hand an eine unsichtbare Mütze schnellen lassen. Er drehte sich um, um in die Halle zurückzukehren, und Werner folgte ihm. Lieber wäre er gegangen, hätte von Neusser das Feld überlassen, doch er war beauftragt, die Aktion zu überwachen und Dr. Goebbels Bericht zu erstatten.

Der Laufbursche war der Dritte im Bunde. »Du bleibst draußen«, zischte Werner auf ihn nieder. Für die Erleichterung, die es ihm verschaffte, den Schwächeren anzufahren, schämte er sich.

Erich von Neusser öffnete eine weitere Tapetentür in einer dünnen Wand, mit der ein Abschnitt vom Rest der Halle abgeteilt war. *Kind, ich freu mich auf dein Kommen* stand in Großbuchstaben auf einem Schild an der Tür, *Produktion: Günther Stapenhorst. Regie: Kurt Gerron.*

Dahinter öffnete sich ein mit Spiegeln und Goldleisten ausgestatteter Tanzsaal, durch den Magda Schneider und Wolf Albach-Retty in Abendgarderobe Walzer tanzten. Mehrere Statistenpaare bewegten sich ebenfalls zur Musik durch den Raum, hielten von den beiden Hauptdarstellern jedoch Abstand. Einen Augenblick lang war Werner fasziniert: Mit den Kameras, die dem Tanzpaar folgten, dem Wagen mit dem Tongalgen, dem Gerüst für die Beleuchtung und den überall herumstehenden Technikern sah dies nicht im Mindesten nach einer echten Tanzszene aus. Später auf der Leinwand aber würde von alledem nichts mehr zu bemerken sein, und der Zuschauer konnte sich völlig in der Illusion verlieren, einem glamourösen Ball der oberen Zehntausend beizuwohnen.

Die Faszination erlosch, sobald er Kurt Gerron erblickte. Der Regisseur saß in einem Klappstuhl, der unter seinem Gewicht einzuknicken drohte. Obwohl er sich so völlig behaglich und zusammengesunken dort hineingefläzt hatte, hatte sein mächtiger Körper etwas Gebieterisches. Er war ein Berg, der nicht zum Propheten kommen würde, und die kleinen schwarzen Augen folgten wach und wieselflink dem Geschehen.

»Ton, Licht, Kamera aus«, ließ Erich von Neusser seine Stimme durch die Weite des Raums gellen. »Wir unterbrechen aufgrund einer dringenden Anordnung des Reichspropagandaministers.«

Auf einen Schlag erloschen die Scheinwerfer, das Summen der Kameras verstummte, und der Wagen mit dem Tongalgen stand still. »Was ist denn jetzt schon wieder los?«, schimpfte Magda Schneider in ihrer bodenlangen Robe und löste sich von ihrem Tanzpartner. »Ich würde in diesem Leben gerne noch irgendwann mal nach Hause kommen.«

Langsam und gelassen erhob sich Kurt Gerron aus seinem Faltstuhl. »Hab ich was verpasst, Erich?«, wandte er sich breit grinsend an von Neusser. »Bin hier noch ich der Regisseur oder neuerdings du?«

»Wir unterbrechen aufgrund einer dringenden Anordnung des Reichspropagandaministers«, wiederholte von Neusser wie ein Automat. »Der Herr Lohse hier ist persönlich von Herrn Dr. Goebbels entsandt, und ich bin beauftragt, für die Durchführung der Anordnung zu sorgen.«

Warum nur hatte der Mann sich ausgerechnet jetzt seinen Namen gemerkt? Sein Leben lang hatte Werner dagegen angekämpft, in Namenlosigkeit unterzugehen, und jetzt, wo er es sich ein Mal wünschte, bekam ein Saal voller Menschen zu hören, wer er war.

»Na, dann schieß mal los, Erich«, sagte Kurt Gerron noch immer gelassen. »Aber bitte halt dich ein bisschen ran, denn wenn der Herr Reichspropagandaminister mit uns fertig ist, hätten wir hier nebenbei noch einen Film zu drehen.«

Er sah von Neusser ins Gesicht, aber der wich seinem Blick aus.

»Sämtliche Juden haben das Aufnahmegelände ohne Verzug zu verlassen«, las er von dem offiziellen Dokument ab, von dem Werner ihm einen Durchschlag übergeben hatte. »Ihre Verträge mit der UFA werden mit sofortiger Wirkung aufgehoben. Dies gilt für Darsteller und Statisten ebenso wie für Mitarbeiter von Ton, Technik, Beleuchtung und Regie.«

Er las noch ein paar Zeilen weiter, aber Werner hörte nichts mehr. Er starrte Kurt Gerron an, sah, wie sich auf den in Fett gebetteten Zügen des Regisseurs vollkommener Unglaube malte, der ganz langsam, sozusagen Schicht für Schicht, einem erzwungenen Begreifen wich.

Was hatte Werner erwartet?

Was hatte Kurt Gerron erwartet?

Dass jemand die Stimme erhebt, durchfuhr es Werner. Dass jemand aufsteht und sagt: Das könnt ihr nicht machen.

Kurt Gerron drehte seinen Kopf mehrmals, so weit es ging, in beide Richtungen, doch nichts geschah. Schweigen herrschte. Nur ein kleiner Mann in Hemdsärmeln begann von der obersten Plattform des Beleuchtungsgerüsts herunterzusteigen, einer der tanzenden Statisten zog seine Smokingjacke aus, und das blonde Mädchen, mit dem er getanzt hatte, brach nahezu lautlos in Tränen aus.

Kurt Gerron wandte noch einmal den Kopf, blieb mit dem Blick kurz an von Neusser hängen, übersah Werner jedoch, als wäre der gar nicht da. Von Neusser wich ihm wiederum aus und befingerte das Blatt in seinen Händen. Unendlich langsam, als hinge an jedem seiner Glieder ein eisernes Gewicht, drehte Gerron sich nach seinem Regiestuhl um und griff nach dem Sakko, das über der Lehne hing. Er legte es sich über die enormen Schultern, schob jedoch die Arme nicht in die Ärmel. Ohne noch einen Blick nach rechts oder links zu werfen, folgte er dem kleinen Beleuchter, der inzwischen den Boden erreicht hatte, und dem Statisten ohne Smokingjacke aus dem Raum.

Draußen sangen die Vögel. Es war April, und zwischen zwei Pflastersteinen an der Auffahrt zur Halle bohrte sich hartnäckig der gelbe Kopf eines Stiefmütterchens seinen Weg. Werners Mutter liebte Stiefmütterchen, hatte die Kästen auf ihrem winzigen Balkon Frühling für Frühling damit vollgepflanzt. Werner hatte seine Mutter lange nicht gesehen, er besuchte seine Eltern seit Jahren nicht mehr.

Er sah nicht, wohin Gerron und die zwei anderen gegangen waren. Stattdessen verabschiedete er sich eilig von dem Aufnahmeleiter, wies ihn an, auf weitere Nachricht aus dem Reichspropagandaministerium zu warten, und ging seines Weges. Ein Mädchen im Tenniskleid, mit dem Racket unter dem Arm, lief ein paar Schritte vor ihm den Weg hinauf. Es war ein blondes, nicht ganz schlankes Mädchen, dessen Haar im Frühlingswind schwang, und einen Schlag lang vollführte sein Herz einen Satz, weil er glaubte, es müsse Renate sein.

Der Wunsch, Renates Arme um sich zu spüren, sich fallen zu lassen und getröstet zu werden, drohte ihn zu übermannen. Er setzte an, um ihren Namen zu rufen, blieb aber stumm, weil sie vermutlich der letzte Mensch auf der Welt war, der ihn über das, was geschehen war, getröstet hätte.

Als Nächstes fiel ihm ein, dass Elke erzählt hatte, sie stelle derzeit in einem Film eine Tennisspielerin dar. Er verlangsamte seinen Schritt. Elke drehte sich um. Auf ihrem herzförmigen Kindergesicht breitete sich das Lächeln aus, mit dem sie auch auf einem Reklameplakat für Hustensirup warb. »Ja, Werner! Das ist aber mal eine schöne Überraschung, dass du mich abholen kommst. Ich bin für heute auch schon abgedreht und geh mich nur rasch umziehen, ja? Führst du mich zum Essen aus? Oder zum Tanzen?«

»Ich bin beruflich hier«, sprach Werner vor sich hin, ohne seine Geliebte anzusehen. »Ausführen kann ich dich nicht. Ich esse mit dem Reichspropagandaminister im *Kaiserhof* zu Abend.«

Wenn Dr. Goebbels etwas versprach, dann hielt er sich daran. In dem Saal, der mit seinen Kronleuchtern, dem Kristall und Damast etwas

Blendendes an sich hatte, hatte er einen Tisch in einer Fensternische reservieren lassen, in der niemand sie stören würde.

»Ich bin Ihnen Ihres beherzten Vorgehens wegen zu Dank verpflichtet«, sagte er zu Werner. »Ich weiß, derlei Dinge fallen uns als Menschen mit natürlicher Empfindsamkeit nicht leicht, doch es ist unabdingbar, dass wir unsere Herzen den Juden gegenüber härten wie Stahl. Wir tun es für unser Volk, Lohse. Für unsere Sache. Meine Frau lässt übrigens grüßen. Sie sagt, Sie sollen uns doch demnächst einmal besuchen kommen. Ein kleines Abendessen, zwanglos, im intimen Kreis, und Ihre Bekannte müssen Sie auch mitbringen.«

Werner bedankte sich und wünschte, er hätte Freude an den Tag legen können, wie sie einer solchen Einladung gebührte. »Ich bin sicher, Fräulein Hegemann wird sich geschmeichelt fühlen und Ihrer Gattin noch persönlich ihren Dank aussprechen.«

»Von Fräulein Hegemann rede ich nicht«, sagte Dr. Goebbels. »Meine Einladung gilt Fräulein Müller.«

Was sollte er darauf erwidern? Werner griff nach seinem Weinglas, schob sich einen Bissen Fleisch in den Mund, um Zeit zu gewinnen. »Fräulein Müller ist derzeit durch Dreharbeiten sehr beschäftigt«, murmelte er schließlich, als eine Antwort sich nicht länger hinauszögern ließ.

»Das ist nicht Ihr Ernst, oder?« Dr. Goebbels' Blick erlaubte ihm kein Ausweichen. »Ihnen ist bekannt, dass der Führer regelmäßig Gast in unserem Hause ist? Sooft er in der Hauptstadt weilt, teilt er unser häusliches Leben, da sein unermüdlicher Einsatz für Deutschland ihm bisher keine Zeit ließ, sich ein eigenes Heim zu schaffen. Er wird uns auch an jenem Abend die Ehre erweisen. Und nun, Lohse? Wollen Sie mir noch immer erzählen, Fräulein Müller sei zu sehr mit Dreharbeiten beschäftigt, um eine Einladung zu einem Essen mit dem Führer anzunehmen?«

»Nein, natürlich nicht«, beeilte sich Werner zu versichern, »die Sache ist nur so ...« Er brach ab. Wie die Sache war, konnte er Dr. Goebbels unmöglich erklären. Warum erschien nur von nirgendwoher ein Mensch zu seiner Rettung – ein Kellner, ein Bote von der Rezeption, irgendwer!

»Ich höre«, sagte Dr. Goebbels.

»Ja, nun.« Werner knetete seine Hände, bis die Knöchel schmerzten, und wagte nicht, den Schweiß abzuwischen, der ihm die Stirn hinunter in die Braue lief.

»Es ist gut, Sie brauchen sich nicht die Finger zu brechen.« Dr. Goebbels faltete seine noch immer blütenweiße Serviette und legte sie neben seinem Teller auf den Tisch. »Schließlich wissen wir beide nur zu gut, warum Sie fürchten, Sie könnten Fräulein Müller nicht zu der Abendgesellschaft, zu der ich Sie gebeten habe, mitbringen, nicht wahr?«

Werner schoss das Blut in die Wangen. Er presste die Fäuste dagegen, als ließe es sich dadurch zur Umkehr zwingen.

»Sie ist Ihnen nicht länger zugetan.« Es war keine Frage, sondern eine Feststellung, gefolgt von einem kleinen Seufzer. »Ach ja, die Frauen. Der deutschen Frau ist das Kapriziöse im Grunde wesensfremd, doch durch die Schlamperei der Systemzeit liegt da so manches im Argen. Ich fühle mit Ihnen, Lohse.«

Ihre Blicke trafen sich, und flüchtig fühlte sich Werner von dem mächtigen Staatsmann verstanden wie kaum je von einem Menschen. Sie saßen in einem Boot. Dass auch seine eigene Frau Magda, die der Frauenschaft der Nation als Vorbild diente, gelegentlich zu Capricen neigte, konnte man aus so mancher Äußerung von ihm entnehmen.

»Renate, ich meine natürlich Fräulein Müller, ist sehr stark von ihrem Vater beeinflusst«, begann er. »Er ist Sozialdemokrat, ein großes Tier beim *Tageblatt,* per Du mit dem Chefredakteur und dem Eigentümer. Ich war ihm als Schwiegersohn nie gut genug.«

»Theodor Wolff und Hans Lachmann-Mosse.« Dr. Goebbels nannte die Namen, als spucke er sie aus. »Juden. Was will man sonst von diesem linken Hetzblatt auch erwarten? Aber diesbezüglich kann ich Sie beruhigen, mit solchen Rattennestern räumen wir auf. Das *Tageblatt* haben wir vor zwei Wochen bereits drei Tage lang verboten, und seit es wieder erscheinen darf, haben wir einen Sturmbannführer der SA zur Aufsicht an der Rotationspresse stehen. Die Herren Wolff und Mosse haben die Schwänze eingekniffen und sich nach Frankreich davongemacht. Ihnen danke ich für die Information zu Fräulein Müllers Vater.« Flüchtig lächelte er. »Genau so etwas kann uns helfen, wenn es darum geht, begabte junge Menschen für unsere Sache zu gewinnen. Über den Mann war uns bisher nichts bekannt, aber genau dafür bezahle ich Sie ja.«

Werner wurde erst heiß und dann kalt. Was hatte er da in seinem Leichtsinn von sich gegeben? Seit dem Reichstagsbrand wurden ständig Leute verhaftet, die aus politischen Gründen verdächtig waren. Die KPD war bereits vor den Wahlen verboten worden, und ein Verbot der SPD stand bevor. »Natürlich ist Herr Müller über jeden Verdacht erhaben«, stieß er hastig heraus. »Die ganze Familie ist es, auch Renates Schwester, die ebenfalls bei dieser Zeitung angestellt ist. Ich bin lediglich der Ansicht, sie üben einen allzu starken und ungesunden Einfluss auf ihre Tochter aus.«

»Ja, dieser ungesunde Einfluss.« Dr. Goebbels nickte bedächtig. »Den ausfindig zu machen und zu eliminieren ist eine der entscheidendsten und zugleich schwierigsten Aufgaben überhaupt, wenn man sich an die Umerziehung eines Volkes macht. Und seien wir ehrlich: In der Mehrzahl der Fälle ist es beim Erwachsenen ja nicht länger das Elternhaus, das den größten Einfluss ausübt, sondern der Herr oder die Dame des Herzens. Und was das betrifft, kann man sich in der Tat nur wundern, unter welch weitreichenden Verirrungen des Geschmacks die Lieblinge unserer Filmwelt offenbar leiden.«

»Ich bin nicht ganz sicher, ob ich Sie richtig verstanden habe, Herr Doktor«, sagte Werner.

»Tatsächlich nicht?« Dr. Goebbels hob seine fein gezeichneten Brauen. »Ist Ihnen noch nie aufgefallen, wie viele Schauspieler und Regisseure, denen man das größte Talent bescheinigen muss, jüdisch versippt sind? Denken Sie nur an Hans Moser. Was für ein gottbegnadeter Mime. Und mit wem ist der verheiratet? Mit einer Jüdin! Und für den witzigen, charmanten Heinz Rühmann, den auch der Führer besonders schätzt, gilt dasselbe. Ebenso für Hans Albers, was man kaum glauben möchte, wenn man sich diesen schönen, urdeutschen Menschen betrachtet. Henny Porten. Der beeindruckend talentierte Regisseur Frank Wysbar – Beispiele lassen sich ohne Ende aufführen. Man wird dem äußerst radikal einen Riegel vorschieben müssen, um es für die Zukunft zu verhindern. Aber in der Gegenwart – was tut man da, um solche Ärgernisse auszumerzen?«

»Ich weiß es nicht, Herr Doktor«, bekannte Werner. Es kam ihm vor, als wäre er von Fallen umgeben, in die er mit jedem Wort, das er aussprach, tappen konnte.

»Ja, dass Sie das wissen, habe ich auch nicht erwartet, Sie ahnungsloser Engel«, sagte Dr. Goebbels. »Man muss hart sein, Lohse. Hart wie Schmiedeeisen. Wie man ja auch seinem Kind Liebe erweist, indem man seinen Launen gegenüber hart bleibt, tut man es ebenso bei einer Frau, die wider besseres Wissen handelt und sich damit ins Unglück stürzt.«

Die Dessertkarte wurde gebracht, die Dr. Goebbels jedoch ablehnte. »Danke, für mich nichts mehr. So spät überreichlich zu essen sorgt für schlechten Schlaf. Ich hoffe, Sie sehen das genauso, Lohse?«

Werner nickte, und der Kellner verschwand so lautlos, wie er gekommen war.

»Ich denke also, Sie sollten Fräulein Müller doch davon überzeugen, Sie zu dem geselligen Abend, den meine Frau und ich geben, zu begleiten«, nahm Dr. Goebbels den Faden noch einmal auf. »Selbst wenn es dazu ein wenig Härte bedarf. Sie tun ihr einen Gefallen. Wir haben Großes mit ihr vor. Sie könnte im neuen deutschen Film die Nummer eins werden, alle Übrigen weit hinter sich lassen. Allerdings müssten wir Sie dazu enger an unsere Sache binden, und es wäre angezeigt, dass der Führer sie kennenlernt. Mit einer jüdisch Versippten ist das nicht denkbar, das ist selbst Ihnen klar, habe ich recht?«

»Mit einer jüdisch Versippten?«, wiederholte Werner.

»Ich bitte Sie, Lohse, mir brauchen Sie nichts vorzumachen.« Dr. Goebbels beugte sich vor. Der Blick seiner scharfen braunen Augen wurde stechend, schien sich in Werners Hirn, in seine Gedanken hineinzubohren. »Ich weiß so gut wie Sie, dass es ein Jude war, der Ihnen Ihre Kinderliebe ausgespannt hat. Und dass dieser Jude Ihnen wie uns nicht erst seit gestern ein Dorn im Auge ist.«

28

Renate
Silvester 1933

Dieses Mal hatte selbst der Vater kein rauschendes Fest zu Silvester gewollt. »Am liebsten würde ich das Ende dieses traurigen Jahres mit euch dreien ganz allein begehen«, hatte er zu Renate gesagt. »Und mit der Uri natürlich. Aber die Uri ist jetzt so still und durchscheinend geworden, dass man sich ohnehin fragt, ob sie überhaupt noch bei uns ist.«

Renate hatte es auch bemerkt: Immer wenn sie in die Bregenzer Straße kam, um ihre Familie zu sehen, schien mehr von der Uri verschwunden zu sein. Sie kam viel zu selten. Sie hatte in diesem Jahr drei Filme gedreht, die alle zwischen Oktober und dem letzten Tag vor Weihnachten Premiere hatten, und fühlte sich abgekämpft wie nie zuvor. Die Arbeiten für den neuen Film *Die englische Heirat,* den sie ebenso wie den gerade erst fertiggestellten Streifen *Viktor und Viktoria* wieder unter der Regie von Reinhold Schünzel drehen würde, liefen gleich zu Beginn des Jahres an. Zwischendurch jagten sich Interviews, Fototermine, Auftritte auf öffentlichen Galas.

Zum Schlafen kam sie kaum. Mariechen, ihre Maskenbildnerin, beklagte sich allmorgendlich über die tiefdunklen Augenringe, die sie bei Renate zu überschminken hatte. »Und die Kollegen in der Schneiderei haben auch ihre liebe Not. Ihre Kostüme müssen wir ja neuerdings alle enger machen.«

Renate fand auch zum Essen kaum Zeit, und wenn doch, dann hatte sie, meist allein und in Eile, wenig Lust, sich etwas hineinzustopfen. Henriette tat, was sie konnte, hatte eigens in der Oetkerschule einen Kochkurs belegt, um Renate das Essen schmackhafter zu machen, aber ohne Erfolg. »Der Einzije, der sich über die juten Sachen freut, ist der Hund«, jammerte sie. »Und Sie werden mir erst zur Hungerharke und am Ende noch krank. Bloß wenn der gnädije Herr da is', dann hat die Kleene uff einmal wieder Appetit.«

Renate versicherte ihr, dass sie nicht krank werden würde, aber manchmal war sie sich selbst nicht sicher. Der *Film-Kurier* spekulierte, die UFA habe Renate Müller zu einer Abmagerungskur gezwungen, und der *Völkische Beobachter*, der *Viktor und Viktoria* als »sprühend inszeniert« gelobt hatte, schrieb, die Schauspielerin wirke »aus dem pummeligen Jungmädelalter herausgewachsen und zur Frau gereift«.

Recht hatte in Wahrheit Henriette: Was Renate auf den Magen schlug, war, dass sie Georg so selten sah. Die Tage, die sie in diesem Jahr gemeinsam verbracht hatten, waren wie Perlen: unendlich kostbar, unendlich strahlend, doch in den meisten Austern fand sich keine. War er bei ihr, hatten sie einen Abend für sich, an dem sie sich vor der Welt verkriechen konnten, dann aß Renate wie ein Scheunendrescher. Nur schlafen konnte sie dann umso weniger, weil die verfliegenden Stunden viel zu kostbar waren.

Er reiste ständig umher, vergrub und verbohrte sich in die Arbeit für die Bank. »Bitte versteh mich«, bat er Renate, wenn er wieder einmal eine Verabredung, der sie seit Wochen entgegenfieberte, absagen musste.

»Wenn ich dich nicht verstünde, könnte ich ja immer noch nichts anderes tun, als auf dich zu warten«, erwiderte sie. »Ohne dich ist mein Leben nicht vollständig. Ohne dich bin ich nicht ich.«

»Ich ohne dich auch nicht, *pucikam*«, sagte er. »Bitte glaub mir das.«

An seinen Schläfen erschien ihr das Haar, das sie in manchem Licht silbern gefunden hatte, jetzt eisengrau, und er war doch gerade erst dreißig! Zu Veranstaltungen, auf denen sie sich zeigen musste, kam er nicht mit, selbst die Premieren ihrer Filme mied er. Wenn sie zusammen waren, igelten sie sich in Dahlem ein. »Mir vergeht in Deutschland inzwischen die Lust, vor die Tür zu gehen«, sagte er.

Sie verstand ihn, auch wenn sie sich gewünscht hätte, er würde nicht alles so dramatisch sehen. Sie hätte ihn gern getröstet, ihm versichert, dass nicht ganz Deutschland den Verstand verloren hatte. Die meisten, die sie kannte, waren noch immer dieselben netten Leute und tippten sich über das Armhochgereiße und die Tatsache, dass neuerdings vor jedes Wort ein »Reichs-« gesetzt wurde, an die Stirn.

Ja, es waren furchtbare Dinge geschehen. Renate wusste, dass auch ihr Vater, ja ihre ganze Familie Angst hatte, und oft genug hatte sie selbst welche. Im Zeitungsviertel war alles anders geworden, die freie, bissige, bunte Presselandschaft der Hauptstadt gab es nicht mehr. Von jetzt an mussten der Vater und seine Kollegen jedes Wort auf die Goldwaage legen, ehe sie es dem Setzer anvertrauten, und zahlreiche Artikel wurden ohne Begründung abgelehnt. Auch in der UFA wehte ein anderer Wind, doch war der Umschwung nicht so krass zu spüren. Es wurde noch immer in Drehpausen geschwatzt, gewitzelt, geflirtet und gefachsimpelt, nur fragte man sich häufiger, ob man den, mit dem man sich auf ein Glas in die Kantine setzte, eigentlich wirklich gut kannte.

Weit schlimmer waren die Lücken. Die Menschen, mit denen sie seit Jahren gearbeitet hatte, die von Kollegen zu Freunden geworden und dann praktisch über Nacht verschwunden waren. Vielen wurde die Arbeit in der Filmbranche verboten, andere gingen freiwillig, weil sie unter den neuen Machthabern für sich keine Zukunft sahen. Die meisten aber blieben, machten weiter, versicherten einander, dass es so schlimm schon nicht werden und auch wieder vorbeigehen würde.

Auf seiner Antrittsrede hatte Hitler das Volk darum gebeten, ihm vier Jahre zu gewähren und erst dann über ihn zu urteilen. Wie die meisten ihrer Freunde hätte Renate keine vier Jahre gebraucht, sondern wäre die *Heil!*-Schreier lieber heute als morgen losgeworden. Vier Jahre schienen eine Ewigkeit. Wenn man aber das Glück hatte, es sich halbwegs behaglich einrichten zu können, und wenn man den Menschen, den man liebte, an der Seite hatte, würden sie schneller verstreichen, als man zusehen konnte.

Renates Cousine allerdings hatte es härter getroffen: Im Prozess um den Mord an dem SA-Mann Maikowski waren tatsächlich sechsundfünfzig Personen wegen Beihilfe zum Mord zu Haftstrafen verurteilt worden – unter ihnen Helenes Mann Arno zu sechs Jahren Zuchthaus. Mit ihren kleinen Mädchen Ursula und Lisa stand Helene allein und ohne Einkommen da. In der Familie Müller aber blieb niemand, der in Not war, allein. Tante Anni, Helenes Mutter, war zu ihrer Tochter gezogen, und die Verwandten sorgten dafür, dass es ihnen finanziell an nichts fehlte. Wenn es etwas gab, das Renate im Überfluss besaß, dann war es Geld. Bei aller Verschwendung wusste sie kaum, wie sie es ausgeben sollte, und war froh, Helene damit helfen zu können.

Was Arno betraf, so hatte Cousine Doras Mann Theo, der ihn als Anwalt vertrat, sie von Anbeginn angehalten, die Ruhe zu bewahren. Wenn sich die Wogen geglättet, die neue Regierung in den Tritt und zu einem vernünftigen Maß gefunden hatte, wollte er eine Wiederaufnahme beantragen und hoffentlich einen Freispruch erreichen. »Auch eine Amnestie oder eine frühzeitige Entlassung wegen guter Führung sind möglich«, erklärte er. »Schließlich war Arno ja nur zur falschen Zeit am falschen Ort.«

Die Ruhe zu bewahren war für sie alle der beste Rat. Sogar Sybille, die früher die Ansicht vertreten hatte, Ruhe gehöre auf den Friedhof, schloss sich dem an. »Meen Onkel Ottmar hat immer jesacht: So heiß wie jekocht lässt sich nüscht jut essen«, hatte Henriette bekundet, und Sybille hatte ihr zugestimmt.

»Ihr Onkel Ottmar hätte Philosoph werden sollen. Harald liegt mir ja auch in den Ohren, ich soll mit der süßen Elsa nicht mehr in die Knutschecke im *Kakadu* gehen, aber ich bitte Sie: Wo sollen zwei hübsche, ineinander verschossene Mädchen denn heutzutage noch hin? Das *Eldorado* und das *Dorian Gray* sind wegen *Förderung der Unsittlichkeit* geschlossen worden, alle kleineren lauschigen Clubs gleich mit, und das *Scala* ist, seit es nicht mehr Marx und Wolffsohn gehört, ein Kaffeekränzchen für zahnlose Großmütter. Wir müssen uns aufs Durchhalten einstellen, also machen wir am besten all das, was noch geht, so weiter wie bisher: ein bisschen saufen, ein bisschen koksen, was beides nicht richtig gesund ist, ein bisschen tanzen, was man nur noch zur Musik von Wiegenliedchen darf, und schöne Mädchen und Bübchen vernaschen, was groß und stark macht und auf keiner schwarzen Liste steht.«

Natürlich warnte Harald Sybille, weil er fürchtete, dass man eben doch auf einer schwarzen Liste landete, wenn man Mädchen wie Bübchen gleichzeitig vernaschte, doch Renate konnte nicht anders, als der Freundin zuzustimmen: Der Paragraf 175, der die gleichgeschlechtliche Liebe verbot, war in den letzten Jahren praktisch nicht mehr zur Anwendung gekommen, und die Liebe zwischen Frauen war darin ohnehin nicht erfasst. Ja, die blühende Szene war durch die Schließung der Lokale zerschlagen worden, und Harald zufolge stand eine Verschärfung des Paragrafen bevor. Aber es konnte sich doch kein Mensch – kein moderner, nach dem mörderischen Krieg in Freiheit erwachsen gewordener Mensch – das Lieben verbieten lassen!

Alles, aber nicht das.

In den kostbaren Nächten, die ihnen blieben, versuchte Renate, dies Georg begreiflich zu machen: »Ich glaube, ich kann ziemlich viel aushalten, Liebling. Wenn du mir sagst, wir können dieses Haus nicht behalten, dann geb ich's morgen weg, obwohl ich nie in einem Haus so sehr zu Hause war. Wenn du mir sagst, ich soll hierhin oder dorthin nicht mehr gehen, frage ich nicht mal nach dem Grund, und wenn du willst, dass ich dieses oder jenes nicht mehr laut sage, werde ich davon nicht sterben. Aber dich nicht bei mir zu haben, das halte ich nicht aus. Was immer sie an unserem Tun stört – es kann sie doch nicht stören, dass wir uns lieben.«

Sooft sie mit ihm darüber zu sprechen versuchte, zog er sie an sich und liebte sie aufs Neue. In der Frühe brach er auf, ehe sie erwachte, und ließ ihr nur ein Blatt von seinem Notizblock zurück, auf das er ein grinsendes Gesicht, eine winkende Hand und »Ich hab dich lieb« gekritzelt hatte.

Ohne Sybille, die in Dahlem ein und aus ging, wäre sie verrückt geworden. Sybille hatte ihre Flirts, mit denen sie zu Haralds Entsetzen weiterhin Knutschecken frequentierte, doch auch sie war jetzt häufiger als je allein. Harald hatte ein Mädchen namens Trude geheiratet, das um seine Liebe zu Sybille wusste. Mit einmal mehr und einmal weniger Erfolg gab er sich Mühe, ihr treu zu sein.

»Bei ihm ist es wie bei mir«, sagte Sybille. »Er will mich, und ich will dich, und da ich ihn nicht will und du mich nicht willst, richten wir uns eben ein.«

»Ich will dich«, sagte Renate. »Nur eben nicht so.«

Sybille lachte. »Ich will ihn auch. Nur eben nur so.«

Die beiden Freundinnen leisteten einander in vielen Nächten Gesellschaft, badeten den Sommer über im See, schliefen unter freiem Himmel, versuchten, nicht aus den Augen zu verlieren, wie schön das Leben war. Als der Herbst kam, die trüben Tage, die zu frühe Dämmerung, wurde es schwieriger. Hintereinander wurden zwei Filmprojekte, für die Sybille bereits unter Vertrag stand, abgesagt.

»Mein Typ sei nicht mehr gefragt, hat mir dieser Idiot Alexander Grau erklärt.« Bitter lachte Sybille auf. »Dabei weiß doch alle Welt, bei mir besteht das Problem darin, dass ich gar keinem Typ angehöre.«

Alexander Grau und Ernst Correll waren die letzten Mitglieder des alten UFA-Vorstands, die nicht ausgetauscht worden waren. Grau war so übel nicht und fungierte lediglich als Bote, der die schlechten Nachrichten zu überbringen hatte. Das Problem bestand darin, dass Pommer nicht mehr da war, Pommer, der erkannt hatte, was für ein Jahrhunderttalent in Sybille steckte und wie sich ihr einzigartiges Gesicht zur Geltung bringen ließ. Die neuen Leute machten sich nicht mehr die Mühe, sie hatten genug damit zu tun, sich den Machthabern anzudienen und sich unentbehrlich zu machen.

Sybille aber nahm es mit dem ihr eigenen Biss. »Ich habe mich einmal gegen alle Voraussagen durchgekämpft, da werde ich jetzt nicht das Handtuch werfen. Die Leute wollen mich ja sehen. Der Sterzig vom *Film-Kurier* hat geschrieben: ›Sybille Schmitz ist schöner als der Tod.‹«

Sie saßen im Gartenzimmer hinter regennassen Scheiben und sahen dem Tag beim Verlöschen zu. Sie tranken zu viel und koksten zu oft, aber sie kamen zurecht. »Irgendwann müssen wir das in den Griff bekommen«, sagte Sybille.

»Irgendwann«, erwiderte Renate. »Aber nicht jetzt.«

Sie grinsten sich an.

Renate musste sich ebenfalls durchkämpfen und Kröten schlucken, die ihr lange im Hals saßen. Im Gegensatz zu Sybille war es bei ihr jedoch nicht zu wenig, sondern zu viel Interesse, das die neuen Machthaber ihr entgegenbrachten. Mehrmals war sie über Werner zu privaten Veranstaltungen in der Wohnung der Goebbels und in den Räumen des *Kaiserhofs* eingeladen gewesen, und sosehr es ihr auch widerstrebte – Werner hatte ihr deutlich gemacht, dass sie sich dem nicht entziehen konnte. Zu jenen Gelegenheiten trank sie noch mehr als sonst. Einmal war sie mit nüchternem Magen gekommen, hatte den ganzen

Abend nichts essen und am Ende nicht mehr gerade gehen können. Magda Goebbels, die ihr half, erzählte sie, sie sei krank, habe sich eine Magenverstimmung zugezogen.

Sybille, der sie davon erzählte, warnte: »Noch einmal vorkommen sollte das besser nicht. Wer weiß, was du von dir gibst, wenn du dermaßen voll bist.«

»Ich weiß noch immer, was ich sage, und ich habe nichts zu verbergen«, erwiderte Renate. »Es ist dieser Mann, Bill. Dieser Hitler. Sie setzen ihn immer neben mich, und mir ist, als säße ich neben dem Schreckgespenst, dem schwarzen Mann aus bösen Kinderträumen, und müsste dabei mit spitzen Fingern Kanapees essen.«

»Du bist Schauspielerin. Du schaffst das. Stell dir einfach vor, du machst Probeaufnahmen für einen Gruselstreifen mit dem Titel *Mönchlein und der braune Buhmann*.«

Sybilles Humor war wie ein Gummiball. Er zerschellte an nichts, und wenn er hart aufprallte, sprang er hinterher umso höher. Renate versuchte es ihr nachzutun. Als die UFA-Leitung ihr in unmissverständlichen Worten darlegte, die Reichsfilmkammer habe sie für einen »staatspolitisch wertvollen« Film ausgerechnet zum Tod von Hans Maikowski angefordert, lehnte sie freundlich, aber bestimmt ab. »In der Reichsfilmkammer soll man es mir bitte nicht übel nehmen, aber ich bin eine ganz und gar unpolitische Frau und eigne mich eher für beschwingte Komödien. In der leichten Muse bin ich zu Hause, und die Leute wollen mich ja auch singen hören.«

Mit ziemlich viel Angst vor der eigenen Courage fuhr sie anschließend nach Hause, doch bisher schien ihre Weigerung ohne Folgen zu bleiben. Werner fing sie einmal am Haupttor des Filmgeländes ab und wollte dringend mit ihr reden, doch sie vertröstete ihn auf einen späteren Zeitpunkt. »Wir beide müssen uns wieder einmal zusammensetzen, da hast du vollkommen recht, aber im Augenblick ist so schrecklich viel zu tun.«

Arbeit lenkte ab und hetzte Renate durch die Tage. Dass die Großmutti krank war, wusste sie und nahm sich jeden Abend vor, sie zu besuchen, schaffte es aber nie. Dann, Anfang November, rief ihr Vater im Studio an und sagte ihr, dass sie gestorben war.

»Mach dir keine Vorwürfe, mein Mädchen. Sie hat gewusst, wie beschäftigt du bist, sie hat sich immer für dich gefreut und lässt dir sagen, sie hat dich lieb.«

Ich hätte es ihr auch noch einmal sagen wollen, dachte Renate und vermochte nicht zu fassen, dass man von einer solchen Woge von Traurigkeit überrollt werden konnte, weil eine alte Frau nach einem langen Leben gestorben war. Die Großmutti war eine so stille Frau gewesen, und dies war keine Zeit für stille Menschen. Der Gedanke erschreckte sie, auch wenn er albern war. Sie fühlte sich einsam, denn so lieb sie Sybille hatte, sie war keine Freundin, um über den Tod einer Großmutter mit ihr zu weinen.

Dann aber, auf der Beerdigung, die im strömenden Regen, unter einem Dach von schwarzen Schirmen auf dem Alten Zwölf-Apostel-Friedhof stattfand, war er auf einmal da. Ihr Georg. Am Rand, von den Trauernden entfernt, unter den uralten ahornblättrigen Platanen bei der Friedhofsmauer. Renate hatte sich umgedreht, und da stand er, hielt seinen Schirm nicht richtig über den Kopf, sodass er trotz der Baumkronen nass wurde, und sandte ihr einen Blick, der besagte: Wenn du mich brauchst, bin ich da. Allein bist du nie.

Sie lief zu ihm, sobald die Verabschiedung am Grab vorbei war, und sie versteckten sich hinter einem Baumstamm, um sich in die Arme zu fallen. Kaum hielt er sie, brach sie in eine Sturmflut von Tränen aus. »Oh Georg, ich bin so froh, dass du da bist. Und so schrecklich traurig. Die Großmutti hat mir zu ihrem letzten Weihnachtsfest ein Pferdchen geschenkt, es sollte mir Glück bringen, aber ich habe es verloren. Und dann sind die Nazis gekommen, und sie ist gestorben ...«

»Was denn für ein Pferdchen, *pucikam?*« Georg lächelte mit den Augen und legte ihr eine Hand auf den Mund. »Ich weiß, du lässt deine Börse, deine Uhr, deine Schlüssel in jedem Lokal der Stadt liegen, aber nicht einmal du könntest ein ganzes Pferd verlieren.«

Renate weinte und musste auch lächeln. »Eines aus Silber. Für meine Kette. Sie hat es so lieb gemeint, und ich hätte es jetzt so gern bei mir.«

»Dass sie es lieb gemeint hat, das hast du ja bei dir«, sagte er und berührte mit den Lippen ihr Haar. Dann schob er ihren Mantelkragen auf und ihren Schal beiseite. »Da ist es ja. Ein silbernes Pferdchen. Sie hat es dir mit Liebe umgehängt, und da hängt es nun und bringt dir Glück.«

»Ach Georg. Was würde ich nur ohne dich tun?«

»Deinen Kopf auch noch verlieren.«

Sie küssten sich.

»Deine Schwester, dein Vater und meine Großmutti – meinst du, sie sind noch irgendwo? Nicht völlig verschwunden?« An den Dichter Walter Rheiner, der in eine neonblinkende Leere sprang, wollte sie mit aller Kraft nicht denken.

»Sie sind im Pferdchen«, sagte er zärtlich. »Und wer weiß, manchmal in der Dämmerung huschen sie vielleicht vorbei und senden uns ein kurzes Winken. Jetzt muss ich gehen, mein Herz. Mein Zug nach Bern geht in einer knappen Stunde, ich wollte dich nur rasch sehen und dir sagen – ach, das weißt du ja selbst.«

»Kann ich nicht oft genug hören.«

»Ich liebe dich.«

»Wann kommst du denn wieder, mein Nebelgeliebter?«

»Jetzt lange nicht«, sagte er. »Erst nach Weihnachten, fürchte ich. Aber zu Silvester bin ich bei dir, das verspreche ich.«

Die Zeit war hart gewesen. Sie hatten zweimal telefoniert, er hatte ihr zum Erfolg von *Viktor und Viktoria* gratuliert, und sie hatte ihn gebeten, mit ihr am Silvesterabend zu ihren Eltern zu gehen. »Wir feiern dieses Jahr nur im kleinsten Kreis, Georg, wirklich.«

»Silvester im kleinsten Kreis? Bei deinen Eltern? Das glaubst du doch wohl selbst nicht.«

Sein Lachen schien endlos weit weg, und dann hatte er sie um Verständnis gebeten und gesagt, sie solle allein zu den Eltern gehen. »Ich warte in Dahlem auf dich. Mit Kerzen und *Bikavér*.«

Da sie ihm in einem kurzen Telefonat und meilenweit voneinander entfernt nicht zusetzen wollte, blieb es dabei. Danach aber, wenn sie über Neujahr endlich ein paar Tage Atempause hatten, wollte sie Tacheles mit ihm reden, nahm sie sich vor. Davon, dass er sich wie eine Maus verkroch, wurde ja nichts besser. Er war doch keine Maus, er war viel eher ein Löwe, und er sollte bei ihr sein, dieses lange Unwetter mit ihr gemeinsam durchstehen.

Was Silvester betraf, behielt er natürlich recht. »Im kleinsten Kreis«, hatte der Vater vorgeschlagen, doch die Mutter hielt dagegen: »Unser Haus war an diesem einen, dem hoffnungsvollsten Tag im Jahr immer Heim für so viele. Sollen wir ihnen ausgerechnet jetzt, wo sie es am nötigsten haben, die Tür vor der Nase zuschlagen?«

Also kamen die Tanten und Cousinen, die Freunde, Nachbarn und Kollegen, der Sessel mit der winzigen Uri, die ihr Kind verloren hatte, wurde von Raum zu Raum getragen, und es fehlten nur die Großmutti, Arno Timme und eine Handvoll Bekannte, die das Land verlassen hatten. In der Küche gab es statt der üblichen Party eine Art Gedenken beim Abwasch, und in Gabis Zimmer wurden die kleinen Kinder schlafen gelegt.

Fritz Scheffer, der neue Chefredakteur, der Theodor Wolff abgelöst hatte, kam auch. »Er ist ein sehr netter Mann«, hatte der Vater gesagt. »Er steht unter strengster Aufsicht und muss sich bedeckt halten wie wir alle, aber er ist beileibe kein Nazi. Solange wir ihn haben, können wir zumindest ein Stück weit noch ehrliche Berichterstattung betreiben, und im Rahmen seiner Möglichkeiten hält er eine schützende Hand über manchen Kollegen.«

Dass das nötig war, war erschreckend. Dass es aber Menschen gab, die es taten, war schön.

Zum ersten Mal, solange Renate sich erinnerte, tanzte die Mutter nicht, sondern saß umschlungen mit dem Vater in einen Sessel gequetscht. Es gab keine aus Amerika importierten Schallplatten mehr, doch für gewöhnlich tanzte Mariquita Müller zu allem und jedem, selbst zum Gezwitscher der Vögel an einem sonnigen Morgen.

»Jetzt komm schon«, forderte Tante Minchen, ihre Schwägerin, sie auf. »Deine liebe Mutti hätte doch nicht gewollt, dass du auf dein Tänzchen verzichtest.«

»Was meine liebe Mutti gewollt hätte, weiß ich leider nicht«, erwiderte die Mutter. »Sie hat es im Leben nie gesagt, und was die Toten wollen, können wir ja nur raten. Also tue ich, was ich will, und bin ganz zufrieden damit, euch allen zuzusehen.«

Je mehr es auf Mitternacht zuging, desto belasteter wurde die Stimmung. Schwer wie ein Eisenklumpen lag die unausgesprochene Frage im Raum: Würde es im neuen Jahr besser werden, wäre der Spuk in ein paar Monaten wirklich vorüber, oder würden sie nächstes Jahr an Silvester wieder hier zusammenkommen und zählen, wer zwischen ihnen fehlte?

Renate wollte aufbrechen. Bis nach Dahlem brauchte selbst Rudi Hasenclever, an dem ein Rennfahrer verloren gegangen war, eine halbe Stunde, und sie wollte um Mitternacht zu Hause sein. Dann aber legte irgendwer *Ein Lied geht um die Welt* auf, das Lied, das Joseph Schmidt in dem gleichnamigen Film sang. Der Film, der im Mai Premiere gehabt hatte, war ein Riesenerfolg, und das Lied war ein Schlager geworden.

> *Von Liebe singt das Lied,*
> *Von Treue singt das Lied,*
> *Und es wird nie verklingen,*
> *Man wird es ewig singen.«*

Cousine Helene brach in Tränen aus. Gabi, von Antons Schwester Antonie begleitet, stürzte zu ihr. Der Hund, der viel besser erzogen war als Anton, leckte ihr brav die Hände, und Gabi legte ihr den Arm um die Schulter. »Es wird doch wieder gut, liebes, armes Lenchen. Im Januar ist das alles ein Jahr her, eine Menge Gemüter haben sich beruhigt, und bestimmt bekommt Theo deinen Arno dann frei.«

»Ich dachte, du bist bei der Zeitung«, schnitt die Stimme von Cousine Dora, die Renate eigentlich nur fröhlich kannte, hart durch den Raum. »Eigentlich solltest du dann ja wissen, dass sie diesen Maikowski zu einem *Blutzeugen der Bewegung* gemacht haben und zum Jahrestag seines Todes sogar einen Film herausbringen wollten. Der ist allerdings abgesagt worden.«

»Das ist ja alles richtig«, sagte Gabi und versuchte mit fuchtelnden Gesten, Cousine Dora zu verstehen zu geben, dass sie doch nur versuche, Cousine Helene zu trösten. »Aber dein Theo wird ganz sicher sein Bestes geben, um Lenchens Arno herauszuboxen, und so gewieft, wie er ist, gelingt es ihm doch bestimmt.«

»Eure Zeitung ist offenbar wirklich zum Käseblatt verkommen«, sagte Cousine Dora. »Ansonsten wüsstet ihr auch, dass Theo bereits seit September nicht mehr praktizieren darf.«

»Aber weshalb denn nicht?«, platzte Gabi heraus, und mehrere andere fielen mit ihren Fragen ein. Renate bemerkte erst jetzt, dass es nicht wie sonst Theo war, der am Grammofon stand und die Platten auswählte, ja dass Theo überhaupt nirgendwo zu entdecken war.

»Gesetz über die Zulassung zur Rechtsanwaltschaft«, erhob sich eine dumpfe männliche Stimme über das allgemeine Gemurmel. Sie gehörte Fritz Scheffer, von dem Renate den ganzen Abend noch kein Wort gehört hatte. »In Kraft getreten am 10. April 1933. Damit wird jüdischen Rechtsanwälten ab dem 30. September ihre Zulassung entzogen, sofern sie nicht als Frontkämpfer durch ein Privileg davon ausgenommen sind.«

»Aber Theo ist doch kein Jude«, rief Tante Minchen, Theos Schwiegermutter, die offenbar so ahnungslos war wie sie alle.

»Seine Großmutter ist es, und wie man uns Ende August mitgeteilt hat, genügt das. Seine Zulassung ist erloschen, ich bin zum zweiten Mal schwanger, und wir stehen vor dem Nichts. Wir haben euch nicht den Abend verderben wollen, deshalb ist Theo nicht mitgekommen, aber ich bin wie ein Glas, in das zu viel hineingestopft worden ist. Ich zerspringe.«

Sie packte den Tonarm des Grammofons, den sonst ihr Mann mit so viel Fingerspitzengefühl bediente, und zog ihn ratschend von der Platte, sodass das Lied, das nie verklingen sollte, plötzlich zu Ende war. »Und der ist übrigens auch weg«, sagte sie. »Der Joseph Schmidt. Als Jude darf er ja im Rundfunk nicht mehr singen, und dass sein Lied der beliebteste Schlager des Landes ist, nützt ihm auch nichts. Theos Bruder, der mit ihm bekannt ist, hat erzählt, dass er vor vier Wochen nach Wien ausgewandert ist.«

29

Bitte fahren Sie, so schnell Sie können, Rudi.«
»Tu ick doch immer, Frollein Müller. Aber heute noch 'n bissken schneller, als ick kann, ja?«

Sie rasten durch die Stille der ersten Nacht des neuen Jahres, dass die Räder in den Kurven quietschten. Natürlich hatte Renate nach Cousine Doras Eröffnung nicht gleich aufbrechen können, sondern war doch bis nach Mitternacht geblieben. Sie alle hatten versucht, Dora und Helene zu trösten, ihnen Mut zu machen, und waren doch hilflos und konnten nichts tun. »Renate, lach doch mal«, hatte Tante Minchen regelrecht gebettelt. »Wenn du lachst, lachen wir doch immer alle mit.«

Aber das Lachen war ihnen allen im Hals stecken geblieben. »Solange wir zusammen sind, haben wir es immer noch gut«, hatte der Vater statt seines Toasts zum neuen Jahr gesagt, und nicht einmal das war hilfreich. Sie waren zusammen, sie hatten es noch gut, aber Arno und Theo fehlten. Wo sonst Hoffnung war, war jetzt Angst, es gab kein Bleigießen, und das misshandelte Grammofon spielte nicht mehr.

Renate fühlte sich restlos erschöpft. Sie wollte nur noch eines: nach Hause, in Georgs Arme und als Krönung Anton quer über ihrem Bett. Henriette war bei ihrer Cousine ins Stahnsdorf, doch Renate hatte von einem Delikatessenhändler kalte Platten und eine Suppe anliefern lassen, sodass sie zwei Tage lang versorgt waren.

Sie brauchten nichts zu tun. Nur sich zu lieben. Sich festzuhalten und für kurze Zeit zu vergessen, was über ihre Welt gekommen war.

»Na denn – 'n jutet Neuet«, sagte Rudi Hasenclever, als sie über das Kopfsteinpflaster ihrer schlafenden Straße rumpelten. »Jut anzufangen scheint's ja zumindest.«

Aus dem kleinen Fenster über ihrer Tür schien ihr warmes Licht entgegen, das nicht sie selbst hatte brennen lassen, als sie aufgebrochen war. Ihr Herz schlug schneller. »Ihnen auch, Rudi. Alles, alles Gute.«

Er parkte den Wagen, und sie überreichte ihm einen Umschlag mit Karten für ein Meisterschaftsspiel von Hertha BSC. Er war Fan und sein Enkelsohn auch. Er würde sich über die Karten unbändig freuen, und für sie waren er und Henriette unbezahlbar. Als sie den Gartenweg hinaufrannte, wurde die Tür aufgezogen. Statt des erwarteten Gesichts blickten ihr gleich drei Gesichter entgegen, und Kristallgläser voll Champagner glitzerten durch die Dunkelheit. Mit hohen, weiten Sätzen stürmte Anton auf sie zu, sprang an ihr hoch und stieß vor Freude dieses hohe, leise Fiepen aus, das bei einem Hund von dieser Größe so seltsam anmutete.

»Prosit Neujahr! Wir dachten schon, du kommst überhaupt nicht mehr!«

Harald, Sybille und Georg.

Angst und Trauer, Erschöpfung und Mutlosigkeit fielen wie eine alte Haut von ihr ab. Sie umarmte sie alle gleichzeitig und wollte sie auch alle in ihren Armen festhalten. Ganz kurz hatte sie in sich hineingelauscht, ob sie enttäuscht war, nicht mit Georg allein zu sein. Aber sie war es nicht. Kein bisschen. Diese drei gehörten zu ihr, und sie hatte sie noch bei sich, hatte keinen von ihnen verloren, also hatte sie es gut.

»Ihr seid verrückt. Ich hab euch so lieb.«

Ehe der Hund sie vollends umwarf, drängten sie alle ins Haus, wo auf den Fenstersimsen des Gartenzimmers die Kerzen brannten, die kalten Platten aufgebaut waren und der Champagner im Kübel mit geschmolzenem Eis lag. In zwei Bodenvasen standen riesige, schier überquellende Bukette aus Lilien und Rosen. »Die haben wir geklaut«, verkündete Sybille stolz. »Auf der Gala im *Eden,* zur Eröffnung der *Klagemann.*«

Klagemann war eine neue Produktionsgesellschaft, die die Verfilmung von Haralds Novelle *Herz ist Trumpf* produzierte. Im nächsten Jahr würde der Film Premiere haben, und Harald war bereits jetzt ein gefragter Mann, dem man im deutschen Film eine große Zukunft voraussagte. Er verstand sich darauf, Spannung zu erzeugen, und hatte ein Gespür für das, was auf der Leinwand wirkte. Zudem war er einer von denen, die das Gleichgewicht zu halten vermochten: Er biederte sich den neuen Machthabern nicht an, achtete aber darauf, mit nichts bei ihnen anzuecken.

»Natürlich war Harald eingeladen, nicht ich«, rief Sybille, die allen Champagner nachschenkte, klang dabei aber außerordentlich vergnügt. »Die olle Schmitz will ja keiner mehr haben, also bin ich als Frau

Petersson aufmarschiert. Ich kann euch sagen, dermaßen bin ich noch nie hofiert worden.«

»Und die arme Frau Petersson geht jetzt als Blumendiebin in die Geschichte des *Hotels Eden* ein«, bemerkte Georg mit seinem halben Lächeln. Er hielt Renate im Arm. Durch die Stoffschichten spürte sie seinen mageren Körper wie eine Sehne, die zum Losschnellen angespannt war.

»Ja, wo ist sie denn überhaupt, die Frau Petersson?«, fragte Renate.

»Unpässlich!« Sybille wirbelte durch den Raum, tanzte ohne Musik mit sich selbst. »Ich bin ja sicher, sie kriegt ein Kind, aber Harald behauptet steif und fest, sie mag nur keine Filmgalas. Auf jeden Fall durfte er heute Abend von der Leine, und wir kommen in den Genuss, ihn für uns zu haben.« Sie wirbelte zu ihm, umfasste ihn und tanzte mit ihm ein paar Schritte weiter, ehe sie ihn auf den Mund küsste und wieder freigab.

»Ganz so verhält es sich nicht, aber ich nehme an, das könnt ihr euch schon denken«, sagte er. »Tatsächlich macht Trude, die keineswegs schwanger ist, sich nichts aus diesen Galas, wie ich übrigens auch nicht. Außerdem wusste Trude bereits bei unserer Hochzeit, dass ich von Zeit zu Zeit, wenn ich mir allzu viele Sorgen mache, nach einem Dämonenweib namens Sybille Schmitz schauen muss.«

»Und sie gestattet das?«, fragte Georg.

Sybille lachte. »Sie will ihren Harald lieber mit mir am Bein als gar nicht.«

»Ich könnte das nicht«, rief Renate und zog Georg noch fester an sich. »Vielleicht wäre ich nicht einmal eifersüchtig, aber ich hätte so furchtbare Angst, dass du eines Tages ganz zu der anderen gehst.«

»Die hat Trude auch, obwohl die andere mich ja ganz nicht will«, sagte Harald. »Aber sie versteht, dass ich die andere schützen müsste, wann immer es nötig würde. Und jetzt möchte ich bitte nicht mehr über Trude reden.«

»Die andere auch nicht.« Sybille tanzte hinüber zu Renate, nahm sie bei der Hand und drehte sich mit ihr von Georg weg und um die Bodenvasen herum. »Die andere möchte überhaupt nicht mehr über trübsinnige, traurige, besorgniserregende Dinge reden, sondern Musik machen, am besten solche, die ein ganz kleines bisschen verboten ist, und mit den schönsten Menschen, die diese Stadt zu bieten hat, feiern.« Sie drehte sich um ihre Achse, ließ dann Renate sich um ihre Achse drehen, stieß, als sie wieder zusammentrafen, mit ihr an und küsste sie nach dem Trinken auf den Mund. »Die andere hatte nämlich heute auch so etwas wie eine gute Nachricht: Sie darf im neuen Jahr wieder einen Film drehen. Dieser zauberhafte Tilsiter, den sie bei der UFA lieben, Frank Wysbar, hat nämlich an der anderen einen Narren gefressen und will unbedingt etwas mit ihr machen.«

»Oh, Bille, ich freu mich ja so für dich!«

»Bill«, verbesserte Sybille zähnefletschend. »Du darfst mich aber auch *die andere* nennen.

»Wie auch immer. Erzähl mir von deinem Film.«

»Es ist eine Fliegergeschichte«, sagte Sybille. »Ein bisschen flacher und ein bisschen heroisch-zackiger und sicher auch nicht ganz propagandafrei, meint Frank. Er muss so etwas eben machen, damit sie seine Eva in Frieden lassen, aber wenn es sich nicht in Grenzen hielte, würde er sich weigern, sagt er.«

»Wenn das von Frank Wysbar kommt, kannst du dich sicher darauf verlassen«, sagte Renate. Der neue Stern unter den Regisseuren hielt deutlich spürbare Distanz zu den neuen Machthabern und hatte bisher allen Versuchen, ihn zu vereinnahmen, widerstanden.

»Und wenn es anders wäre?« Die Frage kam von Georg und überraschte sie alle drei. »Wenn sich der Film als echte Propaganda für nationalsozialistisches Gedankengut erweisen würde?«

»Ich lese ja das Drehbuch vorher«, sagte Sybille, »und ich habe, was diesen Film betrifft, keine Sorge. Davon abgesehen kann ich dir die Frage jedoch nicht beantworten, und ich hoffe, dass ich es nie muss. Ich bin Filmschauspielerin. Ich komme zurecht, solange ich Filme machen kann, ich habe die Anpassungsfähigkeit eines Chamäleons und kann von Brot und einem Tröpfchen Schnaps genauso leben wie von Kaviar und der Witwe Klicko. Was ich aber täte, wenn ich keine Filme mehr machen könnte, möchte ich lieber nicht wissen.«

Sie drehte sich in ihrem eleganten, metallisch glänzenden Kleid noch einmal um sich selbst und lachte wieder. »Gedreht wird übrigens in

Tempelhof und im Sommer auf dem Kurischen Haff, an der Ostsee. Ich habe mir gedacht, vielleicht fahren wir ja zu viert ein paar Tage ans Meer und planschen uns die Seele aus dem Leib, wenn Harald von der Leine darf.«

Es gab das alles noch: Hoffnung und Vergnügen, Gefrotzel, Freundschaft und Freude auf den Sommer. Sie spielten eine ihrer geliebten Duke-Ellington-Platten. Es gab ja hier weit und breit keine Nachbarn, und sie drehten den Ton nicht laut. Harald tanzte mit Renate und Georg mit Sybille, die Frauen tanzten miteinander, während die Männer sich weigerten, sie tanzten richtig geordnet, und zum Schluss tanzten sie zu viert, mit Anton in der Mitte, tranken Champagner dabei und aßen Häppchen mit Matjes und kaltem Braten.

Es war vier Uhr morgens, aber noch immer still und stockdunkel, als Sybille und Harald sich auf den Weg machten. In der Tür mit dem Fenster darüber, die für das große Haus eigentlich zu schmal war, umarmten sie sich. »Passt aufeinander auf«, sagte Harald. »Ihr zwei schönen Mädchen besonders.«

Statt ihn wie sonst zu veralbern, erwiderte Sybille: »Darauf kannst du Gift nehmen. Dieses blauäugige Mönchlein, das an das Gute glaubt und viel zu naiv ist, um auf sich selbst aufzupassen, lasse ich nicht aus den Augen.«

Eng umschlungen standen Renate und Georg in der Tür, bis sie verschwunden waren. Ein Paar, das nach einer fröhlichen Silvesterfeier seinen Freunden nachwinkte – so normal und friedvoll war Renate ihr Leben lange nicht erschienen. Sie gingen nach oben und liebten sich noch einmal mit den letzten Kräften, ehe sie Arm in Arm einschliefen. Es machte ihr heute nichts aus. Sie war müde vor Glück. Und für die Liebe hätten sie in den nächsten Tagen endlos Zeit.

Als sie erwachte, war es Tag, und eine fahle Wintersonne schien ins Zimmer. Georg saß fertig rasiert und gekämmt, in Anzughosen, gebügeltem Hemd und offener Weste auf dem Bett, sah ihr zu und rauchte, was sie noch nie bei ihm gesehen hatte. Für gewöhnlich schätzte er den frischen, sauberen Geruch in ihrem Schlafzimmer und mutete seinen marottenhaft sorgsam gepflegten Zähnen keinen Zigarettenrauch zu. Sein geliebtes Gesicht war das Erste, was sie sah, als sie die Augen aufschlug, und sie lächelte sofort. Dann aber bemerkte sie seinen Aufzug, die Zigarette und den Ausdruck auf seinem Gesicht, und das Lächeln gefror.

Es fühlte sich tatsächlich so an. Als wäre es erstarrt und verzerrt auf ihren Zügen festgefroren und ließe sich erst davon entfernen, als es einen Atemzug später zu schmelzen begann.

»Meine Liebste«, sagte er. »Ich habe hier gesessen und mich gefragt, ob ich dich wecken soll.«

»Warum?« Es konnte dem Stand der Sonne nach noch nicht spät sein, und heute war Feiertag. Sie hatten frei, der Tag gehörte ihnen.

»Weil ich wegmuss«, sagte er. »Du warst gestern Nacht so müde, es hätte mir wehgetan, dich aus dem Schlaf zu reißen, aber ich wollte so gern noch ein bisschen Zeit mit dir verbringen. Ich bin froh, dass du wach bist. Willst du Kaffee? Uns bleibt noch eine Stunde.«

»Eine Stunde? Aber warum denn?« Mit einem Schlag war alles Sanfte, Träumerische verflogen, sie war hellwach und setzte sich auf. »Du hast doch gesagt, du bleibst nach Neujahr mindestens zwei Tage noch bei mir, ich habe mich seit Wochen darauf gefreut.«

»Ich auch«, sagte er. »Ich habe mich daran festgehalten, ich dachte, wir würden das in jedem Fall hinbekommen. Aber es geht nicht, Renate. Ich darf nicht länger zögern und womöglich dich mit hineinreißen, sondern muss heute noch aufbrechen.«

»Wohin?«

»In die Schweiz.«

»Und wann kommst du wieder?«

Erst gab er lange Zeit keine Antwort, und auf seinem Gesicht las sie den Schrecken, der sich langsam in ihr ausbreitete. Dann schüttelte er stumm den Kopf.

»Was soll das heißen?«, schrie sie ihn an.

»Dass ich gar nicht mehr wiederkomme«, sagte er und drückte die Zigarette im Aschenbecher sorgsam aus. »Nicht solange die Nazis an der Macht sind. Ich habe mir in Zürich ein Zimmer gemietet. Die Lage in der Schweiz ist verhältnismäßig günstig, ich habe ein Visum und bekomme hoffentlich bald eine Arbeitserlaubnis, es besteht zumindest ein wenig Hoffnung, im Bankwesen eine Anstellung zu finden, und ich verliere nicht die einzige Sprache, in der ich arbeiten kann. Außerdem habe ich ein wenig Geld dort in Sicherheit bringen können und werde, wenn du mir hilfst, auch in der Lage sein, für den Unterhalt meiner Mutter Geld zu senden. Sie kommt nicht mit. Sie ist zwar gerade erst siebzig, aber der Tod meiner Schwester und der meines Vaters haben sie Jahre gekostet. Sie fühlt sich zu alt, will nicht noch einmal verpflanzt werden. Mir fällt das schwer. Meine Mutter und ich, wir zwei Übriggebliebenen, sagen einander nicht einmal, dass wir uns lieb haben, und jetzt lasse ich sie hier zurück.«

»Hör auf!«, rief Renate. Sie konnte sich nicht erinnern, dass er je so lange ohne Pause gesprochen hatte. »Hör mit diesem Unsinn doch endlich auf. Was willst du in der Schweiz, dein Zuhause ist hier, und deine Mutter hat recht – weshalb solltet ihr euch verpflanzen? Deine Angst vor den Nazis verstehe ich, aber du verlierst dabei jedes Maß. Ja, es dauert wohl länger, als wir gehofft hatten, ja, es ist alles bedrückend und bereitet Sorge, aber das Schlimmste ist doch nun sicher bald vorbei. Viel mehr lassen sich die Leute nicht gefallen, bei der UFA haben sie es jetzt schon satt, und es kursieren täglich neue Nazi-Witze. Halt noch ein bisschen durch, Liebling. Selbst vier Jahre, wie Hitler gesagt hat, sind keine Ewigkeit.«

Sie streckte den Arm nach ihm aus und wollte ihn umschlingen, aber er wich zurück.

»Inzwischen sagt er nicht mehr vier Jahre«, flüsterte er. »Inzwischen spricht er vom tausendjährigen Reich. Renate, sie nehmen mir die Bank. Und das ist erst der Anfang. Ich weiß nicht, was sie sich gegen mich zusammengesponnen haben, aber ich werde seit Monaten beobachtet. Von der Gestapo. Weißt du, was das ist?«

Renate schüttelte den Kopf.

»Geheime Staatspolizei. Eine von Hitlers neuen Errungenschaften für dieses Land. Wer von denen verhört wird, kommt nicht mehr als der Mensch, der er gewesen ist, wieder.«

»Aber du hast doch überhaupt nichts getan!«, beharrte Renate. »Was soll denn diese geheime Polizei von dir wollen? Und wie können sie dir deine Bank nehmen, die deiner Familie seit Generationen gehört.«

»Sie machen es mit allen jüdischen Privatbanken so, die sie sich nicht so einfach aneignen können.« Aus Georgs Stimme sprach jetzt schiere

Verzweiflung. »Es fing sofort nach der Machtergreifung an: Sie haben immer mehr Kunden dazu gebracht, ihre Einlagen aus meinem Unternehmen abzuziehen. Ich habe gekämpft und alles versucht, um das fehlende Geld zu ersetzen und das Lebenswerk meines Vaters zu erhalten, aber sie treiben mich in die Zahlungsunfähigkeit.«

Renate rutschte zu ihm heran und schloss die Arme um ihn. Nach kurzer Zeit hörte er auf, sich zu wehren, und ließ sich von ihr halten. Ob er weinte, wusste sie nicht. Sie hatte ihn niemals weinen sehen. »Was mir gehört, gehört auch dir«, sagte sie und streichelte ihm den Rücken. »Nimm all mein Geld, nimm das Haus, es macht mir nichts aus, wenn es dir nur hilft.«

»Es genügt nicht, Liebste«, murmelte er dumpf. »Und sie würden auch nur immer weitermachen, bis ich endgültig aufgeben oder an einen Strohmann von arischem Blut verkaufen müsste. Arisierung nennen sie das, und arisieren wollen sie ihr ganzes Land. Ich muss hier weg, Renate, ich habe schon zu lange gewartet. Ob sie mir einen betrügerischen Bankrott anhängen oder aus meiner Arbeit für die SAPD etwas drehen – sie sitzen mir im Nacken. Um die Bank geht es nicht mehr. Es geht um mein Leben.«

Sie nahm sein Gesicht in die Hände und sah ihn an. »Dann heiraten wir eben. Von dem Mann von Fräulein Glücklich werden sie die Finger lassen.«

Er befreite sich sacht und küsste ihr die Fingerspitzen. »Leider ist das Gegenteil der Fall. Fräulein Glücklich wäre dann die Frau eines Juden, und das könnte sogar dazu führen, dass man dich aus der Reichsfilmkammer ausschließt.«

Renate zuckte zusammen. Keine Filme mehr drehen? Ihren Traum verlieren? Der Ausschluss aus der Reichsfilmkammer kam einem Berufsverbot gleich. Selbst wenn die Nazis in vier Jahren von der Bildfläche verschwunden wären – vier Jahre waren in der Welt des Films tatsächlich eine Ewigkeit. Bis dahin gab es neue Stars, waren neue Gesichter gefragt, herrschten neue Anforderungen. Ihre Karriere wäre zu Ende. Einen Augenblick lang schnürte die Vorstellung ihr die Luft ab. Dann atmete sie heftig aus und sagte: »Ich bin nicht wie Sybille, Georg. Für mich ist es nicht der Film, ohne den ich nicht leben könnte, sondern du.«

Sein zerfurchtes, gequältes Gesicht entspannte sich ein wenig, und um seine Mundwinkel spielte das spöttische Lächeln. »Du bist das Beste, was einem Mann überhaupt passieren kann, weißt du das, *pucikam?* Das ist mein Triumph: dass mir die Nazis im Grunde gar nichts anhaben können, weil mein Fräulein Glücklich mir so etwas sagt.«

»Also, was ist jetzt?«, gab Renate sich forsch. »Heiraten wir?«

»Und dann, du unglaubliches Mädchen?« Er strich ihr über die Wange, zog mit dem Finger ihre Lippen nach. »Spielen wir in diesem entzückenden Haus das traute kleine Glück? Du als Hausmütterchen mit dem Kochlöffel und ich als braver Ehemann, der sich das Geschirrhandtuch um die fülliger werdende Taille knotet und beim Abwasch hilft? Wie lange, glaubst du, würde es dauern, bis du mich hasst? Ja, ich glaube dir, dass du ohne den Film leben kannst, so wie ja auch ich ohne meine Bank leben kann, weil man so manches kann, wenn man die Wahl gar nicht hat. Aber der Mann, der dir das zumutet, der dir nimmt, was du dir seit dem Tag in dem Kino in Danzig erträumt und erkämpft hast – der möchte ich nicht sein.«

Sie öffnete den Mund und wollte protestieren, aber sie schloss ihn auch wieder, weil sie begriff, dass es darauf nichts zu sagen gab. Stattdessen griff sie nach der Schachtel mit den Zigaretten, steckte sich eine an, und mit größter Mühe beruhigte sie sich.

»Wie geht es weiter?«, fragte sie ihn. »Wann sehe ich dich wieder?«

»Eine Weile lang wohl nicht«, sagte er. »Aber dann, wenn der Staub sich ein bisschen gelegt hat, könntest du mich besuchen kommen. Zürich ist schön. Wo du und ich zusammen sind, ist es überall schön. Wir halten es aus, *pucikam.* Du hier mit deinen Filmen, ich umgeben von Bergen mit meinem Neuanfang. Und wenn es vorbei ist, kommen wir wieder zusammen und wissen, dass es überhaupt gar nichts gibt, das uns zwei kleinkriegen kann.«

»Und dann heiraten wir?«, fragte sie und dachte: Wenn er weg ist, werde ich mich betrinken. Und wenn ich aus dem Rausch aufwache, rufe ich Sybille an und betrinke mich mit ihr aufs Neue, und wenn ich mich drei Tage lang betrunken habe, tut es vielleicht nicht mehr so weh, und ich kann mir einbilden, ich halte es aus.

»Wenn du mich dann noch heiraten willst, wäre es mir die größte

Ehre, aus dem Fräulein Glücklich die Frau Deutsch zu machen«, sagte er.

Einen letzten Versuch unternahm sie, ein letztes Aufbegehren: »Hans Albers' Verlobte Hansi Burg ist auch Jüdin. Ja, er wird immer wieder mal bedrängt, Goebbels schickt irgendwelche Leute, aber wenn er denen zu verstehen gibt, dass er sich von seiner Hansi nicht trennen wird, ziehen sie wieder ab, und er darf weiterfilmen. Frank Wysbar, mit dem Sybille ihren Film dreht, macht auch weiter, obwohl seine Frau Eva Jüdin ist.«

»Wer weiß, wie lange noch«, sagte Georg und stand auf. »Lass uns vernünftig sein, *pucikam*. Nicht noch mehr riskieren. Ich freue mich darauf, dir die Berge zu zeigen, du kennst die ganze Welt doch nur von deiner Leinwand.«

»Ich kenne die Pyramiden. Und einen Friedhof in Paris.«

Er beugte sich herunter und küsste sie. »Den werden wir immer kennen. Kommst du mit nach unten? Wenn wir noch zusammen Kaffee trinken wollen, müssen wir uns jetzt beeilen.«

Zusammen nahmen sie die erstaunlich vielen und schmalen Treppen aus ihrem Liebesnest unter dem Dach hinunter in das Gartenzimmer, in dem kalter Rauch hing und die Reste des gestrigen Fests herumlagen.

»Wollen wir anderswohin umziehen?«, fragte er.

»Nein, ich mag es hier«, sagte sie.

»Ich mache uns Kaffee.«

Renate nickte. Er machte grandiosen Kaffee, selbst Henriette mit ihren Tricks von der Oetkerschule musste ihm das lassen.

»Ich kümmere mich um deine Mutter«, rief sie, während sie ihn in der Küche mit dem Kessel und der Kaffeemühle hantieren hörte. »Mach dir darum keine Sorgen.«

»Ich hatte gehofft, dass du das sagen würdest«, sagte er.

»Rufst du mich manchmal an?«

»Jede Woche«, versprach er.

Dann gab es nichts mehr zu sagen, und sie wartete schweigend, bis er mit dem Kaffeetablett zurück ins Zimmer kam. Als er es abgestellt hatte, zog er flüchtig die Uhr aus der Westentasche, die seinem Vater gehört hatte, und prüfte die Zeit. Der Zug, der am Bahnhof stand, würde nicht auf ihn warten, und in seinen Gedanken war er schon nicht mehr bei ihr.

30

Werner
Berlin
Oktober 1935

Das Schreiben war abgesandt. Das verschrobene Faktotum – Sekretär oder Bediensteter –, das für den Schauspieler tätig war, hatte es Werner persönlich bestätigt: »Herr Albers hat das Dokument wie verlangt heute morgen unterzeichnet und an den Präsidenten der Reichskulturkammer adressiert. Ich habe es selbst in die Post gegeben.«

Werner atmete auf. Mehr als zwei Jahre zermürbende Arbeit hatte es ihn gekostet, diese Unterschrift von Albers auf den Bogen Papier zu bekommen. Auf Hans Albers verzichten wollte Dr. Goebbels auf gar keinen Fall. Der Mann wurde in ganz Deutschland verehrt, seine Filme waren allesamt Erfolge. Ein solches Juwel zu verlieren hätte er als persönliche Niederlage betrachtet, und persönliche Niederlagen goutierte er nicht. Stattdessen kreidete er sie dem Mann an, den er schließlich damit beauftragt hatte, ihn und seine Filmwirtschaft vor ebendieser Niederlage zu bewahren: Werner Lohse.

An die Zornesausbrüche, die er hatte aushalten müssen, wollte er nicht mehr denken. Nicht jetzt, wo er es geschafft hatte und die versprochene Beförderung zum Greifen nah war. In seiner neuen Autorität würde er nicht länger ein Niemand sein, den man zusammenbrüllen konnte, wenn einem danach war. Er würde der Mann sein, der dem deutschen Film sein männliches Idol erhalten hatte, und in Dr. Goebbels' Achtung wieder steigen. Die Worte des Briefes, den er für Albers aufgesetzt hatte, gingen ihm im Kopf herum:

»*In Erfüllung meiner Pflicht gegen den nationalsozialistischen Staat habe ich meine persönlichen Beziehungen zu Frau Hansi Burg gelöst.*«

Für den Verbleib der Burg war gesorgt: Einen Ausländer, der sie heiraten würde, hatte Werner aufgetrieben, und am besten schaffte man sie auf dem schnellsten Wege selbst ins Ausland. Dafür, dass ihr kein Leid geschah und er weiter berechtigt sein würde, finanziell für sie zu sorgen, hatte Werner sich vor Albers verbürgen müssen. Dabei hatte ja niemand Interesse daran, dass der Jüdin ein Leid geschah. Nur weg sollte sie. Dorthin, wo sie das deutsche Volksempfinden nicht länger störte. Was Albers und Burg getrieben hatten, galt seit dem Erlass des Blutschutzgesetzes im September als Rassenschande und war strafbar. Wer wie die beiden davon Abstand nahm, der hatte jedoch nichts zu befürchten.

Manchmal, wenn er abends in seiner trostlosen Wohnung allein war, schien aus dem Nichts eine Stimme aufzugellen, die ihn fragte, wie lange er daran eigentlich selbst noch glauben wollte. Derlei Stimmen, die aus seiner Überarbeitung, dem geheimen und belastenden Charakter seiner Aufgaben und seiner Einsamkeit herrühren mochten, kämpfte er jedoch nieder. Jetzt, wo er wieder einen Schritt bewältigt hatte, konnte er sich endlich darum kümmern, seine eigene Lage zu verbessern. Wenn er erst in besseren Verhältnissen lebte, würden auch die nervösen Störungen, die Erscheinungen wie jene Stimme hervorriefen, abklingen.

Als Erstes musste er aus der zu engen, bedrückenden Wohnung heraus. Geld hatte er längst genug, und in seiner Stellung würde er allmählich auch Räume benötigen, die als repräsentativ durchgingen. Warum sollte er nach all den Jahren in behelfsmäßigen Quartieren nicht ein Zuhause sein Eigen nennen, in dem er sich wohlfühlte, auf das er stolz war und in dem er mit Freude Gäste empfangen konnte?

Der silberne Weinkrug mit den Bechern fiel ihm ein, das letzte Stück, das ihm von seinem Antiquitätenhandel geblieben war. Auf einmal hatte er wieder die alten Bilder vor Augen, sah sich in einem stilvoll eingerichteten Salon am Tisch sitzen und aus dem Krug mit dem Traubenmuster, der in diesen Rahmen genau passte, einem Gast edlen Wein einschenken.

Der Gast, den er bewirtete, sah immer gleich aus, hatte immer das gleiche Gesicht.

Es war beschlossene Sache. Wenn er heute Abend Dr. Goebbels Bericht erstattete, würde er ihn um seinen Rat bitten. Dr. Goebbels hatte sich selbst gerade eine Villa mit Grundstück auf der Havelinsel Schwanenwerder angeschafft und würde ihm sicher über seine Beziehungen helfen, sein Vorhaben zu verwirklichen.

Er würde sich ein Haus kaufen. Nicht auf Schwanenwerder, sondern in dem idyllischen, geradezu verwunschenen Viertel, das seit jeher von Menschen bewohnt wurde, die über Bildung und Kultur verfügten.

In Dahlem.

Werner verließ die Aufnahmehalle, in der Hans Albers, abgeschirmt von seinem komischen Faktotum, derzeit drehte, und ging den Weg hinauf zum Haupttor. Inzwischen war diese Welt, diese Stadt in einer Stadt, ihm vertraut, auch wenn er niemals dazugehören würde. Zur Linken lagen Verwaltungsgebäude und Büros, zur Rechten Lager und Werkstätten, darunter die Schneidereien der Kostümbildner. Von dort kam eine Frau in einer fliederfarbenen Robe, die mit einigem guten Willen einer Hofdame zur Zeit des Sonnenkönigs zuzuordnen war, auf ihn zugerannt und winkte mit beiden Armen.

»Werner, warte! Warte!«

Elke.

Die letzte Person, der er hatte begegnen wollen.

Ihr Haar, das offensichtlich am Kopf festgesteckt worden war, um eine gepuderte Perücke darauf zu befestigen, klebte ihr platt um den Schädel, und auf dem Gesicht glänzte Fettcreme zwischen Resten der Schminke. Elke war ein Mädel, das etwas auf sich hielt, das ein zweites Paar Strümpfe in der Handtasche trug, weil sie sich einer Laufmasche geschämt hätte, und das sich für jede flüchtigste Verabredung nett und ansprechend zurechtgemacht hatte. Er hatte sie so nie gesehen – so schutzlos, geradezu nackt.

Renate hingegen hatte sich noch nie viel Mühe gegeben, um ihm zu gefallen, er kannte sie in so gut wie sämtlichen Lebenslagen, und doch war sie ihm nie schutzlos erschienen. Sie war sich ihrer selbst viel sicherer, wusste, dass sie auch ohne Schminke und Seidenstrümpfe eine

Ausstrahlung besaß, die Herzen gewann. Elke fehlte das alles. Auf einmal tat sie Werner leid.

Er blieb stehen und winkte zurück. »Grüß dich, Elke. Ist das das Kostüm für deinen neuen Film? Die Farbe sieht hübsch an dir aus.«

Auf sein Kompliment ging sie nicht ein, und mit dem Abschminkfett unter den Augen sah sie aus, als hätte sie geweint. »Ich muss mit dir reden, Werner. Gib mir fünf Minuten Zeit, um mich umzuziehen, und wir treffen uns im kleinen Café.«

Das kleine Café lag oben an der Straße, die nach Potsdam hineinführte, keine fünf Minuten entfernt, und es hatte wirklich keinen anderen Namen als diesen: *Das kleine Café*. Am Anfang ihrer Romanze oder wie immer man es nennen wollte, hatte Elke ihm erklärt, wie bezaubernd sie das fand, und er hatte ihr zugestimmt. Später hatte sie angefangen, es »unser Café« zu nennen, und er hatte sich dabei unbehaglich gefühlt wie in einer zu engen Jacke. Er nannte ein Restaurant an Danzigs Marktstraße, das ihm nicht einmal gefallen hatte, »unser Restaurant« und dachte an ein schilfbewachsenes, schlammiges Seeufer in Emmering als »unsere Badestelle«, aber für ihn gab es kein »Unser«, das er mit Elke teilte.

Er musste es ihr sagen. Er hatte es viel zu lange aufgeschoben und gehofft, es würde sich von selbst erledigen. So etwas tat kein anständiger Mann.

»Ja, ist gut«, sagte er. »Ich warte hier, und ich lade dich ein. Viel Zeit habe ich nicht, weil der Reichspropagandaminister meinen Bericht erwartet, aber einen Kaffee können wir schon zusammen trinken.«

Sie lief davon und kam kurz darauf wieder, diesmal ordentlich angetan mit Kostüm, geschrubbtem Gesicht und der Handtasche unter dem Arm. Im *Kleinen Café* hatten sie bei früheren Besuchen stets jeder ein Kännchen Kaffee und ein Stück Streuselkuchen bestellt, und um die Kellnerin nicht warten zu lassen, bestellte er das Gleiche auch diesmal.

»Ist das dein Ernst?«, fragte sie ihn, sobald die Kellnerin davongeeilt war.

»Du hast doch Streuselkuchen immer gemocht«, sagte er.

»Aber nicht jetzt«, fuhr sie ihn an, und ihr Tonfall passte nicht zu ihrem niedlichen Gesicht und der Bluse mit dem runden Kragen. »Warum fragst du mich eigentlich nicht, was ich gern hätte? Warum interessiert dich weder, was ich denke, noch, was ich fühle oder was ich will?«

»Elke, so ist es doch nicht«, begann er, doch dann unterbrach er sich. Sosehr sie ihm auch leidtat, er half ihr nicht, indem er ihr noch länger etwas vormachte. Er wartete, bis die Kellnerin Kuchenteller und Kaffeetassen vor sie hingestellt hatte, und setzte dann, nach einem Räuspern, neu an: »Ich hätte längst mit dir sprechen sollen, und es tut mir leid. Bitte sei mir nicht böse. Wir beide sind nicht füreinander gemacht, aber wir können doch als gute Kameraden auseinandergehen.«

Manchmal fragte er sich, ob das, was er sagte, noch seinem Herzen entsprang oder einem der unzähligen Drehbücher entnommen war, die Dr. Goebbels ihn im Geheimen prüfen ließ.

»Als gute Kameraden? Willst du mich verschaukeln?« In Elkes Ohren schienen seine Worte so wenig echt zu klingen wie in seinen. »Glaubst du, so billig kommst du davon? Du hast mir ein Versprechen gegeben, Werner. Wenn nicht wörtlich ausgesprochen, so doch in dem, was wir einander gewährt haben.«

Er hob die Hand und legte sie auf ihre, um sie zu besänftigen. Sie hatte recht. Er hatte sie benutzt, hatte sich eine Weile mit ihr getröstet, weil er das, was er wirklich wollte, nicht bekommen konnte, und hatte dabei mit ihr gelebt wie mit einer Frau, bei der man ehrbare Absichten hatte. »Ich fürchte, du hast da etwas falsch verstanden, Elke«, sagte er lahm. »Oder nein, vielleicht habe eher ich dir die falschen Zeichen gegeben. In jedem Fall möchte ich nicht, dass einer von uns dem anderen noch länger etwas vormacht. Zwischen uns hätte es nicht gepasst, und ehe wir am Ende einander grollen ...«

»Bist du jetzt endlich still?« Ihre Stimme fuhr wie ein Messer in seine. »Du hast mir nicht nur versprochen, mich zu heiraten, wie jeder anständige Mann es täte, der mit einem Mädchen so weit geht wie du mit mir. Du hast mir auch versprochen, dich beim Reichspropagandaminister für mich einzusetzen, mich in seine Kreise einzuführen, mich mit ihm bekannt zu machen. Stattdessen hast du alles, bis aufs Letzte, deiner Renate Müller zugeschanzt, und ich stand daneben und ging leer aus. Die Rolle in *Walzerkrieg*, die ich spielen sollte, hat sie bekommen, und der Jude Berger, der Regie geführt hat, hat sich deswegen auch noch ins Fäustchen gelacht. Jetzt spielt sie die Lieselotte von der Pfalz unter Carl Froelich, einem sauberen Deutschen, der lieber mich gehabt hätte. Aber ich ende wieder nur als Statistin – und warum?«

»Elke, auf diese Dinge habe ich doch keinen Einfluss«, versuchte er sie zu beschwichtigen. »Darauf nimmt selbst Dr. Goebbels in den seltensten Fällen Einfluss, das entscheiden die Beteiligten an einer Produktion unter sich.«

»Mach mir nichts vor.« Ihre Augen waren schmal vor Zorn. »Ich habe es satt, mich von Männern für dumm verkaufen zu lassen. Ich arbeite härter als jede andere, ich torkle niemals halb betrunken am Drehort umher, wie es sich das Fräulein Müller herausnimmt, ich bin zu jedem freundlich und entgegenkommend, und was ist der Dank? Dass ihr euch von mir nehmt, was euch passt, und mich dann im Regen stehen lasst: Vielen Dank, liebe Elke, es war nett mit dir. Aber damit ist Schluss, Werner. Ich habe geglaubt, du wärst anders, wir wären zwei aus demselben Holz.«

»Was Renate Müller betrifft, muss ich mich erklären«, rief Werner hastig. »Es ist nicht so, wie du es dir vorstellst, es ist anders, als irgendwer es sich vorstellen könnte, und es reicht zurück bis zu unseren Wurzeln, unseren Kindertagen ...«

»Spar es dir«, verwies sie ihn scharf. »Ich habe die herzige Geschichte so oft gehört, dass ich einen Film daraus machen könnte, wenn mir von dem süßlichen Gesülze nicht schlecht werden würde. Ich will nur eines, Werner. Dass du zu dem Wort stehst, dass du mir gegeben hast. Wenn du mich jetzt fallen lässt, wie du es offenbar vorhast, wenn du mich wegwirfst wie ein Geschenk, das ausgedient hat, dann schlage ich zurück. Du bist in der Tat anders als die anderen. Du bist zu offenherzig, kannst nichts für dich behalten, und eine wie ich, die stundenlang an Drehorten wartet, bis sie in ihrer Statistenrolle ein einziges Mal durch die Kulisse huschen darf, die hat ihre Augen überall. Ich weiß zu viel, um mich so einfach abservieren zu lassen. Und ich scheue mich nicht, von meinem Wissen Gebrauch zu machen, wenn ich muss.«

Werner ließ den Kaffee stehen und presste sich eine Hand auf die Brust, um seinen Herzschlag zu beruhigen. Diese Sache mit seinem

Herzen musste er demnächst einmal untersuchen lassen. Er hatte dieses Rasen zu häufig für einen Mann von erst Anfang dreißig, und hinzu kamen Schweißausbrüche und Atemnot. Zunächst aber musste er hier Format beweisen, durfte sich von den Drohungen einer gekränkten Frau nicht einschüchtern lassen. »Ich denke, jetzt wird es zu viel«, sagte er fest und straffte den Rücken. »Dass du verletzt bist, verstehe ich, aber erpressen lasse ich mich nicht. Das ist unter unserer Würde, Elke, unter deiner wie unter meiner.«

»Aha. Und über Würde kannst ausgerechnet du dir ein Urteil erlauben, ja?« Von unten herauf sah sie ihn an, und mit einem Mal fand er sie richtig hässlich. »Weißt du, was ich denke, Werner? Du bist kein richtiger Nationalsozialist, du bist in die Partei nur eingetreten, um dich beim Reichspropagandaminister anzubiedern. Du hast keine Ehre im Leib. Eine deutsche Frau, die dir aufrichtig zugetan ist, behandelst du wie eine wertlose Hure, und die Hure, die du dir seit Jahren hältst, versuchst du an den Führer des Deutschen Reichs zu verkaufen.«

»Wie bitte?« Dies hier geschah nicht ihm. Es konnte nicht ihm geschehen. Es war eine Filmaufnahme, eine der unzähligen Szenen, denen er beiwohnen musste, weil er wieder einmal darauf wartete, irgendeinem Schauspieler, einem Regisseur oder Produzenten in Dr. Goebbels' Auftrag ins Gewissen zu reden.

Elke lachte auf. »Du weißt genau, was ich meine. Du und der Reichspropagandaminister, ihr habt euch ausgerechnet, dass der Führer an der Müller Gefallen finden könnte, du hast dir davon einen Sack voller Vorteile versprochen, aber der Führer hat nicht mitgespielt. Ein Mann wie der Führer, der hat ein Gespür. Eine wie die Müller, die ist besudelte Ware für ihn. Die rührt er nicht an.«

Werners Brust wurde eng. Er kam sich vor wie ein Fisch, der an Land nach Luft schnappte, und nahm sich vor, bei nächster Gelegenheit seinen Arzt aufzusuchen. »So war es nicht«, brachte er mühsam heraus. »Du magst glauben, ich täte alles, was du bei mir erlebst, aus freiem Willen. Aber in meiner Position ist man gewissen Zwängen ausgesetzt.«

So war es tatsächlich nicht gewesen, auch wenn es für solche wie Elke, die das Ganze nur vom Hörensagen kannten, so ausgesehen haben mochte. Worin Dr. Goebbels' Plan bestand, war Werner erst klar geworden, als das Kind bereits in den Brunnen gefallen war, als Renate am Kopf der Tafel nicht als seine Tischdame, sondern als die Adolf Hitlers platziert worden war. Und vielleicht noch nicht einmal dann. Es hatte noch einer ganzen Reihe von Andeutungen über das mangelnde häusliche Leben des Führers, einer Anzahl von weiteren Einladungen und Situationen, in denen die beiden allein bleiben sollten, bedurft, ehe er aus seinen rosaroten Wolken fiel und begriff: Dr. Goebbels hatte Renate nicht nur für Glanzrollen in Filmen vorgesehen, sondern für die in seinen Augen erstrebenswerteste Rolle überhaupt – für die der Geliebten von Adolf Hitler.

Und das, obwohl Werner ihm anvertraut hatte, was Renate ihm bedeutete, obwohl er mit ihm am Tisch gesessen und Werner getröstet hatte, als spreche er mit einem Freund.

Dr. Goebbels hatte es ihm erklärt: »Für eine Sache von derart gigantischem Ausmaß müssen wir alle Opfer bringen, Lohse. Glauben Sie, ich bringe sie nicht? Glauben Sie, meine Frau bringt sie nicht? Dass wir dazu bereit sind, dass wir selbst vor den persönlichsten Opfern nicht zurückschrecken, hebt uns als Deutsche über andere Völker hinaus.«

Werner hatte es schließlich verstanden, doch etwas in seinem Innern war daran zerbrochen. Der Plan selbst war im Sande verlaufen. Renate hatte sich nicht wie gewünscht verhalten, hatte zu viel getrunken und zu laut gelacht in einer Runde, in der das gewohnte Mitlachen ausblieb. Auf mehr oder minder diskrete Hinweise hatte sie nicht reagiert, und allem Anschein nach hatte Adolf Hitler auch kein sonderliches Interesse gezeigt.

Seither hatte sich Dr. Goebbels' Einstellung zu Renate verändert. Er redete nun seltener von Größe und Weltgeltung, zu denen er Renate verhelfen wollte, und äußerte sich stattdessen zuweilen mit einer Regung, die Werner von ihm nicht kannte: mit Sorge. »Diese junge Frau hat etwas Besonderes. Es ist allzu bedauerlich, dass sie so früh schon und entsprechend ungefestigt in die falschen Kreise geraten ist. Sie sind doch Ihr Beschützer von Jugend an, Lohse. Holen Sie sie aus diesem Sumpf heraus – weg von der Schmitz, dem Schünzel, dem Wallburg, das ist doch alles kein Umgang für sie.«

Noch immer wollte er, dass Renate in Filmen spielte, die er für sie

auswählte, noch immer verlangte er von Werner, dass er sie dahinge-
hend »zur Vernunft brachte«.

»Weil mir dieses außergewöhnliche Talent am Herzen liegt und weil
mir als Vater von Töchtern bewusst ist, dass junge Mädchen, denen die
richtige Führung fehlt, leicht den verderbtesten Einflüssen verfallen
können, mache ich weiterhin Zugeständnisse«, hatte er gesagt. »Aber
meine Geduld ist nicht unendlich. Ich warne sie, Lohse. Machen Sie
dem Mädel bewusst, wo ihr Platz ist, oder wir lassen sie fallen, wie noch
keine heiße Kartoffel je fallen gelassen wurde.«

Werners Versuche, mit Renate zu reden, waren allesamt gescheitert.
Dr. Goebbels drängte ihn noch immer, doch er selbst hatte innerlich
bereits aufgegeben. Vielleicht war es gut so und notwendig. Wer nicht
hören wollte, musste fühlen, und wenn ihre glitzernde Filmwelt sie aus-
gespuckt hatte, würde er es sein, der für Renate da war und sie auffing.
Nicht die Schmitz, die ein Stern war, der um sich selbst kreiste, und
noch weniger Deutsch, der längst den Schwanz eingekniffen und sich
davongemacht hatte, sondern er, Werner Lohse, der nie sonderlich
wertgeschätzt worden, der aber ihr Leben lang für sie da gewesen war.

Die Renate, die er gekannt hatte, war unter dem Wrack, das von ihr
übrig war, kaum noch zu erkennen. Sie war abgemagert, ihre Augen
glanzlos und unstet, die lieblichen Züge verschwommen, die Bewegungen fahrig, ja regelrecht unkontrolliert wie bei einem Kriegszitte-
rer. Das gesunde, frische Mädel, das mit ihm in Danzig Piroggen gegessen und ihm Mut gemacht hatte, gab es nicht mehr, aber für ihn
würde es dieses Mädel immer geben. Was sie sich auch antat, wie sie
das, was sie gewesen war, zugrunde richtete – er würde sie nicht aufgeben.

»Ich will nicht mehr hören, wie es war«, riss ihn Elkes Stimme aus
seinen Gedanken. »Ich habe es öfter gehört als das Amen in der Kirche,
und ich habe es satt, bis dorthinaus satt. Was ich will, habe ich dir gesagt: dass du dich als Ehrenmann erweist. Dass wir heiraten. Jetzt.«

»Elke, das ist nicht möglich.« Werner riss sich zusammen, gab sich
Mühe, sich auf sie zu konzentrieren. »Ich bedaure wirklich, wie unsere
Bekanntschaft verlaufen ist, und wenn es eine Geste gibt, mit der ich es
für dich ein wenig gutmachen könnte, bin ich dazu sicher bereit. Auch

mit Dr. Goebbels spreche ich gerne noch einmal, aber eine Heirat zwischen uns steht außer Frage ...«

»Mit Goebbels spreche ich selbst«, fiel sie ihm ins Wort. »Das habe ich sowieso vor.«

»Weshalb denn das?« Werners Herzschläge hallten so dumpf, als schlüge eine Spitzhacke auf einen Hohlraum, und die Brust tat ihm bei jedem Schlag weh.

»Weil ich ihm melden werde, dass du ihn von vorn bis hinten bescheißt«, sagte Elke. »Deine Besessenheit von der Müller übersteigt bei Weitem deine nationalsozialistische Gesinnung, und das sollte er wissen, findest du nicht? Sieh mich nicht an wie ein Ochse, der vorm neuen Tor steht, Werner. Glaubst du, ich habe nicht gewusst, dass die Müller auch weiterhin mit ihrem Juden verkehrt, dass sie Geld der UFA in die Schweiz verschiebt und dass du sie dabei deckst?«

31

Renate
Zürich
März 1936

Die Berge, die hinter der Stadtgrenze aufragten, erinnerten Renate an ihre Kindheit in München. Wenn dort Föhnwetter geherrscht hatte, hatte sie die schneebedeckten Gipfel im Alpenvorland sehen können wie hier, wenn sie an einer Straßenecke aufblickte. Die Häuser hingegen wirkten sauber und ländlich wie damals in Emmering, und der weiche Dialekt klang so, als ob die Leute beim Reden lächelten.

Das Zimmer jedoch, in dem sie ihren Liebsten endlich wieder in den Armen halten konnte, erinnerte sie nicht an ihre Kindheit. Nicht im Mindesten. Es war ein Raum wie ein Würfel mit seinen sechs gleichen, verschlossenen Seiten, das winzige Fenster vergittert und nicht zu öffnen. Darin standen ein Bett mit eisernem Gestell, ein Schrank und ein wackliger Tisch, an dem Georg seine Mahlzeiten einnahm, seine Zeitung las, Briefe abfasste und die Schreibarbeiten für eine Versicherungsgesellschaft erledigte, mit denen er sich über Wasser hielt. Auf einem Spirituskocher brühte er sich Kaffee auf, und vor dem Kachelofen, der einen Großteil des Raums einnahm, trocknete er an einer Leine seine Wäsche.

Dass ein Mensch so hausen musste, dass ihr kultivierter, verwöhnter, auf Sauberkeit bedachter Liebster bereits seit zwei Jahren so hausen musste, erschien ihr noch immer wie etwas, das einfach nicht die Wirklichkeit sein konnte.

»Warum nimmst du nicht mein Geld?«, fuhr sie ihn an. »Glaubst du, ich kann zu Hause, in meinem riesigen, leeren, mit allem Komfort ausgestatteten Haus eine einzige Nacht lang ruhig schlafen, solange ich dich in diesem Loch weiß?«

Sie nahm bei jedem ihrer Besuche Geld mit, ließ sich von der UFA all ihre Gagen bar auszahlen und trug es in kleinen Beträgen am Körper mit sich in die Schweiz. Wer wollte ihr das verbieten? Es war ihr Geld, sie verdiente es hart, sie konnte damit machen, was sie wollte. Georg gestattete manchmal, dass sie ihn davon zu einem reichhaltigen Essen einlud oder Dinge einkaufte, die für ihn jetzt seltene Delikatessen waren: guten Käse, Kaffee, Wein und eine Flasche Cognac. Aber er schämte sich dafür, hatte an den Dingen keine Freude und bestand darauf, bis zu ihrer Abreise alles mit ihr gemeinsam zu verzehren. Mehr nahm er nicht an. Das restliche Geld trug er für sie auf die Bank und zahlte es auf das Konto ein, das einst die Uri für sie eingerichtet hatte.

Zumindest für seine Mutter nahm er ihre Hilfe an. Renate nutzte jede Pause, die ihre Arbeit ihr ließ, um die alte Frau zu besuchen, und verbarg vor ihr, dass sie Geld zu ihrem Unterhalt zuschoss. Seit im Jahr zuvor die infame Bestimmung in Kraft getreten war, die sich *Gesetz zum Schutz des deutschen Blutes und der deutschen Ehre* nannte, durfte ihre geliebte Ilse nicht mehr für sie arbeiten, und sie war ihrer letzten Gefährtin beraubt. Die leise, tapfere Traurigkeit, mit der ein Leben, das einst mit Hochzeitsliedern und Kinderlachen begonnen hatte, zu Ende ging, brach Renate das Herz. Sie hielt die Besuche kaum aus, und jedes Mal, wenn sie von einem nach Hause kam, weinte sie.

Renate war krank, sie war vollkommen ausgelaugt, schlaflos und litt unter Halluzinationen. Wo sie ging und stand, glaubte sie, Schritte hinter sich zu hören, fuhr herum, sah niemanden und rannte dann kopflos die Straße hinunter, bis sie nicht mehr konnte. Bereits zweimal hatte sie, die immer Verlässliche, einen Drehtag unterbrechen müssen, weil sie einfach keine Kraft mehr hatte, ihren Text vergaß oder spürte, wie die Glieder ihr den Dienst versagten. Bei der Untersuchung, zu der sie von der UFA gezwungen worden war, hatte der Arzt mit wiegendem Kopf und sorgenschwerer Miene erklärt, er könne eine erbliche Fallsucht nicht ausschließen. Auf weitere Untersuchungen zur Bestätigung der Diagnose war schließlich verzichtet worden, doch der Verdacht stand im Raum.

Sybille verwarf ihn. »Du säufst zu viel, mein Mönchlein, du schnupfst zu viel Koks und wirfst zu viele bunte Pillen ein, die dir angeblich beim Schlafen und Vergessen helfen. Du weißt, ich habe nicht das Geringste dagegen, mir die Welt schönzutrinken, und wenn sie dermaßen scheußlich daherkommt wie zur Zeit, genügt eben kein kleines Likörchen. Aber der Zweck des Ganzen besteht darin, die Krise durchzustehen, sich selbst die Laterne zu halten, solange man im Finstern durch die Scheiße watet. Du säufst und kokst aber nicht deshalb, sondern um dich zu zerstören, und das werde ich dir nicht erlauben. Nur damit du Bescheid weißt.«

Renate glaubte weder an das eine noch an das andere. Sie war herzkrank. Liebeskrank. Das war alles. Ohne Georg war sie keine richtige, komplette, vernünftige Person mehr, die ihr Leben meisterte und an den meisten Dingen Freude hatte, sondern ein Hohlkörper, der durch eine ihm fremde, beängstigende Welt stolperte. Es gab solche Menschen, ob Sybille und der Arzt der UFA es sich vorstellen konnten oder nicht. Der Vater wäre ohne die Mutter auch keine richtige Person mehr gewesen und sie nicht ohne ihn.

Als sie Georg davon erzählt hatte, hatte er gelächelt, sie geküsst und gesagt: »Ich wäre ohne dich auch keine richtige Person mehr, aber ich bin ja nicht ohne dich. Dieses Zimmer ist nicht so schlecht, es genügt, um darin auf bessere Zeiten zu warten. Es ist warm, ich habe zu essen, und ich habe sogar Arbeit, wovon die meisten der in alle Welt verstreuten Emigranten nur träumen können. Vor allem aber habe ich dich. Ich habe unsere Briefe, unsere Telefongespräche, und wenn ich dann alle paar Monate auf dem Bahnhof stehe, um mein Weltwunder vom Zug abzuholen, bin ich der reichste Mann der ganzen Schweiz. Wir haben es doch noch gut, *pucikam*. Solange wir uns haben, haben wir es gut.«

Er redet wie der Vater, hatte Renate damals gedacht, und weil er so stark und so verlässlich ist wie der Vater, werden wir es auch schaffen. Aber dieses Gespräch lag mehr als ein Jahr zurück. Inzwischen hatten sie einen weiteren dunklen, eisigen Winter hinter sich, und ihre Kräfte schwanden. Nicht nur die ihren, sondern auch die seinen. Sie hatte es schon auf dem Bahnhof bemerkt: Das letzte Mal hatte sie ihn kurz vor Weihnachten gesehen, und seitdem schien er um Jahre gealtert. Sein Gesicht ähnelte in gewisser Weise seinem Anzug, der abgeschabt, unter den Armen durchgescheuert und inzwischen zu groß war.

Sein Gang, den sie stets leise und elegant gefunden hatte, war noch immer leise, doch sie fand ihn schleppend. Ein Auto hatte er schon lange nicht mehr, und sie nahmen keine Taxe, sondern gingen langsam durch die Straßen, in denen noch Schnee lag, den langen Weg nach Hause.

Ein Zuhause konnte man das schäbige Loch, in dem der Gestank nach feuchter Wäsche in der Luft hing, beim besten Willen nicht nennen, und doch war von diesem Gefühl noch etwas übrig: Wenn sich hinter ihnen beiden die Tür schloss, wenn sie sich in die Arme nahmen und wussten, in den nächsten drei Tagen konnte nichts Böses in ihre Welt eindringen, waren sie hier zu Hause, wie sie es in ihrem Paradies Dahlem und in ihrem Hotel in Paris gewesen waren, wie sie es überall auf der Welt sein würden. Selbst auf dem Weg hierher hatte sie das Gefühl gehabt, es schliche jemand hinter ihnen her, aber jetzt, wo der Riegel vorgeschoben war und sie nichts mehr hörte als ihrer beider Atem, beruhigte sich ihr Herz.

Er hatte sein Geld ausgegeben und eingekauft, damit sie an ihrem ersten Abend nicht vor die Tür mussten. Käse, Brot und Wein, alles zu teuer für sein lachhaftes Gehalt. »Wir könnten auf dem Boden essen und so tun, als wären wir auf einem Picknick in Paris.« Ein Bild von Sacré-Cœur, von einem Kalender abgerissen, hatte er an den hässlichen

Kachelofen geklebt, aber das Lächeln, das zu dem Vorschlag gehörte, rutschte von seinen Mundwinkeln immer wieder ab.

Wir bringen die Kraft zum Lächeln nicht mehr auf. Wir sind am Ende. Es ist, als würden wir rennen und rennen, und doch haben sie uns schon fast eingeholt.

Sie musste an das Lied denken, dass die Jungen von der Hitlerjugend sangen:

>>*Wir werden noch weiter marschieren,*
Bis alles in Scherben fällt.<<

Es durfte nicht sein. Sie hatten mit ihrem Marschieren schon so vieles in Scherben geschlagen, die ganze junge, bunte, sich entwickelnde Welt, in der Renate und ihr Kreis erwachsen geworden waren. Ihre Freunde verließen das Land, Reinhold Schünzel war der nächste, der sich auf den Weg machte, die Luft um sie wurde mit jedem Tag dünner. Dora und Theo waren mit ihren Kindern nach Wien gegangen, wo sie wie Georg von der Hand in den Mund lebten, und Arno Timme, Helenes Mann, war im Gefängnis unter Umständen, die Helene verzweifelt aufzuklären versuchte, zu Tode gekommen.

Sie durften nicht noch dies hier zu Scherben zertrümmern, ihre Liebe, ihr Glück, ihren Halt.

Früher waren sie manchmal nach dem Essen noch zu einem Verdauungsspaziergang aufgebrochen, waren aus dem dunklen Arbeiterviertel hinaus bis zum Paradeplatz gegangen und hatten unterwegs in einem kleinen Lokal ein *Pflümli*, einen einheimischen, aus Zwetschgen gebrannten Schnaps, getrunken. Jetzt fragte Georg wohl noch, ob sie gerne etwas dergleichen unternehmen wolle, aber Renate schüttelte den Kopf. »Ich will dich lieben.«

»Und ich dich.«

Sie zogen alle Kleider aus, krochen unter die Decken und löschten das Licht, sodass die Einzelheiten des hässlichen Zimmers nicht mehr zu erkennen waren. Der gelbe Schein der Straßenlaterne drang durch die fadenscheinigen Vorhänge, aber wenn sie die Köpfe unter das Kissen schoben, ließ auch das sich ausblenden. Bei jeder Bewegung knarrten in der schmalen Matratze die Sprungfedern, also rührten sie sich so wenig wie möglich. Schon lange schützten sie sich nicht mehr, wenn sie sich liebten, sondern hielten sich ganz nackt aneinander fest. Warum sie das taten, hatten sie nie besprochen. Vielleicht fehlte Georg das Geld, um Kondome zu kaufen, und Renate, die ihm Seidengarn für diese Marotte mit seinen Zähnen kaufte, dachte nicht daran.

Wenn sie wieder in Berlin war und ihre Blutung einsetzte, verspürte sie eine völlig unvernünftige Enttäuschung. Sie wusste noch immer nicht, ob sie irgendwann in ihrem Leben gern ein Kind gehabt hätte, wusste allerdings, dass jetzt der völlig falsche Zeitpunkt dafür war, und doch dachte sie jedes Mal: Es wäre etwas von Georg gewesen, und ich wäre nicht länger allein.

Sie weinte oft, während sie sich liebten, obwohl sie sich immer wieder vornahm, es nicht zu tun. In dieser Nacht weinte er. Er kam zu früh und lag schluchzend in ihren Armen, ihr Georg, ihr Spötter, der eher im Nebel verschwand, als sich von etwas aus der Ruhe bringen zu lassen. Sie musste ihm die Hand auf den Mund legen, damit seine Zimmerwirtin nicht wütend an die Tür klopfte. Ohnehin ließ sie sich den Damenbesuch ihres Mieters jedes Mal extra bezahlen und machte unmissverständlich deutlich, dass ihr Renate nicht willkommen war.

»Es geht so nicht weiter«, sagte Renate und reckte den Kopf unter dem Kissen hervor, auch wenn das Licht der Laterne von draußen sie blendete. »Wir halten das nicht länger durch.«

»Aber das müssen wir doch.« Sein Kopf kam ebenfalls unter dem Kissen hervor, das Gesicht tränennass, auch dann noch, als er es mehrmals mit dem Handrücken abgewischt hatte.

Renate zog ihn an sich. »Ich fahre nicht mehr zurück. Ich bleibe hier, bei dir.«

»Und wo willst du filmen?«

»Das ist nicht so wichtig.«

»Ist es doch«, sagte er. »Du hast dich für dieses Jahr für drei Filme verpflichtet, du wirst doch diese Verträge nicht brechen wollen. Das Geld wirst du auch brauchen, denn was ich dir bieten kann, siehst du ja hier.«

»Mir ist egal, was du mir bieten kannst«, stieß sie hervor. »Ich habe

Angst um dich und um mich. Jemand verfolgt mich. Ich will, dass wir zusammen sind, was immer auch geschieht.«

»Und die Menschen, die von dir abhängen?«, fragte er. »Deine Cousine, die Kinder, meine Mutter, Henriette? Was ist mit deinen Freunden, mit Sybille, mit deiner Familie, deinem Hund? Renate, ich kann nicht erlauben, dass du meinetwegen alles verlierst, alle Brücken abbrichst und nicht einmal Auf Wiedersehen sagst. Wenn du dein Land verlässt, deine Verträge mit der Reichsfilmkammer brichst, um im Ausland mit einem Juden zu leben, dann kannst du nie mehr zurück. Dir wird deine Staatsbürgerschaft aberkannt, nicht anders als mir.«

»Aber du bist hier allein!«, brach es so laut aus ihr heraus, dass diesmal er ihr die Hand auf den Mund legte. »Und ich bin ohne dich auch allein, wir haben doch keine Kraft mehr dafür.«

Er legte sein Gesicht an ihres, und so lagen sie eine Weile still und lauschten einer dem Herzschlag des andern, der so sehr jagte, dass er vom eigenen nicht zu unterscheiden war. Dann setzte Georg sich in dem schmalen Bett auf, dass die Sprungfedern knarrten. »Bleib wenigstens noch in Berlin, bis diese drei Filme abgedreht sind. Bereite dich vor, nimm Abschied, sorge dafür, dass niemandem ein Schaden entsteht. Wer weiß, vielleicht macht ja diese *Screwball*-Komödie, von der du mir erzählt hast, im Ausland Furore, und du bekommst Angebote aus England oder den USA.«

»*Allotria*«, sagte Renate. »Willi Forst will den Film nach amerikanischem Vorbild drehen.« Das Atmen fiel ihr wieder ein wenig leichter, auch wenn sie sich wünschte, sie hätten mehr Wein oder *Pflümli* eingekauft. Der Gedanke, sich überhaupt noch einmal von ihm zu trennen, erzeugte Grauen, doch wenn sie ein Ziel hätten, einen festen Zeitpunkt, an dem es mit den Trennungen ein Ende hätte, ließe es sich leichter ertragen.

Sie könnte packen, Geld sparen, dafür sorgen, dass all ihre Lieben versorgt waren. Wie hatte sie auch nur in Erwägung ziehen können, einfach fortzubleiben, ohne sich von Sybille zu verabschieden? Von ihren Eltern, von Gabi, von der alten Uri, die schon ihr Kind verloren hatte und noch immer dazu verdammt war, weiterzuleben? Sie hoffte, Gabi würde Anton bei sich aufnehmen. Wenn er wieder mit seinem

Schwesterchen vereint war, mochte ihn das über den Abschied von ihr hinwegtrösten.

Sie musste noch einmal weinen, als sie sich ein Leben ohne Sybille, ohne Anton, ohne ihren Vater, der »mein Mädchen« zu ihr sagte, vorstellte, doch ein Teil von ihr weinte auch vor Erleichterung.

Georg hielt sie. »Ich werde mir nie verzeihen, dass ich dir das antue.«

»Du tust mir nichts an«, sagte sie. »Wir werden zusammen sein und es gut haben. Ich werde noch so viel Geld verdienen, wie ich irgend kann, und mir Mühe geben, nicht so viel zu verschwenden. Alles, was in Berlin nicht gebraucht wird, bringe ich dann Stück für Stück bei meinen nächsten Besuchen mit. Und auch jedes Mal ein paar Dinge, die uns an Berlin erinnern und die wir mit in unser neues Leben nehmen wollen. So wird es für mich sein, als käme ich dir mit jedem Monat, der verstreicht, ein bisschen näher, und im Oktober, wenn *Allotria* abgedreht ist, müssen wir uns nicht mehr trennen.«

»Im Dezember«, sagte er mit einem schwachen, kleinen Lächeln, das gleich wieder verschwand. »Du darfst dich auf keinen Fall auffällig verhalten. Sag ihnen allen erst Bescheid, wenn die Filme im Kasten sind. Feiere noch einmal Weihnachten mit deiner Familie und vielleicht auch Silvester, das habt ihr doch immer so geliebt.«

Sie nickte in seiner Halsbeuge, weinte und küsste sein Schlüsselbein.

Es würde auszuhalten sein. Sie würde die Tage zählen. Jeder, der verstrich, brachte sie näher zu ihm.

32

Sybille
Berlin
Oktober 1936

Sie hatte sich angewöhnt, an mindestens einem Abend in der Woche nach der Arbeit noch zu Renate nach Dahlem hinauszufahren, und wenn sie es beim besten Willen nicht schaffte, fand sie keine Ruhe.

An diesem Abend wollte Harald mit ihr nach Brandenburg. Er hatte sich Anfang des Jahres irgendwo bei Templin, hinter Potsdam, ein Bauernhaus gemietet, wo er vorzugsweise die Wochenenden verbrachte. Er habe dort Ruhe zum Schreiben, sagte er. In seiner Ehe kriselte es.

Sybille wusste, sie war daran schuld, und dann wusste sie es auch wieder nicht. Schließlich vermochte niemand zu sagen, ob nicht sie und Harald voneinander hätten lassen können, wenn ihre Welt ihre Welt geblieben wäre, wenn sie sich nicht mit allen Kräften an einen einzigen Rettungsring hätten klammern müssen, um nicht im Meer des Irrsinns um sie herum zu ertrinken. Vermutlich hätte sie sich mit Harald längst gelangweilt, sie tat es oft genug auch jetzt. Es gab jede Menge interessanterer, verführerischerer Menschen beiderlei Geschlechts, aber es gab niemanden, bei dem sie empfand, was sie mit Harald verband:

Innigkeit.

Was für ein seltsames Wort.

Ohne Hitler und seinen Angriff auf alles, was ihr Leben ausgemacht hatte, hätte sie auf Innigkeit vermutlich ein unanständiges Lied gepfiffen, aber jetzt kam sie ohne nicht aus. »Fahr mit mir nach Templin, lass uns ein Wochenende vor allem flüchten«, sagte er. »Ich habe eine Atempause bitter nötig, und du siehst aus, als könntest du auch eine brauchen.«

Noch vor vier Jahren hätte sie sich an die Stirn getippt. Sybille Schmitz und ein Wochenende in einer piefigen Brandenburger Bauernkate? Nie im Leben. Jetzt schien die Vorstellung so verlockend, dass sie um ein Haar zugegriffen hätte. »Ich muss zu Renate«, sagte sie. »Harald, wir müssen für Renate etwas tun.«

»Das würde ich sehr gern«, gab er zurück. »Sagst du mir, was?«

»Schreib für sie einen Film.« Haralds Drehbücher rissen ihm die Produzenten förmlich aus der Hand. »Etwas Lustiges, mit Musik, wo dieses Lachen in ihrer Stimme und diese unglaubliche Zärtlichkeit, die sie ausstrahlt, zur Geltung kommen.«

»Sybille, Renate hat schon lange kein Lachen mehr in der Stimme, und wenn sie doch einmal lacht, steckt es niemanden mehr an«, erwiderte er. »Sie strahlt auch keine Zärtlichkeit mehr aus, sondern Elend und Verzweiflung. Jenny Jugo erzählt jedem, der es hören will, sie sei bei *Allotria* betrunken auf dem Set erschienen und habe mit ihren Schwächeanfällen die gesamte Produktion in den Rückstand gebracht.«

»Jenny Jugo ist eine Gewitterhexe, die dahin verschwinden soll, wo der Pfeffer wächst. Am besten zu ihrem Busenfreund Goebbels nach Schwanenwerder. Oder steht sie da vor verschlossener Tür, weil sich die kleine Lida Baarova häuslich eingenistet hat, versprüht sie deshalb so viel Gift? Bekommt der Herr Reichspropaganda seinen Schwanz eigentlich auch hoch, wenn er keine Filmschauspielerinnen im Bett liegen hat?«

»Ich wünschte, du würdest dir solche Bemerkungen abgewöhnen«, sagte Harald. »Man weiß nie, wer einen hört.«

Sie gingen die Babelsberger Straße zum Hauptbahnhof hinunter, wo Harald seinen Wagen stehen hatte und Sybille eine Taxe nach Dahlem nehmen wollte. Anders als in Berlin waren hier an einem Freitagabend kaum Menschen unterwegs. »Du bist ja schlimmer als Renate mit ihrem Verfolgungswahn. Wer soll uns hier denn hören?«

»Auch das weiß man nie«, sagte Harald. »Und was Renates Verfolgung betrifft, so bin ich mir nicht sicher, dass es sich wirklich um einen Wahn handelt.«

Ich leider auch nicht, dachte Sybille. Renate trank zu viel und litt an Angstzuständen, aber das bedeutete nicht zwangsläufig, dass ihr nicht wirklich jemand folgte, um sie unter Beobachtung zu halten. »Hilfst du ihr?«, fragte sie. »Schreibst du ihr den Film?«

Harald nickte. »Einen Stoff hätte ich. Eine kleine Komödie um eine

Kellnerin, die einsame Herzen aufheitert. Etwas, das Steinhoff an mich herangetragen hat.«

»Ausgezeichnet, das klingt nach Renate.« Sybille verspürte ein wenig Erleichterung. »Und Steinhoff ist ideal. Wenn er mit ihr dreht, kann das ihren angeschlagenen Ruf retten.« Hans Steinhoff galt als der linientreueste unter den UFA-Regisseuren. Er hatte für seinen üblen Propagandaschinken *Hitlerjunge Quex* irgendeine Ehrennadel erhalten, die er am Set zur Schau trug, und war der einzige, der dort mit »Heil Hitler« grüßte.

»Schreib mir auch eine Rolle hinein«, sagte sie zu Harald. »Wenn ich Renate sage, dass wir endlich einmal zusammen in einem Film spielen werden, heitert sie das vielleicht ein bisschen auf.«

Sybille war bereits seit einiger Zeit wieder gut beschäftigt, und ihr letzter Film, ein düsteres Melodram um den Tod, das *Fährmann Maria* hieß und wiederum unter Frank Wysbars Regie entstanden war, war ein großer Erfolg gewesen. Goebbels mochte sie nicht, und er mochte auch *Fährmann Maria* nicht, er fand, das Werk könne »rassehygienischen Grundsätzen« nicht standhalten. Sein Wunsch, dem deutschen Film Weltgeltung zu verschaffen, trieb ihn jedoch nach wie vor an, und dass Sybille Talent hatte, konnte nicht einmal er leugnen. Sie würde mit Renate in dieser Kellnerinnen-Komödie spielen und dabei ein Auge auf sie haben.

Sie hatten Haralds Wagen, der vor dem Bahnhof geparkt stand, erreicht. »Danke«, sagte Sybille. »Ich fahre rasch nach Dahlem und erzähle es ihr. Ich hoffe so sehr, es wird ihr wieder etwas Hoffnung schenken.«

»Sie darf nicht mehr nach Zürich fahren«, sagte Harald. »Sie bringt sich um Kopf und Kragen.«

»Ich weiß. Aber wie soll ich ihr das denn beibringen? Die Fahrten zu Georg sind alles, wofür sie noch lebt. Vielleicht gibt der Film ihr ja Auftrieb. Ich bin dir so dankbar.«

»Keine Ursache«, sagte Harald. »Hör zu, ich setze mich im *Kakadu* an die Bar, trinke einen pechschwarzen Kaffee nach dem andern und warte auf dich. Komm da hin. Egal, wie spät es wird. Ich fahre nicht ohne dich nach Templin.«

»Du kannst ziemlich unbezahlbar sein«, sagte Sybille. »Deine Frau muss Verständnis dafür haben, dass wir im Augenblick einfach nicht auf dich verzichten können.«

Da keine Taxen zu finden waren, nahm sie die Bahn nach Dahlem und hoffte, Rudi Hasenclever würde sie später zurück in die Stadt fahren.

Das ganze Haus war brandhell erleuchtet. An der Tür kamen ihr Henriette und Anton entgegen. Der Hund war wie immer, sprang und fiepte vor Freude. Henriette dagegen schien aufgelöst und warf die Arme in die Höhe. »Frollein Sybille, Sie schickt der Himmel oder dem seine Frau. Die arme Kleene is' völlig durch 'n Wind, ick hab schon jedacht, ob ick den Hasenclever nach 'm Arzt schicken muss oder so wat.«

»Was ist denn passiert?«, fragte Sybille und schob die Frau, die ihre Küchenschürze trug und sich die Wange mit Mehl bestäubt hatte, sachte ins Haus.

»War'n Leute hier.« Henriette wiegte den Kopf. »Der Herr Lohse und noch zwei. Die sind erst 'ne Weile hier unten bei mir rumjestanden, damit der Herr Lohse oben allein mit ihr reden kann, und denn sind se ooch hochjepoltert. Frollein Renate isset ja schon vorher nich' jut jejangen, aber seit die drei wieder weg sind, isse nicht mehr zu beruhijen. Aber Sie schaffen dit schon, stimmt's, Frollein Sybille? Wenn Sie da sind, jeht's unserer Kleenen doch immer gleich besser. Dit is eben dit Problem mit den juten Menschen: dat die auch immer Jott weiß wie empfindlich sind.«

»Ich kümmere mich darum«, sagte Sybille. »Und Sie nehmen sich einen Korn und machen sich das Radio an.«

»Lieber 'ne Wurschtstulle«, sagte Henriette. »Uff leeren Magen reg ick mir immer so uff.«

Sybille hörte Renate schon weinen, während sie die steile Treppe hinaufstieg. Nicht weinen. Wimmern. Wie ein Kind oder ein verwundetes Tier.

»Mönchlein, was ist denn?«

Renates weißes Traumzimmer, das wie eine Puppenstube gewirkt hatte, solange sie es mit Georg geteilt hatte, war ein Bild der Verwüstung, die mit Seide bezogenen Kissen und Daunendecken durch den Raum geworfen, die kleinen Lampen umgestoßen, als hätte hier eine wilde Jagd stattgefunden. Renate kauerte zitternd auf dem Sims vor dem Fenster, das hinaus auf den Garten führte. Mit geduckten Schultern, angsterfüllt, drehte sie sich um. »Meine Bille!«

Sybille verbesserte sie dieses Mal nicht, sondern ging zu ihr und schloss sie in die Arme. Neben ihr war ein volles Glas mit Rotwein umgestürzt, der den dicken, weißen Teppich durchtränkte. »Sie waren hier, Bille. Werner und die von der Gestapo, die in den schwarzen Mänteln.«

»Nun mal ganz langsam«, sagte Sybille, sah sich nach etwas um, mit dem sie den Wein aufwischen konnte, und fand eine weiße Fußdecke, um die es etwas schade war. »Wir haben Herbst. Schwarze Mäntel trägt die halbe männliche Bevölkerung der Stadt. Die werden nicht alle bei der Gestapo sein.«

Renate ging auf den flachen Witz nicht ein. »Werner hat mir gedroht, Bille. Er hat gesagt, wenn ich den Film nicht drehe und wenn ich nicht aufhöre, den Juden zu treffen, dann lässt er mich auffliegen, und was dann geschieht, wird nicht nur mich, sondern alle, die mich unterstützt haben, treffen.«

Wenn ich Anton wäre und ein Gebiss hätte, das Knochen durchbeißen kann, dachte Sybille grimmig, ich hätte dem gottverdammten Werner schon vor mindestens drei Jahren den Garaus gemacht, aber leider ist Anton ein Lamm in Doggengestalt und schnappt nicht einmal nach einer lästigen Fliege.

»Fang noch einmal von vorn an«, sagte sie zu Renate, zog sie vom Fenstersims herunter und ließ sie sich auf das Bett setzen. »Welchen Film sollst du drehen, was genau hat Werner gesagt, und wer war dabei? Die beiden, von denen du glaubst, sie sind von der Gestapo?«

Renate schüttelte den Kopf. »Er hat das alles gesagt, als wir allein waren. Die beiden hat er erst hinterher geholt, die haben die Verträge hiergelassen, und dann sind alle gegangen.«

Sybille sah sich im Zimmer um und fand die Verträge auf dem Boden verstreut. Sie sammelte sie auf. Die beiden Männer waren höchstwahrscheinlich von der Reichsfilmkammer gewesen, und der Film, um den es in den Dokumenten ging, hieß *Togger*, Regie: Jürgen von Alten.

Der Mann war einer von den Hundertprozentigen, die ihren Antisemitismus vor sich hertrugen wie ein Aushängeschild. Von dem Filmprojekt hatte sie auch schon gehört. Ein übler Propagandastreifen gegen die freie Presse, gegen Juden und ausländische Einflüsse. Kein Wunder, dass Renate verzweifelt war, aber auch kein Wunder, dass Goebbels sie für diesen Film gewinnen wollte. Sie würde die Menschen ins Kino ziehen, noch war ihr Stern nicht verblichen.

Zugleich hatte er ihr damit eine Entweder-oder-Entscheidung vorgelegt: Entweder sie bewies durch ihre Mitwirkung ihre Regimetreue, oder sie zeigte durch ihre Weigerung, wo sie stand.

»Werner wohnt jetzt hier in Dahlem«, sagte Renate. »Er hat sich nur zwei Straßen weiter eins von den neuen Häusern gekauft, er sagt, er hat mich immer im Blick.«

»Ratte«, zischte Sybille.

»Nein, Bille, das darfst du nicht sagen! Er will mir ja helfen, er ist eigens vor den Männern hergekommen, um mich zu warnen.« Sie schluckte und schniefte. »Kannst du mir etwas zu trinken holen, Bille? Keinen Wein, sondern Cognac. Bring gleich die Flasche mit, bitte.«

»Du hattest schon reichlich«, sagte Sybille, die noch niemals jemanden, der sich betrinken wollte, daran gehindert hatte. Sie sah ihre Freundin an, das magere, wimmernde, zitternde Wesen, das aus Vatis Liebling mit den Apfelbäckchen geworden war, und es packte sie eine Angst, die sie an sich nicht kannte. Sie war eine couragierte Person, sie sah den Dingen ins Auge, und wenn etwas gefährlich war, tat sie es erst recht. Hier aber wusste sie nicht, mit was für einem Gegner sie es zu tun hatte, und das rief in ihr einen Fluchtinstinkt wach, der ihr fremd war.

Am liebsten hätte sie Renate eingepackt und wäre mit ihr und Harald nach Brandenburg gefahren, irgendwohin, wo kein Mensch nach ihnen suchte. Aber das war hysterisch, und Renate schien schon hysterisch genug. »Bitte«, wimmerte sie. »Ich kann nicht mehr denken, ich halte das alles nicht mehr aus.«

»Also schön«, sagte Sybille, die selbst einen Drink nötig hatte. »Aber lass uns beim Wein bleiben.«

Sie ging nach unten, ließ sich von Henriette eine Flasche Burgunder öffnen und trug sie zusammen mit Zigaretten und einem Teller belegter Brote, die die Haushälterin rasch gerichtet hatte, nach oben. Renate rührte das Essen nicht an, trank aber ein Glas Wein wie Wasser.

Sybille zündete für sie beide Zigaretten an. »Jetzt erzähl. Du sollst also in von Altens Nazi-Streifen spielen, richtig?«

»Und das kann ich doch nicht!«, rief Renate. »Dieser Film hetzt gegen Georg, gegen meinen Vater, gegen alles, was mir lieb ist! Und ich soll darin ausgerechnet die Tochter spielen, die ihren Vater bei der ganzen Diffamierung unterstützt. Ich kann das nicht unterschreiben, Bille.«

»Du wirst es müssen«, erwiderte Sybille nüchtern. »Wann soll gedreht werden?«

»Praktisch ab sofort. Und bis Weihnachten.«

»Dann hast du es im neuen Jahr hinter dir«, sagte Sybille. »Das schaffst du, Mönchlein. Ich habe es auch schon gemacht, und du kannst mir glauben, man stirbt nicht davon. Man ekelt sich nur ein bisschen vor sich selbst und muss aufpassen, dass man nur die Scham und nicht sich selbst ertränkt.«

»Du meinst, ich soll das unterschreiben? Ich soll in diesem Film spielen?«

Sybille nickte. »Damit hast du dann deine untadelige Gesinnung bewiesen und hast hoffentlich eine Weile Ruhe. Und gleich danach vergisst du das alles und drehst einen Film mit uns. Mit mir und Harald. Er schreibt eine Komödie nur für uns beide. Nat und Bill. Kannst du dir das Feuerwerk vorstellen? Und findest du nicht, es wird höchste Zeit, dass die zwei unwiderstehlichsten Weiber der UFA zusammen auf der Leinwand erscheinen?«

Renate sah sie an, ihr Blick schien suchend und leer. »Ich hätte so gern einen Film mit dir gemacht, Bille. Aber ich gehe doch nach Neujahr weg. In die Schweiz. Zu Georg.«

»Du willst weg aus Berlin?«, rief Sybille. »Renate, das kannst du nicht, nicht jetzt, wo sie dich im Auge haben.« Selbst wenn die Freundin sich die Gestapo-Leute, die sie überall sah, nur einbildete, war die Drohung, die Werner ausgesprochen hatte, ernst zu nehmen. Sie wurde offenbar beobachtet, Goebbels' Schergen wussten weit mehr über sie, als sie glaubte. Sie konnten ihr folgen und sie aus dem Zug heraus verhaften, sie konnten auch ihren Vater festnehmen, der als ehemaliger

Sozialdemokrat zweifellos sowieso auf einer schwarzen Liste stand. Sybille hatte bereits mehrfach von so etwas gehört: Die Familienangehörigen eines Kollegen waren unter einem Vorwand verhaftet worden, um ihn an der Ausreise zu hindern. Ein anderer Kollege sollte auf ähnliche Weise sogar zur Rückkehr gezwungen worden sein.

»Ich bringe euch alle in Gefahr, nicht wahr?«, sprach Renate aus, was Sybille gedacht hatte. Dann schrie sie auf: »Aber ich muss doch bei Georg sein, wir wollen doch nichts als miteinander ein Leben führen, was nehmen wir denn den Nazis damit weg?« Sie trank Wein, rang nach Atem, zog an ihrer Zigarette. Leiser und matter fuhr sie dann fort: »Wir haben ihnen doch schon alles gegeben. Georgs Bank und mein Glück beim Filmen, die Fröhlichkeit meiner Familie, die nie jemandem etwas Böses getan hat. Das ganze Leben, was wir hatten. Es war so rund. So perfekt. So ganz unseres. Jetzt ist davon fast nichts mehr übrig, als hätten wir unser Leben so dünn gescheuert wie Georgs alten Anzug. Wir haben nur noch uns, und wenn wir nicht zusammen sind, werde ich vor Angst verrückt. Ich kann nicht mehr filmen, ich kann mich nicht mehr versorgen, ich kann gar nichts mehr.«

Mit einem Senken des Kopfs wies sie auf ihr Weinglas, in dem sich nur noch die Neige befand. Sybille verstand. Renate war immer so gewesen: begabt, charmant, voller Zauber, aber der schlimmste Fall von Lampenfieber, der ihr je begegnet war. Sie war geradezu besessen von der Angst, nicht gut genug zu sein. An Georgs Seite war sie imstande gewesen, diese Angst im Zaum zu halten, doch auf sich gestellt und überwältigt von immer neuen und viel gewaltigeren Ängsten würde sie sich in atemberaubender Geschwindigkeit zugrunde richten.

Nazis spielten mit der Angst. Vermutlich rochen sie sie, so wie sie behaupteten, Juden zu riechen, und schmiedeten sich ihre Waffen daraus.

Wir müssen stärker sein als die Angst, dachte Sybille, unsere Freundschaft, unser Humor, alles, was uns ausgemacht hat, muss mit der Angst, die sie uns aufzwingen, fertigwerden. Sie schloss die Arme um Renate und zog sie an sich.

»Ihr kommt ja wieder zusammen, ihr beide«, murmelte sie. »Ihr seid doch wie Niet und Nagel, so was kriegt man nicht mal mit der Eisenzange auseinander. Ihr braucht jetzt einfach noch einmal ein bisschen Geduld. Dreh in Gottes Namen diesen Film *Togger*, gib dein Bestes, zeig ihnen, dass Renate Müller ein Goldkind ist, das zwar von Politik nichts versteht, aber nichts tut, was den guten Onkel Joseph oder gar den Onkel Adolf ärgern könnte. Dann machen wir unseren gemeinsamen Film, haben noch einmal ein bisschen Spaß zusammen, bevor du treulose Tomate dich für viel zu lange Zeit verdünnisierst. Du benimmst dich, als wäre alles in schönster Ordnung, fährst nicht in die Schweiz, lachst und trällerst und erregst niemandes Verdacht.«

»Und Georg?« Renate, die sich in ihrer Umarmung regelrecht verkrochen hatte, reckte den Kopf. »Was wird so lange mit Georg?«

»Ruf ihn erst einmal nicht an«, riet Sybille. »Gib mir seine Nummer, ich sage ihm Bescheid, dass du dich eine ganze Weile bedeckt halten musst. Wenn wir dann sicher sein können, dass sich der Verdacht gegen dich gelegt hat, finden wir einen sicheren Weg, auf dem ihr wieder miteinander sprechen könnt.«

Renate zögerte kurz. Dann stand sie auf, um aus der Schublade ihrer zierlichen Frisierkommode ein Stück Papier mit Georgs Nummer zu holen. »Es ist der Anschluss von seiner Wirtin«, sagte sie. »Sie ist eine böse, gehässige Frau, die Nachrichten grundsätzlich nicht ausrichtet, also besteh bitte darauf, Georg selbst zu sprechen.«

»Mache ich, Mönchlein.« Sybille steckte den Zettel ein. Ich werde ihm sagen müssen, dass er auf keinen Fall den Kontakt mit Renate suchen darf, dachte sie und kam sich schon jetzt wie eine Verräterin vor. Dass er sie in Gefahr bringt, wenn er ihr auch nur eine Postkarte schreibt. Und vermutlich ihren Vater, ihre Schwester und uns alle gleich mit.

»Was ist mit dem Geld?«, fragte Renate und wies auf die Schublade. »Ich habe bei jedem meiner Besuche einen Teil meiner Gagen mit nach Zürich genommen, und Georg hat das Geld auf meinem Schweizer Konto deponiert, damit wir davon leben können, bis wir irgendwo wieder Fuß fassen. Die letzte Rate für *Allotria*, die sie mir beinahe nicht haben geben wollen, ist noch da. Soll ich sie hierlassen, bis ich selbst gehe? Oder weißt du einen Weg?«

»Du hast dein deutsches Vermögen in bar, ohne davon Meldung zu machen, ins Ausland geschafft und einem jüdischen Staatsfeind zur Verwaltung übergeben?« Sybille hatte Mühe, sich ihren Schrecken nicht anmerken zu lassen. »Mönchlein, versprich mir eines: Rühr dieses verdammte Geld nicht noch einmal an, bis ich es dir sage, und sprich mit niemandem darüber. Am wenigsten mit Werner. Mit Werner sprich, wenn irgend möglich, überhaupt nicht mehr.«

Wieder zögerte Renate, ehe sie sehr langsam nickte. Sybille drückte sie an sich, kam sich vor, als hätte sie die Freundin aus Seenot gerettet, und wollte sie nicht loslassen. Dabei konnte sie selbst nicht einmal sonderlich gut schwimmen.

»Du sagst ihm, dass alles in Ordnung kommt, nicht wahr?«, fragte Renate. »Dass es mir gut geht, dass ich ihn liebe, dass wir zusammenkommen und es eben nur ein bisschen länger dauert? Ich heule hier in meinem behaglichen Heim, breche in den Armen meiner Freundin zusammen und bereite euch allen die ärgsten Probleme. Er dagegen sitzt still in seinem düsteren Zimmer, hat keinen Menschen bei sich und beklagt sich mit keinem Wort. Aber das heißt nicht, dass er sich nicht quält, das heißt nicht, dass seine Kraft noch lange ausreicht.«

»Mach dir keine Sorgen«, sagte Sybille und dachte: Ich habe dich und deine Art zu lieben so gern. Sie ist ein bisschen kitschig und ein bisschen aus der Zeit gefallen, aber wie kommt eigentlich eine Welt ohne solche Liebe zurecht? »Ich kümmere mich um deinen Georg, als wenn ich seine Mutti oder mindestens seine Patentante wäre, ganz fest versprochen. Dafür bist du ein vernünftiges Mönchlein, das heute Nacht nichts mehr trinkt, keine Dummheiten macht und auch sonst ein bisschen darauf achtet, dass für den lieben Georg am Ende noch etwas von dir übrig bleibt, ja?«

Renate nickte noch einmal, blickte zu ihr auf, ohne eine Miene zu verziehen. Sybille legte ihr die Daumen in die Mundwinkel und zog viel behutsamer, als es sonst ihre Art war, ihren Mund zu einem Lächeln. »Na komm schon. Wie war noch mal dein Text? *Ich bin ja heut' so glücklich, so glücklich, so glücklich* – das dämliche Lied will ich noch auf deiner Hochzeit hören, verstanden?«

Sie ließ Renates Mund los, und das Lächeln blieb stehen. »Verstanden.«

»Na bestens.« Sybille atmete auf. »Und jetzt packen wir dein Nacht-hemd und den Riesenhund ein, lassen uns vom weltbesten Rudi Ha-senclever zu Harald ins *Kakadu* fahren und verziehen uns fürs Wo-chenende in die Walachei.«

33

Renate
Berlin
1937

Wie sie *Togger* abgedreht hatte, würde Renate immer ein Rätsel bleiben. Jürgen von Alten, der Regisseur, hatte sie gehasst. Sie wiederum hatte den Film gehasst, ihre Rolle, das Drehbuch, das verlo-gene Setting, einfach alles. Das hatte sie nie zuvor so erlebt. Sie hatte in Filmen gespielt, die sie anfangs läppisch, unglaubwürdig oder albern gefunden hatte, doch sobald sie sich in ihre Rolle eingegraben hatte, hatte sie jeden Augenblick geliebt.

Jeden Augenblick von *Togger* aber hatte sie verabscheut. Es war, als würde sich ihr Körper verkrampfen und wehren, wenn sie ihn zwang, sich für die Figur namens Hanna Breitenbach, die sie zu spielen hatte, herzugeben. Hanna Breitenbach war gegen alles, womit Renate aufge-wachsen war: freie Presse, Journalisten, die sich gegenseitig in den Haa-ren lagen und die Öffentlichkeit daran teilhaben ließen, Einflüsse aus allen Winkeln des politischen Spektrums und aus aller Welt. Die Film-Hanna erlebte, was die Wirklichkeits-Renate auf dem Rücken ei-nes Kamels in der Wüste verpasst hatte: wie diese Nationalsozialisten die Macht an sich rissen und diese Welt zerschlugen. Die Film-Hanna war glücklich darüber. Die Renate in der Wirklichkeit ekelte sich, weil sie der Film-Hanna Platz in ihrem Körper einräumen und ihr ihr Ge-sicht, ihre Stimme und jede ihrer Gesten und Bewegungen leihen musste.

Viel zu viele Tage hatte sie nur überstanden, indem sie schon am Morgen Alkohol trank, eine Anzahl Pillen schluckte, die sie für viel Geld von verschiedenen, häufig nicht zugelassenen Ärzten bezog, und dafür ihr Frühstück stehen ließ, obwohl sie sowohl Sybille als auch Henriette etwas anderes versprochen hatte.

»Wissen Se, wat ick manchmal gern machen tät?«, hatte Henriette sie an einem dieser Morgen gefragt. »Bei Ihrer Mutti aufkreuzen und zu ihr sajen: Nehm' Se mal Ihr kleenet Mädchen wieder mit nach Hause. Der wird dit zu viel mit de Welt, einfach zu viel.«

Dennoch riss Renate sich zusammen, verbot sich, nach Drehschluss auch noch zu trinken, und gab, was sie aufbringen konnte. Zumindest hatte sie bei diesem Film keine Angst, zu versagen, und wenn von Alten sie anherrschte und unfähig nannte, tat es ihr nicht weh. Stattdessen verfolgten sie Ängste ganz anderer Art. Noch immer hatte sie praktisch ständig das Gefühl, von jemandem verfolgt zu werden, hörte Schritte in ihrem Rücken, sah im Umdrehen einen Schatten verschwinden und glaubte manchmal gar, einen Atem in ihrem Nacken zu spüren. Sie war vollkommen erledigt, als der Film endlich fertig war, und schlief an Weihnachten in ihrem Elternhaus ein.

An Silvester ging es ihr kaum besser, und über den Abend rettete sie nur, dass Sybille ihr Grüße von Georg überbracht hatte. »Unser Film wird im Juni abgedreht sein, und danach fährst du sofort nach Zürich«, hatte Sybille gesagt. »Georg lässt dir ausrichten, dass er die Tage zählt und uns beiden für unseren gemeinsamen Film ein gewaltiges Vergnügen wünscht. Er kann es kaum erwarten, ihn in der Schweiz mit dir zusammen im Kino zu sehen.«

Der Film, den sie mit Sybille gemeinsam drehen würde, hieß *Weil noch das Lämpchen glüht* und ließ sie an den Abend denken, an dem sie mit Georg über das Gedicht von Tucholsky gesprochen hatte. *Freut euch des Lebens*. Es war eine zauberhafte, charmante Komödie, die Harald ihnen beiden auf den Leib geschrieben hatte, eine turbulente Liebesgeschichte, aber vor allem eine von der Freundschaft zwischen zwei Frauen. Hans Steinhoff, der die Regie führen würde, war ein linientreuer Nationalsozialist, aber anders als Jürgen von Alten war er auch ein talentierter Filmemacher. Vielleicht würde es guttun, diesen Film zu drehen, mit etwas Erfreulichem von dieser Bühne abzutreten, die so lange ihre Bühne gewesen war.

Wenn ich keine Filmschauspielerin mehr bin – wer bin ich denn dann?, fragte sie sich in den Nächten, in denen sie nicht schlafen konnte. Wird die, die sich selbst nicht mehr kennt, Georg noch etwas geben können? Werden wir beide irgendwo in uns die Kraft finden, an einen neuen Anfang zu glauben?

An Silvester, das zum ersten Mal tatsächlich im kleinen Kreis gefeiert wurde, war sie zu erschöpft, um auch nur darüber nachzudenken. Sie saß im Salon ihrer Eltern wie die Uri in einen Sessel versunken und stand nicht einmal um Mitternacht auf. Stattdessen löste sich ihr Vater aus der innigen Umarmung mit der Mutter und setzte sich zu ihr auf die Lehne. »Ach, mein Mädchen«, sagte er und legte ihr seinen Arm um die Schultern. »Es ist so schön, dass du da bist, dass du gekommen bist, obwohl man dir die Müdigkeit meilenweit ansieht. Ich bin ein so glücklicher Mann, ich habe noch immer zum Jahreswechsel meine drei liebsten Frauen um mich.«

»Aber du hast keinen Sohn«, rutschte es der viel zu müden Renate heraus.

»Habe ich mich darüber je beklagt?«, fragte er. »Dann bin ich nicht nur ein sehr glücklicher, sondern vor allem ein sehr dummer Mann, und wenn ich abergläubisch wäre, hätte ich Angst, dass mir jemand mein Glück dafür nimmt.«

Die Mutter kam dazu, setzte sich auf die andere Lehne und legte ebenfalls einen Arm um Renate. »Mein Kleines, du brichst uns ja im Sitzen zusammen. Warum legst du dich nicht in Gabis Zimmer, schläfst dich gründlich aus und fährst erst morgen heim? Für deinen Herrn Hasenclever lasse ich das Bett im Gästezimmer richten, ihm wird es an nichts fehlen.«

Renate hatte nicht mehr die Kraft, abzulehnen, und so schlief sie im Alter von dreißig noch einmal behütet von ihren Eltern ins neue Jahr. Ich wollte, ich könnte bleiben, dachte sie flüchtig, ehe sie am Neujahrstag aufbrach. Ich wollte, ich bräuchte die Verantwortung für mein Leben nicht mehr zu tragen, denn mir ist sie zu schwer.

Sie nahm sich zusammen. Versuchte sich ganz darauf zu konzentrieren, dass sie dies alles durchhielt, um bald bei Georg zu sein, um genug Geld zu haben, mit ihm aus dem düsteren Loch, von der gehässigen Wirtin fortzuziehen und irgendwo ein kleines neues Leben zu beginnen. Einen Platz zu haben, eine Kerze anzuzünden, abends beisammenzusitzen und Arm in Arm in den Himmel zu sehen.

Vielleicht brauchte sie am Ende nicht mehr. Vielleicht würde sie auf alles andere verzichten können und ihre Ruhe wiederfinden.

Der Film mit Sybille, der ihr Abschiedsfilm und noch einmal eine Freude hatte werden sollen, wurde zur Tortur. Renate konnte das Set nicht betreten, konnte nicht in der Filmstadt umherspazieren, wie sie es immer getan hatte, ohne dass sie hinter sich Schritte hörte, manchmal auch Wispern, Rascheln und Raunen. Einmal war es ihr, als flüstere jemand Verse aus dem Tucholsky-Gedicht, das ihr solche Angst machte, beinahe direkt in ihr Ohr:

>>*Zwei fremde Augen, ein kurzer Blick.*
Die Braue, Pupillen, die Lider.
Was war das? Von der großen Menschheit ein Stück.
Vorbei, verweht, nie wieder.<<

Waren das alles Halluzinationen? Verlor sie den Verstand?

Zudem hatte Hans Steinhoff keine Geduld mit ihr, sondern reagierte auf jeden Fehler, den sie machte, mit Stöhnen und Augenrollen. Früher hatten Regisseure mit Renate Müller keine Geduld gebraucht. Sie hatte keine Fehler gemacht, hatte jede Zeile Text perfekt einstudiert und kannte jede Feinheit ihrer Rolle. Oft hatte sie weniger erfahrenen Kollegen geholfen, in eine Szene zu finden, und sie bei Unsicherheiten beruhigt: >>Das wird schon. Mit ein bisschen Übung geht es irgendwann von selbst.<<

Jetzt ging nichts mehr von selbst. Sie musste sich alles erkämpfen, und meistens verlor sie, konnte sich einfach nicht in die Kellnerin Gusti, die die traurigen Menschen um sie mit ihrer Fröhlichkeit ansteckte, hineinversetzen. Für jede Szene waren etliche Takes nötig, und selbst dann war Regisseur Steinhoff selten zufrieden.

>>Was ist los mit dir, Mönchlein?<<, fragte Sybille, die abends mit ihr in

die Kantine ging und streng darauf achtete, dass sie nicht mehr als ein Viertel Wein trank. »Du warst hier mal die Seele vom Geschäft, du hättest so eine Gusti aus dem linken Ärmel geschüttelt. Dafür hat Harald sie dir doch geschrieben – damit du sie mühelos spielen kannst.«

»Ich fürchte, ich kann gar nichts mehr spielen«, antwortete Renate und lauschte dem dumpfen Satz nach. »Ich kann in keine fremde Wirklichkeit mehr hineinschlüpfen, weil meine eigene mich übermannt hat.«

Wenn sie Sybille Schmitz, die kälteste Schnauze der UFA, nie zuvor verstört und sprachlos gesehen hatte, dann jetzt. Die Freundin gab sich solche Mühe, sie zu verstehen und ihr zu helfen, aber damit war sie überfordert. Dass man nicht lieben, nicht essen, nicht lachen, nicht nüchtern bleiben konnte, vermochte sie nachzufühlen, doch dass eine Schauspielerin nicht mehr schauspielern konnte, war für Sybille nicht vorstellbar.

»Halt einfach durch, Mönchlein«, murmelte sie. »Im August, nach den Außenaufnahmen, sind wir abgedreht, dann hast du es geschafft.«

Zu den Außenaufnahmen fuhren sie nach Österreich, ins Pinzgau, wo Harald sich in irgendeine Almhütte verliebte, die er sich kaufen wollte. Seine Frau hatte die Scheidung eingereicht. »Es ist mir lieber so«, sagte er zu Sybille. »Ich will für dich da sein können, wenn du mich brauchst.«

Zu Renate sagte er: »Meine kleine Zuflucht hier in den Bergen stünde natürlich dir ebenfalls jederzeit offen. Und Georg auch. Es gibt zwei Schlafzimmer und nicht weit weg einen Bergsee. Vielleicht können wir einmal eine der schönen Sommernächte von Dahlem wiederholen.«

Das war einer der lichten Momente, ein Schimmer Hoffnung. Würde ihre Zukunft so sein können: sie und Georg auf Besuch bei ihren Freunden, über sich der klare Himmel, die Gipfel, von denen das Echo ihres Lachens hallte, und nichts, das ihnen Angst machte?

Aber die Erleichterung hielt nicht an. Keine Stunde später vernahm sie bei einem Gang ins Dorf wieder hinter sich die Schritte, und anderntags verpatzte sie eine große Szene mit vielen Statisten, weil sie ihren Text mit dem aus einer ganz anderen Szene verwechselte. »Und selbst wenn es der richtige gewesen wäre, Fräulein Müller«, kanzelte

Hans Steinhoff sie vor versammelter Mannschaft ab. »So zusammengestottert kann ich das nicht gebrauchen. Sie spielen hier kein Dienstmädchen, das Gedichte aus der *Gartenlaube* vorliest.«

Das »Fräulein Müller« betonte er so, dass Renate seine ganze Verachtung spürte. Von allen Seiten glaubte sie Kichern zu hören, stand stocksteif und fühlte sich wie nackt und mit Jauche übergossen.

»Mach dir nichts draus, Steinhoff ist ein Idiot«, sagte Sybille hinterher, aber das half nichts. Sie wussten beide, dass Steinhoff zwar ein Nazi, aber ein guter Regisseur war, und dass Renate ihre Rolle katastrophal spielte. An diesem Abend achtete Sybille nicht darauf, dass Renate bei einem Viertel Wein blieb, und am folgenden Morgen fuhren sie zu den letzten Aufnahmen im Studio nach Berlin zurück.

Es war fast Juli. Sie hatte es so gut wie geschafft. An dem Abend, als sie alleine zu Hause war, stand auf einmal Werner vor ihrer Tür. Geradezu hysterisch versuchte sie, ihn abzuwimmeln, sie habe keine Zeit, müsse Text für den nächsten Tag lernen, aber er gab nicht auf. »Nur auf eine halbe Stunde, ein kleines Glas unter Nachbarn sozusagen«, bat er sie. »Ich habe dich ja, seit ich hierhergezogen bin, praktisch noch nicht zu Gesicht bekommen, weil du ständig unterwegs bist. Dabei hatte ich mich so sehr auf Besuche von Haus zu Haus gefreut, wie damals, als wir Kinder waren.«

Er schien tatsächlich in harmloser Absicht zu kommen, und so gerne sie ihn losgeworden wäre, so sehr schämte sie sich ihres Misstrauens.

Also ließ sie ihn ein. Ging mit ihm ins Gartenzimmer, wo Henriette ihr ein kaltes Abendessen hingestellt hatte. Sie hatte es noch nicht angerührt.

»Was für ein herrlicher Raum«, sagte er. »Das denke ich jedes Mal, wenn ich hier bin. Du hast Stil, Renatchen. Und das Geschenk, das ich dir sozusagen zu meinem verspäteten Einstand in der Nachbarschaft mitgebracht habe, passt genau in diesen Rahmen.«

»Du brauchst mir keine Geschenke zu bringen«, sagte Renate. »Möchtest du etwas essen? Es ist genug da, meine Haushälterin hat die Platte gerade erst zubereitet.«

»Wäre es dir recht, wenn ich eine Flasche Wein für uns öffne?«, fragte er geheimnisvoll.

Renate ging und holte, ohne hinzusehen, eine Flasche Trollinger, die er ihr samt Korkenzieher abnahm und öffnete. Dass er sich in ihrem Haus wie der Hausherr aufführte, widerstrebte ihr, doch sie sagte nichts. »Wein muss atmen, um sein Aroma zu entfalten«, belehrte er sie. »Und dazu bedarf es eines offenen Gefäßes, der Hals der Flasche lässt zu wenig Raum.«

Wiederum mit geheimnisvollem Gehabe förderte er die Schachtel zutage, die er hinter seinem Sessel verborgen hatte, und öffnete den Deckel. »Für dich, Renatchen. Ich habe es fast zehn Jahre lang für dich aufgehoben.«

In der Schachtel lagen, auf Samt gebettet, ein zierlicher Weinkrug und zwei Becher. Sie waren aus Silber gefertigt und mit einem aufwendigen Reliefmuster aus Reben und Trauben verziert. Es war ohne Zweifel eine wunderschöne, kostbare Arbeit, wenn auch für ihren Geschmack ein wenig zu altmodisch. Sie musste beim Anblick solcher Dinge immer an den Staub, der sich in den feinen Furchen fing, denken.

»Werner, das kannst du mir doch nicht schenken, das ist viel zu wertvoll«, rief sie.

»Du bist mir alles wert«, sagte er, nahm den Krug aus der Schachtel und füllte den Wein ein. Renate war sicher, zu sehen, wie sich auf dem dunklen Rot eine Staubschicht abzeichnete, aber inzwischen bildete sie sich ja alle möglichen Sachen ein.

Ohne den Wein, wie angekündigt, atmen zu lassen, schenkte er die beiden Becher voll, schob einen zu ihr hin und hob den zweiten. »Wie bei Goethe, nicht wahr? Im *Faust*.

Es war ein König in Thule,
Gar treu bis an sein Grab.
Dem sterbend seine Buhle
Einen silbernen Becher gab.«

»Golden«, sagte Renate automatisch, ohne nachzudenken.

»Wie bitte?«

»*Einen goldenen Becher gab*«, zitierte Renate. »Bei Goethe ist der Becher golden. Aber das macht ja nichts – zu Silber passt es genauso gut.«

»Warum tut ihr das?« Heftig stellte Werner seinen Becher auf den Tisch. »Du und deine Familie – warum verbessert ihr mich ständig, macht mich klein, redet alles, was mir heilig ist, mies? Weil ihr glaubt, etwas Besseres zu sein? Dem ist schon lange nicht mehr so, Renate, schon lange nicht mehr, und deine Familie wird eines Tages noch auf Knien dankbar sein, dass sie mich kennt.«

»Du lieber Himmel, Werner, so war es doch nicht gemeint!«, rief Renate bestürzt. »Es ist mir einfach herausgerutscht, weil ich dieses Gedicht in der Schule auswendig lernen musste und eben noch wusste, dass es nicht *silbern*, sondern *golden* heißt. Ich habe es nicht einmal sonderlich gemocht, und es spielt doch überhaupt keine Rolle.«

»Das ist es eben«, sagte er. »Ihr lernt irgendetwas auswendig und bildet euch dann etwas darauf ein. Aber ihr erfasst den Wert nicht, wisst es nicht mit euren Herzen zu schätzen. Dieses Gedicht hat Dr. Goebbels zitiert, als er mein Königsberger Weingeschirr zu Gesicht bekam, und ich bin sicher, dass nicht er sich irrt, sondern du.«

»Sicher hast du recht«, versuchte sie, ihn zu beschwichtigen. »Es ist ja lange her, und ich habe in der Schule nie besonders gut aufgepasst.«

»Ich habe dir etwas schenken wollen, das in meinem Herzen einen besonderen Platz hat«, sagte er, ohne darauf einzugehen. »Und du hast es verdorben. Warum verdirbst du alles, Renate? Es hätte so schön sein können, aber wenn du jetzt noch zu mir kämst – ich weiß nicht, ob ich dir noch vertrauen könnte oder glauben müsste, du kämst nur aus Angst.«

»Aus Angst, Werner?«, fragte Renate, deren Stimme beinahe unkontrollierbar zitterte. »Wovor sollte ich denn Angst haben?«

»Das weißt du selbst«, sagte er und stand auf. »Wenn nicht, warne ich dich lieber noch einmal: Tu nichts Dummes, Renate, nichts, das du und deine Familie später bereuen müsstet, denn wenn du eine Grenze überschreitest, werde selbst ich euch nicht mehr helfen können.«

Damit ging er und ließ Krug und Becher zurück.

Renate hatte sich all die Monate über bemüht, nur mäßig zu trinken, doch in dieser Nacht leerte sie die angebrochene Flasche und trank weiter bis zur Besinnungslosigkeit.

Anderntags bekam Henriette sie kaum aus dem Bett. »Sie müssen doch zu Ihrem Film, Frollein Müller«, rief sie verzweifelt, »lieber Himmel, Kleene, Sie seh'n ja aus wie der Tod auf Latschen.«

In der Tat erschrak Renate beim Blick in den Spiegel. An den verschwollenen Augen und der fahlen Haut würden selbst Mariechens Schminkkünste scheitern, und ihr Haar war so strohig und zerrauft, dass sie es kaum gekämmt bekam. Rudi Hasenclever fuhr wie ein Rennfahrer, und dennoch kam sie zu spät. Ihr war übel und schwindlig, und während sie vom Auto bis zur Atelierhalle rannte, hörte sie wie ein Echo hinter sich wieder die Schritte.

Am Set war bereits alles vorbereitet, und bis zur letzten Statistin warteten alle auf Renate. Der Blick, mit dem Hans Steinhoff sie von Kopf bis Fuß streifte, sprach Bände. Erich von Neusser, der Aufnahmeleiter, tuschelte mit sichtlicher Verachtung mit dem Regieassistenten, und Sybille, die in ihrer Rolle als Gustis Freundin Gretl hinter einem Tresen Gläser spülte, sandte ihr ein Grinsen, das den Schrecken auf ihrem Gesicht nicht verbarg. Renate beeilte sich, ihre Position zu finden, stellte sich aber auf der falschen Seite auf und musste von Wolfgang Liebeneiner, ihrem Filmpartner, auf den richtigen Platz geführt werden.

»Also los, fangen wir an, ehe die nächste Katastrophe passiert«, knurrte Steinhoff und erhob sich aus seinem Regiestuhl. »*Weil noch das Lämpchen glüht,* Szene zweiunddreißig-zwei, die erste. Kamera, Ton ab, Klappe.«

Das Zusammenschlagen der Klappe hallte durch den Raum, und Renate sah aus dem Augenwinkel den Schatten des Tongalgens heranfahren. Aber war das überhaupt der Tongalgen? War es nicht eine Menschengestalt, die sich anschlich, ohne jemandem aufzufallen, weil auf einem Filmset so viele Menschen beschäftigt waren, die niemand durchzählte? Der mit Holzdielen ausgelegte Boden unter ihr begann zu schwanken, und die Gesichter um sie, die Statisten, die Gäste spielten, schwammen wie auf Wellen auf und ab.

»Klappe, Kamera aus«, bellte Steinhoff. »Fräulein Müller, könnten wir dann vielleicht Ihren Text bekommen? Und wären Sie auch so freundlich, uns mit einem Lächeln zu beglücken? Sie spielen nämlich eine Kellnerin in einem Bergrestaurant, falls Ihnen das entfallen sein sollte. Keine trauernde Witwe am offenen Grab.«

»Es tut mir leid«, murmelte Renate, senkte den Blick zu Boden und wünschte sich, die Welt um sie würde verschwinden. Ton, Beleuchtung und Kamera wurden von Neuem in Position gebracht, und die schon agierenden Statisten kehrten an ihre Plätze zurück.

»*Weil noch das Lämpchen glüht,* Szene zweiunddreißig-zwei, die zweite. Kamera, Ton ab, Klappe.«

Der Fall der Klappe war wie ein Schuss.

Von der Seite schlich sich wieder die Gestalt ins Bild, blieb schließlich stehen, als wenn nichts wäre, und hielt vermutlich nur den Blick unter der Hutkrempe auf Renate gerichtet. Renates Herz schlug wie ein eiserner Hammer. So als wäre es kein lebendiges Organ mehr, sondern eine Art ewiger Uhr, die das Vorbeirasen der Zeit markierte. Du musst deinen Text sprechen, beschwor sie sich, sprich verdammt noch mal deinen Text, dann ist es in ein paar Wochen vorbei.

»Guten Morgen, die Herrschaften. Was darf's denn sein, bitte schön?«

Hatte sie das gesagt? Aber das ergab doch keinen Sinn, sie musste es dort vorn am Tisch sagen, wo Wolfgang Liebeneiner mit den Statisten saß und auf sein Stichwort wartete. Aber war das denn Wolfgang Liebeneiner? Und der Statist neben ihm, hatte sie den nicht schon in ihrer Straße gesehen, bei Nacht, am Pfahl der Laterne lehnend, eine Zigarette rauchend?

Sie trat vor, doch mitten im Schritt begann der Boden von Neuem zu schwanken. Mit beiden Händen suchte sie nach Halt, griff ins Leere und stürzte vornüber. Der Aufprall tat kaum weh. Nur die Kraft, um wieder aufzustehen, fehlte ihr.

»Also noch einmal Klappe bitte, und das war's dann für heute.« Steinhoffs Stimme klang nicht länger verärgert, sondern eher müde. »Das hat ja keinen Sinn mehr. Sie können alle nach Hause gehen und erhalten Nachricht, wann wir weitermachen. Erich, wissen Sie Bescheid, ob die Hegemann frei ist? Wenn wir die günstig stellen und die Maske sich ein bisschen ins Zeug legt, brauchen wir vielleicht nicht einmal alles neu zu drehen.«

34

September

Renate war frei. Wurde durch Elke Hegemann ersetzt, die bereits als das »frische neue Gesicht des deutschen Films« im *Film-Kurier* angekündigt wurde. Offiziell war sie einer Magenverstimmung wegen ausgeschieden. Sybille und Harald hatten alles getan, um Steinhoff umzustimmen, aber Renate selbst hatte sie schließlich gebeten, ihre Bemühungen einzustellen. Sie konnte nicht mehr. Hatte schlappgemacht. Es war jetzt nicht mehr zu ändern.

Die vereinbarte zweite Rate der Filmgage erhielt sie nicht ausgezahlt. Vertraglich stand ihr ein Teilbetrag für die bereits abgedrehten Szenen zu, doch auch um darum zu kämpfen, fehlte ihr die Kraft. Sie würden eben mit weniger auskommen müssen, die Gage für *Allotria* lag schließlich noch in ihrer Schublade, und das Konto von der Uri war gut gefüllt. Sie würden es schaffen. Wenn sie nur wieder zusammen waren und zu Kräften kamen.

Nach all den Monaten, in denen sie ihn kaum und wenn, dann höchstens flüchtig von Sybilles Anschluss gesprochen hatte, rief sie Georg an, stellte den Apparat mit seiner langen Schnur auf das Fenstersims des Gartenzimmers und redete dort mit ihm, als säße er schon neben ihr. Im Dunkel konnte sie die Terrasse erkennen und musste daran denken, wie sie beide dort, vom Liebesgezwitscher der Vögel umgeben, gefrühstückt hatten, wie Georg Honig auf seine Schrippenhälfte hatte laufen lassen, ohne sich die Finger zu beschmieren. Sie wusste, er stand in dem kahlen Windfang, wo das Telefon seiner Wirtin hing, und wurde argwöhnisch von dieser bewacht, aber auch das wäre bald vorüber. Es war so schön, seine Stimme zu hören. Es war so schön, ihm wieder zu sagen, wie sehr sie ihn liebte.

»Ich liebe dich auch, *pucikam*«, sagte er so sanft und leicht, wie er an jenem ersten Abend bei Ferenc mit ihr gesprochen hatte. »Ich werde dich immer lieben.«

Dass sie den Film verpatzt hatte, sagte sie ihm nicht, denn warum sollte sie ihn über die Entfernung damit belasten? Sie konnten darüber sprechen, wenn sie zusammen waren, konnten die ganze Quälerei, die sie getrennt voneinander durchgestanden hatten, aus sich herausweinen und sie dann hinter sich lassen und vergessen. Stattdessen erzählte sie, der Film sei abgedreht, sie brauche nun nur noch ein paar Wochen für ihre Vorbereitungen und komme dann zu ihm. Ein Datum hatte sie bereits festgelegt und teilte es ihm mit: den 14. September.

»Dann stehst du am Bahnhof, und ich stürze mich auf dich und lasse dich nie wieder los.«

»Ich lasse dich auch nie wieder los, *pucikam*«, sagte er leise. »Nie wieder ganz.«

Die verbleibende Zeit verbrachte Renate damit, ihr Berliner Leben aufzulösen. Ein paar lieb gewordene Gegenstände und so viel wie möglich an Nützlichem, darunter auch Kleidung für Georg und Bücher für sie beide, packte sie in einen großen Koffer und eine Reisetasche. Mit dem Verkauf des Hauses und allen Inventars beauftragte sie einen mit Harald befreundeten Makler, der das Aufsehen gering halten würde, um eine Beschlagnahme zu vermeiden. Der Kaufpreis sollte – allerdings im Geheimen – ihrer Familie zugutekommen, die sich auch um Georgs Mutter nach besten Kräften kümmern würde.

Das Ziel war, dass ihre Eltern im Fall einer Befragung glaubhaft behaupten konnten, sie hätten von der Flucht ihrer Tochter nichts gewusst. Es machte Renate zu schaffen, dass sie ihre Familie dieser Gefahr aussetzen musste, aber ihr Vater beruhigte sie: »Wir bekommen das schon hin, mein Mädchen. Du pass auf dich auf. Das ist das Wichtigste. Dass du nicht mehr so allein bist und es wieder gut hast bei deinem Georg.«

Dabei weinte er, und die Mutter und Gabi weinten auch, aber sie versicherten ihr alle drei, dass sie das Richtige tat. »Familien wie die unsere sollten nicht auseinandergerissen werden«, sagte der Vater. »Aber wer das tut, bist ja nicht du, und eines Tages haben wir uns wieder – irgendwo auf der Welt.«

»Dann feiern wir wieder Silvester zusammen«, versprach Renate, die auch weinte. »Gießen Blei und deuten die Zukunft mit deinem Flussfische-Buch.«

»Mein Flussfische-Buch ist nicht zu verachten. Es sagt dir für deine Zukunft eine ziemliche Flaute voraus, denn in der Schweiz gibt's keinen guten Fisch.«

Anton würde bei Gabi und Antonie ein neues Zuhause finden, Brüderchen und Schwesterchen wären wieder vereint. Eine kleine Weile würde er allerdings bei Rudi Hasenclever leben, damit der behaupten konnte, Renate habe ihm den Hund für seinen Enkelsohn geschenkt. Später würde er das Tier dann mit der Begründung, es sei zu groß, an ihre Familie weitergeben, und niemand würde Verdacht schöpfen.

Renate konnte vor Angst, nicht an alles gedacht zu haben, kaum noch schlafen, und das Gefühl, die Verfolger im Nacken zu spüren, machte nichts leichter. Sie sagte sich aber, dass so viele andere es vor ihr geschafft hatten und dass es keinen Grund gab, weshalb sie es nicht schaffen sollte. Erich Pommer war in den USA, Kurt Gerron in Amsterdam, Otto Wallburg in Wien. Sie und etliche andere hatten mit ihren Familien reisen müssen, mit kleinen Kindern oder gebrechlichen Verwandten, während Renate einzig für sich selbst zu sorgen hatte und nach einer bequemen Tagesfahrt mit dem Zug bei ihrem Liebsten wäre.

Henriette zog zu ihrer Cousine nach Stahnsdorf. »Mit all dit schöne Jeld, wat Sie mir jejeben haben, hab ick da jetz' im Alter mein Auskommen. Aber ick werd' Sie vermissen, meene Kleene. Und ick hoffe, da drüben bekocht Sie eener, damit uff Ihre Rippen wieder mal 'n bissken Fleisch kommt.«

Von Sybille konnte Renate nicht Abschied nehmen, denn es hätte sie zerrissen. »Es ist nur für eine kurze Zeit, so als wärst du zu Außenaufnahmen in Weiß-ich-wo unterwegs«, sagte sie am Telefon zu ihr. »Wir kommen euch ja dann in Österreich besuchen.«

»Ja, und ihr kommt besser bald«, erwiderte Sybille. »Bevor ich auf Haralds Bergbauernhof vor Langeweile wie eine Primel eingegangen bin.«

Der trockene Ton verbarg den Drang zu weinen nur spärlich, und auch Renate brach in Tränen aus, sobald der Hörer auflag. Damit aber war das letzte Band gekappt, die letzte Brücke abgebrochen. Von ihren Freunden und Kollegen bei der UFA durfte sie sich um der Vorsicht willen nicht verabschieden, sondern wäre ab morgen einfach nicht mehr da.

Ohnehin hatte man sie ja dort schon ersetzt. Nicht nur durch eine, die künftig ihre Rollen spielen würde, sondern durch eine, der man für den letzten Film ihr, Renates, Gesicht aufgeschminkt hatte. Eine Ersatz-Renate, unbegabt zwar, aber linientreu. Sie wollte nicht, dass es wehtat. Wehtun durfte das alles erst, wenn sie bei Georg in Sicherheit war.

Da Rudi Hasenclever sich nicht verdächtig machen sollte, fuhr sie mit ihrem schweren Gepäck in einer Taxe zum Anhalter Bahnhof. Dort herrschte das übliche morgendliche Gewimmel, in dem man weder Freund noch Feind hätte finden können. Renate schalt sich eine Närrin, weil sie glaubte, ihren Verfolger dicht auf ihren Fersen wahrzunehmen. Sie blickte im Laufen über die Schulter und sah lediglich den schnaufenden Gepäckträger, der ihr in ihrer Eile kaum folgen konnte. Am Gleis wartete schon der Zug, der um sieben aufbrechen, nach Basel fahren und abends um halb neun Zürich erreichen würde.

Wäre sie mit Georg zusammen gereist, so hätte sie den Nachtzug genommen und hätte es geliebt, sich mit ihm in ihre behagliche Bettkoje zu verkriechen, während das Geratter des Zuges sie aus der Finsternis ins Licht und in Sicherheit brachte. Allein aber hätte das Geratter, unter dem man keinen Schritt, kein Geraschel hätte hören können, ihr Angst gemacht. Sie würden so reisen, wenn sie zu Sybille und Harald nach Österreich fuhren. Wenn sie Urlaub machten. Wenn sie wieder lebten wie normale Menschen.

In Zukunft würde sie lernen müssen, sparsam mit ihrem Geld umzugehen, doch für diese Reise hatte sie noch einmal fünf gerade sein lassen und ein Abteil in der ersten Klasse gebucht. Nicht um des Komforts willen, sondern weil sie gehofft hatte, darin allein zu sein. Stattdessen teilte sie es mit einem älteren Ehepaar, dessen weibliche Hälfte fortwährend Äpfel schälte und Renate davon anbot, während der Mann sich hinter einer Zeitung versteckte und jedes Mal stöhnte, wenn seine Frau ihn ansprach.

»Mein Robert ist als Gesellschaft auf Reisen einfach nicht zu gebrauchen«, beklagte die Frau sich bei Renate. »Und nicht dass sie denken, er würde nur die eine Zeitung lesen – er hat sämtliche Morgenausgaben aufgekauft!«

Der Mann stöhnte. »Wenn du dauernd redest, kann ich nicht lesen.«

Im Grunde waren die beiden ganz amüsant und lenkten sie vom ewigen Lauschen auf Schritte im Gang ab. Zu Mittag bestellte sie sich eine Flasche Wein und lud ihre Reisegefährten dazu ein. Die Frau bedankte sich und ließ ihnen beiden je ein halbes Glas einschenken. »Mögen Sie denn gar nichts essen?«, erkundigte sich die Frau. »Robert und ich gehen in den Speisewagen.«

»Geh alleine«, versetzte der knurrige Robert hinter seiner Zeitung, bestellte, kaum dass seine Frau gegangen war, eine zweite Flasche und sandte Renate über den Rand der Zeitung hinweg etwas, das beinahe als ein Grinsen durchging.

Das Wetter war herrlich, die melancholische Schönheit des Spätsommers breitete sich über die Landschaft, die mit jeder zurückgelegten Meile hügeliger und waldiger wurde. Die Zeit verstrich viel zu langsam, aber immerhin angenehm. Als es dunkel wurde, sank der Kopf der Frau an die Schulter ihres lesenden Mannes, und sie schlief ein. Ihr leises Schnarchen hatte etwas Beruhigendes, ebenso wie das beständige Rascheln der Zeitung.

Es gab keine Zwischenfälle, es war eine Zugfahrt wie aus dem Bilderbuch. Fahrplanmäßig drei Minuten nach halb neun Uhr abends fuhren sie auf dem Bahnhof in Zürich ein. Im selben Augenblick fiel Renate siedend heiß ein, dass sie das Seidengarn für Georgs Zähne vergessen hatte. Aber sie hatten ja jetzt Zeit und Geld. Sie würden ein Geschäft finden, das solche Garne führte.

»Es war sehr nett, mit Ihnen zu reisen«, sagte die Frau, während ihr Robert Renate half, ihr Gepäck von der Ablage zu wuchten. »Für uns geht es nach Chur weiter.«

Renate bedankte sich, wünschte den beiden gute Weiterfahrt und winkte einem Gepäckträger, der sich um Koffer und Tasche kümmern würde. Gleichzeitig hielt sie Ausschau nach Georg, konnte ihn aber nirgendwo entdecken. War er etwa noch nicht da? Nein, das war unmöglich. Georg war der pünktlichste Mensch, den sie kannte, sie hatte ihn deswegen oft verspottet, und ausgerechnet heute war der letzte Tag, an dem er zu spät gekommen wäre.

Sie stieg aus und versuchte, über die Köpfe der Ankommenden und Abholenden hinwegzuspähen. Paare umarmten einander, Kinder eilten jauchzend auf lang vermisste Großeltern zu. Georg war ein großer Mann, den man nicht leicht übersehen konnte, selbst wenn er letzthin ein wenig gebeugt ging. Zudem war er der Mann, den Renate unter Hunderten erkannt hätte. Sie hatte ihn immer und überall sofort erkannt.

Dass sie ihn jetzt nicht erkannte, lag daran, dass er nicht da war. Das Gewimmel lichtete sich, die Wurst- und Zeitungsverkäufer zogen mit ihren Wagen zum nächsten Gleis weiter, an das die Gepäckträger ihnen schon vorausgeeilt waren. Nur der ihre stand noch an ihrer Seite und bemühte sich, sich seine Ungeduld nicht anmerken zu lassen.

Plötzlich vernahm sie hinter sich eilige Schritte und erschrak bis ins Mark. Dann, mit noch immer dumpf hämmerndem Herzen, fuhr sie herum, weil es ja nur Georg sein konnte, wenn er auch sonst nie rannte. Doch vor ihr stand ein Junge mit schwarzem Kraushaar, der ganz außer Atem war und ihr einen Briefumschlag hinhielt. »Fräulein Müller? Das hier soll ich Ihnen geben. Von einem Herrn Deutsch.«

Er war verhindert. War aufgehalten worden. Wartete auf sie im schönsten Restaurant der Stadt.

Sie vergaß, dem Jungen ein Trinkgeld zu geben, und riss den Umschlag auf:

»*Meine Renate, pucikam, meine einzige Liebe.*
Ich mache es kurz, weil Worte ja nichts ändern.
Ich komme nicht, um Dich abzuholen, ich lasse Dich nach allem, was Du für mich getan hast, mit Deinem wunderbaren Glücksgesicht auf dem Bahnhof stehen, und Du wirst mich dort, wo Du mich suchen könntest, auch nicht finden, denn ich bin nicht mehr in Zürich.
Ich tue Dir diese Monstrosität an, weil ich es nicht ertrage, dass Du um meinetwillen Dein Leben zerstörst, Deine Heimat und Deine Träume verlierst und Deine Familie und Freunde in Gefahr bringst. Ich habe kein Leben, das ich Dir bieten kann, und der Mann, der vom Geld seiner Frau zu leben vermag, werde ich nie sein. Zudem würde das Geld ja auch eines Tages aufgebraucht sein, und wir beide würden einander stumm oder in verletzenden Worten Dinge vorwerfen, für die wir beide nichts können.

Das will ich nicht, meine Liebste. Ich war an jedem Tag, auch an dem schrecklichsten, glücklich mit Dir.

Bitte fahr nach Berlin, in Dein Leben zurück. Spiel in vielen Filmen, denen Du Deine ganze großartige Seele gibst, damit ich sie mir ansehen und Dich darin finden kann. Ich habe ein Angebot aus London erhalten, nichts Großes, aber doch etwas, das mir in Zukunft vielleicht die Chance gibt, mir etwas aufzubauen. Wenn es so ist, wenn Du mir verzeihen kannst und wenn die Zeiten sich ändern, kommen wir eines Tages vielleicht wieder zusammen. Ich werde darauf warten, mein geliebtes Fräulein Glücklich, ich werde an Dich denken und Dich überall spüren.

In Liebe.

Dein Georg

PS: Dein Geld, denke ich, liegt hier sicher, und wenn Du es nicht brauchst, würde ich dazu raten, es vorerst hier zu belassen. Wer weiß, was wird, und hier legt niemand Hand daran.«

Als sie aufblickte, war der Junge verschwunden, und das Gleis hatte sich geleert. Nur ein Bahnhofsbediensteter fegte Abfälle auf, und der Gepäckträger stand an ihrer Seite.

»Ich müsste dann langsam weiter«, murmelte er.

»Ja, natürlich, lassen Sie alles hier stehen.« Hastig fingerte Renate einige Geldscheine aus ihrer Börse, ließ dabei die Hälfte fallen und hatte Mühe, sie aufzusammeln. Erst als der Mann seines Weges gezogen war, traf die Erkenntnis, dass sie allein war, sie wie ein Schlag in den Bauch.

Um zu entscheiden, was sie tun sollte, brauchte sie erstaunlich wenig Zeit. Ihr erster Impuls war, loszurennen, zu dem grauenhaften Haus mit der grauenhaften Wirtin zu laufen und nachzusehen, ob er nicht doch noch da war. Mit dem schweren Gepäck hätte sie jedoch nicht rennen können, und außerdem war das albern: Georg war kein Schauspieler, hatte keinerlei dramatische Ader. Wenn er einen solchen Brief schrieb, dann traf jede Zeile darin zu. Er war über alle Berge, im furchtbarsten Sinn des Wortes. Er war in London.

Das war ihr zweiter Impuls: Ich muss nach London, muss einen Angestellten fragen, wo ich einen Zug nach England finde. Das war jedoch noch alberner: London lag auf einer Insel, wie um alles in der Welt sollte ein Zug dorthin kommen? Außerdem war London die größte Stadt Europas. Wollte sie durch die Straßen eines endlosen Großstadtdschungels eilen und jeden einzelnen Passanten fragen, ob er einen großen blonden Mann im grauen Mantel und mit eisern ergrauten Schläfen gesehen hatte?

Nach dieser Erkenntnis war ihr klar, was sie zu tun hatte, auch wenn sich alles in ihr dagegen sträubte: Sie musste zurück nach Berlin. Um kurz nach zehn ging noch ein Zug, den sie oft genug nach ihren Besuchen bei Georg genommen hatte, in dem musste sie einen Platz erwischen. Je schneller sie wieder in Berlin war, desto schneller konnte sie etwas unternehmen.

Es musste in Berlin ja einen Menschen geben, der wusste, wo sich Georg befand. Seine Mutter oder Sybille, die ja die ganze Zeit mit ihm Kontakt gehalten hatte. Sicher gab es auch Adressenverzeichnisse, Listen von Banken, aus denen sich ermitteln ließ, wer am ehesten einen deutschen Emigranten einstellen würde. Es würde unendlich viel Arbeit sein, ein gewaltiger Heuhaufen, in dem sie eine Stecknadel suchte, aber sie würde sie finden.

Sie würde Georg finden.

Weder ihren Koffer noch ihre Tasche würde sie auspacken und selbst ihren Hund nicht zurückholen, weil sie binnen Kurzem zu Georg nach London reisen würde.

London hatte ihr gefallen, damals bei den Dreharbeiten zu *Sunshine Susie,* und Georg liebte es. Von der Lebensart und Weltoffenheit der Stadt hatte er oft geschwärmt, und mit seiner leisen Ironie und seiner Art, sich zu kleiden, hätte er im Grunde selbst etwas von einem Briten. Vielleicht würde sich der furchtbare Schritt, den er gegangen war, am Ende noch als Segen erweisen, und sie würden dort besser aufgehoben sein als in Zürich, in dem ihr die Luft auf einmal schwer von traurigen Erinnerungen vorkam.

Nur auf diesen Gedanken durfte sie sich konzentrieren, wenn sie nicht zusammenbrechen, sondern es zurück bis nach Berlin schaffen wollte, wo sie Sybille verständigen konnte und nicht mehr allein sein würde. Dafür, dass es ihr tatsächlich gelang, ihre Heimfahrt zu organisieren, musste sie sich im Nachhinein selbst Bewunderung zollen. Wie ein Automat schleifte sie ihr Gepäck in die Bahnhofshalle, wo sie einen neuen Träger fand und eine Fahrkarte für den Nachtzug nach Berlin erstand. Schlafwagen, erster Klasse, diesmal bezahlte sie den Zuschlag, um allein zu sein. Nicht einmal die freundliche Apfelschälerin und ihren Robert hätte sie in dieser Nacht ertragen.

An Schlafen war so wenig zu denken wie daran, ihren Alkoholkonsum einzuschränken. Der Magen tat ihr weh, und die Finger zitterten so stark, dass sie Mühe hatte, nach etwas zu greifen, aber sie bestellte dennoch beim Schlafwagenkellner eine ganze Flasche Bordeauxwein und zur Sicherheit noch eine halbe Flasche mit irgendeinem Branntwein. Kalt war es, also setzte sie sich, in die Bettdecken gewickelt, an den kleinen Tisch und hielt den Blick aus dem Fenster gerichtet. Ach Georg, was ist nur mit uns geschehen?, dachte sie. Alles Schöne, Helle, Einfache, an das ich mich erinnere, ist so lange her.

Kaum hatte der Zug den Bahnhof verlassen, begann es zu regnen, und Renates Empfinden nach regnete es die ganze Nacht. Zwischendurch musste sie im Sitzen eingenickt sein, denn sie schreckte mehrmals auf, wenn der Zug ruckend anhielt, und stieß sich die Stirn an der Scheibe. Einmal fand sie ihr Glas umgestoßen vor, und eine kleine Pfütze des bräunlichen Branntweins hatte sich auf der Tischplatte gebildet. Ihr war sehr übel, und es gelang ihr nur noch, in sehr kleinen Schlucken, die kaum etwas bewirkten, zu trinken. Die Sonne ging auf, doch der Tag war trübe. Als der Schlafwagenkellner erschien, um ihre Bestellung für das Frühstück aufzunehmen, bat sie ihn um nichts, nicht einmal um Kaffee, denn sie hätte nichts heruntergebracht.

Kurz darauf, als der Zug bereits Berliner Stadtgebiet durchquerte, wurde die Tür des Abteils noch einmal aufgezogen. Renate nahm an, es wäre noch einmal der Kellner, der vielleicht Gläser und Flaschen abräumen wollte, doch es war ein Beamter in der Uniform der Reichsbahn.

»Bitte bleiben Sie nach der Einfahrt in den Anhalter Bahnhof in Ihrem Abteil, bis Sie zum Verlassen des Zuges aufgefordert werden«, sagte er. »Bis die Aufforderung erfolgt, ist den Passagieren das Verlassen des Zuges nicht gestattet.«

»Aber warum das denn nicht?«, fragte Renate.

»Tut mir leid, meine Dame, ich bin nicht befugt, Ihnen mehr dazu zu sagen«, antwortete der Beamte und knallte die Tür wieder zu.

Die ganze Nacht hindurch, seit sie Georgs Brief gelesen hatte, hatte Renate nicht mehr an ihren Verfolger gedacht, doch auf einmal spürte sie ihn wieder näher denn je. Auch ihr Herz schlug wieder wie ein eiserner Hammer. Sie saß ganz still, wie erstarrt. Auch als der Zug mit dem Schrillen von Eisen auf Eisen in den Bahnhof einfuhr, rührte sie sich nicht.

Es dauerte nur einen Augenblick, bis sie die Schritte hörte. Sie donnerten durch den Gang, und auch die Tür des Abteils wurde mit einem Donnern aufgerissen. Soweit sie erkennen konnte, standen drei Männer davor, alle in schwarzen Ledermänteln.

»Renate Müller?«, fragte der, der zuvorderst stand. »Geheime Staatspolizei. Kommen Sie unverzüglich mit uns, und erregen Sie kein Aufsehen. Ihr Gepäck lassen Sie im Abteil, darum kümmert man sich.«

Renate starrte den Mann an und war zu keiner Bewegung fähig. Sie kannte ihn. Es war Robert, der Zeitungsleser aus dem Zug nach Zürich.

35

Oktober

Über das, was im Hauptamt der Gestapo in der Prinz-Albrecht-Straße geschehen war, würde sie niemals mit irgendwem sprechen können. Auch mit Georg nicht, wenn sie ihn wiederhatte. Irgendwann.

Sie hatte niemandem gesagt, dass sie dort verhört worden war, und auch nicht, dass man sie nach drei Tagen hatte gehen lassen. Es wusste ja ohnehin niemand, dass sie wieder in Berlin war. Lediglich Sybille hatte sie eine Woche später angerufen, hatte ihr erzählt, was in Zürich geschehen war, alles andere jedoch ausgespart.

»Soll ich kommen?«, hatte Sybille gefragt.

»Nein, komm nicht«, hatte Renate erwidert. »Ich brauche Zeit für mich allein. Nur wenn du weißt, wo Georg ist, dann sag es mir.«

»Ja, ich weiß es, zum Teufel, ich habe vor drei Tagen von deinem Georg, der mir nicht unter die Finger kommen soll, eine Postkarte gekriegt«, sagte Sybille. »Verdammt, Mönchlein, ich fühle mich so schuldig, weil ich ihm die Gefahr, in der du hier schwebst, in den wildesten Farben geschildert habe. Aber ich wollte doch nur, dass er sich eine Zeit lang nicht bei dir meldet, und nicht, dass der Idiot sich auf Englisch verabschiedet.«

»Mach dir keine Vorwürfe, gib mir nur seine Adresse«, sagte Renate. »Es liegt nicht an dir, sondern daran, dass Georg glaubt, er dürfe mir nicht mein Leben rauben. Aber ich habe ja kein Leben mehr. Nur noch Georg. Ich bin ein bisschen krank, fürchte ich, aber sobald es mir besser geht, fahre ich nach London.«

»Mensch, Mönchlein. Soll ich nicht doch kommen, und wir saufen uns die Welt schön?«

»Nein. Mir geht es gut. Ich brauche nur die Adresse.«

»Er hat mir verboten, sie dir zu geben, sie soll nur für sogenannte Notfälle sein«, sagte Sybille. »Aber ich werd' ihm was husten, diesem unmöglichen Menschen. Dass er sich mir nichts, dir nichts vom Acker macht, ist ja wohl Notfall genug.«

Sie buchstabierte Renate die Adresse und schärfte ihr noch einmal ein, sich zu melden, wenn sie irgendetwas brauchte. »Ein Wort von dir genügt, und ich komme rüber. Egal, was ich gerade mache, etwas Wichtigeres gibt es nicht. Das weißt du, oder?«

»Ja«, sagte Renate und legte auf.

Sie rief noch den Makler an, um den Verkauf des Hauses ein paar Tage hinauszuzögern. Mehr tat sie nicht. Sie war praktisch schon nicht mehr hier. Sobald sie sich ein wenig erholt hatte, sich kräftig genug für die Reise fühlte und ihre Finger aufhörten, wie trockenes Laub zu zittern, würde sie fahren, mit dem Zug durch Frankreich bis nach Calais und von dort mit der Fähre. Sie legte noch einmal den Tag fest, wie damals, als sie für Zürich geplant hatte, nur nicht mehr mit der gleichen Freude. Sich zu freuen würde sie erst wieder lernen müssen. Sie und Georg würden es sehr langsam, Schritt um Schritt, zusammen wieder lernen.

Ich bin ja heut' so glücklich, so glücklich, so glücklich.

Am Abend vor der Abreise hatte das Zittern noch immer nicht aufgehört. Sie fühlte sich schwach, und der Magen tat ihr weh, aber sie würde dennoch in aller Frühe aufbrechen. Von noch längerem Warten wurde nichts besser. Damit es besser wurde, musste sie hier weg.

Sie saß in ihrem Gartenzimmer, hatte, wie Georg es liebte, kein Licht gemacht und lauschte in die Dunkelheit, als sie das Klopfen an der Tür hörte. Jemand schlug heftig den altmodischen Klopfer gegen das Holz. Augenblicklich rollte Renate sich in ihrem Sessel zusammen wie ein erschrockenes Tier. Sie würde nicht öffnen. Wenn sie hier still sitzen blieb und sich nicht rührte, würde der Besucher denken, es wäre niemand im Haus.

Es klopfte noch einmal. Dann wieder.

»Renate, mach auf! Ich bin es!«

Werner.

Er würde nicht von allein wieder gehen. Sie musste mit ihm sprechen. Mühsam erhob sie sich und schleppte sich zur Tür, strich sich, als sie am Spiegel vorbeikam, durchs Haar. Sie trug eines der eleganten Kleider, die ihr damals das *KaDeWe* geschenkt hatte, ein auf Figur geschnittenes Partykleid in Rot. Es war ihr zu weit und ein alberner Aufwand, doch aus unerfindlichen Gründen hatte sie das Bedürfnis gehabt, sich schön zu machen.

Sie zog die Tür nur einen Spaltbreit auf. »Danke, dass du kommst, Werner, aber ich fühle mich nicht wohl. Lass uns ein andermal zusammenkommen, ja?«

Sie wollte die Tür schon wieder schließen, aber Werner stemmte sich dagegen. »Lass mich ins Haus, Renate, ich bin in offizieller Funktion hier. Ich habe regelrecht darum gebettelt, dies selbst erledigen zu dürfen. Wenn du dich widersetzt, schicken sie andere Leute.«

Sie wich zur Seite, und er trat durch den Windfang in die Halle, sah sich um und ging ihr dann ins Gartenzimmer voraus. »Bitte setz dich«, sagte er, als sei er hier der Gastgeber, und nahm selbst in dem Sessel Platz, in dem sie das letzte Mal gesessen hatte.

»Ich möchte stehen bleiben«, sagte Renate und konnte sich doch bereits jetzt kaum noch auf den Beinen halten.

Er wandte sich ihr zu. »Ich habe gegen deine Vernehmung bei Dr. Goebbels Protest eingelegt«, sagte er. »Ich habe mich so lange für dich eingesetzt, bis er nachgegeben und veranlasst hat, dass man dich freilässt. Es geht dir doch gut, nicht wahr, Renate? Sie haben dir doch nichts getan?«

Renate lehnte sich gegen die Anrichte und schüttelte den Kopf. »Nein. Es geht mir gut.«

»Dem Himmel sei Dank. Aber du musst jetzt vernünftig sein, hörst du, Renate? Du hast mit deinem Verhalten auch mich in Gefahr gebracht, weißt du das? Nur weil Dr. Goebbels mir vertraut und weil ich felsenfest behauptet habe, von der Sache mit dem Juden nichts gewusst zu haben, ist es glimpflich abgegangen. Aber jetzt musst du wirklich vernünftig sein, versprichst du mir das? Du hast dich in eine sehr üble Lage manövriert und musst für eine ganze Weile vollkommen unauffällig leben, aber du hast ja mich. Ich lasse dich nicht im Stich. Wenn du dir nichts mehr zuschulden kommen lässt, wird alles gut ausgehen, und sicher kannst du auch irgendwann wieder filmen.«

»Danke, Werner« war alles, was Renate herausbrachte, während sie dachte: Ich hab ihn gern gemocht. Er war ein bisschen wie mein Bruder. Aber wie wir dorthin gekommen sind, wo wir jetzt stehen, begreifen wir vermutlich alle nicht.

»Renate, ich muss dich jetzt bitten, mir deinen Pass und das Geld, das du in deinem Haus aufbewahrst, auszuhändigen. Zu treuen Händen. Beides wird für dich aufbewahrt, und du erhältst es zu gegebener Zeit zurück. Mit der Maßnahme soll lediglich verhindert werden, dass du dich samt dem Geld ins Ausland absetzt, wie du es bedauerlicherweise bereits versucht hast.«

»Meinen Pass?«, stammelte Renate. »Mein Geld? Aber Werner, das geht nicht, das kannst du nicht tun!«

»Ich bin leider dazu gezwungen«, sagte er und stand auf. »Du weißt, du selbst hast dich in diese Situation gebracht, und an der Beschlagnahme führt nun leider kein Weg vorbei.«

»Aber ich brauche doch meinen Pass!«, rief sie, lief in wilder Panik zu ihm, blieb vor ihm stehen und schlang die Arme um ihn. »Werner, du musst mir helfen, wir waren doch Freunde, und du hast gesagt, du würdest mir immer helfen! Ich kann dir den Pass nicht geben, und ich muss etwas von meinem Geld behalten, damit ich zu Georg fahren kann. Bitte, Werner. Ich kann ohne ihn nicht leben. Wir sind dann beide weit fort, wir kommen nicht wieder und behelligen euch nicht mehr.«

Sekundenlang hielt er in ihren Armen still. Dann umschlang er sie, zog sie hart an sich und küsste sie auf den Mund. Im ersten Impuls wollte sie ihn von sich stoßen, doch dann ließ sie es geschehen. Es war alles egal. Sie brauchte ihren Pass. Sie musste zu Georg. Sonst nichts.

Er küsste sie lange und so hart, wie er sie hielt. Dann ließ er sie los und trat zurück. »Du solltest ein bisschen mehr auf dich achten«, sagte er. »Aber du bist immer noch schön. Jetzt hol mir den Pass und das Geld, ja?«

»Ich habe ihn nicht hier!«, rief Renate entsetzt. »Ich kann ihn dir heute nicht geben, aber morgen fahre ich und hole ihn dir.«

»Erspar uns die Spielchen«, erwiderte er. »Wenn ich die Sachen heute nicht einziehe, ist in zwei Stunden die Gestapo hier und stellt das Haus auf den Kopf. Und die Wohnung deiner Familie am besten gleich mit. Wer weiß, vielleicht finden wir den Pass ja dort?«

»Nein, da ist er nicht!«, schrie sie auf.

»Na also. Dann gib ihn mir. Dieses Theater hat doch keinen Sinn. Zu Deutsch fahren kannst du nicht. Du darfst nicht einmal daran denken, denn dann wird dein Vater verhört. Bei seiner Vergangenheit hat er ohne Zweifel genug Dreck am Stecken, um ihn in ein Lager zu bringen. Deine Schwester mit ihren spitzzüngigen kleinen Artikeln genauso. Nur bei deiner Mutter weiß ich nicht so genau. Sie würden wir vermutlich nur wegen Mitwisserschaft drankriegen.«

»Hör auf!«, schrie Renate und presste sich die Hände auf die Ohren. Mit einer Kraft, von der sie nicht gewusst hatte, dass sie noch in ihr steckte, stürzte sie die Treppe hinauf zu ihrem Schlafzimmer, riss aus der Schublade ihren Pass und das Geld und rannte wieder hinunter. Sie warf alles vor ihn auf den Boden und wandte sich ab. »Verlass mein Haus«, sagte sie.

Sie blieb an der Anrichte stehen und wartete. Es dauerte lange, bis er alles aufgesammelt hatte, und er versuchte noch mehrmals, etwas zu ihr zu sagen, doch sie antwortete ihm nicht. Schließlich ging er. Als sie die Tür ins Schloss fallen hörte, schleppte sie sich in die Küche, nahm eine Flasche Wein aus dem Regal und trug sie nach oben in ihr Schlafzimmer.

Kalt war ihr. Sie öffnete den Kleiderschrank und fand den weißen Pelz, den Georg ihren Eisbärenmantel genannt hatte. Er war für den tiefsten Winter gedacht, und es war erst Oktober, dennoch zog sie ihn unter seiner Hülle hervor und verkroch sich darin. Von dem Pelz geschützt, setzte sie sich an das Fenster, das auf den See, den Garten und ihre Terrasse hinausging, und trank den Wein aus der Flasche.

Wie lange sie da saß, wusste sie nicht. In ihrem Kopf war Leere, und der Wein tat ihrem Magen nicht länger weh. Sie würde trinken, bis sie nichts mehr spürte. Gar nichts mehr. In ihrer Handtasche waren auch noch Medikamente, Beruhigungsmittel für ihre Nerven von irgendwelchen Ärzten. Alles zusammen würde ihr helfen, es auszuhalten.

Die Flasche war so gut wie leer, und sie hatte sich gerade gefragt, ob sie die Kraft finden würde, eine zweite zu holen, als der Lärm anhob. Krachen und Splittern von Holz, als schlage jemand die Tür ein, dann schwere, eilige Schritte, die sich über alle Räume des unteren Stockwerks verteilten. Sie waren hier. Sie wollten sie holen. Wenn sie nach oben kamen, würden sie sie finden.

Wohin sollte sie fliehen? Die Schritte donnerten schon auf der Treppe, kamen näher, hatten sie beinahe erreicht.

Renate riss das Fenster auf, stemmte sich in die Höhe und hielt sich am Rahmen fest. Kalte, klare Nachtluft drang ins Zimmer, der Geruch nach feuchtem Gras, reifem Obst und letzten Blüten. Geranien hatte sie nicht vor ihrem Fenster, und dort unten in der Schwärze blinkten keine Leuchtreklamen, gähnte kein Labyrinth aus Häuserschluchten. Es war auch keine Leere dort, auch wenn es jetzt, in der Herbstnacht, so aussah, sondern ihre Terrasse, die im Frühling so schön war. Unter den alten Bäumen, in denen sich Vögel verliebten, hatte Georg sich Honig auf seine Schrippenhälfte getropft.

Der Lärm war ohrenbetäubend. Sie kamen zu ihr, sie traten die Tür zu ihrem Schlafzimmer ein.

Renate brauchte nicht zu springen. Sie brauchte nur loszulassen.

Dieses Zimmer im Hauptflügel lag erstaunlich hoch unter der Dachschräge und war mit Sternen geschmückt gewesen. Es gab keinen Ort,
an dem sie sich dem Himmel näher gefühlt hatte.

Lass los, fuhr sie sich an, aber es fiel ihr so schwer. Sie trug noch den
Eisbärenmantel, der sie mit seinem Gewicht zurückzuhalten schien.
Beim Versuch, ihn abzustreifen, musste sie mit einer Hand loslassen,
geriet in die Manteltasche und ertastete einen kleinen Gegenstand.

Mein Pferdchen, ach mein Pferdchen!

Sie hatte geglaubt, sie hätte es verloren, doch es war die ganze Zeit in
ihrem Eisbärenmantel verborgen gewesen, es hatte noch die Wärme
von der Großmutti an sich, und es würde ihr Glück bringen.

Ich möcht' vor Glück zerspringen, zerspringen, zerspringen.

Ihre zweite Hand ließ los.

Es war ganz leicht.

Die Luft der Nacht war wie Samt.

36

Sybille

Ich muss zurück«, hatte sie zu Harald gesagt und ihn dafür geliebt, dass
er keine Fragen gestellt, sondern einfach den Wagen gewendet hatte
und die vier Stunden Weg zurückgefahren war.

Sie wusste, es würde ein Tag kommen, an dem er es nicht mehr tat,
an dem die Launen von Sybille Schmitz ihn zermürbt hatten und er
sich nur noch eine Frau wie Trude wünschte, die ihn an ihrer Seite ein
ruhiges Leben führen ließ. Aber der Tag war noch nicht da. Er brauste
durch die Nacht mit ihr zurück, er würde warten, bis sie ihn wieder
brauchte, und er würde sie heiraten, falls je die Gestapo vor ihrer Tür
stand und ihr einen Strick daraus drehte, dass sie Frauen nicht weniger
als Männer liebte.

Diese eine Frau aber liebte sie mehr als alle Männer und Frauen, die sie kannte, und diese eine Frau hatte sie mehr als alle Männer und Frauen, die sie kannte, ins Unglück geritten.

Wie hatte ihre Großmutter, die Frau Konditorin, immer gesagt: »Gut gemeint ist nicht gut gemacht.« Auch als der Krieg kam und Sybilles Vater an die Front gegangen war, hatte sie das gesagt, und zumindest damit hatte sie recht behalten.

Sie musste zurück. Musste zu Renate.

Georg war ein Idiot, sie waren alle Idioten. Weil ein einziger Idiot sich die Herrschaft über ihr Land unter den Nagel gerissen hatte, verwandelte sich auf einmal das ganze Land in ein Idiotenheim.

Sie waren am Abend, nach der Besprechung zu dem gigantischen Film, an dem sie im neuen Jahr mitwirken sollten, aufgebrochen und hatten irgendwann gegen Mittag im Pinzgau ankommen wollen. *Tanz auf dem Vulkan.* Kein Propagandafilm. Etwas richtig Großes, ein Projekt, wie es in die Zeiten von Pommer gepasst hätte. Wenn sie das durchstehen wollten, brauchten sie Kraft, und das Wochenende Atempause auf Haralds Bergbauernhof war inzwischen sogar Sybille willkommen.

Stattdessen waren sie in der ersten Morgendämmerung wieder in Berlin. Harald steuerte den Wagen über das vertraute Kopfsteinpflaster und parkte ihn vor dem Gartentor von Renates Haus.

»Ich mach's wieder gut, in Ordnung?«, sagte sie im Aussteigen zu Harald.

»Du brauchst nichts gutzumachen, und das weißt du«, sagte er. »Lass mich nur bitte wissen, was ich tun soll.«

»Warte hier«, sagte sie. »Bestimmt ist ja alles in Ordnung, und in meinem Kopf spukt es jetzt auch schon. Wenn ich in zehn Minuten nicht zurück bin, fahr nach Hause und nimm mir das verdorbene Wochenende nicht allzu krumm.«

Er nickte, und sie rannte los. Das Gartentor stand offen, und dass daran etwas merkwürdig war, wurde ihr erst bewusst, als sie schon weitergelaufen war. Sie hatte die Vordertür fast erreicht, streckte den Arm nach dem Klopfer aus und freute sich auf Antons freudiges Fiepen. Aber Anton fiepte nicht, und auf ihr Klopfen erfolgte keine Reaktion. Hatte Renate ihn nicht zurückgeholt? Sybille klopfte lauter und ließ schließlich den eisernen Klopfer mit aller Kraft auf die Holztür krachen.

Drinnen im Haus blieb es still. Schlief Renate so fest, oder war sie gar nicht zu Hause?

Sybille starrte auf die Tür. Die obere, vordere Ecke schien lädiert, das Holz gesplittert, wie eingedrückt. Bildete sie sich etwas ein? Die lange Nacht und die Arbeit der letzten Wochen saßen ihr in den Knochen, sie konnte sich nicht sicher sein. Statt noch länger zu starren, sprang sie wie einer Eingebung folgend los und rannte um das Haus herum in den hinteren, zum See abfallenden Garten.

Renate lag auf der Terrasse. Im ersten Augenblick war Sybille sicher, sie sei tot, und schrie hell, wie mit fremder Stimme, auf. Sie lief hin und fiel hart vor ihr auf die Knie. »Mönchlein, Mönchlein, Mönchlein!« Das Blut um ihren Kopf war schon klebrig. Dass sie noch immer schrie, bemerkte sie erst, als sie Harald ihren Namen rufen hörte, und im selben Augenblick bemerkte sie auch, dass Renate noch lebte, dass sie den Arm bewegte, wie um nach ihr zu greifen.

Sie drehte sich um und schrie aus Leibeskräften: »Hol Hilfe, Harald! Hol einen Arzt, einen Krankentransport!«

Harald war verlässlich wie der Tod. So schnell, wie er in der vergangenen Nacht seinen Wagen gewendet hatte, machte er jetzt kehrt und rannte zurück zu seinem Auto. Sybille beugte sich nieder, wollte Renate bei den Schultern fassen und hielt inne, als sie sah, dass es ihr Kopf war, aus dem das Blut geströmt war. Ihr Gesicht sah aus wie in der Mitte zerbrochen und mit wenig Sorgfalt zusammengeklebt.

»Verdammte Scheiße, Mönchlein, das ist doch wohl nicht dein Ernst«, stieß sie hervor und begann zu heulen, zum Glück geräuschlos, dafür aber mit einer absolut lachhaften Tränenflut. »Mönchlein, Mönchlein, Mönchlein, das alles kann doch nicht ewig dauern, das hätten wir doch früher oder später wieder hingekriegt.«

Sie war vor Tränen fast blind. Aber ihr entging nicht, dass Renate wieder den Arm rührte, dass sie nach ihr zu greifen versuchte und dass auch ihre Kiefer sich bewegten, als wolle sie etwas sagen.

»Warte, Mönchlein.« Sybille riss sich zusammen. »Nicht sprechen, in Ordnung? Harald holt Hilfe, bis dahin musst du hier durchhalten, versprichst du mir das?« Sie schloss ihre Hand um die von Renate. »Ich finde heraus, was du mir sagen willst. Das wäre doch gelacht. Drück zu, wenn du *ja* meinst. Kannst du das schaffen?«

Renate drückte ihre Hand und gab ein fiependes Geräusch von sich, das an Anton erinnerte. Nur hatte Anton damit Freude ausgedrückt, während Renates Fiepen nach dem verzweifelten Versuch klang, ein Wort herauszubringen.

»Nicht sprechen«, sagte Sybille noch einmal, streichelte Renates Hand und hatte das Gefühl, das Herz drehe sich ihr um. »Das schaffen wir, verstanden? Du hältst hier durch und atmest, bis Harald mit Hilfe kommt, und ich finde heraus, was du mir sagen willst. Also los. Bist du gestern Nacht aus deinem Fenster gesprungen, weil du nicht mehr leben wolltest? Obwohl du weißt, dass deine Mutter, dein Vater, dein Georg und ich darüber wahnsinnig werden?«

Sie wartete ab, aber kein Druck war zu spüren.

»Drück meine Hand, wenn du etwas so Beschissenes nicht getan hast, Mönchlein. Wenn du dich von denen nicht hast unterkriegen lassen, sondern leben willst, leben, leben, leben!«

Sybille fühlte sich wie ein Tier, das vor Angst nicht wagte, sich zu rühren, doch gerade als sie die Starre nicht mehr zu ertragen glaubte, spürte sie den Druck von Renates Hand so fest, dass es beinahe wehtat.

»Ach, Mönchlein. Du blöde Sunshine Susie. Ich lieb dich so.« Sie drückte zurück. Viel stärker als gewollt. »Aber was hast du denn dann gemacht, du verdammt geliebtes Mönchlein, du? Warst du so besoffen, dass du aus dem Fenster gekippt bist? Ein Schluckspecht warst du ja schon immer, aber dass das zu weit geht, weißt du ja wohl selbst.«

Sie redete und redete, um sich die unerträgliche Stille zu ersparen, und bemerkte darum erst mit Verzögerung, dass Renate ihre Hand nicht gedrückt hatte. Sie bemerkte auch erst mit Verzögerung, wie flach Renates Atem ging.

»Verdammt, Mönchlein, so war es auch nicht, richtig?«

Renate drückte ihre Hand, aber der Druck war so schwach wie ihr Atem.

Die eingedellte Ecke der Tür fiel ihr ein. Sie schloss ihre beiden Hände um die von Renate. »Hab verstanden, Mönchlein«, presste sie gegen die Tränenflut heraus, die sie nicht aufhalten konnte. »Die waren hier, hab ich recht? Die haben dich dazu gedrängt.«

Auf Renates zerbrochenem Gesicht zeichnete sich die Anstrengung ab, mit der sie noch einmal versuchte, sich zu bewegen, doch der Druck geriet so schwach, dass Sybille ihn mehr ahnte als spürte.

»Verdammt, ich weiß, was du meinst, ich weiß, was diese mörderischen Schweine getan haben!«, schrie sie. »Jetzt nicht mehr drücken, Mönchlein, nur noch atmen, hörst du? Ich werde dafür sorgen, dass alle es erfahren, und irgendwann werden sie dafür bestraft, aber du musst jetzt durchhalten.«

Kam Harald immer noch nicht? Wie lange konnte es dauern, einen Krankentransport zu rufen?

»Atme, atme, atme«, beschwor sie Renate, und es war ihr, als würde sie es ihrem ganzen Land zurufen. »Du hast doch noch ein Leben, Mönchlein. Wir haben doch alle noch ein Leben!«

Zum Schluss

Renate Müller, die von ihrer Freundin Sybille Schmitz mit einer schweren Kopfverletzung auf ihrer Terrasse gefunden worden war, starb am 7. Oktober 1937 im Augsburg-Sanatorium in Berlin-Schöneberg. Sie war einunddreißig Jahre alt.

Ob sie betrunken aus dem Fenster gefallen, ob sie gesprungen ist oder ob Beamte der Gestapo, unter deren ständiger Beobachtung sie stand, sie in den Tod getrieben haben, ist nie aufgeklärt worden. Von öffentlicher Seite wurde ihr Tod zum bedauerlichen Selbstmord einer verlorenen Seele erklärt.

Ihr Besitz, darunter ihr geliebtes Haus in Dahlem, wurde enteignet, obwohl ihre Eltern und ihre Schwester erbberechtigt waren. Angehörigen der Reichsfilmschaft war die Teilnahme an ihrer Beerdigung in Berlin-Lichterfelde verboten. Viele – darunter Willy Fritsch und Lilian Harvey, die größten Stars ihrer Zeit – erschienen dennoch und blieben unbehelligt.

Sybille Schmitz drehte 1938 mit Gustav Gründgens *Tanz auf dem Vulkan* und überlebte den Naziterror. 1940 heiratete Harald Petersson sie zu ihrem Schutz und zog sich mit ihr in sein Haus im Pinzgau zurück. Die beiden blieben bis 1945 verheiratet und einander zeitlebens zugetan. 1955 nahm Sybille Schmitz sich das Leben. In seinem Meisterwerk *Die Sehnsucht der Veronika Voss* hat der große Rainer Werner Fassbinder ihr ein Denkmal gesetzt.

Das meine ist nur klein. Wenn es die eine oder den anderen von Ihnen veranlasst, nach dem vergessenen Namen Renate Müller zu forschen, hat es das Seine getan. Ihre Filme waren unbedeutend, sind in die Geschichte nicht eingegangen, aber sie besaß einen ungewöhnlichen Charme und hat damit eine Zeit lang vielen Menschen Glück geschenkt.

Ich wünsche ihr, dass sie auch glücklich war für eine kleine Weile in ihrem kurzen Leben – so glücklich wie in dem Lied, das sie über Nacht zum Star machte.

Robert Gilbert und Paul Abraham, die das Lied verfassten, durften als Juden nach 1933 ihren Beruf nicht mehr ausüben und verließen Deutschland.

Charlotte Roth, April 2021

Glossar

Adlon. Berlins schönstes, luxuriösestes, wundervoll dekadentes Hotel. In der Dorotheenstadt wurde es 1907 von Lorenz Adlon eröffnet, und auch heute wieder ist es ein einzigartiges Erlebnis, dort zu logieren. Die Autorin rät, es sich einmal im Leben zu gönnen, auch wenn das Sparen darauf Jahre dauern kann.

Alexanderplatz. Großer, sehr belebter, im 17. Jahrhundert angelegter Platz im Berliner Bezirk Mitte. Am Alexanderplatz befand sich unter anderem das äußerst eindrucksvolle Backsteingebäude des Polizeipräsidiums, in dem der berühmte Ernst Gennat residierte. Er wurde deshalb auch »der Dicke vom Alexanderplatz« genannt.

Alldeutscher Verband. Radikal nationalistische, antisemitische Organisation, die 1891 gegründet wurde und ein koloniales deutsches Weltreich zum Ziel hatte. Im Ersten Weltkrieg setzte der Verband sich für größtmögliche Eroberungen ein, die sogenannte »Erweiterung des deutschen Lebensraums«.

Aschbrücke. Brücke über die Mottlau beim Danziger Hafenbecken.

Aschinger. 1890 als Stehbierhalle gegründet, war *Aschinger* zeitweise Europas größter Gastronomiebetrieb mit einer Kette von Lokalen, in denen preiswerte Gerichte wie Erbsensuppe und Schrippen mit Wurst serviert wurden. 1930 betrieb *Aschinger* in Berlin dreißig Lokale. Nach dem Krieg wurde der Betrieb als Eigentum von Kriegsverbrechern beschlagnahmt.

Avus. Automobil-Verkehrs- und Übungsstraße. 1921 eröffneter Teilabschnitt der Berliner Autobahn, einst die erste ausschließlich für Automobile erbaute Straße der Welt. Bis 1998 wurde die Avus auch als Rennstrecke genutzt.

Ballhaus Bühler. Von Fritz und Clara Bühler 1913 gegründetes Tanzlokal in der Berliner Auguststraße (Berlin-Mitte), das unter dem Namen *Clärchens Ballhaus* stadtbekannt wurde und bis heute existiert.

Berliner Tageblatt. 1872 gegründete überregionale, im Berliner *Mossehaus* in der Schützenstraße (Berlin-Mitte) erscheinende Zeitung. Das *Tageblatt* galt als linksliberal, stand der DDP nahe und wurde von 1906 bis zur Gleichschaltung 1933 von dem illustren Journalisten Theodor Wolff als Chefredakteur geleitet. Wolff floh nach Frankreich, von wo er 1943 nach Sachsenhausen deportiert wurde und an einer Erkrankung starb.

Besetzungschef. Mitarbeiter bei Filmproduktionen, der für die Rollen eines Spielfilms die passenden Darsteller sucht und findet und dabei natürlich eng mit Regisseur und Produzent zusammenarbeitet. Bei den Vorsprechterminen ist er dabei, häufig auch als Dialogpartner für die Schauspieler.

Blutschutzgesetz. Eigentlich »*Gesetz zum Schutze des deutschen Blutes und der deutschen Ehre*«, auch »*Nürnberger Rassegesetze*« genannt. Im September 1935 erlassenes Gesetz, das die sogenannte »Rassenschande« – die Eheschließung und den sexuellen Verkehr zwischen jüdischen und nicht jüdischen Partnern – verbot. Zu den weiteren Verordnungen des Gesetzes gehörte das Verbot für »arisches« Hauspersonal, in jüdischen Haushalten zu arbeiten.

Borsig. 1837 gegründeter Berliner Maschinenbaukonzern.

Bülowbogen. Seit 1864 unter diesem Namen bekannte Straße im Berliner Bezirk Schöneberg, an der seit dem ausgehenden neunzehnten Jahrhundert die Straßenprostitution florierte.

Bullerwupp. Typisch Danziger Ausdruck für eine deftige Kartoffelsuppe.

Café Derra. Versammlungslokal der Danziger Nationalsozialisten ab 1930.

Capitol am Zoo. Kino am Kurfürstendamm, das 1925 mit 1300 Plätzen eröffnet wurde und zum *UFA Palast* in Konkurrenz stand. 1943 wurde das Kino bei einem Luftangriff zerstört.

Chose. Im Berliner Dialekt häufig benutzte Verballhornung aus dem Französischen für: Sache, Angelegenheit.

Cimetière de Montmartre. Der seit 1818 bestehende Friedhof hieß ursprünglich *Cimetière du Nord* und ist heute der älteste Friedhof von Paris.

Conradinum. Namhafte Danziger Oberrealschule für Jungen.

Corralero. Chilenische Pferderasse.

Curtiss-Wright. 1929 gegründetes amerikanisches Unternehmen für den Flugzeugbau. Die Motoren der *Curtiss-Wright* wurden auch für die ersten Windmaschinen der Filmindustrie verwendet, obwohl sie sehr laut waren.

Dahlem. Berliner Ortsteil, der heute zum Bezirk Steglitz-Zehlendorf gehört und zu dem die Freie Universität gehört. Das idyllisch am Grunewald gelegene Villenviertel wurde im Oktober 1920 nach Berlin eingemeindet und beherbergte bis zur Zwangsenteignung durch die Nationalsozialisten besonders viele jüdische Wissenschaftler, Kulturschaffende und andere wohlhabende Bürger. Renate Müllers geliebte Villa befand sich einen kurzen Fußweg von der von mir genannten Adresse in der Leichhardtstraße entfernt. Ich habe dies geändert, um sie näher an einen See und in ein noch unerschlossenes, von Wiesen umgebenes Gebiet zu rücken.

Danziger Bankverein. Kreditinstitut der Freien Stadt, das im Zuge der Wirtschaftskrise und der Eröffnung des Hafens von Gdingen 1929 bankrottging.

Danziger Gulden. Währung der Freien Stadt Danzig von 1923 bis 1939. Ein Gulden, der nach der Hyperinflation von 1923 als eigenes Zahlungsmittel die deutsche Währung Papiermark ersetzte, bestand aus 100 Pfennigen.

Danziger Zeitung. 1858 gegründete deutschsprachige Zeitung Danzigs, die eine Weile das auflagenstärkste Blatt der Stadt war. Die Einstellung des Blattes, das in einer Morgen- und einer Abendausgabe erschien, war liberal und nach links neigend. Während der Zwanzigerjahre geriet die Zeitung in finanzielle Schwierigkeiten, erschien bald nur noch morgens und wurde 1930 eingestellt.

Dampforgel. 1855 patentierte Orgel, die mit Wasserdampf betrieben wurde und mit ihrem typischen Klang besonders auf Jahrmärkten beliebt war.

DDP. Deutsche Demokratische Partei, Weimarer Nachfolgerin der Volkspartei.

Deutsches Theater. 1850 als *Friedrich-Wilhelm-Städtisches Theater* gegründetes Berliner Theater im Bezirk Mitte, das 1906 von dem genialen Schauspieler und Regisseur Max Reinhardt gekauft und fortan geleitet wurde. 1932 gab Reinhardt die Leitung des bis heute bedeutenden und von drei Häusern bespielten Theaters ab. Ein Jahr später floh er vor den Nationalsozialisten aus Deutschland.

Dittchen. Danziger Groschen, Zehntel eines Guldens.

DNVP. Nationalistische, antidemokratische Partei, die 1918 gegründet wurde, zunächst vornehmlich für die Wiedereinführung der Monarchie kämpfte und bis 1933 bestand. Zu den Gründungsmitgliedern gehörte der Rüstungsunternehmer Alfred Hugenberg, der 1928 ihr Vorsitzender wurde und im Jahr zuvor die UFA aufgekauft hatte.

Dominik. Danziger Jahrmarkt, der ursprünglich nur am Tag des Heiligen Dominik im August, später jedoch auch als »Weihnachts-Dominik« im Dezember abgehalten wurde.

Dorian Gray. 1921 eröffnete Tanzdiele in der Berliner Bülowstraße und einer der bekanntesten Treffpunkte der Homosexuellenszene beider Geschlechter. Das *Dorian Gray* war elegant, stilvoll und unterhielt eine eigene Hauskapelle. Ab 1928 wurden Männer- und Frauenabende getrennt abgehalten, wobei mehr und mehr lesbisches Publikum kam. Das *Dorian Gray* wurde 1933 von den Nazis geschlossen.

Dorotheenstadt. Traditioneller Stadtteil von Berlin, im Bezirk Mitte gelegen. Hier befinden sich der Boulevard Unter den Linden und die Humboldt Universität (in der Weimarer Zeit noch Friedrich-Wilhelms-Universität genannt).

Dreipfuhl. See in Dahlem. 1928 als Regenrückhaltebecken ausgebaut, 1935 von einem Park umrundet.

Eden Hotel. Mondänes Hotel in der Berliner Budapester Straße und beliebter Künstlertreffpunkt der Weimarer Zeit. Verfügte über eine Dachterrasse mit Minigolfbahn. Im *Eden Hotel* wurden 1919 jedoch auch Rosa Luxemburg und Karl Liebknecht vor ihrer Ermordung verhört und misshandelt. Das Hotel wurde im Zweiten Weltkrieg zerstört.

Eigelstein. Urtümliche, lebhafte Straße in Köln.

Eldorado. Nachtclub und Transvestitenlokal in der Berliner Martin-Luther-Straße, das sich sensationeller Beliebtheit erfreute. Eröffnete

1926. (Es gab später eine Straße weiter noch ein zweites Lokal dieses Namens.)

Fedora. Filzhut mit breiter Krempe, benannt nach der Titelfigur eines Stücks von Victorien Sardou und in den ersten Jahrzehnten des zwanzigsten Jahrhunderts von Männern wie Frauen getragen.

Dr. Ferner'sche Höhere Töchter- und Mädchenschule. Privates Danziger Lyzeum für Mädchen.

Film-Kurier. Erste deutsche Filmzeitschrift, die täglich erschien. 1919 von Alfred Wiener in Berlin ins Leben gerufen, stieg sie rasch zur einflussreichsten Filmzeitschrift auf. 1945 wurde der *Film-Kurier* eingestellt.

Flapper Girl. Vom Englischen *to flapper* = flattern. Junger Frauentyp der Zwanziger- und frühen Dreißigerjahre, der selbstbewusst auftrat, Jazz hörte und tanzte, legere Kleidung mit kurzen Röcken und häufig den berühmten Bubikopf trug.

F.P.1 antwortet nicht. Von Erich Pommer für die UFA produzierter Spielfilm mit Hans Albers und Sybille Schmitz. Der Film ist in diesem Glossar gelistet, weil er nicht – wie von mir aus dramaturgischen Gründen behauptet – im August 1932, sondern erst am 22. Dezember im *UFA Palast* uraufgeführt wurde.

Freikorps. Bedeutung des Wortes nach dem Ersten Weltkrieg: militärische Verbände, die sich ausschließlich aus Freiwilligen zusammensetzten und sich rechtlich in einer Grauzone befanden. Bestanden mehrheitlich aus ungedienten Freiwilligen und oft sehr jungen ehemaligen Frontoffizieren und Soldaten.

Galeries Lafayette. Französische Warenhauskette mit dem weltberühmten, im Jugendstil gehaltenen Stammhaus in Paris, das 1908 eröffnet wurde.

Ganymed. 1931 eröffnetes, elegantes Weinrestaurant am Schiffbauer-damm.

Gare du Nord. Bahnhof in Paris, an dem der *Orient-Express* startete und ankam. Heute der meistfrequentierte Bahnhof Europas.

Gartenlaube. Illustrierte Familienzeitschrift, die ab 1853 erschien und zum ersten erfolgreichen Massenblatt Deutschlands wurde.

Gloria Palast. 1925 eröffnetes großes Kino am Berliner Kurfürsten-damm.

Goldwasser. Weltberühmter Gewürzlikör, der seit dem 17. Jahrhundert in der Brennerei mit angeschlossenem Lokal *Der Lachs zu Danzig* herge-stellt und ausgeschenkt wurde. Typisch sind die winzigen Stücke Blatt-gold, die beigemischt sind und für die glitzernde Wirkung sorgen.

Grand Cru Classé Saint-Émilion. Roter Bordeauxwein.

Grüne Fee. Absinth.

Hann, Hein und Henny. 1917 von Oskar Messter produzierter Werbe-film für den Kauf von Kriegsanleihen, der aus der wachsenden Be-liebtheit von Henny Porten Kapital zu schlagen versuchte.

Haus Vaterland. 1928 eröffneter großer Berliner Vergnügungspalast am Potsdamer Platz, der unzählige Restaurants und unterschiedliche Amüsierbetriebe enthielt. Nach dem Krieg weiterbestehend, gehörte das Gebäude erst zu Ost-, dann zu Westberlin, wurde schließlich stillgelegt und 1976 abgetragen.

Heilsarmee. Freikirche mit stark sozial ausgerichteter Mission. Sie wur-de 1865 in London gegründet und verbreitete sich von dort mit Pro-jekten wie Armenspeisung in die ganze Welt. Seit 1886 ist die *Heils-armee* auch in Deutschland vertreten.

Jumperkleid. Aus der Sportkleidung stammender Zweiteiler aus einem langen Oberteil und einem schmal geschnittenen Rock, der Ende der Zwanzigerjahre salonfähig und sehr beliebt wurde.

Kaiserhof. 1831 gegründetes und nach einem Brand 1876 wiedereröffnetes erstes Luxushotel Berlins. Seinen Rang als erstes Hotel am Platz lief ihm nach der Jahrhundertwende allerdings das *Adlon* ab. Der *Kaiserhof* war am Wilhelmplatz, gegenüber der Reichskanzlei gelegen und somit in strategisch perfekter Position für das Wahlkampfbüro, das Adolf Hitler dort einrichtete – allerdings ganz offiziell erst 1932, nicht ein Jahr zuvor wie in meinem Roman. Der *Kaiserhof* wurde 1943 bei einem Angriff zerstört.

Kakadu. 1919 am Kurfürstendamm, Ecke Augsburger Straße eröffnete »längste Bar Berlins«, in der die Halbwelt ebenso verkehrte wie Künstler, Spitzensportler, Wirtschaftsbosse und Stars. Über den Tischen der Bar befanden sich Käfige mit Kakadus, die darauf abgerichtet waren, nach der Rechnung zu schreien. 1937 musste das *Kakadu*, das für seine akrobatischen Darbietungen, sein vegetarisches Restaurant und seinen Jazz ebenso bekannt war wie für den blühenden Kokainhandel, schließen.

Kalesche. Kutsche mit Faltdach, häufig einspännig gefahren.

Kaufhaus des Westens. Kurz: *KaDeWe.* 1907 eröffnetes und bis heute bestehendes Kaufhaus an Berlins Wittenbergplatz, das ausdrücklich für die Konsumwünsche der »oberen Zehntausend« geschaffen worden war. Die Besitzer, das jüdische Handelsunternehmen Tietz, wurden 1934 enteignet.

Keppler-Kreis. Kreis aus Industrie- und Wirtschaftsmagnaten um den Unternehmer Wilhelm Keppler, der seit 1927 bestand und es sich unter anderem zum Ziel gesetzt hatte, Hitler zum Reichskanzler zu machen. Das Treffen des Kreises in der Villa Schroeder am 4. Januar 1932 gilt als Geburtsstunde des Dritten Reichs.

Kinematograph, Der. Deutsche Filmzeitschrift, die von 1909 bis 1935 erschien, sich ab 1927 in Hugenbergs Verlag befand und daher zunehmend tendenziös berichtete.

Kinoorgel. Pfeifenorgel, die während der Stummfilmära Filmvorführungen mit der Erzeugung von Geräuschen begleitete.

Klagemann GmbH. 1934 gegründete Filmproduktionsgesellschaft des Produzenten Eberhard Klagemann, die den Krieg überstand und vornehmlich mit der Schauspielerin Jenny Jugo arbeitete.

Komödienhaus am Schiffbauerdamm. Seit 1912 bestehend und ganz in der Nähe von Brechts *Theater am Schiffbauerdamm* gelegen, dem späteren *Berliner Ensemble,* war das *Komödienhaus* Uraufführungsstätte für Brechts Stück *Die Mutter.* Das Theater existiert nicht mehr.

Kraftdroschke. Anfang des zwanzigsten Jahrhunderts bereits mit einem Taxameter ausgestattete Motortaxe.

Krantor. Aus dem fünfzehnten Jahrhundert stammendes Stadttor aus Holz und Backstein, das eine Kranfunktion ausübte. Wahrzeichen Danzigs.

Kreissäge. Scherzhafte Bezeichnung für einen flachen Herrenstrohhut.

Krumme Lanke. Berliner Havelsee im Bezirk Zehlendorf.

Kunert. Seit 1907 bestehender, im Allgäu ansässiger Hersteller von Strümpfen und Strumpfhosen.

Lachs zu Danzig. Spirituosenbrennerei und Lokal in Danzig, wo seit dem siebzehnten Jahrhundert das berühmte Goldwasser produziert wird.

Langer Markt. Prachtvolle, von Patrizierhäusern gesäumte breite Einkaufsstraße von Danzig.

Laubfrosch. 4-PS-Automobil der Firma Opel, das ab 1924 produziert und seiner grünen Farbe wegen im Volksmund *Laubfrosch* genannt wurde.

Lessing-Theater. Das 1888 eröffnete *Lessing-Theater* am damaligen Friedrich-Karl-Ufer in Berlin-Mitte fiel 1945 einem Luftangriff zum Opfer und wurde nicht wieder aufgebaut.

Lichttonverfahren. Der Lichtton löste um 1930 in Deutschland den zuvor verwendeten, von der Schallplatte stammenden Nadelton ab. Beim Lichtton, der noch heute teilweise verwendet wird, sind die Informationen für Bild und Ton auf demselben Trägermedium untergebracht. Die Tonspur wird durch ein fotografisches Verfahren nachträglich auf den Filmstreifen aufgetragen.

Lindy Hop. Swing-Tanz (auch als Jitterbug bekannt), der Ende der Zwanzigerjahre in den USA entstand und vor allem durch Filme weltweite Verbreitung erfuhr.

Lunapark. 1909 eröffneter Vergnügungspark am Ende des Ku'damms, im Berliner Bezirk Halensee. Mit seiner Achterbahn, der Wackeltreppe und dem drehbaren Haus war Berlins *Lunapark,* der 1934 endgültig geschlossen wurde, damals der größte Vergnügungspark Europas.

Mädchen in Uniform. 1931 uraufgeführter Film der Regisseurin Leontine Sagan mit Hertha Thiele und Dorothea Wieck in den Hauptrollen; allgemein anerkannt als weltweit erster Film, der lesbische Liebe thematisiert. Um diesen mutigen Film und vor allem seine mutigen Frauen in meinem Roman zumindest in flüchtiger Erwähnung würdigen zu können, habe ich seine Uraufführung um ein Jahr nach vorn verlegt.

Marienkirche. Die ab 1343 erbaute Danziger Marienkirche war ab 1557 offiziell evangelische Kirche und bis 1945 das zweitgrößte lutherische Gotteshaus der Welt. Seit 1955 – nach der Vertreibung der deutschen, vorwiegend protestantischen Bevölkerung – ist sie katholisch.

Marjellchen. Im Danziger Platt (»Missingsch«) gebräuchlicher Ausdruck für Mädchen.

Massary. Berliner Zigarettenfabrik, die 1905 die Arbeit aufnahm und bis zum Erwerb durch *Reetsma* 1929 und der anschließenden Stilllegung bestand. Das Unternehmen und die verschiedenen von ihm produzierten Zigarettenmarken waren benannt nach der Schauspielerin und Sängerin Fritzi Massary, die in Kaiserzeit und Weimarer Zeit ein angebeteter Star war und gern rauchte. Fritzi Massary verließ Deutschland 1932 wegen des Erstarkens der Nationalsozialisten.

Mercedes-Benz 770. Der »Große Mercedes«, wie er auch genannt wurde, war ein Luxusautomobil mit vier Türen, das ab 1930 von Mercedes-Benz hergestellt wurde. Viele führende Nationalsozialisten wie auch Benito Mussolini fuhren diesen Wagen.

Messter-Wochenschau. Oder auch: *Messter-Woche.* Erste deutsche Wochenschau. Erstmals gezeigt am 23. Oktober 1914 und produziert von dem Kino-Pionier Oskar Messter, der diese propagandistisch gefärbten Berichte über das Kriegsgeschehen für die Presseabteilung des Generalstabs produzierte.

Minutenlicht. Beleuchtung in Treppenhäusern, die nach einer Minute automatisch erlosch.

Mix Schokoladen. 1871 von Ernst Mix gegründete, traditionsreiche und beliebte Schokoladenfabrikation Danzigs.

Mohnstriezel. Eine Art Strudel, mit Mohn gefüllt. Der schlesischen Küche entstammend und besonders zur Weihnachts- und Osterzeit beliebt.

Moka Efti. In der Leipziger Straße in Berlin-Mitte eröffnete der griechischstämmige Giannis Eftimiades 1926 ein neues Café, das nachts zum Tanzhaus wurde und binnen Kurzem zu Berlins erfolgreichstem Café avancierte. Das *Moka Efti,* das Kultstatus erlangte, wurde 1943 bei einem Luftangriff zerstört.

Mossehaus. Berliner Verlagshaus im Bezirk Mitte, benannt nach Rudolf Mosse, dem Herausgeber des *Berliner Tageblatts.*

Münchner Neueste Nachrichten. 1848 gegründete Zeitung, die zur größten Tageszeitung Süddeutschlands aufstieg. Sie war liberal geprägt, vertrat während des Ersten Weltkriegs konservative Positionen und wurde anschließend vorübergehend das Organ der Münchner Räterepublik. Die *Süddeutsche Zeitung* ist seit 1945 ihre Nachfolgerin.

Oetkerschulen. Nach 1923 in verschiedenen Großstädten von dem Familienunternehmen *Dr. Oetker* – häufig zusammen mit der Firma *Persil* – eröffnete Schulen für Haushaltsführung.

Oliwa. Deutsch: Oliva. Stadtteil von Danzig.

Pariser Platz. Berliner Platz am Ende des Boulevards Unter den Linden. Das Brandenburger Tor und das *Hotel Adlon* befinden sich hier.

Pflümli. Schweizer Pflaumenbrand.

Piroggen. Gefüllte Taschen aus Nudelteig, unter anderem eine Spezialität der polnischen Küche.

Pogatschen. Salzige Gebäckstücke der ungarischen Küche, die Kartoffeln, Kraut oder Käse enthalten.

Polenhof-Siedlung. Gelände in Danzig-Langfuhr (heute Wrzeszcz), hinter der ehemaligen Telegrafenkaserne gelegen und in der Zeit der Freien Stadt vorwiegend von der *Polonia,* der polnischen Bevölkerung der Stadt, bewohnt. Hier entstanden eine polnische Kirche, polnische Sportvereine und ein reges gesellschaftliches Leben.

Prinz-Heinrich-Mütze. Flache Schirmmütze, benannt nach einem Bruder Kaiser Wilhelms II.

Pucikam. Ungarisches Kosewort. »Mein Liebchen«, »mein Kleines«.

Reichsbanner Schwarz-Rot-Gold. 1924 gegründeter Verband von Kriegsteilnehmern, die demokratischen Parteien angehörten, de facto von den Sozialdemokraten dominiert. Mit der Gründung des Reichsbanners reagierten die demokratischen Kräfte auf die wachsende Gewalt des politischen Kampfes, den nationalsozialistische Organisationen bewusst in Straßen und Säle trugen.

Reichsfilmkammer. Seit September 1933 bestehende Körperschaft, Unterabteilung der Reichskulturkammer. Der Institution oblagen sämtliche Belange des deutschen Filmwesens. Wer in der der Kammer zugehörigen *Reichsfachschaft Film* nicht Mitglied war, dem war die Betätigung in der deutschen Filmwirtschaft verboten.

Reichskanzlerplatz. 1908 angelegter Schmuckplatz im Berliner Bezirk Neu-Westend. Der Platz wurde am 21. April 1933 in Adolf-Hitler-Platz umbenannt und heißt heute Theodor-Heuss-Platz. Joseph und Magda Goebbels hatten hier ihre große, repräsentative Stadtwohnung.

Reichspropagandaleitung der NSDAP. Seit 1926 bestehende NSDAP-Abteilung für Presse- und Öffentlichkeitsarbeit, die speziell über ein »Amt Film« verfügte. Seit 1930 stand Joseph Goebbels dieser Abteilung vor.

Renaissance-Theater. In einer Zeit, in der aus Theatern reihenweise Kinos wurden, stellt das Berliner *Renaissance-Theater* eine Besonderheit dar. Aus einem seit 1919 bestehenden Kino machte Theodor Tagger 1922 ein Theater, das glücklicherweise bis heute besteht. Die

Autorin ist stolz darauf, zehn Jahre lang in der Berliner Knese-
beckstraße (Charlottenburg) praktisch neben diesem Theater gewohnt und es entsprechend häufig besucht zu haben.

Rentenmark. Von der am 23. Oktober 1923 gegründeten Rentenbank
eingeführtes Zahlungsmittel, das sich auf die Grundschuld stützte
und als Übergang zur Beendigung der vorangegangenen Hyperinflation gedacht war. Die Rentenmark war bis 1948 im Umlauf.

Rimmer. Werkzeug zum Cocktailmixen, bei dem mithilfe von Schwäm-
men der dekorative Zuckerrand auf die Gläser aufgetragen wird.

SAPD. Sozialistische Arbeiterpartei Deutschlands. Im Herbst 1931 gegründete Partei, die politisch zwischen SPD und KPD stand und,
mit der drohenden Gefahr des erstarkenden Nationalsozialismus
vor Augen, vehement für eine antifaschistische Front aus SPD, KPD,
Gewerkschaften und weiteren Organisationen eintrat. Die SAPD arbeitete an diesen Zielen im Untergrund weiter und löste sich 1945
auf.

Scala. Berlins *Scala* war ein geradezu weltberühmtes Varieté mit eigener Tanztruppe, das im einstigen Eispalast in Schöneberg von 1920
bis 1944 bestand. Die jüdischen Eigentümer des *Scala* wurden nach
Hitlers Machtergreifung enteignet.

Schwannecke. Nach dem Begründer, dem Schauspieler Viktor Schwan-
neke *(sic),* benannte Weinstube in der Berliner Rankestraße, ein
Treffpunkt für Film- und Theaterleute.

Shimmy. Gesellschaftstanz aus den USA, der sich ab 1920 auch in Europa größter Beliebtheit erfreute. Auffällig beim aus dem Foxtrott ent-
standenen Shimmy ist das Schütteln des gesamten Körpers aus den
Bauchmuskeln heraus, während die Schritte auf kleinstem Raum
ausgeführt werden.

Stollwerck. Seit 1839 firmierender Lebensmittelhersteller, der besonders durch seine Süßwaren bekannt wurde. *Stollwercks Schokolade* war die erste Ware, die in Deutschland in Verkaufsautomaten angeboten wurde, zudem investierte *Stollwerck* ab 1895 auch ins Geschäft mit den neuen Kinematografen, was weit weniger bekannt ist.

Spiegelkugel. Heute eher *Discokugel* genannt. Eine sich an der Decke drehende, mit zahlreichen winzigen Spiegelstückchen bedeckte Kugel, die zur Beleuchtung von Tanzlokalen gehört und sich in den späten Zwanzigerjahren großer Beliebtheit erfreute.

Stahnsdorf. Vorortgemeinde im Süden Berlins.

Szekszárdi bikavér. Gehaltvoller ungarischer Rotwein aus der Gegend um Szekszard, in Deutschland auch *Stierblut* genannt.

Talkie. Früher volkstümlicher Name für Tonfilme.

Tante Voss. Berliner Spitzname für die *Vossische Zeitung,* eine der traditionsreichsten und wichtigsten Tageszeitungen der Hauptstadt, die nach Hitlers Machtergreifung 1933 eingestellt werden musste.

Tobis-Klangfilm. Bestandteil der 1927 gegründeten und bis 1944 bestehenden *Tobis Filmkunst GmbH,* die 1932 Carl Theodor Dreyers *Vampyr – Der Traum des Allan Gray* sowie einen Großteil der Filme des Nationalsozialismus produzierte.

Toppkeller. Berliner Tanzlokal in der Schöneberger Schweriner Straße, das 1924 eröffnet wurde und als Treffpunkt für – vor allem lesbische – Frauen berühmt wurde. Künstlerinnen wie Claire Waldoff, Anita Berber und Celly de Rheidt waren dort häufig zu Gast. Männern war der Zutritt zum *Toppkeller* nicht verboten. Das Lokal wurde, anders als hier im Roman, in Wirklichkeit bereits 1930 geschlossen.

UFA Palast am Zoo. 1919 eröffnetes Kino der *UFA*, das etwa 1800 Menschen Platz bot und zum bedeutendsten Premierenkino Berlins wurde. Ernst Lubitschs wichtigste deutsche Filme feierten dort ihre Uraufführung.

UFA. Universum Film AG. Filmunternehmen; gegründet am 18. Dezember 1917 in Babelsberg/Potsdam. Die UFA ging aus dem Bild- und Filmamt (Bufa) hervor, das die Oberste Heeresleitung des Ersten Weltkriegs zunächst als reines Propagandainstrument im Januar 1917 eingerichtet hatte.

USPD. Unabhängige Sozialdemokratische Partei Deutschlands. 1917 gegründete Partei, die durch den Ausschluss von kritischen Mitgliedern aus der Mehrheits-SPD entstand.

U. T. Kino. Kurz für *Union Theater*. Ab 1906 bestehende Kinokette des Filmproduzenten Paul Davidson. Das erste *Union Theater* wurde in Mannheim errichtet, das vielleicht berühmteste entstand am Kurfürstendamm. Auf dem Höhepunkt seines Erfolgs besaß Davidson 56 Kinos, die er 1915 jedoch verkaufte, um sich auf seine Produktionen zu konzentrieren. Zu den Regisseur*innen, die er großmachte, gehört Ernst Lubitsch, bei den Schauspieler*innen ist es Pola Negri.

Vertrag von Lausanne. Auf der vom 16. Juni bis zum 9. Juli 1932 abgehaltenen Konferenz von Lausanne beschlossenes Abkommen, das Deutschland gegen eine Restzahlung von 3 Millionen Goldmark die Reparationszahlungen aus dem Versailler Vertrag erließ. Die Nationalsozialisten schmähten das Abkommen als unzureichend, da es Deutschlands Kriegsschuld nicht aufhob und der Abrüstungsverpflichtung kein Ende setzte. Der Vertrag von Lausanne trat nie in Kraft.

Vieille Réserve. Edle Cognac-Kategorie.

Völkischer Beobachter. Parteiorgan und sogenanntes »Kampfblatt« der NSDAP. Erschien von 1920 bis 1945.

Volkstag. Seit 1920 bestehendes Parlament der Freien Stadt Danzig, das mit dem Ende der Freien Stadt am 1. September 1939 erlosch. Der Volkstag hatte zunächst 120 Abgeordnete, deren Zahl jedoch 1930 aus Kostengründen auf 72 gesenkt wurde.

Waldoper. Eigentlich *Zoppoter Waldfestspiel.* Freilichttheater im Seebad Zoppot (heute Sopot), das vorwiegend Opern aufführte, sich großer Beliebtheit erfreute und von 1909 bis 1944 bestand. (Es existiert ein moderner Nachfolger.)

Weimarer Koalition. Mitte-Links-Koalition aus SPD, DDP und Zentrum, die in den Anfangsjahren der Weimarer Republik sowohl auf Reichs- wie auf Landesebene die Regierung stützte.

Weintraub Syncopators. 1924 von Stefan Weintraub gegründete Jazzkapelle, die die große Josephine Baker im *Theater des Westens* begleitete und später in zahlreichen Tonfilmen – unter anderem im *Blauen Engel* – ihre hinreißenden Rhythmen spielte. Als sogenannte »Nichtarier« durften die *Weintraub Syncopators* ab 1933 nicht mehr auftreten und wurden ins Exil gezwungen.

Wertheim. Bereits 1852 hatten die Brüder Wertheim den ersten Vorläufer ihrer späteren Kaufhäuser gegründet. Das weit über Berlin hinaus berühmte und elegante Warenhaus in der Leipziger Straße wurde 1897 entworfen und war mit seinen 106 000 Quadratmetern Nutzfläche das größte Kaufhaus Europas.

Wintergarten. Varietébühne in der Nähe des Berliner Bahnhofs Friedrichstraße. Berühmt wurde der *Wintergarten* auch für die frühen Filmvorführungen, die hier stattfanden.

Witwe Klicko. Von Wilhelm Busch in einem lustigen Vers – »*Wie lieb und luftig perlt die Blase / Der Witwe Klicko in dem Glase*« – eingeführter Spitzname der Champagnermarke *Veuve Clicquot.*

Yenidze. Zigarettenfabrik, die der Unternehmer Hugo Zietz 1886 gründete und die durch ihr orientalisch anmutendes, prachtvolles Gebäude in Dresden bekannt wurde.

Zentrum. Mächtige katholische Partei des Kaiserreichs und der Weimarer Republik. Vertrat das mittlere Spektrum und gehörte der Weimarer Koalition an.

Quellennachweise

Kleist, Heinrich: Penthesilea,1808.

Silver, Frank / Cohn, Irving, übersetzt von Fritz Löhner-Beda:
Ausgerechnet Bananen. 1923.

Steidl, Robert: Wir versaufen unser' Oma ihr klein' Häuschen, 1922:
https://www.volksliederarchiv.de/wir-versaufen-unser-oma-ihr-klein-
haeuschen/ (zuletzt aufgerufen: 02.12.2021)

Tucholsky, Kurt: Augen in der Großstadt. Aus Riha, Karl (Hg.):
Deutsche Großstadtlyrik. Eine Einführung.
München u. a.: Artemis 1983. S. 87.